されど

그러나

但是

洪 盛原

安 宇植［訳］

本の泉社

まえがき

日本の植民地支配を受けていた時代の先覚者や指導者たちのなかには、一人の人物に相反する評価を下すよりほかにない不幸な人たちが少なくない。とりわけ亡国の初期にあった、万歳事件とも呼ばれた一九一九（己未）年の三・一独立運動を前後する時期には、日本の帝国主義にあらがって命がけで闘ったはずの愛国的な独立運動の志士たちが、その人生の半ば以後すなわちアジア太平洋戦争の末期には、日本の帝国主義者に積極的に同調して媚びを売る親日派・民族反逆者に心変わりして、彼らに心を寄せていた後世の人たちに、裏切られたという惨めな思いを味わわせたりもした。

志操とか節操は東洋におけるさまざまな徳目のなかでも、真っ先に数えられる人本となるものである。正しいと信じてひとたび志を立てたからには、心のなかにそれを堅く秘め、生涯を通じて変わることなく抱き続けるのが志操であり、それはとりもなおさずわれらの先賢たちから、ソンビ[注1]とあれば必ずや守らねばならぬもっとも大きな徳目と教えられてきたものでもある。ところが、近代以後のヨーロッパにおける多くの知性人たちは、自らの意志や考えを一つの枠のなかに閉じこめておこうとはせず、いつもオープンにしておいて、刻々と変わりゆく状況に応じて弾力的に対応すべしというい わゆる自由開放主義を、知識人たるものが身につけねばならぬ必須の条件として求めた。そのあげく、二君に仕えず（不事二君）を唱えたが痛ましい死を賜った世祖時代の死六臣[注2]は、東洋的な徳目に照らして言えば、志操と節操を堅く守り抜いた世にもまれな忠義の家臣たちであるけれど、ヨーロッパの自由主義者たちの目から見れば、おのれの思考の限界に閉じこめられて、変わりゆく周辺の情勢に弾力的に対応できなかった、極めつきの保守主義者ということになる。

人生の半ばまでは祖国独立のために日本の帝国主義にあらがい、独立運動の志士として清らかに生き、人生の半ば以後は民族に弓を引いて帝国日本のために尽くす、恥知らずな反逆者として生きてきたわれらが先祖たちを、だとしたら現在のわれわれの歴史のなかでどのような人物像として、受け容れねばならないのであろうか？　この使い古した問いかけにはしかし、未だにすっきりとした正解はない。独立運動と親日・民族に反逆する行為との間に、これを結びつけてくれる道徳的かつ論理的な回路を、見つけ出すことが出来ないからである。

「されど」というのは、そういうこともあり得るけれどそうでないこともあり得る、反論の提起を前提とした接続詞であり、その反論の可能性への留保もしくは再考を暗示する、反語的な性格を有した接続詞でもある。反論の多い社会は騒がしくて非効率的であるけれど、あまたの意見がひとしく受け容れられて、試行錯誤とかへまをやらかすことが少なく、多くの人々の雑多な不平や不満を最少化しうる美徳を持っている。端的に言って、反論を拒む集団としては、へまをやらかすことをさして恐れず、成果とスピードのみを重視する軍隊という組織があるのみである。

独立運動と親日・民族に反逆する行為との間に、論理的な回路は発見されないけれど、当時明らかにされたいくつかの周辺状況などを参考にするならば、両者の間の相違点を反語的につないでくれる「されど」という接続詞は、暗黙のうちに存在するのではなかろうかと思う。両者の違いや対比が極端な姿であからさまになるとき、ほとんどの場合の「されど」はその役割と意味合いが、よりいっそうはっきりしてくる。いっとき熱烈な独立運動の志士であった人物が、後日、親日派に変身しておのれの民族を裏切るプロセスには、それほどのドラマチックな変身に見合う、これまたドラマチックな事情が隠されていることは明らかである。その動機と内部事情を探り出すことは容易でないばかりでなく、愉しい作業でもないけれど、歴史を正しく理解するためには必ずや誰かが手をつけねばならないことでもある。

十六世紀末と二〇世紀初めの二度にわたる一方的な侵略を通じて、わが民族に耐え難い苦痛と屈辱を抱かせてくれた隣国日本は、われわれにとって果たしていかなる存在であったろうか？　地政学的には一衣帯水の国であり、そこに住んでいる人びとと肌の色とか外見がそっくりもしくは互いによく似るかしているので、日本という国はわれわれに、情緒的にきわめて親しみを感じさせてくれる。けれども、いざ玄界灘を渡って出かけて行ってみると、日本という国は、バルト海東岸に位置するラトビアとかアフリカのモザンビークのように、われわれにとってまったく馴染みの薄い外国でしかない。近くにあるのに馴染みが薄いかと思えば、似たり寄ったりのくせしてまるきり違う日本という国の民は、人種的にはわれわれと同じくモンゴロイドであり、同じく東北アジアに位置する日本列島に住みついているので、同じ標準時間を使用しており、同じ台風圏に属しているため、似たようなシーズンに自然の災害を被ったりする、いかんともしがたくわれわれにとって、ひっきりなしに関心と好奇心の対象とならないではいない。

ましてや文化的にも、同じく漢字圏と儒教圏に属し、行動様式や言語、習慣、生活、風習などにおいても、われわれのそれと共通していたり似ていたりするところが少なくない。実際に客と客として私的な席で個人的に会ってみると、日本人は韓国人と顔立ちが似ているだけに、きわめて親しみを感じさせるばかりでなく、振る舞いも温厚で好ましい存在でさえある。言わば、何かに取り憑かれたように突如として狂気に走り、自分の国を中心とする排他的なナショナリズムさえ発揮されなければ、韓国と日本というこの二つの国の民は、好ましい隣人になり得るさまざまな客観的要因を、十分に共有しているわけである。

ところが、一方は加害者として、また別の一方は被害者として何らの事後措置もなしに、歴史のなかに投げ出されてきた今日の韓国と日本という二つの国の関係は、いまのところどちらも相手を必要と認めながらも、心底からの和解とか赦しなどはしばらくの間保留するか、もしくは難しくしているように見受けられる。両者の間の和解を難しくしているのは、過ぎ去った歴史が積み上げてきた数々の度重なる悪縁と、それらの悪縁を必要に応じて好き勝手に利用してきたこれら二つの国の統治者や権力者たち、さらには一刻も早い和解と治癒が急がれる双方の間の憎悪と不信などを、どちらの場合も国家的な次元で能動的に改善しようとする努力を、なおざりにしていることにある。

これら二つの国の民の間には、相手に対する敵対的な拒絶感が意識の底辺に巧みに秘匿されており、歴史に対する自己流の利己的かつ一方的な解釈が密かに用意されていて、理解を受けつけない何らかの争点もしくは問題が生じようものなら、その問題に理性的かつ合理的にアプローチするよりは、いともたやすく感情と偏見に突き動かされて、事態を悪化させたりいっそうややこしく歪めたりしている。言うなれば韓日二つの国には、常識という視点からではお互いを理解し受け容れる、討論文化の基本的な土台が用意されていないのである。

したがって、彼らの間で和解を実現するための作業の第一歩は、反語的な接続詞「されど」をもって始まる相手側の利己的な言い分に、別の一方が辛抱強く耳を貸すことである。たとえその言い分や論理が一方的で不合理なものであろうと、彼らがなぜそうした脱線した論理と偏見にはまってしまっているのか、その原因から確かめてみることが、もつれ合っているいろいろな問題を遅滞なく解いていく、第一歩のように思われるからである。

結局のところ、彼らの一方的な言い分に耳を傾けるもっとも打ってつけの方法は、双方のすべての乱暴なナショナリズムを刺激する、国家と民族というせせこましい考え方の枠を抜け出して、健全な常識を土台とした穏健にして成熟した世界市民的な社会に生きる隣人として、互いに相手に接近していくことのようである。ヨーロッパ的な市民社会における理性的で合理的なアプローチの方法ばかりが、現在としては「されど」以後の利己的な一方的言い分を和らげてくれる、最良の処方箋ではないかと思う。

以上をもってわたしは、小説「されど」があらましどんな仕組みのなかに、どんな物語を盛り込んでいるかを述べてきたわけである。「されど」はしかし、物語以前の単なる反語的な接続詞でしかない。ドアの前まで読者を誘導するのが小説としての「されど」の責任範囲であり、それを越えた理解と和解の世界は、一人一人の読者にまかされるよりほかはない。作者のわたしとしては、きわめて反語的な接続詞である「されど」が、いつの日か幸せな和解の接続詞へと発展してくれることを、期待するばかりである。

二〇〇七年十二月十三日

洪　盛原

注1　学識が高く人格が高潔の人のことで、主として在野の学者をいう。
注2　朝鮮（李）王朝第七代世祖（一四一七～六八）が幼い甥の第六代端宗の王位を奪ったので、その復位を図ったため世祖から死を賜った六人の臣下のこと。また、王位を奪ったことを不当として官職を辞し、死を免れた六人を生六臣という。

されど

主な登場人物

金《キム》 亨真《ヒョンジン》　新聞記者だったが妻の交通事故死で退職。フリーのライター、小説も書く。妻の縁戚から韓一族を知り、韓東振（玄山）の一代記の執筆を依頼される。

江田彩子　玄山と日本人柳子の孫。柳子の遺品から玄山の日記を発見する。金亨真に思いを寄せるようになる。

韓《ハン》 東振《ドンジン》　玄山を名のる。ソウル近郊Ｙ郡で３・１独立運動を主導、旧北満洲で活動。抗日の志士とたたえられているが晩年、親日派に転向したことが明らかになる。

韓《ハン》 英動《ヨンフン》　玄山の孫。流通業界大手の東日グループの会長。玄山学院もその傘下に置いているが、学院理事長は金亨真の岳父で英動の兄基動がつとめている。

徐《ソ》 尚道《サンド》　雅号は東波。親日分子として批判を受けているが、玄山の抗日活動を資金面で支えていたことが明らかになる。

徐《ソ》 仁圭《インギュ》　徐尚道の孫。Ｋ大学英文科教授、文芸評論家。祖父の汚名を晴らしたいと考えている。

林《イム》 正植《ジョンシク》　金亨真の親友。Ｊ大学の教員で近現代史を専攻。亨真に中国での抗日運動の実態など貴重なアドバイスをする。

宗《ソング》 階平《ゲピョン》　玄山の息子。中国人に育てられる。中国東北部で五十人ほどの従業員を使って農業公社を営む。綾子と同い年の息子志明がいる。

1

秋の刈り入れが終わっている野面に、視線はいつまでもとどまってはいない。車が向かっている遙か前方に眺められる野面の入り口まで、どこまでも視線をさえぎる邪魔くさい障害物はない。葉を払い落としてしまった、背丈のひょろりとした年ふりたポプラばかりが、村のぐるりや山裾の下手のほうに歩哨に立つ老兵といった恰好で、がらんとした野面を守っているばかりであった。

走り続けていた車がスピードを落としながら、近ごろ新たに架けられた四車線の橋の上を通り過ぎた。橋の渡り口にある礎石の辺りで金亨真はふと、背ぐくまるような格好をした動物の彫刻像を見たような気がした。建設会社が橋を竣工してから、この地方の郡民へのプレゼントとして寄贈したライオンかヘテ（訳注　是非や善悪をわきまえると言われているライオンに似た想像上の動物）などのお粗末な造りの石像にちがいない。

橋が新しいうえ周囲の風景も馴染みの薄いものではあったけれど、亨真は橋の下の流れを眺めてようやく、車が目的地であるY郡の入り口にさしかかっていることに気がついた。永らく日照りが続いたせいで水の流れが少なくて、川と呼ぶにはどことなく貧相に見えるこの支流は、Y郡とH郡とを分けている境界線くらいにはなるのであろう。この数年の間に首都圏の外郭地域は、道路と橋の緑地帯などが見違えるくらい拡張され、整備されていた。ソウルと隣接している地方の小都市の急速な変貌ぶりが、実際に現場へ出てきてみてようやく実感される今日この頃であった。

「この橋はいつ頃架けたのです?」

「今年の春」

ハンドルを握っている運転手の南に訊いたつもりが、返事は意外にも後部座席から返ってきた。ソウル市内を出発してからというもの眠気をもよおして、後部座席でひたすらうたた寝ばかりしてきた韓英動会長がいつの間にか目を覚まし、すっきりした顔つきで車窓の外へ視線をくれていた。小一時間もあれば容易く足を運んで来られる郷里ではあったけれど、事業の忙しさに追われている会長は、故郷のY郡へ滅多に足を運ぶことが出来ないらしかった。いまはしかし郷里の野面が懐かしいと見え、その無心なまなざしが窓外を流れていく郷里の風景に釘づけになっていた。事業との関わりで言えば、彼の心中を推し量ることなど誰にも出来なかったけれど、郷里を懐かしんでいるいまの明るい表情ばかりは、容易く読み取れるくらい何も取り繕ったところがなかった。

「こっちの国道を拡張したついでに、この橋も新しく架けたのじゃよ。四車線に道幅を拡げたものじゃから、二車線だったそれまでの橋はたちまち、お払い箱になってしまったというわけだな」

テレビのニュースで視た気がする。竣工式の日に式場でテープカットをするとき、建設部（省）の長官（大臣）と肩を並べて映し出された韓会長の姿が思い出された。独立運動の志士の子孫ときているうえ、この地方が産み落とした流通業界の傑出した事業家でもあったので、橋が開通した日に会長は、郡の貴賓として招待されたのかもしれなかった。独立運動の志士たちの子孫はおしなべて、貧しい暮らしをしているものと受け取られていたけれど、ときには韓会長のような例外の子孫もいた。事業に対するもって生まれた鋭敏な感覚と、ずば抜けて回転の速い頭脳、驚嘆すべき精力のおかげで、五十代にして早くも財閥と呼ばれる立志伝的な人物となっていたのである。

「今日の顔合わせには、何か特別な意味でもあるのですか？」

「何もない」

返答が簡明すぎて、亨真の問いかけは話の接ぎ穂を失くした。

昼食を済ませて湯を沸かし、お茶を淹れて飲んでいるところへ、秘書も通さずに会長みずから亨真のオフィステル（訳注　オフィス＋ホテルの造語だが、実際にはオフィス兼用マンションのこと）へ電話を掛けてきた。妻の叔父に当たる彼は亨真に対しても、親しい間柄の同輩や、目下ではあるけれど一目おかなくてはならぬ相手に接したときの、親しみを込めたけれどもぞんざいな言葉遣いをした。

「おまえさんは今日、何か特別な用事でもあるのかな？」

特別な用事があってもないと答えねばならぬ、有無を言わせぬ口調の問いかけであった。

「はあ、夕食の支度をすることのほかには……」

「そいつは好都合だ。一時間後にそっちへ行くから支度をして待っておれや」

「何事ですか？」

「会ってから話すわな」

きっかり一時間後に、会長は亨真のオフィステルへやって来た。いや厳密に言えば、到着を告げにきたのは運転手の南で、会長は車のなかに座ったまま亨真が階下へ降りてくるのを待っていた。車が走り出して一ブロックほど通過した頃になって、会長は目的地が彼の郷里のY郡であることを告げた。

「今日はことによると、玄山学院財団で臨時の理事会があるかもしれんのだわ」

臨時理事会が必要とされる理由を知りたかったけれど、亨真の問いかけはそれからつながらなかった。後部座席で会長がいびきをかき始めたのである。

玄山学院の玄山は、独立運動の志士であった韓東振先生の雅号であった。先生の郷里のY郡にはもともと、明仁大学という師範系の単科大学があった。ところが数年前に、経営難に陥っていたこの大学の経営を、玄山先生の直系の孫に当たる東日グループ会長の韓英動が引き継いだのである。新しい経営者に引き継がれた明仁財団は、それまでのイメージを一新するために大学の名称と財団名を同時に改めた。明仁大学が耕田大学と改称され、財団の名称は東日グループ総帥である韓会長の祖父、韓東振先生の雅号にちなんで玄山学院と改められたのである。

歴史は浅かったけれど、新しい財団に引き継がれてからの大学は、毎年のごとく学科が増設され、いまでは人文・社会科学系のほかに物理・化学などの理科系が新設されて、遅かれ早かれ綜合大学へと格上げされる準備が進められていた。最近は大学付属の高校までが新設されて、ソウルからも優秀な学生たちが地方大学へ逆流する、奇妙な現象が見られるくらいであった。

陽射しの明るい野面を越えて、遥か彼方にY郡の中心部が眺められた。近ごろでは地方都市にも十階建て以上の高層マンション群が出現して、ロードサインなしでも邑内（訳注　邑は道＝県、郡面、邑、里とある地方の行政区のひとつで、邑の人口は二万～五万まで。邑内は邑の中心部）の所在地を容易く探し出すことが出来る。四車線の広い道路を走っていた車がいつの間にか方向を転じて、邑内の入り口から二車線の脇道へ滑り込んでいた。怪訝そうな面持ちの亭真に向かって、背後からふたたび会長が口を開いた。

「ここからがY郡の河岸公園だわな。もとは葦原と沼地とが入り交じった荒れ地だったのじゃが、沼地を埋め立てて土をかぶせ、いまでは芝生までかぶせて大きな樹木なども植え換えたりしておるのじゃよ。野外ステージや青少年の修練場なんぞもつくられておるし、郡で大きな催しがあるときなどは、この公園がちょくちょく利用されておるようだわ」

「公園に何か、用事でもあるのですか？」

「わしに用事があるのではのうて、おまえさんに見せておきたいものがあるのじゃよ」

公園の進入路伝いに入って行くと、芝を敷きつめた広々とした公園の入り口のところに、かなりの広さの駐車場が現れた。黄色く色褪せている芝生には、しっかりと木陰をこしらえてくれるけやきなどさまざまな広葉樹が植えてあり、その間の砂利を敷きつめた歩道沿いに、公衆電話のブースや公衆トイレ、ベンチや飲み水の水道の蛇口などの施設が、適当に設けられていた。郡クラスの公園にしては施設や設備などが、それなりに整備されているほうであった。

「ここで止めてくれや」

会長のひと声で、車は公園の中央にあたる広い空き地で一時停車した。その空き地には公園の案内板が立てられていて、四方に通じる環状道路の出発点になっていた。

「郡庁から今年の初めに、我が社の秘書室へ協力を要請する公文書が送られて来たのじゃよ。この公園にY郡出身の先覚者の銅像を建立することになったから、貴社においても公園造成事業に積極的な協力をお願いしたいという内容じゃった」

「先駆者の銅像ですか？」

「この地方の青少年の心に祖先の精神と矜持を植えつけるために、郷土出身の先駆者や独立運動の志士を選び出して、その人の銅像を建立するということが、公園の設計図に当初から入っておったのじゃよ。おまえさんはどのような人物が、この地方の先駆者にふさわしいと思うかね？」

返答は言わずもがなの問いかけであったけれど、会長の表情は真剣そのものであった。

「郡庁から会長宛てに協力を要請する公文書が送られてきたとなれば、銅像の主人公はあらかた決まっていたも同然ではありませんか」

「すると結局、銅像を建立する費用はわしが負担せねばならぬということじゃな？」

「そうした計算もなくはなかったでしょうけど、現実問題として、この地方出身の先覚者とか独立運動の志士と言ったら、玄山先生をおいてほかにいないじゃありませんか。幸いにも会長が子孫になるので、あらかじめ諒承を取りつけておきたいということでしょう」

公園の中心部にある広場だったので、銅像を据えつける位置としてうってつけであった。晩秋の寒々とした日和ではあったけれど、公園のなかの奥まった林の小径には、散策を愉しんでいる若いカップルの姿がちらほらと見え隠れした。銅像が据えられる場所をあらまし見てまわってから、会長はふたたび車に戻ってきた。車が公園を脱け出した頃、会長はまたしても後部座席から声を掛けてきた。

「台座に刻ませる何か適当な文句でも、ちょっと考えておいてくれや」

「はあ？」

「どでかい銅像ばかり立てておくわけにはいくまいが？　銅像を据えつける台座とか土台石とかに、お祖父さんの略歴の何行かと言葉のいくらかを、刻ませておくほうがよろしかろうて」

多忙なさなかにも時間を割いて、会長が亨真を伴ってこの公園へやって来た意図がわかるような気がした。

新聞社に休職願いを出して家に引き籠もっていた亨真に、今年の夏の初めに会長から思ってもみなかった申し入れがなされた。東日グループ本社企画室に広報チームを新たにおくことになったのだが、亨真にそのチームを組織する産婆役を引き受けてはもらえまいかというのであった。

二年前にあの怖ろしい交通事故があってからというもの、亨真は職場の新聞社にも休職願いをでして、療養を口実にどんな仕事とも関わりを持たぬようにしていた。日常の暮らしにひっきりなしに虚しい思いをさせる怠惰が入り込んできて、ときには息をつくことすら面倒になるくらい疲労を感じたものだから、あの事件のことをきれいさっぱりと忘れ去り、またふたたび仕事への意欲が湧いてくる日まで、これから先何年かかろうと待ち続けてみようと心に決めていたのである。

そんな思いでいた彼に、今年の夏の初め頃から少しずつ変化が生じてきた。事故死した妻の遺品などを整理して、マンションのわが家を留守にしたままオフィステルへ居所を移してから、読書が出来るようになったうえ、たとえ雑文にせよ文章をひねくりまわしたくなってきたのである。

会長が彼に声を掛けてきたのは、ちょうどそんなときであった。思い切って新聞社へ辞表を出して、それとなく別の職場を見つけようとしているところへ、いつの間にやら会長がそうした気配を察知して、広報チームを編成する産婆役という思ってもみなかった申し入れをしてきたのであった。相手は妻の叔父にあたる人物だったから、会長の申し入れは亨真にとってなおのこと心の負担になった。ましてや会長の姪っ子になる亨真の妻は、不慮の交通事故がもとで命を落とし、もはやこの世の人ではなかった。会長からの申し入れに、かりそめにも姪っ子の連れ合いへの同情とか、気配りのようなものが働いたのではと勘ぐって、亨真は必要以上に断固としてこの申し入れを拒絶したのであった。

ところが広報チームの産婆役の仕事を断ると、会長はまるで待っていましたと言わんばかりに、また別の頼みを押しつけてきた。会長の祖父である玄山・韓東振先生について、一族の間で大切に保存して読むことの出来る、簡略な年代記を執筆して欲しいというのである。

二十代も半ばを過ぎて何編かの小説を発表したことがあるばかりでなく、その後もさらに学芸部の記者として永らく新聞社の禄を食んできたおかげで、本人は強く否定しているけれど、金亨真は実力と才能を兼ね備えた若手の文筆家としても名が通っていた。会長もとうからそうした世評を承知していたものだから、自分にとっては姪になる妻を亡くして、失意のどん底に落ち込んでいる彼に、広報チームを編成する産婆役を引き受けさせようとしたのであり、玄山の一代記を執筆するというまた別の仕事を押しつけてきたのではなかろうか。

ともあれ広報チームを編成する産婆役の件は辞退したものの、会長の二つ目の申し入れまですげなく拒絶するというのは、亨真にとってしのびないことであった。ましてや亡き妻の曾祖父にあたる玄山先生は、およそ知られている業績だけを取り上げてみても、後世の人々から尊崇されてしかるべき独立運動の志士であり、先覚者であった。彼個人としても尊敬している人物だったうえ、亡き妻を偲ぶという意味もないではなかったので、亭真は玄山の一代記の執筆を、何らの留保もなしに引き受けたのであった。

会長がY郡の邑内へ入る前に、しばし車の行き先を変更してこの公園へ向かわせたのも、言うなれば銅像建立の計画があることを亭鎮に知らせて、銅像の台座に刻ませる何か適当な文言をあらかじめ用意しておくよう、依頼するためであったろう。ほんのわずかな時間さえ無駄に過ごしたりしない会長の用意周到さに、亭真はいまさらのごとく舌を巻くばかりであった。

「一代記の執筆に必要じゃろうと思われたので、社の広報室に玄山に関する資料を用意しておくよう言いつけておいたのじゃが、おまえさんがなかなか用意しておいた資料を受け取りに来てくれぬものじゃから、せっかく集めたのに苦労の甲斐もなく腐らせておるとぼやいておったぞ」

公園の進入路を脱け出してきた車は、いつの間にやら四車線のY郡の中心街へ入って行きつつあった。

「資料の用意をして下さっていることを、知らなかったのですよ。何日か前に連絡をもらって初めてそのことを知ったくらいで。広報室の姜次長とかいう人が、ファックスでわたし宛に送ってきました。ざっと検討してみたのですけど、整理もきちんとされているし、努力の跡もここかしこに見て取れるようでした」

「して、中国へはいつ頃出かけて行くつもりかね？」

「来年の春に、氷が解けだしたらすぐにも出かけるつもりですけど」

「北京と長春、それから延吉方面には我が社の支社と、出張所があるんじゃよ。おまえさんが出かけて行くことになったらあちらへ連絡して、ホテルとか車の用意などもあらかじめしておくよう、指示を出しておくでな」

「そんなことまでなさる必要はありませんよ。わたし一人で物見遊山を兼ねて、足の向くまま気の向くままに歩き回るつもりですから。傍に誰かがいて従いて回られたりすると、かえって時間ばかり食って足手まといなだけですから」

「おまえさんは中国の事情をよく知らんから、そんなのんきなことを言うのじゃよ。大勢の人で賑わっておる大都市じゃったら、それなりに歩き回ることも出来るじゃろうけど、人里離れただだっ広い平原の旧満州の地を案内もなしに、どんな知恵を絞ってたった一人で訪ねて回れると言うのじゃね？」

「会社の人たちに迷惑をかけたくないのですよ。案内や車が必要なときは、現地で車をチャーターしますから」

「市場調査と情報収集の段階じゃから、あちらの支社へ行っておる連中はいまのところ、これといってすることがないのじゃよ。支社の車を何台も遊ばせておるのに、車をチャーターするというのはどういうことかね？」

祖国の解放と独立のために、玄山先生が若き日の情熱を燃やしながら闘ったと語り継がれているのは、ほかならぬ長春から吉林、そして延辺にかけての旧北部満州一帯であった。一族の家族同士で大切に保存しながら読むことの出来る、いわば私家版の先生の簡略な一代記をという話から始まったはずなのに、近ごろではますます注文が膨れ上がってきて、簡略な一代記どころか先生の本格的な評伝の執筆を、という方向に発展する公算が大きかった。玄山先生の郷里につくられたこの公園の広場に先生の銅像が建立されるというのも、ひょっとしたら玄山に新たにスポットをあてる意図の一環かもしれなかった。

「こっちではねえだわ。大学ではのうて本家へ行ってくれや」

車の窓越しに市内の中心地を眺めてから、韓会長は運転手の南に行き先の間違いを正した。会長が運転手に向かうよう指示した本家というのは、亭真の亡き妻の実家のことであった、妻の父すなわち亭真の岳父韓基勲は、ほかでもない韓会長の実の兄であり、いまは玄山学院の財団理事長職を引き受けていた。その財団で今日は臨時の理事会があると言っていたけれど、会長は財団事務所のある大学ではない自分の本家を訪ねて行くところであった。

久方ぶりに亡き妻の実家を訪れなければならぬことが、亭真にはいまさらのごとく気が重かったうえ、胸が痛んだ。妻の実家の家族とて胸を痛めていることでは、娘婿の亭真と変わるところがなかった。嫁いでいった娘が不慮の災難に見舞われて亡くなり、にわかに男やもめになってしまった娘婿の亭真に対して、妻の実家の家族たちは顔さえ合わせると、いい相手を見つけて再婚するようにと、お題目でも唱えるようにして勧めるのである。娘婿が男やもめになったことが、まるで自分たちの責任ででもあるかのように、彼らはわが娘を亡くした哀しみよりも娘婿と顔を合わせることのほうを、もっと心苦しく思っていた。

「理事会のほかに、柳洞にも何か特別に用事があるのでしょうか？」

柳洞というのは妻の実家がある集落の名称であった。会長は曖昧に何度もうなずいた。

「実を言うと、おまえさんの岳父がわしときみに会いたいのだそうじゃ。東根も来ておるはずじゃて。これだけですでに、理事が四人も顔を揃えることになるじゃろうが」

東根というのは会長の甥であると同時に、亨真にとっては亡き妻の弟すなわち義弟にあたる若者であった。財団の理事のほとんどが一族の縁続きかさもなければ近しい知人たちばかりであったので、なるほどこの四人でだけでも臨時理事会は立派に成立するはずであった。けれども、会社の用事だけでも目が回るくらい多忙をきわめる会長が、ことさらに時間を割いてY郡まで足を運んで来たくらいだから、今日の臨時理事会には別の意味があるのかもしれなかった。

「ただいま到着しました」

亨真がなおも聞き出そうとしている間に、車は早くも柳洞にある妻の実家に到着してしまった。南運転手が車を降りて、会長の到着を本家の家人に告げた。庭先が広いので別にガレージなどつくられていない妻の実家には、すでに何台もの乗用車が駐車しており、夏の間生い茂っていた芭蕉などの観葉植物の群れが、冬支度のために分厚い藁の衣を着せられていた。

「金ソバン（訳注　ソバンは亭主、夫のほかに娘婿への呼称で～さんという意味がある）よく来たな、道路はそんなに混雑しておらなんだのかな？」

初めの一言は岳父基勲が娘婿の亨真を迎えての言葉であり、後の質問は兄から弟である韓会長へのねぎらいの言葉であった。

「はあ、今日はそれなりに車がスムーズに流れておりまして。義姉さん、こうしてわしが、金ソバンの首根っこを押さえて連れてまいりましたよ」

玄関の内側の岳父の背後に立って、義母の李女史と義弟の東根が亨真を迎えてくれた。

「さあ、お上がりなさいな。ほんとうに久しぶりだこと。用事でもなければ、こうして顔を拝むことさえままならないのだから」

「ご心配ばかりおかけして申し訳ありません。お変わりありませんでしたか？」

「送って下さった恩淑の荷物や遺品などは、ついこないだ確かに届きましたよ。して、新しく引っ越していったオフィステルとかいうところの、住み心地はどうなのかしら？」

義母につかまった亨真は、居間から別途に奥の間へ連れ込まれていった。

「寝室とキッチンが背中合わせですから、一人暮らしをするにはマンションよりもかえって便利ですよ」

「マンションの自宅をチョンセ（訳注　不動産の所有者に一定の金額を預けてその不動産を一定期間借りること。月々の家賃を払う必要がなくその不動産を返却すると預けた全額が返ってくる）で貸してしまったそうだけど、家財道具はどうなさったのかしら？」

「使えそうなものは別途に選び出して、親しい友人たちに分けてやり、残りは欲しいという人がいたので売ったり、捨ててしまったりもしました」

「そう、それはよかったわね……」

義母の口振りがにわかに湿っぽくなってくるのを感じて、義弟の東根が機転を利かせてすかさず義母との対話に割り込んできた。

「義兄さん。そろそろあちらへ行かなくては」

「ああ」

答えると同時に亨真は席を立ち、逃げだすようにして奥の間から出てきた。

「上へ行きませんか。二階の大広間にみなさんお集まりですから」

先に階段を上がっていく義弟の後にしたがいながら、亨真は背後から訊ねた。

「一族に一体、何があったというのかね？」

「叔父さんから何も聞いていないのですか？」

「臨時の理事会があるだろうという話だけだったが」

「芳しいことではありませんからね。思ってもみなかった訴訟騒ぎが持ち上がったうえ、どこかの気が触れたたわけが脅迫状まで送りつけてきたのですよ」

「脅迫状だって？」

「二階には崔弁護士や奨学会の事務長もお見えですから」

時たま忘年会などの宴会場にも利用されている二階の大広間には、会長と理事長兄弟のほかにも、見知った顔ぶれがさらに三人もいた。挨拶を交わしたり安否を訊ね合ったりするうちに、参席者の職位と年齢によってそれぞれの座席が自ずと塩梅されていった。座席が定まると、多忙な会長が待ちかねていたように単刀直入に口火を切った。

「電話であらまし話は聞いておるけど、まずは薬泉洞の訴訟に関する件から、崔弁護士に話を聞くとしましょうか。進行中の工事まで差し止めるよう妨害をするとは。世の中にこんな理不尽なことがあってもよろしいのですかな？」

「事態がおかしな方向に動いておりましてね。原告側が、所有権を確認するための訴訟を起こした後で仮処分を申請して、工事が進行できぬようにしておるからですよ。原告側の告訴状にざっと目を通してみましたが、事態はややこしくなりそうな雲行きです。薬泉洞一帯の二万余坪の林野はもともと、原告側の先祖代々の墓前でいとなまれる祭祀の費用を、収穫から捻出するための田畑、つまり墓位田となっておりましたから」

「墓位田だとすると、墓守の土地だという話ではないのかな？」

「おっしゃる通りで。薬泉洞の奥の谷間にはもともと、あの一族の祖先の墓地があったのですけど、ある年のことその墓地を横手の、間坪方向へ移して行ったのですな、その間に元の墓地が、自分たちに知らされぬまま別人の手に渡ったことになってしまったというのですよ」

「一体それは、いつ頃の話じゃね？」

「第二次大戦が起きる前、日本の植民地時代だそうですから、日本の敗戦による民族解放の日よりかなり前のことでしょう」

「それならどうしていままでほったらかしておいて、あの土地が何人もの手を経ているいまになって、遅ればせに訴訟なんぞに踏み切ったと言うのじゃね？　第二次大戦が起きる前の日本の植民地時代となると、ひと昔やふた昔どころか、半世紀よりさらに古い、虎がたばこを吸っていた時代の昔話だというのに、これまで何をしておって、いま頃になってことさらにとんでもない言いがかりをつけようという魂胆かね？」

「その間にお年を召した目上の方たちから、時たま話に聞いてはいたのだけれど、最近まで薬泉洞の土地が自分たちのものだったとは知らなかったと言うのですよ。薬泉洞の傍にひっついている間坪に関する古くからの登記書類を調べていて、昔の登記書類にどちらの土地も、自分たちの名義で登記されているのを知ったのだそうです。ご先祖さまの墓地と深い関わりがある土地なので、切り売りなどしたことがないと承知しておるのに、どうしてあの土地が切り売りされたことになっておるのか、遅まきながら気になったのでその経緯を調べてみたら、とんでもないことに間に趙某という人物が入り込んで、売買契約が結ばれた痕跡もないのにあの土地をまるごと掠め取っていたと言うのですよ」

「昔じゃったら、目上の人たちの一言さえあれば何もかもケリがついたわな。近ごろみたいに契約書をこさえたりハンコをついたりしないからな。それはそれとして、裁判所ではそのう、何を根拠にそんな埒もない訴訟を受け付けたと言うのかね？」

「昔の登記書類にはっきりと原告側の土地と記載されておりますし、これまであの土地に関する限り、ただの一度も売買契約が結ばれた痕跡がないのだそうです。もしも転売されているとしたら台帳にその記録があるはずなのに、台帳はまっさらのまま薬泉洞の土地だけが切り売りされておるものだから、原告側の主張通りに、裁判所では法廷で争う余地があると判断したのでしょうな」

「訴訟が起こされた経緯はそうだとして、まったく呆れ返ってものが言えんのは、ことを仕組んだ徐氏一族のほうじゃよ」

それまで一言も挟まなかった理事長の韓顧問が口を開いた。亭真の岳父の韓基勲は玄山奨学会の顧問の仕事も引き受けていたので、理事会など公的な席では韓顧問と呼び慣わされていた。

「そういえば、訴訟を起こした尹某とやらいう人物の背後に、ほんまの土地の持ち主が別におるという話はまことかね？」

「はあ、手を回して背後関係を調べてみたら、原告の尹氏は名前を貸しているに過ぎなくて、その背後でことを仕組んでいるのが徐氏一族であることは、明らかですな」

「徐氏一族というけど、徐仁圭のほかに誰がおるのかね……」

息詰まるくらい激しく遣り取りされていた話が、しばし途切れて沈黙が流れた。

財団の理事として名前を連ねてはいたけれど、亨真は妻の実家側いや韓氏一族が所有する土地に関しては、知っていることなどほとんどなかった。けれども、工事中に訴訟を起こされたという話から推し測ってみるならば、耕田大学の裏手に新築中の理工学部の科学館の敷地が問題の土地ではないかと思われた。かなり以前に買い取られてこれまで何ら問題も起こらなかったその林野が、いま頃になって訴訟沙汰になったことが亨真には意外という思いであった。

「金ソバンは近ごろ、徐教授に会ったことはないのか？」

不意に質問の矛先を向けられて、亨真は面食らって問い返した。

「徐教授といいますと？」

「文学評論をしておる、K大学の徐仁圭のことじゃよ」

「雑誌に載った文章は読んだことがありますけど、じかにお会いしたことは、最近ではありませんね」

「あの男、近ごろも頻繁にものを書いておるそうじゃな？」

「原稿依頼が多い人で、ちょくちょく書いているほうですね。すると、こんど訴訟を起こしたというのは、その徐教授の一族だったとおっしゃるのですか？」

「一族ではのうて、ほかならぬその徐仁圭が背後で糸を引いておるのじゃよ。どういう魂胆やらわからんけどな。あの男の土地は間坪のほかに、郡内だけでも数万坪を越えるのではないかな？」

「この地方では一番の大地主と噂されたくらいだわな」

こんども理事長の韓基勲が、弟の韓会長の言葉を引き継いだ。

「祖父は植民地時代に親日派になって土地を買いあさり、父親は父親で民族解放後に国会議員をしとる間に、あれやこれやと口実をこさえて土地をせしめておったから、Y郡一帯のめぼしい土地という土地はどれもこれも、徐氏一族のものだという噂だわな」

居合わせた理事たちの視線が自分に集中するものだから、亨真はなぜか目のやり場に困惑した。

徐仁圭といえばK大学英文科の教授であり、文芸評論家としても知られている文筆家であった。個人的に彼の書いたものが好きだったので、記者時代の亨真は時たま彼に原稿を依頼して新聞に掲載したこともあった。後になってたまたま妻の実家側から耳打ちされて知ったのだが、植民地時代に極めつきの親日分子であった東波・徐尚道こそは、誰あろう徐仁圭の祖父にあたるということであった。

親日派の一族であるにもかかわらず、徐尚道の息子であり徐教授には父親にあたる徐宗秀は、Y郡を地盤とする地方区から選挙に出馬して、二期にわたり国会議員に当選したほどの人物であった。けれども結局のところ、三期目に出馬したときは父親である徐尚道の親日行為が反対陣営によって暴き立てられ、徐宗秀は投票日を十日余り後に控えて自分から立候補を取り下げたものの、それから間もなく病を得て急死してしまった。公式には持病の高血圧が死亡の原因とされているけれど、実際にはショックによる心臓麻痺と知らされていた。

徐宗秀の息子の徐仁圭教授にしても、もともと政治に志があってイギリス留学までしたのだけれど、祖父によってなされた親日行為が世間に暴き立てられ、父親までがそのショックで急死する悲劇に見舞われると、にわかに専攻していた政治学を放棄して、イギリス文学の研究に舵を切るようになったというのである。

それはともかくY郡では、韓会長の一族と徐教授のそれとが、この地方を代表する二大名門一族として知られていた。ところが片方は親日派の一族であり、もう一方は独立運動の志士の一族ということで、長期にわたる嫉視と軋轢によってこの二つの一族の間の、目には見えない反目と足の引っ張り合いとが、火花を散らしていたと目されてきた。やがて徐宗秀が世を去り、韓会長が財界で頭角を現した近ごろになってようやく、これら二つの一族の間のカビの生えた反目は、表向きひとまずピリオドが打たれた恰好になっていた。

祖父徐尚道の親日行為が暴かれたことと、一族の大黒柱であった徐宗秀の突然の死が重なったことから、徐氏一族は隠忍自重するよりほかになく、もはやこれまでのように韓氏一族との緊張した関係を望まなくなったので、たとえ一時的にせよここしばらくは、この二つの一族の間に平穏な日々が訪れていたのである。

したがってこのたびの訴訟事件は、韓氏一族に対してなされた徐氏一族によるひさびさの巻き返しにほかならなかった。ましてやこの巻き返しが、徐仁圭教授が背後で糸を引いて行われたものであったから、教授と同年輩の会長としてもなおのこと心中穏やかであろうはずがなかった。

お互いに通った中学校こそ異なるものの、それに続く高校と大学が同じだったこの二人は、同学年であったうえ学業成績までが似たり寄ったりだったので、双方とも人並み外れてライバル意識が強い間柄であった。幸いにも、社会へ出てからはお互いに歩んだ道やそれぞれの進んだ分野が違っていたので、これといって彼らが衝突せねばならぬことなどはなかった。このたび持ち上がった薬泉洞の土地をめぐる訴訟事件だけが、これまで平穏が保たれてきた両者の関係を新たな対決の局面へといざなった、唯一の事件だったわけである。

身内同士の集まりにも似た臨時の財団理事会は、薬泉洞の土地をめぐる訴訟事件に対する崔弁護士の概要の説明と、理事長韓顧問の補足説明があってお開きとなった。薬泉洞の事件のほかにもまた別の不快な事件があったことが知らされたけれど、韓会長が急遽ソウルへ戻らなければならなくなったので、その事件に関する論議は次の機会に先送りされた。

後になって聞かされたことであるけれど、韓会長がこの日、多忙ななかで何とか時間をやりくりしてわざわざY郡まで出向いていったのは、身内ばかりが顔を揃える臨時理事会に、重要な案件を提案するためという話であった。傘下の企業が上げた利潤を社会にふたたび還元するという趣旨のもとに、会長は五十億ウォンという巨額の資金を提供して、玄山文化賞を制定することを提案する計画だったのである。

2

オフィステルの長方形の窓の下に、真っ昼間の車と人とでごった返している街並がひっそりと静まって見えた。防音設備がしっかり整っているほうであったから、部屋では救急車のサイレンの類が時たま聞こえてくる程度で、日常的な街の騒音などはほとんど意識した記憶がないくらいであった。九階の高さから見下ろすと人間などはアリのようにちっぽけなうえ動きものろくて、人間より大きくて動きが早い自動車のほうが先に視線に捕らえられた。都市の中心部からちょっと外れた副都心圏に属している街であったけれど、この界隈の道路もやはり朝から晩まで車の洪水でごった返していた。広い道路狭しと埋め尽くしたまま一糸乱れず、左右両側を流れていく車の行列が、まるで片時も休むことなく作動している巨大な組み立て工場の、黒っぽいベルトコンベヤーのようであった。

もっとも、一千万を越える都市の人口をあちこちへ運んでいくとなれば、この都市はその機能からいってこれくらいの数の車両は、受け容れるよりほかになかったであろう。そのため、途方もなしに図体がふくれ上がっているこのマンモス都市は、スモッグなどの都市の煤煙や橋梁の崩壊といった大型の事故でさえ、さして驚くには当たらぬことのようにそれとなく人々を納得させようとしていた。この都市を見捨てるか立ち去るかしない限り、市民はたった一つしかない命さえも、この都市によってかけられた不吉な暗示の世界に委ねておくよりほかにないのである。

窓側から視線を移すと、亨真はふたたびパソコンのモニターと向き合った。ついさっきスイッチを入れたままのスクリーンには、黒い文字の列が年代順にぎっしりと羅列されていた。

一八八六年　進士（訳注　科挙の小科に合格した人への

呼称）韓泰模の長男に生まれる。
一九一六年　密陽朴氏と結婚。
一九一七年　留学のため日本へ渡る。およそ一年後に帰国。
一九一九年　Y郡三・一万歳運動を主導後、逮捕され投獄。
一九二一年　服役して二年後に出獄。
一九二三年　独立運動を志して旧北満州（現在は東北の吉林省へ……。

資料はあらかた用意され、おまけに整理までされていたけれど、亨真の作業にはいまのところこれといった進捗がなかった。

あの頃の風物や時代的な背景などはそれなりに組み立てられるのだが、生々しくてしかるべき当時の人々の暮らしぶりが、いつも手足の関節が強ばったきりの木彫りの人形のような姿形でしか思い浮かばないのである。ましてやあの、見渡す限り広々として果てしない北満州一帯の平原には、零下三十度の骨身も凍りつく寒さと、この村あの集落を襲っては略奪してまわる、馬を駆り毛皮の衣服を着込んだ馬賊どもの、野蛮きわまるイメージばかりがつきまとった。

言うまでもなく、くたびれきっていたであろうし、貧しさのどん底で暮らしていたであろうかの地の同胞たちの、悲惨をきわめたさまざまな暮らしぶりが、そうした質の低いイメージなどに妨げられ、いっかな本然の姿を現して想像の網に掬い上げられてはくれないのである。どうしても現場へ足を運んでみなくては、一つところで堂々巡りを繰り返すばかりで、想像力が出口を見つけ出して開かれた空間へ解き放たれそうにはなかった。

れんが色の壁かけ時計の針が、いつの間にか午後三時を指していた。パソコンのスイッチを切るとキャスター付きの椅子を押し退けて、亨真はようやくハンガーに吊るされている洋服の上衣をはずして着込んだ。待ち合わせた時間は午後三時だったけれど、急がねばならぬ理由はなかった。徒歩でほんの三、四分もあれば十分に間に合う距離であるうえ、会わねばならぬ相手が、約束の時間を守らねばならぬほどの礼儀を必要とする、それほど大切な人物ではなかったからである。

不意にドアをノックする音がした。仕事をしている間はいつもドアをロックしておくのが癖になっていたので、亭真は面倒くさいと思ったらノックをしている相手が諦めて立ち去るまで、身じろぎもせずに待ち受けることにしていた。いまはしかし、すぐにも出かけようとしていたところだったので、来訪者が誰かを問いかけることもなく、亭真は気軽にドアを開けた。

「まだいらっしゃったのですね。間に合ってよかった。とっくにお出かけになったのではないかと思ってましたけど」

来訪者は義弟の東根であった。

「どうしたというのだね？」

「お出かけにならなくてもよいことになったのですよ。計画が変更されましてね」

「どうして？」

「血のつながりのあるぼくたちよりは、第三者である他人が相手をしたほうがよろしかろうと判断されましてね」

亭真がまたしても上衣を脱いでハンガーに掛けていると、東根は上気した面持ちで来客用のソファーに自分から先に腰を下ろした。

「やっこさん、感じが奇妙なんですよ。新聞記者ではないみたいで……」

「まさか？」

「話しぶりが下卑ていて、とてもおかしいのですよ。ひょっとしたら例の資料をネタにして、金銭でもむしり取ろうとしている詐欺師かもしれませんよ」

突然の事態の反転に戸惑って、亭真はしばらく考えがまとまらなかった。相手がこちらに、危害を加えようという底意があったのならいざ知らず、いきなり詐欺師かもしれないという発想は、ちと度を越しているように感じられた。

「約束はどうするつもりかね？　わたしたちが出かけていかないのなら、代わりに誰かに行ってもらわなくてはならないのじゃないかな？」

「秘書室の鄭室長と、広報室の姜次長が行っていますよ」

「あの人たちに任せておいて、もしも後でことがうまく運ばなかったら、会長からのお叱りをどうするつもりかね？」

「いや、これは叔父さんの指示なんですよ。まず、事実関係がどうなっているのかを確かめたうえで、その後の対策はゆっくり考えようと言うのですよ。やっこさんに別の底意がうかがえるようであれば、事実関係はどうであろうと正面突破だって出来るのではないかと言って……」

「正面突破？　それはまたどういう意味かね？」

「名誉毀損と虚偽の事実の流布などで、やっこさんを我が方が告訴する方法もあるということですよ」

「事実関係さえはっきりしたら済むことじゃないか。告訴までして騒ぎを大きくする必要があるのだろうか？」

「最悪の場合のことを言われたのでしょう。叔父さんの話だと、これまでにも何度かそうした脅迫があったそうですよ。たびたびそうした経験をさせられたので、いまではそうしたことにうんざりしているみたいでした」

数日前ある地方の日刊紙に、合点のいかない暴露性を帯びた記事が載った。愛国の志士として知られてきた数人の独立運動の功労者たちが、実際には晩年に親日分子に変節していた事実が、このほど発掘された新しい資料によって確認されたという内容のものであった。しかもその記事に列挙されていた数人の変節者の名前のなかには、こともあろうに玄山・韓東振先生の名前も含まれていたのである。

どのような資料をもとにしてそうした記事を載せたのかは知る由もなかったけれど、ひとたび新聞にその名前が公表されたからには、遺族としても困惑するよりほかになく、名誉を回復するためにも事実を確認する必要に迫られた。ことと次第によっては、その記事は歴史についても書き直しを要求するくらい、関連する団体や歴史学界などに重大な影響を及ぼしかねないものであったからである。

とりわけ玄山のような独立運動の志士の遺族にとっては、この記事は悪意に満ちた陰湿な誹謗と中傷以外のなにものでもなかった。せめてもの幸いだったのは、その途方もない暴露記事の内容と比べたら、一般の購読者の理解や関心はさっぱりで、関連する団体や学界にまでその余波が広まっていかなかったことであった。ましてや、この暴露記事が載ってからすぐに、後続記事につながらなかったものだから、この記事は地方紙にありがちな一過性のゴシップくらいに受け取られ、うやむやのうちに立ち消えとなってしまったのである。

けれども、結果はどうであれ玄山の子孫たちにとって、その記事の出現は予想だにしなかった途轍もないショックであった。当然のことながら、子孫たちで構成されている玄山の追慕事業会からは、その地方紙をだしている新聞社に正式に抗議する問題が提起され、事実関係を明らかにすることと、それが出来なければ謝罪広告と訂正記事を掲載することなどを強力に要求した。

新聞社側はしかし、事実関係を明らかにしたり釈明したりするどころか、何の応答も示そうとはせず、だんまりを決め込むことで押し通すばかりであった。根拠としている資料が動かし難いものであったので、あえて相手にする必要はないと判断したのか、それとも遺族たちの抗議が激しさをきわめたものだから、解明すべき方法に窮してしまったのか、とにかく知りようがなかった。とはいえどちらのケースであれ、遺族としては一歩も後へ引くわけにはいかなかった。すでに独立運動の功労者として、学界はもとより政府当局によっても評価されている祖父を冒涜する、そうした無責任な中傷や誹謗記事を掲載したジャーナリズムを、何らの解明もなければ訂正記事の掲載もなしに、このまま野放しにしておくわけにはいかないと判断したからである。

亡き妻の叔父である韓会長のたっての頼みで、玄山の一代記を執筆することになっていた亨真は、地方紙にそうした記事が掲載された事実すらまったく知らされていなかった。せめて耳打ちくらいはしてくれてもよさそうなものだけれど、妻の実家の人たちが意図的にそのことを知らせなかったのは、玄山の一代記を執筆するにあたって、亨真が何がしかの影響を受けたりはしまいかと危惧したからであった。結局この事件のことは、遅ればせながら解決の糸口が見えてきて、韓会長が心に余裕を持ち始めたつい最近になって、ようやく亨真にも知らされたわけである。これもずっと後になってわかったことだけれど、Y郡で招集された臨時理事会の折に、会長が急遽ソウルへ戻らなければならなくなったため、にわかに後日に持ち越された第二の議案というのは、ほかでもないこの暴露記事への対策を論議しようということであった。

事件のほうはその後さまざまな曲折を経たあげく、新聞社側は矢面から一歩引き下がり、記事を担当した記者との直談判という形で解決の糸口がほぐれてきたのである。遺族たちからの度重なる強硬な抗議に対して、だんまりを決め込むことで黙殺してきた新聞社側が、謝罪広告とか訂正記事を載せる代わりに、あの記事を担当した記者をスケープゴートにし、ほかならぬそのスケープゴートにされた記者が数日前に地方から上京してきて、会長側の人物と会って釈明することになったのである。

ところがその記者の釈明ときたら、玄山の子孫たちをいよいよ激昂させる結果に終わった。記者は、記事を書くうえで根拠とした資料の一部をコピーしてきて示すと、自分の記事は独立運動の功労者たちを冒涜する目的ででっち上げたものではなく、新たに発掘された資料をもとに自分なりの検証を経た末に、正確を期して書かれたものであると言い張って、一歩も譲らなかったのである。

地方紙の記者から謝罪や釈明の代わりに、自己弁解とも取れる抗弁ばかりを聞かされた玄山の子孫たちは、それほどまでに言うのであれば、あの記事を書くための根拠としたという資料の真偽のほどを確かめるために、資料の提供者とその出所を明らかにするよう迫った。たとえ資料の一部をコピーしたものだとはいえ、その内容たるやあまりにも奇々怪々なうえ荒唐無稽だったので、とりあえずはその資料なるものの真偽のほどを確かめるために、資料の出所からはっきりさせようとしたのである。けれども地方紙の記者は、ニュースソースに対する守秘義務を盾に取り、根拠とした資料の出所ばかりは明かすわけにいかないとこれを拒絶した。

とどのつまり、玄山の子孫たちの執拗な抗議と要求に手を焼いて、その記者が遅まきながらもまるで譲歩でもするようにして示したのは、二つの条件が付いたどっちつかずの妥協案であった。今日限りこの事件を問題にしないことと、資料の出所を外部に洩らさぬことを条件に、その記者は渋々ながら資料の出所を明かしてくれることになったのである。

ところがこんどは、玄山の子孫たちのほうがその記者の底意に疑念を抱き始めた。それまでのさまざまな言動に疑わしいところが少なくないことから推して、金品を脅し取ることを目的とした、詐欺師である疑いを棄てきれないと言い出したのである。そうした事情があって韓会長も、その記者との約束の場所へは初めに予定していた顔ぶれを差し替えて、別の人たちを遣ることにしたらしかった。もともとは本家の兄の息子で会長には甥になる東根と、姪の連れ合いである新聞記者上がりの亨真を向かわせるつもりであったのだが、約束の時間が迫ってきてからにわかに、自分の社の人間である本社秘書室の鄭室長と広報室の姜次長とを、代わりに約束の場所の喫茶店へと向かわせたのであった。

「その記者、名前は何というのかな？　それさえわかればほんものの記者かそうでないか、調べる手だてはあるのだが」

つい最近までは亨真も第一線の記者であった。日刊紙の記者たちは記者クラブの会員名簿に、その名が掲載されていた。偽記者か正真正銘の記者かということは、その名簿を調べればすぐに判明するはずであった。

「金宗植という名前ですよ。調べてみたのですけど、新聞社に勤めていることに間違いありませんね」

「だとするとその男を詐欺師扱いしたりするのは、ちとひど過ぎるのではないかな。だってそうだろうが。いくら地方紙の記者とはいえ、会社の禄を食んでいるのに、幾ばくかの金品に目がくらんで、れっきとした記者の身分で詐欺を働くような愚か者がどこにいるかね」

東根が慌ててかぶりを振った。

「それでもやはり、記者ではない公算が大きいのですよ。新聞社に勤めていることは間違いないのですけど、編集局でなくて営業局のほうに名前が載っていましてね。広告部とか業務部の人ではないかと思われるのですよ」

「記事を書いた本人ではないということかね？」

「記事を書いた記者は別にいて、金宗植は資料を提供しただけではないかということですよ。記事を書いた本人なら、玄山についてある程度の知識があってもよさそうなものですけど、こないだ顔合わせをしたとき訊いてみたら、まるきり何も知らなかったそうですから。玄山のことを何も知らないくせして、どうやってあんな記事が書けるのです？」

いつの間にか金宗植に対する背後からの調査が、徹底的に行われていた。もっとも韓会長ほどの何事にも抜かりがなく綿密な人間が、問題の男に対する事前の調査をおろそかにすることなどあろうはずがなかった。ひょっとしたら会長は、密かに調査を進める過程で例の記者の胡散臭い振る舞いから、詐欺師に通じる体臭でも嗅ぎ取っていたのかもしれなかった。もしも例の、問題の資料とやらが偽造されたものか、あるいはまたその内容がでっち上げられたものであることが判明したら、金宗植というその地方紙の記者は、詐欺を仕掛ける相手の選び方がすこぶる間違っていたことになる。会長の冷酷にして情け容赦のない報復を、覚悟しなければならないからである。

「して、鄭室長はどうするつもりでその記者に会いに行ったのかな？」

「まずは資料の出所を探り出すのと、出来ることならその資料の原本を手に入れたいと考えているようでした。コピーされた内容の一部から判断すると、思ったより資料は多くはないらしいですよ」

玄山・韓東振先生は一九四三年の末ごろ、旧北満州は吉林省の省都である長春のとある街角で、何者かによって狙撃され、非業の死を遂げたことになっていた。満州へ渡った初期の一九二三年から、北満州における朝鮮人の抗日抗争期である一九三七年までは、ところどころでそれなりに玄山の足跡は発見されるのだが、一九四〇年から一九四三年までの後期に関しては記録が何もないものだから、彼の足取りはほとんど知られていなかった。ところが、金宗植と名乗る記者がこのほど新たに発掘したとされる未公開の資料は、まさにその知られていない一九四〇年以後の足取りに関する記録であった。

一九四一年ごろ長春で発刊されていた日本語の出版物の一つで、『北満日報』という新聞からコピーされたその資料には、在満朝鮮人が臨戦報国団を発足させるための準備委員会の広告が載っていた。そしてこの広告で問題になったのが、そこに列挙されている準備委員の名簿のなかに、玄山・韓東振先生が準備委員長として名を連ねていたことであった。臨戦報国団とは、日本軍が中国で侵略戦争を繰り広げているとき、皇国臣民すなわち天皇の国の臣民として朝鮮人も、大日本帝国の戦時体制に積極的に参加して、奉仕すべきであるという趣旨のもとに結成された、在満朝鮮人の民間団体であった。コピーされた資料にはこの団体が採択した綱領なども幾つか載っていたが、それらはこの団体の性格を物語るうってつけの例となるものであった。たとえば、

一、我等は皇国臣民として皇道（訳注　天皇が行う治世の道）精神を宣揚し、聖戦の遂行に決死報国する。

二、我等は戦時体制に際して国民生活の刷新はもとより、国債の消化、貯蓄の励行、物資の供出、生産の拡充に邁進することを期する。

などとなっていた。羅列されている幾つもの綱領のうちから、こうした一つ二つにざっと目を通しただけでも、この臨戦報国団なるものがどのような性格の団体であるのか、さらにはどのようなことをするために結成されたものかということがわかる。資料には、臨戦報国団を結団する趣旨と準備委員たちの名簿はいうまでもなく、結団の日時と会場に至るまで詳しく記載されていた。これまでは独立運動の志士だったと固く信じて疑わなかった子孫たちにとって、こうして遅ればせながら発見された玄山の親日行為、言い換えるならおのれの民族への叛逆行為に関する資料の出現は、まさしく青天の霹靂にもひとしいショックであり、驚きというほかはないものであった。

電話のベルが鳴った。受話器を取ると韓会長の声が流れてきた。

「東根と一緒に、いますぐにわしのところへ来てくれや」

「何事でしょうか?」

「鄭室長がたったいま戻ってきたところなんだわ。案じておったよりことがスムーズに運びそうな雲行きなのじゃよ」

「金宗植とかいう地方紙の記者に、そんなに簡単に話がついて戻ってきたというわけですか?」

「三十分ほど話し合うたら、地方紙の例の男のほうから先に、席を立ちおったそうじゃよ。詳しい話は後で聞くとして、すぐにこっちへ来てくれや」

「わかりました。そちらでお目にかかりましょう」

受話器を元へ戻そうとすると、ふたたび会長の気ぜわしげな声が聞こえてきた。

「きみは英語が堪能なことは承知しとるが、日本語のほうもよく出来るそうではないか、ほんとうかね?」

「よく出来るというほどではなくて、何とか意思が通じる程度ですよ」

「いつ頃習い覚えたのかね? 日本語は」

「日本への特派員にという話が持ち上がって、新聞社に勤めていた頃一年ほど学びましたけど、途中で投げだしました」

「その程度なら結構だわ。足らんようじゃったら、やり直せば済むことじゃからな」

「いまさら日本語を学びなおすつもりなどありませんよ。それにしても、出しぬけに日本語のことなど、どうしてお訊ねになるのです?」

「それを知る必要があるのじゃよ。きみの日本語がけっこう役立つような気がするんだわ」

亭真が問い返そうとするより先に、会長はいつもの癖で一方的に通話を切ってしまった。手にしていた受話器を元へ戻しながら、亭真はにわかに倦怠感に襲われた。


「おお、待ちかねたぞ」

及び腰に立ち上がった姿勢で、人差し指を真っ直ぐに立てパソコンのキーを叩いていた韓会長が、テーブルの傍をまわって接客用のソファーのほうへ近づいてきた。二十二階建ての高層ビルの七階に位置している会長のオフィスは、東日グループ財閥の総帥たる会長のそれにしてはだだっ広いばかりで、お世辞にも豪華に飾り立てられているという感じはしなかった。普通のオフィスと異なるところがあるとしたら、十数人が同時に囲むことが出来る会議用のどでかい円卓と、その後ろの壁全体にかかっている特注してつくらせた韓半島の模型地図くらいなものだろう。流通業がメインの事業となっているので、その模型地図には東日グループの支社のネットワークが、赤点で細かく表示されていた。

「今日のきみはやけにすっきりして見えるじゃないか？　二十分ほど遅れてきたところをみると、ひょっとしたらデートでもしてきたのではないのかな？」

「怠けていたらあまりにもじじむさくなったものですから、久しぶりに床屋へ行ってきたのですよ。新聞社にも用事が出来たので、ついでにそっちへ寄り道して来たものですから遅くなりました」

「辞めてしまった新聞社なんぞに、どんな用事かあったというのじゃね？」

「退職金の問題もあるし、いまでもわたし宛に送られてくる郵便物だってありますから……」

と言いさして口を閉ざし、亭真はポケットから一通の封書を取りだしてテーブルの上においた。

「編集局へ立ち寄ったら社会部の友人の一人が、わたしに手渡したらよかろうと判断したと言って、この手紙を渡してくれました。読み終えて、処分してしまおうかとも思ったのですけど、会長にお見せしたうえでと考え直して持って参りました」

「何と書いてあるんじゃね？」

「お読みになればわかりますよ」

会長はその手紙を手に取ると封筒の裏書きを見て、意外だというように亭真の表情を見返した。

「中国から来た手紙ではないか？」

「玄山の子孫の消息が知りたいという、朝鮮族のある若い人からの手紙ですよ。この人の父親が、どうやら玄山の存命中にとても近しくしていたらしいのです。玄山との古い思い出を大切にしたいので、せめてその子孫にでもいっぺん会ってみたいという父親に代わって、この人がこれを書くことになったそうですよ。招請状でも送ってもらえるのではないかと、そんな手紙を書いて送りつけてきた気配がするのですけど、会長にもしもその気がおありでしたら、連絡してみてはいかがです？　会社にポストの一つもこしらえて採用してやったら、きっとこの人、ものすごく感激するのではありませんかね？」

皮肉っぽく聞こえる亭真の話には上の空で、会長はいつの間にか手紙を読むほうに気を取られていた。けれども、すっかり読み終えると手紙を元通り亭真の手に戻した。

「胡散臭いな。けど、どのみちきみは、玄山の足取りをたどるために中国へ出かけていくわけじゃからな。行ったついでに、ちょっと時間をこさえて会うてみてもいいような気がするのじゃがどうかな？　だってそうじゃろうが。こうした人たちの口からどのような新しい資料が飛び出すやら、わからんじゃろうが」

「わたしには、会ってみる興味などありませんね。玄山の子孫が韓国で財閥になっているという噂を聞きつけて、そのおかげをこうむりたいという魂胆が見え見えですからね」

「それにしても、こうした手紙をなぜ新聞社へなんぞ送りつけおったのじゃろうか？」

「新聞社の力で、玄山の子孫を見つけ出してほしいという意味でしょうよ。宛先はわからないし、どうしたらよいのか途方に暮れたので、とりあえずは新聞社から放送局といったところに宛てて、ひょっとしたらと思いながら送りつけてきた手紙ですよ、きっと。この手紙の差出人の宋階平という名前を、どこかで耳にした覚えはありませんか？」

「いんにゃ」

差出人の名前は宋階平となっていた。発信地は遼寧省瀋陽。かの地の高級中学校で教師をしているという人物である。

「いつ頃発てそうかね？」

時間に追われている会長はいつの間にか、話題を別のほうへ切り替えた。

「発つといいますと？」

「日本へは行かんのかね？」

亨真の口許に自嘲ともつかぬ笑みが浮かび上がった。ことさらに邪気がないようにつくって見せる表情のなかに、老獪な韓会長なりの愛想が悪戯っぽく隠されていた。それを見て取ったからには亨真のほうも、しらばっくれてとぼけて見せるよりほかになかった。

「誰が日本へ行くというのです？」

「どのみち手をつけたのじゃから、ケリをつけねばならんじゃろうが」

「何のケリをつけるとおっしゃるんです？」

「再発を防ぐためじゃよ。後でまたどこの誰が、新たに発掘しましたなどとぬかしおって、どのような資料を引っさげて出現するやらわかったものではあるまい？　いっそのことおまえさんが日本へ乗り込んで行って、残りの資料とやらをそっくり手に入れてくることじゃよ」

亨真がかぶりを振った。


地方紙の記者金宗植からまんまと問題の資料の原本を譲り受けた韓会長は、金宗植にまたふたたび面談を求めて、首尾よく資料の出所まで聞き出していたのである。意外や意外、半世紀以上も経っているその資料の原本は、日本に住みついている在日同胞の手で発掘されたものであった。おまけに金宗植の話によると、資料の発掘者であるその在日同胞の手許には、一九四〇年頃の玄山に関する、また別の資料があるらしいとのことであった。どのような内容の資料がさらにどれくらいあるのやらわからぬけれど、かなりの分量の当時の資料があることだけは間違いないらしかった。

これらの資料の真偽のほどをきっちりと確かめて、事件の徹底的な解決を図るべきだろうと言われていた初めの意気込みは、こうした事態を受けて一歩後退し、事件の円満な収拾を図るという方向に軌道が修正された。まるでパンドラの箱にも似たこの微妙な事件からは、もはやこれまでのように努力を重ねてみたところで、とても好ましい解決策が期待できそうにないと判断されたからである。韓顧問までソウルへ上京させて二度目に招集された臨時理事会でも、そろそろこの辺で手を引こうという方向で、事件の解決を図ることが合意された。理事会の雰囲気たるや憂鬱で沈痛をきわめるものであったけれど、賢明な合意点に到達したわけである。

ところが、臨時理事会があってわずか三日しか経っていない今日になって、韓会長はふたたび考えをひるがえし、この事件への新たなアプローチを試みようとしたのである。今回のそれと類似する事件の再発を防ぐためにも、在日同胞の手許にかなりの量が保管されているという資料を、残らず引き取るべきだと韓会長は心に決めたらしかった。それらの資料の真偽のほどを確かめるということは、もはや彼らにとってさしたる意味がなかった。会長の意図は、発掘されたという玄山に関する資料をことごとく手に入れて、こんどのそれと類似する事件の再発を未然に防止するところにあったから。

「それらの資料がねつ造されたものである可能性は、もはやないとお考えですか?」

「わからんわな、ねつ造された可能性もなくはないじゃろうけど、誤報や誇張などによる間違った資料である可能性も、否定できぬじゃろうが。それにしてもきみは、どういうつもりでそんなことを訊いとるのかね?」

「日本にあるという資料を残らず手に入れて、世間に公開なさるつもりはないのでしょ?」

「必要とあれば、しなくてはなるまい。その必要があるのかどうかはわからんけど」

「玄山先生の名誉を傷つける、汚辱とか不利益みたいなものが降りかかるかもしれないということは、考えてみませんでしたか?」

「確認もされておらぬ暴露的な資料などに気を遣わねばならぬ理由が、どこにあるというのじゃね? いまわしが手に入れたいと望んでおるのは、例のあのくそ忌々しい四〇年代の資料だということじゃよ。本物であれ偽物であれ、そうした詮議は手に入れた後ですることじゃて。さしあたっては、そうした品々が他人の手から手へと転々としおるさまを、指をくわえて見ておるわけにはいかんということじゃよ」

「手を引くとお決めになっておきながら、いまになってそれをひるがえされた理由がよくわからないのですよ。先だっての臨時理事会での合意は、どういうことになるのです?」

「もちろん有効だわな。こんどのことは理事会とは関係なしに、わしが個人的に進めておるものと承知してくれたまえ。そしてこれには、是非ともきみの助けが必要なのじゃよ。こんどばかりは是非とも、きみに行ってもらわなくてはならんのじゃよ。日本語が堪能だからということではなくてな。きみこそは我が一族の者たちのなかで、今回の事件をもっとも円満に解決してくれる、適任者だからじゃよ」

　韓会長は長々と話し終えると時計を見やってから、インターホンのボタンを押した。

「鄭室長、これから金亨真先生がそっちへ向かうところだ。よく話し合うて、先生の訪日スケジュールも決めるし、ビザの件なども処理してやってくれや」

　指示を終えた会長は改めて亨真のほうを見やった。

「秘書室の鄭室長に、こんどの件を総括させることにしたのじゃよ。わしは三時に、外国からの来客と会わねばならんのだわ。日本なんぞは目と鼻の先じゃろうが。しばし風に吹かれて散歩に出かけるくらいのつもりで行ってくれや」

「考えてみますよ。どんなに近かろうと、いやしくも外国ですからね。それでも住所だけを頼りに、見ず知らずの相手を訪ねて行けとおっしゃるので？」

会長がまるで弾かれたように、高笑いを始めた。

「大阪にある我が社の支社が、すでに問題の中興烈とかいう在日同胞を見つけだしてあるそうじゃ。幾らか前まで大阪に住んでおったのじゃが、最近になって京都へ住まいを移したそうじゃな。住んでおる家まで突き止めておいたのじゃから、これから先はおまえさんが飛行機に乗りさえすれば片がつくわけじゃて」

　韓会長は席を立つと、亨真を見送るようにしてドアのほうへいざなった。どうやら、来客と会う約束の時間が迫ってきているらしかった。

3

赤信号に阻まれて一時停車していた車が、兜のような格好の屋根をした木造建築の前まで来て停まった。亭真が日本で出会ったもっともエキゾチックな建物であった。日本国の祖神が祀られている神道の霊廟か、さもなければ建立されて数百年にもなる古刹だと説明された。

「道路を横断なさるとき、もしかしたら不便だったのではありませんか？」

ハンドルを握っている朴支社長が、隣座席の亭真のほうへ顔を向けて訊ねた。東日グループ傘下の東日物産大阪支社長である朴万吉は、亭真が大阪へ到着してからずっと彼のガイドを引き受けていた。どうやらソウル本社から、韓会長がじかにガイドするよう指示したのであろう。

「信号のある横断歩道ではさして不便を感じませんでしたけど、奥まった裏通りとか路地などではやはり、ひどく馴染めない感じがしましたね」

「ご覧のようにこちらでは、運転席も右側になっていますからね。その昔イギリスと親しい間柄だった関係で、イギリス式の車をモデルとした結果だそうです。アメリカ式の車をモデルとしている韓国とは、いろいろな面であべこべでして」

車が左側通行になっている日本では車道を渡るとき、まず右側を見て気をつけなければならない。韓国での習慣のままに何気なしに左側にばかり気を取られていて、亭真は不意に車が迫ってくるのにびっくりして、たびたびその場に立ちつくしたことがあった。

およそ一時間半ほどの空の旅の末に亭真が関西国際空港へ降り立ったのは、昨日の午後三時であった。空港ロビーへ迎えにきてくれた朴支社長が、大阪市内のホテルまで亭真を案内してくれた。チェックインを済ませて手荷物を部屋へ運んだ後で、喫茶室でコーヒーを一杯ずつ飲んで初対面の挨拶に代えてから、朴支社長は支社へ戻っていき亭真一人がホテルの部屋に取り残された。初日のこの日は支社の職員たちと夕食をともにする約束があるだけであったから、三時間余りある午後の時間を、亭真は異国の都会の散策に振り向けることにした。

大阪という街はソウルからの飛行時間が短かったせいか、外国へ来たという感じがほとんどしなかった。道行く人たちの顔つきといい身なりといい、ソウルで見かける人たちのそれと似たり寄ったりだったし、行き交う車や建ち並ぶ商家などにしても、近ごろの韓国の大都市で見かけるそれとさして変わるところがないように見受けられた。ところが、ほっと胸をなで下ろして気楽な気持ちになったとたんに、まるで待ち伏せでもしていたちびっ子ギャングか何かのように、街のここかしこから得体の知れないものたちが襲いかかってくるようになった。それはまず長い歳月を通じて街の隅々に染みついて、その都市に特有の体臭になっている微妙な匂いから始まった。

その匂いたるや行き交う通行人たち、傾斜の急な地下道の入り口、大型ビルの入り口の自動ドア、ひっきりなしにさまざまな蒸気を噴き出している、ごちゃごちゃと入り組んだ裏通りと市場通りなどが、おのおの自分だけの独特の匂いを長年にわたって懸命に噴き出してきた結果、それらが空気中で一緒くたになって混じり合い、オーケストラのハーモニーさながらに独特のものにつくり上げられた匂いであった。彼はニューヨークのハンバーガーショップやフランクフルトのファーストフード店でも、これと似たような匂いを嗅いだことを憶えている。脂っこくて豊満なものが感じられるけれど、どことなく浅くて薄っぺらな印象をぬぐえないその匂いは、いつの間にか世界中のあらゆる大都市に共通する匂いとなって居座っていた。

それらの匂いと大阪のそれとの違いは、べとつくような脂っこい匂いにさらに重なり合うようにして、昆布を茹で上げたような塩気を含んだ海の匂いと、永らく塩水に漬けてゆっくりと発酵させた、甘酸っぱい漬け物の匂いが混じり合っていることだった。これが韓国のソウルや釜山ならおそらく、どことなく浅くて薄っぺらな印象をぬぐえないその匂いにさらに、キムチとニンニクの匂いが薬味として加えられることであろう。

大阪ではしかし、匂いだけが韓国のそれと異なっていたわけではなかった。ことのほかたくさん目にとまった日本風の漢字で書かれている看板の類、住宅街の塀や垣根越しに眺められる棕櫚など亜熱帯の観葉植物の群れ、大売り出しなどの催し物を知らせる赤い長方形ののぼり旗など、それから秩序整然と嚙み合わさって回転している効率的な都市の機能などが、あらまし亭真の目に映った韓国とは異なる風景であった。

そんな彼がもっとも当惑を覚え途方に暮れたのは、道を行く見知らぬ若者から早口の日本語で話しかけられたときであった。何を言っているのかおよそのところは聞き分けることが出来たけれど、しばらく一言も答えられなかった。韓国の若者たちとまったく顔つきが同じだったので、すんでのことで彼は韓国語で答えるところであった。韓国の若者ではないはずだと思って気を取り直すと、こんどはまごついていたせいか、日本語で何と答えるべきかにわかには思いつかなかったのだ。このとき彼は、いま自分が立っているそこが、およそ一時間半ほどの短い飛行時間とは関わりなしに、言葉と習俗と民族が異なる人々が暮らしている、日本という外国であることにようやく気がついたのである。

「真冬なのにこちらの気候は、いつもこんなに暖かいのですか?」

「ええ、冬でも大阪や京都といった大都会では、雪になることがあまりないのですよ。零下まで下がることが滅多にないので、雪がちらほら降りだしたとしても地表まできて、たちまち解けてしまいましてね」

「北の地方ではそんなことはないはずでしょ?」

「もちろんですよ。北海道方面では零下三十度の厳しい寒さの日だってありますからね」

北から南にかけて斜めに細長く横たわっているおかげで、日本列島は亜熱帯から寒帯までの広範な気候帯に属していた。韓国の場合も長ったらしく南北に延びていて、狭い国土に比べたら気候帯の幅は広いほうであった。

「何歳くらいになる方です?」

「お年寄りですよ。今年で六十七歳だとか」

「気難しくはありませんでしたか?」

「気難しくはありませんでしたけど、さりとて相手にするのが楽な人でもありませんでしたね。若い時分は朝鮮総連系の学校で、歴史の教師として在職したこともあるそうですから、こちらの一般の同胞たちよりは民族意識が強いと見るべきでしょう」

「朝鮮総連側の人だとすると、ひょっとしたらこちらを毛嫌いしたりしませんかね？」

「何年も前に朝鮮総連から抜けたそうですよ。それから、たとえいまもあちらに属しているとしても、以前と違って人見知りがひどくはありません。東ヨーロッパの社会主義圏が崩壊してからというもの、朝鮮総連側の人たちとの往き来や接触がずいぶん緩やかになりました」

申興烈、六十七歳、朝鮮総連系のかつては民族学校で教師。現在は隠退してパチンコ業を営んでいる息子及びその家族と同居……。支社長に案内されて彼はいま、京都市内に住んでいるという在日同胞の申興烈を訪ねていくところであった。一度はすでに彼と面談したことのある支社長は、申興烈が思っていたより慎重なうえ折り目正しい人物だったと語った。今日、亨真と会うことになったのも、電話一本で簡単に決められたとのことであった。面談がスムーズに運ぶようにするために、亨真はすでに退職している新聞社の記者の身分を借用することにした。資料収集が目的であるからには、相手につまらぬ好奇心を抱かせたくなかったのである。

「ソウルへはいつ頃帰られる予定ですか？」

「今日の結果次第ですね。首尾よくいったら、用事が済んだ後で四、五日ほど観光でもしてから帰るつもりです」

「東京とか九州方面へ行かれる予定はありませんか？」

「東京へ？　東京へはまたどうして？」

「京都や奈良といった近畿地方を歩くだけでも、五日間では満足にご覧になれませんからね。東京や九州方面をご覧になるとしたら、別途に日程を組まなくてはならないでしょう」

打算のない支社長の親切ぶりに、亨真は心ならずも少しずつ重荷を感じてきた。ここ大阪のデパートやスーパーマーケットなどに韓国産の台所用品やキムチなどの食品を納入している支社長は、初めて日本の土を踏んだときは東京支社に二年ほど勤務した。そしてその折に能力を認められて支社長に昇進し、大阪へ転勤してきてさらに三年目の勤務中だという。一九六〇年生まれで亨真とは同い年の彼は、五年間の日本勤務を通して東日グループの内部では日本通で知られていた。確かめてみたわけではないけれど、彼の妻は日本人だという噂もあった。

「こちらも道路はかなり混み合うようですね」

「はあ、今日はことのほか混み合っていますね」

大阪から京都までは車で小一時間ほどの距離だという。ところが京都市内へ進入してからというもの、車はほんの少し前進しては停車を繰り返すばかりで、なかなかすっきりと走り抜けていくことが出来ずにいた。そのおかげで亨真は、日本を代表する古都といわれている京都の市内を、車のなかにいながらにして心おきなく眺めることが出来た。規模こそ異なれ、御所や寺社仏閣など昔からの由緒ある建造物がそちこちに散在していて、韓国の慶州を思わせる雰囲気を漂わせている都市であった。古い建物と現代建築とが街の至るところにバランスよく溶け込んでいて、まるで京都という都市全体がすべての市民のまごころと気遣いのもとで、価値ある骨董品さながらに細やかに保護されている感じであった。

「ひょっとしたらこちらに滞在中に、日本の人とお会いになる約束などありませんか？」

「これといって約束はありませんけど、あちこち歩き回っていたら、たまたま出くわしたり知り合ったりすることはあるでしょう」

「どんな場合でも、日本の人とお会いになったら、なるべく過去の歴史に関する話は避けたほうがよろしいですね」

「それはまた、どういう意味です？」

「日本を見て回って帰国した韓国人のなかには、よからぬ印象をもって帰られる人たちが少なくないんですよ。ひどいときなど、決められているスケジュールまでキャンセルして、すっかり腹をたててさっさと帰国していく人までおりましてね」

「どういう理由で？」

「言い争いのせいですよ」

「言い争い？」

「民族解放前、つまり植民地時代の話となると韓日両国の国民の間には、ふだんはものすごく親しくしていた人たちもにわかに顔を真っ赤にして、激しい言葉の遣り取りまですることがたびたびあるのですよ。これまでのわたしの経験では、植民地時代の話は、両国の国民すべてにとってアキレス腱みたいなものですから、傷つきやすいデリケートな部分ですから、なるべくならあの時代の話はほどほどにして、自制なさるのがよろしいと思うのですよ」

慎重な言い回しの支店長の忠告に、亨真はしばし返答に窮した。忠告の真意を測りかねることもあったけれど、なぜ過去のことに関して韓国人が自制する必要があるのか、合点がいかなかったからだ。けれども支社長の慎重な言い回しには、ホンネを吐露したような真摯な心情が籠められていた。ひょっとしたら彼は日本へやってくる韓国からの旅行者のすべてに、いちいちこうしたアドバイスをしているのかもしれなかった。

信号が変わるのを待っていた車は混み合っている交差点を通り過ぎると、とある整然とした現代建築のビルの玄関のほうへカーブを切った。腕の時計を覗くといつの間にか、約束の時間の午後二時に近かった。四十分余りも余裕を持って大阪市内のホテルを出発したつもりだったけれど、車が混み合っていたせいでどうにか約束の時間に間に合うことが出来たわけだった。

在日同胞の申興烈は午後二時をちょっと回った頃、こざっぱりとしたグレーのコンビネーションの身なりで、約束の場所であるホテルのコーヒーショップに現れた。白髪交じりのスポーツ刈りのヘアースタイルに、白い眉毛が前方に一直線に長く伸びている申興烈は、しわ一つない艶やかな肌に血色までが赤らんでいて、六十七歳という年齢に比して十歳以上も若く見えた。健康にかなり気を遣っている、禁欲主義者かベジタリアンといった印象であった。

支社長による紹介が終わると、彼は亨真に韓国語で挨拶をした。

「申興烈と申しますわ。朴支社長さんから金記者さんのことは、いろいろとうかがっております」

「お元気そうですね。お目にかかれてうれしく思います」

「日本へはいついらっしゃいました？」

「昨日まいりました」

「初めてですか？」

ウェートレスが飲み物のオーダーを取りに来たりして、しばし対話が中断した。ウェートレスが去っていくと支社長が席から体を起こした。

「お二人のお話の邪魔になってはいけませんから、わたしはしばらくあちらの席へ移ることにしますよ」

立ち会うのを遠慮したい気配だったので、二人はしいて引き留めなかった。支社長が立ち去るが早く、亨真から先に口火を切った。

「韓国の新聞に載った親日派に関する記事は、申先生もお読みになりましたでしょう？」

「へえ、読みましたわ」

「お読みになって、感想はどうでしたか？」

「地方紙に載ったせいでそうなのやらようわかりませんけど、記事の内容にはえらく失望させられましたわ。金記者さんには申し訳おまへんけど、南朝鮮のジャーナリズムいうのが、うちらにはさっぱりわかりませんでしたわ」

「どういうところがわからなかったのでしょう？」

「南朝鮮で我こそはと大手を振ってのさばりおる有名人や官僚どものなかには、日本の植民地時代に親日行為をした反動分子どもの子孫が、うようよしとるのと違いますか。民族と祖国に背を向けたやからを、なんで未だに処断もせんとほったらかしておくのやら、わしにはさっぱりわからんのですわ」

「個人的にはわたしも、そのことに大いに不満がある一人です。けれども、そうせざるを得なかった韓国なりの、時代的な制約があったのではないかと思うのですよ」

「わしは幾らか前まで、社会主義を信奉しておって、いまはそっちとも縁を切ってしもうた人間ですわ。けど、親日・反動分子を処断することに関する限り、北朝鮮の態度のほうがずっと確固としとるし、はっきりしとりますわ。あちらでは民族解放の日を迎えるが早く、親日反動どもをきれいさっぱりと処断しましたからな。南朝鮮の事情がどないやったのやらよくは知りまへんけど、何よりも民族の正気を取り戻してこそ、国の道徳的な基盤がしっかりしてきおるのと違いますやろか？」

　感情が高ぶりかねない対話の内容だというのに、申興烈の語り口は穏やかで落ち着いていた。感情をコントロールする自制力が働いているせいではなくて、根っからの性格と低い声を持って生まれついているおかげらしかった。

「その点に関しては韓国でも、若手の知識人たちの間で批判する声がきわめて高いですよ。けれどもすでに半世紀も経っていることなので、近ごろではそのことさえ問題にする人はおりません。それにしても申先生は、親日反動どもの行為についてどうしてそんなに豊富な資料を集められたのです？」

「世間の人たちが怠け者ばかりだからですやろ。その気にさえなればなんぼでも、手に入れることくらい出来ますわな。昔の、軍国主義時代の日本の新聞や雑誌、官報なんぞめくっておったら、めぼしい親日資料くらいは容易く手に入れることができますがな。わしはもっぱら、昔の新聞と朝鮮総督府が刊行した官報とか報告書とか、公文書の綴りのなかから見つけ出しましたんや」

「こないだ韓国の地方紙に発表された玄山・韓東振先生に関する親日資料も、そちらから手に入れたものですか？」

中興烈はことさらにかぶりを振った。

「あれは違いますねん。あの資料はたまたま、ある個人から提供されたものでしたんや」

「ある個人といいますと、どなたです？」

「近しい知り合いの紹介でちょっと会うてみた日本人ですのや。たまたまあの資料を手に入れて、個人的に所蔵しておったんやけど、資料のなかのところどころにハングルが混じっておるものやから、わしに内容をちょっと見て欲しい言うてしばらく預けてくれましたんや。ところがそのなかに、意外にも玄山・韓東振の親日行為に関するものが含まれておったので、その一部をコピーした後でわしが再度、韓国における金宗植に伝えてやりましたんや」

「金宗植というと、このたび記事を載せたあの地方紙の記者のことですか？」

「へえ、あれはわしの父方の従兄弟の息子、甥っ子になりますのや。この前の夏に韓国へ行ってその甥に会うた際に、記事になるんやったら使うたらよかろう言うて、資料のコピーを一部くれてやりましたんや」

「あの資料のほかにも、玄山の親日行為に関する記録はたくさんあったのですか？」

「おましたな。晩年にはまるきり、大日本帝国に忠誠を尽くした記録ばかりでしたわ。そのような人物が韓国で独立運動の志士として遇されておるとは。歴史の歪曲にもほとほと呆れ返りましたのやけど、ほんまの独立運動の烈士たちがあの世とやらで、さぞかし大地を叩いて慟哭しとることでっしゃろ」

話を終えた中興烈はゆっくりと緑茶をすすった。これからが正念場だと思いながらも、亨真はしかし得体の知れない虚脱感に捕らわれた。問題の難しさからではなかった。これから先彼が取り組まねばならないことに、根底から懐疑が感じられたからであった。

彼はたったいま在日同胞である申興烈の口を通して、玄山の親日行為が動かしがたい事実であることを確認した。何者かの悪意によってでっち上げられることも、あり得ないではないという一縷の希望は、歴史の歪曲という申興烈の断固とした抗弁を通して、はかないものであることが如実にさらけ出されたわけであった。とどのつまり晩年の玄山先生は、これまで愛国の志士として知られていたのとは大違いで、大日本帝国に積極的に忠誠を尽くした親日派として記録されていたのである。

したがって彼がこの先取り組むことになる作業は、独立運動の志士としての玄山先生の名誉を守る側ではなくて、先生の親日行為をいちいち暴きたて、むしろ先生をいっそう汚辱にまみれさせることになる公算が大きかった。東日グループ会長の韓英勲が亨真にこんどの大阪訪問をまかせた意図は、韓国の地方紙に載った思ってもみなかった暴露記事によって、大いに傷つけられた祖父玄山の名誉をいち早く回復し、近ごろ新たに発掘されたという資料などを可能な限りすべて手に入れ、それらの内容を検討・分析して事実関係を明らかにするということにあった。ところが会長の意図は、初っぱなからボタンを掛け違えた方向へと進んでいた。彼が懸念しているのはまさにその、ボタンを掛け違えた方向へとそれてしまった意図に、これから先彼自身はどのように対応すべきかということであった。

「金記者さんは一体、どないな記事をお書きになろうと、わざわざ京都まで取材に来られましたんや？」

「せっかく国内の新聞に親日派に関する記事が載りましたので、民族解放の日から半世紀にもなりますから、特集記事として扱おうかと思ってまいりました。申先生にもいろいろとご協力をお願いしなくてはなりません」

「東日物産の朴支社長からあらまし、話はうかごうておりますのやけど、わしに見せて欲しい言いなさる資料がどがいなものやら、わからんことにはな」

「出来ることなら、申先生が集められた資料のすべてを検討してみたいものですね。原本をお貸し下さるのが難しければ、先生の立ち会いのもとでコピーさせて頂いても結構です」

「大まかに整理しておいた資料が、大学ノート一冊の分量を超えますのやけど。根拠とした資料が明示されておりますよって、是非とも原本をご覧になる必要はないやろう思いますのや。必要とあれば、何人もの手を煩わせることなしに、わしがコピーして金記者さんにお届けしましょう」

「そうして下さるなら、それ以上わたしが望むことはありません。それにしても、苦労して集められた数々の資料を、そのようにわたしに手渡されてもよろしいのですか?」

白くて長い申興烈の眉毛が、ことのほか前方に向かってぴんと伸びていた。何事かをじっくりと考え込んでいる風情であったが、申興烈はほどなくもの静かに口を開いた。

「わしは当年とって六十七歳になりますんや。植民地時代に日本へ連行されてきて、いろいろな苦労をさんざん味わわされてきた末に、近ごろようやく暮らし向きも落ち着いてきて、三度のご飯にありつける隠居暮らしの年寄りですわ。いまのわしが願うとることは、ねじれてひん曲がっとるわしらの歴史を、元の姿の通りに正すことですわ。あなたがわしの気持ちをまともに汲み取って下さるんやったら、わしとしてもそれ以上望むことなどおまへんわ」

粛然とした面持ちの申興烈を亨真は正視するに忍びなく、また後ろめたい気持ちでいっぱいであった。彼は新聞記者を装い、別の目的でこの年寄りと会っているのである。申興烈の純粋な気持ちをずる賢い手段で利用しているような感じだったので、彼は時間が経つほどに、この年寄りと顔を合わせていることが気詰まりにならずにはいられなかった。

「金記者さんの連絡先を教えて下されや。明日にでもコピーが出来たら、すぐにも郵送しますよって」

「どこといって連絡先は定まっておりません。いまは大阪に滞在しておりますけど、いつまた仕事が出来て宿を移るやらわかりません。帰国前に受け取ることさえ出来たらよろしいので、東日物産大阪支社へ送って下さると有り難いですね」

「そないしましょうか。朴文社長さんの名刺がありますよって、大阪支社やったらわしにも住所がわかりますわ」

肩の荷を降ろしたというように、申興烈の表情はすこぶる明るかった。こんどのことを通じて自分のしてきたことに、いまさらのごとくやり甲斐のようなものを感じているらしかった。亨真はその隙に乗じて、これまで密かに温めてきたややこしい質問を切り出した。

「我が同胞たちの間に、植民地時代の資料を個人的に集めておられる方は、申先生のほかにも多いのですか？」

「滅多におらんやろな。食べていくのが精一杯のところへきて、かれこれ五十年も前の遠い昔のことやから。わしみたいなんは隠居した年寄りやから、暇つぶしに昔の古新聞なんぞひっくり返しておりますのや」

「それはそうと、玄山に関する資料はおよそ、どれくらいお持ちです？」

「その人に関する資料はほかに、これといってありませんな。この前の夏に韓国へ行った際に、金宗植に手渡したのが全部ですわ」

「金宗植氏に手渡された資料は、一部に過ぎないとおっしゃったのではありませんか？」

「わしの言葉を聞き違えたようですな。一部と言うたことに間違いはおまへんけど、玄山の場合はちょっぴり違いますねん。この人の親日行為に関することは、当時の新聞とか公式の記録には目につくものがおまへんのや。ほとんどは玄山本人が個人的に記録したものばかしで……」

「本人が個人的に記録したというと？」

「詳しく検討してみておらんので、わしかて確かなことは言えませんのやけど、ぱらぱらとめくってみたわしの記憶では、日記とか手記みたいなものやったわ。冊子に束ねたものが全部で二冊の分量なんやけど、個人的な記録やったから内容はわしにも詳しくはわかりませなんだ」

「日記だとすると、玄山本人が記録したものということですね？」

「そうやったと記憶しとりますわ。どがいな内容やら読んでみて欲しい言われて、その場で大まかにぱらぱらとめくって見ましたのやけど、個人的な記録やさかいちっとややこしく感じましたわな、ところどころに親日行為をしたことが日付順に詳しく、きちんきちんと書き込まれてありましたんや」

「時期的にはおよそ、いつ頃くらいでしたか？」

「昭和十六年やったから、西暦では一九四一年頃やな」

「実をいうとまさにそうした記録こそは、記事を書くうえでもっとも役に立つ参考資料なのですよ。それにしてもなぜその資料を、申先生は手に入れようとなさらなかったのです？」

「手に入れたいと思わなんだのではありませんのや。手放そうとせんものやから、何度も交渉したのやけど諦めてしもうたのですわ」

「手放そうとしないというと？」

「その資料を持っとる人がちょっと見せてくれてから、すぐに引き取って持ち帰ってしもうたんや」

「持っている方はどなたです？」

「最前わしが言うたではありませんか。知人の紹介でたまたま知り合うた人やと」

「ああ、その日本人だという？」

「へえ、雑誌などに時たまものを書いて載せておる日本のおなごやけど、彼女としてはあの日記を、何やらどえらい宝物みたいに思い込んどる様子やったわ。喫茶店で落ち合うて一時間ほど話し合うてみたんやけど、近ごろのおなごにしてはえらい気が強うて、しっかり者やったわ」

「もの書きの女性だと言っていましたか？」

「へえ、若いおなごやのに、本を何冊も出版したと言うてましたわ。どうやらあの日記も、本にして出版しよう思うてしっかりと抱え込み、手放さんようにしとるみたいでしたわ」

「その女性が出版した本がどんなものか、もしかしたらご存知ですか？」

「聞いたんやけど忘れてしまいました。たいした内容のものではのうて、何やらの現場の記録みたいなものやったと記憶しておりますわ」

「若いとおっしゃいましたけど、年齢は何歳くらいになる女性です？」

「三十歳にはまだなっとらんように見えましたな。えらいべっぴんやったうえ、たいそうモダンでおしゃれなおなごでしたわ」

「職業は何です？」

「つい最近まで雑誌社の記者をしとったんやけど、わしが会うた時分は雑誌社を辞めて、あちこちから依頼されて原稿を書く、フリーフイターとして働いとると言うておりましたわ。けっこう文才があるみたいでしたな。日本にはそがいな具合にして、ものを書いて暮らしとるおなごが多いんだわ」

意外であった。予想もしていなかった情報に、亨真はいまさらのごとく緊張を覚えた。玄山の一代記を執筆せねばならぬ彼にとって、玄山の手書きの日記はこのうえなく重要な資料であった。そんな資料を日本のうら若い女性が所有しているとは。亭真にはいまさらのごとくその女性の存在が気にならずにはいなかった。

「その女の方にわたしが一度、会ってみることは出来ないでしょうか？」

「そうやねえ。会うてみることはでけるやろうけど、資料を手に入れるのは難儀やないか思いますわ。おなごにしては闊達やし気さくなのやけど、計算高うて勘働きがええさかい、たいした収穫はないやろう思いますのや」

「それにしても若い女性の身で、どのようにしてそんな古臭い、それも韓国の独立運動家であった玄山の日記を手に入れたのでしょうかねえ？」

「そのことがわしにも疑問やったので、どがいにして手に入れたのかと訊いてみたのやけど、それはニュースソースを保護するために明かすことはでけんと、ぴしゃりとはねつけおりましたわ。わしの想像やと、ものを書くおなごやからカネをなんぼか渡してやって、誰ぞから譲り受けたのやなかろうかという気がしますねん」

「結婚しているのでしょう？」

「そうやねえ、連れの男がご亭主のように見えましたわ。ところが、付き添ってきたご亭主がいざ待ち合わせた喫茶店へ入ってきてからは、わしには挨拶もせんと少し離れた席に座りましたんや。きっと、奥方のなさることには関与しとうないいう態度やったんやな」

「その女性の名前と連絡先はおわかりですか？」

「へえ、メモをしておいたはずやが……ちょっと待ちなはれや」

中興烈は上衣の内ポケットから手帳と老眼鏡を順繰りに取りだした。老眼鏡をかけて手帳をめくっていた彼は、やがて住所を見つけたらしく、手帳の開いたところを亭真に示してくれた。

「名前は江田彩子。住所と電話番号はここに書いてありますわ」

亭真はおもむろにペンを取りだして、住所と電話番号をメモした。メモを終えるのを待って中興烈が、思い出したように口を開いた。

「それはそうと、金記者さんは日本語ができますのやろか？　日本の人にお会いになるのやったら、日本語ができけんとあきまへんやろ？」

「上手にはしゃべれませんけど、意思の疎通くらいは出来るつもりです。ものを書いている女性だそうですから、うまくいかなければ英語や漢字を使って、筆談しますよ」

「言われてみるとお二人は、似たり寄ったりの職業をお持ちやったんやな。金記者さんは顔立ちが知的でいなさるよって、ひょっとしたらことがうまく運ぶかもしれませんわ」

稀《めず》らしく軽口をたたいて、中興烈は顔面にいっぱいしわをつくって明るく笑った。そろそろ席を立ちたい気配だったので、亨真が気を利かせて先に口を開いた。

「今日はわたしが、中先生から貴重なお時間をあまりにもたくさん取り上げてしまったようです。わたしが帰国する前にもういっぺん、お目にかかる機会はありますでしょうか?」

「ありますわな。時間の都合がつきましたら、いつ何時でも連絡して下されや」

「本日はとても有益な時間を持つことが出来ました。コピーした資料が届きましたら、さっそく先生にご連絡致します」

「へえ、是非ともええ旅行になりますように」

4

駅前の駐車場を脱け出してきたタクシーは、往復二車線の道路があるM市の中心街へ入り込んでいった。都市としてはこぢんまりしていたけれど歴史は古いと見え、整然と建ち並ぶ現代的な新築ビル群の間に、煙にくすんだような日本の伝統的な木造家屋などがところどころに紛れ込んでいた。中心街はしかしつかの間に終わってほどなく視野が広く開け、空っぽの野面と小高い野山と、そしてそれらの間に点々と建てられている平屋と二階建ての、一軒家の住宅の群れが見えてくるようになった。四角四面に切り取ったように農地が整理されている日本の野面は、韓国のだいだい色の野面と違って、ほとんどがよく肥えた灰黒色か黒っぽい色をしていた。おそらく化学肥料よりは、自然に出来た積み肥をふんだんに使っているせいであろう。

「失礼ですけど、もしかしたらお客さんは外国の人と違いまっしゃろか？」

タクシーの運転手の突然の問いかけに、亨真は思わず素直に答えていた。

「その通りですよ。それにしても、どうしてそれがわかりました？」

「言葉遣いを聞いて判断しました。アクセントと発音が日本人と違うておりましたでな」

白髪交じりの髪を短く刈り上げた五十がらみの運転手が、ルームミラーのなかで顔面をくしゃくしゃにして笑っていた。外国人の乗客に親切に振る舞おうと全身でつとめているさまがありありとうかがえた。

「発音が悪いのは当然ですよ。韓国から来たのですから」

「ほな、やっぱりわしの目に狂いはなかったのやな。光栄ですわ。韓国のお客さんがわしの車を利用なさるいうのは、生まれて初めてですわ」

車を走らせていたタクシーの運転手は笑顔だけでは

足らなくて、ぺこりと頭を下げてお辞儀までして見せた。その親切に報いるように、こんどは亨真のほうから運転手に問いかけた。

「年輩の方に見えますが、タクシーの運転をなさってどれくらいになります?」

「今年でちょうど三十八年目ですわ」

「このM市内だけで、そんなに長くなさっていたのですか?」

「へえ、家業やよって、もう二代にわたってタクシーを運転しとりますわ」

「韓国人のわたしが最初の外国人の乗客だとすると、この市内には外国人の乗客が少ないみたいですね」

「滅多におりまへんわ。これといった観光の名所があるでなし、わしらの街は外国人どころか、日本人かてそれほどやってくるところではおまへんのや。真夏の海水浴シーズンにでもなると海岸の別荘地に、避暑に来た人たちが一時的にやってくる程度ですわ」

大阪から何十キロか離れているこぢんまりとした避暑地のD海岸に、彼女は滞在していると告げた。お日にかかりたいという亨真の言葉に、彼女は二、三日のうちに大阪へ戻る予定だから、その折に会うことにしたらどうかと、彼の訪問を遠回しに拒絶した。大阪市内にある彼女のマンションの留守番電話ばかりを相手にしていて、亨真は二日後の今日になってようやく彼女と連絡がついたのであった。行方がわからなくてすでに二日も無駄骨を折っていた彼は、彼女が二日後くらいにふたたび大阪へ舞い戻るというメッセージを受け取ると、自分が二日後まで待っていられない事情を説明して、時間を節約するために自分が彼女を訪ねていくのはどうだろうかと告げたのである。遠回しの表現で亨真の訪問を拒絶していた彼女も、亨真がふたたび粘り強く訪問したい思いを伝えると、それ以上拒むのも面倒だというようにしぶしぶ承諾したしるしとして、自分の居場所を正確に伝えてきたのであった。その居場所がほかでもない、M市郊外の海浜のほうへさらに二十キロほどいった、夏の避暑地であるD海岸というところであった。

「海水浴シーズンが終わった近ごろでも、別荘へやってくる人たちがいるのですか?」

「おらんわけではおまへんけど、十軒に一軒くらいなものじゃろうか。それかて若い恋人同士が、人目を避けてお忍びで来なさる場合がほとんどですわ」

江田彩子という女性も人目を避けるために、こうした辺鄙な夏の避暑地へやってきたのだろうか？　亨真の訪問を好ましく思わないらしい彼に対する態度から見て、ひょっとしたら図星なのかもしれないという気がした。大阪市内に自分のマンションまで持っている女性が、真冬のさなかにこんな辺鄙な避暑地の別荘へ来ていることが、彼にはいまさらのごとく気にならないではなかった。

「お客さん、右手をご覧なさいな。遠方に見える青海原がこの地方自慢の太平洋ですわ」

一望千里の青緑色の水平線が、ブルーの澄み渡った空と鮮やかに接していた。幅五十余メートルほどの目映いばかりの白い砂浜が、高台の上の海岸道路と平行線を描きながら走っていた。打ち寄せる波が砕け散る広々とした白い砂浜は、黒っぽい汚れ一つなく限りなしに白く輝いていた。ふと、あの海の向こう側に、ハワイとガラパゴスとアルゼンチンがあるのだろうと思った。日本のなかの辺鄙な海辺まで来て、太平洋に出くわすことになろうとは想像もしていなかったことであった。

「ここから先がD海岸の貸し別荘地帯ですわ。あそこの松並木の防風林の向こうが、文字通り鬱そうと生い茂っております竹林ですわな」

タクシーが海岸道路を脱けだして、黒々とした図体の黒松の林の中の道にさしかかった。帯状をなしている防風林の間を通り抜けると、緩やかな丘陵地帯の上に緑豊かな竹林が姿を現した。ぐるりがまるきり緑一色だったので、自分の体までが緑色に染まっていくような気分であった。

「バンガローやら別荘ごとに、家の前の道路際に立て札が建てられておりますわ。訪ねてきた客が玄関まで入っていかんでも、お目当ての家を見つけだすことができるように、所番地とその家の番号を書き込んだ立て札ですわ」

竹と黒松と椿の樹木などで林になっている低い丘陵地帯に、華やかな原色の屋根を載せた南方スタイルの木造建築の群れが建ち並んでいた。目的の別荘を見つけるためにスピードを落として走行していたタクシーが、やがて道路際に立てられたとある立て札の前まで来て停車した。立て札には運転手が言うように、D－一九というその建物の番号を示す数字が書き込まれてあった。

「お客さんがお探しの別荘へ、迷わんとやって来たようですわ。営業用の車はこの立て札の内側へは進入でけしまへん。お客さんは不便でっしゃろうけど、ここからは歩いて行かんとあきまへんのや」

料金と幾らかのチップを手渡すと、亭真はすぐにタクシーを降りた。立て札の傍らに舗装されていない、砂利を敷きつめた小径が林に向かってはすかいに伸びており、その内側の木々の間に別荘の一部と思われる群青色の屋根と窓とおぼしいものが眺められた。エンジンの音がしたので振り返ってみると、そのときようやくタクシーが動き出したところであった。

大洋を渡ってきた穏やかな海風が、のっぽの竹林の梢の部分をのどかに揺さぶっていた。折れ曲がっている砂利の小径を二十数メートルほど歩いて入っていくと、細い丸木の垣根の内側に小さな庭が姿を現し、庭のなかに竹林で囲まれている平屋建ての木造建築の家が、ちょっと高めの土台の上に位置していた。ガレージとして使われているらしい物置の中には、流線型の一台のグレーの乗用車が停めてあり、木造建築の裏手の竹林の間には細長くて寂しい小径が、まるでトンネルのようにせせこましく貫かれていた。位置から見てその小径は、どうやら海岸に通じている近道らしかった。

濃い緑の林に囲まれているせいか、その別荘のぐるりは奥深い山のなかの山寺か何かのようにひっそりと静まり返っていた。押し開けるようになっている玄関のドアがしっかり閉まらなくて十数センチほど開いており、その隙間から明るい色の原木が敷かれている廊下がこっそりと覗き込めた。ところが声を張り上げて主人を呼んでも、別荘のなかからは誰一人として顔を覗かせる者はいなかった。さらに何度か声を張り上げてみて、亭真はやがて建物のなかには誰もいないと断定した。ところが、気が抜けて玄関からいまにも引き下がろうとしていると、背後からにわかに、銃でも発射しているようなバイクのマフラーの音が聞こえてきた。振り向くと黒塗りの一台のバイクが、くねくねした進入路に沿って別荘の内庭へ矢のような早さで走り込んできた。バイクの主は明るいオレンジ色のトレーニングパンツ姿で、頭には銀色のメッキをほどこしたヘルメットをかぶっていた。

「大阪からいらしたお客様かしら?」

叫ぶような声とともに、バイクは庭先からさらにガレージを兼ねた物置のなかへ入っていって停止した。エンジンを切ってバイクから降りてきたのは、意外にも二十台後半とおぼしい若くて美人の女性であった。その女性が片方の手でヘルメットを脱ぐと、そのなかに閉じこめられていた長い髪の毛が、反射した光の束のようにばらばらと外へこぼれだしてきた。こぼれ落ちた髪を手で無造作に掻き上げると、女性は改めて買い物籠のようなものを手に取り、亭真が佇んでいる玄関のほうへすたすたと近づいてきた。

「彩子ですわ。ごめんなさいね。何日か前に魚市場の人に生きているエビを注文しておきましたら、いまごろそれが水揚げされたから、すぐに来て引き取ってもらえないかって言われましたの。留守の間にお客様がお見えになったらどうしようかと心配しましたけど、やはりわたくしが案じてた通り、お客様が留守の間にいらしてましたのね」

歌をうたっているような早口に彼は言葉を挟むチャンスを失い、黙々と女性の言葉に聞き入るばかりであった。そのうちに彼女が、幸いにも握手を求めてきたので、彼は待ってましたとばかりに素早く口を開いた。

「お目にかかれてうれしいです。金亭真といいます」

「思ってたより若い方なのね。ほら、どう、この音、ちょっと聞いてご覧なさいな。ぴちぴちと跳ねているこの音、聞こえまして？」

先になって玄関へ入っていくところだった彼女が、手に持っていた買い物籠を亭真の目の高さまで持ち上げて見せた。蓋がしてある籠のなかで、何かがこつこつと蓋をたたく音が聞こえてきた。

「エビですか？」

「そうなの。軽く冷凍して仮死状態にしてあったのが、籠の中で暖かい空気に触れて息を吹き返し、ごそごそと動き回っていますのよ。この辺の内海で養殖しているエビですの。あなた、海のエビはお好き？」

「好きですよ」

「それはよかった。お料理がとても簡単なの。ただお塩を分厚く敷いて、その上に載せて焼くだけなんですもの」

家のなかへ入っていくと廊下の左手に、十数坪ほどの広さのかなり大きなリビングが現れた。リビングには奥のほうの大きな壁に、ヤギの毛皮の壁掛けが四本の手脚を拡げたままぺしゃんこになって掛けられており、籐製の応接セットに用途が確かではない座卓が一つと、何枚もの座布団がカーペットの上に無造作に散らばっていた。正面に取りつけてある大きな窓越しに、別荘の前庭とガレージ兼用の物置はいうまでもなく、林の中の黒々としたアスファルトの道路と、海の一部までがかすかに眺められた。

亨真をリビングへ案内した彼女が、ふたたび手を挙げて家の中のそちこちを順繰りに説明した。

「お風呂を兼ねたトイレはこちら、玄関の右側にありますわ。廊下の外れはベッドルームだし、その向かい側は原稿を書いたりするわたくしの仕事部屋ですの。海がご覧になりたければ二階の屋根裏部屋へ上がって下さいな。ルーフ前面の採光窓から眺めると、海の半分はご覧になれますわ」

初対面の亨真の前で、彼女はびっくりするくらいためらいもなく闊達に振る舞った。そうした雰囲気に馴染んできて、亨真もいつしか緊張が解けて気楽になってきた。キッチンへ入っていった彼女がふたたび大きな声で話しかけてきた。

「お茶は何になさいます?」

「コーヒーにします。有り難うございます」

「コリアンだとおっしゃってたけど、南かしら、それとも北?」

「南です」

「日本語がお上手ですこと。学校で習いましたの?」

「いや、何年か前に日本へ特派員として派遣される話があったものですから、その日に備えて片手間に勉強していたのですよ。ところが途中で計画が変わりましたので、勉強のほうも自ずと怠けてしまいました」

しばらく何も言葉がなかったが、やがて彼女は小さなお盆にコーヒーカップを二つ載せて現れた。

「たったいま、あなた、何とおっしゃいました? 特派員として日本へ派遣されるところだったといわれました?」

「はあ、いまはそうでありませんけど、幾らか前までは韓国の日刊紙の記者でした」

彼女はテーブルの上にカップをおくと、亨真と向き合って籐製のソファーに腰を下ろした。長い髪をピンで留めて後ろに手際よく束ねた彼女は、いたずらっぽい表情になって亨真の顔をまじまじと見つめた。縁がシルバーの眼鏡のなかの黒い瞳は、亨真への興味と好奇心とでいっぱいであった。

「面白いわね。お話を伺ったら、わたくしと似たり寄ったりのお仕事でしたのね。わたくしの以前の職業が雑誌記者だったこと、あなたはご存知でしたでしょ?」

「はあ、聞いておりました。いまはフリーのライターとして活躍なさっておいでだということも」

「びっくりしたわ。わたくしのことでほかに、どんなことをご存知なのかしら?」

「わたしが知っていることはそれだけです。もうちょっと知りたかったのですけど、情報不足で諦めました」

それと意識して口を滑らせてみた彼の軽口に、彼女は明るい笑顔でもって答えた。けれどもほどなく笑顔は消え、ためらうような顔つきで思いがけぬことを訊いてきた。

「あなたがいらっしゃるというのをわたくしがお断りした理由が、おわかりかしら?」

「わかりませんね」

「今晩ここで、ささやかなパーティーが催されることになっておりますの。わたくしがお招きした何人かの親しい友人たちが、それぞれ食べ物を持ち寄って夕方の六時頃ここへ来るはずですわ。あなたをお迎えすることをためらったのは、わたくしよりもあなたに気まずい思いをさせたくなかったからですの」

「存じませんでした。申し訳ありません。てっきりわたしは、江田さんに原稿を書く仕事があって、わたしに押しかけて来られるのが迷惑なのだと思っておりました」

「図星ですわ。おっしゃる通り、書き上げなくてはならない急ぎの原稿のせいで、真冬に人目を避けてこちらの海岸へ逃げ出してきておりましたの。けれどもいまは、考えがまとまらなくて仕事を小休止しているところですわ。気分転換でもしたら考えがまとまるかと思って、遠方にいる友人たちを招いてパーティーを開くことにしましたの」

「わたしがお訪ねするタイミングを間違えたようですね。せっかくのパーティーのお邪魔をしたくはありません。次の機会を約束して下さるなら、わたしはいますぐに退散しますよ」

「そうじゃないの。六時までにはまだ三時間もありましてよ。用件をおっしゃって下さいな。三時間では足りない用件かしら?」

亭真は返答に詰まって、彼女の目を避けるようにして窓のほうへ視線を移した。相手にするのが気詰まりなくらい、彼女は自分の考えを率直にさらけだしていた。これほど開けっぴろげに自分の考え通りに語る女性を、亭真はどのように扱ったらよいのか、困惑する思いであった。

「電話でもあらまし申し上げましたが、わたしは玄山・韓東振先生に関する個人的な資料を集めています。ふとした機会に、江田さんが玄山の貴重な資料をたくさんお持ちだと聞きまして、それらの資料をいっぺん見せて頂けたらと思い、こうしてご迷惑をも顧みずに押しかけてきたわけです」

「玄山先生の個人的な資料を、収集なさっている目的は何ですの？」

「ある親しい方の依頼で、玄山先生の一代記を書く約束をしたものですから。初期の資料は、不十分なりに韓国のなかであらかた集めることが出来たのですけど、四十五歳以後亡くなるまでの晩年の資料が、ほとんど皆無にひとしいありさまでして。そんな折に江田さんの手許に、その頃の資料がかなり保存されているらしいと聞きました。何か特別の理由がないようでしたら、その頃の資料などをしばし、わたしが参考に出来るようお力を貸してはいただけないでしょうか」

彼女は何事かを懸命に思案するように、頭を垂れてテーブルの一点を穴の開くほど見つめていた。沈黙が長くて互いに気まずい思いを始めた頃、彼女はふたたび顔を上げて亭真の顔を正面から見据えた。

「玄山の資料はわたくしにとっても、とても大切なものです。その玄山の一代記をあなたの親しい方は、なぜ本にして出版なさろうとしておいでですの？」

「玄山は、韓国では祖国の独立のために生涯を捧げた、愛国の烈士として追慕されている方です。その方の一代記を出版なさろうとしているのはほかでもない、玄山先生の直系の子孫に当たる方です。一族にとって大いなる栄光である玄山先生の業績を、資料がこれ以上失われないうちに、せめて一代記としてでも残したいと願うのは当然のことでありませんか？」

「そういう意図からでしたらわたくしの手許にある資料はどれも、あなたのお仕事の役には立ちませんわ」

「わかります」

「わかるって？」

「この前の秋に韓国のある地方紙に、独立運動の志士である玄山先生に関する思っても見なかった記事が載ったことがあります。愛国の烈士として知られている玄山先生が一九四〇年以後の晩年には、旧北満州で大日本帝国のために積極的に協力したことが暴かれたのです。韓国では、日本の植民地時代に大日本帝国に協力した人たちに親日派、もしくは民族反逆者＝売国奴のレッテルを貼って道徳的に厳しく非難し、罵倒しています。ところが、幸か不幸かその地方紙に載った記事は、国内の読者の関心をさほど集めることもなく、うやむやのうちに忘れ去られてしまいました。発行部数が二、三万程度のちっぽけな地方新聞だったうえ、裏付けとなる具体的な資料も示されなくて、暴露を目的としたゴシップ記事のように扱われたものですから、全国的な世論になるにはあまりにもお粗末過ぎる記事だったのですよ。とはいえ結局はその記事が引き金となって、わたしが日本へやってくることになり、こうして江田さんのところへ押しかけて来るまでになったわけです。明らかになっていなかった玄山先生に関わる晩年の資料が、よかれ悪しかれたとえその一部にせよ世間に知られたからには、わたしとしては一代記の執筆に公正を期するためにも、玄山先生の晩年の資料がなおのこと是非とも必要になってきましてね」

明朗で開けっぴろげだった彼女の表情が、いつしか緊張の余り真摯になり、慎重な面持ちに変わっていた。闊達で明るかった先ほどまでとはうって変わり、瞳に力が籠もって輝き、肝の据わった落ち着き払った顔つきになったのである。

「玄山の子孫になるあなたの親しい方も、一代記の執筆に公正を期したいとおっしゃったあなたの考えに、同意なさっておいでですの？」

「その方にわたしの考えを打ち明けておりませんから、そこまではまだわかりません。けれどもわたしにそうした考えがあると知ったら、きっと反対なさるでしょうね」

「玄山先生の一代記をあなたが執筆なさることにした、正確な動機というのは何かしら？」

厄介な質問であった。動機を誘発させたのは韓会長であったわけで、亨真自身はその依頼を受けて致し方なしに応じたに過ぎなかった。けれども一つ、また別の理由を付け加えるとしたら、亡くなった妻との因縁で、近年になって世間の人たちとは異なり玄山にもうちょっと近いもの、いわば親近感を覚えてきたことであった。玄山の曾孫である妻の恩淑とめぐり会わなかったら、亨真にとって玄山・韓東振は、単なる数多くの独立運動の功労者たちのなかの一人でしかなかったであろう。

「つかみ所のない返答になりますけど、これといって自慢できるような動機などありませんね。親族の方たちのたっての依頼を受けて、たまたまこの仕事に関わるようになったといった程度に理解して下さい」

「韓国の独立運動家といった公式の評価のほかに、あなた個人は玄山という人をどのように思われますの？」

「いまのところあの方に対する正しい考えが、なかなか思い浮かびませんね。互いに異なる二つの表情が一人の人物の上で重なり合っているものですから、もうちょっと検討し研究してみてこそ、あの方の真の姿が理解できるような気がするのですよ」

「検討した揚げ句、互いに異なる二つの表情がもうちょっとはっきりと浮き彫りにされてきた場合は、どうなさいますの？　それでもあなたは、あの方の一代記を引き続き執筆なさるつもりかしら？」

「そうした場合を想定しておりませんでしたから、確かなことは申し上げられません。もう一方の記録を検討していないいまのところは、一代記の執筆に着手することからして、確かでなくなる可能性だってありますからね」

「一代記の執筆を断念なさることもあり得るということかしら？」

「言うまでもありません。子孫にとって誇るに足る人物であるときにのみ、一代記は存在価値があるはずでしょう。そうでない場合は、一代記ならぬ別の形の文章になるべきですね」

「別の形の文章と申しますと？」

「虚構や仮想の文章のことですよ」

彼女は小首をかしげると目を大きく見開いて、驚いたように亨真を眺めた。

「フィクションのことをおっしゃっていますの？　あなたって、小説もお書きになる方でした？」

亨真が肯定も否定もしないでいると、彼女はいやいやをするようにゆっくりとかぶりを振った。後ろに束ねて結んである黒い髪の毛が、馬の尻尾のようにゆらゆらと揺れた。

「わたくしへの完璧な攻略法をマスターしていらして

たのね。けど、わたくしがその資料を提供したら、あなたはわたくしに何をもって補償して下さいます？」

「そのことは考えてみませんでした。わたくしの書いたものが補償になることを期待しますけど、そちらのほうもこれといって自信があるわけではありません」

西洋風の身振りで左右の肩をいっぺんそびやかしてから降ろすと、彼女はしばらくして堅い表情で口を開いた。

「韓国語で書かれている内容の一部が気になって、ちょっと知っている方に説明をお願いしたことはありますけど、わたくしはいままであの資料を、どなたにもお見せしたことはありませんの。歴史的な史料として貴重な価値があるというので、情報を独り占めするために隠し持っていたわけではありませんわ。得体の知れない人の手に渡って、よこしまな目的のために誤って利用されることを怖れたからですの。あの資料が不正に利用されたりしないことを、あなたはわたくしに保障できますか？」

「これも難しい質問ですね。不正に利用されるということがまず、どんな場合を意味するのかうかがいたいものです」

「悪意に満ちた意図をもって使用されるとか、おカネ儲けみたいな経済的な目的に利用される類のことですわ。あの資料が是非とも必要なら、あなたは信用と信頼性をわたくしに証明して見せなくてはなりませんわ」

「その方法を教えて下さい。どのようにしたらわたしが、江田さんの信頼を勝ち得ることが出来るのです？」

「方法はご自分でお考え下さい。わたくしにはこれ以上、申し上げることはございません」

両者の視線が絡み合った。にわかに絡み合った両者の視線は、しばしそのままあやふやな状態のまま静止した。けれどもほどなく、亨真のほうから視線を落としておずおずと口を開いた。

「江田さんに一つ、お願いしたいことがあるのですけど」

「どんなことかしら？」

「ちょっと、眼鏡を外してみていただけませんか」

「眼鏡を、ですの？」

「はい、お願いします」

その理由がわからないというように彼女は、まじまじと亨真の顔を見つめた。向かい合っている亨真の視線はしかし、自分の願いを真剣に訴えていた。ただごととは思えないそのまなざしに気圧されて、彼女はやがて眼鏡を外した。眼鏡を取った彼女の表情は、それまでとはかなり印象が違っていた。不安そうに落ち着かない彼女に向かって亨真が、ややあって声を掛けた。

「有り難うございます。もう、眼鏡を掛けても結構ですよ」

言われるままにふたたび眼鏡を掛けながら、彼女は怪訝そうな表情で亨真を凝視した。いつの間にか亨真は彼女の視線を避けて、目をしばたたきながら窓の外の遠方を眺めていた。彼女はふと、顔をそむけた亨真の目許にきらりと光るものを発見した。ほんの僅かな間の微妙な変化であったせいか、彼女の表情はそれまでと変わらなかった。隠そうと務めている亨真の変化を、彼女はことさらに見て見ぬふりをすることにしたのであった。

「わたくしの眼鏡に何か、気になることでもございまして？　なぜわたくしに、眼鏡を外すようにとおっしゃいましたの？」

しれっとした表情での彼女の問いかけに、亨真はようやく冷静な顔つきを取り戻した。両手の指を組み合わせながら、亨真は腰を折って謝罪するような姿勢で口を開いた。

「わたしの振る舞いが不作法でしたらお許し下さい。眼鏡を外してみて欲しいと申し上げたのは、江田さんのお顔がわたしの妻の顔と実によく似ていたものですから」

亨真の返答があまりにも意外だったのか、彼女はにわかに拍子抜けした顔つきになった。けれども眼鏡をもういっぺん外してから掛けなおすと、彼女は明るい声でいたずらっぽく問いかけた。

「わたくしの顔があなたの奥様の顔に似ているのですか？　どうしてそんなことがあり得るのかしら？」

答える必要がなかったので、亨真は黙々と聞いているばかりであった。するとこんどは意地悪な顔つきになってきて、彼女は思いも掛けなかった冗談まで口にしてきた。

「男性たちって外国へ出ると、外国の女性を抱いてみるのが夢だそうですわね？　あなたもその夢を果たしたいのかしら？」

亨真がそれでも答えずにいると、彼女はふたたびしらけたような表情になった。

「あなたの奥様にお目にかかりたいものですわ。わたくしと似てるといわれたので、なおさらその気になりますわ」

「わたしの妻はこの世におりません」

「おりませんって？」

「交通事故で二年前に亡くなりました」

「ええっ！」

絶句にも似た間投詞とともに、彼女は弾かれたように椅子から立ち上がった。けれどもその場で何度か足踏みをすると、じきにふたたび椅子に腰を下ろしながら大きく左右にかぶりを振った。

「ご免なさい。ほんとに申し訳ありませんでした。失礼なことを申し上げたわたくしの非礼を、心底からお詫びしますわ。すごい苦痛を味わわれたのですね。わたくしったら、そんなことがあったとは想像も出来ませんでした」

「わたしの妻は玄山先生の曾孫にあたる女性でした。わたしが玄山のことを知るようになったのも、ほかならぬ妻を通してでした」

眼鏡の中の彼女の瞳が大きく見開かれたまま、微動だにしなかった。けれどもしばらくすると、彼女の瞳が慌ただしく揺れ動きながら亭真からそらされた。

「わたくしはこれから、パーティーの支度に取りかからなくてはなりませんの。あなたがお望みの資料はここにはなくて、大阪のわたくしのマンションにありますの。たぶんわたくしは三、四日後くらいに大阪へ戻ることになるでしょう。これからはわざわざ訪ねてきたりせず、電話かファックスでご連絡下さいな。今日のスケジュールはどうなっているのかわかりませんけど、M市のほうへ戻られるのでしたら、まずはタクシーを呼ぶのが順序でしょう？」

「そうですね、お願いします。

5

昼間のときとまったく同じ立て札の前でタクシーは停車した。運転手が若い人に変わっただけで、タクシーも昼の間に乗ったそれと同じ車であった。どうやら同じ会社に所属するタクシーを、昼と夜が変わると運転手だけを交替させているらしかった。

「愉しい時間になりますように」

「はい、夜道を気をつけて」

日本のタクシー運転手の驚くべき親切ぶりに、亭真はいつしか慣れっこになっていた。タクシーが視野から消えていくのを待ってようやく亭真は、立て札が立てられている進入路のほうへ足を踏み入れた。夜空に星が溢れ返っていた。太平洋から吹きつける公害のない風が空の雲を、きれいさっぱりと吹き飛ばしてくれたおかげであった。進入路の内側に見え隠れしていた竹林の隙間から、オレンジ色の明かりがいくつかぽっかりと宙に浮いていた。パーティーのさなかの彩子の別荘から洩れてきたものであろう。

太平洋の海際と日本の冬の野道を、午後も遅くなるまでタクシーでドライブしているうちに、亭真はにわかにこのまま大阪へ戻っていくことがおっくうになってきて、今夜のひと晩くらいM市郊外の旅館で過ごすのも、まんざらではあるまいと思うようになった。妻のそれと面差しがよく似ている江田彩子という女性が、目に見えない引力となって彼の足首に絡みついてきたせいであろう。

旅館を取ってシャワーを浴びると、近くの食堂で晩酌を兼ねて独りぼっちの夕飯を済ませているところへ、タクシー会社の制服を着た一人の若い男が近づいてきて、亭真に思ってもみなかったことを訊ねた。

「あのう、お客さんは韓国から来られた金先生ではありませんか？」

そうだと答えるとその若い男は、小さく四つに折りたたんだ紙切れを差し出した。

「たったいま会社の無線電話で、こんな連絡を受けました。先生を見つけ出すことが出来てとてもうれしいです」

紙切れは別荘の江田彩子からのメッセージであった。


タクシー会社に問い合わせたら、今夜あなたはM市内の旅館にお泊まりだとのことでした。わたくしの友人たちが意外なことに、あなたにお目にかかりたいそうです。お待ちしています。ご遠慮なさらないで。

江田彩子

昼間はパーティーを口実に彼をタクシーに乗せ、追い返すようにして退散させたはずが、いざパーティーが始まった夜にはタクシーまで寄こして、彼を呼び戻そうというのであった。せっかく招かれたのを拒絶すべき立場にはなかったので、彼は夜も深まりつつあった午後八時にふたたびタクシーに乗り込むと、別荘へ舞い戻ってきたのである。ガレージ兼用の物置のなかに一台しかなかった乗用車が、いつの間にか三台に増えていた。明かりがついているリビングのなかの様子が、窓を通して外からもはっきりと見て取れた。

パーティは早くもたけなわと見えて、何人もの若い男女がグラスのようなものを手にしたまま、リビングの床のカーペットの上に思い思いの姿勢で座り込んだり寝そべったりしていた。彩子の姿を探してみたけれどリビングには見当たらなかった。料理の用意をするためにどうやらキッチンのほうに入り込んでいるらしかった。玄関を経てリビングへ入って行くと四人の男女が体を起こして、笑みを浮かべるべきかどうかといった微妙な表情を浮かべながら亭真を眺めた。闖入者という恰好で当惑した顔つきで彼が突っ立っていると、折よくキッチンのほうから彩子が亭真を発見して、抱きかかえるように両の腕を拡げて小走りにやってきた。

「いらして下さったのね。大阪へお帰りになってたらどうしようかと、ずいぶん気を揉みましたわ。あなたをお帰ししたって、この人たちからわたくし、こっぴどくやりこめられましたの」

腕を取って亭真の向きを変えると、彩子がこんどは友人たちに向かって口を開いた。

「さあ、皆さん、ちょっとこちらをご覧下さい。韓国からいらっしゃった金亨真さんという方ですわ。新聞記者と作家の二足のわらじを履いていらっしゃるんですって。わたくしも今日初めてお目にかかったばかりなので、そのほかのことは存じません。それから、日本語をご存知ですからご自由にお話し下さい」

亨真が自己紹介をしようとすると、彩子が待ったを掛けるように人差し指を立てて素早く彼の口許にあてがった。

「それからこんどは、日本側をご紹介しますわ。こちらで膝を立てて抱え込んでいるのはフリーライターの内村さん、その傍でヨガの姿勢を取っているのは女性雑誌の記者で佐原さん、それからあちらは文化評論家の徳田さん、さらにその傍らの方は時事漫画家の永井さん」

彩子から紹介されるままに亨真は、座っている四人の来客たちと順繰りに握手をした。内村と徳田は男性で、残る二人は三十歳前後の女性たちであった。お会いできてうれしい、歓迎する、ようこそなどの短い挨拶をもって彼らは、はばかることなく淡々と亨真を迎えてくれた。彼らが示してくれた分け隔てのない雰囲気が、初対面であったのに奇妙にも亨真に安らぎを与えた。

「さあ、こんどはこちらを向いて下さい。もっとも肝心なことを紹介するのが遅れていますから……」

彩子がふたたび亨真の体を、応接セットの間におかれている座卓とキッチンのほうへ向けて立たせた。

「簡単なスナックとお酒の種類はこのテーブルの上にあるものを選んで下さること、間食ともうちょっと重いお料理はキッチンに準備されている大皿のものを召し上がって下さいね。まずはお隣の国からいらした、金さんのグラスから満たさなくてはならないでしょう？　お酒は何になさいます？」

「どんなお酒があるのです？」

「軽いものでビールとワイン、ちょっときついものでウイスキーとロシア産のウォッカ、それからジンと中国の茅台酒がありましてよ」

「では、ワインにしましょうか」

どうやら説明が終わったようだと思っていると、彩子がさらに説明を補う必要があるのか小鳥のように早口でさえずった。

「ご覧のようにここでは、この時間からは徹底したわたくしたちだけの休息空間になりますの。座ろうと寝そべろうと居続けようと帰って行こうと、明日の朝まではは金さんのお好きなように、気ままになさって下さい」

彩子の言葉は事実であった。徳田と永井は夫婦であるらしくしっかりと肌を触れ合って並んで座っていたし、内村と佐原もやはりいつの間にかクッションを抱え込むと、体を投げだして寝そべっていた。もじゃもじゃの髭と濃い化粧のせいで年齢の推測が覚束ない彼らは、すでに酒のせいかほど顔は赤らんでおり、話し声なども一オクターブくらい高かった。たったいま紹介されたばかりの亨真の存在などは、その間にすっかり忘れてしまったかのように、内村、永井、徳田たち三人は大声を張り上げて、まるで口論でもするように最近の日本の大衆音楽について侃々諤々やり合っていた。

「韓国の女性雑誌を見たことがありますの。編集スタイルとか内容がまるで日本のものをコピーしたみたいに、何もかもそっくりでしたわ」

女性雑誌の記者だという佐原女史が席を立って亨真の腕を取ると、ソファーのほうへ引っ張っていって腰を下ろした。話し相手と自分が座る場所を探し求めていた彼は佐原女史からいざなわれるままに、ソファーのところへ行って並んで腰を下ろした。よくよく見ると彼女はインド・アーリア系の人たちのように、正面よりも横顔のほうが広くて鼻が大きかった。えらく痩せぎすの体格だったけれど、ダイエットして贅肉を落としたのではなく、元からそうした体質だったらしかった。

「韓国の女性雑誌が日本のそれと似ているのは、韓国の雑誌が日本のものをカンニングしているからでしょう」

「わたくしもそれと似たようなお話を、うかがったことがありますわ。けど、もともと文化というのはカンニング、つまり模倣を通して発展するものではないかしら？」

「日本がカンニングしてきた相手はどこでした？」

「つい最近まではフランスやアメリカでしたけど、いまではこれにイタリーが加わっているみたいですわね。かつてはこれと目をつけたら手当たり次第コピーして我がものにしてしまう、食欲の旺盛な国が日本でしたけど」

まったく酔っている気配がないのに、彼女の口からは時たまアルコールの匂いがしてきた。亭真が底を見せているグラスにワインを注いでいると、こんどはカーペットのほうから、フリーライターだという内村が声を掛けてきた。

「今年の夏休みにセミナーがあって、ソウルへ出かけていって一週間ほど過ごしたことがありましてね。一緒にセミナーに参加したある韓国人の大学教授がいうには、韓国の輝かしい経済的な発展は立派な隣人を持ったおかげだということでした。金さんはその教授の言葉に同意なさることが出来ますか?」

「立派な隣人というのは日本のことでしょうか?」

「ぼくはそのように受け取りましたけど」

リビングのなかのすべての視線が、いつの間にか亭真に向けられていた。彩子までがキッチンから戻って来ると、罰を受ける生徒のようにひざまずいておとなしく亭真を眺めていた。

「近所に優等生が住んでいるからといって、その近くにいる生徒たちが残らず、勉強がよくできるわけではありませんよ」

「だからその教授は、優等生のおかげをこうむろうとしたら、カンニングというまた別の才能が必要だと言っていました。つまり韓国の輝かしい経済発展は、日本という優等生からカンニングしてものにした情報を、あれこれと応用して変容させ、中途半端に成し遂げた結果だと言っていましたね。表向きは絶えず日本を批難し軽蔑し憎みながらも、そのおかげをいちばんたくさんこうむっているのが韓国だという見立てでした」

「それならば、優等生のアメリカを隣人としているメキシコとかキューバが、未だに劣等生の状態で取り残されていることは、どのように解釈したらよろしいのでしょうかね? カンニングのテクニックが未熟だったから、彼らはいまもって劣等生のレベルにとどまっているのでしょうか?」

「政治体制や国民性などさまざまな要因が地域的かつ環境的な特性と絡み合い、変数として作用することだってあるでしょう。けれども、韓国が今日のように急速な発展を遂げることが出来たのは、優等生である日本が苦労して用意した急行列車に途中からこっそりと割り込んできて、無賃乗車をしたおかげだと見るのですが間違っていますか？」

　何人もの同席者たちがいっぺんに、それもてんでんばらばらに好き勝手な質問を投げかけてきた。亨真はしかし彼らの集中的な質問攻勢に、それと気づかぬうちに闘志と熱気を感じていた。彼らの質問の多くは亨真自身も日頃からしばしば気にしていた事柄などであったうえ、その質問に敵意とか棘が感じられなかったばかりか、どことなく真摯なうえ善意と好意が感じられたからである。

「部分的にそうした考え方があり得ることは認めますよ。けれども、立ち位置と眺める角度によって異なる解釈の可能性もあることを、認めなくてはならないでしょうね。十九世紀末の日本は明治維新を経て、韓国より一世代以上早い近代化を成し遂げました。その一世代という時間的な格差が、二十世紀の入り口にさしかかった二つの国の運命を、決定的に引き裂いたわけですよ。これからもおそらくこの格差はなかなか狭まらない見通しだし、その格差を狭めようという韓国側の努力が、日本側から見たら無賃乗車とかカンニングといった不正行為と映ることもあるでしょう。しかし、韓国側のカンニングは純粋な意味でのカンニングではありません。カンニングというのは他人の答案を、間違っている回答まで含めてそっくりそのまま引き写す行為のことです。ところが韓国にはそれなりの基準があって、他人の間違った答案までそっくり引き写す愚かな真似は致しません。産業開発や貿易黒字、商品のセールスなどの分野では日本は紛れもなく、アジアのよその国々よりも多くのノーハウと模範回答を蓄積しています。しかし近隣の国々への気配りとか歴史への認識水準など全般的な国民の知的成熟度では、同じく先進国であるヨーロッパ諸国の市民社会と比べたらずっと及ばない、劣等生のように見受けられます。韓国人はこうした日本人の弱点まで、カンニングや無賃乗車を通して学び取るつもりはないということですよ」

　こんどはこの別荘の住人である江田彩子が、久々に質問を投げかけてきた。歴史の方面に関心が深いと感じていたが、案の定、歴史に関する質問であった。

「近隣の国々への気配りとか、歴史認識の水準に問題ありと言われましたが、具体的な例を挙げるなら、歴史認識のどの部分に問題があるというのです？」

「日本が韓国を植民地統治した時期を韓国人は、彼らの歴史のなかでもっとも惨憺たる屈辱の暗黒時代と思いなしております。ところが日本の高級官僚や政治家たちのなかには、韓国人が屈辱と思いなしているその時代を、日本が韓国に経済的な援助と大きな恩恵をほどこした時期であったと、平然と公言してはばからない人物さえおります。恩恵というのは、ほどこした側よりほどこされた側の思いと判断によってのみ、その性格が穏当に決定されるものと承知しております。ほどこした側が恩恵と言い張るものをほどこされた側が苦痛と屈辱と認識していたら、果たしてどちらの認識が穏当なものかは、改めて問いただすまでもなく自明のことではありませんか？」

「韓国人が植民地統治されていた間に、精神的に苦痛を味わったことは理解できますよ」

　こんどは文化評論家だという徳田が、受け答えしている間に割って入ってきた。

「けど、韓国を植民地として統治しとった時分、日本が韓国に恩恵をほどこしたと思えるいろいろな投資をしてきたのは、事実やおまへんか？　道路、港湾、鉄道、橋梁などインフラ、つまり社会の間接資本はいうまでもなく、国民保険と教育の機会均等の拡大などは、日本の一方的な投資によって成し遂げられた結果やと思える、いうことですわ。思える、いうぼくの表現に留意していただきたいものでんな。韓国側からしたらむろん反論がありますのやろけど、恩恵をほどこしたと思える部分かてなくはないいうのが、日本国民が植民地時代の韓国を眺める、一般的な情緒やないかと思いますねん」

　保守的な日本の政治家たちの発言を思わせる、たびたび聞かされてきた日本側の反論である。質問の内容が深刻なものなので、彼はいまさらのごとく緊張感と闘志を感じた。

「噂と憶測だけで漠然と掻き集められた日本国内の、そうした一般的な情緒が問題なのですよ。自分たちが犯した明らかな過ちを、恩恵とすり替えてしまう奇抜な発想も驚くべきものですけど、そうした発想を受け容れ、許している日本人の情緒というものに、韓国人は背信感と絶望を覚えているのですよ。話がちょっと長くなりますけど、一九六一年五月十六日に軍部によるクーデターを起こして、何と十八年もの長期にわたって独裁政治を行ってきた、朴正熙という大統領が韓国にいるではないですか。彼は憲法を骨抜きにして民主主義を抹殺したうえ、おびただしい学生とインテリを投獄し、国民の基本的な人権を情け容赦なしに踏みにじった人物でした。ところがかなりの数の韓国人はこの独善的で無慈悲な軍人上がりの独裁者を、韓国経済を復興させた偉大な指導者だといまだに高く評価しているのです。いわば、彼の独裁は間違いだったと認めるけれど、韓国が今日のように輝かしい経済成長を遂げたのは、彼の卓れたリーダーシップと国家経営、そして統治術によるものだというのですよ。しかし、こうした論理の背後には意図的かつ巧妙に偽装された、虚構のカーテンが張り巡らされていることを知らなくてはなりません。この虚構のカーテンの背後に隠されている真の姿というのは、こういうものでした。当時の韓国の国民的な興望と時代的な条件や周辺諸国の情勢などを考察してみると、朴正煕という独裁者でなかったとしても韓国の飛躍的な発展は、すでに約束されていたのではなかったかということです。その理由は、まさに同じ時期に四頭のドラゴンとなった香港と台湾、それからシンガポールを見てもわかります。後進国が居並ぶアジア地域に四頭のドラゴンが相前後して誕生したことは、偶然ではありませんでした。ドラゴンたちの誕生は当時の時代的な要求であっただけのことで、決して一個の独裁者の指導力による結果ではないということです。つまり日本人が、かつての植民地統治時代を韓国に恩恵をほどこした時期と錯覚するのは、独裁者朴正煕を一部の韓国人が崇拝する心理と、似たり寄ったりの発想から始まったものではないでしょうか？　誤った位置からの斜に構えた視線では、物事に対するまっとうな評価など不可能ではなかろうかと思うのですよ」

沈黙が流れた。亨真はふと、自分はいま感情が高ぶっているのではなかろうかと注意深く反省してみた。すると続いて東日物産大阪支店長の朴万吉が、日本へ到着したばかりの彼にいの一番にしてくれたアドバイスが思い出された。彼は過去の、日本の植民地時代のことを、日本人とは決して深いところまで議論してはならないと忠告していた。どれほど相手が知性と教養を兼ね備えた人物であろうと、あの時代のことをテーマに選んで深みのある議論をしていくと、結局は互いに顔を真っ赤にして興奮することになるか、お互いに傷つけ合う不愉快な結末にたどりつくのがオチだというのである。とはいえ、朴支店長のアドバイスがすべてのケースに当てはまるわけではなかった。たまたま招かれてきた今夜のこのパーティーの顔ぶれは、自由な発言という原則に忠実な、少なくとも朴支社長のアドバイスとは関わりのない人たちに思えた。

「徳田君の意見に対する金さんの反論はどんなものか、お聞かせ願いたいものですわ」

時事漫画家の永井女史であった。彼女は髪を短く刈り上げていたうえ、アフリカの木彫り人形のようなものを紐でつないで首からさげていた。肌の色が黒っぽかったせいか、彼女はまるきり酒が入っているといった顔色ではなかった。何気なしに飲んだ酒が新たな渇きを誘ったので、亨真は自分の前にあったワインのグラスをゆっくりと傾けた。

「道路や港湾や鉄道など、大日本帝国が韓国のインフラのために投資した、社会資本というのは、韓国を中国大陸へ侵攻するための兵站基地と定めたのち、韓国から食糧や鉱物資源など、中国での戦争に必要な物資を収奪するためのものではありませんでしたか？　大日本帝国の官吏たちがヒューマニストや社会事業家でないからには、そうした莫大な社会間接資本を植民地韓国と韓国人のために、投資したはずがないではありませんか。日本の人たちのなかにはしかし、かなりのレベルにある学者やインテリ、政治家たちでさえ機会あるごとに、まるでそれが良心の証でもあるかのように、植民地統治時代に韓国に投資された日本の社会資本は、自分たちが韓国のためにほどこした温情と恩恵ででもあるかのようにひけらかします。それを聞くたびに韓国人は、耳を塞ぎたくなるくらい激しい背信感とコンプレックスに陥ったりします。収奪を恩恵と取り違えて疑うことを知らない善意の日本人の発想の間違いを、穏やかな言葉で気づかせるべきか厳しい言葉で反省させるべきか、とても困惑するからです。もとより植民地時代に韓国に投資された鉄道や港湾などの社会資本は、民族解放後の今日まで韓国経済の発展に少なからず寄与をしてきたし、いまもしていますよ。けれどもここにも、嘘で塗り固められた論理の落とし穴が隠されているのではないでしょうか？　朴正熙大統領でなければ韓国の経済発展はなかったろうという発想と同じく、日本からの積極的な投資がなかったら韓国の社会資本はなかったろうという発想がそれですよ。果たして韓国では、一九一〇年のいわゆる日韓合併以後、日本からの資本の投資がなかったら鉄道も港湾もない、原始的な農耕社会のまま取り残されていたでしょうか？　いまだにロバや牛車に乗って歩き回るしかない東方の未開で貧しい、ガンジーが朝鮮半島をそう言ったとされている、〈隠者の国〉として取り残されていたでしょうか？　あの時代はヨーロッパ諸国の東漸によってアジアの国々が門戸を開き、長い眠りから覚める時期でした。日本の近代化はアジアのよその国々と比べて三、四十年ほど早く門戸を開いて、いち早く西欧の近代化に追いつくことができたに過ぎません。隣接するアジアのよその国々が大日本帝国の侵略と圧迫をうけたのも、彼らがもともと劣等であったとか無能であったからではなくて、近代日本に立ち遅れたその三、四十年に追いつくことが出来なかったからでしょう。彼らにだって、遅きに失しはしたけれど近代化を成し遂げようというくたびかの試みと、血の滲むような努力があったのですよ。日本に明治維新があったように、なぜ韓国には別の呼び名の維新があってはいけないのです？　なぜ韓国における近代化の可能性ということに、日本はしいて顔をそむけて見ないふりをしようとそっぽを向くのです？　日本にだけ近代化する能力と資格があって、アジアのよその国々にはそうした能力はないと信じているのでしょうか？」

「なるほど。それにしても、半世紀前にわたくしたちの親や祖父母の世代が犯した過ちを、韓国人はなぜいまのわたくしたちに問いかけ、責めようとするのかわかりませんわ。いわゆる日韓併合の頃はまだこの世に生まれてきてもいないわたくしたちに、韓国人が毎回のように謝罪を要求するのは、何となくちょっと的はずれの、場違いなことではありません？　わたくしたちの不満はたったいま金さんもおっしゃったように、韓国側が過去のことにあまりにも敏感に反応することですの。韓国では自分の国の統治者が交替するたびに、そのつど日本に向けて過去のことに対する謝罪を要求してきましたけど、日本はいつまで韓国の要求に応えて、謝罪と陳謝を繰り返したらよろしいのです？」

佐原女史であった。厳しい質問とは裏腹に、彼女の表情は穏和で冷静であった。彼女のほっそりとした両手の間から、ちゃりんちゃりんという軽快な音が聞こえてきた。小さな氷だけが残ったグラスの中で、氷の群れがグラスにぶつかって出来た音であった。

「第二次大戦中は日本と同じく枢軸国の一員だったドイツのブラント首相は、ユダヤ人虐殺つまりホロコーストの現場の一つであるアウシュビッツを訪問して、花輪を捧げた後でひざまずくと、虐殺されたユダヤ人たちの霊に向かって謝罪の涙を流したと聞いております。ことさらに言うまでもなくブラントは、ナチの党員でもゲシュタポでもなかったばかりでなく、むしろ反ナチ運動に参加した人物で、ナチとはまったく関わりのない自由ドイツ連邦の首相でしたけど、過去に彼らの国民の一部が犯した過ちと犯罪に対して、新しいドイツの国家元首として心底から歴史の前に謝罪して見せたのです。ところが韓国や中国、フィリピン、台湾などの国民は第二次大戦後に、不幸にしていかなる日本人からもそのように謝罪がなされたことがありません。これまでは非公式の事前協議と、難しくてややこしい舞台裏での折衝の揚げ句、辛うじて日本の首相の口を通して短い言葉による曖昧模糊とした謝罪がなされてからも、日本はたいてい相手方の後頭部に一発食らわせるようにして、官房長官といったまた別の高位の官僚の口を通してさりげなく、マスコミなどに過去の過ちを正当化するような発言を流したりして、すでに発表されている首相の謝罪の言葉をそれとなく水で薄める、不可解なことをしたりしてきました。名誉とか大義を重んじて切腹さえはばからなかった日本の武士道精神が、他国への謝罪に関してはなぜこりも鈍感なのか、驚かされるくらいです。日本人の筋の通らない自尊心とはき違えた愛国心が、その原因ではないことを願うばかりです」

「そんなことって……」

叫ぶような一言とともに彩子が、出しぬけに大きくかぶりを振った。彼女の短い叫び声とかぶりを振ったことが何を意味しているのか、亨真にはわからなかった。ずり落ちてきた眼鏡を押し上げると、彼女が久しぶりに口を開いた。

「日本には国の力では統制できない、一億を超える生きている口がありましてよ。苛酷なファッショ的独裁体制の国や専制主義の国でないからには、これだけたくさんの生きている口から、まったく同じ言葉が出るようにするなんて出来ないことですわ。戦前にあった日本の軍国主義や膨張主義を、一つの時代のきらびやかな栄華として懐かしむ人たちが、日本にはたくさんいますわ。謝罪は謝罪、栄華は栄華としておのおの違ったものと考えることは、民主主義の国に住んでいる自由な市民の固有の権利ではないかしら?」

「一個人の小さな声を問題にしているわけではありません。国を代表する官僚や公人のおおやけの席でなされた発言だからこそ、被害当事国の国民はなおのことその発言の真意を知りたいと思うものなのですよ。公人のそうした思いもよらなかった発言が、解任されることまでも覚悟のうえでたびたび果敢に繰り返されるのは、多くの日本人の情緒がその発言に、暗黙のうちに同意しているからではないでしょうか？」

「そういうこともあるやろな。けど、それはよその国が干渉すべきことではないのと違うやろか？　日本の官僚が自分の所信を表明するのに、よその国の国民の承認をうける必要など、ないと思うんよ」

こんどはふたたび徳田であった。彼はグラスのなかに残っていた氷を口の中へ流し込むと、がりがりと噛み砕いた。筋肉質の堂々たる体格の持ち主であったけれど、彼もまた議論が好きなうえ、考え方が合理的かつ真面目であった。口許に浮かべているかすかな微笑によって、彼は自分に挑発する考えや悪意のないことをこちらに示していた。亭真に今日、思ってもみなかった気持ちのいい日本人にめぐり会えたことがうれしくて幸せであった。

「徳田さんのいまのご意見とわたしが話した内容とでは、いささかケースが違うのではないかと思うのですよ。わたしが申し上げた部分は日本の閣僚や高位の官僚たちが、日本の国内問題について発言するときのことを申し上げたわけではありません。その閣僚や官僚が日本と関連するよその国とのことを、自分個人が認識している水準でよその国を貶めるような発言をした場合のことを言うのです。この人は自分の国で大衆的な人気や情緒に合わせて不用意にも軽々に、平和に暮らしているよその国の人の家の水溜まりに、石ころを投げ込んでみたに過ぎないのかもしれませんけど、その水溜まりの傍に住んでいる近隣の国の民衆はその石ころに当たって頭に怪我をしたり、なかには目や鼻に怪我をして致命傷を負うことだってあるでしょう。飛んでくる石ころを防ごうということが日本への内政干渉に当たると認識されるのは、被害をこうむる水溜まりのほうからしたら、遺憾だとしか言えないのではありませんか？」

「車の音じゃないのか？」

誰かがささやくように言ったので、対話がしばらく途切れた。耳を傾けると、果たせるかなか庭のほうから細い自動車のエンジンの音が聞こえてきた。

「車だわ。柴田よ。柴田がいまごろ到着したのよ！」

彩子が弾かれたように立ち上がると、玄関のほうへ走っていった。エンジンの音が不意にぴたりと止むと、続いて庭先の辺りから彩子の甲高い声が聞こえてきた。

「来たのね、柴田！　遅いから、もう、来ないのかと思ってたわ！」

しばらくは何の気配もしなかったが、やがて玄関のドアが音を立てて開かれ、一人の髪を長くした男が彩子を抱きかかえて入ってきた。てんでに声を掛けて歓迎する友人たちを尻目に、男はこれ見よがしに彩子の唇に情熱的に口づけの雨を浴びせた。彩子のほうもまたこれに応えて、両の腕を男の首に力強く絡ませた。友人以上の間柄でのみ交わされる、熱くて濃密な口づけであった。

6

電話のベルが鳴った。テレビのスポーツ番組を観ていて、亨真は腕を伸ばしてベッドの枕元の受話器をつかみ上げた。電話をかけてきたのは言葉遣いの丁寧な、ホテルのオペレーターであった。

「五〇八号室のお客様。ソウルからお電話です。おつなぎ致します」

テレビのスクリーンでは局部だけを隠した巨漢の二人の男たちが、互いに激しく体をぶつけ合っていた。国技と謳われている日本の伝統的なスポーツで、相撲と呼ばれている競技であった。

オペレーターの案内があったにもかかわらず受話器はしばらく話が通じなかった。通話が途切れたのかなと思っていると、もの凄く遠くてか細い韓国語の声が聞こえてきた。声はかなり耳に馴染んでいたけれど、感じがあまりにもかけ離れていて相手が誰かまではわからなかった。どうやら電話を掛けてきた先方が、二台の電話を同時に相手にしているらしかった。

「金君か、わしじゃよ。済まなんだ。ちょっと急な電話を受けたものだで」

相手はソウルにいる東日グループの韓会長であった。

「きみはこの間、どこにおったのかね？　どこかへ行くなら行くと、行き先くらいはこちらに知らせてくれるべきじゃろうが」

「申し訳ありません。この間ずっと東京のほうにおりました。観光旅行をするためにあちこち四、五日歩き回りました。して、どのようなご用ですか？　急な用事でも出来たのでしょうか？」

「用事があって行方を捜しとったのではないのじゃよ。気になったので連絡しようとしたのじゃが、どこにおるのやらさっぱりわからんものじゃから。して、東京へ行ってどことどこを観て回ったのかな？」

「東京はほんの二日ほど観て回り、鎌倉と日光というところへ行ってきました」

「おや、せわしかったことじゃろうて。一日くらいで観光ができたのかね？」

「宿泊しているホテルのカウンターに、観光情報がしっかり揃っていました。駆け足ではありましたけどそれなりに、めぼしいところは観て回りました」

「我が社の東京支社へは立ち寄らなんだらしかったな？　その間に鎌倉と日光を、きみ一人で歩いて回ったのかね？」

「ええ、観光案内を片手に、一人で気ままに歩き回りました。観光したり歩いたりして回るには一人旅が気楽で愉しいですからね」

「それは結構、して、東京方面を観て回って次にまた、どこを観光するつもりじゃね？」

「明日帰国します。午後二時の便の飛行機の座席を予約してあります」

「もう、帰国するのかね？」

「日本へ来てかれこれ十日目ですから……。ひりひりするメウンタン（訳注　魚、肉、野菜を辛みをよく効かせて煮込んだ鍋料理）にありつくためにも、大急ぎで帰らなくてはなりません。それはそうと、わたしがお送りした手紙と印刷物のコピーはご覧になりましたでしょうか？」

「受け取って拝見したよ。しかし、何が何やらわからなんだわ。兄さんにも見せたのじゃが、筆跡だけでは確認でけんといいなさるのだわ。江田彩子とかいうその日本のおなごには、その後改めて会うことはでけなんだのかな？」

「はあ、あのとき会って以後は会えませんでしたけど、今夜、改めて会うことになりました。どういう風の吹き回しか、彼女のほうから先に会いたいと連絡してきましてね」

「会うのは今夜かね？　それは好都合じゃな。会うたらあの日記の出所を、是非ともちょっくら聞き出してくれや。あれが本物かどうかを知るためには、もともとあれを所有しとった人物に会うてみんとあかんようでな」

「無駄なことですよ。訊いてみましたけどニュースソースの保護がどうのと言い逃れながら、それげかりは明らかにするわけにはいかないそうですから。何となく後味がすっきりしないのですけど、それがなぜかいまのところはまだわかりません」

「後味がすっきりしないというのは、どういうことかね？」

「これから彼女と会ってみて、帰国してからお話ししますよ。こっちの反応が過敏すぎたのかもしれませんけど、彼女には何か隠していることがあるような気がするのですよ」

「わかった。うまくやってみてくれ。では、明日会うとしようや」

「はい、失礼しました」

通話が切れて受話器を元へ戻したところへ、ときを同じくして誰かが部屋のドアをノックした。亭真がドアを開けてやると、大阪支社長の朴万吉が入ってきた。

「ひと足遅かったですね。たったいまソウルの韓会長から電話があったところです」

それには答えず、支社長は手にしていた紙袋をテーブルの上に置いた。

「金先生が東京から戻られてすぐに、わたしが会長さんに連絡しました。その間に会長さんから何度も電話がありましたので。東京支社にもお寄りにならなかったので、行方がわからなくてご心配なさっていた様子でしたから」

「ソウルからの電話をうけてすぐに、支社長さんが本社へ連絡なさったとわかりました。それはそうとして、わたしは明日帰国します。毎日のように似たり寄ったりの風物ばかりを見てきたせいか、そろそろ飽きて来ましたから……」

「明日ですか？」

支店長の表情に失望の色がありありとうかがえた。亭真は脱ぎ捨ててあった上衣を羽織りながら、かえって支店長を慰めた。

「この次また機会があるでしょう。そのときを期待して、奈良方面への観光はそのつもりで残しておきました」

「奈良方面を先にご覧になるべきでしたのに……これからどちらへいらっしゃるのです？」

上衣を着込んだものだから、支社長が訊ねた。

「江田彩子という彼女が、わたしを飲み屋へ招待してくれたのですよ」

「大阪へ戻られたことを、彼女はどのようにして知ったのでしょう？」

「わたしももう一度会いたいと思っていた矢先に、ホテルへ到着したらすぐに客室マネージャーが、彼女から託されたメッセージを渡してくれましてね。わたしの旅行中に彼女が訪ねてきたらしくて。彼女のマンションへ電話を掛けたらちょうど在宅でしてね。Qという彼女の行きつけの飲み屋で、今夜の八時に会うことにしました」

「八時というと、そろそろ出かけなくてはなりませんね。その飲み屋の場所はどこです？」

「このホテルから南へ二ブロックほど下っていけばあるそうです。古本屋などが並んでいる路地裏ですけど、その古本屋まで行けばすぐにわかると言っていました」

「行きましょう。わたしがお連れしますよ」

明かりを消して部屋を出ようとしたところで、彼は思い出したように支社長に訊ねた。

「お持ちになったあの袋は何です？」

「ああ、果物ですよ。メロンとさくらんぼなどですが、新鮮で食べ頃でして」

彼は笑顔でもって感謝の気持ちを伝えた。おそらくデパートへ納品するために輸入された果物であろう。

エレベーターに乗り込みながら、こんどは支社長が先に話し出した。

「江田彩子という例の女性のことですけど、うちのかみさんも名前をよく知っていましたよ。美人のうえ書いていることもいいので、若い女性たちの間でとても人気があるそうですよ」

「書いたものは読んでいないのでわかりませんけど、美人であることだけは確かですね」

「つい最近までイケメンの俳優との間が話題になっていたと言っていました。結婚を拒絶する独身主義者だというので、かえって尻を追い回す男どもが多いそうです」

「近ごろ親しくしているのは俳優ではなくて、放送局のプロデューサーですよ。この前D海岸の別荘へ訪ねていったとき、その男にも会いました」

「ほう、そうでしたか……」

「失礼かもしれませんが、支社長さんに一つお訊ねしてもよろしいでしょうか？」

「どんなことでしょう？」

「ひょっとしたら奥さんは、日本の人ではありませんか？」

「おっしゃる通りです」

ロビーへ降りてきた二人はホテルのポーチで、おのおの左右に分かれた。支社長は車を受け取るために駐車場へ回っていき、亨真はその車を待ち受けるために、駐車場の出口がある大通りのほうへ下っていった。

いつの間にか夜が深まりつつあった。冬でもさほど寒さを感じさせないここ大阪では、夜が更けてからも街を行く人たちが少なくなかった。

江田彩子が今夜、自分を飲み屋へ招待した理由が何なのか、亨真は気になっていた。D海岸の避暑地の別荘であったいささか風変わりなパーティーに招かれて以後、亨真は明くる日の午後遅くに大阪へ舞い戻ってきて、彩子から届けられた問題の日記を手にした。

日記はコピーを一冊に綴じたもので、もともとは一冊の本に綴じられていた丈夫な紙質の、白紙に書かれていたものらしかった。日付を追って書いたというよりも、事件があったとか何かの考えが思い浮かんだときとかに、時たまその日のことと自分の心境などを書きつづったものであった。したがって日付が五、六日くらい飛んでいるのは普通で、ひどいときなどは半月とかひと月くらい間隔が開いていることも少なくなかった。おまけにペンで書いた箇所はインクが滲んで読みづらいところがたくさんあって、墨で書いた細筆の文字だけがかなりはっきりしていて、読み取るのが楽なほうであった。

一冊の厚さに比べたら内容は、さして充実しているように見えなかった。筆で書かれていたので文字が大きかったせいもあるけれど、ページごとに余白がたくさんあり、時には別の用途のメモと、金銭の計算とおぼしい複雑な数字などが羅列されていたりした。とりわけ日記を書いた人物が日本語と中国語、ハングルなど三ヵ国の言葉を混用しているので、内容を正確に解読するのも並大抵のことではなかった。

明くる日、日記のコピーをソウルの韓会長のもとへ郵送すると、亨真は大阪を後にして駆け足で東京へ向かった。誰にも行き先を告げなかったのは、しばしのことにせよ異国の地で気ままになりたかったのである。治安の良さが広く知られている日本であったから、身辺の危険などまったく気にせずともよかった。江田彩子によってもたらされた衝撃から、亨真は一刻も早く脱けだしたかったのである。

そう。亨真にとってそれは、逃げ出したくなるほどの衝撃であった。江田彩子の面差しが亡くなった妻に似ていたからではなかった。あの日の型破りのパーティーは柴田という男が到着して以後、ますます盛り上がりを見せ始めた。テレビ局のプロデューサーだという柴田を、江田彩子は最近親しくなった恋人だと紹介した。彼はすこぶるユーモアと機知に富んだ男で、妻子のあるいわゆる所帯持ちだといい、とりわけ音楽担当のプロデューサーで、「帰れ、釜山港へ」などいくつもの韓国の歌を知っていた。午前〇時を回って、パーティーは明け方の二時まで続いた。誰かが夜の海を見に行こうといいだして、パーティーは自ずと海を眺めに行くことでお開きとなった。男女がカップルになって別荘を出て行った。彼らはしばらくすると、一部は車で、一部は歩いて、竹林の間の道路伝いに海へ繰り出して行き、姿が見えなくなってしまった。

有り難かったのは、誰も亨真に気が重くなるような関心を示すとか、余計な親切心を発揮するとかしなかったことであった。酒を酌み交わし雑談と議論などを繰り返す間に、彼らはいつの間にか異邦人である亨真を、気難しい外国人ではない気心の知れた友人として受け容れたらしかった。愉しい彼らの無関心のうちに独りぼっちで別荘に取り残された亨真は、昼間のうちに彩子が、屋根裏部屋へ上がっていくと海がよく見えると語っていたことを思い出した。階段を探して二階へ上がってみると、まず畳を敷いた狭い部屋が現れ、その奥に屋根裏部屋へ上がっていく木製の梯子がかけてあった。

彩子の言葉通り屋根裏部屋は、すばらしく見晴らしがよかった。誰が運び入れておいたのか目にとまったロッキング・チェアに腰を下ろすと、亨真はかすかな月明かりのなかにひっそりと静まり返っている、太平洋の夜の海をのんびりと眺め渡した。灰色の空と接している黒い塊が海で、その前方に白っぽくひらめいているレースは、押し寄せてきては砕け散る浜辺の波であった。海の夜景に見とれていてしばらくすると、亨真は酔いと疲労に襲われて揺り椅子の上でとろとろと寝入ってしまった。

彼がふたたび目を覚ましたのは明け方のうそ寒さと、とある女性の息を弾ませた上がり声によってであった。性交の際にしばしば女性たちが発するあの熱い悦楽の声はきわめて近くの、彼の足の下の二階の部屋から聞こえてきた。彼がしばしうたた寝をしている間に、夜の海へ繰り出していった人たちはみな浜辺から引き揚げて来ていたが、彼らのうちのカップルの一つが二階の部屋へ上がってきて、火照っている体を愛をもって焼いているところであった。激しく高まっていく女性の忙しないよがり声に、一瞬彼は憤怒にも似た激情とともに混乱に陥った。それは密かに触れることになった他人の情事からたまたま触発された、欲望とか混乱などといったものではなかった。自分の女を何者かに凌辱されているような口惜しさと、燃えるような嫉妬からであった。その激しい息遣いの主が亡き妻と容貌が似ている、彩子だったからであった。


「お乗り下さい」

朴支社長の車が歩道の脇に到着した。亨真が乗り込むとすぐに車は走り出した。四車線の広い道路がほとんど車で埋め尽くされていた。けれども一方通行の道路だったので、車の群れの走行は意外とスムーズなほうであった。

「わたしの家内が日本人だということは、どなたからお聞きになりました？」

出しぬけの支社長の質問に、亨真は返答に窮した。

「そうですね、よく覚えていませんね。会長さんではなかったかな？」

「国際結婚というのはいろんな面で、厄介なことが多いものですよ」

「たとえば？」

「子どもらの教育がいちばん頭の痛い問題ですね。いまのところは幼いのでそれほどでもありませんけど、やがて大きくなって二つの国の歴史を学ぶようになったら、もっとややこしいことになるような気がしますね」

「お子さんは何人です？」

「二人です。八歳と五歳」

「いま、一緒に暮らしているんですか？」

「下の子は一緒で、上の子は韓国にいましたが、冬休みなのでいまはこちらへ来ています」

「韓国で学校に通っているのですか？」

「はあ、お祖父ちゃんと一緒に暮らしています。昨年までわたしどもと一緒に暮らしておりましたけど、就学の問題があって仕方なしに韓国へやりました」

支社長の悩みの種がわかるような気がした。母親の国と父親の国のうち、その子どもは将来どちらを自分の祖国として選ぶのか興味深かった。アメリカや中国といった普通の外国とも、日本は違っていた。韓国と日本の間にはことのほか腐れ縁が多いからである。

「玄山先生の新しい資料、彩子という女性の手許にほんとうにありましたか？」

「ありましたので受け取るには受け取りましたけど、あの資料が果たして玄山先生のものなのか、いまはまだよくわかりませんね」

「日記だと聞いた気がしますが、玄山先生の日記ではなかったようですね？」

「日記には違いないんですけど、それが玄山の日記だという確かな裏づけがないのですよ。自筆のサインでもあったらよかったのですけど、誰が日記に自分のサインなどしますかね」

「それでも前後の文脈を見れば、誰の日記かおよその察しはつくのではありませんか？」

「それだって曖昧なんですよ。まず、日記の解読が難しくてね。日本語、中国語にハングルまでが混じり合っていて、まるで何かの謎解きでもするようで、一行読み解くのも容易くはないんですよ」

車はゆっくりと車線を抜け出すと、歩道のほうへぴたりと寄せていった。車窓の外を覗いてみると道端に、いつの間にか古本屋などが並んでいた。

「この辺りのようですけど……」

「結構です。有り難うございました。その辺を探せば出てくるでしょう」

「明日の午後一時の飛行機だとおっしゃいましたか？」

「ええ」

「明日の午前十一時に、ホテルでまたお目にかかります」

「タクシーを利用してもよろしいのですけどね。とにかく有り難うございます」

「愉しいお時間をどうぞ」

「はい、気をつけてお帰りを」

走り出した車を見送ってから、亨真はおもむろにきびすを返した。大通りから路地へ抜けると果たせるかな、路地裏に何件もの小料理屋や飲み屋が見えてきた。バーやクラブとかいった派手派手しい店などではなくて、古びた木造建築の韓国の一杯飲み屋を思わせる飲み屋ばかりであった。路地に沿って四、五軒の飲み屋を眺めながら歩いていくと、伊吹に似た庭木の間からアルファーベットのQの字がちらりと目に飛び込んできた。四角い白地のアクリルの背中に太い画の黒抜きのQの字を大きくして、付け加えてこしらえた看板であった。

キャスターがついているガラスのドアを押すと、薄暗い店内に客たちがちらほらと腰を掛けていた。店内が靄でもかかったように霞んでいるのは、厨房から吐きだされてくる水蒸気と、客たちが吸っているたばこの煙のせいであろう。十三、四個ほどに見えるテーブルに客は半数ほどにしかならなかった。きょろきょろと周囲を見回す亭真に気がついて、アルバイト学生のような若者が空いている座席へ案内した。

「こちらへどうぞ」

「お客さんを探しているんだ。もしかしたらここに……」

彩子の名を告げようとしたとき誰かが、左側の隅のテーブルからひょっこり体を起こした。見知らぬ男と向き合って腰を掛けていた彩子がその男の頭上で、懸命に手を振っていた。

「悪い人。わが家よりずっと近いホテルにいらっしゃる方が、十分も遅れて見えるなんて」

「申し訳ありません」

「ご紹介しますわ。こちらは韓国からいらした金さん。こちらは大学教授の山田先生」

山田先生と紹介された男は椅子から立って、亭真に右手を差し出した。眉毛が濃くて眼が大きく、どことなく善良でありながらも知的なものが感じられる、四十代の人物であった。握手を終えて椅子に腰を下ろすと、山田教授のほうから先に口を開いた。

「今年の夏にぼくは韓国へ行って来ました。水原にある農業大学を訪問したのですよ」

「農業がご専門ですか?」

「ええ、食品加工のほうです」

彩子のヘアスタイルが先日とは違っていた。髪にカールがされており、カットされてかなり短くなっていた。テーブルの上にはグラスが二個と揚げ物、干し魚、果物などが一皿ずつ載っていた。彩子がアルバイトの若者を呼ぶと、いたずらっぽく亭真の表情をうかがった。

「このお店にはわたくしがキープして、一年の間にいつ来て飲んでも構わないお酒がありますの。金さんもほかのお酒はいけないわ。一度、そのお酒を試してみません?」

「いいですよ」

アルバイトの若者にキープしてある酒の用意を言いつけると、彩子が今度は山田教授に声を掛けた。

「先生、韓国へいらして、とてもおいしい韓国の地酒を召し上がったそうですわね？」

「ああ、マッコルリ（訳注　どぶろく）ね」

「どんなお酒かしら？」

「米の醸造酒ですけど、韓国の農民たちが野良仕事の合間に、食事代わりに飲む酒ですよ。発酵がまだ不十分な状態なので、アルコールの濃度が低い代わりにカロリーは高い、口当たりのいい酒ですよ」

説明が間違っていないかを確かめるように、山田教授が亨真のほうへ顔を向けた。腰が低くて善良そうに見える、好ましい印象の中年男であった。

「当たっています、金さん？」

「とても正確な説明ですよ。やはり専攻というのは怖いものですね」

彩子が信頼の証のように、山田教授の肩をぽんとたたいた。年齢の開きがかなりありそうだったので師弟関係のようにも見えたし、そうした垣根を飛び越えた親友か恋人同士のようでもあった。キープしてあった酒が運ばれてきて、彩子がグラスのような形の大きなカップに酒を注いだ。酒には色がなくて透明で、味は韓国の清酒に似ていた。彩子がさらに亨真に問いかけた。

「この数日間、たくさん観光をなさいました？」

「D海岸から戻ってきてすぐに東京へ行ったんですよ。鎌倉と日光を見物してきました」

「見応えはありましたか？　鎌倉の大仏などはどうでした？」

「図体の大きな仏様が悲しそうな表情をなさっていましたね。角張っている肩といい長く垂れ下がっているまぶたといい、韓国では見ることができない可憐な姿の仏様でした。きっと秋雨に打たれていたせいで、なおのこと可憐に見えたのでしょう」

「仏様が可憐ですって？」

「可憐ではいけませんか？」

彩子が弾かれたように笑い出した。大きく開いた口の中の歯が陶磁器のように白く、清潔に見えた。ひとしきり笑ってから彼女はまたしても問いかけてきた。

「日本という国の第一印象はどうでした？　韓国の人たちが世界中でいちばん嫌いな国が日本だそうですわね？」

「わたしの親しい友人の一人に、世界中のいくつもの国を何度も旅行して回った男がおりましてね。その友人の言葉によると、ある国に対する評価とか印象というのは、旅行者がその国に滞在している間に気楽に過ごせたか、煩わしいことがたくさんあったかにかかっているそうです。滞在した期間があまりにも短くて、わたしの場合、日本ではまださほど煩わしさを感じておりません。次の機会にもうちょっと滞在してみて、それからわたしの印象をお話ししましょう」

「ちっとも深刻な質問ではないのに、とても深刻なことのように答える癖がありますのね？」

一発食らった気分だったので、こんどは亨真のほうがぎこちなく笑顔を浮かべた。亨真のカップが空になっているのを見て、山田教授が親切にも酒を注いでくれた。同席している彼らのテンポに合わせて立て続けに飲んだ酒が、いつの間にやら亨真の腹の中へちりちりと染みこんでいった。

「先生がご覧になった韓国の第一印象はどうでした？」

「よかったですよ、純朴で……お互いにぎくしゃくしたものさえなかったら、とてもすばらしい隣人になれる予感がしましたね」

「十日ほどの間にわたしが感じた日本の印象も、先生が感じられたそれとほとんど同じでした。どちらの国の人たちも、誰もが二つの顔を持っていましたね。生まれついたままの人たちの顔と、誇張された愛国心に鼓吹された人為的な顔ですよ。一人一人の日本人は折り目正しく親切でしたけど、日本国民はどうかというと利己的で礼儀をわきまえていないという感じがしました。きっと、韓国の場合だって同じことかもしれませんけどね」

彩子がにわかにかぶりを振り始めた。何かが気に入らないときに彼女が見せる、独特の癖のようであった。

「いまのお二人のご意見は、新聞社の特派員たちが韓国と日本の間を往き来しながら、数百回以上も使い古してきた決まり文句ですわ。わたくしがほんとうにうかがいたいのは、何かはっと目を奪われる、それらしい発見はなかったのかということですの。子どもを叱りつける母親の表情でもいいし、おじいちゃんの手洟のかみ方、ホームレスがあくびをしている光景でもいいの。オリジナルの韓国人が初めて日本の土を踏んだわけですから、どんなことであれ外国人として違いを感じたものがあるはずでしょ？」

冗談として聞き流すには、彼女の表情があまりにも真剣で深刻そうであった。テーブルの上に両ひじをついて、すくめているような彼女の肉感的な体から亨真はふと、息を切らすように激しかったD海岸の別荘における彼女の息遣いを思い起こした。彼女にはあの日の苦しげな息遣いのように、突如として何事かに熱中してしまう爆発的なマグマがあるような気がした。いまの彼女の瞳の輝きからもまさにその熱いマグマが感じられた。

「先日の金曜日のことでした。東京は新宿、歌舞伎町界隈の繁華街を、すっかり酒に酔って一人で愉しく歩いて回りました。夜中の十二時を回ってもネオンがきらめき、街中は喧噪のなかにありました。異国の街の情趣に心を奪われてわたしはふふんふふんと鼻歌をうたったり、ショーウインドウを覗き込んだり、通りすがりの夜の巷の女性たちに軽口を言って声をかけたりしたものでした。互いにすれ違って通り過ぎた何人かの呑兵衛たちとは、激しく体をぶつけ合った記憶もあります。それからさらにいくらか歩いていて、不意に我に返ると逃げるようにしてホテルへ戻って行きました。三十分余り続いたその夜の散策が、わたしには空恐ろしい剣の林のなかを通り過ぎているように感じられたからです」

「剣の林と言いますと?」

「わたしが通り過ぎてきたその繁華街には、氷のように研ぎすまされた剣が林のようにおびただしく突き立てられていて、わたしは体を傷つけないようにその多くの剣を除けながら精一杯体を小さくして注意深く通り過ぎてきたのですよ」

「どういう意味かしら?」

彩子の瞳に集中力が現れるのが見えた。力が込められた彼女の瞳を、亨真は愉しむように余裕を持って眺めた。

「飲み屋が軒を連ねているあの歓楽の巷で、たまたまわたしは千鳥足の一人の酔っぱらいにぶつかったのですよ。どちらの過ちでもありませんでした。したたか酒を飲んでいた二人の酔っぱらいが、体を支えていることが出来なくて、互いにすれ違って行こうとしたところでよろけて、体をぶつけ合ったに過ぎないのです。わたしはふと豪儀に振る舞って、ソウルでそうしてきたように、相手の酔っぱらいをどやしつけてやろうとしました。韓国の酔っぱらいたらはこうした場合、理非曲直を正すより先に互いにどやしつけ、相手を叱りつけて溜飲を下げるのが普通でしたから。ところが、どやしつけようとした瞬間わたしは驚き、面食らってどやしつける台詞をごくりと飲み込んでしまいました。わたしにぶつかったその酔っぱらいが腰を半分に折り曲げると、突然わたしに丁寧にお辞儀をしたからですよ。わたしは彼が、わたしに五回以上も謝罪の言葉とともにお辞儀をするのを見ました。彼は申し訳ないと、許して欲しいと言いながら、わたしがその場を立ち去ってしばらくしてからも、わたしの後ろ姿に向かって何度もお辞儀を繰り返しておりました。それを知ってようやくわたしも、きまりが悪くおかしな気分になって、慌てて自分の周りの人たちを見回しました。何人もの酔っぱらいどもがへべれけに酔って千鳥足で歩いていましたけれど、誰一人としてその通りでは歌をうたうとか声を張り上げるとか、口げんかをするとか騒ぎを起こすとかいうことはありませんでした。体を支えることが出来なくて時たま互いにぶつかり合うことがあっても、双方はどちらも恭しくお辞儀をしては鄭重に相手に道を譲っていました。あの世界的に知られている新宿の歓楽街は、わたしの知る限り酔っぱらいどもの叫び声一つない、恭しい平和で厳正な秩序のもとにある街でした」

「それなのに剣の林というのは、どういうことですの？　なぜそうした平和な街で、あなたは剣の林をご覧になりましたの？」

「恐怖ですよ」

「ええっ？　恐怖？」

「あの平和な街には酒に酔って正体を失くした酔っぱらいたちでさえ、心ゆくまで声を張り上げることが許されない何かが潜んでいたということですよ。日本の人たちは習慣になっていて、そうした雰囲気が慣れっこのように見えましたけど、わたしの場合はむしろそうした雰囲気に、気をつけなければ怪我をするかもしれないと言う、息詰まるような緊張感と威圧感を覚えたのですよ。それは、治安維持にすぐれている日本の警察の行き過ぎた取り締まりの結果でもなければ、東京の新宿や赤坂といった歓楽街だけに限られるわけでもありません。日本に滞在していたこの十日間わたしはひたすら、他人と近しくせずぶつかるまいと、体を小さくすくめようと努めながら過ごしてきたという思いがしていましたよ。日本の清潔なことと人々の親切ぶりまでがその頃からは、わたしには何となく煩わしく厄介なものになってくるようになりました」

彩子がカップの酒を飲み干した。山田教授はトイレにでも立ったのか、しばらく戻ってこなかった。亭真が姿のない山田教授の席を見回していると、彩子がにっこりとかぶりを振った。

「お帰りになりましたわ」

「そんなこと？」

「あの先生には、お酒に酔うとこっそり逃げ出す癖がありますの」

亭真が黙りこくってカップの酒を飲み干すと、彩子がふたたび話しかけてきた。

「味わわれた新宿の街の平和と秩序を、垢抜けた高級文化の産物と見ることはできません？」

「あれは文化とは別物でしょう。わたしがあの街を剣の林に譬えたのは、あの街が動かしている目に見えない力がわたしに、剣が近づいたときのような注意深さを要求したからですよ。アメリカやヨーロッパでは自動車と強盗にだけ気をつければ済みますが、日本では他人の迷惑にならないために、それからヘマをやらかさないために絶えず気を緩めず、張りつめた気持ちでいなくてはなりません。心を込めて育ててきた美しい花畑を九歳になる腕白小僧が、大人たちからお目玉を食らうのが怖くて、かかとを高く上げて歩くのと似ているでしょう。その花畑は腕白小僧にとって美しくもあるけれど、心おきなく飛び跳ねて遊ぶには邪魔物でもあるのです」

「剣のイメージがはっきりしないわね。もうちょっとわかりやすく説明していただけません の？」

「制度と生活習慣、行動の規範などがこの国では、個人の内密な領域にまで染みこんでいる感じがするのですよ。その完璧なバリアーの外側には抜けば玉散る氷の刃が林立しているので、個人としては怪我をするのが怖いから、その外へは一歩も踏み出せないのですよ。そうしたバリアーのなかで永らく飼い慣らされてきた人々は、自分たちを取り巻いているバリアーがその実、自分を閉じこめる剣の林にもなり得ることに気がついていないんですね。けれども、あらかじめ申し上げておきますが、こうしたすべての仮説は、一人のアマチュア旅行者が日本という大きな国を数日間うろつきながら見て回った、きわめて個人的な印象でしかありませんから」

「それでもまだよくわからないわ。わたくしもやはり、剣の林のなかに閉じこめられているせいかしら?」

酔いが回ってきてとろんとしている彩子の目に、倦怠感を伴った疲労の色が浮かんでいた。亭真は微笑でもってそれに答えをという思いがして、埒もないことを、という思いがして、亭真は微笑でもってそれに答えた。目ざとい彼女が素早く話題を変えた。

「そろそろわたくしの用件をお話する順番ですわね。こないだお届けした玄山の日記は、ご覧になりましたて?」

亭真がかぶりを振ってから、彼女に問い返した。

「あれが玄山の直筆の日記であることに、間違いありませんか?」

「それって、どういうことかしら?」

「わたしが受け取ったあの日記には、あれを書いた人の身元が明かされておりませんでした。あなたの言葉だけが、あの日記が玄山のものだという唯一の証言なのですよ」

そんなはずはないという表情で、彩子は大きくいやいやをした。

「あの日記にその人の、自筆の署名はありませんでしたか?」

「ありませんでしたよ。あなたはあれが玄山の日記であることを、どのようにして知りました?」

しばらく何かを考え込む風情であったが、彩子は困惑したように問い返した。

「中身はお読みになりましたの? 中身のなかにあれを書いた人と身元を暗示している部分は、ありませんでした?」

「そこまで確かめる時間の余裕もありませんでしたけど、あの日記はいくつもの国の言葉で書かれていて、満足できる解読が容易ではありませんでした」

「そうなのよ。わたくしもだから仕舞いまで読むことが出来なくて、一部は宿題として残しておきましたの。けど、あの日記が玄山のものだということは一度だって、疑ってみたこともありませんわ。あなたはどうしてそんな疑いを持つことが出来たのかしら?」

「この前もお話ししたと思いますが、あの日記を欲しがっているのは、玄山の直系の子孫になる方です。民族を裏切ったおのれの祖先の恥ずかしい記録なので、その方はあの日記がむしろ玄山のものではないことを期待しています。そのため、紛れもなく玄山の日記だという記録とか物証が欲しいと言うことです」

彩子がまたしてもかぶりを振った。

「そんな証拠とか記録なんてありませんわ。あの日記に記録されていることがすべてでしてよ」

「だとすると、方法は一つしかありませんね」

「方法というと？」

「これまであの日記を保管してきた、元の持ち主に会ってみることですよ」

「それは不可能よ」

「ニュースソースを守るためですか？」

「いいえ、もう、その方にはお会い出来ないからですわ」

「お会い出来ないというのは、どういうことでしょうか？」

「ありのままに申し上げましょう。その方は今年の春に、亡くなりましたの。遺族の一人が故人の遺品を整理していて、それらのなかから玄山の日記を発見したので、それをわたくしに改めて託されましたの」

「だとすると、ますますわけのわからないことになりますね。あれが玄山の日記だということを、江田さんはどこで知ったのです？」

「遺族からお話をうかがいましたの。故人が残したいろんな遺品を整理していて、たまたま昔の証券とか債券などの書類の束のなかから、表に玄山・韓東振という韓国人の名前を書いた古い封筒に入っていたあの日記を見つけたのだそうです。中国語とハングルが混じっていて、初めはその内容がわからないので焼き捨てようとしたらしいの。もしかしたらそのとき、日記の一部が焼き捨てられたか忘れ去られたかしたのかもしれません。とにかく、ひとたび危機をやり過ごした後であの日記は、遺族の手からわたくしに無事に手渡されたらしいの。これが、あの日記のことでわたくしが知っているすべてですわ」

「亡くなられた方の当時の年齢は、おいくつでした？」

「七十歳を越えた、高齢の方だと承知しておりますわ」

「そのお宅で故人は、どんな立場におられた方ですか？」

「子どものお祖母ちゃまでしたの」

質問と返答が繰り返されるにつれて、亨真はますます疑問が深まっていくばかりであった。彩子が何かを隠していることは疑いもないのだが、それが何なのか、なぜ隠さなければならないのか、彼には知りようがなかった。彩子が不意に眼鏡を外すと、彼の顔をまじまじと見つめた。

「もう一度確かめて下さいな。わたくしがほんとうに、亡くなられたあなたの奥様と似ていますの？」

彩子の藪から棒の問いかけに、彼はしばらく言葉が出なかった。テーブルの上に両肘をつくと左右に手を組み合わせ、その手の甲の上に顎を載せて彼女は茶目っ気たっぷりに亨真の表情を眺めた。眼鏡を外している彼女の面差しは掛け値なしに、亡くなった妻恩淑のそれと瓜二つであった。

「ヘアスタイルが違いますね。妻はあなたより髪を短くしていました」

「ご迷惑でなければその方のこと、もうちょっと詳しく知りたいですわ。その方はいつ、どのようにして亡くなられたのか、お話して下さいな」

「一九九二年の秋に交通事故で亡くなりました」

「どんな種類の交通事故でしたの？」

「ある集まりに参加してから、友人の車に便乗して帰宅する途中、急カーブを回りきれなくてその車が横転したため、現場で即死しました」

「結婚なさって何年になり、事故があった当時の奥様はおいくつでした？」

「結婚して五年目、二十八歳でした」

「いまのわたくしと同い年でしたのね」

指を組み合わせていた手を解くと、彩子はゆっくりと三回に分けてカップを空にした。カップを高く上げた白い手と長く剝きだしの白いうなじが、どんよりとした店内の照明のなかで、強烈な色合いをもって浮かび上がっているように際だって見えた。空になっているカップになみなみと酒を満たしながら、彼女はふたたび当然のことのように訊いてきた。

「わたくしがあなたに初めてお会いしたときのことを、憶えておいでかしら？」

「別荘でのことですか？」

「不思議な予感がしましたの。あなたにお会いした瞬間から、この人は玄山と近い方に違いないという気がして」

瞳を伏せている彼女のくぼんで見える瞼が、それまで飲んでいた酒のせいかほんのりとピンクに染まっていた。額に生えている銀色の産毛を見せつけながら、彼女は亨真の視線を避けてひたすらテーブルばかり見下ろしていた。

「亡くなられた方のご両親は、生きておられますの？」

「もちろんです。両親のほかに弟と叔父さんと、従兄弟たちもいます」

「幸せだった方でしたのね。わたくしは長い間、独りぼっちですの」

彩子がふたたび顔を上げた。彼女の瞳に意外なことにきらりと光るものを宿していた。

「一度韓国へ行ってみたいわ。韓国へ行ってあなたに、あちこちを案内して頂こうかしら」

「いらっしゃい。歓迎しますよ。玄山の故郷へもご案内できますし……」

「あら、もうこんな時間？　十時だわ。そろそろお開きにしましょ」

7

めいっぱい開かれているブラインドの隙間から、真昼の陽射しが華やかに射し込んでいた。年が明け旧暦の正月の連休まで過ぎると、ようやく都市は新年を迎えていつも通りに稼働し始めた感じがしてきた。ファックスが送られて来ていた。パソコンで手紙を書きかけて亨真は、あくびを噛み殺しながら受信中のファックスをのぞきこんだ。J大学社会学科に専任で勤めている同窓の林正植からのものであった。

依頼された松庵に関する調査報告。独立運動資金を献金した人士たちのなかに、松庵なる雅号を有した人物は存在しないと報告があった。ひょっとすると日韓併合の頃の義兵(訳注　外国の侵略があるたびに起ち上がった正規軍ではない義軍)の左従史かもしれない。左従史というのは義兵闘争にはじかに加担せず、匿名で軍資金を献納した地主や土豪を意味する言葉。もうちょっと詳しく調査すべき事柄ではあるけれど、深刻な資金不足に見舞われているがゆえに、中途で作業を中断するしかない。夕飯を食わせるか酒を飲ませるかするなら、もういっぺん作業再開を考慮することも可。以上。林正植送る。わっはっは。

林正植の戯れ言をもってファックスは終わっていた。

日本旅行から帰ってきて以来、ひと月と十五日が経ってようやく、玄山のものと言われているあの日記の、韓国語の翻訳があらまし終わった。翻訳が遅れたのは中国語で書かれている部分のせいであった。韓国人に紛れもない日記の筆者は、長期にわたる中国暮らしのおかげで中国語にも堪能になり、日記のかなりの部分を中国語で記録していたのである。

日記には昭和十六(一九四一)年の春から、昭和十八(一九四三)年秋までのことが記録されていた。日記のなかには多くの人物が登場するけれど、筆者は彼らのうちの何人かは仮名であると、どこかで明かしていた。彼らの身の安全を図るためにはやむを得ぬ措置だというのである。

朝鮮独立軍から大日本帝国への協力者として、言わば思想転向後に書かれていることなので、日記のかなりの部分が帝国日本への賞賛と忠誠を誓う内容となっていた。残りは、当時の戦況に関する説明だとか自分の心境、日常生活などを淡々とつづったものであった。とりわけ日記のなかには、柳子という名前の日本の女性がひんぱんに登場するのだが、筆者は二十歳も年少の彼女と同居していることになっていた。二人はどうやら恋人同士の間柄だったらしく、子どもまでもうけるくらい互いを深く愛していたらしい。

ところがこの日記の、もっとも驚くべきショッキングな内容は、借用証書と領収証の形で添付されている、日記とは懸け離れた何枚かの備忘録であった。表面はカネを借り受けた借用証書の形を取っていたが、その裏面にはハングルと漢字で、そのカネを借り受けた経緯をつまびらかにする、詳しい裏書きがしたためられていた。そしてまさにその裏書きの部分が、思いもかけぬ内容を秘めていたのである。日付が一九二四年になっているその裏書きには、独立軍の軍資金を使用してくれた内訳と、本国つまりは朝鮮で軍資金を献金してくれた、数人の愛国的な志士たちの名前がしるされていたのだ。それらの志士たちの中の一人が松庵という人物で、何と彼は五回にわたって、独立運動のために巨額の資金を献金したことになっていた。松庵というのはおそらく実名ではなくて、誰かの雅号に相違なかった。資金不足で筆者たちの独立軍が深刻な苦境に追いやられるたびに、松庵は巨額の軍資金を献納して彼らを窮地から救ってやることを繰り返してきたのであった。

こうした記録は日記の本文と、何と二十余年もの時間的な間隔をおいていた。どうしてこんなに古くなった昔の証文が、遅ればせに日記などに添付されたのやらさっぱりわからなかった。しかもなおのことわからないのは、日記の本文とこの証文との相反する内容であった。本文では筆者自ら大日本帝国に協力して忠誠を尽くすことを誓っている一方で、この古くなった借用証書の裏面には独立軍が直面しているさまざまな困難と、軍資金を調達した経緯とがごま粒のような細かな文字で、詳細に記録されていたからである。

自分が日記に登場させた人物たちの身辺の安全を図るために、日記の主は仮名まで借用したことを告白していた。ところが彼は、この借用証書を日記に添付することで、一方では自分が過去に独立軍の一員であったことを、自ら認めていたのである。どうしてこんな矛盾することが可能だったのか、亭真の判断では理解が難しい部分であった。

亭真がJ大学の林正植に、松庵という人物のことを内密に調査してくれるよう頼んだのは、まさにそうした理由からであった。松庵の本名さえ突き止められたらその人物の業績を追跡して、日記の筆者が何者かということまで、あぶり出すことが出来るのではと思ったのである。ところが林正植からのファックスによって、調査の結果は失望するしかないものであることがはっきりした。ひょっとしたら松庵という雅号も、日記の筆者がつくり上げた架空のものかもしれなかった。心証としては日記の筆者が玄山であることは明らかなのだが、いまはまだそれを裏づけてくれる確かな根拠が現れてきていないのである。

時計の針が午後二時を指していた。約束の時間から二十分も遅れているのに、義弟の東根はまだ現れなかった。旧正月の連休から二週間も経っている今日になってようやく、亭真は義弟の東根と連れだってY郡の岳父と義母のもとへ、年始めの挨拶に行くところであった。妻を亡くしてからというもの妻の実家の親たちに会うことが心苦しくて、彼は口実さえあればY郡への訪問を避けてきているところであった。今回も日本への旅行を口実にうやむやにしてやり過ごそうとしていたら、東南アジアへの出張から帰国したばかりの義弟が遅ればせに、一緒に行こうと声を掛けてきたのである。

玄山に関する資料の収集に熱心だった東日グループの韓会長からは、東南アジアへの出張から戻って来て以後はまだ何の音沙汰もなかった。日記の筆者がはっきりしないので、もしかしたら会長はこんどの日記に対する関心を、すっかり失くしてしまったのかもしれなかった。もっとも、たとえ日記の筆者が誰だったのか明らかになったとしても、会長の関心がこんどの日記にあり続けるのは困難な状況にあった。むしろ筆者が誰か曖昧模糊とした状態であるほうが、玄山の子孫たる会長にとっては幸いなことかもしれなかった。

「義兄さん、遅くなりました」

ノックもなしに入り口のドアが開くと、義弟の東根がオフィステルの室内へ入ってきた。

「道路が車であんまり混み合うものだから……すぐに出発しましょう。車はポーチの前につけてあります」

「遅れてきた男が急かすとはな。わかったよ。先に降りていってくれ」

パソコンのスイッチを切って窓を残らず閉め、亭真は上衣を羽織りながら義弟に続いて部屋を出てきた。エレベーターに乗り込みながら、義弟がふたたび話しかけた。

「今日はあちらへ行くと、たぶん、一泊しなくてはならないでしょう」

「なぜだ?」

「いまから行くと遅すぎて戻ってくるのもたいへんですけど、あちらにはどうやら大学と関連する、別の用件があるらしいのですよ」

「用件というと?」

「財団の理事会みたいなものでしょう。訴訟になっている敷地のことで、相談したい案件があるみたいですから」

「会長も出席なさるのか?」

「いいえ、叔父さんは別の集まりがあって来られません。きっと秘書室の鄭部長と崔弁護士が出席なさるでしょう」

階下へ降りてきた亭真は、ポーチの前に停めてあった義弟の車に乗り込んだ。車をゆっくりと出発させながら、こんどは東根のほうが先に問いかけた。

「日本から持って帰ったあの日記は、お祖父さんが書いたものとはっきりしたのですか?」

「いや」

「内容がすべて明らかになったのに、書いたのは誰かわからないということですか?」

「明らかにされていないけれど、玄山先生が書いたことに間違いはないのだ」

「叔父さんは、お祖父さんではないようだとおっしゃってましたけど?」

「そうでないことを願っての希望的観測だろうよ」

街中で突然、救急車のサイレンの音がした。赤十字のマークをつけた一台の白い救急車が、自動車の群れの間をまるで軽業でも演じるようにして走り抜けて行った。一時停止した車をふたたび走らせながら、東根がさらに訊ねた。

「義兄さんはK大学の徐教授をご存知でしょ？」

「徐仁圭教授のことか？」

「ええ」

「知っているけど、それがどうした？」

「あの人、いま、Y郡へ来ているんですよ」

「旧正月の墓参りにでも行ったのかな？」

「そうではないんですよ。文集をだす準備のためだとか。親日派だった徐尚道の文集を出版する予定だそうです」

「わからんなあ。良識がありそうな人がそんな文集を、どうして出版するのだろうか？」

「だから笑わせると言うんですよ。本物の独立軍の子孫である我が方はおとなしくしているのに、親日派として知られているあちらでは文集を出版しようとしているなんて、良識のある人間のすることとはとても考えられませんからね。その噂を聞きつけた叔父さんなどは、ひょっとしたらあちらに、別の意図があるのではなかろうかと勘ぐっていましたけど」

「別の意図というのはまたどういうことかね？」

「徐教授には政治方面に野心があって、あらかじめ身内の不始末の整理からしておこうというのではなかろうかということですよ」

亨真はゆっくりとかぶりを振った。人の心を見透かすことは難しいけれど、これまでの徐仁圭教授のイメージから判断して、政治への入門は無理ではないかと思われたのだ。祖父の文集を出版するというのが事実なら、徐仁圭なりの純粋な考えから出発したものかもしれなかった。祖先の一人が親日派だったからといって、その子孫が自分の祖先を否定したり拒絶したりするなど、出来るはずもなかった。祖先を拒否して自らのアイデンティティーを否定する者は、この世のなかを他人とともにまっとうに生きていく、立ち位置を失くしたも同然だからである。

「きみは徐教授のお宅がどこか、知っているのか？」

「お宅というと？　Y郡にある徐教授の本宅のことですか？」

「ああ」

「知ってますけど。なぜです？」

「徐教授という人にいっぺん、会ってみたいと思ってね」

「あの人にお会いになって、どうなさるのです？」

「文集の主人公である東波・徐尚道と玄山先生とは、

幼い頃同門で学んだ親友同士だったと耳にしているんだ。それがほんとうかどうか、徐教授に会って確かめてみたいのだ」

「ぼくもその話は聞いていますけど、いまさらそんなこと確かめて、どうなさろうと言うのです？」

「一代記を書くとしたら、玄山先生の子どもの頃のことだってある程度は知っておかなくては。子どもの頃の資料が全然ないものだから、作業を始める切り口が思っていたよりもなかなか決まらないんだ」

車のスピードが早くなってきた。いつの間にかソウル市内を脱けだしてY郡へ向から国道にさしかかっていた。

亨真よりも五歳年少の東根は、玄山を尊敬する気持ちと身内に対する矜持がことのほか強かった。名高い画家に玄山の肖像画を描かせ、それをコピーして一族の人々に洩れなく分け与えるくらいに、彼は韓氏一族の後継ぎとしての役割をしっかりと果たしていた。彼が亨真の仕事に格別の関心を抱いているのも、亨真が彼の曾祖父である玄山の、一代記を執筆する準備をしていたからであった。義弟のこうした熱意とまごころが亨真には、かえって気持ちのうえでは重荷になるくらいであった。

「この際義兄さんも、あらかじめ知っておいたほうがよさそうですね」

吐きだすように切り出した東根の声に、重々しさと緊張が籠められていた。亨真が静かに見つめると、東根はさらに言葉を継いだ。

「叔父さんは親日派と言われている徐尚道の、親日行為を調査させているところですから」

「それはまたどうして？」

「薬泉洞に対する訴訟がすみやかに解決しなければ、世論に訴えるつもりらしいのですよ」

「世論というと？」

「親日派の子孫として、郷土での育英事業には協力できないまでも、途方もない土地の件で訴訟を起こして、後進の育成に冷や水を浴びせているという内容になるようで」

「気でも狂ったのか」

沈黙が流れた。何気なしに吐きだした年長の公長に対する過激な言葉に、それを口に出した当の亨真はもとより、東根までが複雑な気持ちに落ち込んでいった。ことによるとまさにこうしたやり方こそ、これまで東日グループを率いてきた会長が、経験を通して身につけてきた処世術の一端かもしれなかった。この世知辛い世の中で彼が今日の成功を成し遂げたのは、危機に直面して彼が、他人よりちょっと冷酷かつ残忍であったからだろう。企業というものの厳しい生存原理を生理的に身につけてきた彼にとって、世論を背景としたその程度の人身攻撃的な攻勢などは、別に破廉恥なことではないのかもしれなかった。

「薬泉洞の訴訟事件はかなり厄介なようだな？」

「崔弁護士の話だと、容易に解決できる可能性はないそうです。非常手段を動員しなければ難しそうだと言ってました」

「そこで動員される非常手段というのが、徐尚道の親日行為を暴き立てることかね？」

「徐教授のほうに悪意が認められるようだと言ってましたね。これまで一言もなかったのに、工事に着手したとたんに訴訟を起こしたことも疑わしいうえ、勝訴する可能性が低いのに一流の弁護士を専任したことも不可解だそうです。いうなれば、食べさせてもらえないめしなら灰でもまき散らしてくれようという魂胆ではないかと言ってました」

「だからそれへの対応策が、祖先のあらを探して暴き立てるというわけか？」

「喧嘩を仕掛けてきたのは向こうですから。義兄さんはいま、どちらの肩を持っているのです？」

「わたしはどちらの肩も持つつもりはないさ。財産争いで他人のご先祖様のあら探しまでやらかすなんて、果たしてまともな対応方法だろうか。良識のある人間としてなすべきことかを訊いているのだ」

地方の道路へ脱けてきた車はすいすいと野道を走行した。車窓の外を流れていく空っぽの野面に、いつの間にか朧気な春の気配が感じられた。冬場がまだひと月以上も残っているのに、せっかちな気持ちから目のほうは早くも春を探し求めていた。複雑な表情の東根に向かって亨真は、宥めるようにふたたび声を掛けた。

「会長は近ごろお忙しいようだな？」

「フィールドへたびたび出かけているところをみると、そうでもないらしいですけどね」

「昨年の年末に言われた文化賞制定の件は、計画がどれくらいはかどっているのかな？」

「基金も確保されたし、事業計画も出来上がったと承知しています。ただ日取りが決まらなくて、発表がちょっと遅れているみたいですけど」

「日取りが決まらないというと？」

「玄山お祖父さんを敬慕する意味で制定する文化賞ですから、叔父さんは三月一日の三・一独立運動記念日とか、民族解放の日の八月十五日を念頭においているらしいのですよ。ところがその頃には、ほかの賞などもいくつもあって、行事がダブつくことが見え見えなので、日取りを決めるのが難しいみたいなんですよ」

「資金はどれくらい確保されたのかね？」

「五十億ウォンです」

東根の表情に誇らしげな色が拡がった。もとより五十億ウォンもの基金ともなれば、東日グループの現状からしても目の玉が飛び出るような巨額であった。玄山の独立精神を讃えるという意味だけで、会長がそれほどの基金をなげうつはずはなかった。会長の意中には会社のイメージアップと減税措置を合法的に手に入れることも、同時に含まれているに違いなかった。

「こんど発見された日記には旧満州方面の地名がたくさんでてくるそうですけど、伝記を書くとなるとあちらのほうもいっぺん、踏査なさらなければならないのではありませんか？」

「言われるまでもなく寒さが緩んできたら、一度出かけて行くつもりだ」

「お祖父さんが活動した舞台というのは、主として中国のどの地方になっているのです？」

「初期の独立軍時代には間島方面で活動なさったし、その後は日本軍に追われていくつもの地方を転々となさったようだ。東満州一帯に永らくとどまっておられて、晩年にはもっぱら長春と奉天など。奉天は現在の瀋陽だな。これら中国の東北地方に住んでおられたことになっている」

東根はそれきり何も訊かなかった。いまのところ知られている玄山の動きは、一九三七年までが最後となっていた。それ以後、彼が長春で怪漢の狙撃を受けて絶命した一九四三年までは何の記録もなくて、空白のまま残されていた。ところがこのたび新たに入手した日記には、その空白期間の中心部分である、一九四一年から一九四三年までの行動などが記録されていた。東根が口をつぐんだのはその期間のほとんどの記録が、玄山の親日行為をあらわにしていたからであった。

「きみは日記を見たくはないのか？」

ことさらにしてみた亨真の問いかけに、東根は答えなかった。彩子から預かった日記の原本は一部が新たにコピーされて会長に手渡され、原本は亨真の手許にあった。曾祖父である玄山の日記と言われているのに曾孫である義弟の東根は、日記のことはさして関心がないといった態度であった。日記の主が玄山だという確証がなくて、韓氏一族にはその日記を是非とも手に入れて読みたいという、熱意に欠けるのかもしれなかった。

「日記には玄山先生が、柳子という名の現地の女性と同居したことになっているのだ。若い女性で、名前からすると日本人である可能性が高い。それにしても四十代の壮年だった玄山先生が、どうして二十代の若い女性と同居することになったのか、さっぱりわからないのだ。ましてやその時分の玄山先生は、職もなければカネもない、素寒貧の貧乏人だったはずなのだからな」

車が面単位の小さな村を通過した。東根が聞いていようといまいと亨真は話を続けた。

「その柳子という女性との間に、子どもまで出来ていたらしい。一九四二年に生まれているから、その子が生きていたらいまごろはきっと、五十歳を越える年齢だろうな」

「まるで小説みたいな話ですね。その日記って、ほんとに信用できるしろものなのですか？」

「わたしは信用しているよ。だからなおのこと、きみもあの日記を読んでくれたらと思うのさ」

村から外れるとふたたび野面が始まった。その野面を横切って小さな川が流れており、その川に架けられた石橋の前に青塗りの道路標識が立ててあった。その標識にはY郡までは二十八キロ残っていると書かれていた。

「あの日記は、読みやすいように手が加えられたと聞きました。原本は必要ありません。手を加えた日記を読んでみたいですね。コピーが可能でしたら、ぼくにも一部分けて下さい」

「わかった」

8

ドアを押して部屋の中へ入っていくと、助手とおぼしい一人の若者が本を読んでいて、及び腰に席を立って亭真を迎えた。

「どのようなご用件でしょうか？」

「徐仁圭先生にお会いしに来ました」

「先生はいま講義中ですけど」

「お会いする約束をしてあります。車がスムーズに流れてくれたので、わたしのほうが約束の時間より少し早めに到着しました」

「もしかしたら小説家の、金亭真先生ではありませんか？」

「そうです」

「こちらにおかけ下さい。教授から、金先生がお見えになったらこの文書をお渡しするようにと言われていました」

若者がパソコンからプリントアウトした六、七枚の印刷物を手渡してくれた。受け取って見ると表紙には「Y郡地域における三・一独立運動の全貌」とあった。亭真は若者に案内されて、研究室の窓側にある来客用のソファーのところへ行って腰を下ろした。前文化学部長に対する礼遇を示しているのか、教授の研究室は思いのほか広いほうであった。南側だけが窓として開かれているだけで、三方の壁の書架にはいかにも英文学者らしく、英文学関係の原書などがぎっしりと詰め込まれていた。ソファーに腰を下ろしてたったいま手渡されたばかりの印刷物を読もうとしているところへ、若者がカバンを手にしてやってきて、ふたたび亭真に話しかけた。

「講義が終わる時間まで五分ほどあります。ぼくは用事があるのでお先に失礼しなくてはなりません」

来客が無人の部屋に一人で居残るというのに、若者はいっこうに申し訳なく思っている様子ではなかった。

無人の部屋にたった一人で取り残された亨真は、そのときようやく若者から手渡されたプリントに目を通し始めた。

表紙に印刷されているように、その印刷物の内容は徐仁圭教授が個人的に集めてきた、Y郡地域における三・一万歳運動に関する資料集であった。これまで集めてきた玄山の過去に関する資料を通して、亨真もY郡地域における三・一独立運動のあらましは承知していた。

Y郡における三・一万歳運動は、この地方の市の立つ日である三月七日に初めて開始された。当時、邑内の書堂（訳注　漢文などを教えた寺子屋）の訓導（訳注　教師）であった玄山・韓東振は、ソウルから独立宣言書を四十枚と三十枚の太極旗を手に入れて来ると、郡内にいくつもあった書堂と儒者たち、さらにはキリスト教会などにこっそりと配って回った後で、三月七日の市の立つ日を決起する日と定め、市へやってきた千人余りの農民や一般の人々を煽動、指揮して、独立万歳運動を起こしたことになっていた。平和的なデモから始まった万歳運動はしかし、時間が経つにつれ二つの郵便局と駐在所などを襲撃し、邑内にあったいくつもの日本人の商家が取り壊される憂き目に遭う結果を生んだ。首謀者とこの騒ぎに積極的に加わった者は七つの面と十五の里の六十余名と判明し、そのうちの二名がデモのさなかに死亡し、三名が獄中で拷問を受けて犠牲になったうえ、首謀者の玄山は懲役二年を宣告され、およそ三十名が一年六ヵ月と一年、もしくは八ヵ月、六ヵ月などの実刑を宣告された。

徐教授個人が集めた資料にも、あらまし似たり寄ったりの内容などが記載されていた。けれどもプリントの末尾には、亨真にとってもいささか目新しいいくつかの記録があることに気がついた。親日派として知られていた徐教授の祖父徐尚道が、牛山面と甘泉面など二つの面で、独立宣言書を配布する責任と群集を集める任務を負わされていたことと、それがもとで欠席裁判で、彼に一年六ヵ月の懲役刑が宣告されたということが記述されていたのである。

これまで知られていたY郡における三・一独立運動関係の資料には、六十余名の万歳運動関連者と三十余名の愛国の志士たちが、実刑を言い渡されて服役したことになっていた。彼らのほとんどが運動に関与したことと、実刑を言い渡されて服役したことが明らかにされて、玄山を初めとする首謀者の四名は国家褒勲処の記録にその名前まで記載されていた。ところが、書堂の学童である十二歳の少年たちの万歳運動までが詳しく記録されているこの事件に、今日のいままで徐尚道の名前ばかりは一度として登場したことがなかったのである。

彼は大日本帝国の末期における熱烈な親日分子で、朝鮮総督府のさまざまな行事に積極的に関与した人物であったから、三・一万歳運動に参加したであろうとは誰一人として考えてもいなかったし、実際にこれまでの記録には、彼の名前が記載されたことなど一度もなかったのである。ところが徐教授のプリントには、彼の祖父である徐尚道が三・一万歳運動に積極的に参加したことは言うまでもなく、その後にあった欠席裁判で、懲役一年六ヵ月の実刑まで言い渡されていたことが記載されていた。亨真にしてみればまことに理解しがたい、意外な内容であった。

何日か前に彼は、玄山の幼年時代と青年時代のことを知りたいと思って、K大学英文科の徐仁圭教授に電話をかけた。教授の祖父である東波・徐尚道が幼年時代と青年時代を玄山とともに過ごしたとして知られていたので、ひょっとしたら教授の手許に、その当時の記録とか情報がないかを問い合わせるためであった。教授の返答は予想したとおり好意的で、前向きのものであった。後日になって二人が、愛国の志士と親日派としておのおの相反する道を歩んだとはいえ、青少年時代には厚い友情で結ばれていた同門の同郷人で、刎頸の交わりを結んだ親友の間柄だったというのである。

通話が終わりにさしかかった頃、教授は亨真に、いっぺん会うことは出来ないだろうかと鄭重に訊いてきた。むしろこちらから訪ねていきたいと思っていた矢先だったので、亨真は渡りに舟と会う場所と日時を問い返した。彼が今日、教授の研究室へ足を運んできたのは、事前にすでにそうした約束がなされていたからであった。

ところが教授は、彼と面談する前に、事前に話題にしたこともない、思いもかけなかった印刷物を手渡すよう手配していた。ましてやその印刷物には、玄山の幼年時代や青年時代に関する記録や情報の代わりに、教授の祖父である徐尚道が三・一万歳運動に関与したことが記載されていた。とどのつまり教授が彼を自分の研究室へ招いたのは、自分の祖父徐尚道が三・一万歳運動に参加した事実を知らせることが、目的だったのかもしれなかった。徐尚道の三・一運動への参加と彼の親日行為とを相殺できるはずもないだろうけど、教授としてはそのようにしてでも、祖父の汚された名誉を回復してやりたかったのかもしれなかった。

「やあ、金さん、いらしていましたか。お待たせしたんじゃありませんか？」

ドアが開いて教授が研究室へ入ってきた。

「いいえ、たったいま来たところですよ。車がスムーズに抜けだしてくれたので、ちょっと早めに到着しました」

握手を求めてきたので彼は、教授の手を握り返した。秀でた額に色白で目が大きくて、教授は半白の髪とともにいつ会っても知的でかつ穏和であった。窓側の右手におかれている小型冷蔵庫の扉を開けると、教授は飲料水入りとおぼしい缶を二個取りだして戻ってきた。来客用のソファーに向かい合って腰を下ろしながら、教授は言い訳でもするように口を開いた。

「おもてなしするものがありません。これでも召し上がって下さい。そういえば噂によると、金さんは新聞社をお辞めになったそうですな？」

「はあ、事故があってすぐに、会社を辞めました」

「わたしはついぞ知らずにいて、数日前に遅ればせに知りました。して、新聞社をお辞めになっていまは、引きこもって小説ばかりお書きかな？」

「とんでもない。これといってしなければならないこともなくなったので、近ごろは気楽に息抜きをしているところですよ」

「韓会長にはちょくちょくお会いですか？」

「しばらくお会いしておりません。何しろお忙しい方ですから……」

教授はうなずくと、考えにふけるように言葉がなかった。亨真がその隙を捕らえて、ごく自然に話しかけた。

「この原稿はわたしに下さるものですね？」

亨真がこの原稿と言ったのは、助手から手渡されたプリントのことであった。教授はうなずくと、亨真に問い返した。

「目を通して下さいましたか？」

「はい、たったいま読み終えたばかりです。それにしても、東波先生が三・一万歳運動に参加されたのはほんとうですか？」

「ほんとうですとも」

「だったらなぜ、いままでそのことが明らかにされなかったのでしょうか?」

「明らかにすることは意味がないと考えて、誰もその事実に気を遣わなかったせいでしょう」

「根拠は確かなのですね?」

「当時の裁判記録に詳しく記載されていましてね。わたしの手許にそのコピーがあるから、必要とあれば差し上げましょう」

教授が言い終えてキャビネットを開けると、大型の紙封筒を一つ取りだした。ソファーに戻ってきた教授がその封筒を亨真のほうへ差し出してくれた。

「裁判記録には東波に関して互いに相反する内容のことが載っていましてね。一つは万歳事件の首謀者である玄山が、東波が事件に参加した事実を言葉を尽くして否認している内容だし、別の一つは、にもかかわらず判事が東波に一年六ヵ月の実刑を宣告した内容でしてね」

「わかりませんね。参加した事実がはっきりしているのなら、玄山はなぜ東波が万歳事件に参加したことを、法廷でとことん否認し通したのでしょうか?」

「同志として、玄山が東波を庇いたかったのではないかな」

「庇うと言いますと?」

「裁判記録にはY郡における三・一万歳事件当時、玄山が事件の最高首謀者になっているし、東波は事件を組織して操った二番目の首謀者になっておりましてね。にもかかわらず玄山が、あんなに惨たらしい拷問を受けながらも、東波をつとめて弁護し庇い立てしたのは、彼なりに深く計算した別の理由があったからなのですよ」

教授の表情は真剣そのものであった。相手が最近まで新聞記者で、小説家でもあるという理由からばかりではないはずであった。事実をありのままに明らかにしたいといういまさらながらの決意が、彼の表情にはっきりと表れていた。

「民族的な大事を計画して準備する過程で参加団体の名称もつくり、各面とよその郡の団体などとのネットワークなども組織していたらしい。そうしたことなどが明らかになったらたちまち、多くの人たちが検挙され傷つくことを案じて、玄山は同志であると同時に無二の親友でもある東波に、それらのことの後片づけを託そうとしたみたいなのですよ」

「そうはおっしゃいますけどせっかく検挙した東波を、日本の軍国主義者が玄山の陳述だけを聞いておいそれと釈放したでしょうか？」

教授はかぶりを振りながら、意味ありげな笑みを浮かべた。

「万歳デモの直後に行方をくらまして、東波は総督府の警察の検挙を免れたのですよ」

教授の顔には笑みが、そのままとどまっていた。しばらくしてその笑みが消えると、教授は思いもよらぬことを話し出した。

「わたしが幼い頃、祖父からじかに聞いたことがありましてね。東波が朝鮮総督府の警察の目を逃れて検挙を免れたのには、それなりの理由があったのですよ。万歳暴動以後、Y郡邑内の家々を一軒ずつしらみつぶしに調べて追跡しましたけど、警察は一次裁判が終わる日まで、首謀者の一人と目をつけていた東波の検挙に失敗しました。東波がその間身を潜めていたのが、何と当時の巡査の家だったからでした」

「巡査の家なんぞにまたどのようにして？」

「朝鮮人の巡査でした。それも誰あろう玄山の奥さんの弟、義弟になる人だったのですよ」

「玄山の義弟に当たる人が巡査だったということですか？」

教授がうなずいた。彼が謎めいた微笑を浮かべていた意味が、亨真にはようやくわかる気がした。独立運動の志士として知られた玄山に、大日本帝国の出先機関である朝鮮総督府に勤務する、巡査の義弟がいたという話は初耳であった。ましてやそのことを、教授の口を通して初めて聞かされたことが、亨真にはいかにも奇妙に思えた。

「祖父の話では実に善良な巡査だったようです。もともと貧しいソンビ（訳注「まえがき」の訳注参照）で学問にばかり打ち込んでいた人でしたが、暮らし向きがひどく困窮していたので生計を立てる手段として、巡査の採用試験を受けたという話でした。幸いにも試験にパスして駐在所の巡査になっていたのですが、万歳暴動があって警察の検挙が始まると、彼の家のなかには納屋といい屋根裏といい、独立万歳を叫んで追われてきた十数人が匿われていたというのですよ。東波もそうした一人で、やがて別の隠れ家へ移されていく日まで、ひと月近くもその家の納屋に隠れていたそうですよ。その巡査のおかげで命拾いをした同胞が、二十人よりもっと多かったのではと祖父は話しておりましたな」

　向かい合っている亨真から顔をそむけるようにして、教授はしばし窓のほうへ視線を向けた。窓の外には真昼の陽射しのなかで、背丈の低い松の若木の群れがきちんと並んで立っていた。近ごろ造成されたばかりの研究室の庭に、新たに植えた木々らしかった。

「それで、東波先生はその後どうなさいました？　欠席裁判で言い渡されたとおり、実刑に服されたのですか」

　教授は物寂しげな表情でおもむろにかぶりを振った。

「総督府の警察への玄山の庇い立てが功を奏したのか、三ヵ月後くらいに自首したのだけれど減刑になり、服役することはなかったそうです。ところがそれが祟って、東波はとうとう三・一万歳運動とは関わりがなかったとして、親日分子の烙印を押されてしまったのですよ」

「それって、どういうことでしょうか？」

「玄山以外に何人もの証人たちが、東波が三・一万歳運動で主導的な役割を果たしたことを証言した記録があるのに、民族解放後に実施された独立運動功労者への調査では、東波がY郡の二・一運動で果たした役割はきれいに黙殺されましてね。東波にとって決定的に不利に作用したのは、裁判の速記録に記載されていた法廷における玄山の証言でした。当時の玄山は事後処理を托すために、東波だけは検挙されないことを願う心情から、法廷での証言を通して、東波が万歳暴動に加担した事実はなかったと偽りの証言をしていたのですよ。ところが、民族解放後にその記録を検討した人たちは、玄山の証言なればこそ事実であるとしそれを採択し、東波が三・一運動を主導したというのは誤記であったと結論づけてしまったわけです。いわば東波のために玄山が法廷で偽証したことが、後日、東波が三・一万歳運動を主導した事実を否認する、決定的な証言として採択されてしまったのですよ。当時の玄山や東波にしてみれば、当然のごとく後の世になれば真実が明らかにされると思い込んでいたその偽りの証言が、後世になってかえって真実ではない偽証のまま確定されるという、歴史のアイロニーと出くわすことになったわけですな。後日、東波はそのことがずっと胸中のしこりになっていたのか、亡くなる何日か前には家族を残らず呼び集めて、Y郡における三・一万歳運動の顛末をきわめて詳しく、まるで遺言のように話して聞かせてくれました。東波の話のなかにはとても公開がはばかられる、意外な内容のことも含まれておりましたけど、自分が犯した過失もあったりして我が身内のなかでは、そうしたことなどをそれ以上言挙げしたりせず、葬り去ることと決めたのです。玄山先生さえ生きていて下さってたら、たぶん事情は変わっていたことでしょう。三・一万歳運動当時の東波を誰よりもよくご存知だった玄山ですから、あの方なら東波をきっと、暗闇のなかから救い出して下さることができたでしょうよ。最後の証人である玄山先生がおられなくて、東波は結局、三・一運動当時明らかにそれなりの役割を果たしたにもかかわらず、歴史の舞台裏のなかで親日派などという侮蔑的な呼称をかぶせられたまま、取り残されることになったのですよ」

血色がよかった教授の顔色が、いつしか血の気を失くしていた。よどみのない弁舌で知られていた教授は今日に限って言いよどみ、声音に震えや動揺が感じられた。教授としてもたぶんこうしたことは、きわめて話し辛いことであったのであろう。

「玄山が法廷での証言で東波を庇って偽証した理由が、三・一万歳運動の事後処理のための気遣いからだったということは、どのようにしてわかったのです？」

「祖父の東波が話してくれたのですよ」

「だとするとそのことも、子孫のほかには客観的に認められるのが難しいのではありませんか？」

「むろんですよ。だから東波自身も、そのことばかりはかなり昔に、別途に文書として書き残したくらいでして」

「文書として？」

「世間では東波と玄山が、三・一万歳運動以後には訣別したものとして知られておりますけど、彼らはその後もかなり長い間、密かに互いに連絡もし合い、手紙の遣り取りもしておりました。東波はそれらの手紙のうちのある一つに、三・一万歳運動当時を回想して、日誌の形式でたいそう詳しい記録を残しましてね。その回想のなかで、玄山が法廷での証言を通して東波の無罪を主張した理由がほかにあったことを、つぶさに明らかにしていたのですよ」

「その記録はいまもお持ちですか？」

「むろんですよ」

「それをちょっと、わたしが拝見することは出来ませんでしょうか？」

教授は拒絶のしるしとして、左右に大きくかぶりを振った。いかにも残念そうな顔つきの亨真に向かって、教授が言い訳でもするように口を開いた。

「このたび東波の文集を編集しながら、実をいうとそうした文章のせいでわたしもずいぶん苦心しましたよ。結局は苦心の揚げ句、この文集にもそうした類の昔の文章は、収録しないことに決めました。まかり間違えばそうした文章がもとで、東波を二度も殺す結果を招きかねないからですよ」

「二度も殺すとおっしゃると？」

「東波は民族解放の日からこれまで、十分すぎるくらい断罪されてきました。わたしの身内の間ではもはやあの人に関しては、世間の人たちがこれまでみたいにあれやこれやと言い立てるのを望まんのですよ。Y郡における三・一運動で東波が、玄山に劣らぬ大きな役割を果たしたことが知れたら、おそらく世間の人たちはまたふたたび騒ぎ立て、事実を確かめるよりも東波の親日行為を賑やかに言挙げするでしょうよ。いわゆる親日派として知られた人物を祖先に持つ子孫が、おのれが犯した過失でもないのにどれだけこの社会からこっぴどく痛めつけられるかを、金さんは想像できますか？　世の中の誰一人として、自分の意志で自分の祖先を選んでこの世に生まれてくる人間などおりませんよ。世の中が歴史の名において彼らを年々歳々、重ね重ね叱りつけ論罪する間、そんな彼らを祖先に持った子孫はそのつど、惨めな思いをしながらいわく言い難い苦しみを味わわねばならんのですよ。彼らは祖先が過ちを犯したとき、その場にいたわけでもないし、その過ちに関与したこともないのです。ときには彼ら子孫は、あまりにも惨めで苦しい思いをさせられる余り、過ちを犯したおのれの祖先を恨んだり、否定してしまいたいときだってあるのですよ。とはいえ祖先を否定することは、おのれのアイデンティティーの否定でしかありません。自分の根本を否定してしまったら、もはや自分の存在はないのです。いまやわたしは、他人の祖先が犯した過ちを暴き立て、声を一つにして騒ぎ立てるこの世の中が頭に来ているし、うんざりしているのですよ。そのなかにはおのれの取るに足らぬ潔癖ぶりをひけらかすために、中世ヨーロッパで好き勝手に行われた宗教裁判もどきの、野蛮の匂いがすることだってあるのですよ。ましてや利権が絡んでいる場合などは、彼らの非難の声はますます残忍にして原色的、かつ悪辣になります。金さんの奥さんの実家との間で訴訟になっている薬泉洞の土地の件にしたって、仕舞いにはきっと東波が親日派であったことへの攻撃が、最後の武器として登場してくるはずですよ。まさかそんなことがとわたしの言葉を疑うかもしれませんけど、滅相もない、きっとわたしの言葉どおりになるはずですから、まあ、金さんもいっぺん、外野席でとくとご覧じろ」

とくとご覧じる必要などさらさらなかった。韓会長はすでに東波に関する過去の資料を、完璧といえるくらい集めていた。教授が言うように訴訟事件が有利に展開しなかった場合、会長はまたぞろそれらの資料をおおやけにして、訴訟に影響を及ぼす世論をつくり上げるための最後の武器として、活用するつもりでいた。

教授のこめかみに青筋が立っていた。思ってもみなかった教授の激昂ぶりが、亭真には見ていられないくらい気の毒で痛ましかった。ましてや攻撃的になっていくかもしれない教授の言葉を、亭真が是非とも今日のうちにすべて聞いていなくてはならぬ理由はなかった。テーブルの上におかれている封筒を取り上げるながら、亭真は注意深くソファーから体を起こした。

「今日のお話は有り難うございました。そのうちにもう一度、お伺い致します」

タクシーを降りて入り口へ足を踏み入れると、制服姿の三、四人のボーイたちが建物の入り口で来客たちを迎えていた。

「お客様、予約はなさいましたか？」

「してある。金亭真の名前で予約されいるはずだ」

「ああ、はい、二〇七号室でございます。先に到着なさったお客様がおいででございます」

ボーイに案内されてオンドル部屋である二〇七号室へ入っていくと、ひと足先に来ていたJ大学の林正植が咎めるような目つきで亭真を見上げた。

「人を呼びつけておいて、呼びつけた張本人が遅れてきても構わないのか？」

「ちょっと寄り道をしたせいで遅くなったのさ。早くから来ていたようだな？」

「腹が空いたので料理はおれが先にオーダーしておいた。この店ときたら相当に高かったぞ」

「何をオーダーしたのだ」

「班家（訳注　ヤンバン＝両班＝の家庭料理。ヤンバンは李朝時代までの特権的な士族階層）定食だ」

亨真はうなずくと、座卓を間に挟んで林正植と向かい合って腰を下ろした。林正植は座卓の下から封筒を取りだすと、座卓越しに亨真に手渡した。

「頼まれていたものだ。そいつを調べて整理するのにまるまる二日間、苦労させられたよ」

「有り難う。それはそうと日記のほうは、あらまし見てくれたかね？」

「ああ、見たとも」

「どうだった？」

「玄山の日記であることに間違いなかったよ」

「どこを見てそんな太鼓判が押せるのだ？」

「中国へ亡命した愛国の志士たちがもっとも辛い思いをした時代が、三〇年代末から四〇年代の初めなのだ。その時期に書かれた日記だったから、当時の事件のさまざまな記録と念入りに照らし合わせてみたのだ。そうしたら玄山が親日派に変節した理由と、長春の夜道で殺害された理由がわかる気がしたよ。暗黒と絶望の残酷な時代だった。どんな人間だってあの時分は、まともに生き残ることが難しい時代だった」

オーダーしてあった料理が運ばれてきた。林正植との込み入った話が必要だったので、亨真はいくらか無理をして、雰囲気がありハイクラスの韓定食専門の料亭を予約しておいたのである。韓会長が時たま出入りしている料亭だったので、亨真も会長のお供をして三、四回来たことのある店であった。その料亭自慢の料理がほとんど出そろい、酒の注文が終わると亨真は、上衣のポケットから手紙の入った一通の封筒を取りだして林正植に手渡した。

「かつて勤めていた新聞社へ寄り道して、これを受け取って来たものだから遅刻したのだ。以前にもいっぺん同じ人物が、この手紙の内容と似たり寄ったりのことを書いた手紙を新聞社宛に送ってきたことがあったんだ。玄山とこの手紙の主の父親がその昔、一緒に過ごしたことがあったというのだが、独立運動を一緒にしたということなのか何をしたのか、明らかにされていないのだ。中国へ行ったらいつか訪ねてみようと思うのだが、きみの考えはどうなのかその手紙を読んで聞かせてくれ」

林正植は封筒のなかから手紙を取りだすと。書かれていることを読み始めた。すっかり読み終わるとにやりと笑いながら、手紙を元通り亨真に手渡した。

「宋階平という名前から判断すると中国人のようでもあるが、その手紙がハングルで書かれているのをみると朝鮮族であるのは明らかだし……ひょっとしたらきみの奥さんの実家のほうの、世話になりたくて寄こした手紙ではないのか？」

「胡散臭いか？」

「ちょっぴりな。けど、社会主義の側の人たちだから、純粋な気持ちでもあり得るな、もしかしたら。わからんだろう。そんな人間が玄山の墓でも探しだしてくれないとは限らんから……」

注文した酒と新たな料理が運ばれてきた。最初のいっぱいを注いだり注がれたりしながら、空腹を覚えていた彼らはしばらく、料理に箸をつけることに我を忘れていた。

高校と大学の同窓生であった彼らは、高校時代はよそよそしく過ごしていたのが、大学へ入って新たに近しくなった間柄であった。学業成績がかなりよいほうであった彼らは、それと意識せぬうちに周りの連中からけしかけられて、高校時代からのライバル同士となっていた。当然のごとくクラスメートたちは、この国の古くからの慣例通りに成績優秀な彼らが、法学部を志望するものと思っていた。ところが彼らは、文科系を選択することで周囲の期待に水を差し、その後はにわかに近しくなって新たな友情をはぐくみ始めた。自分たちの意志とは関わりなしに、彼らをライバル同士に仕立ててきた周りの連中への見事なしっぺ返しが、彼らの友情を育てるうえで大きな役割を果たしたわけであった。大学を卒業してからも彼らの友情は、変わることなく引き継がれてきた。大学教師と文筆家へと互いに歩むコースと専攻は異なったけれど、世の中を読み取る眼力に大きな違いはなかったので、ほかの連中と比べたら話がスムーズに通じたからであった。

「玄山の日記をどう思う？」

「あんなものじゃないかな？」

「あんなものというと？」

「玄山の変節は絶望と窮乏のせいだろうて」

「理由はそれだけか？」

「それだけで十分じゃないか。ほかにどんな理由が必要なんだ？」

苛立たしげな一言を吐き捨てると、林正植は盃代わりに大きなグラスになみなみと酒を注いで飲み出した。一切れの肉片の油炒めを口の中へ放り込み、むしゃむしゃと噛んでいた彼は、しばらくするといかにも憂鬱そうに口を開いた。

「この国の近代史を研究していて、ぼくがもっとも惨めな思いをし、むしゃくしゃしてくるのがどんなときかわかるか？　二十、三十代の若い頃は全身をなげうって祖国独立のために身を捧げた独立運動の志士たちが、歳を取ってくると親日派に変身し、とどのつまり大日本帝国の手先となって、祖国と民族を裏切ったことを知ったときだ。けれどもぼくがさらに耐え難い思いをさせられるのは、彼らの変節と節操を枉《ま》げたことが、心情的には理解できることだ。彼らが節操を枉げたことを批判すべき立場にあるぼくが、彼らの節操を枉げたことが理解できるというのはどういう意味か、きみにわかるか？」

亨真はかぶりを振った。彼には理解ができなかった。理解できなかったので、林正植の言っていることが何を意味するのかもわからなかった。一人の人間が一人の対象を相手に、ときには敵としてたたかい、ときには味方になって熱烈に同調し協力する。そうした頭にくるような反転の過程には十数年の歳月が、言い訳の根拠として残されているに過ぎない。その反転の論理を理解するために、亨真には別途に努力を費やすつもりはなかった。林正植がふたたび言いつのった。

「挫折と窮乏の時代だったのだぞ。中国大陸へ渡っていった我らが独立運動の志士たちが、もっともむごたらしく苦痛にさいなまれた絶望と暗黒の時代だったのだぞ。日中戦争が始まった一九三七年以後に、実質的に抗日闘争は終わったも同然だったのだ。戦時動員態勢に突入した植民地統治下の朝鮮半島と満州一帯には、それまで以上に抗日勢力が頼れるところなどなかったのだ。おまけに抗日抵抗勢力の間でひどい内部分裂まであって、大日本帝国は巧妙な心理作戦と情報操作を通してそれらの勢力を対立させ、勢力同士の分裂と反目をいっそう加速させるのに成功していたのだからな。反目とテロと暗殺がはなはだしい余り、それぞれの勢力は誰も信じることが出来なくて四分五裂になり、砂粒のようにてんでんばらばらになってしまった。その頃の彼らには民族の敵である大日本帝国よりも、おのれの命をつけねらう反対勢力のテロと暗殺のほうが、ずっと怖かったのよ。これぞまさしく地獄だったのさ。大義も祖国も民族もない、自己破滅の惨憺たるどん底だな」

林正植の顔色が朱に染まっていた。声高になっていた自分の声に気がついて、いつしかばつの悪そうな表情になった。空になった盃に手酌で酒を注ぎながら、こんどは亨真が口を開いた。

「一九四一年から始まる玄山の日記には、前後の文脈から判断して前の部分のかなりの量が破棄されたか、失われたかしたようだったけど。きみにはその部分が、おかしいとは感じなかったのかな」

「たぶん前の部分のどこかで、玄山自らが節を枉げた理由をつまびらかにしていたのかもしれないのだ。後日、読み返しみて埒もないことだという思いがして、自分の手で破棄してしまったとか、あの日記を預かっていた人物が処分してしまったことだって、あり得るさ」

「日記に出てくる過去を回想した場面を見ると、一九三九年と四〇年の間の二年間が、玄山にとってはいちばん耐え難かった時期みたいなのだ。節を枉げた理由は明らかにしていなかったけれど、その頃の苦しかった状況から判断して、節を枉げることはすでに予定されていたのではなかったろうか？　もっとも耐え難かったのはきっと、生存まで脅かした窮乏だったはずだ。三九年の冬を回想した記録に、病を患った玄山が長春市郊外のとある貧民窟を訪ねていった内容が書きつづってあった。五日の間何一つ食べ物にありつけないままこもをかぶって横たわり、死が訪れる日ばかり待ちわびていた絶望的な心情が吐露されていたが、それがきっと玄山としては、二十年近い亡命生活のなかでももっとも困難で耐え難かった山場だったはずだ。窮乏はしかし、玄山だけが味わった苦痛ではなかったからな。あの頃の海外へ亡命したすべての独立運動の志士たちは、程度の違いこそあれ誰もが、惨めったらしい貧しさと窮乏に苦しめられていたのだからな」

「その理由は何だ？」

「何だと思う？」

問い返した林正植は、にわかに顔面に茶目っ気を浮かべた。煮魚をひと箸つまんで口の中へ運びながら、彼はいたずらっぽくかぶりを振った。

「そんな貧弱な想像力で、どうやって小説を書いているのかさっぱりわからんな。歴史を正しく読み取るためには、当時の状況を再現するための想像力と推理力の助けがなくてはいかんのに。中国へ亡命した我らが独立運動の志士のほとんどは、三〇年代の半ばからは経済的に孤立無援の境遇になってしまったのさ。他人の国を掠め取った罰で正義の鉄槌が下されて、じきに倒れるだろうと期待していた大日本帝国は、日増しに国力と軍事力が強大になってきて、満州はもとより中国大陸までうかがう軍事大国に成長し、朝鮮の微々たる抗日勢力ごときはもはや歯牙にも掛けなくなっていた。大日本帝国の膨張主義を懲らしめてくれるだろうと信じていた世界の列強諸国も、満州事変（訳注　一九三一年＝昭和六年九月十八日、奉天〈現在の瀋陽〉北方の柳条溝で略称「満鉄」、正しくは南満州鉄道の線路が爆破された事件をきっかけに始まった日本軍の中国東北への侵略戦争。以後十五年に及ぶ日中戦争の発端となった）以後に、日本が国際連盟（訳注　第一次大戦後アメリカ大統領ウィルソンの提唱で一九二〇年に設立された国際機関）を脱退しても手をこまねいて傍観するばかりで、手も足も出ない無力なありさまであった。その頃日本が作成した地図には、朝鮮半島はすでに日本と同じく赤い色に塗りつぶされていたのだよ。やれ内鮮一体（訳注　内地つまり日本と朝鮮は一つの体ということ）よどうよと言いながら、いつの間にかやつらは植民地朝鮮を、やつらの領土の一部に組み込んでしまっていたのさ。こうした絶望的かつ暗澹たる状況のもとで、中国大陸へ渡っていった我らが独立運動の志士たちに、異国の亡命地で出来るどんなことがあっただろうか？　祖国を取り戻せる見込みは果てしなく遠のいてしまったし、数万里も離れた異国の地にたった一人取り残された孤独な魂は、希望のないその日その日を絶望と悲嘆のうちに無気力に生きなくてはならなかったのさ」

「節を枉げた言い訳か？」

「黙って聞けって！」

林正植がかっとなって叫ぶと、喉が渇いたのかあおるように酒を口の中へ流し込んだ。憤怒がかすめていった林正植の形相から亨真はふと、自分が知らない研究者だけの歴史への理解の深さと幅の広さを見った。

林正植がふたたび話し始めた。

「絶望のどん底にある独立運動の志士たちをいっそう苛酷に苦しめたのは、滑稽に聞こえるかもしれないが、その日その日の差し迫った暮らし向きだったのよ。単なる窮乏とか貧しさを意味しているわけではない。玄山が長春の貧民窟で病に冒された身で五日間もひもじい思いをしたように、彼らはともすると食事を抜いたまま、空きっ腹を抱えてその日その日を悲惨さのなかで生き長らえたのだ。独立運動を始めたばかりの頃は十分ではなかったとはいえ、同胞たちから密かに送られてくる運動資金で、貧しいながらも暮らしていくことが出来たさ。祖国の独立を願って国内の同胞たちが一銭二銭と集めて、まごころ籠めて送ってきた運動資金が臨時政府（訳注　一九一九年三月一日に発生した三・一独立運動直後の四月、中国は上海のフランス租界に集まった朝鮮独立運動家たちが組織し大韓民国臨時政府のこと。日本の敗戦後に解体された）の家賃になり、独立軍の軍資金と生活費になったのよ。ところが歳月が流れ、大日本帝国は日増しに強大になっていくし、これに反して祖国の独立が果てしなく遠ざかっていくと、国内の同胞たちからの涙ぐましい運動資金も一つまた一つと途絶えていった。戦時体制のもとでの軍備増強策で、帝国日本の監視と暴力が日ごとにひどくなり苛酷になってきて、同胞たちの暮らしにはそんな余裕もなかったけれど、厳しい監視のもとで送金するルートさえも遮断されてしまったんだな。独立運動の志士たちの固い意志がくじけだしたのも、ちょうどこの頃からさ。中国にとどまっていた独立運動の志士たちのほとんどは、亡命するまでの朝鮮では暮らし向きが裕福だったインテリ一家の出身であるとか、地主の一族の出身ばかりだった。若さと血気にまかせて独立運動に身を投じ、野宿も同然の日々を二十有余年も中国大陸で過ごしてきたけれど、彼らは商いとか野良仕事などには依然として馴染んでいない、いわば無能な生活人たちだったのだ。職業を持ったこともなければ生活に必要な技術を身につけたこともなかったので、彼らは有り金が底をつくと何ら対策を講ずることも出来なくて、ただひたすら漫然と座して空きっ腹を抱えているのよ。玄山が病を患う身で五日間も空きっ腹を抱えていたのも、彼が愚かだったとか無能だったとかもなかったのさ。二十代後半に中国大陸へ渡っていって、いつの間にか不惑の年齢に手が届いていた彼は、独立運動のほかにはどんな仕事にもついたことがなく、何をどのようにしたらよいのかその仕方もわからなかったのだ。まる五日間も空きっ腹を抱えながら彼が物乞いすら出来なかったのは、独立運動をしてきた志士としてのプライドが、そうした行動を許さなかったからさ。こうした絶望の隙間にきわめて自然に入り込んできたのが、日本・関東軍の特務機関だったな。やつらは、脅しや銃剣でもって独立運動の志士たちを懐柔する必要などなかった。雨宿りができる寝床と何日分かの食糧が買える端金《はしたがね》だけで、やつらは疲労困憊していた我らが独立運動の志士たちを、いとも容易く変節させることが出来たのさ」

部屋のなかが暑かった。温度のせいではなくて、立て続けにあおった酒のせいに違いなかった。漠然と感じていた玄山の節を枉げた理由が、ようやく亨真の脳裡に具体的な形になって捕らえられてきた。

とはいえ、玄山に対する理解がただちに、彼が節を枉げたことへの赦しに発展したりしてはならないであろう。中国大陸へ亡命した独立運動の志士たちの誰もが、苦痛と窮乏のゆえに変節してしまったわけではないのである。

「玄山はこれから、どうなるのかな？」

亨真の問いかけに林正植は黙り込んだきり答えなかった。

「愛国の志士でありながら親日派であった彼を、きみは歴史の中でどのように受け容れるつもりだ？」

「ひとたび悪い方向にねじれてしまった歴史というのは、後世の人たちにとってはいつまでも頭痛の種でしかなくてね。解決できる奥の手なんてありゃしないんだ。あるがままにほったらかしておくしか……」

「その方面の研究者であるきみにとってそんな答えでは、紛れもない職務放棄ではないのか？」

「職務放棄だろうと構わんさ。ぼくはそっとしておいたらいいと思うよ。親日派にだってランクがあってな。自発的だったのか受け身だったのか、熱烈だったのか順応したのか、利権が目的だったのか個人的な立身出世のためだったのか……。愛国的だったとしてもご同様さ。武力闘争、合法的な範囲での対応、革命的な抵抗、組織的な反抗、国民への啓蒙、民族意識の鼓吹……愛国的であれ親日的であれ行為の結果も千差万別さ。どれを取ってみたって評価の基準も正確な尺度も、ありはしないのさ。五〇％くらい愛国的な行為をして二〇％くらい親日的行為をし、八〇％くらい親日的な行為をして二〇％くらい愛国的な行為をする……人間の行為にこうした数値的な計算が出来るだろうか……それが出来ないとしたら、親日と愛国を言挙げすること自体が、歴史に対するまた別の乱暴狼藉でしかないのだな」

「煎じ詰めれば、臭いモノには蓋をしておけということだな？」

「問題は人間の生きざまが、一つの色で判別できるほど単純明快で、一貫性があるのかということだ。平均寿命を七十歳としたとき、その七十年の間に自分が立てた最初の理念的、思想的な目標どおりに一貫性を持って生きてきた人間が、この世の中にどれくらいいるかということさ。人間の行動のかなりの量が、苦痛を避けて生きたいという本能と、予測しがたい感情の支配を受けているからには、人間は一生の間に数十ぺん、いやそれよりもっとたくさん自分の体の色を変えることが出来る。そのように色を変えることがいつも悪いわけではないけれど、国家とか民族とかいう大きなものと結びつくと、個人は共同体的な道徳律によって情け容赦のない制裁と非難を受けることになるのだ。ぼくはだから、ことのほか色彩の濃い国家とか民族とかいう言葉が嫌いなのさ。血生臭い匂いのする歴史のなかには決まって、そうした言葉の狂気に満ちた支えが潜んでいるからな」

沈黙が流れた。すこぶる重苦しくて憂鬱な対話なのに、彼らはこだわりもなく酒を酌み交わし料理を食した。話し相手の気心が知れていたうえ好き勝手に振る舞うことが出来たので、まったくのところ緊張感が伴わなかったからである。焼き上がった肉片をひと切れ口の中へ押し込み、もぐもぐ噛みながら今度は亨真が先に口をきいた。

「わたしは妻の実家からの頼みで、玄山の一代記を書くことになっているのだ。頼みを受けた当時はまだ、玄山の親日行為が明らかになってはいなかった。その後これまでに状況が変わってきたので、どのようにしたらよいのか思案に暮れているところだ」

林正植は喉が渇いたらしく鉢に入っていたドンキムチ（訳注　ムル＝水＋キムチともいい、大根とその葉や白菜などをざく切りにして漬け汁を多くして漬け、唐辛子をほとんど使わないキムチで、いつも冷やしてある）の漬け汁を、さわやかそうに喉元へ流し込んだ。目の縁を赤く染めた顔で、彼はまじまじと亨真を眺めた。

「一代記の執筆を放棄するんだな」

「放棄すべきだろうな」

「放棄して別のことを書くのさ」

「別のことって、何をだ」

「おまえはもともと、小説家じゃないのか？」

こんどは亨真のほうがまじまじと林正植の表情を眺めた。一代記の執筆が難しければ、別のことでも書かなくてはならない。思いのままに体を動かすことが出来ないくらい、彼は首までどっぷりと玄山に漬かり過ぎていた。

9

出口と書かれている自動ドアが開くと、たくさんの乗客たちが空港の入国用ロビーへこぼれ出るようにして姿を現した。出迎えにきている人たちが出口のほうにずらりと並んでいたので、亭真は人だかりを避けて四、五歩後ろへ引き下がった。午後二時の便の飛行機に間違いなければ、彼女はしばらくするとこの出口から出てくるはずであった。

ほぼ同じ時刻に何機もの便が到着したらしく、乗客たちがひっきりなしに群れをなして出口のドアから姿を現していた。かなりの時間を待たされてからようやく、乗客たちに混じって江田彩子が現れた。どうやら預けた手荷物を受け取るのに、手間取ったらしかった。

ベージュ色のパンタロンに煉瓦色のジャケットを羽織っている彼女は、いくらか濃いめのサングラスをかけ、手にはキャスターのついたキャリーバッグの取っ手をつかんでいた。乗客たちの間に入り込んで急ぐふうもなく歩いて出てきて、ドアが開いている出口が近づいてくるとようやく目を上げて、迎えに出てきているはずの亭真の姿を探していた。ちらりと視線が合ったけれど、彼女はまだ亭真がいることに気がつかなかった。彼女の視線を惹くために亭真は、頭の上で大きく手を振った。

「こっちこっち！」

「あっ、金さん！」

彩子はようやく亭真に気がついて歩みを急かすと、亭真の前へ近づいてきて握手を求めた。冷え込んでいる天気のせいか、彼女の手は意外にもひんやりとしていた。

「ようこそ。韓国へいらっしゃったことを心より歓迎致します」

「懐かしいわ。お出迎え有り難うございます」

懐かしく思う気持ちとは裏腹に、亭真にはこれといって話すべきことがなかった。乗客や出迎えの人たちで混み合っていたので立ち話をしていられる場合でもなかったけれど、気難しい客だという思いが彼に注意深さを要求したのであろう。キャリーバッグを手渡されてから、亨真が先になって人混みの間をすばしこく歩き始めた。

「駐車場まで道路を渡って行かなくてはなりません。韓国のお天気はどうです？」

「ずいぶん寒いのだろうと思っていましたけど、日本とそんなに違いがないようですわね。釜山と慶州がソウルよりも南にあるせいかしら？」

そういうこともあり得るだろうという思いで、亨真は上の空でうなずいた。待合ロビーを出てきて車道を渡りながら、彼はふたたび問いかけた。

「慶州でのお仕事はあらかた片づいたのですか？」

「ええ、あらすじと方向が定まったので、これから書き上げることだけが残りました」

いくつもの道路を渡って駐車場へ入って行った亨真は、しばし歩みを止めるとキャリーバッグの取っ手をふたたび彩子の手に戻した。

「車を取ってきますから、しばらくここで韓国の空でも眺めていて下さい」

亨真の言葉に彩子が笑い出しながら、うららかな春の日の霞がかっている空港の空を見上げた。そんな笑顔があまりにも懐かしくて、亨真はまたしてもはっと驚いて素早く彼女から顔をそむけた。

パンをかじって遅い朝食代わりにすると、いままさに原稿の整理に取りかかろうとしているところへ、慶州観光ホテルから思ってもいなかった一本の電話がかかってきた。大阪にいるはずの彩子が慶州から電話をかけてきたのだ。

「ここは韓国の慶州ですの。三日前に仕事があって、釜山経由でこちらへ来ています。今日の午後二時の航空便で、ソウルへ向かう予定ですわ。お目にかかれますかしら。お時間の都合をつけていただけますわね？」

彩子には心残りがあったところなので、その彼女からの思いもかけなかった電話が、亨真には胸が震えるくらいうれしかった。大阪への旅から帰国した後で彼女に長文の手紙を書いてだしたのに、ひと月近く経っても返事がなかったので、亨真は彼女に少なからず失望していたのだ。彼女は、韓国を訪問することで彼からの手紙への返事に代えたわけである。

「慶州からとなると、国内線のターミナルになりますね。空港でお会いしましょう。お連れの方はおいでですか？」

「いいえ、わたくし一人ですわ」

いつも男性たちに囲まれていることが多い彼女が、今回は一人だと告げた。けれども亨真には、心残りに思う気持ちが依然として尾を引いていた。三日前に慶州へ到着していながら、彼女は今日になって彼に電話を掛けてきたのである。スケジュールはどうなっているのかを訊ねたら、決まっているものはないという。さらに問い返すのも煩わしかったので、彼はその程度にして受話器をおいた。

駐車場から車をだして元の場所へ戻ってくると、彩子は依然として遠くの空を見上げて立っていた。無心な彼女の表情に放心した美しさが隠されていた。キャリーバッグを受け取って車のトランクに入れ、彼女を助手席に座らせると、安全ベルトで体を締めつけながら彼女のほうから先に口を開いた。

「空が澄み切っていませんわね。玄山の日記には韓国の空が、目が吸い込まれそうになるくらい澄み渡っているとありましたのに。ソウルでも東京や大阪と同じくらいスモッグがひどいみたい」

「市内のほうはスモッグがけっこうひどいのですけど、こちらの空が澄み切っていないのはスモッグのせいではありませんよ」

「だったらなぜかしら？」

「中国から飛んできた黄河の砂ぼこりのせいですよ。春ともなると見られる気象現象ですけど、こちらでは黄砂現象と呼んでいます」

「あら、黄砂ならわたくしも知ってますわ。日本にも黄砂現象はありましてよ」

駐車場から抜けだした車が市内へと向かう道路にさしかかった。真昼だというのに、道路には車の群れが溢れかえっていた。しっかりと口をつぐんでいる彩子の顎の線に、目には見えない緊張感が凝縮していた。初めて踏んでみる韓国の首都ソウルが、彼女をいまさらのごとく緊張させるらしかった。

「宿は決めてありますか？」

「ええ、わたしが泊まっていた慶州のホテルから、電話で予約しましたわ。同じチェーンのホテルだと言ってました。ここだわ。おわかりかしら？」

彩子がホテルの名前が刷り込まれているステッカーを見せてくれた。

「わかります。市内にありますよ。わたしのオフィステルからそれほど遠くはありません」

「オフィステルで暮らしていらっしゃいますの？」

「ええ、仕事と暮らしにとって身軽なうえ便利なので、独り身になってからはずっとオフィステルに住んでいます」

彩子は物珍しいというように、ゆっくりとうなずいた。ふと、大阪にある彩子の小さなマンションが思い出された。田舎育ちだったので広い空間に慣れきっているせいか、大阪で垣間見たさまざまな生活空間が、彼には手狭で息苦しく感じられたものであった。

ベッドとテーブルが一個ずつ、これに椅子が一個でいっぱいになるホテルの客室、用便を済ませた後で体を折り曲げるのも窮屈なトイレ、隣の人とひっきりなしに肘がぶつかる飲み屋のカウンターの前の座席など……十数坪足らずの彩子のマンションは、種々雑多な書籍が天井までぎっしりと積み上げられていた。リビングと寝室の床と玄関の履き物箱の上にも、彼女は所狭しと書籍を積み上げていた。けれども家具や什器などは、すっきりときれいに手入れがなされて整理されていた。彼女のリビングの床と分厚いガラスを載せたテーブルの上には、雑然と散らばっているものもなかったばかりか埃や染みも見当たらなかった。

「今日のスケジュールはどうなっています？」

「何もありませんわ。夕食の後で、ソウルの都心でも観光しようかと思っていますの」

「それはよかった。日本でお世話になったお返しをするチャンスを下さい」

「お断りするのが難しそうですわね。縛られているような気分にさえならないなら、今日一日くらいは辛抱しましょうか？」

車が四車線の漢江沿いの道路にさしかかった。春になるにつれて随分と淀んできた漢江の流れが、湖水でも見るように充ち満ちたまま流れを止めていた。一日に二度ある西海の満潮が、漢江の流れをあべこべに押し返しているからだ。

「この川の名前は何ですの？」

「漢江です」

「聞き覚えがあるわ。どこかで聞いたことのある名前ですわ」

「韓半島の背骨を貫いている、歴史の古い川ですよ。海が近い河口寄りですから、川幅がことのほか広くなっているわけですね」

「下さったお手紙は有り難く読ませていただきました」

意表をつく彩子の言葉に、亭真はしばし答えがなかった。ひと月近くも返信がなかったが、彼女は今日になってようやく手紙を受け取ったことを認めていたのであった。玄山の日記に対する読後感を書いて送ったことが、彼女に返信をためらわせた理由なのであろう。

「あの日記に対するあなたの感懐については、わたくしも多くの部分で理解し、共感を覚えておりますわ。わたくしのお返事がなかったのは、あなたのご質問にわたくしがお答えできなかったからですわ」

彼女の言葉のなかには素直さに欠ける言い訳が隠されていた。彼女に宛てた亭真の手紙にはもっぱら質問が書き連ねているだけで、彼女の返答を要求したものではなかった。玄山と同居していた柳子という女性はどんな人物か、玄山の死後の消息はどうなっているのか？ 玄山の日記を保管していた人物は、玄山とはどのような間柄にあるのか？ 旧満州で書かれた玄山の日記が戦後、どのような経路をたどって日本へ移動していったのか？ 柳子と玄山の間に生まれた子どもは生きているのか死んだのか？

……あらましこうした疑問と質問すべき事柄を、亭真は彼女に送った手紙のなかに思いつくままに書き連ねたに過ぎなかった。どれも彼女に答えられる性質の質問ではなかったので、亭真は端からそれらの質問に対する返答を期待はしていなかった。自分が送った手紙のなかの安否を訊ねる部分に関してのみ、彼は彼女の応答があることをひたすら待ちわびていたのである。

「慶州を取材なさった後で、何かものをお書きになるのでしょ？」

「韓国の古都慶州と、日本の古都奈良を比べてみて欲しいという原稿依頼がありましたの。旅行案内みたいな気楽に読める内容なので、そんなに苦労することもなかろうと思いまして引き受けたのですけど、いざ現場を歩いてみたら、一筋縄ではいきそうにない感じがしますわ」

車が二車線の進入路に沿って漢江の橋にさしかかった。いつしか緊張もほぐれたらしく、近くを通り過ぎていく車のなかの幼い子どもに、彩子がいたずらっぽく手を振った。亭真は話題を変えて、彼女の身の上に関わることを訊ねた。

「個人的なことで、質問を一つしてもよろしいでしょうか？」

「どんなことかしら？」

「あなたの家族関係について知りたいですね。ご両親とご兄弟または姉妹は何をなさっておいでなのか、それからあなたは結婚なさっているのか……」

「いつぞやお話したと記憶しておりますけど。わたくしは独り暮らしですわ。むろん結婚もしていないし」

「ご両親を早くに亡くされたご様子ですね？」

「あらかじめ諒解していただかなくてはなりませんね。わたくし、家族とは早くから別れ別れになりましたので、家族関係について質問されることがもっとも苦痛ですの。誠実な答えではないかもしれませんけど、これくらいで我慢して下さると有り難いわ」

「困らせるつもりはありません。けれども、あなたが独り身だということは、わたしにとって大きな慰めになりますね」

「あなたも独り暮らしをなさっておいでですの？」

「ええ、田舎に兄が一人いるだけで、これといった家族はおりません」

亭真は横顔に彩子の強烈な視線を感じた。彼女の口からさまざまな疑問への回答を引き出すのは、まだ早過ぎるようであった。家族もいなければ結婚もしていないこのうら若い日本の女性は、玄山とどんな関係があって彼の日記を保管していたのか、どうして玄山に関わることに関心を示すのだろうか？

亭真がこの女性に強烈に引きつけられたのは、彼女の面差しが亡き妻恩淑のそれとあまりにもよく似ていたからだけではなかった。不思議なことに彼女からは、無造作に隠されている重要な秘密の匂いがしていたのであった。ましてや彼女は、それらの秘密をひた隠しに隠そうと努力することもなかった。いまはまだ時期尚早と判断した亭真も、それらの秘密を無理やりに暴き立てようとは思わなかった。彼女自らが口を開くまで、亭真は長い時間をかけてじっくりと待ち続けるつもりであった。

「こんどはわたくしが、個人的な質問を一つしましょうか？」

いつの間にかいたずらっぽい表情に戻って、彩子がふたたび亭真のほうを振り向いた。

「どうぞ」

「奥様を亡くされて何年にもなりますのに、その間セックスの問題はどのようにして解決なさいましたの？」

　質問が思いもかけないものだったので、亭真はしばし当惑の色を浮かべた。華やかな男性遍歴から判断して、彼女はセックスの問題に関する限り亭真よりもずっと自由に振る舞っているらしい印象であった。絡みつくような彼女の視線に追い立てられて、亭真はしばらくしてから口を開いた。

「セックスの問題に関する限り、わたしは保守的なほうでしてね。別にこれと定めた女性がいるわけでもないので、是非とも解決したい必要があるときは、カネを払って処理するほうですね」

「答えて下さって有り難う。そのことがずっと気になっていましたの」

　図らずも視線が合うと、彼らは同時に笑い出した。笑いが治まる頃、彩子がふたたび問いかけた。

「金さんは再婚なさるつもりはありませんの？」

「しなくちゃね。考えているところですよ」

「どんな女性をお望みですの？　やはり亡くなられた奥様に似た方をお望みですの？」

「望んだからって叶うことではないでしょうけど、必ずしもそういうわけではありません。世の中には種類の異なるたくさんの人たちがおりますからね」

「がっかりしましてよ。亡くなられた奥様に似ているというので、わたくしも候補になり得ると思ったものですから」

　振り向いてみると、彩子がふたたび明るく笑っていた。見るからに愉しそうな安らいだ笑顔だった。悪戯っぽい彼女の表情が亭真の気持ちを和ませてくれた。前を塞がれていた車を出発させながら、亭真がふたたび口を開いた。

「どこかの雑誌のインタビューで、ご自分を独身主義者だと名乗られたと聞いておりますけど。あなたの独身主義には、何か特別な理由でもおありですか？」

「そうですねえ。わたくしはどこかに縛られるのが嫌いですの。団体とかグループとか、職業はもちろん友人や家族みたいなものも、わたくしには縛られるように感じることがありますの。成長過程が人並み外れていたからでしょうね」

「どんな具合に人並み外れていたのです？」

「わたくしって、未婚の母のもとで私生児として生まれましたの。生まれてこの方一度として父親という人を持ったことも、会ったこともありませんの。母も、生まれてきたときの環境がわたくしのそれとたいそう似ておりますの。きっとこうした家族の歴史が、わたくしを独身主義の礼賛者に仕立て上げたのでしょうね」

ショッキングな告白をしておきながらも、彩子はいささかもショックを受けている顔つきではなかった。長い歳月を通して身に染みついている、感情的な武装のせいであったろう。

「明日のスケジュールはどうなっています？」

「フリーですわ。今夜にでも考えてみませんとね」

「わたしがスケジュールをこしらえても構いませんか？」

「そうねえ。独りになりたいときに、わたくしが独りでいられるようにして下さることが出来まして？」

「おやすい御用で。お望みとあれば、そのようにして差し上げましょう」

「いいわ。だったらお願いしますわ」


車が賑やかな市内の中心街へ入っていった。車の群れの長い行列越しに、彩子がチェックインする観光ホテルの白くて大きな図体が見えてきた。安全ベルトを体から外すと、いきなり跆拳道＝テコンドーでもするように両の拳を真っ直ぐに前へ伸ばした。

「いよいよソウルですのね。この都市が好きになれたら嬉しいのだけど」

換気扇がひっきりなしに空気を戸外へ吐きだしていても、ホールのなかには肉を焼く匂いとたばこの煙がスモッグのように立ち籠めていた。狭い通路を間に挟んで二列に配置されている二十個余りのテーブルが、空席がないくらい客たちでいっぱいであった。酔っている客たちが張り上げるそれぞれ異なる声が、互いに固まり合いぶつかり合いして、ホールのなかは頭ががんがんするくらい騒音で溢れ返っていた。

「いいお店かしら？」

彩子の甲高い声に嬉しそうな興奮が籠められていた。最初に店へ足を踏み入れたときは客たちの賑やかな騒ぎにびっくりして、呆気に取られた顔つきであったけれど、焼酎のグラスを三、四杯立て続けに傾けてからはいつの間にか、客たちの賑わう騒ぎにすっかり馴染んでいる顔つきであった。闊達な性格のうえ考え方や想像力が開放的で、初めて味わう見慣れない雰囲気にも容易く溶け込んでいく体質のようにみえた。

「ここはあなたの馴染みのお店ですの？」

「ひと月にいっぺん立ち寄るくらいで馴染みの店と言えるなら、そういうことになりましょうかね」

「途方もない酒豪ばかりですのね。それに、韓国の人たちの飲みっぷりときたらもう、ものすごく豪快に見えますのね」

愉しくてたまらないと言った顔つきで彩子はしきりに脇見をしながら、近くのテーブルの飲み助たちの飲みっぷりを盗み見ていた。飲み助たちのほとんどが彼女と似たり寄ったりの年恰好だったせいか、彼女にはこの店の雰囲気がなおのこと気に入ったらしかった。

「マッコルリ（濁り酒）を注文なさったでしょ？」

若いウエーターの一人が近づいてきて、酒を飲むための陶磁器の小鉢を二個と、マッコルリの入ったやかんをテーブルの上においた。亭真がこくりとうなずくと、ウエーターはすぐに戻っていった。

「何かしら？」

「種類の違う酒ですよ」

亭真はやかんを取り上げると、口の広い二個の小鉢にマッコルリを注いだ。彩子が白っぽく濁っている酒の色合いを見て、びっくりしたように亭真のほうを振り向いた。

「何のお酒ですの？」

「山田教授が話していた例の、韓国の土俗的なお酒でマッコルリですよ」

「韓国のお百姓さんたちがおやつ代わりに飲むという？」

「その通り」

亭真が鉢を手に取ると彩子も素早く、自分のための鉢を手に取った。すでに焼酎を何杯か味わってはいたけれど、亭真はためらいもせず彼女にマッコルリを勧めた。大阪で彼女が酒につよかったことを経験していたからだ。

「今宵のために！」

「ために！」

マッコルリ入りの鉢を勢いよくぶつけ合って、二人は同時に鉢を口許へ運んだ。けれどもほどなく、彩子のほうが動作を止めてびっくりしたような目で亭真を眺めた。ひと口の酒を口の中に含んでいたので、彩子の口がぽっこりと膨らんでいた。

「どうなさいました？」

彩子が答えられなくて、口の中に含んでいる酒を薬でも飲み込むようにして注意深く飲み込んだ。意外と神経質なところのある彼女が、亨真にはしかし意地が悪いくらい面白かった。

「どうです？ ようやく韓国と日本がどれくらい違うか、おわかりでしょ？」

「わあ、ものすごい味だわ。まるで出来損ないの米粥でも飲んでいるみたい」

「玄山が好んで飲んだという酒ですよ。旧満州に腰を据えた韓国人農民たちから、玄山がノスタルジーを覚えるたびに、ちょくちょく飲ませてもらった酒でもありましてね」

彩子がふたたび勇気を奮ってマッコルリの鉢を手に取った。けれども匂いを嗅いだだけで、かぶりを振りながらふたたび鉢を元の場所へ戻した。

「やはりこのお酒は無理だわ。韓国に滞在している間に、玄山の写真を見ることは出来ないかしら？」

「写真ですか？」

「ええ、あの方の若き日の姿が見たいわ。韓国独立のために闘われた方なら、さぞかし立派な顔立ちをなさっていたのではと思われますもの」

「写真にはうまく写っていませんけど、体格が大きくて声のよく通る方だったと聞きました。ぼくのオフィステルにもあの人の写真がありますから、お望みでしたらそれでも差し上げますよ」

「あの方の故郷はソウルから遠いのですか？」

「いや、道路さえ混み合わなければ、およそ一時間足らずで行き着ける距離ですよ」

「日記にたびたび出てくるあの方の故郷の、中州の川が見たいわ。幼い頃その中州の川で、水浴びもしたし魚釣りもしたのでしょ？」

「その通りです。けれどもいまでは、その中州に郡民公園がつくられていましてね。たぶん間もなく、その公園のなかに玄山の銅像が立つでしょう」

「銅像ですの？」

「前にもお話したと思いますが、あの人の子孫のなかの一人に大物の企業家がおりましてね。公園の造園を進めている郡の役所からその企業家に、銅像の建立を依頼してきたらしいのですよ」

「でも、あの方は生涯の後半から、ご自分の祖国に背を向けたのではなかったかしら？　どうしてそんな方の銅像を、公共の公園に立てるというのかしら？」

「あの人の祖国に背を向けた事実が、この国ではまだはっきり知られていないのですよ。独立運動をなさっていた生涯の前半部だけが、あの人への唯一の評価として残されているだけでして」

「だとすると、あの方の日記はどうなっていくのかしら？」

「あの日記が明るみに出たら、あの人への評価は改めてなされるしかないでしょう」

彩子が考えにふけりながら、煙が立ち籠めている店の天井を見つめた。ひと塊の騒音になっている人々の熱気の籠もった声が、店の中では未だに熱い渦となって漲っていた。彩子が飲み残したマッコルリの鉢を下げさせて、亨真がその場所に代わりに焼酎のグラスをおいた。グラスに焼酎が注がれると、彼女がふたたび口を開いた。

「事実は明らかにすべきでしょ？」

「明らかにされないことだってあり得ますね」

「事実の力というものを、考えてみたことがありまして？」

「どういう意味です？」

「事実というのは、発見されるのを待ちわびている、地底に埋もれた不発弾に似ていますの。発見されなければ何事も起きませんけど、発見されて世の中にさらけ出されると、その瞬間からそうした事実は途方もない力を発揮し始めるのですよ。事実の糾明に勇気を要するのは、たぶんそうした予想できなかった事実がさまざまな力を発揮するからでしょう。その力を怖れない人だけが、事実を事実として愛する勇気ある人たちなのでしょうね」

フリーのライターとして生きてきた彼女の経歴が、いまさらのごとく実感される言葉であった。彼女はこれまで書いてきたものを通して、隠されてきたおびただしい事実を暗闇から引きずり出し、明るい陽射しのもとにさらけ出してきたはずであった。さらけ出された真実の重みとそれが持つ大きな力を、彼女くらい知り尽くしている人物も多くはないはずであった。

「そうはおっしゃいますけど、真実の力が人々に不利な方向で作用することになっても、事実の糾明は必要だとお考えですか？」

目の前の席に座っている亭真を、彩子はじっと見つめた。力を込めた彼女の眸にはよどみがなくて、なおのこと美しかった。焼酎のグラスを手にして唇だけをちょっと濡らしてから、彼女はさらに思ってもみなかった質問を浴びせてきた。

「祖国に対する玄山の背信行為があべこべに、日本にとっては忠誠を尽くすことになるのを、考えてみたことがありまして？」

「玄山の祖国は日本ではないじゃありませんか」

「その頃には玄山の祖国は、すでに存在しませんでした」

「存在しなかったのだから背信行為があっても構わないと言うのですか？」

「いいえ、わたくしはいま、その頃の状況を話しているのです。失われた祖国の代わりにあの方は、祖国というものをもうちょっと規模の大きなものに拡大解釈なさっていたのかもしれませんわ。あの方が日本に協力したのは、当時のあの方の祖国が日本に吸収・統合されていたためでしょうね」

「それは江田さんのお考えですか、それとも当時の玄山の考えを類推したものですか？」

「そのどちらでもありません」

断固とした口調で否定した後で、彼女はさらに言葉を継いだ。

「金さんはついさっきわたくしに、明らかになった事実が人々に、不利益のほうへ作用した場合でも、事実の糾明は是非とも必要なことかとお訊ねになりましたわ。事実を明らかにすることがすべての人々に、いかなる場合も不利益になるとは思いませんの。不発弾が発見されたらその周辺の地価が下落するから、発見してはならないという理屈は許されません。発掘作業中に爆発する危険を無視するわけでもありません。予測しがたい危険より予測し得る危険のほうが、危険性が少ないということがこの場合は必要ですのよ」

「だからあなたは、玄山の日記が韓国であるがままに公開されるのをお望みなのですか？」

「わたくしは原則論を申し上げたまででしてよ。事実と公益を天秤にかけて決めることは出来ませんわ。正しいとか間違っているとかの問題ではなくて、これは当為性の問題ですのよ」

酔いが回れば回るほど彩子の理屈は、従いていくのに骨が折れるくらい高いところへ素早く突っ走っていった。ボールを亭真に押しつけたまま、彩子はいつしか穏やかな表情になっていた。彼女が不意に視線を落としながら、低い声で早口になって告げた。

「わたくしの左側のテーブルの男の人たち、いま何を話しているのか聞いていただけません？」

「なぜです？」

「わたくしのことを話しているみたいですの。よくない話でなければよろしいのですけど……」

　彩子が案じたように、彼らは日本人の国民性をこき下ろすことに熱を上げていた。彼らの目つきにただならぬものを感じて、亭真は急いで彼女に席を立たせた。

「場所を変えるとしましょう。屋台の幌馬車を見物したいとおっしゃっていましたね？」

　煙が立ち籠めている店を出てくると、街はいつの間にか真夜中の静けさに包まれていた。歩道の端に立ってどこへ行こうかと思案していると、彩子が背後から歩み寄ってきていきなり亭真の腕を抱えた。

「いいでしょ？」

　答える必要がなかったので、亭真は脇の下に力を込めて彼女が抱え込んできた腕を自分の体に密着させた。街路灯が明るい交差点のほうへ向かいながら、亭真は彼女に問いかけた。

「もうちょっと飲み直しますか？」

「ええ、でもいまは駄目」

「歩きましょうか？」

「いいわねえ」

　歩道から折れ曲がった静まり返っている空き地に、ひとつがいの男女がビルの壁にもたれたまま額を摺り合わせていた。身じろぎもしないところを見ると、かなり長い間彼らはそうして立っていたらしかった。彩子に預けてある亭真の腕に、にわかに彼女の体重がのしかかってきた。左の肘の端に彼女の張りつめた乳房が感じられた。亡き妻のそれを思わせる身のこなしだったので、一瞬、亭真は奇妙な気分に捕らわれた。気分を変えようと亭真は慌ただしく口を開いた。

「柴田さんという放送局の人とは、近ごろもちょくちょくお会いになっていますか？」

「ええ、ときどき」

「Dの別荘でお会いした人たちは、羨ましいくらい立派な人たちばかりでしたね」

「佐原君子さんを憶えておいでかしら？」

「女性雑誌の記者さんですか？」

「ええ、あの人が金さんの、韓国の住所を問い合わせてきましてよ。好きになりそうで、金さんにお会いするのが怖いって言ってましたけど。あの人、たぶん遠からず韓国へ来るはずですわ」

突如として風が激しく吹き荒れると、顔に冷たい雨の滴が当たってき始めた。にわかに降りだした雨を避けて道行く人たちが慌ただしく、近くの建物の下へ駆け込んだ。亨真も彩子の腕をつかむと、シャッターが下りているとある洋品店の軒先へ逃げ込んだ。

「予報で雨になるとは言ってなかったけどなあ……」

「どうしましょ？」

心配そうな彩子の表情のなかに、悪戯っぽい好奇心が見て取れた。突如として襲いかかってきた危機に対処する、亨真の機知を見届けたいと言った顔つきであった。

「タクシーは捕まらないだろうし、地下鉄までは遠いし……」

「ホテルまではここからどれくらいありますの？」

「四キロほど、歩いて行くのは無理ですね」

「居酒屋とか喫茶店はどうかしら？」

ますます激しさを増していく雨脚を眺めながら、亨真は思案していると言った表情で黙りこくって言葉がなかった。けれども言葉がないだけで、彼の表情にも途方にくれている気配はなかった。辺りをきょろきょろと見回すと、やがて亨真は悪戯っぽく彩子のほうを振り向いた。

「あちらの道路の片隅に、明かりがきらびやかな店が見えるでしょ？」

「ええ、見えますわ」

「夜通し開けているコンビニですよ。あそこまで行けばぼくに名案があるんですけど」

「だったら、走れ！」

彩子が叫ぶと同時に、雨のなかへ先に飛び出していった。亨真よりずっと先になって駆けるくらい、彩子の走る足取りは力強く早かった。三十メートル足らずの短い距離だったけれど、コンビニまでたどりついた二人の顔はずぶ濡れになっていた。訳もなしに笑いが込み上げてきて、二人は顔を見合わせてひとしきり笑ってから店内へ入っていった。

店内には彼らのように、雨を避けて逃げ込んできた客が少なくなかった。品物が並んでいる陳列台の間を歩き回りながら、亨真は買い物籠に酒と冷凍食品など幾つもの品々を選んで入れた。彩子が傍らでそれを手伝っていたけれど、それらを買い込む理由がわからなくて亨真に問いかけた。

「名案というのは、どんなことかしら？」

「心おきなくお酒が飲める場所が、たったいま思いついたのですよ」

「どんなとこかしら？」

「ここから一ブロックほど行くと、わたしのオフィステルがあります。そこからさらに一ブロックほど行けば、あなたがチェックインしたホテルでしてね。まずオフィステルへ行って、わたしの手料理のステーキを肴に赤ワインを一杯ずつやるのです。雨が止んだらそのときはさらに、あなたのホテルで温かいコーヒーなどを頂くとしましょう」

「愛してるわ！」

亨真の首に腕を巻きつけると、彩子が正面から奇襲にもひとしい口づけをした。ためらいもなく歓びをさらけ出す彼女が、亨真には不思議なくらい自然で馴染み深いものであった。

ビニール傘を買ってコンビニを出てくると、外ではいつの間にか雨が止んでいた。

10

マンションの窓から見下ろせる団地のなかの子どもらの遊び場に、たったいま散り始めた桜の花びらが吹雪のように舞い降りています。あの日の夜、歩いてたどりついたあなたのオフィステルは、なぜかわたくしの記憶のなかに緑の森としてインプットされています。牧場の緑の草地を描いた長方形の水彩画と、リビングのフロアをびっしりと覆い尽くしている緑色のカーペットのせいでしょう。炒めすぎて靴の底みたいに硬くなっているステーキと、いまにも飛んでいくかと思われるくらい口の中で爽やかだったボルドー産の赤ワインも、忘れがたいあの夜の愉しさとして残っております。

けれども、わたくしにとっていまもっとも大切に秘められている追憶は、お酒に酔って身だしなみが疎かになりがちな外国の一人の女性を、燃えるような欲望のまなざしで沈着に見守って下さっていた、わたくしのパートナーの自制力の強さのことです。彼は明らかに女性から、幾たびもセックスへの誘いを受けました。そのたびに彼はその誘いを退けるかのように、肩胛骨がぺこんとへこむくらい荒々しくなる呼吸を、辛うじて鎮めていました。コンビニで軽い口づけをして以後背を向けるKさんの肩幅がその夜、ことのほか広く見えたのはわたくしの錯覚ではありませんでした。カフカのK、コリアのK、これから先の金亨真さんはわたくしからKさんと呼ばれるでしょう。

帰国後、滞っていた仕事に追われる多忙な日々を過ごしました。マンションのバスルームのシャワーの水道の栓が壊れたことと、仙台地方に震度三・五度の微震があったことを除くと、あのありふれている政治家どものスキャンダルさえ一件もなく、日本列島は近ごろの数日間は不気味なくらい平穏です。

こちらの暮らしに倦怠が割り込んでくると、ソウルのあの不可思議な活気が懐かしくなって参ります。百万の軍隊が対峙している休戦ラインから、僅か四十キロメートル足らずしか離れていないソウルの活気は、どのようにしてつくられてきたものかしら？同情の念を心に秘めて訪れた日本人にとって、ソウルの第一印象はおそらくほろ苦い背信感でしょうね。マスコミとカメラがつくり上げた偽りの噂のせいです。南北対立、軍事政権、人権弾圧、光州事件、学生デモ、火炎瓶と催涙弾……この日本でわたくしが視聴覚を通して教え込まれてきたソウルは、あらましこうしたイメージがごちゃ混ぜになってつくり上げられた、不安と緊張に満ちた都市でした。

ところが、いざ現地へ到着して体当たりしてみたソウルは、そうしたイメージとはまるきり違ったきわめて平和で活気に満ちた都市でした。おまけにわたしの背信感つまり裏切られたという思いが、濃度の低いものに薄められることが出来たのは、韓国へ到着して最初に訪ねていった古都慶州の清々しいイメージのせいでした。新婚旅行に来たウェディングドレスの清楚な花嫁が、途方もない大きさの古墳群の間をまるで蝶のように軽やかに跳び回っている古都慶州には、落ち着いた平和のたたずまいと希望があるばかりで、休戦ラインの張りつめた空気も火炎瓶と催涙弾の殺伐とした対峙も見当たりませんでした。特定の国や都市に対してマスコミがつくり上げてきた歪められたイメージが、現場とはどれほど懸け離れたものであるかを実感できたのが、こんどの旅行のもう一つの収穫だったようです。

Kさんはいつだったか、東京の歌舞伎町で全身を震え上がらせる刀の林のなかに紛れ込んだような、ぞっとするものを感じたと告白なさったことがありましたね。あなたのその大袈裟な比喩の意味をわたくしが遅ればせに悟ったのは、プレゼントするためのマフラーを買おうと訪れた、韓国のとあるバザール風の古くからの市場でのことでした。痛みを感じるくらいわたくしは、その露店市場で多くの人たちと肩をぶつけ合ったし、幾たびとなく誰かから背中を突き飛ばされたり、ひどいときには足の甲まで踏まれたりしました。そのたびに痛みを堪えてご免なさいと謝罪したのは、加害者の彼らではなくて被害者のわたくしのほうでした。足の甲を踏まれてご免なさいというわたくしの謝罪に、彼らはまるでアメリカ原住民の酋長みたいに謹厳な顔つきで、そのまま目の前を通り過ぎていくばかりでした。南大門市場というあの韓国的な露店通りには果たせるかな、あなたが告白した日本の夜の新宿の街での、刀の林の肝を冷やすような雰囲気はありませんでした。

けれども足の甲を踏みつけられ、背中を突き飛ばされねばならなかったあの露店市場で、わたくしは韓国人買い物客たちのように安らぐこともなかったし、仕合わせでもありませんでした。あなたはあの露店市場を生の自ずからなる発現の現場と捕らえ、またよその国へやって来たわたくしは不便でもあればしんどい、物理的な押し合いへし合いの現場と感じていたのなら、それは決して、文化の違いという単純な弁別の網では捕らえきれない問題でしょう。独特の味を持った韓国のお酒マッコルリを、わたくしがとうとう飲み込めなかったことと、この露店市場での物理的な押し合いへし合いとは明らかに、一緒くたにして語るのは難しい色合いの違いが感じられるということです。

短い旅行からたったいま戻ってきてこの手紙を書いています。重要な決心をせまられたときを前にして焦燥に駆られると、ちょっとした短い旅行に出るのがわたくしの長い間の習慣です。不眠に苦しめられるくらいその決心は、わたくしには苦痛を伴うものので難解でもあります。いずれそのうちにあなたにも、おそらく急な助けをお願いするかもしれません。真実が真実である理由は、真実に動力が与えられ、真実自らが本来の力を自由に行使できるときです。あなたは中国へいつ頃出発なさるのか、気になりますね。お手紙が面倒でしたら電話なりと……

江田彩子

手紙を読み終えた亨真は、首を回して壁の時計を見上げた。午後一時四十七分、電話をかけるには中途半端な時間であった。こんな時間にマンションにへばりついている江田彩子ではないからだ。しかし無駄骨でも損をすることはなかった。受話器を引き寄せるとすぐに、亨真は国際電話のボタンをプッシュした。続けざまに発信音が鳴り響いたけれど、案に違わず留守電から彩子の録音された声が聞こえてきた。

「この部屋の主はただいま外出中です。メッセージを残しておいて下さい。有り難うございます」

「ソウルの金亭真です。たったいまあなたのお手紙受け取りました。あの日の晩にあなたが腰をかけていた椅子に、いまはわたしが座って電話をかけています。二日後に出発する予定の中国旅行の支度でいままでも忙しかったのですけど、明日はもっと忙しい一日になりそうです。およそ十日ほどのスケジュールを組んでいます。主として玄山の主要な活動の舞台であった、旧満州一帯を踏査してみるつもりです。あなたの重大な決心が好ましい方向で実を結ぶよう期待します。旅立つ前に話が出来たらと思いますけど、気乗りしないようでしたら帰国後に後回ししても構いません。わたしがお役に立つというのはどのようなことか気になりますね。事情が許すなら旅行中にでも連絡するかもしれません。マッコルリを口の中に含んだまま目を白黒させていたあなたの表情が思い出されます。お元気で。戻ってきて改めて連絡することにします」

　話を終えて電話の送受器を元へ戻すと、亭真は椅子から立ち上がってじっと窓の外の通りを見下ろした。

ちょうどこの窓の前で彼らは、あの晩ごく自然に体を寄せ合った。ひりひりする金属質の匂いがした彼女との、二度目の口づけが思い出された。熱く絡みついてきた彼女の舌のせいで、すんでのことで亭真は彼女をカーペットの床に押し倒すところであった。燃え上がる欲望を抑え込むことが出来たのは、彼女がはるばる遠方からやって来た大切な客であったからだ。ところがほとほと困惑させられたのは、彼女が日本へ帰って以後であった。仕事が手につかなかったのである。そちこちに彼女の痕跡が、懐かしさを伴って残っていたのだ。中国への出発を早めたのも彼女への思いを打ち消すためであった。春にはまだ早い大陸の冷たい風が、彼女への熱い思いを冷ましてくれるかもしれないと思ったのである。

　電話のベルが鳴った。受話器を取り上げると、J大学に勤めている林正植のヒステリックな声が飛び込んできた。

「おれは忙しいのじゃ。論文を書いているところだ。何があったのだまた？　どうして呼んだのだ？」

「一つずつ訊けや。ひと息入れさせてくれ。わたしはじきに中国へ行く」

「じきにって いつだ?」

「明後日」

「勝手にさらせって。どんな名目で?」

「玄山の遺跡踏査」

「暖かくなったら行くと言ってたのに? あちらは春が遅いのだぞ」

「遅くたって前後ろ何日かと言ったところだろうが。飛行機の座席やホテルの予約はすっかり済ませてある。いまや歯ブラシ一つ持って出かけていくことだけが残されているという次第さ」

「鉦や太鼓の鳴り物入りで好き勝手に段取りをつけておいて、いまさらおれに電話などなぜかけてきたりするのだ?」

「わたしに何か、言うことはないのか?」

「どんなことだ?」

「いやしくも独立運動遺跡地の踏査だぞ。鳳梧洞(訳注 一九二〇年六月に洪範図に指揮された朝鮮独立軍が旧満州の汪清県鳳梧洞で連隊規模の日本軍と激突して勝利した戦闘)や青山里(訳注 一九二〇年十月二十日、金佐鎮と李範奭の北路軍所属の朝鮮独立軍が旧満州和龍県青山里で連隊規模の日本軍と砲火を交えて勝利した事件)のほかに、もっと訪ねてみるところはないのかと言うのよ」

「ふざけたことを抜かすなって。とんでもないところへ足を運んでみることなど考えずに、瀋陽・長春・延吉・龍井といった大きな都市でも回ってみることだ。そうそう、一つだけ肝に銘じておくべきだが、遺跡地に対して前もって想像するのは禁物だぞ。想像していたよりずっとみすぼらし過ぎるからな。ときにはまるっきり、失望することさえある。あの頃がどんな時代だったかを想像してみれば、あらまし合点がいくことであるはずなのに、おれたちの想像力が時代を先走って、好き勝手に現場をあまりにも大きく膨らませてしまってるのだな。とことん観察し点検するにしても、感嘆するにせよ失望するにせよ、性急な判断だけは留保することだ。これが、専門家としてのおれがアマチュアにしてやれるアドバイスだ」

「大して立派なご高説でもないではないか。よろしい、気にかけておこう。して、みやげは何にしようか?」

「茅台酒」

「田舎者が。酒でなくて何か、もうちょっと高尚なものはないのか?」

「茅台酒」

「そうか、わかったよ。茅台酒だな」

「何日間の予定で、どこへ先に立ち寄るつもりだ？」

「十日ほどの予定で、まず、北京経由で延辺へ渡っていくつもりだ」

「瀋陽と長春は帰り際に立ち寄る？」

「そうだ。たぶん長春がどん尻になるだろう。帰国する飛行機にはどのみち、北京で乗ることになるだろうけど」

「道連れはいるのか？」

「そんな者はいない。一人旅だ。けれども、長春と延吉に東日グループの支社があるそうだ。そっちから車をだしてくれるそうだから、大して困ることはないだろうよ」

「財閥を女房の実家に持って、誰かさんはさぞかし嬉しかろうて。それじゃ、病みついたりせずに元気で帰って来いや」

「OK、行ってきて真っ先に、正式に報告するからな」

「切るぞ」

「ああ」

「やあ、よく来たな。昼食はまだじゃろうが？」


いままさに会長室へ入っていこうとする亨真の前に、韓会長が立ち塞がりながら廊下のほうへ押し戻した。

「何日か前にうちのビルの地下街に、美味いすしを食わせる日本式料理店がオープンしたのじゃよ。ネタが新鮮でよくてな。板前がすしの修業に一年ほど、日本へ行ってたそうじゃ」

エレベーターの前へ来るまで亨真からは言葉がなかった。会長一人で喋り続けて言葉を挟む隙を与えなかったのだ。

「昨日の午後、わたしをお呼びになったそうで」

「そう言えば、昨日はどこへ行っておったのじゃね？午後の間ずっと探させたけれど、留守じゃったな」

「地方に住んでいる親しい友人が上京してきたので、午後はずっとその友人と過ごしました」

「どのような友人かな？」

亨真からは返答がなかった。説明するのが煩わしくてとっさに口から出任せを喋ったのだが、会長がたたみかけて質問してきたので、彼はまた嘘の上塗りをせねばならぬ羽目に追いやられたのだ。幸いにもそこへエレベーターが到着して、嘘の上塗りをする必要はなくなった。会長が、エレベーターまで従いてきた若い女性秘書のほうを振り向いた。

「わしは食事をしに地下街へ下りていくからな」

「はい、行ってらっしゃいませ」

　エレベーターに乗り込みながら、会長がまたしても亨真のほうを振り向いた。

「明後日の何時の飛行機かね？」

「午前十時発です」

「中国のほうは今回が初めてかね？」

「はい」

「北京・瀋陽・長春・延吉にはわが社の支社が出張っておるし、そのほかに小さな都市にも、現地朝鮮族の支所が幾つもある」

　エレベーターが停止した。通路へ出てきて先に歩きだすと、会長は新規開店したという日本式料理店へ入っていった。

「いらっしゃいま……」

　カウンターの前に腰をかけていた若い女性が客を迎えて声を途中で飲み込むと、厨房のほうを振り向いた。厨房から中年男がでて来ると、会長を慌ただしく特別室へ案内した。案内された部屋へ入っていきながら、会長が中年男に訊ねた。

「今日のネタは何がいいのかな？」

「生きた鯛と生きのいいエビが入っています」

「そうか。まかせるよ。それから、酒もちょっと燗をしてくれや」

「承知しました、会長さん」

　中年男が戻っていくと、会長がふたたび亨真のほうを向いた。

「秘書室の鄭部長があちらの支社へ、あらまし連絡してあると聞いておる。現地出身の朝鮮族が、おそらく道案内を引き受けるじゃろうて。近ごろはあっちとの取り引きが活発で、人員をもっと増やさねばならんようじゃよ」

「鄭部長からあらかた話は聞きました」

「会社が支出した旅費を、きみは送り返したそうじゃな。その理由は何かね？」

　出しぬけの会長の詰問に亨真はしばし言葉がなかった。一昨日、秘書室の鄭部長から、中国旅行の経費を彼の銀行口座へ振り込むと連絡してきたのである。思ってもみなかった送金の申し入れを、彼は婉曲に辞退したのであった。会長のいまの詰問はほかならぬ、そのことに関するものだった。

「会社の人間でもないのに会社の費用を使うことに、気が咎めたものですから。後で本が出来たら、そのとき一括して請求しますよ」

「きみときたら、どうしてそんなに料簡が狭いのかね？　子どもの遊びでもあるまいに、せっかく送金したものを送り返す？」

「送金されたものを送り返したわけではありませんよ。ちょうど入金前に電話があったので、その必要はないと辞退したまでで」

料理が運ばれてきた。刺身と揚げ物がおのおの一皿ずつと、陶器の急須に燗酒もあった。亨真が急須を手に取ると、会長が引ったくるようにしてそれを受け取った。

「わしは来客があるので、酒はいかんのじゃ。きみに飲ませようと言いつけたのよ」

酒が注がれた。別に欲しいとは思わなかったけれど、亨真は勢いよく盃を空けた。

「来客とは何時にお会いになりますので？」

「午後三時だ、それがどうした？」

「だったら、まだ二時間くらい余裕がありますね。それまでわたしが時間を頂いてもよろしいでしょうか？」

「いかんということもあるまいて。して、どんなことじゃね？」

「中国から戻ってきて申し上げようと思っておりましたが、一日でも早くお耳に入れておいたほうがよろしかろうと思われましたので、お話しします。実は、数日前に、例の江田彩子という日本の女性に会ったのですよ」

「どのようにして？　近ごろまた日本へ行ってきたのかね？」

「そうではありません。わたしが日本へ行ったのではなくて、その女性のほうが韓国へ来たのですよ」

「韓国へは何をしに？」

「取材をしに慶州へきて、せっかく韓国まで来たのだからついでにと、ソウルまで足を伸ばすことにしたらしいのです」

「それで？」

「ソウルに四日ほど滞在しながら、わたしとたびたび会いました」

会長は手酌で盃に酒を注いで、ちびりちびりとやり出した。話の続きを待ち受けている気配だったので、亭真はさらに言葉を継いだ。

「四日の間に故宮やら飲み屋など、市内のあちこちを一緒に歩いて回りました。ものを書いている女性ですから思慮も深く、感情も理解力も豊かなように見受けられました。韓日二つの国の文化や国民性などについて、たくさんのことを話し合いました。玄山についても多くの話が遣り取りされましたけど、わたしたちに渡してくれた日記のほかに、別の資料がまだあるような気がするのですよ」

「別の資料が？」

「何気なしに語るその女性の話のなかに、玄山の日記からは目に触れたことがない、突拍子もない内容のことが飛び出してきたりしましてね。もっぱら一九四〇年以後、玄山が節を枉げて長春に住みついている頃の話ですけど」

「困ったやつじゃな、きみという男は。その女がソウルへ来ておったのじゃったら、なぜわしのところへ連れてこなんだのじゃ？　ほかにもまだ資料があるのじゃったら、何としてもそれをもらい受けねばならぬのではないのかね？」

すしが運ばれてきたのでしばし対話は中断された。


小さな木造りの帆掛け船の模型の上に、すしが見栄えよく並べられていた。すしを三、四つつまんでいる二人の間には、しばらく対話がなかった。けれどもみそ汁をひと口吸うと、亭真が勢いづいたように早口で話し始めた。

「おいそれとわたしたちの思いのままに操られる女性ではありませんよ。別の目的で資料を欲しがっていると思い込んだりしたら、わたしたちがどんな手段を用いたって、おとなしくその資料を差し出す女性ではありませんから。理非をはっきりさせ、道理に基づいて説得すべきであって、強要するとか無理な方法で接近していったら、かえってより大きな反発を招いて、まるきり藪をつついて蛇を出すことだってあり得ますからね」

すしをつまんでいたので、二人の間ではふたたび対話が途切れた。いまは食事をすることしかないというように会長は口をもぐもぐさせながら、美味しそうにすしをつまんでいた。四、五個を休みなしにつまんでようやく、会長がふたたび口を開いた。

「どのような経緯でそんな若い女性が、民族解放前の玄山の日記やらその頃の別の資料などを、後生人事に抱え込んでおるのじゃろうか？　何か特別な事情があるのではあるまいか？　他人から譲り渡されたのではのうて、もともとその女性がおのれの家族から引き継いで、所有してきたのではあるまいか？」

「わたしもそのように睨んでいます。玄山の晩年のことについてあの女性は、世間に知られていない多くの事実を知っている様子でしたから」

「だとしたら何じゃな、その女性はいったい、何者かね？」

　話がようやく核心の周辺にまで近づいていた。亨真はけれども、口をつぐんで言葉を出し惜しみした。次の一言は、会長自らの口から吐きだされるようにしなくてはならなかった。

「その女性はひょっとすると、玄山とつながりがあるのではないのか？」

「つながりと申しますと？」

「日記に出てくる柳子という日本の女性、ひょっとしたらその柳子という女性と何らかのつながりがあるのではないのかな？」

「血縁のことをおっしゃっているのですか？」

「血縁にでもならなんだら玄山の晩年の資料を、その女性がそれほど多く抱え込んでおるはずがないではないか」

「そうはおっしゃいますけど、あの女性の年齢から見て柳子のすぐの直系にはなることができません。いま二十八歳ですから、柳子の子どもの子どもくらいにはなるでしょう」

　いつの間にか対話は核心を逸れていた。柳子と玄山は一九四〇年代に同棲していたのだから、その間に子が生まれていたら、その子の子どもくらいが江田彩子になることも出来る……どこまでも仮定でしかなかったけれど、しかし亨真にはその仮定がきわめて腑に落ちるものであった。彩子から感じ取れるイメージと暗示がその可能性に、それとなく期待を抱かせているのだ。

「いつかまたその女に会ったら、わしに別途にちょっと席を設けてくれぬか」

「会長がその女性にお会いになる必要があるでしょうか？」

「必要があるかないかはわしが判断することじゃて。焼いて食おうと煮て食おうと、きみは席でも設けてくれたらよろしいのじゃ」

「設けてみる努力はしますけど、首尾よくいくという保障はありませんよ」

「阿呆か。そんなところを見るときみはまるきり前後ろも通じない、先のことが見えぬ阿呆じゃて」

危うく気まずくなりかねなかった雰囲気を、会長が冗談を交えて巧みに避けていった。緑茶で口直しをした後で、会長がさらに問いかけた。

「話したいことがあると言っとったが、まだほかに話が残っておるのかな?」

「いくらか前に例の、K大学の徐仁圭教授に会いました」

「仁圭にはなぜ?」

「玄山の幼年時代と三・一独立運動当時のことを知らなくてはならなかったので、玄山と青少年時代をともに過ごした、東波側の話を聞いてみるのがよかろうと思いついたのですよ」

「それで?」

「あれこれ話し合った揚げ句、初めて耳にする話がたくさん語られました。己未(一九一九)年の三・一独立運動があった当時、玄山と東波がY郡の三・一運動を主導し合ったというのは事実でしょうか?」

「仁圭がそう言っとったのかね?」

「当時の裁判記録にははっきり主導者と記載されているのに、後世の人たちが東波の晩年の親日行為を勘案してか、東波側の記録ばかりはいつもきれいさっぱりと無視してきたというのです」

「やっこさん、切羽詰まったな。記録がないではないけれど、自分に都合のよいように解釈したのじゃよ。それにしてもやっこさん、いまさらなぜその件を蒸し返してきたのかな?」

「薬泉洞の訴訟の件を話した末に、そのことを話題にしました。会長が東波の親日行為にかこつけて、またぞろマスコミ操作をするのではないかと言うのですよ」

「何をすると?」

「訴訟を有利に運ぶために親日派の東波を糾弾するキャンペーンを張る、マスコミ操作をするだろうと言うのですよ」

会長は無表情な顔つきで亨真をじっと見つめた。動きを止めている黒褐色の瞳が亨真には何がなし、セラミックの玉のように思われた。亨真はけれども気にも止めず、落ち着き払って次の言葉を継いだ。

「訴訟の件も重要ではありますけど、必ずしもそうした方法まで駆り出さなくてはならないのか、もどかしい限りです」

「そうした方法というのはどういうことかね？」

「徐教授が言っていたマスコミ操作のことですよ」

「仁圭め、けしからんやつじゃな。人をまるきり悪党に仕立ておるではないか。このたびの訴訟はわしらが勝訴することになっておるのじゃよ。結果が見え見えなのに、わしがなぜそうした姑息な真似をする？」

もっともらしい反論ではあったけれど、マスコミ操作がなされているのは事実であった。すでに新聞記事まで出来上がっていることを、亨真は数日前に義弟の東根を通して伝え聞いていた。会長は時計を見ると、話題をそらすようにおもむろに口を開いた。

「きみ、明日は何をする予定かな？」

「ちょっと、田舎へ行ってきます」

「田舎のどこへ？」

亨真は返答をためらっていたが、しばらくして決まり悪そうに口を開いた。

「ちょっと恩淑の墓参りをしようと思いまして」

「何っ？」

いまさらのごとく会長は顔面に驚きの色を浮かべた。恩淑というのは亨真の亡き妻の名前であった。異国への旅行を前にして亡き妻の墓参りをするというのだから、会長が驚いたのも無理はなかった。

「出しぬけに墓参りとはまたどうして？……」

「彼女と結婚したのが今月の二十五日でした。スケジュールを組んでいたら中国旅行と重なることになりましてね。毎年、結婚記念日には欠かさず墓参りをして参りました。今回は当日にそれが出来ないので、前倒しして墓参りをしようと思いまして」

会長は舌打ちをすると、困ったやつだというように口を開いた。

「たいした愛妻家じゃな。命日ならいざ知らず、亡くなった女房との結婚記念日にまでいちいち墓参りをする人間が、どこにおるのじゃね？　兄嫁がきみの再婚を急かしていた理由が、わかるような気がするわな。この世におらぬ人のことばかり思い続けると、生きておる人間に決してよくはないのじゃよ」

亨真がその言葉を受けて、ことさらに強烈な冗談でお返しをした。

「再婚までは期待しておりません。会長の周囲にはすらりとした女性たちがごろごろしているではないですか。もしも売れ残った女性がいましたら、わたしのベッドメイトとして紹介して頂けませんか」

会長はにこりともせず真顔でうなずいた。

「わかった。考えてみるとしよう」

11

空港の滑走路の外郭地帯に白っぽい残雪が目にとまった。春の訪れがかなり遅いとは聞いていたけれど、この地方ではつい最近までも雪が降り積もったらしかった。襟元へ食い込んでくる中国大陸の冷たい風が、南に位置する韓国とはすこぶる異なる感じであった。けれども少し遅れるだけで、こちらでもやはり季節の変わり目は明らかだ。明るい午後の陽射しのなかにどことなく、春の季節に特有の柔らかな温もりが感じられるのである。

入国手続きを終えて空港の到着ロビーへ脱け出してくると、出迎えとおぼしい少なからぬ人たちが出口のほうに、まるで壁でもつくるようにして並んでいた。雑然とした到着ロビーの雰囲気が、ちょうど韓国の田舎の鉄道の駅舎を連想させた。搭乗客たちに混じって歩いて外へ出て行くと、出迎えに来て並んでいる人々の間から二人の男が、亨真のほうへ近づいてきた。一人はベージュ色のバーバリコートを羽織っており、もう一人は分厚い羽毛のパーカーを着ていた。バーバリーコートの男が亨真に目で挨拶をした。

「お初にお目にかかります。ソウルから来られた金先生ですね?」

「その通りです。崔部長さんでしょうか?」

「はい、崔炳国でございます。紹介しましょう。こちらは作家の金先生、それからこちらは運転手の呉泰錫さんです」

崔部長の紹介で亨真は運転手の呉泰錫と握手を交わした。手が大きくて暖かい、堂々とした体格の三十代の男である。

「こちらへどうぞ。機内では不便はありませんでしたか?」

「不便なことには気がつきませんでしたけど、耳がちょっと遠くなりましたね。臨時便が増便されたとか何とか言ってましたけど、それが旧式のプロペラ機だったとは知りませんでした」

「近ごろはそれでも、随分とましなほうですよ。軍用飛行場を借りて使用しているせいか、以前は定期便でさえたびたび欠航したものですよ」

北京から瀋陽までは最新型のジェット機が運行していたけれど、瀋陽からここ延吉までは旧式のプロペラ機に搭乗しなくてはならなかった。定期便ではない臨時に増便されたものであったので、航空機の会社から便法としてプロペラ機が投入されたらしかった、

「お乗り下さい」

一台の韓国製乗用車が亨真の前で停車した。姿が見あたらなかった運転手の呉泰錫が駐車場から自動車を走らせてきて、道路脇に停めたのである。

空港の構内を脱けだすとほどなく、爽やかな野道が始まった。まだ季節が早いせいか野には残雪ばかりで、春の訪れを告げる花々や緑の色などは見あたらなかった。車の群れの往来がまばらなところを見ると、延吉市内までは随分と距離があるらしかった。

「延辺での日程はあらまし、何日くらいと予定なさっておいでですか？」

車窓の外の景色に心を奪われている亨真に、後部座席に肩を並べて座っていた崔部長が、辞を低くして問いかけてきた。四十がらみの中年で、温厚にして謙虚でありながらも自信満々の、典型的な海外支社長タイプの男であった。

「日程に縛られるのが厭なものですから、それは予定しておりません。その日その日の状況によっては、幾つもの場所を気ままに歩き回ってみるつもりです」

「よくご存知でしょうけど、延辺一帯は玄山先生が中国の東北地方へ渡ってきて、初期の数年間を過ごしたところです。もっぱら龍井・図們・汪清などの地で独立運動を繰り広げていた団体にも加担され、また後輩たちを教えられたことにもなっております」

「玄山に関して別途に研究なさったのですね？」

「そういうわけではありません。本社の広報室から何日か前に、玄山に関する簡略な資料が送られてきましてね。その資料をもとにこちらでも、こんなものをこしらえてみたのですよ。参考になるかどうかわかりませんけど、ひとつ、目を通してみて下さい」

崔部長はそう言いながら、プリントされている四、五枚の文書を亨真に手渡した。受け取ってみると、日

付別に時間と地名と略図などが書き込まれてあった。

「踏査すべき場所と計画表を、日付ごとにつくられたわけですね？」

「会長さんからの電話による指示もあったことなので、現場にいるわたしどもでざっと日程を組んでみたのですよ。あくまでも参考事項ですから、お気が染まらないようでしたら無視しても構いません」

「略図までこしらえているところを見ると、前もって踏査までなさっているもようですね？」

「あまりにも地域が広大なものですから、この呉泰錫さんにざっと踏査してもらいました。呉さんはこの地方の延辺大学史学科の出身でして。おそらく金先生が踏査なさるのに、うってつけのガイドになるでしょう」

「買いかぶりですよ。わたしなど、何もわかってはおりません」

呉泰錫の謙遜する言葉を聞いても、亨真は何の反応も示さなかった。もともと彼は、このたびの旅行ではどこの誰とも同行しないつもりであった。ところがいざ、北京と瀋陽にとどまってみて、ガイドなしの中国旅行がどんなに非効率的かを思い知らされた。亨真は中国語がからきし駄目であったし、中国人は英語がすこぶる不慣れだったので、とりあえずは意思の疎通が図れなくて、近くの市内へ外出するにしてもよほど気を遣わないではいられなかった。ましてや彼が踏査する予定のここ旧東満地方にある玄山ゆかりの地は、そのほとんどが都市と離れた山間の集落であるか、人里離れた深い奥地にあった。そちらの現地に住んでいる人々と意思を通わせるためには致し方なしに、中国語に堪能な通訳が必要だったのである。

「呉さんは中国語が上手なんでしょ？」

突拍子もない亨真の質問に、車内にはしばし沈黙が流れた。

「何か誤解なさっておいでのようですね。呉泰錫さんはこちらの、朝鮮族出身なのですよ」

崔部長の説明を無視するように、亨真はなおも同じ質問を繰り返した。

「呉さんの中国語は確かなのでしょ？」

憮然とした顔つきで言葉がなかった呉泰錫がしばらくして、自信なさそうな声で口を開いた。

「ただ、この地方の中国人みたいに喋るだけで、上手ではありません」

車内に爆笑が沸き起こった。爆笑が鎮まると亨真がふたたび口を開いた。

「呉さんにわたし、ちょっとお世話にならなくてはなりませんな。支社に大きな支障がないようでしたら、まず崔部長さんのお許しを頂かなくてはならないし……」

「会長さんからの指示がございました。金先生のお仕事に不便のないよう、最大限のお手伝いをして差し上げるようにとのことでした」

表皮の白い白樺と緑の針葉樹林のまばらな山の曲り角をめぐっていくと、車窓の外の四、五百メートル前方に家々が密集している小さな山間の村が現れた。藁葺き屋根のこの村の農家はほとんどが、窓がたくさんある横一文字型をした家々であった。山奥のことで日脚が短く、陽射しをふんだんに浴びるために窓をたくさん取りつけているらしかった。

村の外郭は大きな山々に取り囲まれており、その山々との間の長い渓谷を貫くようにして小川の清流が走っていた。小川が深く入り込んでいる陰地のほうには、いまだに黒い斑模様の白い氷が分厚く残っていた。村は小川が大きく弧を描いて流れる、渓谷の下手の窪みになっている盆地に場所を占めていた。激しく揺れるハンドルを両手でしっかりと握ったまま、運転手の呉泰錫が大声を上げた。

「ごく最近までは百戸余りの民家があった、大きな村だったそうです。いまではしかし、村人たちがたくさん引っ越していって、せいぜい十戸余りが村を守っているとか」

「その人たちはどこへ引っ越していったのです？」

「改革・開放政策が始まって以後、稼ぎのよい大きな都市へ引っ越して行きました。ご覧なさいな。あれはすべて、見捨てて引っ越して行った空き家ですよ」

トウモロコシの茎などで編んでこしらえたみすぼらしい垣根越しに、窓ガラスが取り外されていたり廃屋になったりしている家々が眺められた。意外にも空き家が多くて、まるでかなり以前に戦争の嵐が吹き抜けていった古い廃墟を見る気分であった。たったの一本しかない村道もやはり手入れがなされていないため、土を抉り取られた道路のど真ん中には大きな岩などが無造作に放置されていた。スピードを落としてゆっくりと進んでいっても、車はまるで剣の山でも通り抜けていくように、大小さまざまな岩石に乗り上げてひっきりなしに跳ね上がった。

「村人たちのなかに、朝鮮族はどれくらいいるのです?」

「いくらもおりません。以前は半数以上が朝鮮族だったらしいのですけど、いまではほとんどすべて引っ越して行って、たったの二軒が残っているそうです。ここにしても昔は、わが朝鮮族が開拓した村でした」

東満州もしくは北間島と呼ばれているこの地域は、十九世紀の半ばより韓国からの流民の群れが国境を越えて流れ込んで来ると、穴蔵に住居を設けて住みつき、荒蕪地を開墾してそちこちに村をつくり、集団で居住した韓国人の開拓地域であった。当時の住民の八割以上が朝鮮族であったこの地域は、祖国が日本の植民地に転落すると、祖国から脱出してきた愛国の志士たちによって、自ずと独立運動の本拠地に選ばれた。

とりわけほとんどが山岳地帯であるこの地域は、山林が鬱そうと生い茂り、武装闘争にうってつけの地域に数えられた。抗日武装闘争においてもっとも輝かしい鳳梧洞と青山里における二つの戦闘も、まさにこの付近で戦い取った勝利にほかならなかった。己未(一九一九)年三月一日の万歳独立運動によって投獄の憂き目にあった玄山・韓東振が、この地を訪れることになったのもまさにそうした理由からであった。血気盛りの二十七歳の愛国青年であった韓東振は出獄後、それまでにも増して熱くなった胸を抱いて本格的な独立運動を繰り広げるために、この辺鄙きわまる異国の開拓村、清河屯へやって来たのである。

村の前方の川べりで四、五人の子どもらが、石ころなどをひっくり返して何かを捕まえようとしていた。見慣れぬ車が近づいていくと子どもらは川べりから路上へ出てきて、のろのろと村の空き地へ群れていった。子どもらが川べりで捕まえていたのは、汚れていない水のなかに住んでいるザリガニらしかった。走っている車の窓へ手を挙げて、捕まえたザリガニを見せびらかしながら、ある子どもは徒競争でもするように車と並んで走り出していた。車はしかし、子どもらを遠くへ置き去りにして広い空き地を通り過ぎ、石ころがところどころに積み上げられている、村の左手の砂利道へと曲がりくねっていった。方向がちょっとそれている気がして、亭真が呉泰錫に訊ねた。

「どこへ行くのです?」

「かつての仁成学校があった跡ですよ」

その言葉とともに呉泰錫が、井戸のある野菜畑の前で車を止めた。村のど真ん中にある空き地からほんの四、五十メートルほど離れた場所であった。

「この野菜畑がその昔の仁成学校跡ですよ。さいわいこの村に、子どもの頃仁成学校に通ったという年寄りが一人おりましてね。玄山に関してはこれといって知るところがありませんでしたけど、学校の歴史についてはいくらか知っていましたよ」

「そのお年寄りに会うことは出来ますか？」

「この村に住んでいる年寄りですから、会えるでしょう」

車を追って野菜畑まで繰り出してきた子どもらが、恥ずかしくて近くへ来ることが出来なくて、十メートル余り遠巻きにして好奇心に満ちたまなざしで亨真たちの動きを見守っていた。亨真と呉泰錫は車を降りて野菜畑の端にある井戸端へ近づいていった。さして深くはない石で囲われている韓国風の井戸は、清らかな水をなみなみと湛えていた。けれども永らく使われていなかったので、井戸には落ち葉や干し草や木片など、さまざまな浮遊物がぎっしりと浮かんでいた。


「あちらの畑の土の盛り上がっているところが、昔の学校の建物があった場所ですよ。建てられて三年目に日本軍に焼き払われたものを、二度目に新築したらまたしても日本軍が焼き払ったそうです。三度目に建てられた校舎は最近までありましたが、そのうちに山羊を飼育する小屋として利用していて、それすらもすっかり朽ちてしまい、いくらか前に取り壊されてしまいました」

背後になだらかな山裾を挟んで、学校跡は畑のど真ん中に運動場を含めて五百坪余りの広さで残されていた。学校と言ってもせいぜい土で壁を塗り藁屋根を葺いた、二十坪ほどの広さの普通の民家に毛が生えた規模の草屋だったに違いない。一九二四年にこの清河屯に腰を据えた玄山は、近隣の村々の朝鮮族の若者たちを呼び集め、井戸を掘り学校を建て、彼らにハングルと韓国の歴史と軍事学を教えたという。

鳳梧洞と青山里での戦闘に大敗した日本軍はその後、大がかりな朝鮮独立軍討伐作戦に突入した。独立軍は日本軍を避けて北満州のソ連・満州国境地帯へ移動し、その隙に日本軍は朝鮮族が集団をなして住んでいる無数の山間の村々で虐殺と放火、略奪などの残酷で野蛮な行為と報復をほしいままにした。玄山が清河屯へやって来たのは、そうした日本軍の野蛮な行為の嵐が、一時的に吹き荒れていった数年後のことであった。したがって彼は朝鮮族の学校を建てたけれど、それまでの独立運動を繰り広げた団体のように、朝鮮族の若者たちに軍事訓練を施すことは出来なかった。農業と軍事訓練を併行する農兵制を実施して、日本軍と満州軍（訳注　ここでいう満州軍は後出する張作霖の軍隊のこと）の目を避け、もっぱら夜間を選んで密かに行軍、潜伏、銃砲の扱い方などの基礎軍事学を教えた。

ところがこの学校も、開校三年後の一九二七年には日本軍によって廃校にまで追いやられ、訓導（教師）が一名と数人の学生が捕らえられていき、校舎と付属する二棟の建物も焼き払われてしまった。

一九二五年、東三省（訳注　旧満州＝現在の中国東北地方の旧称。清朝がおいた黒竜江・吉林・奉天の三省をさし、今日の黒竜江・吉林・遼寧の三省にあたる）の首班だった張作霖（訳注　一八七五〜一九二八。中国の軍閥。馬賊から北洋軍閥奉天派の首領となり、中国東北地方を支配した。一時は日本軍と結んで北京政府の実権を握ったが、国民党軍の北伐で奉天へ逃れる途中、一九二八年関東軍の謀略による列車爆破で死亡した）と、朝鮮総督府（訳注　一九一〇年のいわゆる韓国併合により、それまでの韓国統監府に代わって設けられた朝鮮支配の最高機関）の警務局長であった三矢宮松との間に締結された「三矢協約」によって、大日本帝国の褒賞金を当て込んだ現地の満州人の一人が、仁成学校で軍事学の基礎を教えていることを、近隣の日本軍守備隊に密告したのである。

当時の日本領事館は、三矢協約によって満州警察が朝鮮独立軍を逮捕し、日本領事館へ引き渡せばそれに対する褒賞として一定の賞金を支払った。満州人と満州警察はその褒賞金をせしめるために、独立軍ではない無辜の朝鮮農民まで片っ端から密告したのである。

仁成学校の設立者である玄山はしかし、幸いにもこのときは日本軍の逮捕を免れた。学生たちの教材を用意するためにしばらくよそへ出張している間に、日本軍が学校へ押し寄せてきて、玄山の代わりに学生たちを教えていた臨時の訓導一名を捕らえていったのであった。

「写真を撮らなくてはならないのに、何もないときている、何を写したらいいかな？」

亨真は困惑した表情で運転手の呉泰錫のほうを振り

向いた。

虚しかった。旅客機を三度も乗り継ぎ、やっとの思いでやって来た玄山の独立運動の遺跡が、この荒涼とした山間の村の五百坪余りの石くれだらけの野菜畑だったとは。カメラを取りだして身構えたけれど、写したい対象が見当たらないのだ。ふと、ソウルで聞かされた林正植の短いアドバイスが思い出された。期待するな。みすぼらし過ぎるのだ……祖国を取り戻したいという熱い心ばかりで何の縁もゆかりもない異国の山河を、我が独立運動の志士たちは熱病患者のごとくさまよい歩いたのであった。この荒涼として痩せ細っている山野を目の当たりにしてようやく、亨真は彼らが味わわねばならなかった辛苦がどれほど苛酷なものであったかを、実感できる思いであった。

捕らわれていった仁成学校の教え子の一人が、日本の警察の拷問によって死亡したことが、玄山が非暴力の啓蒙運動から過激な武装闘争へと行動を転じていったきっかけとなった。韓国と満州の国境都市である図們付近に潜伏していて、玄山は六名の同志たちとともに日本軍の巡察騎兵隊に奇襲をかけ、二人の騎兵を射殺したのである。


「図們のほうはどうでした？　あちらもここと同じように、何もありませんでしたか？」

「同じでしたね。もう七十年の歳月が経っていますからね。ましてやあちらは騎兵隊の駐屯地でしたから、正確な位置すら確認するすべはありませんでしたよ」

「ちょうど豆満江のほとりのすぐ近くだとおっしゃいましたね？」

「ええ、豆満江が見下ろせるちっぽけな丘の中腹ですよ。現場へ行って確かめてみたのですけど、駐屯地があった場所がいまでは木材を挽く製材所になっていましてね。近隣の人たちに訊いてみたのですけど、そんな事件があったこともまるきり知らないといった顔つきでした」

亨真が朝鮮族出身である運転手の呉泰錫にめぐり会ったのは、幸運であった。延辺大学の史学科を卒業している彼は、もとは中国古代史が大学時代の専攻だとのことであった。ところが昨年の夏、韓国における六ヵ月間の研修に参加して帰ってきて以後、彼は資本主義社会の韓国をそれまでとは違った目で見るようになり、韓国の文化と歴史に対しても新たな関心を抱き始めた。

このたび彼が、亨真がやってくる来る前に玄山ゆかりのさまざまな遺跡をつぶさに調査し、踏査して回ったのもまさにそうした個人的な関心と、ソウル本社の韓会長からの指示と関連する会社への忠誠心ゆえであった。現地に住んでいる朝鮮族というメリットを生かして、彼は亨真が期待した以上に玄山の遺跡と足取りを熱心に調べ上げておいたのである。

「こんにちは。姜さんではありませんか？」

「こんにちは。いつおいでなすった？」

「たったいま来たところですよ。その間に何かちょっと、調べてみましたか？」

顔が黒く日灼けしている背丈のずんぐりした一人の年寄りが、白い髪を風になびかせながら二人の前に近づいてきた。呉泰錫が近づいてきた年寄りを亨真に引き合わせた。

「ほかでもないこのお年寄りが姜老人ですよ。お互いにご挨拶を。こちらが韓国からいらした金先生です」

「はるばる遠方から、ようこそおいでなされた。わしは姜宇革と申しますだよ」

「金亨真と申します。ご老人のことはいろいろとうかがっております」

老人は亨真を無視して、不意に呉泰錫を相手に訳のわからぬことを話し始めた。呉泰錫もその言葉を受けて、二人は真剣に中国語の遣り取りを始めた。二人の対話が終わると、呉泰錫が亨真に語りかけた。

「わたしたちに見てもらいたいものがあるそうです。自分の家へ一緒に行って欲しいと言ってます」

乗用車を井戸の脇に停めたまま、亨真は呉泰錫とともに姜老人の後に続いた。村道伝いに前を歩いていた姜老人が、こんどは顔を向けて亨真のほうを眺めた。

「南朝鮮の記者さんに違いないのかね？」

「ああ、そう、その通りですよ」

「延吉に住んでいる李箕成が韓将軍のことをよく知ってますよ」

「韓将軍というと？」

「韓栢峰将軍のことですだよ」

亨真が助けを求めるように、呉泰錫のほうを振り向いた。呉泰錫が確かめるように老人に訊ねた。

「誰が韓栢峰将軍のことをよく知っているというのです？」

「李箕成といって、かつて仁成学校で給仕をしとった人ですだよ。李箕成はたぶん、韓将軍に会うておったじゃろうて。呉さんの話を聞いて考えてみたら、李箕成がたびたび、韓将軍の言葉をひけらかしておったことが思い出されましてな」

「韓栢峰将軍というのは何者ですか？」

亨真の問いかけに、呉泰錫が説明するように口を開いた。

「こちらの人たちは韓東振先生を、韓栢峰将軍と呼んでいるのですよ。武装独立闘争を始めながら、先生は名前を栢峰と改められましたから」

「わたしが聞いている仮名は、睡岩だと言われていたが？」

「睡岩というのもあります。日本軍に追われていましたから、幾つもの仮名が必要だったらしいです。独立軍に加わっていた人たちも調べてみたら、通常、仮名を三つ四つは持っていましたね」

亨真との話を終えると、呉泰錫はふたたび姜老人に問いかけた。

「李箕成がその昔、仁成学校の給仕をしていたというのはほんとうですか？」

「間違えねえだとも。給仕暮らしをしとるとき日本軍に捕まっていって、鞭でさんざん背中と腰を打ち据えられて、背中に大きな傷跡まであるでよ。李箕成の話じゃとその後も、もういっぺん将軍に牡丹江で会うたそうじゃ」

「騎兵隊を襲撃した後のことですか？」

「いつのことかはわしにもよくわかんねえだよ」

「李箕成は何歳で、いまどこで暮らしているのですか？」

「年を取っとるだよ。わしよか七歳上じゃけん、いまはたぶん八十歳を越えとるじゃろうな。暮らしとるのは延吉だわな。去年も延吉へ出かけていって、わしがちょっくら会うて来ましたのじゃ」

「その人にわたしたちも、会うことが出来るでしょうか？」

「出来ますとも。行きましょうや。わしが李箕成の家の住所を教えて進ぜよう」

先を歩いていた姜老人がとあるみすぼらしい家の庭先へ入っていった。窓の多い一の字型の一軒の家が、庭先の奥まった場所に所狭しと陣取っていた。来客たちを家のなかへ案内しておいて、姜老人はしばらく家の外へ出て行った。台所とまるごと通じ合っている家のなかには、戸棚とテレビのセット、布団の包みと食卓布をかぶせたお膳までおかれてあった。暮らし向きが質素なところを見ると、年寄り夫婦だけが住んでいるみたいであった。

外へ出て行った姜老人が何かを手にしてふたたび部屋のなかへ戻ってきた。部屋の床に腰を下ろしながら、老人は手にしていたものを二人の前に慎重な手つきで拡げて見せた。

「南朝鮮の記者先生やいいなさるけえ、わしがこれをお見せしますのじゃ。これがその昔の、わしらの朝鮮の太極旗というものではありませせなんだか？」

「その通りです。いまは大韓民国の国旗でもあります」

姜老人が拡げて見せてくれた太極旗はその場ですぐにそれとわかる、きわめて古いものであった。黄色く変色している粗織り木綿地に手書きとおぼしい太極と卦が、間隔と規格が合わなくて拙い手際がそのまま剝き出していた。けれども一つ特異であったのは、太極旗の下のほうの余白に書かれている、斑点にも似た紫色の微かな文字と、さらにその下部に細書きの文字で羅列されている、微かな幾つもの人名であった。斑点を思わせる紫色のそれは「断指血盟」という四文字で、細書きの墨で書いた多くの微かな名前のなかには、時たま雅号と思われる二文字の名前も混じっていた。書かれている名前の群れに目を通していて、亨真はにわかに視線を停めた。幾つもの名前のなかに玄山という二文字を発見したからである。

「韓将軍の雅号がありますね」

呉泰錫であった。亨真はうなずいてから、呉泰錫にあべこべに問いかけた。

「その隣のぼんやりとした文字は、松庵となっていますね？」

「ええ、松庵も存じ寄りの方ですか？」

「いや、存じません……」

「断指血盟というと、指を切り落として血をもって誓約するという意味ではありませんか？」

呉泰錫の真摯な問いかけに亨真の答えはなかった。玄山という二文字が書き込まれていることも驚きであったけれど、さらに驚かされたのはその脇にしたためられた、松庵という記憶にある雅号であった。彩子が手渡してくれた玄山の日記のなかにも、まさにその松庵という疑問を抱かせる雅号が書き込まれていたのだ。林正植に調べてもらったけれど、彼も松庵とは誰のことかわからぬとのことであった。独立運動の軍資金として巨額の金額を送金したその松庵は、驚くべきことにこの色褪せた太極旗に玄山と並んで名を連ねていたのである。

「この太極旗はどこで手に入れたものですか？」

「手に入れたのではのうて、村にあったものをたまま見つけて引き取り、これまで大切に仕舞い込んできましたのじゃ」

どうしてこのようなものが、これまでこれほどの奥地の山村に保存されていたのか、合点がいかなかった。亨真より呉泰錫のほうがもっと興奮して、老人に問いただした。

「姜さんのこの家に、この太極旗があったということですか？」

老人はそうではないという意味で、手を挙げて左右に振った。

「何年か前に村人の一人が、トウキビの畑を拡げようと畝の端にあった空き家を取り壊したのじゃが、その家の天井の柱の隙間からいろんなものがこぼれ落ちてきおったのじゃよ。ノロジカの皮袋のなかに、六穴砲（ピストル）と何冊かの本が入っとったのじゃけど、本は虫に食われてぼろぼろじゃったので焼き棄ててしもうたし、太極旗は虫に食われておらなんだのでわしがこっそりと引き取り、家のなかに隠し持っておったのじゃよ」

「六穴砲はどうしました？」

「公安部へ連絡したら人が来て、引き取っていきましたな」

亨真がまたしても腰を折り曲げて、古ぼけた太極旗を丹念に眺め回した。太極と卦がいまの規格と異なるうえ、大きさと色もやはり一定しなくてどことなく粗悪なつくりで、奇形的といった感じを拭い去れなかった。けれども「断指血盟」という微かな四文字の血書と、その下に並べて書かれている六、七人の名前と雅号は、遠い昔の痛い傷跡を生々しく甦らせてくれる感じであった。写真に収めようとカメラを取りだそうとしていて、亨真は動作を止めるとふたたび老人のほうを振り向いた。

「この太極旗が隠されていた家には、もともと誰が住んでいたのです？」

「陳道平という漢族が住んでおった家ですわな」

「漢族が住んでいた家になぜ、朝鮮の太極旗が隠され

「滅相もねえ。社会主義の国では太極旗はご法度じゃきにのう。この旗のことはわしの女房かて知らんのじゃ。ノロジカの袋から六穴砲と何冊もの古い本などがでてきたのじゃけど、その何冊もの本の間にこの太極旗が挟んであって、わしがその本を焼き捨てるというてから片方に抜き取っておいて、本は残らず焼き捨てたのじゃが、太極旗はこっそりと隠しておいたのじゃ。南朝鮮の記者さんでのうたらこうして、わしがお見せすることもなかったじゃろうて」

「して、この旗をこの先、どうなさるおつもりで？」

「どうなさると言われたって……必要だという人が出てくるまでは、わしがこのまま隠し持っておらねば……」

亭真は何かを言いさして不意に席を立ちながら、姜老人に声を掛けた。

「あのう、ちょっと呉泰錫さんと外へ出て行って、すぐに戻りますから」

「お好きなように」

亭真の目配せにしたがって呉泰錫が席を立った。靴を履いて庭先へ出てくると、亭真が改めて呉泰錫に声を掛けた。


ていたのでしょうかね？」

「そげなことがどうして、わしにわかりますのじゃ」

「その家は建てられて、どれくらいになりましたか？」

「永くなりますな。あんまり古くなったので何度も手直しをしたけれど、そのときまでは何ともなかったのに、いざ家を取り壊す段になってそげなものが飛び出して来おりましたのじゃ」

「焼き捨てた本というのは、どんなものだったか記憶していませんか？」

「近ごろの本みてえなものではのうて、人の手で編んでこさえた、黄色い韓国紙の本でしたわな。虫食いでぼろぼろになっとって、何が書かれておるのやら見分けがつかなんだわ」

亭真が改めて太極旗を手に取ると、こんどは姜老人のほうから声を掛けてきた。

「そのなかに韓将軍の名前もありますのか？」

「ええ、名前ではなくて、あの方の雅号が書かれてあります。それはそうと、この太極旗をよその人たちにも見せたりしたことはあるのですか？」

姜老人はかぶりを振った。

「あの太極旗を譲り受けたいのですが、何とかなりませんか？　それが難しいなら、しばらくお借りするだけでもよろしいのですが」

「譲り受けることが出来るでしょう。わたしがちょっと、話してみましょう」

「無理はなさらないで下さいよ。おカネを要求されたら値切らないこと」

「承知しました。庭先でしばらくお待ち下さい」

「そうそう、延吉に住んでいるという李箕成老人の住所も、ついでに教えてもらって下さい」

「承知しました」

12

いつしか陽が傾きだしていた。舗装されていない道路をがたごと揺られながら走っていた車がようやく、ふたたびさしてましなところもないアスファルトで舗装されている道路へ進入した。遠方の牡丹江と旺清へ行って来るついでに洪範図(訳注　鳳梧洞の戦闘に関する137頁の訳注参照)の鳳梧洞戦跡地に立ち寄ったのが、車を舗装されていない道路に踏み込ませた原因であった。

午後三時。くたびれたし退屈していた。車窓の外にはどこまでいっても、中国大陸の似たり寄ったりの風景が、繰り返し現れるばかりであった。明け方の六時に龍井を発ってはるばる黒竜江省の牡丹江まで上っていった後で、そこからさらに方向を転じてようやくいまごろ、図們市からほど近い韓・中国境線の辺りまで戻ってきたのであった。延辺朝鮮族自治州という言葉を裏書きでもするかのように、こちらの朝鮮族は都市と山間にある集落の農村に至るまで、東満州の全域に隅々まで拡がって住みついていた。遙かな北方都市の牡丹江にも、道路脇にハングル書きの看板がしばしば目にとまるくらいであった。

「ここからが図們市ですよ……」

しばらくうたた寝をしたらしかった。ガイドを引き受けている朴正花の甲高い声がさらに続いた。

「豆満江を間に挟んで北朝鮮のナミヤンと向き合っている、国境都市です」

延吉から龍井へ宿所を移してきた亨真に、今日は東日物産の龍井支社から旅行社のガイド上がりの、女性職員をガイドとしてつけてくれたのであった。延吉支社の呉泰錫の案内で一昨日、安図と敦化方面を踏査してきた亨真がその結果に失望して、予定を早めて帰国する考えをほのめかすと、龍井支社では踏査と観光を兼ねるよう勧めながら、中国人運転手をつけた支社長専用の乗用車を提供してくれたばかりか、朴正花という朝鮮族でガイド上がりの女性職員をつけてくれたのである。

延吉支社の呉泰錫と別れるのは心残りなことであったけれど、龍井支社の女性職員の朴正花もまたきわめて有能なガイドであった。韓国へも二度も行ってきているし、英語と日本語も少しずつ喋れる彼女はいかにも旅行社のガイド上がりらしく、延辺一帯の歴史的な遺跡と自然の風景などを、まことに上手に面白おかしく説明してくれた。政治にも関心が深い彼女はいっとき、鄧小平の改革・開放政策を熱烈に支持したけれど、近ごろは資本主義的な腐敗と堕落ぶりに失望して、開放政策には批判的な視角を持つようになったという、率直な告白もためらわなかった。討論に長けた彼女の条理ある答弁は、社会主義国家で身につけてきた思想教育の結果ではないかと思われた。

強行軍の四日間であった。延吉と龍井の間を往き来しながら、東満州一帯を走り回ってきたのであった。玄山の足跡をたどる踏査は期待したほどには及ばぬ結果だったけれど、さりとて今回の旅行でまるきり収穫がなかったわけでもなかった。高句麗と渤海の故地である満州平原、それから祖国を後にしてこの地に腰を据えた逞しい朝鮮族の人々、祖国の独立を奪い返すために我らが愛国的な先駆者たちが、民族の自尊を守り到る処で血を流した戦いの地……。現場はしかし歳月という分厚い堆積に埋もれて、わが独立運動の志士たちの痕跡はさほど目にとまらなかった。

仁成学校の廃校とともに一九二七年に清河屯を後にした玄山は、明くる年の五月に日本軍の巡察騎兵隊を襲撃した後で追われる身となり、牡丹江へ一時的に難を逃れた。二年余りの避難生活のなかで彼はふたたび白衣団という秘密結社を組織し、独立運動のための活動資金を募る一方で、親日分子どもを個別的に懲らしめ処断した。そうした活動のなかでもっとも際立っていたのは、一九三二年の晩秋に奉天で行われた、日本人が経営する貿易会社「北山商会」の現金略奪事件であった。銀行から現金を引き出して会社へ戻っていく北山商会の乗用車を襲って二人の日本人を殺傷し、三万円という巨額の資金を奪い取ったのである。

この事件がもとで玄山はまたしてもお尋ね者となり、北満州の佳木斯や通河などの地を永らく転々とすることになる。それ以後の、日中戦争が勃発した一九三七年までの玄山の行動は知られていない。推測によるならば、ソ・満国境の小都市で独立軍のための武器を調達する秘密組織の責任を負っていたという説と、身分を秘匿したまま中国人の農場へ管理人として潜り込んでいたという説があるけれど、どちらも確認されたものではなく、漠然とした推測でしかなかった。

玄山の最後の闘争に関する記録としては、日中戦争が勃発した一九三七年も暮れていく頃の事件がある。在満親日団体「興亜協会」の幹部であった朴再斗を、玄山が若い同志の金東洙と図って狙撃、殺害して逃亡したのである。

興亜協会というのは日本軍の特務機関とつながっていた親日団体で、在満朝鮮人を思想的に善導することと、独立運動を繰り広げている団体内部の攪乱を目的としてつくられた、日本軍国主義者どもの手先をつとめる御用団体であった。そのためおびただしい愛国的同志らの組織が、彼らの密告と秘密工作などによって崩壊、逮捕、処刑されるありさまに、玄山は彼らをこらしめ処断することを決心し、奉天市内に住んでいる興亜協会の中核的な幹部である朴再斗の家に入り込んで待ち伏せして、外出先から帰宅してきた彼を玄関先から連れ去り、その反民族的な罪状などを告知したうえ、奉天市郊外で処刑したのである。

日中戦争がたけなわだった頃の大都市奉天で持ち上がったこの事件は、当時、犯人を突き止めることが出来なくて、迷宮入りとして処理された。ところが後日、日本側によって明らかにされた資料によるなら、この事件の主犯として「鮮匪」（訳注　鮮は朝鮮人、匪は匪賊＝中国などで集団で略奪などを行った盗賊）韓東振の名が挙げられていた。彼らは玄山が真犯人であることを突き止めていながらも、逮捕できなかったのである。

「こちらにもそろそろ、春がやってくるようですね」

道端の柳の枝々に、ようやく芽吹き始めたばかりの淡い緑色の新芽の群れが目にとまるようになっていた。豆満江が近いこの地方の山々や野面は、旅人である亨真にもことのほか馴染み深いものであった。まるで韓国の忠清道辺りの野道を、日暮れどきにドライブをしている気分であった。

「先生、明日はまたどちらへ行かれますか？」

「延吉だ」

「延吉は最初に到着なさった日に、お泊まりになったのではありませんか？」

「そろそろ帰国しなくてはね。長春を経由して北京へ寄って、真っ直ぐソウルへ帰るつもりなのさ」

「長白山はご覧になりませんの？」

「季節が早すぎて、いまは白頭山は観られないといってたのではないの？」

「雪が多すぎて天池〈訳注　白頭山の頂上にあるという〉を観るのは難しいけど、その下の長白瀑布（滝）へは道路が開かれていて、ご覧になれますよ」

「いずれ暖かくなったら観るさ。どのみち折を見て、もう一度来なくてはならないだろうから」

「先生がお書きになる本はいつ頃出版されますの？」

「さあ、わからんなあ。たぶん、ちょっと遅れるだろうね」

　車窓の外にちらほらと、図們の家々が見えて来るようになった。遠方に眺められる都心部のほうには、建築中の高層ビルの高い骨組みの群れが、空に向かってにょきにょきと突き出ていた。こちらでも新春を迎えて、延吉や龍井のようにさまざまな新築工事がたけなわらしかった。

「遅くなったので真っ直ぐに、国境の税関へ行かなくてはなりません」

朴正花が韓国語で告げると、続いて運転席の中国人運転手に中国語で告げた。市内にさしかかった車がスピードを落とすと、低速で走り始めた。この都市でもおびただしい自転車や牛車と馬車の群れが、道路をすっかり埋め尽くしたまま悠々と通過していた。彼らの通行が優先されるので、車の群れはこれを避けて低速で走るよりほかはなかった。

　中心街を脱けだすと古ぼけたみすぼらしい、住民たちのお馴染みの家々が現れた。韓国ではかなり前に姿を消した藁葺き家の集落がほとんどで、稀にはあまりにも古ぼけて壊れかかり、昔のバラックを思わせるものさえあった。けれども、往き来する住民たちの表情には屈託がなく、きわめて明るくて生き生きとしていた。東ヨーロッパ圏の没落で社会主義建設への熱意と情熱が冷めていた彼らに、改革と開放の新しい波濤が押し寄せ、無気力だった彼らの表情に新しい勇気と活力を吹き込んでいるのである。

　乗用車か駐車場とおぼしい広い空き地へと入っていった。空き地の中央辺りに二台の観光バスと三、四台の乗用車が駐車しており、バスの前では引率者に促されながら、たくさんの観光客たちが列をつくって乗り込んでいた。

「韓国から来た観光客の団体ですよ。たったいま観光を終えて、戻っていくみたいですね」

朴正花の説明がなくても亨真には、彼らが韓国からの観光客であることはわかっていた。賑やかな彼らの慶尚道方言が、かなり遠い距離からも聞き取れたからである。車から降りて観光客の群れを避け、亨真は川べりに造成されている公園地帯へ入っていった。おみやげ売りたちと数人の観光客だけで、公園として造成された韓・中国境線の豆満江のほとりには意外にも人影がまばらで、寂しい感じすらしないではなかった。陽が傾きだした遅い時間だったので、観光客のほとんどが出発してしまったせいであろう。

先を歩いていた朴正花が、手すりに囲まれている川べりのすぐ前で立ち止まった。豆満江と北朝鮮の地を眺めるのに便利なように、河岸にぐんと近づけて建てられた望楼のような回廊であった。

「川向こうのすぐそこが北朝鮮のナミャンですよ。あそこに見える橋の両側にはそれぞれ、中華人民共和国と朝鮮民主主義人民共和国の国境警備所と出入国管理所があります」

夕陽に染まった川べりで枯れ草の群れが風になびき、多いとは言えない豆満江の灰黒色の川が急ぎ足で流れていた。川に渡されている長い石橋の両端には、朴正花の説明通り通行を監視する国境警備所が設けられていた。

想像のなかの豆満江より実際のそれは、きわめてこぢんまりとしていてみすぼらしかった。川幅も狭いばかりか、流れも滔々としてはいなかった。何よりも亨真を驚かせたのは、川の流れがひどく汚染されていることであった。白頭山を発源地とする豆満江は、延々五百キロもある韓・中国境線を突き抜けて流れ、下流へ来てふたたび韓国とロシアの国境線となりながら、東海へ流れ込むものとなっていた。

咸鏡北道の最北端であるこの場所は、したがって豆満江の中流から下流に至る辺りに相当する。それほどもある長さの伝説的な豆満江が、下流方面に至ってからも僅か四、五百メートルの狭い川幅でしかないとはついぞ知らなかった。おまけにいっそう惨憺たる思いをさせられたのは、薄暗い川の流れの澱み具合と灰黒色に濁った水の色であった。流行歌の文句にある「豆満江よ、碧の流れよ」と「船頭」は、現実には存在しない想像のなかの麗しい風光でしかなかった。

「先生、北朝鮮の景色をご覧になった感想は、どんなものです？　南朝鮮よりかなり貧しそうに見えますか？」

川の向こうの北朝鮮に、こぢんまりとした農村とアパートとおぼしい灰色の建物が眺められた。よく肥えて見える野面には畑を耕すために連れ出されてきた黄色い牡牛と、頭に姉さんかぶりの農婦たちと、堆肥などの肥やしを播いているらしい農夫たちの姿も何人か眺められた。国境警備所近くの右手の川べりには六、七人の若者たちが集まっていて煙を立てながら何かを燃やしていた。カメラを取りだして構えたけれど食指を刺激するものがなくて、彼はふたたびカメラをカバンのなかへ戻した。朴正花はいかにもガイド上がりらしく、亨真が聞いていようといまいとのべつ何事かを喋りまくっていた。

「わたしは北朝鮮へも行ってみたし、南韓へも行ってみました。物が豊富で人の暮らしには南がよかったけれど、純朴で情に厚いので人間味は北のほうがずっとよかったですね。南北が統一されたらどちらもよくならなくてはいけないのに、かえって悪くなるような気がして、いまから気が気ではありませんわ」

朴正花に笑顔を向けるだけで、彼は終始何も答えなかった。彼女が心配しているのは、資本主義体制と社会主義体制が結びつくと双方の体制の長所は抹殺され、短所ばかりがますます助長されるということにあった。そこで、互いに干渉して補完し合うためにも、資本主義体制と社会主義体制とは適当に妥協して、共存を図るべきであるというのが彼女の持論であった。これまで資本主義体制がそれでもより堕落したり腐敗したりしなかったのは、社会主義体制が傍にあって資本主義体制にひっきりなしに道徳的に教え諭し、叱咤してきたおかげだというのである。彼女の祖国である中華人民共和国こそは、改革と開放を通じてそのどちらもバランスよく受け容れている、地球上でただ一つの素晴らしいモデルだというわけである。

「先生、北朝鮮のおカネとか郵便切手はお買いになりませんか？　半値で差し上げますよ。買わんでも結構ですから、見るだけでもして下さいな」

骨と皮だけといった一人の男が亨真の腕をつかんだ。いつの間にかそこへ朴正花が現れ、その男を中国語でこっぴどく叱りつけた。男が泡を食って逃げ出すのを見て、亭真が不思議そうに彼女に問いかけた。

「何と言ったからあんな具合に、風を食らって逃げ出したのかね？」

「知る必要なんかありませんよ」

ことさらに彼女の声には怒気が含まれていた。上に向かってつんと突き出ている彼女の鼻先に、自尊心と書かれた目に見えぬ旗が風になびいていた
ホテルの窓の外の彼方に、か細い白色の川筋が眺められた。延辺朝鮮族自治州の州都である延辺市の中央を貫いて流れている川である。名前を聞いたけれど忘れてしまった。「先駆者」という歌曲に描かれている海蘭江ではない。海蘭江と一松亭はここにはなくて龍井にある。

椅子を窓の前へ引き寄せておいて亭真は視線を移すと、眼下の道路を見下ろした。自動車と自転車がごちゃ混ぜになって道路をいっぱいに埋め尽くしたまま、洪水のように流れていくところであった。退社の時間だったからである。いまのところはまだ公害と無縁の自転車が、この国の人民の主たる交通手段であった。この国でもっとも羨ましいものを選べと言われたら、彼は真っ先に自転車をあげるだろう。


いよいよ明日、亭真は朝鮮族自治州の州都であるこ延吉市を後にする。六泊七日のあいだ慌ただしく動き回ったけれど、その間に亭真が得たものは色褪せた太極旗が一点と、二本のフィルムがせいぜいであった。けれども、現地へ来て全身で感じ取った無形の収穫は、表に現れたいくつかの収穫とは比較にならぬくらい大きく、貴重であった。過去を再構成するにはだからこそ、現地への踏査が必須条件として上げられるのだった。

昨日ようやく、清河屯の姜老人から紹介された李箕成老人の、貴重な証言を聞くことが出来た。会いたいという頼みを頑なに拒んできた李箕成老人が、電話による通話にせよ応じてくれたのは思ってもみなかった大きな収穫だった。インタビューしたいという申し入れが拒まれた理由は、玄山・韓東振が民族主義系統の反動ブルジョアであり、親日売国奴だということにあった。

「韓東振じゃと？　あん人は地主出身の、ブルジョア反動でねえけ。わしゃそげな人、知んねえだよ。お宅が誰やら知んねえけんど、そげな人のことじゃったらわしゃ、お宅さんと会いてえとは思わねえだよ」

辞を低くしての三度にわたる頼みにもかかわらず、李箕成老人は亨真からの電話を一方的に切ってしまった。面談がはばかられるなら電話ででも答弁して欲しいと頼み込んだけれど、それもまた期待に添うわけにはいかぬと言って、にべもなく拒絶されてしまった。李箕成老人に多くの期待をかけていた亨真は、電話による通話すら拒絶されてしまうと、心残りだけれども未練を捨てるしかなかった。老人の佇んでいるところが社会主義国家であることを、亨真は老人を通してようやく実感した気分であった。

亨真が玄山の行動のうちもっとも気になっていた部分は、万歳事件後に朝鮮での二年間に及んだ刑期を終えて彼が満州へ渡ってきて、仁成学校を開校して廃校の憂き目を見るまでの、初期の三年間のことであった。この時期にまず思い浮かぶ疑問は、幾ばくかの旅費だけをこしらえて満州へ旅立ってきたはずの若き玄山が、どのようにして何ら縁もゆかりもない清河屯という見ず知らずの山間に、規模こそ寺子屋ほどしかなかったにせよ、仁成学校という民族学校を開校できたのかということであった。

玄山はいっとき日本へ留学したことがあり、郷里のY郡で三・一万歳運動を主導した事実があるけれど、ほかにはこれといった経歴もない、朝鮮の平凡な知識青年の一人でしかなかった。朝鮮のなかで知名度がなかったうえ満州に何らの縁故もなかった彼が、見ず知らずの異国の地の清河屯に独力で学校を開校するということは、何者かによる経済的な支援なしには不可能なことであった。結局、彼の背後には独立運動のために軍資金を提供してくれた、経済的なサポーターがいたことは明らかなのだが、それが誰でどのような人物であったのか、これまでのところまったく明らかにされてはいないのである。

青年玄山が旧満州の地で最初に足を踏み入れたのが清河屯だったので、亨真がその満州へ来て最初に訪れたのも清河屯であった。幸いなことに清河屯では、思いもよらなかった収穫があった。「断指血盟」という血書が認められる、玄山の遺物と思われる色褪せた太極旗が発見されたばかりか、一時は仁成学校へ通ったという現地の住民、姜老人にめぐり会うことが出来たのである。ところが、古ぼけた太極旗の発見によって疑問が解けるどころか、かえっていっそう深まったわけであった。

彩子が手渡してくれた玄山の晩年の日記の行間に、松庵という正体不明の人物が活動資金を送ってくれた送金者と記録されているのだが、その松庵という雅号が「断指血盟」のもとで、名簿にも玄山と肩を並べて記載されていたのだ。紛れもなく重要人物である松庵はしかし、それ以上のことは知られていなかった。

その疑問を解くことができる唯一の手がかりは、姜老人が語ってくれた、かつて仁成学校で用務員を勤めていた、いまは延吉に住んでいるという李箕成老人であった。彼は仁成学校が廃校になってからも、幾たびか玄山に会ったことがあるので、玄山の同志が誰と誰で、独立運動のための軍資金を支援してくれた人物が誰で、松庵と名乗った人物が誰であったかも、知っているのではないかと考えたのである。ところが李箕成老人は、亨真との面談を一言のもとに拒絶してしまった。彼は反動的なブルジョア出身だから、老人はかなり以前から玄山とは手を切っており、彼について知るところはないので面談する必要はないというのであった。

幾たびもの要請にもかかわらず、李老人の頑固ぶりを挫くことは出来なかった。結局のところ亨真は李老人との面談を断念し、また別のゆかりの地を探し求めて三日間の実地踏査に旅立ったのであった。

ところが、昨日の遅い時間に龍井からふたたび延吉へ戻ってきた亨真に、李箕成老人から思いもよらない電話がかかってきた。面談に応じるわけにはいかないが、知っていることはすべて答えてやれるから、どんなことを知りたいのか電話ででも問い合わせてみてくれというのである。李老人が何を思って、初っ端からの頑固ぶりをひるがえしたのか、亨真にはわからない。要は李老人の証言が、思ったよりきわめて価値のあるものであったということだ。

亨真の予想通り玄山の周辺には、何人もの同志たちがいた。そのほとんどが満州の現地で志が通じて集められた同志たちであり、彼らのうちの一人だけが本国に住んでいる人間で、亨真に五度にわたって巨額の独立運動のための資金を送ってきた人物だというのだ。その人物がほかならぬ松庵であったが、玄山は松庵を同郷人だと語ったという。秘密保持のためか玄山は、とうとう松庵の本名は明かさなかったらしい。仁成学校の設立が可能だったのは亨真の予想通りに、韓国から送られてきた松庵の独立運動資金のおかげであった。

李老人が記憶している松庵は、玄山がもっとも信頼していた顔のない同志だったというのである。

電話のベルが鳴りだした。亨真は椅子から立ち上がると、ベッドの枕元にある電話のほうへ歩み寄った。夕食の約束は七時だったから、約束の時間まではまだ一時間ほどの間があった。明日は延吉を発つことになっているので、今夜は龍井と延吉の東日物産支社長たち二人が亨真と、歓送の夕食をともにすることになっていた。

受話器を取り上げるとホテルの交換台から、オペレーターの女性のたどたどしい韓国語が聞こえてきた。東日物産の職員からの電話かと思ったらよその、外部からの電話らしかった。

「三百七号室のお客様は、ソウルからいらしている金亨真さんでしょうか？」

「はい、そうだけど」

「お客様に長距離電話です。宋階平という方ですが、おつなぎしましょうか？」

「宋階平氏といいましたか？」

「ええ、長春に住んでいる方です。お話しなさるならおつなぎします」

「長春ではないはずだが？　ひょっとしたら、瀋陽からかかってきた電話ではないのかな？」

「違います。長春です。おつなぎしましょうか、それとも切りますか？」

オペレーターの声が苛立たしげであった。何となく訝しく思われたけれど、亨真はとりあえず応答してみた。

「つないで下さい。お願いします」

オペレーターの声が消えてしばらく、ちんぷんかんぷんの中国語が遣り取りされてほどなく、野太いけれどしかし周囲を気遣うような、朝鮮語で注意深く語りかける声が聞こえてきた。

「わたしは中国に住んでおる、宋階平という朝鮮族です。失礼ですが、先生はソウルから来られた金亨真という記者さんではありませんか？」

「はい、わたしが金亨真ですけど。それにしても、電話をかけている場所はどこです？」

「ああ、ここは長春ですよ。長春から電話をかけているところです」

「瀋陽ではなくて、長春だというわけですね？」

「ええ、記者さんが電話を下さった瀋陽には、わたしの息子が住んでおりまして。学校へ連絡して下さったらしいのですが、息子のやつが間が悪く授業中だったものですから、電話を受けることが出来なかったと申しておりました」

「すると、どちらの方が宋階平さんです？　息子さんのほうですか？　それともお父さんのほうですか？」

「父親のわたしが宋階平です」

「だとするとこれまでお手紙を下さったのも、お父さんでしたか？」

「はい。わたしが住んでいるのは長春市からちょっと奥まった、辺鄙な田舎だもので。電話もなければ郵便局も遠くて、ちょっと不便なところでしてね。おまけにわたしの息子のやつ、朝鮮語が拙いものだから、南朝鮮宛ての手紙はわたしが書いてまず息子のところへ送るのですよ。息子がその手紙を受け取ると、瀋陽からさらにソウルにある新聞社へ送るのです」

「そうでしたか。それにしても、わたしがこのホテルに宿泊していることを、どのようにして知って電話を下さったのです？」

「探したのですよ。授業中だったので息子は記者さんからの電話に出られませんでしたけど、同じ朝鮮族の教員の一人が記者さんからの電話の内容を、紙切れに短くメモしておいたそうです。そのメモを見て記者さんが瀋陽から延吉へ発たれると知って、息子のやつが連絡してくれたので、わたしが長春市内まで出てきて、延吉市内にある幾つもの賓館（ホテル）へいちいち電話で問い合わせたのですよ」

「わたしが宿泊しているホテルを探しだすために、延吉市内のたくさんのホテルへいちいち電話で問い合わせたと言うのですか？」

「はい、幸いにも三度目の電話で、記者さんが泊まっておられる賓館を探しだすことが出来ました」

「随分ご苦労なさいましたね。ところで、宋階平さんはいま、年齢はいかほどです？」

「五十二歳になりました」

「宋さんがこれまで韓国へ送られたお手紙は、わたしが残らず拝見しました。それらによると宋さんは、玄山・韓東振先生のことをよくご存知だとのことでしたが、いまの年齢が五十二歳になる方が五十年前に亡くなられた玄山先生のことを、どのようにしてご存知だと言われるのか、気になりますね。玄山先生をどのようにしてご存知なのか、ちょっとわたしに話していただけませんか？」

受話器にしばし沈黙が流れた。息遣いばかりがか細く聞こえていたが、やがてふたたび宋階平の辺りを気遣うような低い声が聞こえてきた。

「たいへん申し訳ありません。電話でお話しするわけには参りません。記者さんはいつ韓国へお帰りですか？　お帰りになる前の居場所を教えて下さったら、わたしが記者さんをお訪ねして、お話できたらよろしいのですが」

「是非ともわたしに会おうとなさる理由が何なのか、気になりますね？」

「決して記者さんにご迷惑はかけません。是非ともお目にかかれるよう、時間をちょっとお貸し下さい。お願いします。わたしは、悪い人間ではありませんから」

「わかりました。わたしは明日午前十時の飛行機で、延吉から長春へ発ちます。いまの予定では長春で、おそらく一泊することになりそうです。わたしに是非とも会いたいとお考えでしたら、明日午後三時以後に長春のBホテルへ、わたしをお訪ね下さい」

「長春市内のBホテルへですか？」

「ええ、Bホテルに予約してあります」

「わかりました。有り難うございます。では明日、長春でお会いしましょう」

「はい、ご機嫌よう」

「さようなら」

通話を終えて振り返ると、延吉支社の運転手呉泰錫が室内に突っ立っていた。

「おや、呉さん、いつ来ました？」

「たったいま来たところです。通話中とわかっていたら部屋の外でお待ちするところでしたが……」

「いや、構いません。約束の時間まで一時間もあるのに、もうわたしを拉致しようといらしたのですか？」

「とんでもない。ちょっと先生に、申し上げたいことがありまして……」

呉泰錫の表情が思いのほか深刻そうで、真剣そのものであった。けれども亨真は気にも止めずに悪戯っぽい顔つきで、呉泰錫を来客用のソファーのほうへ引っ張っていった。

「よろしい。うかがいましょうか。社会主義の宣伝だったら遠慮してもよろしいでしょうね？」

こんどは呉泰錫のほうが、とんでもないというようににっこりした。亨真と向き合って椅子に腰を下ろすと、呉泰錫はふたたび深刻そうに口を開いた。

「こんなこと、申し上げたらよいものか、申し上げないほうがよろしいのか、何遍となくためらいました。けれども歴史というのは、隠したり欺いたりするわけにはいかないものです。先生が龍井へ移って行かれた後で、調べてみたいことがあってわたし一人で延辺大学の図書館へ行って参りました。玄山に関するいろいろな資料を引っかき回していて、たまたま長春で発刊されていた昔の新聞を探しだしました……」

呉泰錫の言葉が口ごもりながらつながっていった。晩年の玄山によってなされた親日行為を、現地出身の若き史学徒である呉泰錫がとうとう見つけ出したのだ。言葉を詰まらせながら語る呉泰錫の話を、しまいまで聞いてやる理由はなかった。彼の労力を軽くしてやるために、亨真は話の腰を折って言葉を挟んだ。

「玄山が親日行為をしたこと、わたしもよく承知していますよ。あらかじめ打ち明けておかなくて、呉さんに辛い思いをさせてしまったようですね。真実は明らかにされるべきでしょう。明らかになるようにしますとも」

13

果つるところのない広漠とした原野である。冬を迎えた野には枯れ草とトウキビの茎などが風にへし折られ、引き裂かれして不様な姿をさらして風に揺られていた。

息苦しかった。広漠とした原野がもたらす無限空間の息苦しさであった。身を隠すところとてなかった。背中からもたれかかる丘陵も、陽を避ける木陰も、雨風をさえぎってくれるもの一つも、この原野には見当たらなかった。ほんの僅か尾を引いている夕陽ばかりが、その方向が西の空であることを物語っているばかりで、あらゆる方向が遙か彼方まで開かれていて、灰色の低い空と接しているのである。

「ここからが父が住んでいる、東谷村ですよ」

宋志明が車窓の外に見渡せる原野の一ヵ所を、手を挙げて指さした。一望千里の果てしなく広大な原野であったけれど、そこにも人為的な境界線が引かれているらしかった。手狭なトラックの運転台に大の大人が三人も挟まるようにして乗り込み、身動きどころか息遣いすら窮屈であった。雲のように土煙をなびかせながら原野の道路を走り抜けていたトラックが、いつの間にか樹木が群れている林の間の農道へと入り込んでいった。林とはいえ山地ではない平地に人の手で造林されている、防風林に似たものであった。五、六メートルの間隔で二、四列ずつ並んで立っている樹木が、原野と村落を区分けする大雑把な境界線になっていた。

真っ直ぐに伸びている防風林らしき樹木の群れの下の隙間から、遠くに点在する家々が見えてきた。いや、それよりもまず強烈な汚物の匂いが、半ばほど開かれているトラックの車窓を通して容赦なしに襲いかかってきた。鶏や牛、豚など家畜の排泄物が醸し出している匂いであった。

「村には何軒くらい住んでいるのです？」

「集団農場時代には百軒を越えていましたけど、いまでは多くが出て行ってしまい、三十軒余り残っています」

宋志明。二十八歳。宋階平の息子で、現在は瀋陽市内の中学校で教師として在職中の若者だ。

昨日の午後遅くにホテルへ訪ねて来た宋階平は、亭真と僅かに顔合わせをしただけで慌ただしく帰っていかねばならなかった。東日物産の延吉支社が間違った約束を長春支社へ知らせたものだから、長春支社では支社長が亭真の午後のスケジュールをすべて組んでしまっていたのだ。宋階平に申し訳なく思った亭真は面談の約束を延期する代わりに、明日の一日をまるごと宋階平の自由にまかせた。宋階平も遠慮なしにこの申し出を受け容れた。明日の午後、長春近郊にある彼の家へ亭真を招きたいというのである。

明くる日の午後五時を少し回った頃、二十代後半とおぼしい一人の若者がホテルへ亭真を訪ねてきた。宋階平の息子だと自分を紹介したその若者は、父親に急用が出来たので自分が代わりに迎えに来たということと、ホテルのポーチに車を待たせてあるので、いまからすぐに東谷村というところへ同行して欲しいと言うのであった。

宋志明と名乗ったその若者は、現在、瀋陽で中学校の教師として在職しており、亭真が何日か前に、ソウルで受け取った手紙に裏書きされていた住所だけを頼りに、電話で連絡したとき、折悪しく授業中でその電話にでることが出来なかった、まさに当の本人であった。今日はうまい具合に週末だったので、彼は瀋陽から早朝の列車で長春へ駆けつけたとのことで、今日一日は父親の家で過ごし、明日の午後にはまたふたたび瀋陽へ舞い戻らなくてはならないと語った。

才知が優れて見える容貌のうえ寡黙な宋志明は、年齢に比して言動が慎重で、身だしなみがすこぶるきちんとしていた。彼はせいぜい問いかけることに答える程度でしかなかったので、多少はもどかしく無愛想なほうであったけれど、さりとて不愉快であるとか生意気そうな感じはまったくなかった。表情が穏やかで振る舞いが慎ましかったので、彼を相手にしているこちらのほうがかえって、礼儀作法と慎重な立ち居振る舞いに気を遣わねばならぬ人物であった。

父親の宋階平は何を職業としているのかという質問に、宋志明は百姓をしていると短く答えた。けれども、社会主義国家で百姓をしているという農夫が、たとえ中古車にせよ日本製の軽トラックまで所有しているということは、亨真の常識からすると納得しがたいところであった。亨真がいま乗り込んでいるこの軽トラックが、百姓をしているという父親宋階平が自家用のごとく乗り回している車だというのである。

中国人の運転手がクラクションを長く鳴らした。まばらな樹林の道を通り抜けた軽トラックが、幾つもの建物に囲まれている広い空き地へ入っていった。空き地の左手にある長い通路の左右には、仮建築そっくりの幾つもの木造の建物が、一定の間隔をおいて彼方まで連なっていた。

トラクターに似た三、四台の農業機械が、大型の給水塔のある空き地の右手の納屋のなかに収まっており、さらにその右手の空き地の中央には二階建てのレンガ造りの建物が、母屋のような位置を占めていた。家畜どもの排泄物の臭いとか給水塔などの施設から推して、周囲の長ったらしい平屋の建物が単なる農家らしくは見えなかった。いや農家どころか、現代的な設備を整えた家畜を飼う大がかりな施設か、牧場を連想させる雰囲気であった。

「ここが、お父さんが百姓をしているところですか？」

「はい」

「これらの建物はどれも、何に使われているのですか？」

「鶏舎と豚舎、牛舎などです」

「このすべてがお父さんの所有物ですか？」

「ええ」

「だとするとお父さんは、この牧場の主というわけですね？」

「はい。父は東谷農場の総経理ですから」

総経理とは社長を意味している。からかわれているような感じがしたので、亨真はいまさらのごとく傍らの宋志明のほうを振り向いた。愛想のない宋志明はしかし、表情にまったく変化がなかった。

軽トラックが空き地を横切って赤い煉瓦の建物の前で停車した。濃い褐色のジャンパーのような普段着を羽織った中年男が一人、建物の中央にある玄関の前に突っ立ったまま、たったいま到着した軽トラックのほうを眺めていた。昨日しばらくホテルで顔を合わせた、まさしく宋階平その人であった。

「ようこそおいで下さいました、金先生」

「今日は。お招き有り難うございます」

「とんでもない。遠いところをいらして下さって、かえってこちらこそ有り難く思っております。立派な車でなくて申し訳ありませんでした。窮屈ではありませんでしたでしょうか?」

「いいえ。車体が高いのでかえって、見晴らしがよかったですよ」

「突然、所用が出来ましてわたしがお迎えに上がれず、息子を遣りました。お見えにならなかったらどうしようかと、内心では随分やきもきしておりました」

労働によって鍛えられてきたがっしりとした体格の宋階平は、声が低くて振る舞いが慎重であった。宋階平の案内で建物のなかへ入っていくと、室内にいた男女の何人かが席を立って亭真に黙礼した。作業を終えてたったいま着替えを済ませたばかりとおぼしく、彼らはみな作業衣の代わりに、すっきりした外出着姿であった。大きなオフィスに会議用の円卓や、個人用のパソコンまで揃えてあるところから見て、組織と設備がきちんと整った大企業規模の現代的な牧場のように思われた。


「さあ、ここがわたしの部屋ですよ。ちょっとこちらへお掛け下さいな。すぐに戻りますから」

大きなオフィスの左側にもう一つ部屋があった。客をそこへ案内しておいて、宋階平はふたたび部屋を出て行った。主のいない部屋に一人で取り残された亭真は、壁に掛かっている毛沢東主席の肖像写真と、一日のスケジュールが書き込まれている小さな黒板、それから取引先が表示されている大型地図などを見回した。室内には大きな事務用デスクが一個とスチール製のキャビネットが二個、本棚を思わせる多用途の木製の棚が一個あった。棚のなかには書物も立てて並べてあり、植物や種子類を入れて密封した瓶などもあった。

「お待たせしました。参りましょう、金先生。拙宅へご案内しましょう」

宋階平がドアを開けて、亭真が出てくるのを待った。オフィスを経て煉瓦造りの建物の外へ出てくると、さっきの軽トラックの荷台にたくさんの人たちが、立錐の余地がないくらい乗り込んでいた。彼らの間に体格の大きな息子の宋志明も混じっていた。いつしか陽も傾き、外では影が長く伸びていた。亭真を先に運転台に乗せてから宋階平も車に乗り込み、自ら運転を始めた。荷台の人数が多いので、車はものすごくのろのろした速度で走った。

「今日はわたしらの東谷農場が生まれた、誕生日でしてね。誕生日には当直だけを除いて職員全員が、わたしの家で夕食を一緒にする仕来りになっておるのですよ」

「うまい具合にわたしがそれに合わせてきたというわけですな。ご迷惑にならなければよろしいのですけど」

「迷惑だなんて。わたしが故意に、夕食の時間に合わせて金先生をお招きしたのですよ。滅多にない大切なお客様をお迎えすることが出来て、わたしどもとしては光栄でして」

　それを聞いてようやく亨真も、宋階平がなぜ彼が滞在していた長春のホテルへ、自分の代わりに息子を迎えに寄こしたのかわかる気がした。職員全員がともにする晩の食事を準備するために、宋階平は今日の一日ひどく忙しい時間を過ごしたことは間違いなかった。

「わたしは宋さんが百姓をなさっていると聞いて、白作農程度のこぢんまりとした畑作などをなさっていると思っておりました。これほどの規模の牧場だとは、夢にも思っておりませんでしたよ」

「大局的に見たらこの牧場だって、百姓仕事と変わりがありませんや。そのため会社の名前も、牧場ではなくて農場となっているではありませんか。お上から土地を借りて、いまでも百姓仕事をたくさんしておりますよ。収益はもちろん、牧場のほうが百姓仕事よりずば抜けておりますけど、収益がいいからといって本業と副業を取り替えて考えるのは、まっとうなことではありますまい」

「家畜は何種類くらいになり、全部でどれくらい飼育しているのです？」

「鶏が十万羽余り、豚がおよそ七百頭余り、牛と馬がおのおの百頭余りと五十頭余りになりますか」

「それだけの家畜の世話となると、少なからぬ人手が必要なはずですが？」

「百姓仕事をしている人手を含めて、五十人余りが一緒に働いておりますよ」

「たいした規模ですね。この仕事を始めて何年になりました？」

「今年でおそらく、八年目になるでしょう」

　慎重かつ控え目な宋階平の言動から、亨真はいまさらのごとく彼の奥ゆかしい人柄を感じ取った。これほどの規模の企業型農場を経営していながらも、彼は自分を百姓と称していた。田畑を耕しながら実直に生きている人々の高い矜持が、全身から伝わってくる人物であった。

走っている軽トラックの荷台のほうから不意に、耳に心地よく響く歌声が聞こえてきた。メロディーは耳に馴染んでいたけれど、歌詞が中国語で出来ていたので一言も理解できなかった。野道を走っていた軽トラックが牧場からほど近い、濃い森のなかの道路へ折れ曲がって入っていった。樹木にはまだ葉が芽生えていなくて、青灰色の白っぽい幹には小枝ばかりが剝きだしのまま延びていた。

阻むものとてない原野のど真ん中に、まるで大地にしわが寄ったような恰好で丘陵が一つ、地面からちょっと小高く突き出ていた。森をなして生い茂っているその低い丘陵の麓のほうに、目に馴染んでいる何軒もの中国の農家が仲睦まじく群れていた。それらの農家を彼方に眺めながら、軽トラックはしかし一軒だけぽつんと離れている、とある古びた木造家屋の前で停止した。農家とはまるで構造が異なる、倉庫みたいな建物であった。

「ここがわたしが住んでいる家ですよ。元は秋の刈り入れの後で穀物を入れておいた倉庫でしたけど、わたしがなんべんも手を加えて、暮らしが出来るように造作を改築した住まいでして」

軽トラックが停止すると荷台から、職員たちがひょいひょいと地面に飛び降りた。家の前にはエプロン姿の三十代の一人の若い女性が両手を拡げて、車から降りてくる職員たちを抱きしめるようにして嬉しそうに迎えていた。近くへ寄って行った職員たちはその女性に、中国語で一言ずつ挨拶をした。職員たち全員が家のなかへ入っていくと、しんがりにいた宋階平がようやく亭真に女性を引き合わせた。

「わたしの家内ですよ。漢族ですから朝鮮語は話せません」

「今日は」

亭真が挨拶をすると夫人は言葉もなく黙礼で答えた。宋階平の連れ合いだというその夫人は、大きな瞳と明るく笑う姿に人を惹きつける爽やかな魅力があった。息子の宋志明が二十八歳だというからこの女性は、年齢から推して再婚した相手であることは間違いなかった。

家のなかへ入っていくといきなり、ホールを思わせる床を板敷きにした広い部屋が現れた。板敷きの部屋には幾つものテーブルが円を描くように置かれてあり、それらのテーブルのぐるりにはやはり職員たちが四、五人ずつ、おのおの好き勝手にやはり輪のように腰を下ろしていた。ひと足先に到着していた職員もいるらしく、いまや職員の数は三十名を越えて見えた。年齢も身なりもまちまちの彼らのなかには、中年の女性から若い娘まで女性職員たちも十人余りが加わっていた。宋階平がそんな職員たちに中国語で何やら話しかけると、職員たちは一斉に席を立って亨真に拍手を送った。テーブルの前方に腰をかけていた数人は拍手が終わると、歓迎の意味で亨真に握手を求めてきたりした。

「お目にかかれて嬉しいです」

「ようこそいらっしゃいました」

握手を求めてきた何人かは韓国語で挨拶をしてきた。漢族と朝鮮族が半々になるという、宋階平の説明であった。

「こちらへどうぞ」

宋階平がふたたび亨真を案内して、板敷きのホールの左手につくられている小部屋へ入っていった。外では料理の支度を手伝っているのか、男女の職員たちが賑やかに忙しなく、キッチンとホールの間を往き来していた。テレビのセットとベッドとテーブルだけの簡素なその部屋は、どうやら客を泊めるための来客用の部屋らしかった。小さなテーブルを間にして宋階平と向き合うと、彼は茶を勧めながら自ずと口を開いた。

「大切なお客様をお招きしておきながら、おもてなしが十分でなくて申し訳ありません。わたしども人民が暮らしている、あるがままの姿をお見せしたく思っております。もしも至らぬところがありましても、好意的に理解して下さるようお願いします」

「滅相もない。みなさんが暮らしている姿を近くで目の当たりにすることが出来て、またとないくらい歓んでおります。こうした機会をこしらえて下さって、わたしのほうこそむしろ感謝したいくらいですよ」

「しばらくするとたぶん、酒と料理が出るでしょう。食材のほとんどは我が農場で、自力で生産したものばかりですよ。差し支えなければわたしどももと、席をともになさって下さればと思うのですが……」

「もちろんですとも。差し支えだなんて。わたしだってみなさんとご一緒したいですとも」

「ここから長春市までは、車でおよそ四十分ほどの距離でして。ここへお泊まりになっても結構ですが、予定に差し障りがあるようでしたら息子にホテルまで送らせましょう」

「明日、市内で用事もあったりしますので、少々遅くてもホテルへ戻りたいと思います」

「わかりました。そのように致しましょう。ホテルへ戻られる件はわたしどもにお任せ下さい」

客を丁重にもてなしながらも行き過ぎるとか度が過ぎるとかしないように、品位を保ちながら応対していた。とりわけ農場主である宋階平の堂々としていながらも謙虚な態度は、大陸的な鷹揚な気質を連想させる独特の魅力として迫ってきた。かなりの規模の事業体を運営していながらも彼には微塵も、鼻に掛けるとかひけらかすとかいった様子がなかった。彼のへりくだった倹素にして質朴な振る舞いは、亨真の目にはかえって魅力として映るのであった。

「わたしになさりたいとおっしゃっていたお話は、いつ頃お聞かせして下さるのですか？」

「ゆっくり話すとしましょう。ご懸念には及びません。気持ちが通じればお話しする機会はやってくるものですよ」

自分のほうから会いたいと言っておきながら、宋階平はむしろ意に介していないと言った顔つきであった。しばし対話が途切れている間に部屋のドアが開くと、息子の宋志明が入ってきた。

「お父さん、あちらへ移りませんか。準備がすっかり整ったようですから」

板の間のホールは静まり返っていた。いつの間にかホールには座席などが整頓されていたうえ、天井から吊るされている数え切れない電球が、明るく灯っていた。料理を山盛りにした幾つもの大皿が所狭しと並べられているテーブルを囲んで、職員たちが背筋をぴんと立ててきちんと腰をかけていた。亨真は宋階平にいざなわれて、主と並んで中央のテーブルの前へ行って腰を下ろした。

参席した全員が所定の席に着くと、やがて農場主である宋階平が席を立って中国語で短い挨拶をした。続いてもう一度亨真が紹介され、彼もまた席を立って招待を感謝すると挨拶した。韓国語でなされた挨拶だったので、宋階平が中国語に移し換えた。ひとしきり言葉の遣り取りなどがなされるたびに、誰かの提案で全員が拍手とともに乾杯をした。

職員たちはてんでに、自分のテーブルのうえの白い酒の瓶を取り上げると、手酌で酒を汁いで一気に飲み干したりした。藁を焼いたような香りがするその酒は、舌がひりひりするくらいアルコールの度数が高いものであった。またテーブルのうえに並べられている脂っこい料理は、農場で飼育されている鶏と豚などの肉類で調理されたものであった。皿が空になったり冷めたりすると、当番とおぼしい若い男女がひっきりなしにキッチンから新たに温かい料理を運んできた。

何度かの乾杯が繰り返されると、やがて主人の宋階平が酒の瓶を片手に座席を抜けだした。彼はいちいち職員たちのテーブルを回りながら、二言三言声をかけては酒を勧め、また自分も勧められるままに飲み干した。

亨真もまた休む間もなかった。職員たちがグラスを手にしてやってくると、入れ替わり立ち替わり酒を勧めるものだから、彼は休む間もなく飲み干しては返杯しなければならなかった。三十名余りの人々が一つところに集まって愉しく飲んではは食べている光景が亨真を、まるで韓国の農村の山神祭や大同祭など、田舎の祭を眺めている気分にさせたのである。

結局この日の晩、亨真はすっかり酔いつぶれてしまった。料理が脂っこいうえ数えきれぬほどの乾杯があったし、しまいには歌と踊りと肩組み踊りへとつながった。職員たちは亨真を心底から歓迎しているようであった。いや亨真ではない別の人が招かれてきても、彼らの歓待に変わりはなかっただろう。彼らの破顔大笑と肩組み踊りなどから、亨真は彼らが心底から客を歓迎している純朴な人たちであることを知った。久方ぶりに愉快になってきて、亨真は心おきなく彼らに溶け込み、酒も飲めば歌もうたい、ときには激烈に思想的な論争を繰り広げたりした。

けれども集まりがお開きにさしかかった頃、亨真はしばし意識が朦朧としてきた。息もつかせず勧められて飲んだ酒が、度を超していたためであった。残念なのはそのせいで、宋階平とたった二人で交わした重要な対話の中身を、まったく思い出せないことであった。

いままさに宴たけなわとなり、歌と踊りが始まる頃、宋階平は亨真を連れ出して場所を変えると、真剣な面持ちで玄山について語り始めた。自分の口から玄山をよく知っていると明かした宋階平は、玄山に対する酷評を始めることで口火を切った。彼は玄山がブルジョア反動分子であったこと、朝鮮独立のために初期には革命戦線に加わったけれど、やがては社会主義革命路線から離脱したばかりでなく、ついには当然の帰結として親日反動分子に転落し、祖国と朝鮮人民を裏切った反逆者だったというのである。

彼は感情が激してくると、冷たい風にでも吹かれようと亨真の腕をつかんで、誰にも気取られぬようにして家の外へ抜けだして行った。星屑の群れが低く垂れ込めている大陸の爽やかな夜の野道を歩きながら、宋階平はしかし突如として原因不明の泣き声を吐きだした。彼はまるで子どもみたいに、おいおいと声に出して泣き続けた。亨真は途方に暮れながら、声をあげて泣きたてる彼を見守るばかりであった。

彼がなぜ泣きだしたのか、いつになったら泣き止むのか、さっぱり見当がつかなくて、亨真もいつしか自分も一緒に泣きたい衝動に駆られた。けれども前庭の入り口近くの干し草の山の一つの上にどっかと腰を下ろすと、宋階平はふたたび気持ちを落ち着かせたと見え、静かに泣き止んだ。そしてしばらくすると、亨真に向かって突然、思ってもみなかったことを大声で叫んだ。

「金先生、告白しますよ！　そのブルジョア反動分子韓東振が、なんとわたしの父親なのですよ！」

亨真の記憶に残っているのはここまでであった。それからも彼らの間ではたくさんのことが話し合われ、またいろいろなことがあったけれど、亨真は意識が朦朧としていて確かなことは何一つ記憶していない。明くる朝彼が目を覚ましたのは、長春市内にあるBホテルの彼が宿泊した客室のなかであった。どのようにして彼が宋階平の家から長春市内のホテルまで戻って来ることが出来たのか、さっぱりわからなかった。アルコールの濃度五十度を超える中国伝来のコーリャン酒が、昨夜の彼のさまざまな記憶をきれいさっぱりと奪い去ったのである。

ドアをノックする音が聞こえた。鏡の前でネクタイを締めていた亨真は締め終わらぬまま、急いでドアを開けた。

「どうぞお入り下さい、宋さん」

「金先生、酔いは覚めましたか？」

「ええ、どうやら覚めたようで。今朝、スープとコーヒーをちょっと飲みましたら、胃袋の具合がだいぶ落ち着いてきて、いまはもう我慢できそうです」

朝の早い時間から、宋階平がホテルへ亭真に会いにやってきた。真っ直ぐに客室へ訪ねてくるのでなくて、まずロビーから電話を掛けてきたので、彼の来訪を待ち受けていた亭真は大急ぎで洋服を着て、外出の支度をしているところであった。今日は宋階平の案内で、長春市内にある玄山が住んでいた昔の住居を訪ねてみることにしたのだ。

客室のソファーに向き合って腰をかけ、亭真はたったいま届いたばかりの中国茶を勧めた。

「どうぞ。コーヒーショップへお茶のルームサービスを頼んだら、こんなものを持ってきてくれました」

宋階平は一口飲んでみて、よろしいというようにうなずいた。明るい日に近くで向き合ってみたら、黒く日灼けした宋階平の顔には、年輪と年齢に伴う深いしわが刻み込まれていた。首筋までボタンがついている人民服を着込んだ彼のそれは、大農場を経営している農場主の身なりというより、いかにも中国共産党の党員といったいでたちであった。目に馴染まない彼の服装を眺めながら、亭真が先に口を開いた。

「昨夜わたしは、どのようにしてホテルへ戻ったのです？」

「うちの息子がお連れしたのですよ」

「そうそう、息子さんは戻って行かれましたか？」

「はい、今朝、明け方の列車で瀋陽へ帰っていきました」

「お宅の庭先へ出て、野道を歩いたことまではそれなりに思い出せるのですけど、その後からどうなったのかさっぱり憶えていないのですよ。昨夜飲んだ酒はコーリャン酒に違いないのでしょ？」

「ええ、モロコシを原料とした蒸留酒ですが、アルコールの度がちょっと強いほうですね」

「宋さんは酔いませんでしたか？」

「ええ、わたしは慣れておりますから……」

宋階平が笑っている姿は、一族の寛容な長兄といった風格だった。こんどは彼のほうが先に口を開いた。

「わたしが昨晩お話ししたことは、まるきり思い出せませんか？」

「ところどころ思い出せる部分はありますけど、はっきりしないのですよ。玄山・韓東振先生は宋さんの、お父上になられるとおっしゃったように記憶しておりますが……」

「その通りです」

「その言葉がショックだったせいか、それ以後に話されたことがさっぱり思い出せないんですよ。それからも干し草の山の上に寝転んで、わたしにいろいろなことを話されましたね？」

「話しましたよ。金先生だってわたしに、衝撃的なことを話されましたからな」

「わたしがですか？」

びっくりして問い返す亨真を、宋階平は黙々と見つめた。衝撃的なことというのが何のことやらわからなくて、亨真はだんだん気になってくる一方で、不安にもなってきた。

「わたしが何を話したのでしょうか？」

「玄山の子孫のうちの一人が韓国では大財閥で、金先生自身も玄山の一族と遠い姻戚関係にあると言われました」

亨真の表情に失笑が浮かび上がった。飲み過ぎが原因であったろうけど、愉しい気分ではなかった。亨真が思わずかぶりを振ると、宋階平はさらに次のように問いかけた。

「わたしが送った手紙を読んで財閥だという玄山の子孫は、わたしが韓国に職探しでも依頼しているかのように理解したというのは、まことですか？」

「むろんそれは、あちらの誤解ですよ。宋さんが玄山の息子だと知ったら、あちらがそんな誤解をするはずがなかったでしょう。それにしても、そうそう、送って下さった手紙のなかで、なぜそのことを明らかになさらなかったのです？」

「そんなことはしたくなかったからですよ」

「いずれは知らなければならなかったことなのに？明らかになさりたくなかった特別な理由でも、ありましたか？」

宋階平はそれには答えず、視線を移して窓の外の通りを眺めた。出勤時間が過ぎているというのに、なおも車と自転車の往来が引きも切らなかった。

「金先生は昨夜のわたしの告白を、信じますか？」

「玄山が宋さんの父親であるという告白のことですか？」

「ええ」

「信じないわけにいかないのではありませんか？　ある人が、自分の父親は誰それだと語っているのに、その事実を第三者である他人が、信じないわけにはいかないでしょ？」

「信じないことだってあり得るでしょう。人と人とが顔合わせをしたから、そうした告白だって可能だったのですよ。手紙でそのことを知らせたとしたら、おそらく韓国では信じがたかったでしょうよ」

思慮に富んだ宋階平の言葉に、亨真もようやく合点がいった。そうした内容が書き込まれている手紙が韓会長に届けられていたら、会長は果たしてその事実を額面通りに信じることが出来ただろうか？　難しかったであろう。いや、ひょっとするとそうした手紙をよこした人物の意図が疑わしくて、事実関係を確かめるより先に、まず癇癪から起こしていたかもしれなかった。

「わたしがそのことを手紙で知らせなかったまた別の理由は、告白以外にその事実を裏書きする何の証拠も、わたしにはなかったからですよ。玄山はわたしが生後一年になった年に、ここ長春市内で怪漢の狙撃を受けて死亡しました。それから一九四五年八月、三歳になった年にわたしはまた自分を産んでくれた母親から見捨てられました。そのためわたしは、産みの親である両親の顔さえも知りません。母親だと思って生涯をともに暮らしてきた育ての母親から、わたしはこの隠された事実を最近になってやっと聞かされました」

「最近というといつのことです？」

「二年前ですよ。肝臓癌と診断されて臨終のときを待っていたわたしの育ての母親が、臨終を数日後に控えたある日のこと、初めてその事実を打ち明けてくれたのです。その母親が残してくれた三、四時間はたっぷりある長い思い出話が、そのことを世の中に明かした最初のもので、唯一の証言でした」

「その思い出話の記録はいまも、保存してありますか？」

「もちろんですよ。わたしが書き留めて、記録として残してありますから」

こんどは亨真が窓の外の通りを見下ろした。ふと、彩子から手渡された一九四二年頃の玄山の日記が思い出された。玄山が日記のなかで明らかにしている内容と、宋階平が告白した内容とが時期的にきっちり一致するではないか。玄山は一九四二年三月に、柳子という女性との間に息子の東平を授かったと日記に書き留めていたのだ。

「ひょっとしたら宋さんの生みの母親になる方の名前

は、漢字で柳子と書く人ではありませんでしたか？」

「その通りですけど、それにしてもどうしてそれを金先生が？」

宋階平が目を見張って、穴が空くくらい亨真の表情を見つめた。亨真はけれどもお構いなしに、さらに言葉を続けた。

「わたしの手許には玄山本人がその頃書いた、日記があります。それによると宋さんは、柳子という女性のお腹から、一九四二年三月に産まれたことになっております。当たりでしょ？」

「玄山の日記がどうして金先生の手許にあるのです？それから、失礼ですけど、あなたは一体何者ですか？」

「わたしは宋さんもご存知のように、新聞に記事を書いて食べている記者ですよ。たまたまある日本人を通して、その日記を手に入れたに過ぎません」

「その日本人というのは何者ですか？」

「宋さんの知らない人ですよ。江田彩子という名の若い日本の女の人です」

「その日記に、もしかしたらわたしの下に妹が産まれたことは、書かれていませんでしたか？」

「妹さんがおられたのですか？」

「柳子という日本の女性はわたしを産み落とした二年後に、さらに玄山の遺児である女の子を出産しました。太平洋戦争が終わって満州に住んでいた日本人が一斉に帰国の途につくと、その女性は三歳になる息子を自分の家に同居していた朝鮮人女性に預けておいて、当時はまだ乳呑み児だった女の子だけを懐に抱いて帰国したそうです。男の子を預けられたその朝鮮の女性こそはまさしく、二年前に亡くなったわたしの育ての親ですよ」

「そうした記述は、日記にはまったくありません。玄山は民族解放より二年早い一九四三年に死亡していますから、彼の日記に民族解放当時のことなどが記録されていないのは、むしろ当然でしょう」

「わたしの妹になるその女の子はいま、生きているのでしょうか？」

「わかりません。宋さんに妹さんがおられることも、わたしには今日が初耳ですから」

亨真の頭のなかがにわかにこんがらかってきた。自分が持っている情報と宋階平のそれがおのおの食い違っていて、ことの顛末を知るためには両方の情報を組み立ててみなくてはならなかった。ところが完全な姿をしたことの顛末は、依然として期待しがたかった。彩子側の情報が空白のまま残されているからであった。

「宋さんの産みの親になられる方は、国籍が日本でしたね？」

「そのように承知しております。だから戦争が終わると、ほかの日本人と一緒に三歳になった息子を置き去りにして、日本行きの帰還船に乗り込んだそうです」

「だとすると宋さんは、韓国人の父親と日本人の母親の間に産まれたことになりますね？」

「その通りです」

「それなのに宋さん自身は、両親の祖国と関わりのない中国に住んでいるわけですね？」

「まるきり関わりがないではありません。中国はわたしを生んでくれた国だし、今日に至るまでわたしを育ててくれた、わたしには唯一の祖国ですから」

低くてもの静かな宋階平の物言いに、重みと力が籠もっていた。しかり。彼の祖国は彼が産まれ育ってきた、まさしくいまのこの中国だ。延辺の朝鮮族が祖国と言うとき、それは北朝鮮や韓国ではない中華人民共和国なのだ。彼らが祖国である中国を誇らしく思うように、宋階平もまたおのれの祖国が中国であることを強調していた。

「宋さんを育てて下さった養母がどんな方だったのか、知りたいものですね」

「立派な母親でしたよ。もとは南朝鮮のとある農村の貧しい農民の娘でしたが、ある年にひどい凶作に見舞われ、家族全員がいまにも飢え死にするばかりしなると、二石の稲と引き替えに身売りして、ここ長春にあった遊郭まで流されて来ることになったと聞いております。売られてきた最初の晩に客を取るのを拒んで泣いている彼女を、柳子といううわたしの産みの母親がたまたま発見して、身請けのカネを払って遊郭から引き取ったそうで。市内で高級カフェーを経営していたわたしの生みの母親は、人手が足らなかったのでカフェーの女給として働かせるつもりで、彼女を遊郭から身請けしたようですね。結局はそのことが縁で彼女は柳子と一つ屋根の下で暮らすようになり、日本が敗戦すると柳子は改めて三歳になっていた我が子を、朴氏の姓を名乗る朝鮮出身のその女性に託して、日本へ帰っていったとのことでした。わたしが宋氏の姓を名乗るようになったのは育ての母親がその後、宋氏を名乗っていた朝鮮族の男と結婚したからですよ。不幸にもその結婚生活は、長続きしませんでした。わたしが九歳になった一九五一年にその父親が、中国義勇軍の一員として朝鮮戦争に参戦して、南朝鮮のある前線で戦死してしまったからです」

産んでくれた父親と母親の顔も知らぬまま、苦しい逆境のなかで辛い思いをして育ったはずの宋階平はしかしいま、その顔のどこにもその不遇な成長過程を示すような暗い翳りはなかった。いまのこの堂々とした顔つきは、宋階平自らが磨き上げてきたものであった。

「韓国には玄山の血を受け継いでいる子孫が、少なくありませんよ。すでに亡くなりましたが、息子さんが一人おられたし、その下に息子が二人おられるし、さらにその下に何人もの子孫がおります。宋さんにはその人たちと、ひょっとしたらお会いする気持ちはありませんか？」

「機会が訪れたら会わなくてはなりますまい。けれどもいまは、その機会ではないようです」

「韓国側でお目にかかることを望んだら、それは承諾なさいますか？」

「もちろんですよ。血を分けた一族なのですから……。身を寄せている祖国が互いに異なるだけで、わたしらの間にいがみ合う理由などないではありませんか」

「宋さんがソウルの新聞社へ手紙を出された目的は、何でしたか？」

「おのれの出自を確かめたかったのですよ。母の思い出話を聞いてからというもの、自分が果たしてどのようにしてこの世に産まれてくることになったのか、父だという韓東振についても、もうちょっと詳しく知りたかったのですよ」

「あの方は、韓国では祖国の独立のために生涯を捧げた、愛国の志士として知られています」

「わたしも承知しておりますよ。韓国の書店に注文して本を取り寄せ、その人に関する記録をわたしもあらまし読みましたから」

「あの方の独立運動について、同意なさりますか？」

「いいえ、わたしは同意できませんね。あの人はおのれの祖国と、社会主義反帝闘争戦線を裏切った反民族反動分子ですからね。わたしの存在こそはまさしく、その立派な証拠ではありませんか。独立運動家と称する人間が若い日本の女との愛に溺れ、祖国と人民を裏切る拭いがたい罪を犯したのですから」

「愛に溺れたというのは宋さんが類推なさった仮定の

ことですか、それともほんとうのことですか?」

「ほんとうのことだと思っております。養母が思い出話を通して、それに似た証言をしております。遊郭から身請けされてどこへも行き場がなくなった養母は、カフェーの奥にあった柳子の家の隅っこの部屋を一つあてがわれ、寝起きすることになったそうです。その部屋で寝起きを始めて三ヵ月目に、柳子と同居していた玄山・韓東振は怪漢によって銃で射殺されました。その頃はすでにわたしが産まれてきて乳呑み児だったので、養母は柳子と玄山の関係をよく知っておりました。玄山が祖国に背を向けることになったのには、柳子の影響が決定的な役割を果たしたのではと思います。確認されたわけではありませんけど、柳子はその時分、特務機関と呼ばれていた日本の関東軍の諜報機関に所属して、スパイとして働いていたのではないかと思われます」

「すると玄山は、柳子というスパイによって、関東軍の諜報機関に取り込まれていったことになるのでしょうか?」

「養母の思い出話を聞いてわたしが類推した仮説ですよ。養母の話によると二十歳近い年齢の差があったにもかかわらず、玄山と柳子の二人は若い男女に劣らぬくらい、互いに深く愛し合う間柄のように見えたそうですから。玄山が怪漢に射殺されたとき、二日間も食を断ったくらい柳子はひどく悲痛な思いをしていたばかりか、絶望の淵に陥っていたといいますからね。わたしが産まれていなかったら柳子は、おそらくそのとき玄山の後を追って自殺していたかもしれないと言われましたよ」

「当時の柳子は何歳でした?」

「養母より二歳上の、二十五歳だったそうです」

「玄山と知り合ったのは、それよりずっと前ということになりますね?」

「一九四〇年、柳子が二十二歳のとき玄山と初めて知り合ったようだと言われましたね。養母の古い記憶をもとにした昔語りですから、事実と多少の誤差があるかもしれませんけど」

客室へ明るく射し込んでいた陽射しが、太陽が中天に上ると窓の外へ姿を消していった。長春市内への踏査に出かけることになっていた今日のスケジュールは、話題の突然の飛躍によって午後の時間に延期せざるを得なかった。養母の思い出話をもとにしたものであったとはいえ、玄山に関する宋階平の情報はきわめて高価な、貴重なものばかりであった。とりわけ、日本の女性として知られていた柳子という彼の産みの母親に関するそれは、玄山が変節していく経緯を探り出すうえで、たいそう重要な手がかりとして作用するような気がした。

「祖国を日本に奪われた初期に、玄山が国内で独立運動をしたことを宋さんはご存知ですか?」

「一九一九年三月一日の万歳事件のときのことですか?」

「玄山を祖国を裏切った反民族・親日分子と評価なさるのは理解できますけど、社会主義革命路線に反対したブルジョア反動分子と見るのは、納得し難いですね。わたしの知る限り玄山は純粋な民族主義者でした。社会主義革命と祖国の独立は同時に行える課題ではありませんでしたけど、社会主義運動とかその方面の団体に加担したこともない玄山を、反革命分派分子に腑分けするのは、間違った評価ではなかろうかという気がしますね」

宋階平は激しくかぶりを振った。これまでとはまったく違った、断固とした身振りであった。

「中日戦争が勃発する前までは、当時の旧満州地域における朝鮮独立運動は、民族主義陣営と社会主義陣営という二つの大きな勢力が共存しておりました。けれどもソビエト連邦で社会主義革命が完成し、日本帝国主義が中国大陸への侵略を本格的に始めてからというもの、満州と極東地方における対日闘争は、社会主義革命を目指す勢力がリードするようになったのです。社会主義反日・反帝闘争と社会主義革命は、当時としては如何ともしがたい大勢だったということですよ。ところが玄山は、何人かの少数の過激分子を集めて独自の行動を展開し、社会主義革命運動のなかの分裂と分派活動を助長させたのですよ。つまり、彼は党に危害をもたらす害党分子の烙印を押され、党から除去される対象になったのではないかと思われます。行き場を失くして独りぼっちになった彼が親日分子に変節したのは、当然の帰結でしょう。結局は怪漢に狙撃されて不幸な最期を迎えてしまいましたけど、彼の最期は見方によっては、玄山自身が自ら招いた結果ではないかと思われますね」

実の父親の不幸な死を、宋階平は何ら個人的な感情移入もなしに、まるで歴史上の人物でも批評するように冷静に淡々と批判し、かつ論罪していた。ふと亨真の脳裡にある予感がかすめていった。宋階平は中国共産党の党員かもしれないという強烈な確信が、瞬間的に思い浮かんだのである。そうなのだ。彼は共産党員に違いないのだ。共産党員でなければ彼がこれほどまでに、実の父親に対して冷ややかな批判を加えることはないはずであった。

「宋さんの産みの親になられる方が経営されていたというカフェーは、ここから遠いのですか？」

「いや。すぐそこですよ。歩いて十数分の距離でしかありません」

「初めて長春に到着した日に、日本の関東軍が入っていた建物を見てきました。外観を見たら日本の大阪城を思わせる、当時の建物の一部が見えましたけど、いまは中国共産党吉林省委員会が入っていましたね」

「ええ、日本の観光客が長春へ来ると真っ先に足を運んでいくところが、まさにその建物ですよ」

「では、そろそろ参りましょうか？」

「そうしましょう」

14

「こっちだ！」

林正植が隅の席から片方の手を高々と上げて見せた。広いオンドル部屋が衝立で間仕切りされていて、正植は幾つにも仕切られている部屋のもっとも奥まったところに座っていた。

「こいつときたら、時間くらいちょっとは守れや。一度として時間通りに来るのを見たためしがないんだからな。おまえときたら」

「ちょっとくらい勘弁してくれや、十分の遅刻だ。さあ、これ、おまえが歓びそうな土産だ」

亨真が手渡してくれる紙袋を受け取って、正植は中身を取りだして確かめた。ふくれっ面をしていた表情が明るく和らいだ。

「茅台！」

「いやしくも大学教授という代物が、こんなに賄賂に目がないとはね！」

「この場で栓を抜こうか？」

「止めとけよ。恭しく家へ持ち帰って、茅台好きのおまえ一人でたらふく飲めや。おれはもう中国の酒とは、きれいさっぱりと縁を切ったのだから」

「乾杯の音頭に誘われて、やみくもにがぶ飲みしたのだな？」

「コーリャン酒というやつは、人間をすっかり駄目にしてしまうのだな。訳もわからず注がれるままに飲み干していたら、それと気がつかぬうちに意識を失くしてしまったよ。我に返って見たら、ホテルの部屋へ戻っているんだな。家の外へ出てきて野原で飲んだはずだけど、どのようにしてホテルまで戻ってきたのかさっぱりわからんのだ」

「ネガティーブフィルムか？」

「暗黒の絶壁さ」

大きな座卓を間に挟んで彼らは向き合った。座卓には円形の鍋がガス台の上におかれてあり、そのぐるりには天ぷらとかウズラの卵などを盛った色とりどりの器が、所狭しとおかれていた。

「この鍋の中身は何だ？」

「魚介類の海鮮鍋」

「大学の近所まで人を呼び出しておきながら、せいぜいもてなしてくれるというのが魚介類の鍋か？」

「大目に見てくれや。この店だけなんだ、ツケが利くのは」

正植が酒を注いだ。韓国の有り難い酒、焼酎だ。何も言わずにグラスをぶつけ合うと、彼らは一気飲みで最初のグラスを空にした。正植が先に口を利いた。

「モノをちょっと見せろよ」

「何のことだ？」

「中国で拾ってきたとかいう、血書が書かれている太極旗のことさ」

「それなら家にある。持ってこなかったよ」

鍋の中身が煮えたぎってきた。従業員が来て蓋を開けると、沸き返っている鍋のなかへあれやこれやと薬味を加えた。たこの脚、カニの脚、エビ、鳥の脚などの具が真っ赤に染まっている汁のなかで押し合いへし合いしていた。薬味を加えて味を調える作業に手間取ると、彼らはふたたびグラスに酒を注いでぶつけ合った。

「連絡があっていろいろと調べてみたのだが、一人だけ記録にあったよ」

「それは誰だ？」

「李吉夫」

「それは何者で、その後どうなった？」

「北の咸鏡北道会寧出身で臨時政府側の人間だが、一九三二年に奉天で日本軍憲兵隊に逮捕されて、服役中に獄死したようだ」

「松庵は？」

「今回も無駄骨だったよ。いくら調べてみても、痕跡すらないんだなこれが。おれの考えでは、同志の身の安全を図るために玄山が、自分だけがわかる仮名を使ったみたいなのだ」

「だとしたらもしかすると、東波・徐尚道なら松庵が誰かを知っているのではあるまいか？　玄山が満州へ渡っていった初期に、独立運動のための資金を支援したほどの松庵だから、やはり初期に玄山の同志だった徐尚道なら、松庵が何者かを知っているような気もするのだが？」

「知っていたところで何になる。徐尚道だって死んでしまってこの世にはおらないのだろうが？」

「徐仁圭教授がいずれ近いうちに、祖父徐尚道の文集を出すと言ってたのだ。文集に収録する古い原稿を整理するとなると、一族の昔の文書を調べたはずだが、ひょっとしたらそのなかに何か松庵のことに触れたものがなかったか、問い合わせることはできるさ」

林正植がかぶりを振ってからおもむろにお玉を取り上げると、煮えたぎっている海鮮鍋の具を自分の器に汲んで移した。手渡してくれるお玉を受け取ると亨真もすぐに、一匹のエビを自分の器にすくい上げた。

清河屯の農家に住んでいる姜老人からたまたま譲り受けた断指血盟の太極旗には、玄山と松庵を初めとする七人の名前や雅号が書き込まれていた。中国の延辺地方から帰国後、亨真は林正植に電話をかけてそれらの名前を読み上げ、どこで何をしていた人物たちなのかを調べて欲しいと依頼した。二日が経っても音沙汰がなかったが、正植は今日になって亨真を大学から近い海鮮鍋専門店へ呼び出したのだ。中国旅行から帰国して三日目のことであった。

「スープがいい味を出しているんじゃないか？」

「見かけによらず中身がいいっていうやつさ」

「おれはこんど中国へいって、玄山の息子に会ったよ」

「誰に会ったって？」

「玄山の息子」

箸を串代わりにしてサザエの中身を懸命にほじくり出していた手を止めて、正植が悪戯っぽく亨真の顔をまじまじと見つめた。けれども亨真は気にも止めずに話を続けた。

「玄山の末年の日記に、息子が産まれたと記録されていたことはおまえだって見たはずだ。ところがその息子だという人物が、実際に長春郊外の集団農場に住んでいたのさ。長春市内から三十キロ余り離れた平野に、大企業規模の農場を経営している人だ。その人に会ってあれこれと話した揚げ句、玄山に関するいろいろな情報を今回たくさん収集したのよ」

「どのようにして、誰の紹介でそうした人間に会えたのだ？　おまえ、ひょっとしたら阿呆面を下げて、偽物に会って来たのではないのか？」

「バカみたいなことを抜かすなって。宋階平という名前、もしかしたらおまえ、思い出さないか？」

「宋階平って何者だ？」

「玄山のことをよく知っていると、中国からおれが勤めていた新聞社宛てに手紙をよこした人間がいただろ？　その手紙を読んでおまえが、この人、東日グループに、就職でもさせてもらいたいのではないのかと言ってたのじゃなかったかな、たぶん」

「宋階平か、それを言われて思い出したよ。その人から紹介されたのか？」

「紹介されたのではなくて、宋階平その人が誰あろう、玄山の落とし胤だったのよ」

「まるっきり小説だな。いまの話、真に受けてもいいのか？」

「一〇〇パーセント。たいした人物だったよ。玄山の日記に柳子という女性との間に息子の東平を授かったと記録されていたけれど、その東平という息子がまさしくこないだ会った、宋階平という人物だったのさ」

正植はそれきり根掘り葉掘り質問しようとはせず、自分のグラスを空けるとそのグラスを手渡した。話を続けろという意味と受け取って、亨真は注いでくれる酒をグラスに受けてそれまでの話を続けた。

「玄山と同棲していた柳子というのは、おれたちの推測通り日本の女性だったよ。関東軍の諜報機関に属していたスパイである可能性が高いこの女性は、玄山を親日派に寝返らせた後で日本が敗けると、三歳になっていた息子を置き去りにして娘だけを連れて日本へ帰っていったそうだ。玄山が怪漢の兇弾に倒れた明くる年に遺児として娘が産まれたのだが、戦争に敗れて帰国の道が閉ざされそうになると、三歳になる息子は顔見知りの朝鮮の女性に預け、乳呑み児の娘だけをおぶって慌ただしく大連へ下っていって、帰国船に乗り込んだというのだな。そんな具合にして置き去りにされた息子は、その朝鮮の女性を母親と思い込んで成長し、養母が宋氏を名乗る朝鮮族の男性と結婚したので、玄山の息子は韓氏を名乗る代わり宋氏を名乗るようになったという次第さ。これが、今回の旅行でおれが調べてきたもっとも大きな収穫だ」

酒を注いだグラスがふたたび遣り取りされた。火を弱くして沸き返るのを停めた鍋から、正植がこんどは半分に切り落とされている花咲ガニをすくいあげた。二人で平らげるには持て余すくらい、魚介類の鍋にはまだ具がたっぷりと入っていた。

「玄山の息子に会ったと報告したら、東日グループの韓会長は何と言った？」

「会長はいまヨーロッパへ出張していて、おれは帰国してからも会ってはいないのだ」

「息子だという人は、会ってみてどうだった？」

「成長過程が平坦ではなかったはずなのに、人となりはきわめて真面目だったよ。確かめたわけではないけれど、おれの印象では共産党員みたいだったな。自分にとって実の父親に当たる玄山を、歴史的な視角から冷静に批評していたよ。党や組織の許可もなしに好き勝手に過激な行動に走って、社会主義的な闘争路線を分裂させたばかりか、晩年には年若い女性の色香に溺れて親日派に変節までした、結局は党に危害をもたらした害党分子と分類され、党が送り出したテロリストによって除去されたのではなかろうかと言ってたよ。企業規模の大きな農場を資本主義的に経営していながらも、考え方や言葉遣い、行動スタイルなどはまだ社会主義理論に忠実にしたがっている人みたいだったな」

「韓国語は堪能だったのか？」

「養い親がどちらも朝鮮族だったからな。不自由なくすこぶる堪能だったよ」

「韓国人の父親と日本人の母親の血をうけて産まれた人間が、中国共産党員だとはな。まったくもって公平な東洋三国への分配だな。玄山の息子に違いないとすると、その人は韓会長にとって序列が一つ上の、叔父さんということになるのではないのか？」

亨真は、うなずいてから不意に目を上げると、林正植を正面から見据えた。

「今回の中国旅行でおれが玄山の息子にめぐり会ったことは、当分の間誰にも洩らさないでもらいたい。会長がヨーロッパ出張から帰国した後も、そのことばかりは伝えないつもりだ。宋階平という人間を傷つけるようなことは、したくないのだ。あちらで幸せに暮らしている人間を、いたずらにこちらから騒ぎに巻き込んで迷惑をかけたりするなんて、真っ平だからな」

「稀《めずら》しくおまえも、人並みなことを言うじゃないか。その人物、おまえの話を聞いた限りではなかなか見上げた人柄のようだな。どのみちいずれは打ち明けることになるだろうけど、チャンスをよく見てからにしなければ頭の痛いことになりかねないからな」

「一つだけ気になっていることがある。自分の父親を狙撃したのは、社会主義系のテロリストだった可能性があると、玄山の息子は語っていたけれど、中日戦争以後に満州地方の朝鮮独立運動を、社会主義系がリードしたというのはほんとうのことなのか？」

「そうだったと見なくてはなるまいな。民族主義陣営はその頃、満州を後にして上海の臨時政府（訳注　大韓民国臨時政府のこと）へ移動していたからな。独立運動が活発だったわけではないけれど、それなりに残りの勢力も左派によってリードされていたわけだから」

こうして林正植に会って話し合うと、亨真の気分はすっきりしてくるのであった。とりわけ自分が下した判断に確信が持てないとき、なおのことそうであった。胸のつかえがおりるような彼の答えはしたがって、亨真にとっては有り難く愉快でもあった。

発信ベルが二度鳴ると若い女性が受話器を取った。若々しい声から推して、徐仁圭の娘くらいになるらしかった。

「徐先生のお宅ですね？　先生はいまおいででしょうか？」

「はい。失礼ですがどちら様でしょう？」

「金亨真と申します。先生にちょっとお取り次ぎ下さい」

「お待ち下さい。ただいま書斎にいるものですから」

しばらく間をおいて徐仁圭の声が流れてきた。

「徐仁圭です」

「先生、わたし、金亨真です」

「おや、金さん、どうなさいました？」

「お目にかかってお話し申し上げようと思っていたのですが、なかなか時間の都合がつかなくて、こうして電話でうかがうことになりました。まず、東波先生の文集はいつ頃出版される予定ですか？」

「予想していたより作業がはかどらなくてね。たぶん、早くて秋口くらいになるような気がしますけど」

「わたしは何日か前に、ちょっと中国へ行って参りました。あちらでふとしたことから、玄山の遺品を目にする機会があったのですが、その遺品にある方の雅号が書き込まれておりましたのですよ。一九二四年頃につくられたものでしたが、ひょっとしたら東波先生が遺された昔の文書に、松庵という雅号をご覧になったことはありませんか？」

「松庵というと、松の木の松の字にいおりの庵の字ですか？」

「はい、おっしゃる通りです」

「玄山のどんな遺品に、松庵という雅号が書き込まれていたのです？」

「たいそう古くなった太極旗です。その太極旗の下のほうに断指血盟という四文字が血書で書かれてあり、その下のほうにさらに細筆の文字で、何人かの名前や雅号が順繰りに書き込まれてありました。そのなかに玄山の雅号もあれば、松庵という雅号もありましてね」

何を考えているのか、徐仁圭からはしばらく言葉がなかった。亭真はじれてきて、返答を促すようにさらに問いかけた。

「ご覧になったことがないとしたら、もしかしてそうした雅号を耳にされたことはありませんでしたか？」

「東波のもう一つの雅号ですよ」

「ええっ？」

「東波は初期には幾つもの雅号を用いていましたけど、しまいに雅号を改めていまの東波となりました。松庵は東波が初めの頃用いていた幾つもの雅号のうちの一つですよ」

こんどは亭真のほうが考えに耽るように、言葉がなかった。徐仁圭が気になってきたのか、ふたたび問いかけてきた。

「その太極旗をわたしが拝見することは出来ますかな？」

「いま、わたしの手許にはありません。けれども時間を下されば、いずれわたしが手に入れてみましょう」

「一九二四年というと、おそらく祖父に違いありますまい。その頃だと玄山と東波は独立運動の同志として、実の兄弟よりも近しい間柄でしたから」

「わかりました。有り難うございます。松庵とは誰のことかと気になっていたのですが、何と東波先生だったのですね。この次ぎにまた、ご連絡致します。東波文集が出版されましたら、是非ともわたしにもちょっとお知らせ下さい」

「もちろんですとも。ところで、あなたに一つ、うかがいたいことがあるのですよ。耕田大学の増築工事がじきに再開されるという噂を耳にしたのですが、どうしてそんなことがあり得るのか、ひょっとしたら金さんはご存知ないですか？」

「わたしのあずかり知らぬことですね。耕田大学の増築工事というと、係争中の薬泉洞の土地のことですか？」

「その通りです。仮処分の申請がだされているので、工事が中断されたものと承知しているのですが、今日また人が来て知らせてくれたところでは、工事現場に重機類を投入して工事を再開する用意をしているというではありませんか。裁判がまだ進行中なのに、そんな具合にがむしゃらにごり押しをしても、よろしいものでしょうかね」

「申し訳ありません。わたしはそっちでしていることには関心がなくて、よくわからないのですよ」

「わかりました。済みません。では、いずれまたお会いしましょう」

「はい、ご機嫌よう」

受話器を降ろしてから亨真は勢いよく立ち上がった。苦痛にも似た痛烈な歓びが、電流のように全身を貫いて通過していった。膿んですっかり腫れ上がっている傷を、まるで火箸が突き刺して通り過ぎていく気分であった。玄山の日記と古い太極旗に記録されていて、これまで亨真の頭脳に重苦しくのしかかっていた松庵という疑問の名前。その松庵が東波・徐尚道だ、たと判明すると、亨真は驚愕するどころか、当然の事実を遅ればせながら追認させられた気分であった。

いまこそ止めなくてはならない。卑劣な世論操作をいますぐに止めなくてはならないのだ。玄山の子孫が東波の子孫を侮辱することは、五十歩逃げ出した人間が百歩逃げ出した人間を嘲笑する行為と変わらなかった。ふたたび椅子に戻ってきた亨真は大急ぎで、電話の数字ボタンを押した。信号音が短く鳴るとすぐに、義弟の東根の声が聞こえてきた。

「おれだ。きみ、徐尚道の親日行為に関する記事だが、まだ新聞社に渡ってはいないだろうね？」

「義兄さん、それがどうかしたのですか？」

東根の声には苛立ちが籠もっていた。数日前に亨真は、会社へ立ち寄った折に東根に会い、その件で声を荒げたことがあったのだ。裁判が際限なく延び延びになるに伴い工事の進捗がはかばかしくなくなると、学校財団の理事会では徐尚道の親日行為を記事にして、新聞社などに配布しようという意見が出てきたというのである。

故意に裁判を引き延ばして工事の進捗を妨害してい

る徐氏側に、いわば世論による攻勢をかけて、何らかの突破口を切り開いてみようという計算であった。その話を聞いて亭真は腹が立ってきて、責められるいわれのない東根に、八つ当たりをして叱りとばしたのである。そんなことがあってまだ二日しか経っていなかったので、東根の声にたちまち棘が含まれてきたのであった。

「例の記事は渡したのかね、それとも渡していないのかね？」

「新聞社の代わりに、別のところへ渡しましたよ」

「別のところというと、どこかね？」

「工事を中断している現場を、もうちょっと立体的に見せたほうがよかろうと思いまして、視覚的効果の大きなテレビ局へ渡したのですよ。今日はたぶん、現場を撮影するためにクルーが薬泉洞へ出かけているはずですよ」

「狂ってるな。それは一体どなたのアイデアかね？」

「そんなこと言わないで下さいよ。叔父さんの指示なんですから」

「会長は帰国なさったのか？」

「いいえ、まだパリに滞在中です。こちらの現場の状況を昨日の朝、電話でブリーフィングした際に申しあげたらすごく腹を立てられて、すぐにテレビのほうに働きかけてみるようにと言われたのですよ。昨日の朝テレビの関係者と話がついて、原稿はそちらへ渡しました」

「まったく、やり方がひどすぎるな。その原稿をいまからでも、取り戻すことは出来ないのかね？」

「取り戻せと言うのですか？　義兄さんときたらまったく、どうしたと言うのです？　相手のほうが先に感情的になって挑発してきたのですよ。工事を妨害するために、工事場への進入路へ鉄条網のバリケードまで張り巡らしたのですからね。質の悪い連中なのですよ。工事の中断で一日の損害額がどれくらいになるか、義兄さんにおわかりですか？」

亭真はそれ以上聞きたくなかったので、すぐに受話器を戻してしまった。虚脱感に襲われた。徐仁圭が予測したように彼の祖父である東波・徐尚道は係争事件に巻き込まれ、またしても墓のなかからこの世に引きずり出されてきて、世論によって無惨にも断罪されるであろう。テレビの撮影クルーが出動していったそうだから、工事が中断されている現場がテレビの画面に映しだされたら、その効果たるやいっそうドラマチックになることであろう。

郷土の後進を育成するために、企業の利潤を積極的に再投資しようとする愛国の志士玄山の一族と、利権に目がくらんで故郷の発展を阻止、妨害している親日派徐尚道一族との対比は、それ自体黒白の色分けがはっきりしているドラマチックな対象とならざるを得なかった。おまけに工事が中断されている現場が、生々しい画面による説明と併せて放映されたら、世論は言うまでもなく玄山一族のほうへ傾くよりほかはないのである。

亨真はふと、断指血盟の血にまみれた太極旗と、広大な満州平原の片隅に廃墟となって遺されていた、清河屯の仁成学校の跡地を思い浮かべた。あの頃の玄山と松庵は、またとない同志だったはずであった。祖国を奪われた痛恨の思いを胸に抱いたまま、一九一九(己未)年三月一日の万歳事件を手を取り合ってリードした二人は、時代の先覚者として、ちっぽけなY郡では互いにとって心を許し合える、唯一の同志であり友でもあったはずである。けれども彼ら二人の同志は、玄山が満州へ旅立つにともない、致し方なく別離せねばならなかった。

もっとも親しい同志をたった一人で他郷へ送り出さねばならなかった東波は、ともに旅立つことが許されぬことへの焦燥感から、なおのこと友人に後ろめたく思っていたことであろう。その焦燥感と後ろめたさは東波をして、玄山への独立運動のための資金援助という現実的な奉仕に、全力を尽くさせることになったのである。満州と朝鮮を往き来した当時の彼らの友情は、この世の何とも比べるべくもないくらい気高く尊いものであったろう。

ところが二人の気高い同志的な結びつきも、彼らの敵であった大日本帝国を向こうに回すにはあまりにも微力で、手に余るものであった。大日本帝国は強大であった。彼らは朝鮮をいとも容易く併呑したのち、続いて中国大陸を我がものとする野望を抱いていた。待ち焦がれた朝鮮の独立はいつしか、現実的には不可能なことのように見えてきた。四方八方どこを見回しても、朝鮮の独立を支援してくれる勢力は目に止まらなかった。ますます希望が遠ざかっていくにともない、彼らには生きていかねばならない長い歳月ばかりが取り残されていった。

絶望し、沈黙し、譲歩するなかで彼らは、自分たちが少しずつ日本の植民地統治に順応していきつつあることに気がついた。長い挫折の歳月が日常につながっていくにつれ、やがて彼らの独立への意志は虚しく挫け始めた。いまや彼らには、大日本帝国に抵抗するための道として、無為と沈黙よりほかには残されていなかった。せいぜい何もしないことが、彼らが大日本帝国に対してしてみせることの出来る、最善にして唯一の抵抗だったのである。

15

雨が降っていた。

気象条件が悪いせいで飛行機は、出発からして四十数分ほど遅延していたが、二時間足らずのフライトの末に関西国際空港に着陸すると、果たせるかな空はしっとりと雨を撒き散らしていた。

雨降りという天候と退社時間が重なり合って、街はすっかりざわざわした騒音に包まれていた。おびただしい車の列、色とりどりの傘の波、せかせかと歩いて行く数えきれぬ通行人の群れ。喫茶店『木馬』から見下ろせるマンションの地下駐車場にも、ぎっしりと車が駐車していて空いているスペースが見当たらなかった。雨のせいで飲み屋へ立ち寄ることもひかえ、亭主族が退社と同時に慌ただしく帰宅していったせいに違いなかった。

壁の四角い時計の針が午後六時半をさしていた。雲が低く垂れ込めているお天気のせいで、街にはすでに湿っぽい夕闇が這い出し始めていた。彩子のマンションの留守電によると、午後五時までには帰宅することになっていた。ところが午後六時になったいまも、彼女は帰宅していなかった。びっくりさせてやろうと思っていた亭真の目論見は、時間が経つにつれて次第に気が抜けていき、倦怠に変わっていた。

予定にもなかった突発的な大阪への旅行であった。宋階平父子と柳子という日本人女性のことを考えていて、亭真はにわかに彩子に会いたくなったのだ。中国旅行の結果を知らせるためにも、どのみち早いうちにいっぺん彼女に会わなくてはならなかった。テレビが流した薬泉洞の工事現場の報道を視てひどく気分を害した亭真は、折から韓会長がヨーロッパからはやばやと帰国したという知らせを聞くと、誰とも顔を合わせたくなかったのでとっさに大阪への旅行を思いついたのであった。

　正午頃オフィステルを後にして、タクシーの運転手に空港へ向かうよう指示してからも、亨真には自分がほんとうに日本へ向かうところだという実感はなかった。搭乗券を受け取り座席が決められているのをみてようやく、彩子の表情が胸にじーんと来る懐かしさとともに迫ってきた。気象条件が悪くて四十分余り遅れて飛行機が出発したので、亨真は機内から彩子に電話をかけた。午後五時に帰宅するという留守電の声が流れてきたので、亨真は何も言わずに電話を切った。四十分余りの遅れと二時間ほどの飛行時間、おまけに空港から大阪市内へ入ってくるまでの幾ばくかの時間などを合わせると、彼女が帰宅するという午後五時頃にはあらかた、彼女のマンション付近まで行き着けるだろうと思ったからである。

　ところが午後六時が過ぎても、彼女は外出先から戻ってきていなかった。順序を変えて先にホテルの予約でもしておこうかと思ったけれど、亨真はそのまま喫茶店で待ち受けることにした。彼女のマンションが目と鼻の先にあったうえ、いつだったか一度立ち寄ったことのある喫茶店だったので、とりあえず彼女に会ってからホテルへ行こうとしたのである。

　壁の時計が午後六時四十分になるのを見て、喫茶店を出た。公衆電話が、喫茶店の外にあるビルの一階フロアにあったからだ。発信音が鳴ってしばらく待ち受けると、留守電が同じ言葉を繰り返していた。しかしいまにも受話器を元へ戻そうとした瞬間、息を弾ませている彩子の生の声が聞こえてきた。

「もしもし、江田です」

「お帰りが一時間四十分も遅れましたね。ぼくはソウルの金亨真です」

「あら、金さん！　連絡をお待ちしておりました。もう中国へ行ってらしたのですか？」

「中国から帰って八日ほど経ちました。お会いしたいですね。いますぐいらっしゃいませんか？」

「わたくしもあなたにお会いしたいわ。わたくし、この間にたいへんな決心をしましたの。あなたにお渡ししたい重要な資料もありますの」

「ぼくはタイミングよく大阪へ来たようですね。だったらすぐに喫茶店へ来て下さいな」

「喫茶店と言いますと？」

「ここは大阪ですよ。喫茶店『木馬』へ来ています。

お宅のマンションの向かいにある……」

「何ですって？　どこですって？」

「喫茶店の『木馬』ですよ。お待ちしています」

「それなら喫茶店を出てきて下さいな。いまからすぐに、車で『木馬』の前へ参りますから」

　こちらの返答も待たずに彩子は電話を切った。受話器を降ろして体をひるがえすと、窓の外に少し粒が大きくなっている雨脚が眺められた。往き来する自動車の群れの目映いばかりのライトが、街路をむしろきらびやかに明るくしていた。空港で買い求めたビニール傘を手にして、彼はビルの一階フロアからポーチへ折れ曲がりながら出てきた。二車線の道路を挟んで向かい側に、彩子が住んでいるマンションの入り口が眺められた。夕闇が濃くなっている通りには、車の群れの往来がますます煩雑になってきていた。雨を避けてビルの玄関のなかに立ったまま、彼は彩子の華やかな笑顔を思い浮かべた。にわかに、ワインの味と混じり合った彼女の甘酸っぱい口臭が甦ってきた。

　彼女が話していたマンションの庭先の柳の木の群れが、いつしか花々を散らして瑞々しい萌葱色の若葉をつけていた。のろのろと進んでいた車の群れの行列から不意に、アイボリーの一台の車が抜け出すとポーチの外れに停車した。ウインドが降ろされると彩子が、運転席から外に向かって手を振った。彼は玄関を出て、停車している車の補助席へ乗り込んだ。ふたたび車を発進させながら、彩子は立て続けに質問を浴びせてきた。

「どうなさいましたの？　いついらっしゃいましたの？　なぜ前もって連絡を下さいませんでしたの？」

「予定していなかった旅行でしたから。頭が重くて空港のほうへ足を伸ばしていて、たまたま搭乗券を買い求めたら、大阪行きだったというわけで」

「まあ素晴らしい。恰好いいわよ、金さん。わたくしはあれからずっと、憂鬱で息苦しくて、あなたにすぐにでも連絡したいと思っていたところですの。こんな、まるで雷が落ちたみたいな祝福なんてあるのかしら？　金さん、あなたってほんとにロマンチストなのね！」

　全身で歓びを現している彩子の仕草が愛くるしかった。混み合っている車に阻まれて、彩子の車もたびたび停車させられた。そのたびに彩子ははち切れそうな表情で、ひっきりなしに補助席の亨真に視線を向けた。ハンドルをつかんでいる彩子の腕が半袖のブラウスの外へはみ出ていて、目映いくらい白かった。横目遣いに亭真の様子をうかがっていた彩子がいきなり、亭真のほうへ左手を伸ばしてきた。亭真がその手をつかむと彼女はふたたび口を開いた。

「お話しして下さいな。中国旅行の首尾はどうでしたの？　帰国なさってからいままで、なぜ電話一つ下さらなかったの？」

「片づけなければならないことがあって、帰国してからしばらく忙しかったものですから。旅行はとてもよかったですね。いろいろとお伝えしたいことがありますよ」

彩子は左手を元へ戻すと、停車していた車を走らせ始めた。ちょっと小降りになってきた雨のなかへ、たくさんの車が一斉にカブト虫のようにのろのろと動き出した。交差点を二つほど通過すると、ようやく車列がまばらになってきた。雨に濡れている道路を快速で走っていた彩子の車は、ところどころ街路灯が照らし出している林が茂った住宅街へ進入していった。暗闇に包まれている林の木々の間に、二、三階にはなって見える大きな住宅が隠れるようにして建っていた。街路灯の明かりだけが雨に打たれている道路をぼんやりと照らし出しているだけで、行く手にはこれといった車の姿も人影も見当たらなかった。辺りを見回していた亭真が気になるらしく、彩子に問いかけた。

「ここは大阪の、どの辺ですか？」

「あなたからの電話があった瞬間、いまがそのときだと思いつきましたの」

訳のわからぬことを口走ってから彩子は、ややあって補うようにつけ加えた。

「まず、あなたに紹介したい方がいらっしゃいますの。以前、お会いした方ですわ。あなたもきっと、気に入るはずだわ」

「どなたです？」

「行ってみればわかりますわよ」

紹介される相手が何者か気になった。けれども、いますぐには誰にも会いたくなかった。ちょっと間をおいてから、亭真がおもむろに口を開いた。

「その方にはいまからでなしに、一時間ほど後にお会いしてはいけませんでしょうか？」

「その一時間をどこで費やしますの？」

「酒でも飲みたいと思いましてね。ここまで駆けつけるために、昼飯だってまだなんですから」

「まあ、お気の毒に。お酒、結構ですわ。それならわたくしたち、お酒から始めるとしましょう」

車がふたたびスピードを出した。ブロック一つくらい走って住宅街を抜けだしてきた車が、商家などが密集している町はずれの商店街へさしかかった。宵の口のまだ早い時間だったので、商店街の明かりはまるで白昼のようにきらびやかであった。周辺の地理に明るいのか、彩子はためらう様子もなくとある空き地に車を停めた。

「お刺身とお鮨で有名なお店ですの」

車を降りると先に立って歩きだした彩子が、暖簾が垂れ下がっているこぢんまりした店へ入っていった。狭くて細長い店のなかに、壁伝いに一列に小さなテーブルが幾つか置かれてあり、通路の反対側には長いつけ台の前にやはり七、八脚の椅子が、並べておかれていた。規模の小さな、飲食店にしては造りが古風でこざっぱりしていた。テーブルの一つを占領した彼らは料理を注文してようやく、面と向かって互いの表情を正視した。化粧っ気のない彩子の表情が亨真の目には、十代の少女のように子どもっぽくて初々しかった。紫色のベルベットのヘアピンを、片側の髪のすべて背後に回して差しているところが不自然で描くて、彼女をますます子どもっぽく見せているのかもしれなかった。

「お久しぶりですね、彩子さん、先生はもうお帰りになりましたよ」

三十代後半くらいに見える女性従業員が突き出しを幾つか並べながら、彩子に愛想を振りまいた。彩子がうなずいて見せてから、従業員に問い返した。

「先生はいつ頃お帰りになりました？」

「ほんの少し前ですよ」

「お酒は？」

「ほんの少々。いつもの量くらい……」

「そお、有り難う」

従業員が立ち去ると、こんどは亨真が彩子に問いかけた。

「ここって、馴染みの店みたいですね？」

「ええ、お刺身が食べたくなるとちょくちょく来るお店ですわ」

「どなたですか、その先生というのは？」

「今夜、わたくしがあなたにご紹介しようとしている方ですわ」

亨真がテーブルの上へ上半身を折り曲げ、彩子の傍まで顔を近づけた。五センチほどの距離をおいて意表をつく質問をした。

「ひょっとしたらその先生という方は、あなたの恋人ではありませんか？」

彩子が目を丸くして、悪戯っぽい表情でゆっくりとかぶりを振った。けれどもじきにその悪戯らっぽさが消え失せ、彩子は真顔になって亨真に問いかけた。

「なぜそんなことを考えるようになりましたの？」

「わたしの質問に答えて下さいよ」

「この前大阪へいらしたとき、Ｑというお店でお会いした山田先生のことを、憶えていません？」

「ええ、食品加工が専門だとおっしゃってた……」

「その先生がこの近所に住んでいますの。それからあの方は、わたしの母方の叔父に当たりますの」

何かを言おうとしていた亨真がかぶりを振りながら、悪戯っぽく自分の頭を拳でごつんごつんと叩いた。

「こんなに的外ればかりしてたなんて……それにしても、あなたに叔父さんがいらしたんですか？」

「ええ、一人だけ。でも、祖父が違いますの」

注文した酒と刺身が運ばれてきたので、亨真はそれ以上訊こうとはせず彩子の猪口に酒を注いだ。美味しい刺身を食べさせる店だとは聞いていたが、果たせるかな皿には刺身が見栄えよく並べてあった。言葉もなしに彼らは軽く猪口を触れ合わせてから、最初の一杯を一気に飲み干した。空の猪口に手酌で酒を注ぎながら、亨真はふたたび話し出した。

「叔父さんがいらっしゃるという話は、今日初めてうかがいました。いつだったか江田さんはわたしに、家族は誰もいないとおっしゃったような気がしますけど……」

「わたくしには父親がおりませんの。母親が未婚の母としてわたくしを産み落としたものですから。おまけにわたくしの母も、未婚の母のお腹から産まれてきましたの。いわば母とわたくしは、二代にわたって父無し子の私生児として産まれ育ったわけですわ」

「だとすると母方の叔父さんというのは、どういうことなのです？　叔父さんも父無し子でしたか？」

「いいえ、叔父には父親がおりましたわ。わたくしの祖母が未婚の母としてわたくしの母を産み、日本へ帰ってきてしばらくして、再婚して改めて叔父を産んだものですから」

複雑な家系であった。捕まりそうになりながらも決定的な瞬間に、彩子は亭真の想像力の外へ逃げ出していた。もうちょっと長い時間をおいて、彼女の告白を待ち受けるしかないようであった。

猪口が息つく間もなく空になっていった。空きっ腹だったせいか亭真はがつがつと料理を食らい、そして酒を飲んだ。彩子も調子を合わせて、黙々と猪口を空にしては酒を注いだ。酒がかなり入ってからようやく、彩子はふたたび口を開いた。

「中国旅行はどうでした?」

「有意義でしたよ」

「足を運んだのはどことどこですの?」

「もっぱら現在の東北地方、つまりは旧満州です。長春、瀋陽、延吉、龍井……我らが祖先たちが大日本帝国を相手に、独立運動を繰り広げた地域ですよ」

「玄山に関する新しい情報でも入手なさいましたの?」

「ええ、意外にも大きな収穫がありました。あの人の隠された息子さんにお会いしました」

「息子さんですって?」

「宋階平、中国の発音では宋ジエピンと言ってました。もしかしたらそんな名前を、お耳にしたことはありませんか?」

「全然……宋ジエピン、その方、年齢はおいくつくらいですの?」

「一九四一年生まれでしたね。もとは玄山のもとに二人の兄妹が産まれたのですけど、乳呑み児だった妹さんは敗戦直後に母親に抱かれて日本へ帰国し、自分一人が置き去りにされて中国で、韓国籍の若い女性の手で育てられたとのことでした」

「その方の産みの母親はどなたですの?」

「玄山の日記に登場する柳子という女性です」

大きく見開いた彩子の眼が、にわかに潤み始めた。堪えようと懸命に抑えている様子であったが、とうとう彩子は涙を流してしまった。

「ご免なさい……」

口では笑い日からは涙を流し……けれども彼女は、驚くべき自制力を持って素早く涙を拭い、つとめて普段と変わらぬ表情をつくった。周りの人々の好奇に満ちたまなざしが、二人の訝しい振る舞いに注意深く注がれていた。亭真はしかし周りのまなざしを無視したまま、彼女がみずから落ち着きを取り戻すのを辛抱強く待つばかりであった。

「ご免なさい。もう大丈夫よ。母があんなに血眼になって行方を捜したというのに……」

　訳のわからぬことをつぶやくと、彩子は慌ただしく猪口を手に取った。けれども口をつけようとはせず、猪口を手にしたままふたたび問いかけた。

「玄山の息子さんには、どこでどのようにしてお会いになりましたの？」

「わたしが勤めていた新聞社へその人から、三、四回ほど手紙を送られてきてたのですよ。そのときまでわたしは、その人が玄山の息子さんだとは知りませんでした。今回初めてお会いして話し合っているうちに、本人が打ち明けてくれたのでようやくその事実を知りました」

「玄山の息子なのになぜ、名字が宋さんになっていますの？」

「三歳のとき置き去りにされて、韓国人女性の手で育てられました。その女性が朝鮮族の中国人、宋さんと結婚したものですから、その人の名字を受け継ぐことになったみたいですね」

　彩子が何かを打ち消すように、ゆっくりとかぶりを振った。物思いに耽っている彼女の表情が、いまにもバランスを崩し兼ねないくらい辛うじて保たれていた。注意深く彼女の様子を見守っていた亨真が、ふたたび言葉を継いだ。

「玄山が柳子という日本の女性と同居していた家へ行ってみましたよ。古くなった二階建ての木造家屋でしたが、いまは餃子を売っている食べ物屋になっていました」

「その家をどうやって？……」

「宋階平さんが案内してくれたので、容易く探し当てて訪ねることが出来ました。長春市内の中心街にありましたけど、柳子さんが終戦直前までヨーロッパ式カフェーを経営していた家だったそうです」

「生みの母の柳子のことを、その方は何かおっしゃっていませんでしたか？」

「三歳のとき置き去りにされたので、産みの母親のことはほとんど記憶にないみたいでしたね」

「自分のことを見捨てた母親を、恨んでいたりはしませんでした？」

「恨むなんて。終戦直後の困難な状況のことをよく理解していましたね。戦争に敗れた国の若い女性の身で、幼い子どもを二人も抱えて帰国するなんて、生易しいことではなかったろうとかえって同情しておりましたよ」

「でも、気になるわね。だってそうでしょ。三つのとき母親から置き去りにされたその人がどうやって、母親と妹のことをそんなに詳しく知ることが出来たのかしら？」

「あの人を預かって育ててくれた韓国人の養い親が、別れ別れになる当時の状況を詳しく打ち明けたみたいです。養母が立派な方だったようでした。あの人が出生の秘密を知ったのは、その養母が包み隠さず打ち明けてくれたからだそうです」

「養母はまだ生きていらっしゃいますの？」

「いや。癌で亡くなったそうです。死を何日か後に控えたある日のこと、養母は宋階平さんを枕元へ呼んで、彼の出生の秘密を初めて打ち明けてくれたと語っていましたね」

彩子がこんどは大きくうなずいた。推し測ることの出来ない彼女の振る舞いが、亨真には危なっかしく見えた。そんな不安を拭い去るために亨真は対話の合間合間に、手酌で酒を注いで飲んだ。しばらく言葉がなかったが、彩子が出しぬけに席を立った。

「そろそろ行きましょ、わたくしたち」

「行くって、どこへ？」

「美味しいお酒がある山田教授のお宅へよ」

亨真は言葉もなしに、彩子に続いて席を立った。レジに向かう彼女をおいて、亨真が先に店から出た。

いつの間にか雨が止み、月の光が煌々と街路を照らし出していた。雨ばかりか風まで止んでいる夜空は神秘的で、妖しげな青灰色まで帯びていた。立て続けにあおった酒がようやく亨真の全身に、ほろ酔い気分を伝えてくれた。

「わが子を置き去りにしてきたその柳子という人は、誰あろうわたくしの母方の祖母ですの」

店を出てきた彩子が背後から不意に、亨真の腕に自分の腕を絡めた。狭い路地へ入り込みながら、彼女はふたたび活気を帯びて話し出した。

「宋階平さんの妹になる人が、実をいうとわたくしの母ですの。帰国なさった柳子お祖母様は、日本で再婚なさいましたの。その再婚なさった方との間に産まれた方が、こちらの叔父の山田先生ですわ」

それを聞いてようやく亨真の頭のなかに、彩子の家系が具体的な絵になって浮かび上がった。柳子が外祖母だとすると、彩子は玄山の外孫になるわけだ。

「これからどこへ行くのです？」

「そう言ったでしょ。山田先生のお宅だって……」

「車はあちらの空き地に止めてあるのに？」

「歩いて行くことにしましたの。だって、近道すれば五分とかからないんですもの」

通りがからんとしていた。ついさっき雨が上がったばかりのせいか、歩道の窪んでいる部分に雨水が溜まって月明かりを白っぽく反射していた。密着している亭真の肘の部分に、彩子の硬い乳房が感じられた。ヒールの高い彩子の靴が、彼女の足取りを覚束なくさせていた。肩に腕を回して彩子を軽く支えているのだが、彼女の腕が彼の腰に回されることによって、亭真はむらむらと頭をもたげてくるもだしがたい欲望に囚われた。

歩みを停めた亭真は、いきなり彩子の体を自分のほうへ向けさせた。体のバランスを失くした彩子が後ずさりしていたが、塀に邪魔されて足を停めた。後ずさりする余地がなくなると、彩子は思い切って楽な姿勢で背中を塀に預け、もたれかかってしまった。

長い長い口づけが続いた。幾たびかの熱烈な口づけの後に男が腰を折り曲げると、女の顎から首筋伝いにますます下のほうへ唇を移していった。胸の辺りでしばし静止していた男の唇は、女の薄いブラウスのなかに隠されている柔らかな肉質の、隆起した部分をまさぐり探し求めていた。女のちっぽけな突起が、やがて男の熱い唇によって占領された。

その瞬間、目を閉じて身じろぎもせずに立ちつくしていた女が、不意に手を働かせて男のズボンのジッパーを降ろした。何かを探し求めて忙しなく動いていた女の手が、とうとう男の体の怒れる一部を軽く握りしめた。やがて男の肉体の怒れる一部と女の握力とが、いっとき力を剝き出してはち切れんばかりにせめぎ合った。やがて男が堪えきれなくなって、まるで銃で撃たれたけもののごとく尻尾を巻いてしゃがみ込んだ。それを見てようやく女は男の体の一部から手を放し、ズボンから手を抜き取って開いているジッパーを閉めた
「あらあら、背中がこんなに濡れてしまったわ」

塀から背中を離した彩子が駄々をこねるようにそう言うと、亭真に背中を向けて見せた。塀に染みこんだ雨水が、彩子が着ているブラウスの背中をびっしょり

と濡らしていた。亭真は背広の上衣を脱ぐと、彩子のか細い背中に包み込むようにして掛けた。ふたたび歩きだしながら、彩子が問いかけてきた。

「宋階平という方、お会いになってどう思いました？」

「尊敬に値する立派な方でしたよ」

「どういう意味かしら、立派だというのは？」

「健全な社会主義の信奉者であり、信念と実践力を兼ね備えている人格者だという意味ですよ」

「社会主義の信奉者だというのは、あなたがなさった解釈かしら？」

「大規模の農場を経営していましたけど、あの人は農場の利潤を社員たちと公平に分け合う、社会主義方式にしたがっているもようでした。何時間もの対話を通して、わたしの判断に間違いないと確信することが出来ました」

彩子が歩みを停めた。道に迷ったらしかった。いつの間にか周囲に樹木が生い茂っている、高級住宅街のど真ん中へ来ていた。やがて自信ありげな足取りになりながら、彩子がまたしても質問してきた。

「その方、結婚なさっていますの？」

「しています。二十八歳になる息子さんがおりまして、名前は宋志明、瀋陽で教員生活をしているそうです」

「二十八歳というと、わたくしと同い年だわね。宋階平さんの奥さんはどんな方かしら？」

「中国人ですけど、年齢から判断して最初の奥さんではなくて、再婚なさった方のようでしたね。三十代の半ばくらいに見える、とても闊達な女性でしたよ」

坂道が始まった。傾斜の緩やかな階段など別にない。宵の口だったせいか大きな邸宅の庭先には、黒い植え込みの間まで明かりが昼間のように照らし出していた。暗い植え込みにもかかわらず月が明るくて、庭先と道路が暗くはなかった。片方の腕で彩子の肩を抱えながら、亭真が思い出したようにまず問いかけた。

「柳子お祖母様は生きておいでですか？」

「いいえ、二年前に肺炎で亡くなりましたわ」

「わたしに届けて下さった玄山の日記は、お祖母様が帰国なさるとき持ち帰ったものですね？」

「その通りですわ。小さな革製のトランクに玄山の日記とご自分の日記、紙屑同然の戦時中の国債や証券などを、ぎっしりと詰め込んで帰ったそうですの。帰国してからは乳呑み児の俊子を抱えて、物乞いと売春だけは除いてさまざまな汚れ仕事を残らずなさったらしいですわ。山田さんと再婚してようやく、怖ろしい貧しさから自由になることが出来たとおっしゃっていましたの」

「俊子というのはどなたです?」

「わたくしを産んでくれた母ですわ。玄山の娘であり中国にいらっしゃる宋階平さんの妹にあたる方ですの」

「宋階平さんが、ただ一人会いたがっていた方ですね。その方はいまどちらにいらっしゃるんです?」

「天国ですの。九〇年に、腸癌がもとで四十六歳で亡くなりましたの」

坂道が終わるとふたたび道幅が広くなってきた。近くにあるこんもりとした竹藪が荒々しい風に吹かれ、竹の葉の群れが四方に飛ばされていった。雨に濡れた路上には風に吹き飛ばされてきた青々とした木々の葉の群れが、とりどりの色や形になって雑然と散らばっていた。亨真が首をすくめながらふたたび問いかけた。

「柳子お祖母様が帰国後に結婚なさった山田さんは、どんな方ですか?」

「建築家ですわ」

「その方はなぜ、乳呑み児を抱えている柳子お祖母様と結婚なさったのです?」

「お祖母様に片思いなさっていた、同郷の方だとうかがっていましたわ。ちょうどその頃、最初の奥様が亡くなられてやもめ暮らしをなさっていたので、柳子お祖母様に懸命にプロポーズして、結局は口説き落として結婚することになったとうかがいましたわ」

「最初の奥様との間に、お子さんはなかったのですか?」

「ありませんでした。柳子お祖母様との間に息子の志郎を授かりましたけど、その志郎が山田さんのただ一人の肉親ですの」

「志郎というのはどなたです?」

「いまわたしたちがお訪ねしようとしている、山田先生のことですわ」

「建築家のお祖父様は生きておいでですか?」

「いいえ、その方も八六年に、七十六歳で亡くなりましたの。祖母よりお歳が、たぶん十歳ほど上だったはずですわ」

話し終えた彩子が亨真の腕を取って引っ張った。外灯がついている大きな屋敷を指さしながら、彼女が悪戯っぽく亨真を振り向いた。

「びっくりするような森とお屋敷でしょ？　ここがその、山田叔父様のお宅ですのよ」

車道から十余メートルほど奥まったところに、樹木の種類が定かではない碧の生け垣がめぐらされており、その向こうの植え込みの間に伝統的な様式の、木造の日本家屋がところどころに点在していた。雨に濡れている黒い砂利を敷きつめた道路が車庫のような建物とつながっており、その傍らにつくられた狭い歩道が砂利道と並んで芝生の間に延びていた。

「風情のあるお屋敷ですね。教授の身分でこれほどのお屋敷を手に入れることができる秘訣は、何でしょうか？」

「亡くなられた建築家のお祖父様が、それはもうたいへんなお金持ちでしたの。アメリカ軍の爆撃で廃墟になった都市に、戦後になって途方もない建築ブームがやってきましてね。お祖父様はそのブームに乗じて、思いもよらなかったお金持ちになりましたのよ。このお屋敷だって、そのお祖父様が設計なさったものですわ」

砂利道の外れに屋根のついた小さな木戸の扉があっ
た。彩子が何かを指先で押すと、インターホンに向かってしとやかに語りかけた。

「叔父様。彩子です。お客様をお連れしましたの。ソウルからいらした金亨真さんですわ」

16

田舎の村を通り過ぎた車が、小川の上にかかっているアーチ型の石橋を渡って行った。小川の清らかなせせらぎを挟んでなだらかな山裾を経めぐると、目の前へ迫るようにして濃い緑色の涼やかな森の道が姿を現した。ソメイヨシノを思わせる広葉高木の並木が左右から枝を伸ばして、二車線の道路に緑陰のトンネルをつくっていた。人々が丹誠込めて世話をしてきたおかげで、日本の山々や野の木々は羨ましいくらい健やかに育っていた。森林がもたらしてくれる有り難い恩恵を人々は早くから覚り、まごころ籠めて森林の世話をして育ててきたおかげだ。

「柳子お祖母様と手をつないで、幼いときこの道を、泣きの涙で歩いていったことを憶えていましてよ」

車のスピードを落としながら、彩子が大きな声で語りかけた。濃い爽やかな香りを撒き散らしている五月の森を眺めながら、彩子はいつの間にか顔中からはち切れそうな生気と歓びを発散させていた。大阪市内を脱けだして一時間余り走り続けてようやく、彼らを乗せた車は慈恩寺という目的地の寺へ近づいてきたのだ。

「柳子お祖母様という方は仏教徒だったみたいですね？」

「ええ、年を取ってからはお寺に何か特別な行事でもない限り、一年のうちのほとんど家を留守にして、こちらへ来て過ごしておいでしたの。肺炎で臨終を迎えた場所も、ちょうどこのお寺でしたわ」

「このお寺とお祖母様との間には、何か特別なご縁でもおありでしたか？」

「お祖母様の母方の遠縁に当たる方が、この慈恩寺の住職様ですの。けれどもそんなことよりは、古くからの無二の親友に当たる方がこちらのお寺に大金を寄進なさって、老後を一人で過ごしておられたものですから、そのお友達と一緒に過ごすためにこのお寺を、端から定宿と決めておられたのではなかったかと思いますの」

昨晩、彩子とともに山田教授の屋敷を訪問した亭真は、午前〇時頃になってようやく市内へ戻ってきて、前回初めて日本を訪れた際に宿泊したKホテルにチェックインした。酒が入っていたので運転を控えねばならなかった彩子は、大通りまで一緒に出てきて見送ると、明日またお会いしましょうと言って母方の叔父である山田教授の屋敷へ戻っていった。明くる日の午前十時頃、彩子は約束通り亭真がチェックインしたKホテルへ、車を運転して現れた。祖母柳子の隠された過去を調べてみたいので、柳子が晩年を過ごした慈恩寺という寺へ行きたいと誘いに来たのだ。玄山の日記が発見された場所もほかならぬその慈恩寺であったし、祖母の遺骨を収めてある場所もまさにその、慈恩寺の墓地にある墓のなかだというのである。

中国を旅行している間に長春で宋階平という人物に会ってからというもの、亭真は彼の産みの母である柳子という日本の女性が、はたしてどのような女人であるのかいまさらのごとく気になっていた。彼女は生娘の身でありながら、自分より二十歳も年かさの朝鮮人中年男を夫として迎え入れたうえ、青春を捧げて独立運動を繰り広げた朝鮮の一人の志士を、親日派に変節させたばかりでなく、自分が産み落とした嬰児の一人を中国の大地に置き去りにしており、日本へ帰国してからはふたたび結婚して、山田と名乗るまた別の息子までも産んでいるからである。激情と狂乱の時代だったがゆえに、か弱い女人にもそうしたことなどが可能だったと言えなくもない。けれども、激情と狂乱の時代にも個人はてんでに、自分だけの独特の人生の軌跡を描くものである。亭真が関心を抱いたのはまさにその個人的な軌跡であった。

どのような類の女人であったから、柳子は人並み外れたそうした難解な人生の軌跡を残したのだろうか？結局、こうした亭真の好奇心は、昨夜の山田教授とのあれやこれやをめぐる対談のなかで、暗黙のうちにさらけだされた。傍らでその様子を注意深く見守っていた彩子は、明くる日すぐさま亭真を訪ねてきて、慈恩寺へ祖母の墓参りに行こうと誘ったのである。

緑陰のトンネルが終わり、濃い緑を背後にしたがえた明るくて小さな芝生が姿を現した。二十台ほどの車を駐車させることが出来る、芝生の真ん中の駐車場の向こうに、兜の形をした屋根を載せている寺院の山門がのぞいて見え、さらにその向こうの濃い緑の森の隙間に、寺院の黒い瓦屋根がところどころに見えた。山奥にある韓国の寺院はたいてい、その山門が幾重にも重なった山裾にさえぎられ、その全景が見えないものだけど、平地に建立されているほとんどの日本の寺院などは、山門が広々と開かれていて、遠目にも寺の境内をあらかたのぞき見ることができた。慈恩寺も平地にあったので、寺院の黒いいらかの波を濃い緑の森のなかからも、容易くのぞき見ることが出来た。

「歴史は古くありませんけど、奥まったところにあるお寺で清浄ですの。ことに本堂の裏手にある宿坊の建物には、現代的な設備が整えられていて、お祖母様みたいに長期にわたって修養なさる方たちには、めっぽう過ごしやすくなっておりますの」

「長期にわたる修養というのは、誰がどのようになさるのです?」

「都会での暮らしに嫌気がさしてきた方たちが、老後を安らかに過ごすためにお寺に一定の費用を収めて、教典を読んだり写経をしたり仏様を拝んだりして、臨終を迎えるその日までご自分をお寺にまかせて暮らすことですわ。うちの柳子お祖母様もお友達の妙子お祖母様も、まさにそうした方たちでしたの」

山門の手前に、車止めのための円筒形の太い竹竿が石の支柱の上に横たえられていた。彩子は車を駐車場へ入れると、亭真とともに車を降りて兜を頭に載せたような山門をくぐった。陽射しの目映い真昼の寺院の境内には人影がなくて、まるで水のなかのようにひんやりとしているうえ静まり返っていた。ぐるりがまるきり森林に包み込まれているものだから、山門をくぐり抜けてきたとたんにかえって寺院の全景が森林にさえぎられ、見えなくなっていた。森林のなかのここかしこから名も知らぬ鳥たちばかりが、澄んだ美しい声で来客を歓迎するかのように、声を限りにさえずるばかりだった。

「もとは大きなお寺さんだったらしいのですけど、かなり昔に火災に見舞われてすっかり焼け落ち、廃寺になっていたそうですわ。その後長らく空っぽになっていたお寺の跡だけが残されていたものを、大正年間にとある一人の篤志家が現れ、巨額の資金をつぎ込んで再建なさったらしいの。造りも小さいばかりかこれといって自慢できるような宝物もありませんけど、この森が素晴らしいうえお坊さんたちの学徳が高いので、近隣の村人たちが節季ごとに足を運んできては仏様を供養したり、休息して帰ったりしているそうですわ」

彩子は亭真の手を取ると、まるで男の子のようにすたすたと歩き始めた。いつ頃からか二人が肩を並べて歩くときは、腕を組み合うとか手をつなぐとかするのが癖になっていた。道なりに奥へ入っていけばいくほど庭園と森林が調和して、日本風の肌理こまやかな造景をなしていた。一本の樹木や一個の岩石にも、人々のまごころの籠もった手がこまごまと行き届いているたたずまいばかりであった。

小さな池を脇に眺めながら、砂利を敷きつめた真っ直ぐに延びている森の小径へさしかかると、ようやく石段の上に講堂が高々と見上げられるまでになっていた。講堂もやはり、兜を思わせる伝統的な日本寺院の屋根になっていた。原木の色そのままの扉と破風の板などが、色とりどりの丹青(訳注　王宮や寺院などの木造建築の壁・柱・天井などに草花・動物・幾何学模様・天体などに関する模様・仏神などさまざまな紋様を鮮やかな色彩で描くこと)を施されている韓国の寺院とは、まったく趣を異にしていた。

「慶州の石窟庵にある大きな石仏は、これまでわたくしがめぐり会った仏様のなかでもっとも神々しい仏様でしたわ。それにしてもなぜ、韓国には目にとまるほどの大きな仏教建築がないのかしら？　日本は島国だから、韓国より遅れて仏教が伝来されましたけど、塔とか仏閣など仏教建築がずっと大きいうえたくさんあるというのに」

「木造建築物などに負わされている共通する悲運のせいでしょう。大陸と陸続きなものだから韓国は、島国の日本と違って大陸方面からの兵火により多く見舞われ、被害をこうむる側でした。韓国にも大きくて美しい木造建築物というのは端からなかったわけではなくて、あったけれど焼失したのですよ。豊臣秀吉の壬辰倭乱(訳注　日本史では文禄・慶長の役)の際に、とりわけ韓国では多くの木造建築物を失いました。それ以前にも唐の軍勢と元のモンゴル軍による侵略が途絶えることなく打ち続き、そのたびに多くの仏教遺跡と歴史的な遺物などが略奪されたのちに、破壊されたり焼き払われたりして失われました」

「兵火に見舞われて焼失してしまった建築物のなかで、記録に残されているもっとも大切な建築物といいと、どんなものがありますの？」

「その方面の知識となるとからきし駄目で、詳しいことはわかりませんけど、わたしが知っている韓国の仏教と関連する木造建築物のうち、すぐに思い出されるものに塔が一つあります。モンゴル軍に侵略された折に焼失してしまった、慶州の皇龍寺にあった九重の塔がそれです。この塔は文字通り九重の高さでしたから、新羅の都慶州城内のどこからでも、眺めることができたと言い伝えられています。宮殿と仏教寺院が隙間なく建ち並んでいた当時の、百万戸を数えた慶州城内でどこからでも眺めることが出来たほどの塔ともなると、その規模といい高さといい推して知るべしでしょう」

「慶州の歴史博物館でレプリカを拝見しましたわ。塔の造りがきわめて精巧でありながらも、美しくて雅なものでしたわね」

　軽い笑みを含んだ彩子の表情に、不良少女のようにふて腐れながらも悪戯っぽく振る舞う、媚びめいたものが見て取れた。平らかな石段を上がっていくとようやく、目の前に講堂の全景が姿を現した。薬師殿と書かれた扁額が掛けられていることから推して、講堂には薬師如来が祀られているらしかった。ところが講堂のなかを見回しても仏像は見当たらず、仏座の前に鬱陶しくも竹簾のようなものが巡らされていた。彩子が神妙な面持ちでその竹簾に向かって両手を合わせると、拝礼した。拝礼を終えた彩子に亨真が声を掛けた。

「仏像はどこにあるのです？」

「ご覧になりませんでした？　竹簾の後ろにありましてよ」

「どうして竹簾なんぞで仏像を隠すのです？」

「隠しているわけではありません。仏様の神々しいお姿をみだりにさらけ出しておくわけにはいかないので、竹簾を巡らしてその隙間から拝めるようにしてあるだけですわ。仏様を拝むときとか供養をするときとかには、もちろん竹簾を巻き上げておきますけど」

　考え方の違いであった。韓国ではどこの寺院へ行っても、簾みたいなもので仏像を隠したりすることはない。これまで見てきた日本の寺院でも、簾をめぐらしている寺院よりはめぐらしていない寺院のほうがたくさんあった。

「仏様にご挨拶申し上げたから、次ぎはお祖母様にお会いしに行きましょ」

　本堂の前を通り過ぎながら、彩子の歩みがふたたび早くなってきた。左手の石段を下りてくると、こんどは清々しい竹林が姿を現した。竹林の間を陰になっている道なりに一組の若い夫婦が、乳母車を押しながら下りてくるところであった。乳母車とすれ違いながら、亭真がまたしても問いかけた。

「柳子お祖母様はどんなお人でしたか？」

「きれいな方でしたわ。顔も体もきれいでしたけど、心のほうはもっときれいな方でしたわ」

「もしかしたらそのお祖母様と、玄山のことで何か話されたという記憶はありませんか？」

「ありませんでしたわ。そのせいで母は、亡くなる日まで祖母を赦そうとはしませんでした。心根の優しい祖母はそのことで、ひどく心を痛めておいででしたけど」

竹林が終わるとまたしても明るい芝生が姿を現した。道になっている芝生の片側に、白や黒の石塔がまるで林のように所狭しと並んでいた。そこが慈恩寺で管理している墓地であり、石塔は墓石らしかった。早足で前方を歩いていた彩子が、ちらりと亭真のほうを振り向いた。

「柳子お祖母様はことにわたくしを可愛がって下さいましたの。早くに母を亡くした孫娘のわたくしが不憫だったせいもあるでしょうけど、それにもましてわたくしが、誰よりも朝鮮のお祖父様に生き写しだったせいですわ」

「朝鮮のお祖父様？」

「柳子お祖母様は玄山をそう呼んでおりましたの」

陽射しがまぶしくて眼を細めながら、亭真はいまさらのごとく彩子の顔を眺めた。眼鏡を外している彩子の表情は、その目鼻だちが亡くなった妻の恩淑のそれとあまりにもよく似ていた。同じ祖父の血を分けた孫娘たちなのだから、彼女らが似ているのは当然だとも言えるだろう。

とはいえ、同じ祖父の血を分けた孫娘たちだからとて、すべて似ていなくてはならぬという法はない。彼女らが似ていることには何らかの偶然が作用しているのは明らかだが、亭真には二人の女性の似ていることがたびたび、いまさらのごとく埋屈抜きの驚きをもって迫ってきた。

「お母様は亡くなる日までお祖母様をお赦しにならなかったとおっしゃいましたけど、なぜお祖母様が赦せなかったのでしょうか？」

「祖母の優しい心根がそうした結果を生んだのでしょうね。いずれ何もかもを打ち明けようとそのチャンスを待ち受けているうちに、いつの間にか母に先を越されてしまったのですわ」

墓石の群れの間からそちこちを覗き込みながら、彩子が訳のわからないことを口にした。新しい墓石がたくさん増えて、祖母の墓を探しだすのが容易くはないみたいであった。

「娘が母親を赦すことが出来なかったとしたら、お二人はあまり仲がよくなかったということではありませんか？」

「そうねえ。あの二人の場合、仲が悪かったという表現は当てはまらないと思いますわ。祖母は絶えず和解を求めていましたけど、母がそれを受け容れようとしなかったので、二人はしまいまで仲良し母娘になれませんでしたの」

「お祖母様が求める和解を退けたお母さんには、もちろんそれなりの理由があったのでしょう？」

返答を誘導する亨真の問いかけに彩子は何も答えず、とある大理石の墓石の前で足を止めた。彼女がその前に立ち止まった墓石には「山田柳子之墓」と、故人の名前だけが刻まれていた。ひざまずいて両手を合わせると、彩子はしばらくその墓石の前で身じろぎもしなかった。墓石が一個ぽつんと立てられているだけで、韓国の墓地のような墳墓はどこにも見当たらなかった。日本の葬礼法にしたがって遺体はだびに付し、その遺骨だけを骨壺に納めて墓石の下へ埋葬しているからだろう。

「お祖母様、彩子が参りましたわ。お祖母様との約束は、この彩子がきっと果たしますからね」

墓石に向かって何やらわけのわからぬことをぶつぶつとつぶやくと、彩子は体を起こして墓のぐるりをひと回りした。

「母は可哀想ですわ。母にはお墓もありませんもの。遺言の通り母の遺骨は、太平洋の海へ散骨されましたから。母がこの世に生きていたという痕跡は、だからここにいるこの彩子がすべてですの」

墓をひと回りしてきた彩子が、視線を意識したように亨真のほうを振り向いた。表情は笑っていたけれど、眼鏡の奥の瞳は涙をいっぱいたたえていた。

「さあ、次ぎに妙子お祖母様に会いに参りましょうか」

彩子が涙を隠すように亭真の腕を取ると、そそくさと祖母の墓の前を離れた。腕をつかんで引きずるような彼女の力から亭真は初めて、彩子がこれまで歩んできた人生の重みが並々ならぬものであることを覚らないではいられなかった。楽天的なような彼女の明るい表情の裏面に、時たままるで誇張でもするような力強い美しさがうかがえるのは、彼女が過ごしてきた歳月をなだらかには生きて来なかったことを暗示していた。結局のところ今日の明朗にして華やかな彩子は、苦悩に満ちた人生を踏まえて立ち上がった彼女の勇気の賜物であったのだ。

「気になることがあるのですよ。江田彩子という女性の父君は、どんな方でしたか？」

ふたたび竹林が始まった。けれども、さっきまでとは方角が違う道であった。たしかに亭真の問いかけを耳にしているはずだが、彩子は聞かなかったような顔つきですたすたと歩みばかり進めていた。同じことをもういっぺん問いかけるのがはばかられて、亭真は自分のほうから話題を変えた。

「いまわたしたちが向かっている妙子お祖母様というのは、どんな方ですか？」

「おりませんの」

「おりませんて、誰が？」

「わたくしには父親がおりませんの。一人の男性がいてわたくしという人間が産まれてきたのはたしかですけど、わたくしは自分の父親が生きているのか死んだのか、生きているなら名前は何といい、どこに住んでいる誰なのか、存じませんの」

「お母さんが秘密になさるくらい、明らかにすることがはばかられる方だったみたいですね」

彩子が激しくかぶりを振った。そうではないという意味らしかった。竹林を出てくると目の前に、広々とした蔬菜畑が現れた。きっちりといくつかに区切られている蔬菜畑に、ネギやらチシャ、春菊などが整然と見栄えよく植えつけてあった。

陽除けのためのつばの広い帽子をかぶった老婆たち何人かが、畝と畝の間に入り込んでのろのろと体を動かしながら、芽を出した蔬菜の苗を植えつけていた。ある老婆などはじょうろを手に持って、たったいま植えつけたばかりの蔬菜の苗に水をやっていた。畑の外れを回って彩子と亭真が近づいていくと、老婆たちは作業の手を休めて見物でもするように彼らを眺めた。

互いに近づいて五、六メートルの距離になると、見物していた老婆の一人がその場から腰を上げて叫ぶように口を開いた。

「彩子さんじゃないの！　妙子お祖母様はお亡くなりになったのよ！」

「ええっ？　それはいつのことですの？」

「ついこないだよ。あの歳で胃ガンだなんて、タチの悪い病に罹ってしまったのよ」

彩子はそれ以上のことを訊くことができず、困惑した表情で背を向けた。眼鏡を外して涙を拭ってから、彼女はふたたび向き直った。

「青木住職さまはどちらにいらっしゃるのかしら？」

「住職さまはいまお寺にはいらっしゃらないわよ。外国へ行かれたのよ。スリランカとかいう国へさ」

「君子お婆さまは？」

「お婆さまも一緒でね、お二人が一緒に招待されたんだわ」

彩子が返す言葉を失くして呆然と突っ立っていると、目が深々と窪んでいる老婆の一人が、声を張り上げて問いかけた。

「彩子さん、挨拶させておくれでないかい。傍にいなさる方は、あなたのお婿さんなんでしょ？」

「違いますよ。この方は韓国からいらした小説家の先生ですわ」

「あら、まあ、これはこれは、失礼しました」

その老婆が狼狽して謝ると、傍にいた老婆がすかさず話題を転じた。

「彩子さん、こないだの四月号の『暮らしの友』に載った文章、わたしが読んだあなたのもののなかで、もっとも素晴らしい出来映えだったわ」

「有り難うございます、文子お婆さま。この次はもっと内容のある文章を書くよう努力しますわ」

「彩子さん、どうしましょう。せっかくいらして下さったのに、お寺にどなたもいらっしゃらないなんて」

「いいえ、よろしいのよ。お婆さま、では、ご機嫌よう」

「ええ、ええ、では、お気をつけてお帰り下さい」

腰を折り曲げて一礼すると、彩子は背中を見せてひょいひょいと踊り出すようにして歩いていった。

「妙子お婆さまが亡くなられたんですって。あのお婆さまのこと、わたくし、お話ししなかったかしら？」

「その方もあなたの親戚の人ですか？」

「眼鏡が邪魔くさくて、新しくコンタクトレンズを一つあつらえようと思っていたのですけど、わたくしってどうしても涙もろくて、コンタクトレンズではとても無理なようだわ」

眼鏡を取ってもういっぺん涙を拭ってから、彩子はいつもそうしてきたように亨真に向かって明るく笑って見せた。そんなときの彼女の表情ときたら、紛れもなくわんぱく少女か不良少女のそれであった。

「柳子お祖母様の過去をよくご存知の唯一人の証人が、亡くなられましたの。これで二度と、柳子お祖母様の満州時代のお話をうかがうことが出来なくなりましたわね」

「妙子お婆さんのことをおっしゃっているのですか？」

「長春で、柳子お祖母様の家の近所に住んでいらした方ですの。長春の日本領事館に中国語の通訳としてお勤めになっておいでだったし、ある特務機関に勤務されていた日本軍将校の奥方でもありましたわ」

話している間に彼らは蔬菜畑を抜けだして、寺の境内の奥まった林道にさしかかっていた。彩子が枝分かれしている二本の道をたしかめると、すたすたと石段がおかれている斜面になった脇道へそれていった。石段を踏んで斜面を下っていくと、石段の下のほりに広いスペースを取っている泉が一つ現れた。四角い大きな石造りの水槽に泉の水がなみなみとたたえられており、長い竹筒を通してその泉の水はさらにより大きな石造りの水槽へと流れ込んでいた。泉の上には高くて大きな手水舎の屋根がかぶせてあり、その屋根の下に取りつけられている棚の上には長い木製の柄がついた幾つもの柄杓がおかれていた。彩子が柄杓の一つを手に取ると、竹筒を通して流れ落ちてくる泉の水をその柄杓で汲んで、まず亨真に手渡した。

「飲んでご覧なさい。名水と評判の泉でしてよ」

名水といわれているだけのことはあって、よく冷えているうえさっぱりした味の水であった。続いて彩子も泉の水を飲んでから、その場を立ち去りながらこともなげに切り出した。

「ついさっきあなたは、わたくしの父は誰かとお訊ねでしたわね。それから、母はその人が誰かを知っているけれど、打ち明けるのがはばかられる人なので、秘密にしてきたのではないのかと反問なさったわね。

もっともらしい推測ですけど事実とはまるきり違いますの。母はほんとに、わたしの父が誰なのかまったく知りませんでした。どこかの建築現場の労働者だろうと推測するだけで、それがどんな人物だったのか、名前は何というのか、何一つ知りませんでした」

信じて欲しいという顔つきで、彩子は亨真のほうを振り向いた。亨真はしかし、呆れてものも言えぬというようにゆっくりとかぶりを振った。

「どうしてそんなことがあり得ると思います?」

納得させる言葉を見つけ出そうとするように、彩子は言葉もなく森のなかの道を歩いていった。森がにわかに騒がしくなってくると、森のなかから何十羽という鴉の群れが一斉に飛び立った。日本では到る処で、韓国人が不吉な鳥と思いなしている鴉に容易くお目にかかることが出来た。とりわけ森林に囲まれている寺院とか公園、あるいは城郭の周辺では数十羽の鴉が群れをなして飛び回りながら、かしましく啼き立てた。

「わたくしには母の気持ちがよくわかりますの。母がしでかした過ちにしても、あり得ないことではないと思いますわ。二十歳で大学へ入る日まで、母は自分が日本人の血統を受け継いだ、純然たる日本人であることをいささかも疑ったことなどなかったのですもの。ところが、ある日のこと、自分の体のなかの半分が外国人の血を受け継いでいる、混血だということを知った母は、祖母にその事実をたしかめてから、ショックと憤怒のうちにその場から家出をしてしまいましたの。列車に乗りバスに身を委ね、歩き続けるなどして母は当て所なく彷徨っている間に、いつしかとある海浜のちっぽけな漁港にたどりつきました。そこからさらに人家を避けて、海際の断崖絶壁を目指していきましたの。海へ身を投げて命を絶とうと思い詰めていたらしいわ。けれども、自分を欺いてきた祖母への怒りが鎮まらなくて、母は思い直してふたたびその断崖絶壁から下りてきましたの。いつまでも生き残って祖母を心理的に苦しめ、自分もその苦しみのなかに一緒に埋もれて生きることにしましたの。その日の晩、二十歳のうら若い母は、海辺のとある工事場付近にあった掘っ立て小屋みたいな飯場で、どこの誰ともわからない若い土木労働者と夜っぴてお酒を飲みましたわ。処女でいることが重荷になっていた母は、その日の晩にこの若い土木労働者に体を委ねて、処女を捨てたのね。明くる日の朝、目を覚ました母はふたたび列車に乗り、バスに身を委ね、歩き続けたりして大都市のほうへ当て所もなく流されてきましたの。母はそのようにして、望んでもいなかったわたくしを産み落とし、わたくしを孕ませたその土木労働者には、その後一度も会うことがなかったんですの。母がその人を探しだそうとしなかったこともあるけれど、名前も住んでいるところもわからなくて、探しようがなかったのね」

別のコースをたどってきたけれど、彼らはふたたび初めに訪れた薬師殿の前へ戻ってきていた。薬師殿のきざはしの下へ到着すると、彩子は両手を合わせてさっきのように拝礼した。拝礼を終えた彩子に向かって亨真が、久しぶりに口をきいた。

「父親が韓国人だという事実が、お母さんには死を覚悟しなければならぬほどショッキングだったのはなぜでしょうかねえ?」

「おわかりになりません?」

問い返す彩子の瞳が眼鏡の奥で丸く、大きくなっていた。

「一つの国に二十年間も暮らしてきて、自分の血筋はその国の人たちと同じだと堅く信じて疑わない人に、後でわかってみたら自分は、外国人の血が混じっている混血児だと告げられたときのショックを、想像してみてご覧なさいな。ましてや、日本人にとって韓国人のイメージは、好ましいものではありませんからね。かつて日本のある首相などは、日本に住んでいる韓国人を、お腹のなかにいる虫つまり寄生虫に比喩したくらいですもの。わたくしの母だって同じでしたわ。高校時代の同級生に朝鮮人が一人いたのですけど、母はそんな素振りは見せませんでしたが、一年を通してその生徒が、一メートル以内に近づいてくるのを許さなかったそうですわ。その朝鮮人の生徒は感づかなかったらしいけど、母は誰にも気取られぬようにその間隔を保ちながら、一年間を困難で苦痛に満ちた労苦に耐え抜きましたの。当時の朝鮮人に対する母の思いは、不快、恐怖、警戒、理解不能など、まるきり否定的なイメージの固まりだったそうですわ。母はしかし不幸にも、自分の体のなかにそうした不快な人たちの血が半分も混じっていることを、遅ればせに知りましたの。母は出来ることなら、自分の体のなかのその血を、清らかな日本人の血に入れ替えたいと願っていたくらいでしたわ。ところが母は、現実には何も出来ませんでしたの。おまけになおのこと母を憤らせたのは、そうしたショッキングな原因をつくりだした張本人の祖母が、それまでその事実を母にはひた隠しにしてきたことですわ。二十歳になってすっかり成人した年頃でその事実を探り出した母は、いわばショックを和らげる心のゆとりも時間的な余裕もありませんでしたの。母が祖母を赦せなかったのは、まさにそうした祖母の心苦しい隠しごとのせいで、自分の一生を整理、整頓するチャンスと時間を取り上げられてしまったからですの。とりわけ半分が韓国人だった母は、そのことをまったく知らぬまま、それまで韓国人に心のなかであまりにも多くの罪を犯してきましたの。ところが、あまりにも遅ればせに自分が犯した過ちに気がついたものだから、母はその過ちを償う機会さえ失くしてしまいましたの。祖母が意図的にだんまりを決め込んできたことが、母にとってはあれやこれやと、許し難い誤ったことになったわけですわ。結局、母はわたくしを産み落としてからは、自分自身を仕事のなかに埋没させることで、自分からおのれのぐるりに高い壁を張り巡らしましたの。離れ小島の小学校の先生になって、生涯を通してその島の村から外へ出て来なかったのは、そのせいですわ」

いつしか寺を抜けだして、彼らは兜の形をした山門をくぐり抜けていた。

17

目を見張らせる盛況ぶりであった。ホールの中央にしつらえられているメインテーブルのぐるりにはいまだに、お祝いに駆けつけた百人余りの客が、賑やかに談笑していた。出品者たちの多いグループ展なので、祝いに駆けつけた客の数も自ずと多くなるよりほかはなかった。韓国では滅多にお目にかかれない、挿絵画家たちの作品展であった。

軽い飲み物や茶菓類などが用意されているテーブルの中央には、アホウドリと思われる翼の大きな鳥の飛翔する姿が、氷で彫刻されていた。テープカットがあってから小一時間も経っているはずだが、それでもまだオープニングセレモニーが進行中のパーティー会場は、祝いに駆けつけた客たちで賑わっていた。けれども、早々とやって来た客たちは一人、二人と会場を去っていき始め、遅れてやってきた客たちもやはり、たくさんの作品が展示されている会場のほうへ群れをなして流れ込んでいた。花束に飾られたメインテーブルのぐるりばかりが、熱烈な祝い客たちで市場並みに賑わっているだけで、展示場と廊下のほうはいつの間にか慌ただしく店仕舞いする雰囲気が漂いだしていた。

人混みに押されながらあらまし展示品を見て回った亨真は、展示場からパーティ会場のほうへ戻ってきて、目で彩子と彼女の仲間たちを探した。てっきりパーティー会場にいるものと思っていた彼女は、展示会場の入り口に当たる玄関のところで一人の男と話し合っていた。彼女と一緒にいた今日作品展の主人公の一人である永井も、すでに会場を去ったのかすぐには目にとまらなかった。彼女の恋人の徳田だけがメインテーブルの脇で、三、四人のフォトグラファーを相手に気炎を上げていた。

「ここよ！」

男と話し合っていた彩子が遅ればせに亨真を発見す

ると、手を高く挙げて振って見せた。慈恩寺から帰ってくる途中で、午後の時間ずっと亭真のために観光ガイドを務めてくれた彼女は、ショルダーバッグを掛けている肩がだらりと垂れ下がっている様子から見て、多少はくたびれていると言った顔つきであった。亭真が彼女のほうへ歩み寄っていくと、彩子は話の相手をしていた若い男に亭真を引き合わせた。

「ご挨拶なさいな。こちらは木村さん、この方は金亭真さんですの。木村さんは雑誌社の編集者、金さんは韓国の作家ですわ」

「初めまして」

握手をする木村の手が華奢で柔らかかった。鋭い知的な容貌にもかかわらず、木村は顔中をくしゃくしゃにして喜びの色を率直に表に現していた。韓国の作家だという言葉に好奇心を刺激されたせいであろう。

「先だって韓国を訪問したとき、わたくしの費用を負担して下さった方ですの。ご本人は編集者だって言い張っていますけど、実を言うと有名な出版社の若いオーナーになられる方ですわ」

西洋人のように首をすくめて、木村は笑いながら彩子の後に従いていった。先になってポーチへ向かう長い廊下を歩きながら、彩子がさらに説明するように口を開いた。

「木村さんをK路まで乗せていって差し上げると約束しましたの。その代わり温泉付きの木村さんの豪華な別荘を、二日間使わせて頂く許可を頂きましたわ」

彩子がキーを取りだして、亭真に悪戯っぽく振り上げて見せた。どうやら木村から使用を許されたという、別荘のキーらしかった。

「お二人はあちらの曲がり角でお待ち下さいな。車を取って参りますから」

彩子が建物の外側にある階段を伝って、地下駐車場へ下りていった。

建物の曲がり角を折れていくところで、同行していた木村が亭真に話しかけてきた。

「大阪へ来られてどれくらいになります？」

「先日の火曜日に参りました」

「江田さんが韓国へ行かれたときはたいそうお世話になったとうかがいました。お褒めの言葉をさんざん聞かされたので、どんな方かと気になっておりましたが、こうしてお会いできてとても嬉しいです」

「江田さんがわたしのことを話されたのですか？　わ

たしは何も、これといってお手伝いをしたことなどありませんでしたけど？」

「慶州とソウルを歩いてきた旅行記を、ちょっと目新しい切り口で面白く執筆して頂きましてね。金先生のアドバイスで、新しい視角を見つけることが出来たとおっしゃっていましたよ」

「そうですか。わたしとしては同意しがたいお言葉ですがね」

アイボリー色の乗用車が一台、曲がり角を折れてきて二人の前で停車した。木村は助手席に乗り亨真一人が後部座席へ乗り込んだ。いつの間にか街中は夕暮れどきになり、ビルや商家などは明るい灯りに照らされていた。車を発進させながら、彩子と木村が何事か言葉を交わしていた。後部座席にたった一人で腰を埋めた亨真はようやく、慌ただしくて忙しなかったこの一日の出来事を振り返ってみた。

慈恩寺を訪れて柳子の墓を詣でた後で、彩子はふたたび車を走らせると、古代の遺跡が多いことで名高い古都奈良を目指した。ソウルで亨真に案内されて、故宮とか名所古蹟ばかりか飲み屋まで、肩の凝らない見物をして回ることが出来た彩子は、そのときのお返しとして大阪へ戻る道すがら奈良へ立ち寄り、自分がじかに観光案内をしたいというのであった。

そうめんが美味しいと評判の店へ立ち寄って、名物の三輪そうめんで昼食を済ませると、彩子は奈良市内に入るが早くまっしぐらに、大仏で有名な東大寺という広大な寺院へ案内した。話に聞いていたより境内が広くて見て回るものが少なからずあり、東大寺を一巡してざっと見て歩いただけで早くも陽が傾きだしていた。もともと法隆寺や興福寺など幾つもの古刹を相次いで見て歩くつもりであったのだが、スケジュールに追われている身分でもなかったので気の向くままに見て回っているうちに、遅ればせに陽が傾きだしたことに気がついて、慌ただしく大阪へ舞い戻ってきたのであった。

大急ぎで大阪へ舞い戻ってきたのには、それなりの理由があった。同じ日の暮れ方に大阪市内にある有名な画廊で、彩子の女友達である永井たちの、挿絵によるグループ展がオープンすることになっていたのだ。永井は亨真にとっても、見ず知らずの女性ではなかった。彼が初めて日本へやって来て彩子と対面した日の晩に、M市にある彼女の夏の別荘で紹介された顔見知りの間柄だった。

大急ぎで舞い戻っては来たけれど、渋滞に巻き込まれて彼らは一時間も遅れて会場へたどりついた。五人の挿絵画家たちのグループ展であったから、集まりはものすごい盛況ぶりであった。雑誌や新聞などに掲載されてきた挿絵のうち、作家が好ましいと思う作品を自ら選び出して展示している、いささか風変わりな趣向の展示会であった。どの作品も小品ばかりであるうえ、観覧者たちがその場で買い上げることも出来たので、一般の好事家やコレクターたちがとりわけたくさん観覧しているらしかった。すでに売却済みの作品には赤い星のマークが貼ってあったが、オープンして僅か一時間足らずの間に早くも、半数以上の作品に星のマークが貼られているほどであった。韓国ではお目にかかれないような、特色のある展示会であった。

低速で走っていた車が赤信号に阻まれてゆっくりと停車した。運転中の彩子と何事かを遣り取りしていた木村が、不意に上半身をひねって後部座席の亨真のほうを振り向いた。

「金さん、明日か明後日くらいに、ぼくにちょっと時間を割いていただくわけにはいきませんか？」

「そうですねえ。どういうことでしょうか？」

「座談会に出席して頂きたいと思いましてね。承諾して頂けると有り難いのですけど」

「どういうたぐいの座談会です？」

「日韓両国の国民の間に互いにわだかまっている感情や考えを、率直に交換してみたいと思いましてね」

「座談会の出席者がどんな方になるのかわかりませんけど、そういったテーマの座談が果たしてスムーズに運んでくれるでしょうか？」

「過去の歴史の問題を心配なさっているご様子ですが、ぼくが構想している座談会は若い世代、つまり過去の歴史に対して実質的には責任がない、戦後の三十代の人たちを参加させたいのですよ。座談会を掲載するぼくたちの雑誌も、三、四十代のサラリーマンを対象にしているものですから」

「座談会への出席者は何人くらいをお考えです？」

「四名です。日本側から二人、韓国側からは金さん、それから司会者としてぼくが出席するつもりです」

「そうなると三対一の比率になりますが、それでもって双方に公平な対話が出来ると言えるでしょうか？

わたしは、できることなら韓日双方から同一の人数が出席するほうが、望ましいと思いますけど」

「事情が許すならぼくもそうしたいと思いますけど、いますぐには金さんしか出席して頂ける方がいないではありませんか」

「雑誌への掲載をお急ぎでないなら、企画を一ヵ月ほど遅らせたらどうです？　そのときはわたしが、韓国側の素晴らしい出席者をご紹介できるでしょう」

「座談会が必要だということには、金さんも同意なさるのですね？」

「もちろんですとも。市民の間の座談会のようなものは、たくさんあればあるほどよいことだと思いますよ。国家に出来ないことは市民同士でも先頭に立ってやらなくてはなりますまい」

「結構なご意見を、有り難うございます。金さんが協力して下さるという約束を信じて、企画を特集に修正しなくてはならないような気がします」

木村が笑って見せてから姿勢を元へ戻すと、彩子が車を道路際へ寄せながら慌ただしく木村に問いかけた。

「目的地まで参りましたけど、車をどこで停めましょうか？」

「あなたのご都合のよろしいところで……ぼくはどこでも構いませんから」

「別荘のキーはいつお返ししましょう？」

「それもご都合のよろしいときに……当分の間ぼくは使う予定がありません」

走行路を外れた車は歩道のほうへぴたりと寄せてきて停車した。木村は急いで車の外へ出ると、歩道に立ったまま彩子と亨真に手を振った。ふたたび車を走らせながら彩子が口を開いた。

「優れた文章を判読できる、なかなか立派な編集者でしてよ。これからわたくしたちが向かう別荘は、元は彼の編集室でしたの。わたくしもたびたび使わせていただきましたけど、景色も素晴らしくて過ごしやすい、とても快適なところですの」


小一時間も走らせて夜の八時を過ぎてから、彼らはとある森林のなかにある木村の別荘へ到着した。高速道路のインターチェンジにある休憩所で簡単な食事を済ませた後だったので、彼らは別荘に入る前に村の入り口にあるコンビニで、果物と何種類かの間食のためのの食べ物を買い込んだ、酒を含めたたいていのつまみ類は、別荘にあるホームバーの冷蔵庫に、あらかた用意されているとのことであった。

丘陵地帯のなかでも森林の奥深くに、隠れるようにして入り込んでいる木村の別荘は、想像していたよりも造りが大きくて、ちょっとした城郭を連想させる建物であった。けれども、ちょくちょく利用していて建物の構造を知り尽くしている彩子は、別荘のなかにある幾つもの空き部屋を避けて、彼らが休息して帰る予定の執筆室に連なる部屋へ、迷うことなくたどりついた。

眺めがよいと、彩子はまるで自分の別荘みたいに口を酸っぱくして自慢していたけれど、到着した時間が夜のことで、カーテンを開いて窓を開け放ってみても、見えるのは夜の闇と濃い森林ばかりであった。管理人を別途においているわけではなく、利用者がそのときどき手入れをしながら利用している建物だったせいか、家具や用品、什器なども思っていたよりきちんとしているうえこぎれいに見えた。キーを使って別荘の玄関のドアを開けると、密閉されていた家のなかの空気が、入ってきた人を歓迎するように温かく迎えてくれた。空気のなかにかび臭さがないのは、建物が森林のなかに位置しているうえ、室内に自動的に換気できる装置が取りつけられているからであろう。

別荘のリビングに入ってから彩子が真っ先に始めたのは、ボイラーのスイッチを入れて風呂の湯を沸かすことであった。湯が沸くのを待つ間に彩子は亭真を連れ回して、いよいよかいがいしく立ち回った。まずはトイレや風呂場などの位置と別荘の構造をあらまし案内して教えると、どこからかエプロンを引っ張り出してきて身につけて、キッチンへ入っていって簡単な料理をこしらえ始めた。冷蔵庫から卵を取りだしてスクランブルをこしらえ、缶詰を開けてソーセージを取りだして軽くバターで炒め、仕舞いには近所のコンビニで仕入れてきた、落花生やあられなどの乾きものの酒のつまみまで皿に盛ってだしてきた。いかにも独り暮らしの女性らしく、彩子はとりわけ即席料理がお手のものといった印象であった。

別荘へやって来てからの彼らは、傍目にはまるで夫婦ではないかと思われるくらい自然に振る舞った。風呂がすっかり沸いてくると、おのおの一階と二階の風呂場に別れて入った。一階で先に風呂を使った亭真は、さまざまな種類の酒の瓶がずらりと並んでいるホームバーから一本のワインを取りだしてきて、彩子がリビングのテーブルに支度をしておいた料理の前に韓国式にあぐらをかいて座ると、ちびりちびりとワインを味わい始めた。二階にある彩子の風呂場から微かに聞こえてくる湯水の音を耳にしながら、亭真はようやく今夜を用意してくれた彩子のこまやかな心遣いが、心のなかに込み上げる感謝の念となって迫ってきた。セックスを分かち合うチャンスは、彼らには幾らでもあった。そのチャンスをつとめて避けてきたのは、相手の心情を思いやるこまやかな気遣いと敬愛の念からであった。遠来の客へのまごころの籠もったもてなしが終わると彼女は別途に今夜を選んで、来客ならぬ恋人へのまた別の夜を密かに用意しておいたのであった。

「聞いて頂戴、あなた！　この音楽、聞こえるかしら？」

跫音とともに二階から鈍重で単調なチェロの演奏が聞こえてきた。バッハの無伴奏曲らしかったが、たしかな自信はなかった。正面に眺められる二階の階段から、彩子が洗い髪をしたみずみずしい姿で下りてきた。穿いていたジーンズの代わりにたっぷりした幅のスカートをまとい、上半身には華やかな花柄がプリントされている半袖のＴシャツという装いであった。

「この前ここで仕事をしたときに置き忘れていった服が、衣装棚に元通り吊してありましたの。どうかしら、わたくしのこんな身なりは？　まるで尻尾が抜けた雄鶏みたいでしょ？」

「いや、くつろいでいる様子が、かえって目に和みますよ」

ソファーのほうへ近づいてくる彩子に、亭真が手にしていたワインのグラスを手渡した。グラスを受け取るとテーブルを回って、彩子は亭真の向かい側の長椅子のほうへ行って腰を下ろした。亭真が彼女の隣へ席を移そうとすると、彩子がにわかに手を挙げて押しとどめた。

「駄目。そこにいらして」

断固とした彼女のひと声に、亭真は及び腰になったままテーブルの反対側にとどまった。彩子がにっこりしながら、ワインのグラスを目の高さまで上げて見せた。

「わたくしたち、乾杯しましょう。美しいこの夜のために！」

グラスが触れ合った。しばし視線が絡み合った彼らは、ゆっくりと二度に分けてグラスを空にした。風呂上がりの疲れと爽やかな渇きがワインに刺激されて、より大きな渇きとなって迫ってきた。厳粛な儀式に招かれてきた客のように、亨真は黙々と彩子の次の行動を待ち受けた。彩子が長椅子に腰を下ろすと、空になっているグラスをふたたびワインで満たした。しばらくグラスを手にしたままチェロの音に聞き入ってから、何事かを考え込んでいる風情であったが、やがて注意深く口を開いた。

「いまのこの時間にわたくしはずっと、柳子お祖母さまのことを考えていましたの。あなたはわたくしの祖母のことを、どのように思います？」

「情報が乏しくてたしかなことは言えませんけど、激動と狂乱の時代に誤って巻き込まれてしまった、気の毒な迷える子羊の一人ではなかったかと思いますね」

「亡くなられた後で残された祖母の遺品を整理していたら、太平洋戦争のさなかに祖母がお書きになっていた日記の一部がでてきましたの。大部分はこまごまとした日々の暮らしの記録でしたけど、ごく稀にご自分の心情を吐露した文章などが混じっていましてね。とりわけ祖父の玄山に対しては、心底から深くお詫びしている長い文章も残されていましたわ。祖母の日記と玄山の日記とを繋ぎ合わせれば、お二人の関係がどうであって、当時の暮らしがどんなものであったのか、大雑把にせよ構図がはっきりしてくるのではないかしら？」

「玄山に対して詫びていたというのは、玄山のどんなことに対して詫びているのでしょうか？」

濡れていた髪が乾いてきたのか、彩子の顔の半分を隠していた。垂れ下がってくる髪を掻き上げてから、彼女はふたたび口を開いた。

「失われた祖国を取り戻すために若き日を捧げた、お隣の国の一人の独立運動の志士の節操を枉げさせたことへの、人間としてのお詫びでしたの。けれども、ご自分の行為に対して祖母は、後悔ばかりしていたわけではありませんのよ。ご自分の祖国のためには、よいことをしたと思っておいでしたから」

テーブルの上にだされている食べ物の皿から、亨真はソーセージのひと切れをフォークで刺して口へ運んだ。しばし考え込む気配だった亨真が、悪戯っぽく口を開いた。

「今夜に限ってわたしたちはなぜ、柳子お祖母さまのことを話題にしなくてはならないのですか？」

「わたくしに負わされている重荷を、降ろしてしまいたいからですわ。わたくしがあなたにお会い出来たのは、玄山という歴史的な人物のおかげでしたし、日本にいるわたくしのところへ韓国の金亨真という人が訪ねてきたのは、玄山と夫婦になって暮らしていた柳子という、わたくしの祖母のおかげでしたわ。わたくしたちの出会いを意味あるものにするためにも、柳子お祖母さまの隠されていることなどを、今夜は洗いざらい打ち明けてしまいたいの」

眼鏡の奥の彩子の瞳が燃えるようにきらきらしていた。時たまだけれど彼女は、もだしがたい体内のエネルギーを全身でもって爆発させてみせることがあった。狂気と見まがうばかりのそのエネルギーが亨真には、しかし彼女の個性的な魅力に思えてならなかった。この女性の体内のどこに、そうした狂気が隠されているのかわからなかった。

「おのおの異なる祖国を持ったひと組の夫婦が、体を交えて暮らしたわけですけど、敵同士になってしまったおのおのの祖国のために、彼らが献身的に忠誠を尽くすことが出来ると、あなたはお考えですか？」

「常識的には出来ないでしょうね。ところが柳子お祖母さまは、その出来そうにないことをやってのけたの。祖父玄山の犠牲を踏まえて、夫婦としては出来そうにないそのことを見事にやってのけたのよ。そのため柳子お祖母さまは、玄山お祖父さまに対して内心で詫びていますけど、ご自分が取られた行動に対しては後悔なさいませんでした」

亨真は小首をかしげてから、顎を引いて彩子の表情をまじまじと見つめた。幾らか表情を強ばらせながら、彼はぽつりぽつりと言葉を吐きだした。

「日本とは隣人同士の国に暮らしている人間として理解しがたいのが、まさにその日本的な愛国の方法ですよ。バランスを欠くそのがむしゃらな日本式の愛国というのは、日本国民にとって固有の国民性なのか、それとも間違った教育が産み落とした軍国主義教育の産物なのか、気になるところですね」

「どういう意味かしら？」

彩子がびっくりしたように目を見張って見せた。石鹸の匂いをさせている彩子のはち切れそうな顔が、いつしかアルコールが回ったらしく紅色に染まっていた。

亨真がさらに言葉を継いだ。

「忠臣蔵という日本の歴史小説を読んだことがありま

す。主君が無念の死を遂げるとその家臣たちが一つに結束して、ついには主君の無念を晴らして彼らも従容として切腹して果てるという、きわめて感動的な内容の物語でしたね。この小説が伝えているもっとも大きなメッセージは、主君もしくは自分より上の人に対する下の人たちの、義理と忠義ではないかと思いました。幾たびとなく危機に見舞われ失敗を重ねながら、あらゆる苦難を乗り越えてとうとう復讐を成功させた彼らが、最後に淡々と死を迎える場面というのは、東洋思想の偉大な徳目の一つである、忠義の極致を見るような感動を与えるものでした。ところが感動が大きかっただけに、わたしはこの作品から偽りという落とし穴にはまったような、奇妙な虚しさと喪失感を同時に感じたものでした。この作品にはただひたすら主君への忠誠心があるばかりで、主君の敵である相手側への人間的な気配りも、大切であってしかるべき仇討ちに参加する同志たち個人の暮らしもありませんでした。辛うじて首尾よく仇討ちを遂げた瞬間、そのため彼らは壮烈な自決すら、物足らぬ祝いのように侘びしく見えました。ひたすら死を目指してまっしぐらに疾走してきた彼らは、その死の目的地に到達すると、もっと先へ行くことも突き当たる場所もない、虚しい断崖の絶壁に立たされてしまったのですよ。あの痛烈な復讐ドラマの果てには、快挙に成功したことへの感激と併せて、その快挙によって大量に生産された、また別の恨みを抱いて死んだ屍の群れが転がっていました。それら無念の死を遂げた屍の群れの鎮魂のためには、当然のごとくまた別の復讐が用意されてしかるべきでしょう。片方の忠義はまた別の側の死を招き、その死はさらに新しい忠義を生み、そうして忠義と復讐はいつまでも繰り返されるのです。太平洋戦争のときの、かの勇猛果敢な日本軍の忠義も同じことですよ。朝鮮半島と中国大陸を侵略し、フィリピンと真珠湾へ侵攻したかつての大日本帝国の軍隊もやはり、おのれの祖国である帝国日本のために歓んで命を捧げ、滅私報国の愛国心を発揮しました。ところが、彼らの愛国的な侵攻によって祖国を奪われ命を失い、虐殺されねばならなかった被害当事国の民衆の苦痛と痛みは、どこにあるでしょうか？　日本の若者たちにとっては祖国のための愛国的な行動として理解されている行為などが、被害をこうむった国々の民衆たちには虐殺と野蛮な行為という、残酷きわまりない苦痛と痛みとして受け容れられるばかりなのですよ。裏返しにして、韓国や中国の若者たちが自分の祖国の命じるままに日本へ侵攻し、日本の国土を破壊し日本の女性たちを手当たり次第つかまえて強姦し、日本国民を片っ端から虐殺したと仮定してみましょう。おそらくそれは、日本にとって耐え難い苦痛と悲しみとなるでしょう。日本のその恐るべき愛国心の、道徳的な境界線は果たしてどの辺に線が引かれているのでしょうか？　無限大に拡大されて赦される日本の一方的な愛国心というのは、どの辺りで何によってブレーキが掛けられてストップするのでしょうか？」

日頃から抱いていた思いなどをひと息で吐きだしてしまうと、亨真は胸のうちがすっきりしてきたようでもあれば、別の一方でこれに対してあり得るはずの彩子としての反論が気になってきた。長い間をおくこともなく彩子がじきに、落ち着き払って口を開いた。

「どこの国へ行っても、その国なりの聖所をもっているものですわ。祖国の利益とアイデンティティーを守るために、どのような逆境におかれても命がけで闘った、英雄的な英霊たちのための聖なる祭壇のことですの。お墓と記念碑と、さまざまな賛辞で飾り立てられているその聖所には、香華という言葉があるように、ひっきりなしに花が供えられ香が焚かれますの。あなたが批判する通りだとするとそれら多くの国々にある聖所というのは、何の意味もないものなのかしら？」

「聖所が存在する意味を無視しようというわけではないんですよ。そこに祀られている若い人たちの命を、死へと追いやった情けない愛国心のことを言いたいのですよ。祖国への愛国心の発露が、近隣諸国に苦痛をもたらす間違った行為として表現されたとしたら、その愛国心はもはや聖なるものでもないし、麗しいものでもありますまい。むしろその聖所に葬られている死者たちの霊は、誤れるイデオロギーによる惜しまれる無念の死でしかないでしょう。中国大陸では南京で虐殺をほしいままにし、韓国からは若い女性たちを前線へ駆りたてて挺身隊、つまりは慰安婦に仕立て上げた日本軍を、日本国民は愛国的な行為と非道徳的で野蛮な行為のうちのどちらに、意味の重さを余計においているのかということが、わたしの質問の骨子なのですよ。愛国心との関連で日本でしばしば見られる奇妙な現象は、自分の国への愛国心を人類にとって普遍的な良心的価値よりも、より高い位置においているのではなかろうかということです。そのため、韓国では伝説的な独立運動の志士であった金九という人は、彼の名高い自叙伝『白凡逸志』のなかで韓日両国の若者たちを比べて、こんな具合に嘆いた言葉を吐きだしたこともあります。〈朝鮮を侵略した日本の若者たちの愛国心のほうが、祖国を守ろうとする朝鮮の若者の愛国心よりも、より燃えていて熱烈なのだから、これをどのようにしたものだろうか……〉」

「嘆かれた意味はわかりますわ。間違った国家主義の熱風が日本の近代化への熱望と絡み合い、そうした過熱した愛国心を駆り立てたことは事実ですものね。結局そのように過熱した愛国心は、日本という腕っ節の強い国がその地力に見合うだけの、英知と謙譲の美徳を身につけることが出来なかったゆえんでしょう。一九世紀末にヨーロッパ諸国から近代化というものを真似て学びながら、強大なヨーロッパ諸国の腕力にばかり追いつこうと努力しただけで、その腕力の底辺にあった合理的なものの考え方と市民精神というものは、学び取ろうとしなかったせいでしょうね。腕力の面ではいまやヨーロッパの国々と肩を並べられる状態ですから、日本もこれからは自分の内側に目を向けて、近隣の国々とともに生きる市民精神を学んでいくべきでしょう」

意表をつくような彩子の返答に、亨真は拍子抜けした気分であった。亨真が言わんとしたことを遥かに先取りしていった彼女は、和解を求めるように目で笑いながら素早く話題を変えた。

「この辺でわたくしたち、柳子お祖母さまのことに戻りましょ。独立運動の闘士であった玄山の節操を枉げさせてしまった、柳子お祖母さまの魅力のポイントがどこにあったのか、知りたいとは思いません？」

悪戯っぽい笑いを残して彩子は席を立つと、ホームバーのほうへ歩いていった。ワインラックを開けて新しいワインの瓶を一本取りだすと、彼女は元通り席へ戻ってきてスクリューをねじ込んで、コルクの栓を抜き取り始めた。

「これから先は邪魔をなさらずに、あなたはおとなしくわたくしの話を聞くだけになさいな。ようやく二十歳になったばかりの一人の田舎育ちの純真な娘が、ふとした機会に一人の日本軍の若い将校に恋をしましたの。そしてその娘は、将校が外国の任地へ旅立つことになると、自分も家出をしてその任地まで将校の後を追っていきました。ところが、任地へ到着して何日かすると部下を率いて鉄道を巡察していたその若い将校は、馬賊たちの待ち伏せに遭遇して巡察中に戦死してしまいましたの。愛する人に万里の異国で不意に先立たれたうら若いその田舎娘は、絶望の余り旅館の一室で劇薬を服んで自殺を図りましたわ。けれども、同じ旅館に投宿していたまた別の将校に発見されて、その彼女は劇的に救われて軍の病院に担ぎ込まれました。彼女はその後半月ほどの治療と療養の末に、軍の病院を退院して旅館へ戻りました。しかし、依然として絶望感に打ちひしがれていた彼女は、日本へ帰国しようとは考えず、機会さえあれば自殺しようと思い詰めていましたの。ところがその頃、毒を服んで自殺を図った彼女を劇的に救い出した将校が、毎日のように彼女を見舞いに来て、慰めたり励ましたりしてはおとなしく帰隊していくということを繰り返しました。結局はその将校のこのうえないまごころと優しさが、絶望の淵に落ち込んでいた彼女の心を動かすことに成功したのね。ある日のこと彼女は髪を洗い着替えをすると、その将校に伴われてまるで旅行にでも行くようにして、どこへともなく出発していきましたの。ある日突然行方をくらまして消息がわからなかった彼女は、それから半年ほどするとまったく別人の姿でよその大都市に現れましたわ。その都市で彼女はハイクラスのカフェーの女給に変身して、お客にお酒を注いだり、一緒になってお酒の相手をすることもあれば、ときには客と外泊することもありましたわ。愛する人の後を追って死んでしまおうとまで思い詰めていた彼女が、せいぜい半年足らずの間に客のお酒の相手をする、高級カフェーの女給にまで転落していったのですわ。そんな暮らしをしていたある日のこと、遅い時間に、そのカフェーに、人の物憂げに見えるがっしりとした体つきの、美男子の中年の紳士が現れましたの。その紳士は日本語はいうまでもなく中国語も堪能だったうえ、お酒を飲んでも酔う様子はなかったし、女性に対してもさして関心がないように見受けられました。その日の晩、しかしその物憂げに見えた中年の紳士は、うら若い彼女がグラスに注いでくれた何杯かのお酒を飲み干すと、にわかに意識をなくして失神して、カフェーのフロアに倒れ込んでしまいましたの。次の日の明け方その中年の紳士は所持品をすっかり取り上げられたばかりでなく、肌着一枚だけといった不様な姿で都市の外れの、中国人の農家からほど近いどぶ川のほとりに捨てられていましたの。ところが、そんなことがあってひと月余り経った頃、彼女が睡っていた真夜中にふたたび例の中年の紳士が、ピストルを手にして彼女の部屋へ音もなしに忍び込んできたの。髭をもじゃもじゃに生やしていてその顔をしっかりたしかめることが出来ない中年男は、ピストルを彼女の胸元に突きつけると、この前自分に飲ませた酒にはどんな薬を入れたのか、彼女は誰のために働いているのかといったことを問いつめたそうですわ。復讐への怒りに燃える中年男の眼を見て、早くも死を覚悟した彼女は淡々とした物言いで、自分が誰のために働いているかを打ち明けましたの。自分は関東軍の特務機関に所属している特務補助であり、あの日の晩に彼に飲ませた酒には、日本軍が特別に製造した麻酔薬が混入されていたこと、彼の懐中から朝鮮独立軍に関する重要な文書が発見され、特務機関では明くる日すぐさま、潜伏していた三名の朝鮮独立運動家たちを、一網打尽にすることが出来たということなどをですわ。それをすっかり聞き終えると、中年男は彼女を壁に向かって座らせ、こめかみの辺りにピストルの銃口を押しつけたそうです。いまにも射殺されると覚悟を決めた彼女は、両の目をしっかりと閉じて銃声がするのを待ち受けていたらしいわ。ところが、いつまで待っても銃声がしないではありませんか。訝しく思ってそっと目を開ける彼女に、その中年男は意外なことに、おカネを手渡しながら酒を買ってくるよう言いつけるではありませんか。てっきり射殺されるものとすべてを諦めていた彼女は、酒を買ってきてくれと言う中年男の言葉に、自分がいま夢でも見ているのではなかろうかと、いささか狐につままれたような気分で家を出てきたそうですわ。けれども夜空一面に散らばってきらめいている星屑の群れを見上げたとたんに、彼女はふたたび我に返り、まず中年男から遠くへ逃げ出さなくてはと考えましたの。そこで真っ暗な街中へ出てくると、我を忘れて当てもなくしゃにむに突っ走り始めましたわ。ところがしばらくがむしゃらに突っ走っていた彼女は、ゆっくりと足を止めましたの。ピストルを床の上において深々とうなだれたまま、呆然と壁にもたれて座り込んでいた中年男が、自分自身に銃口を向けて自殺するかもしれないという思いが、にわかに脳裡に浮かんできたからよ。やがて彼女は、逃げだそうと突っ走ったときとは大違いで、いましも銃声がとどろいたらどうしようかとはらはらしながら、酒屋を探しだして高粱酒を買うと、そそくさと中年男が待ち受けている自分の部屋へ戻っていきましたの。幸いにも中年男は、ピストルは片づけて沈鬱な面持ちで彼女の帰りを待ち受けていたの。彼女が買ってきたお酒を瓶ごと手渡すと、中年男は急ぐ風もなくおもむろに栓を抜いて、五十度を超えるきつい高粱酒をラッパ飲みにして少しずつ飲みだしたわ。ともに闘ってきた朝鮮の同志たちを敵に売り渡したことになるので、彼はもはやこの広大な満州平原に、逃げ場も身を隠す場所も失くなったと語りましたの。いずれにせよ遠からぬ将来に自分は、日本軍の憲兵隊によるかさもなければ身近な同志たちの手で、殺されることになるだろうとも語ったわ。中年男からそのようなことを聞かされてようやく彼女は、自分が一人の男をこの広い世の中で身の置き場もないようにしてしまったことに思いが至りましたの。彼の懐中から盗み出した情報によって、三人の同志らを逮捕し処刑することが出来たので、彼の同志らは彼を日本軍に内通した裏切り者と見なして、遅かれ早かれ彼らの手で処刑するだろうということでした」

彩子は長い話にひと区切りつけると、新たに栓を抜いたワインを亨真のグラスと自分のグラスに順繰りに注いだ。眼鏡を額の上に押し上げ、ワインをひと口飲むとテーブルの上を見下ろしながら、彼女はふたたび語り出した。

「その日の晩に彼女は、植民地に転落した国の一人の中年の愛国の志士が、自分の気のゆるみと過ちを責めながら、静かに高粱酒の瓶を傾けては痛恨の涙にくれるさまを眺めましたの。けれどもほんとうに彼女が不安になってきたのは、その中年男の表情と振る舞いのなかに、死の影が忍び寄っていることに気がついたときでした。自殺を図った経験のある彼女には誰よりもはっきりと、その不吉な兆候を読み取ることができましたの。その日の晩に彼女は、深い眠りに落ちている中年男から、自殺を予防するために危険な武器のピストルを取り上げて隠しました。それから、彼女が属している特務機関に中年男の出現を知らせることも出来たけれど、彼女は男が目覚めるまで黙々と、傍らで睡っている彼を見守っていました。翌日の明け方、深い眠りから目を覚ました中年男は、まず自分が睡っていた室内と自分のぐるりを見回してから、傍らで自分を見守っている彼女にここはどこかと訊ねましたの。中年男は、彼が睡っている間に日本軍の憲兵隊に捕らえられて、留置場かどこかで目を覚ましたものと思い込んでいたらしいわ。自分が逮捕されていないことを知って、かえって失望の色を浮かべた様子だったというのです。いつしか彼は日本軍よりも、手をたずさえて独立運動を繰り広げてきた朝鮮の同志たちのほうを、もっと怖れる人間になっていたのですわ」

何かに耳を傾けるように彩子は話を中断して、階段のほうを見上げた。いつの間にか流れていた音楽が変わって、バイオリンやチェロなど弦楽器による甘美なメロディーが聞こえていた。オーディオ機器にＣＤの音盤をセットして、休みなしに作動するようにしてあったらしかった。

「モーツァルトでしてよ」

彩子がふたたび言葉を継いだ。

「それから何日かして、彼女は結局、自分を襲ってきた中年男のことを所属する特務機関に報告しましたの。すぐさま特務機関に連行された中年男は、しかし意外なことに、四日後には無罪放免になりましたわ。利用価値が失くなってしまった彼をただちに釈放することで、特務機関が手を下すまでもなくむしろ同志たちの手で彼が処断されるよう、放り出したわけですわね。中年男が釈放されたことを確かめると、彼女は数日後に特務機関を訪れて、任務を解いてくれるよう頼み込みましたの。特務機関では幾つかのことを約束させてから彼女の頼みを聞き入れ、特務補助要員としての彼女の任務を解いてくれました。特務機関の束縛から自由の身となった彼女は、それ以来この独りぼっちの中年男の世話を、献身的にするようになりましたわ。特務機関から無罪放免となった中年男はその後、安宿の一室に籠もりきりで来る日も来る日も、飲んだくれては自分をいじめていましたの。体を支えていることが出来ないくらい飲んだくれて体を壊していく中年男を、彼女は毎日のように訪ねていっては平身低頭して赦しを乞いました。そして彼女は、罪滅ぼしの意味で、自分が生きている間は決してその中年男が廃人になったりしないよう、お世話をすることを心に決めましたの。その中年男の風貌からはどことなく、戦いに疲れ果てた偉大な魂が凄絶に没落していくさまを見るような、苦痛と悲哀が感じられたからですわ」

顔を上げると頭を後ろに倒して、彩子が不意にリビングの天井を見上げた。格子模様の高い天井には幾つもの固定した照明灯が、まるで海底動物の眼のように取りつけられていた。長く伸ばした彩子の白い首筋が頭の重さを支えようと、辛うじて持ち堪えながら折れ曲がっていた。しばらくして頭を元へ戻すと、瞳をきらりと光らせながら彼女はふたたび語り継いだ。

「ところが彼女のことが煩わしくなってきたその中年男は、ある日のこと彼女が顔を見せない隙をうかがって、どこへともなくこっそりと行方をくらましてしまいましたの。おのれの惨めったらしい最期を誰の目にもさらしたくなかったので、中年男は自分から身を隠して、自分がこの世に生きていた痕跡を抹殺してしまいたかったのですわ。けれども彼女は幾日も懸命に探し回った末に、街はずれの貧民窟で病に冒され、弱り切った体で死の瞬間を待ち受けている中年男を見つけ出しましたの。自分の家へ中年男を連れて戻った彼女は手厚く看病して、辛うじてふたたび彼を生き返らせましたわ。目に見えるくらい健康を取り戻した中年男は、ある日のことようやく真剣な顔つきで、彼女を目の前へ呼びつけましたの。病に冒されて死のときを待つばかりであった自分を、まごころ籠めて看病してくれた彼女の誠実さに中年男もとうとう心を動かされ、彼女が切に乞うていた謝罪を受け容れることにしたのですわ。その後彼と彼女は、それぞれ祖国が異なるうえ二十歳も年齢に開きがあったのに、お互いを尊重し気を遣い愛し合うようになりましたの。根っから明るくて朗らかな性格だった彼女はとりわけ、中年男を心底から深く尊敬しましたし、中年男のほうもまた孤独なうえ気苦労の多い異境の地で、おのれが挫折した心の傷を温かく癒やしてくれる彼女の優しい心遣いを、このうえなく有り難いと感じるようになりましたの」

寝室のほうから電話のベルの音が聞こえてきた。彩子が小首をかしげて、電話のあるほうを振り向いた。

「誰かしら？　留守になっているはずの家へ電話をかけてくるのは？」

電話に出るために彩子が、階段の脇の寝室へ入っていった。寝室のドアが閉まるのを見て、亨真も椅子から立ち上がって窓際へ寄っていった。

闇に包まれている黒い森の向こうに、高速道路に沿って長く連なっている街路灯が、まるでダイヤモンドをつないだレースのように、きらきらと輝いていた。耳のなかへ入り込んでくる息詰まるような別荘のしじまのなかで、彼はようやく彩子が聞かせてくれた先刻までの長い話を、じっくりと噛みしめながら頭のなかで整理した。

先ほどまで彼女が語ってくれたことは、玄山と柳子たち双方の日記をもとに、彼らが同棲することになった経緯を彩子なりのイマジネーションを働かせて、簡潔に組み立てたものであった。柳子の日記に目を通したことがないので、亨真は彼女にかかわることは彩子を通してしか伝え聞くことが出来なかった。物書きを生業《なりわい》としているうえ頭脳の明晰な女性だけに、柳子に関する今夜の彩子の話は、きわめて事実に近いものだろうと思われた。

とりわけ玄山の苦悩に満ちた変節の動機を、彩子は日本人の立場からまことに公平にかつリアルに描いて見せた。想像を絶する動機から夫婦になった両人の運命が、おそらく彩子には人間の生きざまにおける謙虚な真実として迫ってきたにちがいなかった。彼女にとって祖父と祖母になる両人を、彩子はそれゆえにより人間的な温かいまなざしで、眺めることが出来たのかもしれなかった。

亨真にはしかし、両人の後の世代のありようのほうがより麗しい情景となり、情愛に溢れた身近なものとして迫ってくるのであった。両人の間に産まれてきた宋階平と俊子の兄妹は、戦争終結後のどさくさのなかで別れ別れになり、おのおの異なる国で成長した。両親の国籍がそれぞれ異なり、彼ら自身の国籍もやはり互いに異なるために、この家族は東北アジア三国と呼ばれている中国・韓国・日本と三ヵ国の国籍を分かちもつことになった。

一つの時代の歴史的な激浪が彼らの国籍を三つの国に分けてしまったわけだが、いまの彼らはおのおの異なる国土で生き、自分の国への矜持と愛情を抱きながら健やかに暮らしていた。彼らにとって血統とか国籍などといったものは、もはやまるきり混乱だらけの障碍などではなかった。自分たちを産んで育ててくれた祖国への感謝の気持ちと、祖国が彼らにもたらした人生のさまざまな情緒の源が、彼らをごく自然に祖国への愛と奉仕につなげていた。血縁でもってつながっている個人的な自我の確認と、おのれが属している国家という共同体との密かな和解とが、彼らを共生関係へと健やかに調和させているのだ。

「木村さんでしたわ」

不意に彩子の声が亭真の耳許で聞こえてきた。振り向こうとする亭真の首筋に、彩子の両腕が当然のことのように絡みついてきた。

「金さんという韓国の作家は、彩子の恋人なのかと問い合わせて来ましたの。そうですよと答えたら、いつまでも思い出に残る、美しい夜になることを期待しますだって」

濡れている彩子の唇の隙間から温かいアルコールの匂いがしてきた。首筋に絡まっている彩子の腕に彼女の体重が預けられ、離れていた彩子の体が自ずと亭真の体に密着した。突如として亭真の体のなかを、嵐のごとく一条の激しい欲望が突き上げていった。両手を上げて彩子の顔を包んで自分に向けながら、亭真は命令でもするように目の前の彼女に言った。

「眼鏡を取りなさい」

「厭よ」

思いもかけなかった彩子の拒絶に、亭真はふたたび凶暴な欲望を感じた。顔を伏せて彩子の唇を独り占めにすると、なめらかな筋肉質の舌が出迎えるようにして亭真の口のなかへ入り込んできた。忙しくなってきた息遣いを鎮めるために彩子が唇を離した瞬間、亭真は片方の腕を伸ばして彼女を軽々と抱え上げた。首筋に絡ませている腕に力を込めながら、彩子はふたたび口早に話しかけた。

「恋人になりたいだけよ。それ以上のことはお約束できませんからね」

答えのない亭真に向かって、彩子がさらに言葉を継いだ。

「わたくし、江田彩子ですのよ。どこの誰にも似ていない……」

寝室へ入っていった亭真が、彩子をおとなしくベッドの上にそっと降ろした。彩子の眼鏡を取りながら亭真がようやく口を利いた。

「今夜を用意して下さったあなたに、心底からお礼を申し上げます。あなたはわたしがお会いしたもっとも魅力的な女性です」

18

「この男と来たら、一体どうなっておるのじゃ？　この間おまえさんはどこへ雲隠れしておったのじゃ？」

　室内へ入っていくといきなり、韓会長の叱責が飛んできた。亭真は座席に腰を下ろしながら、食卓越しに頭を下げた。

「申し訳ありません。ご心配をおかけしました」

　たったいま料理が運ばれてきたと見え、食卓狭しと並べられている料理には、まったく手をつけた形跡がなかった。会長の目の前の小さな猪口に半分ほど、酒が注がれているだけであった。

「今日は、わしからちょっと雷を落とされなくてはいかんようじゃな。とにかくまず、一献受けてくれや」

　会長が猪口を手渡してから、ぴかぴかに磨き上げられている真鍮製のやかんを手に取った。韓国料理だったので酒も、韓国の清酒にしたらしかった。注いでくれた酒を半分ほど空けると、韓会長がまたしても問いかけた。

「日本へ行っていたそうじゃな？」

「ええ」

「どのような用事があって行ったのかね？」

「江田彩子さんに会いに行ってきたのですよ」

「その女性にはまたどうして？」

「幾つか、たしかめておきたいことがありましてね」

「それで、何をたしかめてきたのかね？」

「そのうちにお話しますよ。意義のある旅行でした」

　会長は浮かぬ顔つきでスプーンを手に取ると、水キムチの汁をすくって口のなかへ運んだ。スプーンを元へ戻しながら、会長がふたたびこともなげに口を開いた。

「中国へ行ってきた話は、東根からあらまし聞いたよ。長春では自称玄山の息子、宋階平とかいう朝鮮族の男に会うたそうじゃな？」

「ええ、会いました」

「その男は例の、以前、新聞社へ手紙をよこした男ではなかったのか？」

「おっしゃる通りです」

「その男は何を根拠に、自分を玄山の息子と名乗ったのかね？」

「根拠なんてありません。あの人が語っていることのほかには何の証拠も、根拠もないのですよ」

「して、おまえさんにはその男の話がほんとうだと信じられたのか？」

「間違いないと感じました。とても嘘をつくような人間ではありませんでした」

「そうじゃろうな。しかしじゃな、おまえさんが信じておることを、他人にまで押しつけるのは止めてくれや」

質問が続くものと思ったが、会長はそれ以上問いかけようとはせず、小豆餅を一切れ口のなかへ入れてもぐもぐさせた。運ばれてくる料理が二人分を越える豪華版であることから推して、亭真のほかに一人か二人を余計に招いてあるらしかった。いつも忙しすぎて滅多に顔合わせが出来なかった会長にしては、今日に限って暇を持て余しているといったのんびりとした顔つきであった。食卓越しに酒を勧めながら、会長がさらに亭真に問いかけた。

「おまえさんの話通りだとして、宋とかいう男は会ってみてどうじゃった？」

「わたしどもが予測していた人物とは、まるきり違った人でしたね」

「わしらが予測したというのは、どんな人物だったのかな？」

「韓国へ出かけていって職場の一つにもありつけないものかと、色目を使ってみせる朝鮮族程度にしか、想像しなかったではありませんか？」

「そうではないのか？」

「もちろんですよ。社会主義の信奉者と見受けられたけど、わたしたちに対する態度もきわめて堂々としておりましたし、温厚でした」

「カネは嫌いだという社会主義者などおらんからな。それでその男、職業は何じゃな？」

「長春市内から小一時間ほど行ったところにある近郊で、手広く養鶏と養豚を営んでおりました。東谷農場人民公社という看板をだしておりましたけど、職員も数十人を超えるし、事業の規模といい構造といい、しっかりしているように見えました。その企業の総経理を担当しているのですが、総経理というのは韓国式に言えば代表理事ということになると言っていましたね」

「年齢はどれくらいかな？」

「一九四二年生まれですから、会長よりも二歳下ですね」

「家族関係は？」

「宋志明という息子さんが一人おりますが、いまは瀋陽で中学校の教員をしています。中国人の若い奥さんもいますけど、年齢から判断して再婚したみたいでしたね」

「玄山の息子だといいながら、名字はなぜ韓氏でなくて宋氏なのじゃ？」

「養父の名字が宋氏だったので、それにしたがって宋氏を名乗るようになったと言っていましたね。養父は朝鮮族でしたが、六・二五韓国動乱のとき中共軍の志願兵として参戦して、韓国のどこかで戦死したということでした」

「聞いた限りではまるきりアカの、共産党一家ではないのか？」

「当然ですよ。温厚で自尊心の強い模範的なアカの家族ですからね」

亨真の受け答えがあまりにも歯に衣を着せぬものだったので、鼻白んだ会長が口許に皮肉っぽい笑みを浮かべた。

「おまえさんにその男の弁護をしてくれと、頼んではおらんわな。それはそうと、その男の母親が日本の女性だというのはほんとうかね？」

「ほんとうですよ。玄山の日記に出てくる柳子という女性が、まさしくその人の生みの親になります。柳子との間に息子が一人生まれたとありましたが、その息子がほかでもない、いまお話した宋階平という人ですよ」

「宋階平には妹もおるそうではないか？　その妹はすると、誰の娘かね？」

「その人もやはり玄山の娘ですよ。玄山が亡くなった後で産まれた遺児ですけど」

「その娘はいまどこにおるのかね？」

「日本で暮らしていて、何年か前に亡くなりました」

「日本で暮らしておった？」

「敗戦になって日本へ帰国する際に、柳子が二人の子どもらを一緒に連れて帰ることが出来なくて、息子の宋階平は朝鮮族の知人に預け、当時はまだ乳呑み児だった娘だけをおぶって帰還船に乗り込んだそうです。その娘が日本へ帰っていって、さらに江田彩子を産み落としたわけですよ」

「すると江田というのは、その女性の娘かね？」

「ええ」

しばらく何事かを考え込む風情であったが、ややあって会長が小首をかしげて見せた。

「突然おかしなことが思い浮かんだのじゃよ。東洋の三ヵ国に、わしの血縁の者たちが散らばって暮らしておるわけじゃろうが？」

同意を求めている会長の表情に、悪戯っぽい笑みがいっぱいに拡がっていた。亨真がその会長の視線を避けると、彼はさらに問いかけてきた。

「だとすると江田という女性の国籍は、どうなっておるのかな？」

「日本に決まっているでしょう」

「決まっておるじゃと？　祖父が韓国人なのになぜ国籍は日本なのじゃ？」

「日本の女性から産まれてきて日本で成長し、日本人になったのですから、日本の国籍は当然ではありませんか？　血筋からいっても祖父一人だけが韓国人で、祖母と両親のどちらもが日本人ですからね」

「よろしい。では、江田の父親というのはどんな人物じゃね？」

「わかりません」

「わからぬと言うと？」

「母親の俊子が未婚の母の身で江田さんを産み落としたのですが。相手の男のことを最期まで明かしてくれなかったので、娘の彼女も父親が誰かを知らないそうです」

「だとすると私生児ではないか。それでも母親は、父親が誰かを知っておるはずじゃが？」

「自殺を図ろうとしたほどの絶望感から放浪していて、たまたま名も知らぬ男に出会って体をまかせたらしいのですよ。とにかく江田さんの父親は、あの家の人たちの間では見ず知らずの男ということになっているそうです」

会長はそれ以上詮索しようとはせず、箸を使って蒸し魚を美味しそうにつまみ取って食べていた。空になっている猪口に手酌で酒を満たしながら、こんどは亭真が注意深く会長を見やった。

「玄山の日記にありました、独立運動の軍資金を送ってくれたことになっている松庵という人物のこと、記憶にありますでしょ？」

「憶えておる。その人に宛てて祖父は、借用証書を残していなさったな」

「その松庵の正体が、最近たまたま明らかになりましたよ」

「ほう、そうか？　して、どなただったのじゃね？」

「松庵というのはほかでもない、徐尚道氏のペンネームでした」

「何じゃと？」

酒を注ぐため真鍮製のやかんを取りあげようとした手を止めて、会長は思わず顔をしかめた。やかんを元へ戻しながら会長は、たしかめるように問い返した。

「どうしてそんなことがあり得るのかね？　それは、確認する過程で生じた錯誤ではないのかね？」

「錯誤ではありませんよ。徐仁圭教授が確認してくれました。教授の一族の間でしか知られていない松庵という祖父の雅号を、なぜ知っているのかとあべこべに問い返されたくらいですから」

「それでおまえさんは、何と言ったのかね？　玄山の日記のなかから見つけたとでも答えたのかね？」

「とんでもない。そんなことができる立場にはないので、適当に答えておきましたけど」

しばらく考えに耽っていた会長が、何かを否定するように、おもむろにかぶりを振った。額に太いしわを刻んで、会長はふたたび亭真を凝視した。

「仁圭にどんな用事があって、会いに行ったのかね？」

「中国で手に入れた太極旗にも松庵という雅号が書き込まれていたので、あるいは徐先生なら、その号の主がわかるかもしれないと思い、松庵のことを問い合わせるために行ったのですよ」

「的を射たことになるわけじゃな？」

「そうなります。わたしも、松庵が徐尚道だったとは夢にも思っていませんでした」

「そう言えば仁圭が、祖父徐尚道の文集を出版するそうじゃな？」

「はい。秋頃、たぶん本が出版されるでしょう」

「独立運動の志士にはまともに書かれた文章一行残さ

れてはおらんというのに、反民族・親日分子は文集まで出版するというのじゃから、世の中はおかしな具合に動きおるものじゃな」

「文集は親日派とは関わりのないものだと思いますけどね。会長がおっしゃる理屈の通りだとしますと、親日派だった文学者の詩や小説も出版されてはならないことになるではありませんか？」

「拡大解釈なんぞせんでくれや。文学者の文章は純粋に文学作品だがや。架空の話を書いた文学作品と、おのれの考えを文章にしたものとでは、根本的に性格も違えば、評価と批判も違わねばならんと思っておるのじゃよ」

会長の表情をまじまじと見つめるばかりで、亭真はそれ以上何も語らなかった。話題を変えようとするように、会長はふたたび語り出した。

「玄山の伝記はいま、作業がどの辺まで進んでおるのかね？」

「まったく手つかずの状態ですよ」

「どうしたというのかね？　中国へも行って見てきたことじゃし、そろそろ何かが、幾らかでも出てきそうなものではないのか？」

「中国へ行って見てきてからというもの、ますます作業がはかばかしくなくなってきたのですよ」

「適当なところで継《つ》ぎ接《は》ぎしてみてはどうじゃね。あまり細かなところまで気を遣い過ぎるから、かえってことがややこしくなるし、仕事がはかどらんのではないのかね？」

「話が出てきたついでに率直に申し上げます。どう考えてみても、玄山の伝記の出版は考え直したほうがよろしいかと思うのですよ」

「出版を考え直せじゃと？」

「いまのわたしの立場では、伝記の執筆が難しいと思うのですよ」

見知らぬ人でも眺めるように、会長はきょとんとして亭真の表情を見返した。そんな会長の視線を真っ向から受け止めながら、亭真はさらに言いつのった。

「このたびの中国旅行を通して、玄山が行った親日行為を具体的にたしかめることが出来ました。あの方の親日行為を目撃した何人もの証人とも面談できたうえ、晩年の彼が柳子と同棲していた二階建ての洋風家屋も見て参りました。親日行為があったことを知ってしまったからには、その事実を避けて通るわけにはいきません。あるがままを書くこともならず、さりとて書かずに素通りするわけにもいかないので、これまでさんざん思い悩んだ末に、執筆を断念する方向で考えを固めることになりました」

　会長は表情のない顔でじっと食膳の料理を見下ろした。息苦しくなるくらい言葉がなかったが、しばらくしてようやく顔を上げた。

「おまえさんの言わんとすることはわかるよ。しかしじゃな。わしに一つだけ、約束してくれねばならんことがあるようじゃ」

「どのようなことでしょうか？」

「伝記の執筆を断念する代わりに、玄山にかかわる別の文章も執筆せぬということじゃよ」

「申し訳ありません。その約束は致しかねます」

　一瞬、彼らの視線が同時に絡み合った。亭真がまず視線をそらしながら、言い訳でもするように落ち着き払って口を開いた。

「会長もご承知のように、物書きがわたしの本業ですからね。それから、どのようなものを書くべきかもしくは書くべきでないかということは、さまざまな状況を自分で判断し、その判断にしたがって決定すべきことであり、外部から求められる注文によってこんな具合にも、あんな具合にも変わり得るものではないと思うのですよ。わたしがたったいま会長にお約束出来ないと申し上げたのは、さっそく玄山に関する何らかの文章を書きたいという意味ではなくて、わたしの決心や状況判断に外部からの、いかなる干渉も受けたくないという意味でして」

「随分と持って回った言い方をするものじゃな。小説家がどんなことを書こうと、第三者による干渉はまっぴらご免と言うことじゃろうが？　わかったよ。好きなようにしてくれや。それはそれとして、おまえさんに一つ、相談したいことがあるのじゃよ」

　巧みに話題をすり替えてから会長は、まるで意思をたしかめるように亭真の表情をまじまじと見つめた。揺るぎない会長の両の目が、まるで金属の玉のように冷たく輝いた。

「宋階平という人物が玄山の子孫に間違いなければ、わしらのほうで知らぬ振りをしてそっぽを向いていることは難しかろうが。日本における江田彩子もその点では同様じゃ。おまえさんの考えでは、宗家たるわしらがその人たちに、何をどのようにしたらよいものじゃろうか?」

　思っても見なかった問いかけに、亭真は返答に窮した。

「そのことについてはこれといって、考えてみておりませんでした。会長はどのようにお考えです?」

「わしもすぐには、これといった妙案が浮かんで来なくてな。それじゃから今夜、おまえさんの義弟の東根と秘書室の鄭部長をここへ来るよう言いつけてあるのじゃよ。都合よくにおまえさんが中国へも行ってきたりしておるものじゃから、若い者同士で話し合うて、いっぺんいい知恵を出し合ってみてくれや」

　会長の話が終わるのを待ち受けていたように、軽い人の気配とともに客室のドアをノックする音が聞こえてきた。続いて客室のドアが開いて、秘書室の鄭部長と義弟の東根が相次いで客室へ入ってきた。

「会長、お車が玄関へ来ております」

　会長には黙礼だけして、鄭部長はまず亭真に握手を求めた。

「お久しぶりです。こんどはまた、日本へ行って来られたそうですね?」

「はい、何日か行って参りました」

「幾らか成果はありましたか?」

「いまその経過を、会長にご報告申し上げているところです」

「料理が冷めるぞ。さっさと席につかないか。わしはほかに行ってみなくてはならんところがあるので、そろそろ退席させてもらうよ」

　会長は座席から立ち上がり、背広の上衣を衣紋掛けから降ろして着込むと部屋を出て行った。料亭の玄関まで従いて行った三人は会長を見送ると、ふたたび料理が出ている部屋へ戻ってきた。部屋の戸口の前で待ち受けていた料亭の仲居が、鄭部長に問いかけた。

「この間に料理が少し冷めました。もういっぺん火を通してくる間に、ほかに何かご注文の品はございませんか?」

「それは結構、酒でももうちょっと運んでくれ」

　仲居が戻っていくと、三人はおのおの食卓の前に席と取って腰を下ろした。亭真がやかんを取り上げて鄭部長の猪口に酒を注ぎ始めると、傍らに座った東根が挑みかかるような剣幕で亭真に食ってかかった。

「義兄さん、一体何がどうなっているのです?　姿が見えなくなったまではいいとしても、それきり行方がわからないでは困るじゃありませんか？　電話をかける小銭もなかったのですか？　日本は遠い月の国にでもあるのですか？」

「申し訳ない。わたしが留守にしている間、きみがいろいろと気を遣ってくれていたようだな。頭痛の種は尽きないしむしゃくしゃしてきたので、しばらく風に吹かれたくて出かけていったのだ」

「わが家ではひっくり返るような騒ぎでしたからね。しまいには何者かに、拉致されたのではないかとまで考えるようになりましたよ」

亨真はその言葉には答えず、向かいの席に座っている鄭部長を見やった。

「今夜のこの集まりがどのような性格のものか、合点がいきません。会長がわたしたち三人を集められた意図は、どこにあるのでしょうか？」

「金先生の中国旅行に関する報告をうかがってからというもの、随分と複雑なお気持ちになられた様子でした。中国の地で思ってもみなかった血縁の方を見つけ出したのですから、一方では嬉しくもありお会いしたい気持ちもあるでしょうけど、別の一方では、よその国に住みついている一族の血縁を、これから先どのように扱ったらよいものか、困惑する気分もなくはないように見受けられます。Y郡にお住まいの韓顧問におかれてはすぐにも招請状を送って、中国に住んでいる血縁の方たちを韓国へお招きしようとおっしゃっておいでですが、その件にしてもどうしたらよいものか、にわかに判断するのは難しいもようです。今夜の集まりはそうした意味で、現地へ行って来られた、金先生のご意見をうかがってみるのよかろうという判断から、声をかけられたもののようです」

亨真がちょっと小首をかしげてから、義弟の東根のほうを見やった。

「お義父さんが招請しようと言い出したところをみると、すでに親族の間には隅々まで噂が拡がっているとみえるな？」

「もちろんですよ。中国にそのような、血のつながった人たちがいるとは知らなかったと、離散家族の再会だといって、ありきたりの歓びようではありませんでしたよ」

「血縁は中国にばかり住んでいるわけではないんだよ。きみの一族の血縁は、日本にも一人いるからな」

「ええっ、それって、誰のことです？」

「例の江田彩子さ。わかってみたら玄山の孫娘だったのよ」、

「孫娘って、どうして？」

「日本の敗戦後、玄山と同棲していた柳子という女性は、息子の宋階平は満州に置き去りにしたまま、乳呑み児の娘だけを抱えて日本へ帰って行っただろうが？　その乳呑み児は俊子という名前だけど、ほかでもないこれが、江田彩子の母親に当たる人なのだな」

「宋階平さんの妹さんというわけですね？」

「そうだ」

「玄山の日記を江田さんが保管していることが、何となく不可解に思われたのですけど、やはりそうした因縁があって、秘密ならぬ秘密を後生大事に抱え込んでいたわけですね」

「江田さんにはこんども、大阪でふたたびお会いしたよ。きみによろしく伝えてほしいと言っていた」

人の気配がすると同時に客室のドアが開いて、二人の仲居が新たな料理と温めた料理などを運んできた。食卓の料理が新たに並べ変えられる間、三人の客はせっせと猪口の遣り取りを交わした。仲居たちが引き下がると、鄭部長がまず口火を切った。

「宋階平さんを韓国へ招請しようという意見が少なくありませんが、現地へ行って宋さんにお会いしている金先生は、どのようにお考えですか？」

「いささか尚早ではありませんかね？　招請されたからといって、ほいほいとそれに乗ってくる人でもありませんから。とりあえずこちらから訪ねていって、あの人に会ってみて、互いに顔見知りになることから始めるのが順序ではないでしょうか　国民性だって違うし、おまけに幼い頃から独りで成長してきたせいか、あの人はわたしたち韓国人みたいに、血縁同士の情とか紐帯とかは、わたしたちほど強そうに見えないのですよ。やれ招請するのどうのと言ってこちらがやみくもに熱を上げたりすると、かえって宋階平さんのほうの熱が、冷めてくることだってあり得ると思いますけどね」

「冷たい人間といったほうですか？」

「いや、そうではありません。冷たいという感じよりは、現実的で実質的な人ではないかと思われます。わたしの個人的な感じですけど、共産党員ではないかと考えたこともあります」

「養鶏とか養豚みたいな個人企業を大がかりになさっ

ている人が、共産党員であり得るのか疑問ですね？」

「あちらの事情がよくわからないので、自信を持ってそう言うことは出来ませんけど、行動とかものの考え方から見て、社会主義思想が徹底している人のように見受けられました」

「瀋陽で教員勤めをしているという、宋志明という息子さんはどうです？」

久しぶりに東根が言葉を挟んできた。

「年齢に比しておとなしく、寡黙な青年だったたな。大体においてあの家の父子とも言葉数が少なく、質朴で謙虚な印象だった」

「宋階平さんはどうかわかりませんけど、息子さんのほうは招請すれば韓国へやってくることもあり得るのではありませんか？　ましてや間もなく夏休みですから、招請するにしても都合がよろしいように思うのですけど？」

ふたたび鄭部長の出番だ。亭真はしかし、かぶりを振って見せた。

「さっきもちょっと話しましたけど、何人かの人たちだけでも訪ねていって、互いに顔見知りになり、同じ韓氏の血族であるのを確かめ合うことが必要だと思いますね。こちらでは失くしてしまった血縁を見つけ出したと興奮し、感激したりしておりますけど、先方にはそんな感激などないことだってあり得ますからね。片方があまり熱を上げすぎると、相手はかえってそれを負担に感じるかもしれませんから」

鄭部長がおもむろにうなずくと、傍らに座っている東根を振り向いた。

「それなら、とりあえず韓課長が一族を代表して、訪ねて行ってみることとですな。互いに会って顔馴染みになり、招請する気持ちを伝えて、これに応じてくれるかどうかもたしかめてみる……」

「宋階平さんはきっと、韓国側の血縁よりも日本側の血縁にもっと会いたがるはずですよ」

ふたたび亭真がつけ加えた。

「日本側の誰をです？」

「敗戦直後に日本へ引き揚げていった妹さんの消息を、とても知りたがっておりましたからね。母親の柳子さんに対しては恨み辛みがあるのか何も言わなかったけれど、妹さんは生きていたらいっぺん会いたいと言ってましたから」

「だとしたら日本へ連絡して、妹さんを同時に長春へ招請しませんか？」

「それは不可能です。残念なことにその妹さんは、何年か前に亡くなりました。代わりにその方の娘さんがおりますから、娘さんを長春へ誘ったらどうです？」

　鄭部長が同意でも求めるように、傍らに座っている東根を見やった。東根が上半身を伸ばしながら亨真にたしかめた。

「その方の娘さんが江田彩子さんなのですね？」

「そうだ。わたしの考えでは、きみと江田さんの二人がまず中国へ出かけていって、宋階平大人にご挨拶申し上げるのだ。息子の宋志明もいることだから、若い三人で話し合って招請の件にめどをつけるのだな」

「わかりました。けど、江田さんがこちらの希望通りに、快く中国へ一緒に行ってくれるかどうかわかりませんね」

「行ってくれるよ。江田さんだって母方の伯父の宋階平さんに会いたがっていたから」

　しばし対話が途切れた。しばらくして東根が、締めくくるように口を開いた。

「まず、義兄さんが江田さんに連絡して、その結果を知らせて下さい。江田さんが承諾してくれたらすぐにも出発の日取りを決めて、ことを進めるようにしますから」

19

車がK市の外れを抜けだして、のどかな野道を突っ走って行った。六月に入って道端にはいつの間にか雑草が腰の高さにまで茂っており、広々と開けている野面にも、つい先ごろ植えつけたばかりの苗がその間に根を下ろし、濃い緑色をなしていた。視線の届く遠くて近い野と山がどこもかしこも、瑞々しい草緑色に染まっていた。

「講義は何時からだ?」

「午後四時」

「何分間の講義だ?」

「特別講義だからちょっと長いだろうな。用意してきた講義録の通りだとすると、おおかた一時間半くらいはかかるだろうと予想している」

今日は林正植が、Y郡にある耕田大学で「近代韓国農村の家族構成」という表題で、史学科主催の特別講義をすることになっていた。たまたま亭真も午後の時間に、Y郡で徐仁圭と会う約束があったので、二人は時間を示し合わせて一緒にY郡へやってくることにしたのである。

「徐教授はなぜだしぬけに、おまえに会いたいと言いだしたのだろうか?」

「祖父である徐尚道の遺稿集の原稿を用意していて、遺品のなかから何か新しい文献が見つかったらしい。大学の講義まで休講にしながら、すでに四日間も郷里の家にとどまっているそうだ」

「新たに発見された文献というのは、果たしてどんなものだろうか?」

「それがなあ。プライドの高い徐先生がおれみたいな男に、電話までかけてきたところを見ると、何か毛色の変わった品を発見したことだけは間違いないのだが……」

「それはそうと、中国で手に入れた松庵という雅号が書き込まれている太極旗は、送ってあげたのか？」

「いや、玄山の日記に添付されていた領収書のたぐいだけを送った。コピーして匿名で送ったのだが、ひょっとしたらあの領収書などのおかげで、遺稿のなかの文献を、新たに発見することになったのかもしれないな」

「どうしてそれを匿名で送ったりしたのだ？」

「肝心なのは発見された事実であって、送りつけた者の名前まで明らかにする必要はないと思ったのよ」

「おまえが玄山の曾孫の亭主だからか？」

補助席に腰を下ろしている林正植の視線が、亭真の頬に鋭く突き刺さるのを感じた。けれども彼はどこ吹く風とばかりにハンドルを握ったまま、ゆったりと前方ばかりを眺めていた。

薬泉洞の土地にまつわる係争がもとで、韓会長の玄山学院財団と徐氏一族の徐仁圭とは、すでに何ヵ月も前からぎくしゃくした関係にあった。係争の決着がつかないので財団側では、工事の中断を余儀なくされるありさまであったし、徐氏一族側は彼らなりに、韓氏一族による直接もしくは間接の脅しと嫌がらせに感情的になっていて、極限的な対立さえ辞さぬとまで腹をくくるありさまであった。

そうしたさなかに亭真は、松庵という謎の人物が一九二〇年代の半ばまで、玄山に莫大な金額に上る独立運動資金を送り続けた事実を確認し、その謎の人物松庵が親日派として知られてきた徐尚道の、また別の雅号であることを突き止めたのであった。ところがそのことは、韓氏一族の間にだけ密かに知られたにとどまり、肝心の当事者である徐氏一族はもとより、世間にも知らされてはいなかった。係争で感情を害している徐尚道の子孫徐仁圭にこの事実を知らせることは、喫緊の問題ではないと韓氏一族の間で考えられていたからであった。

けれども、松庵が徐尚道のまた別の雅号であり、一九二〇年代の半ば頃満州で独立運動を繰り広げていた志士の玄山に、巨額の運動資金を提供していた事実を探り出した亭真としては、亡き妻の実家の一族が意図的にだんまりを決め込んでいるそれはそれとして、事実関係を確認した者として当事者である徐氏一族に、そのことを知らせる道義的な義務があった。ましてや松庵が徐尚道と同一人物であることを、ほかならぬその子孫である徐仁圭を通して確認したからには、亭真としても後日、徐仁圭から叱責されないためにも、その事実を松庵の直系の子孫である徐仁圭に知らせておかねばならなかった。薬泉洞の土地に絡んだ係争がもとでまたふたたび東波・徐尚道の親日行為が暴き立てられている折だけに、その事実はいまこそますます公正に明らかにされてしかるべきことであった。

彼はしかし韓氏一族の娘婿という間柄ゆえに、おのれの名前でその事実を明らかにすることがはばかられた。二つの一族の関係が張りつめた緊張状態にあったので、まかり間違えば韓氏と徐氏のどちらの一族からも、彼は嫌われ者として除け者にされかねなかったからである。思案の揚げ句彼は、松庵が独立運動に関与した事実を裏づける証拠となる、幾つかの文書をコピーすると発送人を匿名にしたまま徐仁圭に送りつけたのであった。証拠となる文書はもっぱら、玄山が密かに書き残した日記に添付書類として挟まれてあった、独立運動資金の受領を証明する、玄山の名義で書かれた資金の領収証の写本類であった。

察するにそれらの借用証書と領収書の類は、徐教授にとって祖父徐尚道の独立運動への関与を裏書きする、貴重な物証になるはずであった。これまで、親日行為を働いた事実ばかりがさまざまな記録によって裏書きされているだけで、初期に独立運動に関与したことは記録や物証がまったくなかった徐尚道だったので、徐教授はこのたび初めて、多少なりとも祖父の名誉回復を図るに足る、貴重な物証を確保することになったわけである。

「徐教授とは何時に、どこで会うことにしたのだ？」

「昼過ぎぐらいになるだろうとは言ったけど、時間の約束をしたわけではないのだ。場所はおそらく、教授の自宅になるだろうな。あんたの講義が終わったらすぐに連絡して会うつもりだ」

「招かれざる客のおれが、教授の自宅までのこのこ出かけていっても構わないだろうか？」

「おれの考えでは、教授はおれよりもあんたのほうをもっと歓迎すると思うがね。自分の祖父が独立運動に加担していた事実を初めて確認する席だけに、韓国近代史を専攻している研究者が、自分のほうからのこのこ入り込んできたのだから、教授にしてみれば願ってもない、歓迎すべきことだからな」

車がちっぽけな農村の集落を通過した。道端の縁台の上には早生の、マクワウリやスイカなどの果実が積み上げられていた。自家用車で行楽にやってくるドライバーなどを相手に、現地で生産された農作物を直販している直販場といった恰好であった。

「宋階平さんを訪ねていくとか言っていた離散家族再会チームは、いつ頃中国へ出発するのかね？」

「もう出発したよ」

「もうというと、いつのことだ？」

「一昨日」

「するといま頃は、再会したニュースが届いているはずだな？」

「電話連絡ばかり四回も受けているよ」

「誰がそんなに熱心だった？」

「義弟と彩子の二人が、代わる代わる連絡をくれるものだからな」

「彩子というと？　あんたが首ったけの、例の物書きの日本の女性？」

「ああ、彼女は同じ日に、日本からじかに長春へ飛んでいったからな。ソウルから長春へ向かった連中と合流して、同じホテルへ入ったそうだ。宋階平さんが自分の血族のなかで誰よりも会いたがっていた人物が、彼女だからな」

「それで、離散家族の再会はどれくらい感激的だったそうかね？」

「彩子がちょっぴり涙を見せたくらいで、思ったより淡々としていたらしい。なにしろ主人公の宋階平さんがもともと冷静な人だから、大袈裟に騒ぎ立てる雰囲気にならぬように気を遣ったのではないかと思うよ」

「あんたの義弟は何と言ってた？　こちらの血族の代表じゃないか？」

「曾祖父である玄山の墓を詣でたことが、もっとも胸の痛むことだったらしいな」

「玄山の墓を探しだしたのか？」

「長春市郊外にある共同墓地に、名もなき墓として祀られてあったそうだ。宋階平さんに案内されてやっとの思いで詣でたらしいけど、それまで誰も手入れをしてこなかったばかりか、あまりにも貧弱でみすぼらしいものだったので、義弟のやつ、涙を堪えるのにさんざん苦労をしたらしいよ」

「宋階平とかいうその男は、どうしてその間、父親の墓をほったらかしておいたのかね？」

「何年か前までは出生の秘密を知らされていなかった人だからな。遅ればせに実の父親が玄山であることを知って、墓を探しだしたのも最近のことだろうよ。おまけに玄山が、反革命親日分子として知られていたので、あえて墓を探しだしたいという気にもなれなかったのかもしれないし、な」

「事情を知ってみると、せめて墓を探しだしただけでもめっけものと言えるかもしれないな？」

「墓碑もなしに数字だけが書かれている標識が、墓の片方の隅っこに打ち込まれていたそうだ。永らくゆかりの者が出現しないものだから、墓地を管理している当局が、関係書類にアラビア数字で書き込んでおいたみたいだと言っていた」

車がスピードを落とすと、道路脇のちっぽけなサービスエリアを目指して入っていった。駐車場に車を停めると亨真が先に、車から下りて外へ出てきた。

「眠くてかなわん。時間はたっぷりあるのだからここでちょっと、コーヒーでも飲んで行こうや」

車の往来がまばらな道路だったので、サービスエリアの喫茶店も閑散としていた。四十歳がらみのおばさんが一人で来客の相手をしているだけで、音楽もなければ客の姿もなかったから、まるで山のなかの物寂しい庵を訪ねてきた感じであった。窓側に場所を取ってコーヒーを注文してから、林正植がまず気がかりだというように亨真に問いかけた。

「Y郡まではどれくらい残っているのだ？」

「十五キロ」

「最近になってふと思いついたことだけど、日本の植民地時代にこの国の知識人たちの多くが親日派に成り下がって節操を汚した理由は、情報がなかったことにあるのではないかと思うのだ」

「一体どういうことだ、それは？」

「近ごろのように情報媒体が多くなかったばかりか、活発でもなかったあの時代には、日本軍の大本営が提供してくれる情報のほかに、これといって外部からの情報に接するチャンスなどなかったのだよ。戦時下だったから情報の回路がとことん塞がれるかコントロールされるかして、大本営から提供される情報だけが当時は耳に出来る、唯一の情報ではなかったかと思うのだ」

「それと朝鮮の知識人が節操を汚したこととの間に、どんな関わりがあるというのかね？」

「外部からの情報が流れ込むルートが徹底的に封鎖されて遮断された状態では、戦況とか国際情勢に対するまっとうな考え方も判断も出来はしないんだ。それが証拠に、民族解放直後に親日派の大物どもが吐露した、呆れ果てた告白を聞くことが出来るわけさ」

「どんな告白をだ？」

「やっこさんたちは日本の天皇がラジオで無条件降伏を放送するときまでも、日本が敗北するだろうとはゆめゆめ想像できなかったということよ。戦況が不利になってきて、最悪の場合戦争に負けても、日本は連合国と外交的な妥協を図って戦争を終息させた後で、朝鮮を永久に日本の属国として帰属させるものと、堅く信じていたというのだ。いわば当時としては、朝鮮の独立は想像も出来なかったことなのさ」

「だから祖国と民族に背を向けて、はやばやと親日派に鞍替えしてしまったということか？」

「悪く言えばそんな恰好になるが、よく言えば当時の国際情勢に現実的・能動的にマッチするという態度だったのさ。どのみち朝鮮が日本の属国として帰属するからには、列の外へはみ出して苦痛に満ちた不協和音を上げるよりも、むしろ積極的な姿勢で日本が主導した皇国臣民化（訳注　植民地時代末期には朝鮮人を皇国臣民＝天皇の国民に思想改造する）政策とか内鮮一体（訳注　内地＝日本と朝鮮は一体＝一つだから民族の違いはなくともに天皇のために尽くそうという考え方）運動に、自発的に呼応しようという姿勢だったのさ」

「それは、朝鮮は日本の属国だという前提のもとに生まれてきた発想ではないのかね？」

「もちろんだとも。親日派の連中は朝鮮が日本に帰属することは、動かし難い事実と認識していたのだからな。むしろこっそりと身を隠して朝鮮の独立うんぬんする連中のほうが、やっこさんたちの目には国際情勢に疎い、腑抜けの夢想家か無知な輩に見えたのさ。まさにそうした連中のおかげで独立運動にかぶれしいって、無知蒙昧な民衆までが皇国臣民化に従いていけなくて総督府の警察に睨まれ、受けなくてもよい迫害の対象とされたり、とばっちりを食らって苦痛を味わわされたりしていると考えたのだな。そこでやっこさんたちのなかには、朝鮮同胞の苦痛を軽くするために進んで犠牲になり、親日運動の先頭に立ったなどと途方もない言い訳を並べ立てる連中だっていたさ。言うなれば、おのれが日本帝国主義者に尽くしたのは、自分自身の利益と栄達を願ったためではなくて、朝鮮同胞の苦痛を和らげるための、純粋な民族愛から出発した行動だというわけだ」

「国際情勢と戦況というものに、それほど疎かったのだろうか？　アメリカ軍の爆撃機による爆撃を見れば、戦況がどのように展開しているか判断がつきそうなものだけどな？」

「それはちょっと違うな。日本の本土では爆撃がひどかったけど、朝鮮半島にはたいして爆撃がなかったからな。それに、親日派の思考力をいっそう曇らせ、麻痺させたのは、日本の大本営が国民の士気を奮い立たせ、戦意を昂揚させるために、ありもしなかった日本軍の戦勝を毎日のように膨らませてでっち上げて、戦況ニュースを報道したことさ。そのため、実際には日本軍が、アメリカ軍つまりは連合軍に毎日のようにさんざんな目に遭わされ、負け戦を重ねているのに、日本国民は、自分たちの皇軍が依然として勝ち戦を重ねていると、錯覚していたということさ。言うなれば日本の軍部は、必要と判断される情報だけを一方的に国民に繰り返し提供することで、あくまでも国民を欺き通すと、国民全体を一種の戦争狂に洗脳していったわけだ」

「ところが朝鮮側の親日分子どもは、一般の民衆よりもむしろその数が多かったうえ、社会の指導層や知識層のなかによりたくさん拡散していたのではなかったか？　知識を身につけた少なからぬ連中のなかに親日派が多かったことは、どのように解釈すべきかね？」

「理由があるのさ。当時の朝鮮半島では大本営からの情報が、もっとも信じるに足る唯一の価値ある情報だったのよ。そのため、そうした情報の周辺に接近していた人たちが、より徹底的にその情報に麻痺させられ、洗脳されていたのよ。言うなれば上級位グループ全体が、一種の戦争マニア状態に落ち込んでいて、自分たち同士で似たり寄ったりの情報を遣り取りする過程で、彼らは互いに慰めたり慰められたりしながら、彼ら自身もそれと気づかぬ間に自己催眠にかかってしまったわけだ」

「原爆が投下された後も、その連中は相変わらず夢のなかを彷徨い続けていたのだろうか？」

「そんなことはないさ。その頃にはほとんどが正気に返ったけれど、すでに悔い改めるチャンスを逃がしていたのさ。何年もの間ひたすら親日行為に励んできた連中が寝返ったところで、一週間足らずの間に悔い改めることなど出来るはずがないじゃないか」

注文したコーヒーが運ばれてきて、彼らはさっそく口をつけた。しばらく言葉がなかったが、やがて亨貞がふたたび口を利いた。

「玄山が晩年に節操を枉げたのも、情報がなかったことによる判断ミスと見なすことが出来るだろうか？」

「いや、玄山は別だ。中国では朝鮮と大違いで、外部の情報が厳しく統制されることはなかった。ましてや中国とは交戦中だったので、秘密のルートを通して外部の情報が容易く、内部まで浸透することが出来たからな。玄山は情勢判断を間違えたのではなくて、独立運動内部の路線対立と葛藤によっておのれの立地を失い、立ち位置を失くしていたのだ。絶望の果てに網にかかってしまったところが、満州に駐屯していた日本軍の特務機関でも、もっとも末端に属していた組織だったというわけさ」

「独立運動内部における対立と葛藤というと、社会主義路線と民族主義路線のことを言っているのか？」

「大まかに分ければそういうことになるだろうけど、そのほかにもあれやこれやの名称を持ったこまごました路線がかなりあったのさ。とにかくそんな具合にして、内部対立と葛藤で犠牲になった独立運動の闘士たちというのは、おそらく日本軍によって犠牲になった数に劣らぬくらいいたくさんいたはずだ」

「そうした対立や葛藤を解消するとか避けるとかすることは、出来なかったのだろうか？」

「人員の構成からいって、そうした対立や葛藤はどうすることも出来ない悲劇だったのさ」

「対立と葛藤は当然のことで、避けがたかったということか？」

林正植がそうだというようにうなずいた。そしてしばらく何かを考え込む風情であったが、やがてふたたび言葉を継いだ。

「世界中のあらゆる独立運動団体や反政府・反体制集団などは、お互いの間の葛藤と反目を彼らだけの一種の生理か本性のように持っているものだな。韓国の独立運動団体とてその例から洩れないのさ。満州に散在していた朝鮮独立武力集団同士の凄絶な反目と、ゲモニー争い、それから上海にあった大韓民国臨時政府の内部で、ひっきりなしに繰り返された派閥同士の離合と集散なども、実はその内容を覗き込んでみると、すべてがそうしたアンチ集団同士の生理と本性のせいだったのよ。実際に国民の輿望と希望を一身に集めていた、我らが独立運動のさまざまな団体が、顔さえ合わせれば互いに相手をけなし口汚く罵ったものだから、当時の彼らの実相を調べていって見ると、失望と惨めな思いを通り過ぎてときには嘆かわしく憤怒が込み上げてくることさえあるのさ。とはいえ、それがわれらが独立運動団体を初めとする多くのアンチ集団本来の体質だし、赤裸々な姿だったのさ。彼らの構成員個々人がそうなるよりほかはない人物たちで組織されていて、一人一人が大将でありボスであったから、自分より上へは誰ものし上がったり君臨したりすることを許さなかったのだ。言うなれば有象無象どもばかりが群れをなしていて、個々人の誰もがリーダーであり統率者でありしたので、誰一人として自分が率いたり下働きさせたり出来る者がいなかったのよ」

「彼らの資質が、もともとそんなものだったということか？」

「もちろんさ。独立運動をしたいと言って身を投じた人たちというのは、もともと資質からして普通の人たちとは大いに違っていたのだ。彼らの大部分が郡とか村では長であることが普通であったし、おのれが所属する集団を代表するかオピニオンリーダーたちなのだ。いわば、性格自体が権力志向的な人物たちだったので、自分たちの縄張りである祖国の独立を誰よりも熱望したし、そのため全身をなげうって祖国の独立運動に献身的に尽くしたのさ。ところが身を投じてみたら、同志としては歓迎できるけれど、競争相手としては誰もが侮りがたい人物たちばかりだったのだな。自分と似たり寄ったりの性格の連中ばかりが、一つところに群れているものだから、しょうことなしに彼らの間では、リーダーシップをめぐる争いと覇権争いが、生理みたいにつきまとってしまったのさ」

「必要悪というわけか？」

「そこまで悪意をもって見ることもないさ。政治なんてもともとダーティーなものと決まっているのではないのか？　実際にはそうしたけしからん連中こそは、この複雑にして難解きわまる世の中を、引っ張っていっている実際の勢力だからな。たとえ彼らの反目と対立が目に余り、腸《はらわた》が煮えくりかえろうとも、それこそはまさしく彼らの生理だと思って、出来ることならば彼らの振る舞いに目をつぶり、大目に見てやるように努力しようということさ」

「おやおや、これはまた、とんだ藪蛇だったな？」

亨真の悪戯っぽい反発に、林正植は子どものように合掌すると摺り合わせて見せた。

コーヒーを飲み終えた彼らは同時に椅子から立ち上がった。喫茶店から出てきながら、亨真は思い出したようにふたたび話し出した。

「ところで、日本のある雑誌社から、座談会を催したいと申し入れてきてな。韓国側の出席者としてあんたを推薦しておいたのだが、構わないだろうか？」

「どんな内容の座談会だ？」

「韓日関係の過去と現在という、いささか曖昧なテーマだがな。あらかじめ質問書を回覧するそうだから、ざっと目を通してみれば座談会の性格がわかるだろうよ」

「座談会の場所は？」

「韓国へきて催すらしいが、ソウルではなく済州島辺りになりそうだ」

「ギャラはでるのか？」

「ただ働きならおれだって真っ平さ」

「よかろう、出席しようじゃないか」

「林先生、お入り下さい」

徐仁圭が彼の書斎とおぼしい大きな部屋へ、来客たちを案内した。韓国家屋を改造した四、五間ほどの大きさの広い部屋には、三方の壁に書籍が天井に届くまでぎっしりと積み上げられていて、庭に面してつくられている大きな引き戸の前のほうだけを、レザー張りの接客用のソファーが広々と占領していた。

「そちらへお掛け下さい。それはそうとお二方は、コーヒーとお茶、紅茶などがありますが、どれになさいます？」

「どれでも構いません」

「わたしは夕方はコーヒーを控えております。インド産のジャスミンティーがあるのですが、お二方はいかがです？」

「それにしましょう」

亨真が答えたのと同時に、林正植が別の飲み物を注文した。

「わたしはコーヒーにして下さい。冷たければなお嬉しいですね」

「そうですか？　わかりました。おばさん、こちらへジャスミン茶を二つと、冷たいコーヒーを一つ用意して下さいな」

部屋の外から女性の短い返事が聞こえてきた。顔を上げて林正植を正視すると、徐仁圭がまず問いかけた。

「韓国史を専攻なさっておいでだそうですが、時代はどの辺りです?」

「頭痛の種の近代史のほうですよ」

「近代史がなぜ頭痛の種なのです? もっとも興味深い時代ではないですか?」

「興味深いから頭痛の種ではありませんか。この人あの人と、いわく因縁がありすぎるし、問題も多い……」

徐仁圭は、こんどは亭真のほうへ向きを変えた。

「金さんはこないだ、中国へ行ってこられたとおっしゃってましたね?」

「ええ、先月の半ば頃、行って参りました」

「中国のどちらへ行ってこられたのです?」

「主として旧北満州と延辺自治州方面です」

「玄山先生が活躍なさっていた、抗日闘争ゆかりの地を歩かれたわけですか?」

「おっしゃるとおりです」

「歩いてみるに価するものはありましたか? いえ、ね、近ごろにわかに、その方面を歩いてみようという、大学の同僚たちからの誘いがたくさんありましてね」

「年月があまりにも経ちすぎて、ゆかりの地の保存状態がきわめて悪かったですね。場所によっては痕跡すらなくて、無駄足を踏んだこともありましたよ」

「年月も年月ですけど、外国の土地ですからいかんともしがたいことでしょう。高句麗と渤海の歴史遺跡ですらそんな体たらくで、廃墟と化しているではありませんか」

しばし対話が途切れた。幅広のグレーの綿の袴衣に半袖のTシャツという姿の徐仁圭は、ふだんの大学におけるこざっぱりとした身なりとは大違いで、どことなくくつろいだ純朴そうな印象であった。亭真がややあって、書斎をひとわたり見回してからまず声を掛けた。

「郷里へはちょくちょくいらっしゃるのですか?」

「ちょくちょく行けるゆとりなどありませんよ。今回はわたしの手で片を付けねばならぬことがあって、しばしの猶予をもらってようやく実現したわけでして」

「東波先生の文集をだすためですか?」

「文集とも関連がありますけど、必ずしも、そのことのためばかりではありません」

六月の長い初夏の陽射しが、いまだに窓の外の庭先にたゆたっていた。庭先には近ごろ滅多にお目にかかることがないれんげ草、おしろい花、鶏頭といった古くから在来種の花々が、華やかに咲き誇っていた。しばし庭先へ視線を投げかけていた後で徐仁圭が上半身をよじると、背後のテーブルの上にあった封書の一つを手に取った。

「金さんはよくご存知でしょうけど、林さんは東波・徐尚道のことをご存知でしょうか？」

「ええ、それなりに承知しております」

「その人がわたしの祖父ですが、親日派として世間により広く知られていますね。わたしが今日金さんにお会いしたいと申しましたのは、その親日派の東波に関する、何点かの新たな記録が発見されたからでして」

話し終えると徐仁圭は、茶色の分厚い封書のなかからコピーされた何点かの書類を取りだして、テーブルの上に拡げた。よくよく見るとそれらはどれも、まさしく亨真が数日前に密かに郵送した、玄山の署名がある独立運動資金を受領したという領収書のコピーであった。

「何日か前にわたしに宛てて、このようなコピーなどが郵送されて参りました。東波のことをよくご存知のどなたかが、東波の文集を出版する準備が進められていることを知って、参考資料として送って下さったもののようです。お二人は、一九二〇年代頃に東波が、独立運動に身を投じていたことをご存知でしょうか？」

「三・一万歳事件の折に、万歳運動を主導なさったくらいのことは承知しておりますが」

「人によってはそのことさえもでっち上げだなどと言っておりますけど、実際には万歳事件以後、東波はいっそう祖国光復のために全身をなげうって尽くしたのですよ。ここにその証拠があります。松庵という仮名こそはまさに、東波のまた別の雅号でした」

名前も告げずに自分が送った二種類のコピーを、亨真は致し方なく手にとってたしかめる仕草をした。あらまし目を通してからそれらのコピーを元へ戻すと、徐仁圭が上半身を立てながらふたたび真剣な表情で口を開いた。

「送って下さったのがどんな方かわかりませんけど、わたしにとってこれらのコピーはまことに貴重な資料です。実をいうと、これらの資料のおかげでわたしは最近、また別の事実を確認できました。とんでもない人物の名義で所有権が移っている我が一族の土地が、その間に大きな疑問の種となりまして、ある私学財団を相手に訴訟まで起こしたのですが、その土地を売買したプロセスがこれらのコピーによって明らかになりましたので、長年の疑問もようやく解消しましたが、係争の件もどうやら解決しそうです。わたしが金さんにお会いしたいと申し上げたのは、ほかでもないそのことのためですよ」

「訴訟を起こされた土地と申しますと、裁判沙汰になっている薬泉洞の土地のことでしょうか?」

「その通りです。金さんも玄山学院の理事でいらっしゃるから、あの土地に対する訴訟の内容はよくご存知のはずでしょ?」

「いや、その方面のことはからきし何も知らないほうで。問題があって訴訟が起こされていることを知らされただけで、訴訟の内容がどのようなものかは、聞かされたこともなく知ろうともしませんでした」

中年の女性が茶を運んできたので、しばし対話が途切れた。身なりや振る舞いから推して徐仁圭夫人ではなく、家事を手伝っている親戚の女性か家政婦といった印象であった。二人の客に茶を勧めながら、徐仁圭がふたたび話し始めた。

「訴訟の内容をよくご存知なさそうですから、理解を助けるためにわたしから少し、事件のあらましを説明しましょう。問題の薬泉洞にある二万二千坪の土地は、元来わが徐氏一族の先祖の墓地に付属する墓位田でした。ところが一九二四年に、その墓地を脇にある間坪のほうへ移したことから、二万二千坪もの墓位田がうやむやのうちに切り離されて、趙明哲という人物に仮契約の形で分割され、所有権が移されました。この趙明哲というのは、日本の統治時代には吉村という日本人農場主の小作地管理人をしていた男で、当時のこの男の財力からすると、薬泉洞の土地を買い取ることなど思いもよらぬ状態でした。そこで、昔の土地台帳を参考に別のルートを通じて調べ上げてみましたら、趙明哲は登記簿のうえで名義を貸し与えた人物でしかなく、実際にその土地を買い取ったのは日本人農場主の吉村であることが判明しました。この時分は日本人が土地を買い取ると、朝鮮人の反発がきわめて激しいほうでしたから、吉村は趙明哲を表に立てて密かに土地を買い取った後で、我ら徐氏一族の顔色をうかがうために永らく所有権を移さぬまま、ほったらかしておいたものらしいのです。ところで問題は、民族解放後に買い取った当人の吉村が日本へ逃げ帰ると、趙明哲のやつがこっそりとその土地を自分名義で登記して、おのれの所有物にしてしまったことですよ。解放後の混乱が続いていた頃で、どさくさ紛れに敵さんつまり日本人の財産である土地や家屋などは、容易く払い下げてもらえる時期でしたから、もともとおのれの名義で仮登記されていた薬泉洞の土地を、趙明哲名義で登記することなどなおさら容易くて簡単なことだったでしょう。ところが数日前に、一族の古い文書を整理していて、わたしは思ってもみなかった新しい事件の記録を発見することになりました。民族解放後、趙明哲が薬泉洞の土地をおのれの名義で登記した事実を知って、祖父の東波がその土地を取り戻すために、所有権の確認を求める訴訟を裁判所に起こしていたのですよ。祖父はその訴状のなかで、薬泉洞の土地はもともと徐氏一族のものであったけれど、日本人の吉村から一万五千円を借用することになったので、その抵当として薬泉洞にある二万二千坪の土地を、吉村農場の小作地管理人である趙明哲名義で仮登記してやったのだ、したがって日本の敗戦によって吉村が帰国することになり、彼との債務関係が消滅したので、その土地は当然のごとく元の所有者である徐氏一族に返還されなければならない。ところが親日派として知られていたので、その頃は国民からこっぴどく指弾されていた祖父は、趙明哲が偽物の証人を立てて、やれ親日派よ売国奴よと攻撃してくるものだから、ろくすっぽ満足な抗弁すらできずに、訴訟を取り下げてしまいました。結局このようにして、趙明哲はまんまと薬泉洞の土地二万二千坪を我がのものとすると、一九八六年にいまの所有者である玄山学院に、その土地を売り渡してしまったのですよ。詐欺師によって不法にも、掠め取られんばかりにして名義が移された薬泉洞の土地を、玄山学院は満足に事実関係をたしかめようともせず、軽はずみにも買い入れ、いま進められている訴訟を誘発したわけですな」

長い話を終えると、徐仁圭はしばし窓の外を眺めた。いつ見ても余裕と自信に溢れていた徐仁圭が、緊張しているせいか今日に限って苛立っていて不安そうに見えた。窓の外から視線を戻して二人のほうへ向けると、彼はふたたび口火を切った。

「お二方は、わたしがなぜ、長ったらしく係争中の土地のことを並べ立てたのか、さぞかし訝しく思われたでしょう。実を言うとそれは、この薬泉洞の土地をめぐる事件は、我が祖父東波が独立運動に関与した事実を裏書きする、具体的な証拠となっているからですよ。結論から申し上げるならば、我が祖父が父祖伝来の墓地の墓位田である薬泉洞二万二千坪の土地を、売買形式ではないまでも仮登記のために抵当権を設定したのは事実です。債権者はさっきも話したように、日本人の農場主であった吉村でした。あの土地を担保にして借り受けた金額は、当時としては巨額の日本円にして一万五千円。祖父の文集に収録する原稿を集めて整理する過程で、最近になってようやくその記録と関係書類などを見つけ出したのですが、祖父はとどのつまり、玄山の独立運動を資金の面で支援するために、自分の祖先の墓地の墓位田まで抵当に入れねばならぬくらい、資金をこしらえるのに苦心したばかりか、熱心だったということですよ」

亨真と林正植はしばらく互いに顔を見合わせた。朧気に予想はしていたけれど、いざ徐仁圭の口を通してその事実を突きつけられてみると、過ぎ去った歴史の陰になっているひだのなかに、どれほど多くの事実と真実が埋もれていたり、歪曲されていたりしているのか、わかる気がした。

「子孫としては恥ずかしい告白になりますけど、我が祖父はまぎれもなく日本帝国主義者に協力した、反民族・親日分子でした。晩年にあの人が親日行為を重ねた事実は多くの記録に明らかに示されていて、動かし難い事実として定着しております。けれども一九一九年の三・一万歳運動から一九二〇年の後半に至るまで、あの人はまた誰にも引けを取らぬくらい全身をなげうって、誠意と熱意を尽くしました。事実を正しく示すことが歴史本来の使命だとしたら、我が祖父の親日行為に劣らずあの人が独立運動に献身した事実も、併せて明らかにしてしかるべきだと思うのですよ。あの人はこれまで、あまりにも辱めを受ける方面でばかりその名が広く世間に知られてきました。子孫が愚かで至らぬものですから、祖父が授かってしかるべき名誉さえも、満足に守って差し上げることが出来ませんでした」

話を終えた徐仁圭は、またしても窓の外へ視線を移した。ちらりと眺めた彼の目尻に、きらりと光るものがあったように見えた。激した感情を鎮めようとするかのように、徐仁圭の胸元が大きく膨らんでは元へ、戻っていった。そんな姿を見守っている亨真と林正植は、思わず胸が塞がれるような息苦しさを感じた。

親日派として知られた人物を祖先に持った子孫たちの、苦悩と肩身の狭さとは果たしてどんなものであろうか？　祖先の祭祀（法事）が営まれるたびに彼らは、過ちを犯したおのれの先祖たちを、どんな心構えで敬いもてなすのであろうか？　険しくて世知辛い世間の口さがない人々は、もはやこの世の人ではない彼らの祖先を、機会あるごとにひっきりなしに罵倒し攻撃してきた。その攻撃がときには祖先を経て、彼らの子孫たちにまで代替わりして引き継がれてきた。自分が関与したわけでもないのに冒された祖先による過去の過ちが、その子孫にまで引き継がれていくのは紛れもなく間違ったことである。

ところが、歴史による審判などといった、ご大層な名分のもとに毎年のごとく、そうした間違ったことが拍手と激励のうちに、さながら年中行事のように繰り返されているのだ。徐仁圭の父親である前国会議員だった徐宗秀こそはまさに、そうした不幸な例の代表的な犠牲者であった。彼は三度目に国会議員選挙に出馬したとき、敵対する候補者が東波・徐尚道の親日行為を暴き立てて攻撃したので、投票日を十日後に控えて自ら出馬を辞退してしまったのだ。そればかりか、このときのショックがもとで高血圧まで再発させ、選挙が終わってほどなくこの世を去るまでに至ったのである。

「さっきも申し上げましたけど、薬泉洞の土地を抵当にして手に入れた当時の日本のカネ一万五千円は、そっくりそのまま満州へ渡っていった玄山に送金され、独立運動の資金として使われたのですよ。察するにその資金は、玄山が東満州のどこかに建てたという、仁成学校の設立基金として使われたのではないかと思われますね。その後も祖父は、数百円単位でなんと五回にわたり、人づてでもしくは郵便で、資金の支援をしているのです。ここにあるこれが、あの頃送金した資金の内訳を示す明細書と送金した元帳などですよ」

徐仁圭が茶色く変色している韓国紙の書類などを手渡した。細筆で金額と日付、託した人づてなどが書き込まれている明細書は、保管状態がよくなくて端っこが千切れていたり、なかには長く破られて二枚になっているものもあった。亨真と林正植はそれらの書類を分かち持って、おのおの金額と日付、受取人などをたしかめ始めた。

「受取人が秀岩となっていますが、秀岩というのは何者ですか？」

林正植が徐仁圭に訊ねたが、彼の代わりに亨真が答えた。

「玄山のまた別の雅号だ。東波と玄山の二人は日本の警察の監視の目を避けるために、自分たちだけに通じるまた別の雅号を用いていたのだ」

「その通りですよ。この送り状には受取人が、玄山の別の雅号である白峰となっております。わたしの祖父も松庵のほかに、薬泉という雅号を用いたこともありますね。薬泉が薬泉洞から来ていることは、説明するまでもありますまい」

受取人と送金人が明記されている、送金元帳を見つけ出したことによって徐仁圭は、いまや東波・徐尚道が独立運動を支援したことを裏づけることが出来る、物証を確保したわけであった。玄山の秘密の日記に、備忘録の形式で添付されていた借用証文と領収証も、いまでは誰にどのような用途で借用した現金なのか、その債権者に対する疑問が明白に解消したのである。


「薬泉洞の土地を抵当にして借用した代金が全額、玄山への独立運動の資金として支援されたとするなら、いま係争中の薬泉洞の土地の所有権は、元の所有者である東波の側に返還されるのが正しい処理ではありませんか？」

林正植がことさらに徐仁圭に向かって神妙な面持ちで訊ねた。徐仁圭はしかしそれへの返答を避け、向かい合わせに腰をかけている亨真のほうを淡々とした面持ちで眺めた。

「東日グループの韓英勲君はおそらく、いまわたしたちが確認し合った事柄などを、信じようとも受け容れようともいたしますまい。しかし金さんにお願いしたいのですが、この一言だけは是が非でも、韓君にお伝え下さい。これからは二度と、昔のことを持ち出してきて我が祖父や我が一族に、侮辱的な攻撃を仕掛けたりせぬようにと、ですよ。もしもまたふたたび、何らかの経済的な利権を目的として我が祖父に、過去のことを持ち出して何らかの侮辱や貶める行為をしたなら、そのときは誓ってこの徐仁圭が赦さぬだろうと、ですよ」

20

入国者用の自動ドアが開くと、義弟の東根がカートを押しながら先に立って、到着ロビーのほうへ抜けだしてきた。東根が通路の半ば辺たりまで出てくると、到着した乗客たちを出迎えに来てひしめき合っている人々のなかから、耳に馴染んでいる野太い声が飛んできた。

「韓課長、遅かったじゃないか。飛行機の延着かね？」

東根はカートを止めてようやく、横に長く延びている出迎えの人たちのほうを眺めた。迎えに出ていた鄭部長が大きく手を振っていた。東根は部長の傍へカートを寄せていくと、

「ええ、北京での出発からして三十分も遅れましてね。それはそうとして、義兄さん、江田さんは荷物が出てくるのを待っているので、ちょっと遅れるはずですよ」

義弟が一人で帰国するのであったら、亨真は空港まで迎えに出てきたりしなかっただろう。日本への直行便で帰国するものと思っていた彩子が、東根と同行してソウルへやってくるという連絡を受けて、彼も遅ればせに慌ただしく車を走らせて空港へ駆けつけたのである。

「だいぶ陽灼けしたようだな？　いろいろと結構なものを観光させてもらったようじゃないか？」

鄭部長のお世辞混じりの冗談に、東根の浮き浮きした声が長ったらしく続いた。

「まず延辺へ出かけていって延吉・龍井・図們を見てきたし、戻る途中では北京へ寄り道すると、脚が棒になるくらい紫禁城とか万里の長城などを、せっせと観光してきましたよ」

「白頭山は？」

「まだ季節が早くて、入山できないとのことでした。

言われなくても白頭山へ登りたかったのに、ものすごく残念でした」

　通路から出てくることは考えず、東根はなおも大きな声で喋りまくっていた。どうやら彩子が出てくるのを待って、一緒に出てくるつもりらしかった。

「お義父さんがソウルへ出てきておいでだ。いま頃はたぶん平倉洞におられるはずだ」

　亨真の言葉に東根は目を丸くして見せた。

「腰が痛いと言ってたんですけど、ソウルへはいつ上京してきたのです？」

「きみの出迎えを兼ねて、腰痛の治療のためにわざわざ上京なさったのだ。こまめに鍼治療に通っておいでだったが、その間にかなり痛みが取れたと聞いているよ」

「あそこに江田さんが出て来たようです」

　キャスターつきの旅行用大型キャリーバッグを片手で力強く引っ張りながら、彩子が何人もの人たちと一緒になって、入国するための自動ドアから出てくるところであった。天候が暑かったせいかショートパンツを穿き、髪を束ねて高く立ててリボンで結ぶといういでたちで、足にはウオーキング用の真っ白なスニーカーを履いていた。

「こちらですよ！」

　東根が声を掛けるとようやく、彩子は声がしたほうへ視線を向けた。手を振る亨真に向かって彩子が答えるように、片方の手を高々と振り上げた。ショートパンツの外にさらけだされている彩子の長い脚が、彼女の明るい笑顔と調和して健康美を溢れさせていた。

「金さん！」

　これに答えて手を振って見せるばかりで、亨真は声をかけなかった。彼女のあまりにも大胆な身なりが、いささか面映ゆかったからでもあった。二人の距離が近づいてくると、亨真のほうから先に握手を求めた。

「愉しい旅でしたか？」

「ええ、いろいろと」

「ちょっとやつれたようですね？」

「上手に乗り切っていたのですけど、お酒のせいでへまをやらかしてしまって。お別れする前の日に、夜っぴて高粱酒を飲んだものだから」

「いま、具合はどうです？」

「二日酔いはもう大丈夫よ」

　亨真は握手した手を解いて、傍に立っている鄭部長を紹介した。

「東日物産秘書室の鄭珉錫部長さんです。こちらは日本の文筆家で江田彩子さん」

「ようこそいらっしゃいました」

鄭部長と彩子がにこやかに握手を交わした。空港の建物を抜けだしてきながら、こんどは東根が彩子に話しかけた。

「義兄が車を運転して来ているようです。江田さんは義兄の車にお乗り下さい」

「わたくしたち、ここでお別れするのかしら?」

その通りだとうなずくと、彩子はいきなり東根に抱きついた。

「お名残り惜しいわ。出来たてのほやほやのわたくしの甥っ子さん。ホテルに落ち着いたらすぐに連絡しますからね」

「そうして下さい。出来たてのほやほやの叔母さん。さあ、それでは、明日またお目にかかりましょう」

道路を横断して駐車場へ向かいながら、二組の彼らは自ずとそれぞれの車を駐車させている方向へ分かれていった。彩子のキャリーバッグを受け取ると代わって転がしながら、亨真がしばらく経ってふたたび声をかけた。

「くたびれていませんか?」

「全然」

「どうして急に、ソウルへ方向を変えたのです?」

「木村さんから、ソウルへ行くからソウルで落ち合って、一緒に日本へ帰ろうと誘惑されましたの。昨日も遅くなって連絡を受けたものだから、大急ぎで搭乗券を予約してソウルへ方向を変えましたのよ」

「その人から、わたしにも連絡がありましたよ」

「座談会のためでしょ?」

亨真はうなずいてから、とある乗用車の前で足を止めた。キーを差し込んで閉まっているドアを開けると、彼は彩子のキャリーバッグを車のトランクへ入れた。運転席に腰を降ろしてシートベルトを締めて、彼がエンジンをかけると彩子がまたしても早口で話し出した。

「どうして中国へは、ご一緒なさらなかったのですか?」

「身内同士の出会いですから、邪魔者になりたくなかったのですよ」

「あなたは身内ではありませんの?」

「ないつもりでおりますけど」

車が駐車場を抜けだすと、後部座席にいた彩子が不意に拳を握りしめて、亭真の肩口を力まかせに殴りつけた。びっくりして亭真が振り向くと、彼女がことさらに怒ったような顔つきをしていた。

「あなたにお会いしたら真っ先に、まず一発お見舞いしてやろうと心に決めておりましたの。だって、あなたが一緒だったら愉しい旅になるだろうと思って、せいぜい期待に胸を膨らませて中国の地に降り立ったのに、いらっしゃっていないと聞いてどんなに腹が立ったか、その場から日本へ引き返そうかと思ったくらいでしたもの。けど、我慢してよかったわ。中国という国はやはり、とても気持ちのいい国でしたもの。ものぐさな観光客になって、いつの日かあなたともういっぺん行ってみたいわ」

「ボクシングでもしたのですか？」

「いや、痛かったかしら？」

「宋階平さんはどうでした？　わたしが話した通りの人物でしょ？」

「ええ、そう言えばすっかり騙されてしまったと、あの方がこの次ぎあなたにお会いしたら、こっぴどくどやしつけてくれるそうですわ。てっきり新聞記者だとばかり思っていたら、孫娘の連れ合いだったとは、夢にも思わなかったんですって」

「宋志明さんにも会いましたか？」

「ええ、けど、半日ほど一緒に過ごしたにすぎませんの」

「言葉は互いに通じたのですか？」

「あの人、英語がめっぽう堪能でしたわ。英語で話し合いましたの。中学校の英語の教師ですって」

「若い人同士でもうちょっと長時間、一緒に過ごせなかったのですか？」

「中学校が期末試験中だとかで。そのため夜汽車で駆けつけてくれて、しばらくお会いしてすぐにまた瀋陽へとんぼ返りして行きましたわ。そうそう、あの人の名前がなぜ志明なのか、ご存知？」

「さあ、知りませんね」

「宋階平さんがホー・チミン（胡志明）を崇拝しているんですって。だから息子の名前を、ホー・チミンにあやかって志明としたそうですの」

車は空港を後にして漢江を横に見ながら、ソウル市内へと向かった。夕陽を受けている広々とした漢江の流れが、夕陽をまばゆく反射していた。軽やかな身のこなしの三、四羽の海鳥たちが、水面に届くくらい漢江のうえを低く飛び交っていた。海から近い河口のほうから餌を求めて上ってきた、かもめの一種であった。

「長春で宋階平さんに案内されて、玄山の墓参りをなさったそうじゃありませんか？」

「ええ、小さくて平凡なお墓でしたけど、東根さんったら感激のあまりぽたぽた涙を流していましたね」

「こちらではもっと感激していましたよ。これまで、玄山の墓はないものと諦めていましたからね」

「そう言えばお墓は、韓国へ移すそうですね？」

「誰がそんなことを？」

「韓国にいらっしゃるどなたかが、そんな考えを洩らしたとうかがいましたけど」

そういうことになるかもしれなかった。このたび中国の地で玄山の墓を発見したことは、韓氏一族にとっては予想だにしなかった望外の歓びであった。自慢の種である彼らの祖先玄山は、これまで非業の死を遂げたことが知られていただけで、その墓がどこにあるのかは知られていなかったのだ。その間に中国政府当局に幾たびとなく問い合わせてもみたけれど、いまだに応答がなく、墓探しを諦めていたのである。

「中国へ行ったのは今回が初めてですか？」

「いいえ、何年か前に香港経由で、北京までは行ってみました。けれども、旧満州方面はこんどが初めてですわ」

「どうでした、旅をなさった感想は？」

「恐竜でも見ているような感じでしたわね」

「恐竜ねえ」

「広大な国土に十数億もの人口が活力に溢れ、せっせと動き回っている姿って、一方では驚異的と言わねばならないけれど、もう一方では空恐ろしい気がしましたもの。あの巨大な恐竜がその大きな体を振り回した日には、周りにいるちっぽけな生き物はその勢いに、押し潰されるかもしれないという思いもしましたし」

「草食の恐竜のなかには、愛嬌のある種類だっていますよ。ちょくちょく中国へ出かけている、わたしのよく知っているある企業家が最近の中国を当てこすって、おかしなホンネを吐露したのを聞いていますから。幾らか前までは中国人の目の光に濁りがなくて、愉しい気分で中国へ出かけていったりしたものだが、近ごろでは淀んだ目をして、ちょっとした利益にも目の色を変え、ずる賢い表情に変わったりするので、そんな人たちの顔を見るのが気が重くて辛いと言ってましたよ」

「純真な毛沢東の弟子たちも、そのせいで苦労が絶えないみたいですわね。資本主義によって得る果実には、タダのものなんて絶対にありませんもの」

　そう言ってにっこりする彩子は、紛れもなく知的な不良女性であった。とある橋脚の下を通り過ぎると、亨真はふたたび声をかけた。

「この国に住んでいる玄山の子孫たちに、今度の機会にいっぺんお会いになってみませんか？」

「ソウルへ戻る機内で正式にお招きを受けました。たぶんすぐに日取りを決めて、玄山の故郷の本家へお招き下さる様子ですわ」

「誰から招待されました？」

「お父様の意志だとおっしゃって、あなたの義弟の東根さんがお招き下さいましたの」

「東根の父上というと、わたしの岳父でもあります」

「わかっていますわ。だからなおさら、あちらのお年寄りの方たちにお会いしたく思いましたの」

　車がランプウエーを回って橋の上へ出てきた。片側四車線をぎっしりと埋め尽くしている車の列が、市内に向かってのろのろと動いていた。無心に漢江のほうを見下ろしていて、彩子がふたたび顔を上げて正面を見た。

「木村さんからの連絡は、いつ頃ありました？」

「連絡は二度ありましたが、一度は大阪から、もう一度はソウルへ到着した直後でした」

「座談会への出席は、承諾なさいましたの？」

「いいえ、わたしはその資格なしということで、出席予定者のリストから外されたようです。そこで、韓国史を専攻しているわたしの友人を、代わりに推薦しておきました」

「わたくしも失格と判定されましたわ」

「あなたが？　なぜです？」

「最初の企画とは違って、出席者の資格や条件がややこしくなって来ましたの。木村さんて、もともと奇抜なことをよく思いつく人なので、彼なりのユニークな座談を企画しているみたいですわ」

「資格とか条件とかいうのが、どんな具合にややこしくなってきたのです？」

「これまでも放送とか雑誌などで、韓日間の問題に関してたびたび座談会や放談などが企画されてきたそうですわ。ですから、すでに行われてきた内容が似たり寄ったりの座談会は避けて、木村さんは彼なりのちょっと目新しい座談会を組んでみようと、狙いを定めたらしいの。そうした座談会を組もうと目論んだものだから、色合いがぼやけているわたくしやあなたみたいな人は、資格なしの判定を受けたわけでしょう」

「色合いがはっきりしている人たちばかりで、どんな座談会が組めるというのでしょうかね？」

「電話で慌ただしく話し合ったものですから、わたくしにも詳しい内容はわかりませんの。わたくしが聞いて大まかに憶えている限りでは、韓日どちらの出席者にも根回しなどはしないで、出席者が話したいことを幾らでも吐きだすままに、放っておくのだそうですわ。言うなれば、韓日両国の普通の人たちがお互いに相手をどのように思い、どんな感情を抱いているのか、相手の顔色をうかがうことなくホンネをぶつけ合う機会と場を、提供したいということでしょう。だから、出席者の年齢も六十代半ば以上の戦前世代から三十代の戦後世代までとし、それぞれ三名ずつ選び出して無作為、無制限に放談を誘発させるという計画を立てているみたいですの」

「計画それ自体は興味深いのですけど、そんな放談が果たして可能でしょうかねえ？」

「わたくしもそのことを伝えましたの。けれども、そこがまさに自分が企画した座談会の本来の趣旨だからと言って、進行過程では多少ぎくしゃくしたりつまずいたりするだろうけど、何としても強行してみたいというのが木村さんの考えでしたわ」

「韓国側出席者の中心になると思われる、わたしの友人のことが心配になりますね。やっこさんには前もって、座談会の性格があらかた知らされているのでしょうね？」

「座談会をスムーズに進行させるために、双方の中心になる方たちには事前にお話ししてあるはずですわ」

赤信号で渋滞していた車の群れがふたたび素早く流れだした。疲れたというように彩子が上半身を低くすると、頭を後ろに倒して背もたれの上に楽な姿勢で載せた。ショートパンツの外にさらされている彩子の左右の脚が、上半身を下げて低くすると、もうちょっとはっきりと亨真の視線のなかへ飛び込んできた。陽灼けしてピンク色に染まっている左右の太ももが、ショートパンツの奥の白い肌とコントラストをなして、強烈な衝撃とともに亨真に迫ってきた。手に触れてみたい衝動に駆られながら、亨真は視線をよそへそらして口早に語りかけた。

「こんどは韓国に、何日くらい滞在なさるおつもりですか？」

「中国を旅行する都合で、今月は何も約束しませんでした。あなたのスケジュールに合わせて滞在予定を、いかようにでも変更できますわ」

「いい気分にしてくれるお返事ですけど、聞きようによっては脅し文句のようにも受け取れますね。よろしい。スケジュールをつくりましょう。韓国の地方を旅行するというのはどうです？」

「地方のどこを？」

「海と山が一緒になっている韓国の平凡な田舎ですよ。わたしの故郷に近いところです。ソウルから車で二、三時間余りの距離ですけど」

「いいわ。でも、あなたのスケジュールから一日だけ、別途に空けておいて下さいな」

「何か予定でもあるのですか？」

「韓国の独立記念館というところを、是非とも見ると約束したものですから」

「誰と？」

「あなたの義弟の東根さんと」

「やっこさんがそんな約束を取りつけるなんて、なかなかやりますね」

「玄山お祖父様の独立運動をもうちょっとよく理解しようとしたら、韓国の独立記念館というところへ行ってみるのが、最優先だとおっしゃってたわ。大日本帝国による韓国侵略の真相と韓国人の独立精神を、そこへ行ってこなくてはまともに理解できないだろうって。大日本帝国が韓国を侵略した真相を、東根さんったら驚嘆するくらい詳しくご存知でしたもの」

「やっこさん一人が侵略の真相を、特別に詳しく知っているわけではありませんよ。韓国の多くの若者たちは、歴史の教科書を通して誰もが日本の韓国侵略について、舌を巻くくらい詳しく知っていますからね。日本の若者たちと国民が、日本の韓国侵略の真相を呆れるくらい知らないだけですよ」

「東根さんも同じようなことをおっしゃってましたね。その理由はどこにあるのかしら？　どちらが間違っているのかしら？」

「自分たちが過去に犯した過ちを、後日改めて真剣に暴き立てようとする人などおりませんからね。それから過去に他人から痛めつけられた古傷を、容易く忘れてしまう人だって多くはありません。この二つの相反する感情が、韓日両国の人々の間に深い溝をつくって存在しているわけでしょ」

彩子が物思いに耽っている間に、亨真の車はお馴染みのホテルの駐車場へ滑り込んでいった。車を停車させてトランクからキャリーバッグを取りだすと、彩子はそれを受け取りながら亨真をまじまじと見つめた。

「あなたがいまわたくしの傍にいたら、わたくし、このままくずおれてしまいそうだわ。ゆっくり休みたいの。晩にお会いしましょ。あなたのオフィステルへ電話をしますわ」

彼女の気持ちがわかる気がして、亨真は言葉もなくうなずいてきびすを返した。

二百坪余りの広い庭園のなかが、屋外に臨時に取りつけられた灯りのせいで真昼のように明るかった。ビュッフェスタイルにテーブルが並べられている庭園の中央には、いまもなお韓氏一族と来客たちがテーブルの間を行き交いながら、賑やかに談笑などを交わしていた。今夜もやはり水を得た魚のように話題を提供して回っていたのは、この家の後継ぎの韓東根であった。何日か前に帰国したばかりの中国への旅行が、彼を話題の中心人物に祭り上げていた。

「こんなところにおったのか。果物をちょっと持ってきてやったよ。さあ、こんなものでも一切れつまんでみてはどうかな」

玄山財団の顧問である亨真の岳父韓基勲がウエイターを一人したがえて、人混みを避けて庭園の片隅へ来ている、娘婿の亨真と彩子の姿を見つけてやって来た。仕出し専門の業者とサービス専門の業者たちに今夜のパーティーのすべてをまかせていたので、スチールのお盆を手にして義父に従いて回っているウエイターも、そちらから派遣され来た人たちであった。韓氏一族の実家と外戚たちのほかにも、耕田大学の教授や大学財団側の関係者までが招待されていたので、パーティーの出席者はざっと数えても百余名を超えるようであった。大学の財団が設立された記念日に当たるうえ、玄山の孫娘として紹介された彩子の歓迎行事まで重なったので、パーティーは最初に計画されたそれよりずっと、大がかりで豪華なものに準備されていた。

「言葉が通じたらいろいろと訊きたいこともあるのじゃが。何か不便な思いをしておることはないのか、おまえさんが気を配ってしっかり、面倒をみてやりなされや」

彩子の顔を見て笑ってばかりいた韓顧問が、亨真にそんな頼みごとをした。

「ご心配いりませんよ。ひと息入れたい様子だったので、混み合っている場所を避けてこちらへ場所を移したところですから」

「それはよかった。疲れておるじゃろうて。この人あの人と、随分と多くの人たちと挨拶を交わしたのじゃからな。パーティーはほどなくお開きとなるじゃろうから、それまでもう少しの辛抱じゃと伝えてくれや」

「承知しました」

韓顧問はうなずくと、来客たちのほうへ戻っていった。彩子はわけがわからぬまま韓顧問に会釈をすると、どういうことかというように目を丸くして亨真の表情を見つめた。けれども彼はそんな彩子を無視して、戻っていこうとするウエイターに大急ぎで声を掛けた。

「そのフルーツはここに置いていって下さい。それから、お冷やを二つ下さい」

ウエイターはスチールのお盆の上に載っている、フルーツを盛った器を二人の間のテーブルの上におくと、戻っていった。木々の群れが鬱蒼と生い茂っている広い庭園を見回しながら、考えに耽るように彩子は黙りこくった。

パーティーが幕を開けた宵の口の頃、韓氏一族が熱烈に歓迎するなかで彩子は、玄山の直系の子孫たちと感激的な初対面をした。東日グループの韓会長が急な用事があって出席できなかっただけで、今日のパーティーには韓氏一族の実家と外戚のほとんど全員が出席したわけであった。あらかじめ彩子に関する予備知識が与えられていたので、それらの親戚は一人ずつやってきて、彩子に名前だけを告げる簡単な挨拶で済ませた。

ところが、こちらは彩子一人であったのに、相手方は何と三十数人もの大家族だったので、彩子はにこやかに挨拶を交わしながらも、時たま当惑したり困惑の色を見せたりした。馴染みのない韓国式のくだくだしい挨拶は彼女を戸惑わせもしたし、またときには機知に富んだ演技でもって、疲労の色を濃くして見せもしたのである。けれども熱烈な拍手と満ち足りた笑顔のうちに、彩子と韓氏一族との感激的な初対面は、つつがなく終わりを告げた。

　そうしたなかでも彩子にとってとりわけ有り難かったのは、韓氏一族のなかに日本語の堪能な人が皆無にひとしく、彼女はパーティーの間ずっと、言葉もなくにこやかに笑みを見せていれば済んだことであった。

通訳はもっぱら亨真が引き受けたが、彼は時たま韓氏一族に、彩子はいまひどく疲労困憊している状態なので、なるべくなら煩わせたりせずそっとしてやっておくのが好ましいと注意を促した。そのせいで彩子は、パーティーがある程度進行すると、亨真の人知れぬ気配りのおかげで、人々の視線を浴びながらもこっそりと、片隅へ抜け出すことが出来たのである。彩子が疲労困憊しているという亨真の耳打ちに、心優しい韓氏一族は、彩子の負担にならぬようまごころ籠めて気を配り始めたのだ。

「今夜ここであったこと、たぶんわたくし、一生忘れられないでしょうね」

　一切れのメロンを口のなかへ入れ、彩子はことさらに独りごちるようにつぶやいた。

「わたくしを歓んで迎えて下さった、こちらの方たちの真情が、温かいさざ波のように全身を包んでくれるのが感じられますの」

　愉しんでいるように見えた彩子の表情に一瞬、憂鬱な気分をまぎらすような苦笑が走った。たったいま彼女がつぶやいた言葉のなかには、もう一つの意味が籠められていた。つい最近まで、まるきり他人と変わらなかったこの一族の歓迎ぶりが、一方では感激せずにいられないものであったけれど、他の一方では、にわかには受け容れがたい、鬱陶しいものでもあるという意味からであるはずであった。

「大きくて綺麗なお屋敷ですのね。あちらに見えるあの大きな木は、まるで樹齢が百年を超えるみたいですわ」

「欅ですね。元は庭園の外にあったのですけど、庭園が拡張されるにつれて、自ずと庭園のなかへ入ることになりましてね」

「満州へ旅立たれる前までは玄山お祖父様も、このお屋敷に住んでおいでだったのかしら?」

「住んでいたのはこの屋敷に違いありませんけど、寝起きしていた家は草葺き屋根の、韓国の伝統的な農家でした。いま見えるあの大きな屋敷はその農家を取り壊して、幾たびかの増築を経て近ごろ建てたものですよ」

「この庭園も？」

「同様に、です。もとは蔬菜などを植えつけていた広い畑が、垣根の外にあったのですけど、昔の農家を取り壊してこの屋敷を新築する際に、庭園も垣根の外まで拡張して、蔬菜畑と一部ほかの土地なども加えたのですよ」

「あなたの亡くなられた奥様も、このお家で暮らしておいでのでしたの？」

意表を突く問いかけであったけれど、亭真はすぐに落ち着き払って答えた。

「もちろんですとも。まさにここにあった古い家で生まれ育ち、結婚する少し前まで新築されたこの屋敷で暮らしました。二階の右手にある奥の部屋が、彼女が使っていた部屋ですよ」

彩子が顔を上げて、まるで庭園の彼方にそびえているような二階建ての建物を眺めた。広いベランダが前方に突き出ている二階は後方に深く引き下がり、辛うじて屋根だけが眺められたに過ぎない。パーティーのために特に取りつけられた屋外灯が、大きな二階建ての屋敷を明るく照らし出していた。ふたたび顔を元へ戻しながら彩子が亭真を見やった。

「東根さんのお母さまが今日もわたくしの顔をご覧になって、涙ぐんでいらっしゃいましたわ。おとといソウルで初めてお目にかかったときも、あの方はわたくしの顔をご覧になると涙を見せましたの。あなたにはあの方の涙が何を意味しているのか、おわかりなのでしょ？」

「ええ、わかっていますよ」

「亡くなられたお嬢さまがわたくしと、面影が似ていたせいかしら？」

「今夜のパーティーに出席された多くの人たちがあなたを見て、似たり寄ったりのことを言っていました。あなたの過ちではないのですから、気にすることはありませんよ」

「気にすることではないと思いますけど、気分のよいものでもありませんわ。今夜のわたくしの宿は、あなたが別の場所を決めて下さると有り難いわ」

「あなたの宿はこちらで、とっくに用意している様子でしたけど？」

「ご遠慮しますわ。眠ることだけは自分一人で眠りたいの。韓国の人たちに囲まれていない、自分だけの静かな空間でですわ」

見つめる彩子の視線が揺るぎなく、冷静に見えた。一人で眠りたいという彼女の真意がどこにあるのか、彼にはわかるような気がした。この屋敷のなかに彼らの血族ではない一人の日本人の客としてとどまることを、彼女は望んでいるのだ。

「お冷やをお持ちしました。あちらのお客さまが先生に、ちょっとお目にかかりたいそうです」

ウエイターがお冷やのグラスを手渡しながら、藤棚のほうを指でさした。亭真はかるくうなずくと彩子に口早にささやきかけた。

「こっそりと抜け出したかったら、いますぐに車庫のほうへひと足先に行っていることですね」

彩子は笑顔でこれに答えると、グラスを高々と上げた。彼はすぐにウエイターの後を追うようにして庭園を横切り、藤棚のほうへ歩みを促した。

「金先生は美人を独り占めなさるおつもりですか？」

「申し訳ありません。こちらにいらっしゃったのですね？」

耕田大学の補職の教授たちと財団玄山学院の理事たちであった。亭真に声を掛けてきたのは財団理事を兼ねた、この地方の新聞発行人でもある朴社長である。かなり酒をすごしているらしい顔つきで、朴社長はさらに絡んでいった。

「金先生、明日わが社へ、あの美人をちょっと、ご案内して来て下さるわけには参りませんか？」

「招待ならばご遠慮申し上げたいですね。中国旅行を終えてその足でソウルへ渡ってきたので、表情には出していませんけどかなり疲れが溜まっているらしいのですよ」

「短時間でよろしいのですよ。玄山の子孫を新たに見つけ出したのですから、考えようによっては一族の歓びであると同時に、この地方にとっても歓迎すべきことだと言えるでしょう。囲み記事で小さく扱いたいのですよ。顔写真を一枚撮れば済むことですから、ほんの僅かで結構です、時間を下さいよ」

「記事に添えたいということですか？」

「技術的には問題がありますけど、どのみち知られることなら前もって、郷里の新聞で記事にするのが順序ではないでしょうか？」

「わたしがとやかく言うことではありませんけど、おそらく彼女はお断りすると思いますよ。わたしはこの辺で失礼します。ちょっと約束があるので」

話し終えた亨真はそそくさとその場を離れた。庭園を過ぎりながら彩子を探したが、彼女の姿はすでに見当たらなかった。そのままパーティー会場から抜け出そうかと思ったが、亨真はたまたま近くに義弟の東根の姿を認めて歩み寄った。

「ちょっと話があるんだ」

「はい、義兄さん、叔母さんを見かけませんでしたか?」

「叔母さん?」

「江田さんのことですよ」

「彼女なら、戻っていったよ」

「戻っていったって? どこへ?……」

「くたびれたらしいんだ。それから、こういう雰囲気に馴染んでいないので、ものすごく窮屈でもあれば鬱陶しくもあるらしくてね」

「どこが窮屈で鬱陶しいというのでしょうかね? 血のつながった一族なんだから、互いに顔見知りになって親しくしていかなくちゃ」

東根の声が余りにも大きかったので、周りにいた人たちがびっくりして振り返った。亨真はかぶりを振りながら、義弟を避けるようにして歩きだし、庭園を抜けだしていった。

「どこへ行くんです? 義兄さん」

「江田さんを探しに」

「行った先を知っているのですか?」

それに答えない亨真の後を、東根は急ぎ足で追ってきた。庭園を経て屋外の車庫のほうへ抜けだしてくると、東根が追いついて亨真の腕をつかんだ。

「義兄さんもお帰りになるのですか?」

「もう遅いからな。酔いも回ったし。江田さんを見つけたら電話をするよ」

「電話などなさらず、すぐにわが家へお連れ下さいな。二階に寝室を用意してあるんですから。血のつながった一族なのに、わが家でひと晩くらい過ごしていただかなくちゃ」

「そのひと晩を一人で過ごしたいと言っていたのだ。長旅が続いたのでくたびれているはずだろうよ。次の機会だってあることだし、今夜のところは彼女を、一人で過ごせるようにそっとしておいてやろうや」

東根が何度も眉をひそめながら、ようやく考えに耽る顔つきになった。亨真が自分の車を探しだして辺りをきょろきょろ見回すと、東根がふたたび問いかけてきた。

「本意ではありませんでしたけど、わたしたちが煩わせてしまったことになるのでしょうか？」

「そんなことはないさ。こちらの歓待にものすごく感激して、感謝していた様子だったからな。けれどもそれはそれ、くたびれたというのもホンネだろうよ。肉体よりも感情のほうがもっとこんがらかって、くたびれているかもしれないな」

東根はその言葉に耳を傾けているようであったが、ふたたび小首をかしげた。

「だからといって、一族のお年寄りたちに挨拶もなしに行ってしまうなんて、ひどすぎると思いません？」

「それがいちばん厄介だと思ったのではないかな？ 明日の朝、ソウルへ戻っていく前にお年寄りたちを訪ねていって、きちんと挨拶するだろうよ。それはそれとしてお年寄りたちから彼女のことを訊かれたら、きみが代わりに上手く取り繕ってやってくれや」

その場を立ち去ろうとした東根が足を止め、心配そうにふたたび訊ねた。

「義兄さんはほんとに、江田さんが行った先がわかっているのですか？」

「察しはついているさ。きっと、邑内にある喫茶店かどこかにいるはずだ」

「わかりました。お任せします。義兄さんがしっかりお世話をしてやって下さい。わたしの見るところ、江田さんは義兄さんにかなり好意を持っている様子でしたから」

言い終えると身を翻すようにして、東根は庭園のほうへ足早に去っていった。亨真が自分の乗用車を探して車庫のほうへ歩いていくと、並んで駐車している車の群れの間から彩子が、彼を迎えるようにして姿を現した。

「いまのあの方、東根さんでしょ？」

「そうですよ。何を話していたのかわかりました？」

「いいえ。どんなお話でしたの、お二人があんなに熱心だったのは⁉」

彼はそれに答えず、車に乗り込んでエンジンをかけた。彩子は車に乗り込むと大儀そうに背もたれに上半身を預けた。車を発進させながら亨真が改めて声をかけた。

「日本には一族や親戚同士の、今夜みたいな集まりはありませんでしたか？」

彩子はかぶりを振った。

「端《はな》から父がおりませんでしたから、母とわたくしはいささか風変わりに過ごしましたの。一つのさやのなかの二つの豆みたいに、母とわたくしはとことん世間と壁をつくって暮らしましたから」

「今夜のここでの集いは、あなたにとってどんな意味を伝えるものでした？」

「覚悟はしておりましたけど、ショッキングな経験でしたわね。血のつながった者同士の吸着力と結束力の強さに、目を見張らされました。わたくしもそのなかへ吸い込まれていきそうな感じで少しは当惑しましたけど、いまではわかる気がしますわ」

「その当惑感というのは、どこから来たのでしょうかね？　毛色の変わった経験の世界でしょうか、それともこの一族の吸引力のせいでしょうか？」

「きっと、吸引力のせいでしょうね。自分は日本人だという情緒的な抵抗感がわたくしにはありますの。その抵抗感が今夜、ことのほかわたくしを強烈に捕らえて放さなかった理由は、こちらにいらっしゃる方たちが手をさしのべてわたくしを自分たちのほうへ、あまりにも強烈に引き寄せようとしている感じがしたからですわ。自分はこちらの人たちと同じではないという意識は、こちらの人たちには申し訳ありませんけど、わたくしにとってきわめて大切な情緒ですの。見ず知らずの場所で新たに確認されたその情緒が、外部からの突然のショックに傷ついたりしていないことを願っておりますわ」

車は灯りできらびやかな邑内へ近づいていった。彼はこれからこのちっぽけな地方都市で、彩子が一夜を過ごすための宿を見つけてやらなければならなかった。静かすぎるので補助席を見やると、いつの間にか彩子は目を閉じていた。ゆっくりした速度で車を走らせながら、亨真がふたたび話しかけた。

「疲れましたか？」

「いいえ。酔いが回ってきましたの」

「喫茶店にでも先に入りましょうか？」

「いいえ。真っ直ぐホテルへ行きましょ」

「この都市にホテルはありませんよ。韓国式の旅人宿というのがありますけど」

「床が硬いオンドル部屋のことでしょ?」

「オンドル部屋は嫌いですか?」

「そんなことありませんわ。構いませんのよ」

そう言って彩子が、出しぬけに手を伸ばして亭真の顔を優しく撫でまわした。その温もりのある彼女の手の感触から亭真はにわかに、低い姿勢でかしこまっている静かな欲望の渇きを覚えた。予測しがたいこまやかな感情の起伏があったにもかかわらず、亭真は幾たびとなく彼女の欲望ばかりは時間に合わせて正確に予測してきた。そのつどいつもそうしてきたように、おそらく今夜も彼女は怖いくらいセックスに溺れるに違いなかった。

目を見張りためらいもなく声をあげてはばからない彼女は、これまで彼が経験したことのない毛色の変わった姿の、強烈なセックスパートナーであった。生きていくことのいとわしさと倦怠感から逃れるための方便の一つとして、彼女は時たま身も心もセックスに委ねてしまうことがあると告白したことがあった。純粋に身心のすべてを尽くしてセックスに打ち込んでいると、偽りに装われている生の醜いありようなどが、本来の姿を取り戻して甦ることがあるというのである。

何度となくともにしてきた彼女とのベッドはそのため、いつも同じ姿を伴うことがなかった。あたかも新しい作品を演出するように、彼女はそのつど亭真とのベッドを別の姿にいざなって来たのであった。

「運転にお邪魔でなければ、わたくし、いますぐにお触りしたいわ」

顔を撫でまわしていた彼女の手がいつの間にか、亭真の腰の下の辺りをまさぐっていた。ジッパーを降ろしてズボンのなかへ指先をしのばせていく彼女の表情は、呆気に取られている亭真のそれとは関わりなしにきわめて安らいで見えた。彼女から激しく迫られないうちに、亭真は大急ぎで今宵の宿を見つけだすよりほかはなかった。

21

空港の構内を抜けだしてきたタクシーが、椰子の木の街路樹が立ち並ぶ道路を快速で突っ走った。ソウルから小一時間ほどの飛行距離にしかならない済州島は、韓国人の心のなかに大切な宝物のように秘められていた。温帯に位置しているさして大きくはないこの国にあって、熱帯の異国情緒が味わえる唯一の島だからである。

「江田という日本人の彼女、なかなかよくできた人物だったな」

しばらく言葉がなかった林正植が、だしぬけに口火を切り始めた。椰子の並木道を突っ走っていたタクシーが、いつの間にか草地を思わせる広々とした野原のなかの道路を走っていた。

「昨日の午後、ホテルのティールームで木村氏と三人で長時間話し合ったのだ。おまえさんのおかげで、韓国の独立記念館を見学できたと言って、木村氏にも時間をこしらえて、是非ともいっぺん見学して来るようにと勧めていたよ」

「自分では韓日関係についてそれなりに知っていると自負していたけれど、独立記念館を見て回ってから、にわかに憂鬱そうな顔つきになってな。ショックが大きかったらしい。現場から学習することの威力だな」

「そうしたことを見ても、日本という国は近隣諸国に対して、ちと度が過ぎるくらい無関心ではないのかな？」

「脱亜入欧が唱えられたくらい、昔もいまもアジアの近隣諸国は彼らの競争相手ではないからな」

沈黙が流れた。走っているタクシーの車窓の外に、いつの間にか済州の青黒い海が見下ろせた。南方に位置しているせいか、こちらでは早くも大気に、生暖かい初夏の気配が染みこんでいた。車窓から吹き込んでくる強い潮風に、二人の髪が容赦なしにもてあそばれた。しばし浮かぬ顔で物思いに耽っていた孚真が、髪の毛に手をやって掻き上げながら、しばらくして自分から口を開いた。

「めちゃくちゃだったって？」

「何が？」

「今回の座談会さ」

林正植がいまさらのごとく、おもむろにかぶりを振った。思い出すのも胸くそが悪いといった顔つきであった。

「それを言うなって。世の中にあんな喚き方があるなんて、知らなかったよ。一言でいって修羅場だったな」

「そうなることを、あらかじめ予測できなかったのか？」

「覚悟はしていたさ、けど、あそこまで行くとは思いもよらなかったな」

「どうしてそんなことになったのだ？　まるきり対話にならなかったのか？」

「相手の話を聞こうとはせず、自分の主張ばかり一方的に並べ立てるのさ。同時通訳に、発言したことを通訳させる時間も与えようとはしなかったよ。時間を与えたとしても、対話があまりにも殺伐としているうえ険悪で、同時通訳が発言を通訳できなかったし……」

「どちらが先にルール破りをしたのかね？　熱くなったのはどっちなんだ？」

「それは同時にだったな。どちらが先ということはなかったよ。こちらが一言いうと話し終わるが早く相手の反駁だ。宥めてみたけれど無駄骨だったよ。仕舞いには勝手にしやがれと匙を投げて、好き勝手に言い争うにまかせて、いたずらに情けなく思いながら、傍観ばかりしていたさ」

「どちらも熱くなった動機は何だったのだ？」

「動機なんていうものが別にあったわけではないんだ。立場の違いがあまりにも大きいものだから、お互いに途中でしきりに相手の発言の腰を折ってしまうわけさ。そんなことがたびたび繰り返されるから、仕舞いには対話ならぬ言い争いになってしまったという次第だ」

「木村氏はどうだった？　あの男の反応が気になるが？」

「たいしたやつだよ。あんな男、おれは生まれて初めてお目にかかったよ。録音テープを回しておいて録音するばかりで、言い争いを止めさせることは考えず、しっかり通訳するよう時たま同時通訳の尻ばかりたたくのだからな。悪態をつこうが罵詈雑言を吐こうが、あるがままを通訳しろというのだ。結局は同時通訳が音をあげて、尻尾を巻いてしまったよ」

「席を蹴って引き揚げていったのは、どちらが先だった？」

「それもほとんど同時だったな。相手がこんな座談会には出席できないと席を立ったので、こっちも誰がこんな席にいたくてとどまっていると思うのかと、捨て台詞を残して同時に席を蹴って椅子から立ち上がったからな。それを見てようやく木村氏も、日本から連れてきた出席者たちを引き止め、席へ戻そうと汗だくになっていたがな」

「やっこさんと来たら結局は、韓日両方の出席者たちが口汚く言い争う、火付け役を演じてしまった恰好だな？」

「結果的にそういうことになったわけだ。だから今日、座談会を締めくくるために仕切り直しをするつもりらしいのだが……」

「仕切り直しだって？」

「昨日ひとしきり角を付き合わせたのだから、いまごろは相手の考えとか雰囲気とかを、把握しているのではなかろうか。したがって和解する意味からも、もういっぺん席を一つにして顔を合わせ、好ましい締めくくりをしてはいかがだろうかと言うのだな」

「そんなことが可能か？」

林正植はとんでもないというように、何度も激しくかぶりを振った。

「日本側の出席者はどうかわからないけれど、我が方の三人は有無を言わずノーだったよ。三人のうちの一人はもう、午前中の航空便でソウルへ引き揚げてしまったし。今後は日本人と、目を合わせるのもまっぴらだそうだ」

タクシーは家々が風除けの石垣で囲まれている、海際の小さな村を通過していた。海とは反対側の緩やかに傾斜している漢拏山の斜面には、草地とおぼしい緑色の草原がまるで絨毯のように端正に拡がっていた。あまりにも急な済州島からの呼び出しだったので、亨真にはまだ周囲の風景などが目に馴染まなかった。ソウル市内のあの騒々しい雑踏から逃れてきた、海際のこの青々とした長閑さが、彼にはまだ実感をもって迫っては来てくれなかった。

木村が企画した風変わりな性格のこんどの座談会は、初めは予定通りに昨日の午前中、済州島は南端の見晴らしのよいとある海浜の別荘で、期待されながら幕を開けた。代表格を含めて韓日それぞれ四名ずつが出席したこの座談会は、二名の同時通訳を含めて参加者が何と十名にも及んだ。ところが、韓日双方の出席者たちの間であらかじめ、議題に対する事前の調整が十分になされていなかったうえに、同時通訳を除いても八名という少なからぬ人たちが、各界各層からあちこちの知人たちを通してほとんど無作為に選ばれて出席したため、当初から案じられ憂慮されていた通り不安で散漫な幕開きとなった。司会者を兼ねた日本側の代表格である木村による、出席者個々人のプロフィールの紹介と、座談会の性格などが説明されるまではそれなりに、雰囲気も悪いほうではなかったという。

けれども本格的な討論が始まり、軍国主義日本の朝鮮支配は武力による侵略だったのか、それとも合意に基づく併合だったのかを論ずるに至って、双方が次第に声高になり、座談の進行に不吉な兆候が現れ始めた。とどのつまり不吉な兆候は、具体的な現実となり、発言の順序がめちゃくちゃになって、双方の発言者たちの激昂した声が飛び交うようになってきたのである。

占領地で好き勝手になされた日本軍による残忍かつ野蛮な行為の数々、強制徴用と従軍慰安婦問題、戦後処理の問題と被害を与えた国への日本の謝罪、日本の閣僚たちによる度重なるさまざまな妄言と、歴史認識における著しい違いに至っては。もはやとうてい手の施しようがないくらい、双方の意見が鋭く対立して激突した。

座談会は結局のところ本格的な意見の交換に入る前に、出席者たちが席を蹴って退出したことで破綻してしまった。感情的に激してきた双方の出席者たちが席を蹴って立ち上がり、会場から立ち去ったのであった。

木村から亨真に電話連絡があったのは、座談会が霧散した直後のことであった。彼はまず彩子の行方を捜した後で、続いてすぐに亨真に連絡してきたのだ。出席者たちを説得して霧散した座談会をしまいまでやり遂げたいから、二人はすみやかに済州島へ駆けつけて、彼らの説得に協力してほしいというのである。

彩子は午後も遅い時間に、航空機の便ですぐに済州島へ駆けつけたらしかった。亨真はしかし、協力してほしいという木村からの頼みを婉曲に断った。自分が推薦した林正植が韓国側を代表する形で控えているからには、彼の裁量にまかせるべきであって、自分がしゃしゃり出るべきではないと判断したのである。

ところが夜も遅い時間に、木村に代わって彩子から電話があった。たったいま林正植に会ってみたのだが、彼の力では座談会の再会が難しそうだから、どうあっても亭真が済州島へ駆けつけてくれなくてはならないというのであった。最悪の場合つまり座談会の再開が徒労に帰したら、林正植と亭真、彩子と木村の四名だけで、途中で壊れてしまった座談会の修復を図るのも、一つの収拾策ではないかとも言うではないか。ためらっていた亭真はそこで、済州島にいる林正植に電話をかけた。

彼の考えを確かめたうえで、次の行動を起こそうとしたのである。ところが林正植の返答ときたら、それこそ味も素っ気もないものであった。来ても結構来なくても結構だが、ちょうどきみの恋人が来ていることだし、こんな場合は不本意だがといったふりをして駆けつけるのが、男気ではないのかというのであった。

亭真は結局、明くる日の午後の済州行きの航空便に搭乗した。林正植が言うように、景勝の地済州島で彩子と一緒に過ごすのも、満更ではないと思ったのである。

「出席者の顔ぶれはどうなっていたのだ?」

「何の顔ぶれだ?」

「座談会への双方の参席者のことだよ」

「ああ、それぞれ戦前の世代である六十代が一名ずつ、中間の世代である四十代が一名ずつ、それから二十代の大学生が一名ずつだ」

「もっとも過激だったのどの年齢層だ?」

「やはり経験してきた世代である六十代が、いちばん激しかったな。あちらさんは大学教授上がりの著名人である著述家が出席したし、我が方は銀行を定年退職して個人的に事業を営んでいる、温厚な事業家が出席したのよ。個人的にはどちらも穏やかで教養のあるインテリに見えたけれど、いざ座談会が始まって角を突き合わせるようになったら、梃子でも動かない意地っ張り同士だったな」

「揉めた発端は何だ?」

「出だしから嚙み合わなかったのさ。日本側は日韓併合を、厳然たる国際法にのっとった妥協と協議による、友好的かつ合法的な国際条約だと主張するし、韓国側は銃を構えた日本軍の武力によるものものしい示威のもとで、常軌を逸した雰囲気に包まれながら、威嚇と強圧をもって締結された半ば強制的な条約だから、韓日併合は条約そのものが無効だと主張するわけさ。つまり日本側は合法的だ、韓国側は無効だと、双方があくまでも自分たちの主張ばかり押し通そうとしていて、幕切れとなったのさ。一寸の譲歩も妥協点もなしに、双方が永遠の平行線をたどったわけだ」

タクシーがふたたび緑色の海に沿って、見晴るかす開かれたみぎわの道路を走った。豚や牛を畜殺した際に出る鮮血を茹でて撒き散らしたような、この辺りの海に特有の灰褐色の岩礁などが、白い泡沫が砕け散る浜辺に寄せては返しながらつながっていた。

「朝鮮を併呑したことへの日本側の弁明は、どんなものだった？」

「いつも聞かされているお題目の繰り返しだよ。西欧列強が植民地を求めて怒濤のごとく東洋へ押し寄せてくる時期だったから、日本が朝鮮を併合しなかったらどのみち、西欧列強のうちの一つが朝鮮を植民地支配しただろうというのだ。同じ東洋に属している日本が朝鮮を植民地支配したことは、朝鮮側からしてみれば、せめてもの幸いではなかったのかという偏った物言いだ。ところが……」

「ところが？」

「我が方のかわい子ちゃんの女子大生の反論が、それはもう見事な逆襲だったな」

「どんなことを言ったのだ？」

「座談会へ出席する話が持ち上がって、出席者各人はそれなりに参考資料などを漁りながら、懸命に勉強をしてきたらしい。愛くるしい顔つきで話しぶりといい論理といい整然としているうえ、二十三歳という若さに比しておのれをコントロールする力がずば抜けているんだな、これが。クライマックスはこのかわい子ちゃんが例に上げた、よからぬ隣人の野蛮な行為に関するエピソードだった」

「エピソードだと？」

「当時の急を告げる国際情勢を、ある強姦事件の犯人を例にしてわかりやすく説明したのよ。遠くの街から押し寄せてきた一団のならず者どもが、平和に暮らしている近所のある家を襲って略奪しようと、路地をうろつきまわりながら家のなかへ押し込む機会をうかがっていた。その様子を見てすぐ隣家の腹黒い悪者が、危険にさらされているその隣家の人々を助け出すためにひと肌脱いで、ならず者どもよりひと足先に隣家の塀を乗り越えて入っていった。ところが塀を乗り越えて入っていった隣家の悪者も、端からその隣家の人たちを助けてやろうという考えを、持ち合わせていたわけではなかった。この悪者もやはり、かなり以前から略奪する機会をうかがっていたところだったので、ならず者どもが押し込もうとしている様子を見て先手を打ち、先に隣家の塀を乗り越えて入り込んだのであった。結局はその無防備な気の毒な隣家の人たちは、信頼しきっていた隣家の悪者から、無惨にもさんざんな目に遭わされたばかりでなく、財産まで巻きあげられる羽目に陥った。にもかかわらず開いた口が塞がらなかったのは、乱暴狼藉を働いた後でその悪者が並べ立てた厚かましい、おのれに対する合理化と言い訳であった。彼は暴行されて深手を負っている、惨憺たる心情の隣家の人たちに、あなた方はあのときの情況から推して、どのみちならず者どもから暴力を振るわれる境遇にあった。したがってわしがあんたらに乱暴を働いたことは、あのときの避けがたい大勢であったし、あなた方が味わわねばならぬ避けがたい災難であった。だから、どのみちこんな結果に終わってしまったことを、いまさらこれ以上近所の人を責めたり恨んだりせずに、おのれのパルチャ（訳注　運命または宿命）のしからしむるところとか、もって生まれた星回りのせいだと諦めて欲しい……かわい子ちゃんの語り口はこの辺りから、にわかに冷静なものになっていったな。顔色までが青ざめたままだった。彼女はふたたび、一言一言はっきりと言葉を継いでいったよ。加害者によるこの憎むべき言い訳は、自分が犯した明白な暴虐行為を、当時の情況がつくりだした避けがたい事件だったと言いくるめ、犯罪をおかした事実を隠蔽しようとしている。しかしはっきり言うけれど、被害者である朝鮮が決して忘れることが出来ないのは、当時の周辺諸国の情況ではなくて、隣家の塀を乗り越えて押し込み、じかに暴虐な行為を行った加害者であり彼らの犯行である。多くのならず者どもが略奪を企て、朝鮮の塀の外をうろついてはいたけれど、実際に塀を乗り越えて押し込んできて、朝鮮に暴行を働き略奪したのはほかならぬあなた方、日本軍国主義の暴漢どもではなかったのか……」

座談会の雰囲気がわかるような気がした。木村が意図していたように、座談会は乱暴で荒々しく、あるがままに何一つ手を加えることなく進められたもようであった。

「それで、そんな攻防がどれくらい続いたのだ？」

「一時間近くも、衆人の口を塞ぐのは難しやで、好き勝手に喋りまくったはずだ。棘を含んだ毒舌やら、とても聞くに堪えぬ口汚い雑言なども、当然のごとくぽんぽん飛び出してきたりして」

「あんたの見たところそれでも、どちらの発言がそれなりに傾聴に値したかね？」

「傾聴に値する発言などなかったな。傾聴せねばならぬ発言はあったけれど……」

「傾聴せねばならぬ発言とは、どういうことだ？」

「朝鮮を植民地化したことへの日本の知識人の認識と評価が、我が方のそれとどれだけ違うかを、今回はおれもいまさらのごとく思い知らされたよ。韓国を植民地として統治したことに、彼らは謝罪するつもりなんて爪の垢ほどもないように見受けられたな。彼らのホンネを忌憚なく聞かせてもらうことが出来て、遅ればせにおれも木村の意図がどこにあったかを、朧気ながら覚ったよ」

「どんな男だった、木村というのは？」

「たいした男だよ。やっこさんみたいな男が日本にいるというのは日本人の誇りであると同時に、おれにとっちゃ嫉妬と羨ましさの対象だったな」

「首っ丈というわけか。あの男のどこに、それほど惚れ込んだのだ？」

「物事の隠されている裏側を見透かす洞察力がずば抜けている、澄んだ温かい目をしているんだな。座談会への何人もの出席者たちのいろいろな考え方や情緒を、一人一人の心のひだからきめ細かな紋様まで読み取ることを知っている、特異な読解力を身につけた男なんだ。その読解力を大衆に広く覚らせる手段として、真っ先にしなければならないことは、世の中でごちゃ混ぜになっているさまざまな矛盾と混乱を、明るくて開かれた空間へ引っ張り出さなくてはならないというのだな。正確な真相とかホンネがさらけ出されなくては、どんな和解だろうと赦しだろうとゼスチャーに過ぎないと言うのよ」

亨真が不意に苦笑を洩らしながら、悪戯っぽくかぶりを振った。木村を褒めそやす林正植の言葉に、しばし興ざめしたからであった。

「木村についてあんたが喋っていることは、何を言っているのかさっぱりわからんな。それはそれとして、出席者たちが席を蹴って立つことになった決定的な原因は、何だったのだ？」

「かつてあった日本の閣僚たちの韓国に関する妄言を、青木という男が釈明し始めたときからさ」

「青木？　それは何者だ？」

「日本側の戦前を代表した人物で大学教授出身の、現在は著述家センセイだ」

「どんなタイプの人間なんだ？　説明するより先に顔をしかめるなんて」

「端的にいえば、極右の本性を隠した典型的な知的ならず者だな。髪をオールバックにした品格のある見かけとは大違いで、ひとたび自己主張を始めたら乱暴で情け容赦のない、喧嘩屋の論客だったよ」

「その男は何をどう論じたのだ？」

林正植はそれには答えず、しばしかぶりを振るばかりであった。タクシーはいつの間にか南済州の小さな海岸都市を通過していた。観光客とおぼしいひと群れの人たちが、とあるどでかいガラス張りのドームをバックにして、てんでんばらばらにスナップ写真などを撮っていた。きらきらと輝いて見えるガラス張りのドームは、どうやら植物園らしかった。

「ショックだったな。過去にあったことに関して少なからぬ日本人が、あんな自己弁明などを用意していたとは、まったく気がつかなかったからな。久保田発言（訳注　一九五三年十月六日の日韓会談第三次会談で、日本側首席代表の外務官僚久保田貫一郎が「日本側にも〈韓国に〉補償を要求する権利がある。なぜならば日本は三十六年間、はげ山に植林したほか、鉄道を建設したこと、水田が増えたことなど多くの利益を韓国人に与えた」とした内容の発言）を初めとしてさまざまな妄言を、間接話法によってのみ伝え聞いてきたおれたちには、青木センセの解説的な言説は頭をがつんとやられたようなショックだったよ」

「がつんと一発食らったようなショックか？」

「第一に日本の朝鮮統治は、ひと足先に近代化した日本が未開の朝鮮に、恩恵をほどこしたのと変わらない。牛車が通れる道路のほかに何もない荒涼たる朝鮮の地に、日本は道路と鉄道と港湾を建設し、産業施設の拡充と生産設備を建設するなど、国土のすべてにわたって一方的に莫大な経済的投資を行ってきた。とりわけ近代的な教育を受けたことがない朝鮮人の低くて劣悪な民度を、日本人に次ぐ一定の水準にまで引き上げるために、近代的な教育制度を導入して全国的に国民教育を実施してきた。はなはだしくは、お世辞にも衛生的とは言えなかったトイレや下水道、さらには井戸などを改造し、不潔な家庭内の清掃まで役所の主導のもとに半ば強制的に実施することで、公衆衛生の改善はもとより寄生虫の撲滅にまで細心の注意を払い、朝鮮人の健康を増進するうえでも画期的な成果を上げたことがある。第二に、過去の植民地統治への償いとして、韓国政府は日本政府に経済補償を求めているけれど、償いを求めねばならぬとしたらむしろ我が日本が、あべこべに韓国政府に対して補償を要求してしかるべきである。戦前に韓国の各地にはおびただしい日本人が、貧しい朝鮮人と混じり合って平和な暮らしを営んでいた。ところが終戦になると、日本人は一人残らず日本本土へ強制的に追放され、莫大な公的資産はいうまでもなく、日本の国民個々人が日常的な生業を通して、平和的かつ合法的な方法で懸命に努力して蓄積してきた私有財産までも、韓国の地にそっくりそのまま残して帰国せねばならなかった。このような苛酷な措置は、国際的な慣例に照らしても類例のないことである。あのとき残して帰国した日本人の公的または私的な資産は、当時の韓国の資産全体の八五パーセントに当たるという集計もある。したがって、韓国が過去の日本の植民地統治に対する経済的な賠償を要求するなら、日本も韓国に残してきた八五パーセントの日本の資産に対して、韓国側に鄭重に賠償を請求するよりほかはない。結局のところ双方にそれぞれ異なる勘定書があるのだから、お互いに相手に対して提起した賠償の要求は、これによってどちらも相殺されたと考えるのが妥当ではないか……」

「民族解放後、日本人が韓国に残して帰国した財産が、当時の韓国の全財産の八五パーセントになるって？」

亨真が口のなかでぶつくさ言っていると、林工植が不意に大声を張り上げた。

「あんたもそれを聞いて、ショックを受けたといった顔つきだな？」

「ちょっとね、初めて聞くことではなかったか？」

「おいおい、この男と来たら、しっかりしろって。四十年近くも植民地の朝鮮人を搾取して、日本人が自分の国へ運んでいった財産は、全部でどれくらいになると思っているのだ？　鉄道と新作路（訳注　新しくつくられた幅の広い道路）を敷いて、港湾を整備して工場などをこさえたのは、搾取した朝鮮の物資を日本へ容易く運び出していくための手段ではなかったのか。敗戦後、日本人が朝鮮の地に八五パーセントの財産を残して帰国したというなら、日本の植民地統治三十六年の間に日本人がせっせと自分の国へ運んでいった財産は、その十倍いや百倍よりもっと多くなるはずだ」

沈黙が流れた。タクシーは青黒いミカン畑沿いに、かなり勾配の急な斜面を登っていた。彼方に眺められる海の色が、紺色と碧色に鮮やかに区分されていた。雲に覆われて陰っているところと、互いに海底の地形のせいで、二つのシンメトリックな海の色に染め上げているらしかった。

「そんな塩梅になるわけか。とにかく青木とやらの言説に、韓国側のみなさんも頭に来たというわけだな。大学教授の出身でかなり名の通った著述家だという触れ込みだったけど、青木というその人、どのようにしてそんな奇抜な発想が出来たのかな？　その人ひょっとしたら、韓国嫌いのものすごい嫌韓派ではないのか？」

「その逆だよ。日本の植民地時代に開城で三年近く暮らしたこともあるとかで、彼自身としてはえらく韓国に肩入れしている、親韓派だと売り込んでいる人物だ。日本では穏健な性格のうえ合理的で、理性的な右派のインテリとして知られているそうだ」

「だとしたらどういうことになる？　青木氏が日本の知識人の平均値くらいになるとすると、彼のそうした発想が日本人の共通の考え方だということか？」

「そのように見なさなくてはなるまいな。田部という四十代ののっぺりした映画評論家などはその上手を行って、もっと頭に来るような話をしていたからな。ずる賢いのかとぼけているのか、つかみ所のない人物だったよ」

亨真は先を急かせようとはせず、黙りこくって次の言葉を待った。上半身を前へ倒すと、林正植が出しぬけにタクシーの運転手に声をかけた。

「運転手さん、中文にあるHホテル、ご存知でしょ？」

「知っていますよ」

「行き先が変わりました。Hホテルへ行って下さい」

「承知しました」

ふたたび上半身を元通り起こすと、林正植はちらりと亨真のほうを振り向いた。

「おれたちと同じホテルに泊まっていたけれど、昨夜、日本側の出席者たちがホテルを移したものだから、木村氏も仕方なしにそっちへ従いていったのだ。おまえさんの恋人もそっちにいるはずだから、先にそこへ立ち寄ってから行くとしようや」

「お好きなように」

「田部という男は、彼の父親がかつて日本の統治時代に、朝鮮総督府の高位のお役人だったと言ってたな。やっこさんの話を聞いているとつくづく、世の中を生きていくのは厄介でもあれば、難解でもあるという思いがしたよな」

「映画評論家だという四十がらみの男のことか？」

「ああ、やっこさんときたらのっけから、日本の朝鮮統治がある面ではまったくの失敗だったといって、自己批判から始めたくらいでね。待ってました、ようやくまともな話が聞けそうだと思って、韓国側は聞き耳を立ててやっこさんの発言を注意深く傾聴したさ。するとどうだ、傾聴してみたらそれはまるきり、呆れ返った妄言だったのよ。日本が朝鮮を植民地にしたのは、時代の大勢にしたがった避けがたいことであった。ところが、西欧列強より遅れて植民地争奪戦に飛び込んでいった日本は、後進資本主義国家であることからきた小心さと脆弱さゆえに、朝鮮に対する植民政策を効率的に遂行することにすっかり失敗してしまった。その理由は、もともと朝鮮に対する日本の統治理念は内鮮一体、すなわち日本人と朝鮮人を完全に平等視して、内地人つまり日本人より民度が低くていろいろと劣等な朝鮮人を、教育と啓蒙を通じて内地人並みの水準に引き上げ、朝鮮を植民地ならぬ日本化、ないしは日本に同化させるために全力を尽くすことにあった。けれども、統治技術が未熟であったことやさまざまな条件が整わなかったことなどで、そうした日本の同化政策は期待したほどの実効性を上げることができなかった。もしもその統治理念が、計画通りにまともに実行されていたら、朝鮮人は植民地の民という劣等的な地位から、格差のない同等の地位へと容易く格上げされていただろう。いわば一視同仁（訳注　内鮮一体つまり内地＝日本と朝鮮は一体という成句とともに、植民地時代の日本で天皇が日本人と朝鮮人を民族的に差別せず同じように愛しているから忠誠を尽くすようにという意味で使われた成句）的な日本への同化政策が、日本による朝鮮統治の究極的かつ理想的な理念だったわけだが、朝鮮人の愚かな抵抗と日本の政府首脳部による統治技術の未熟さのおかげで、その理想は実現されず、朝鮮人の不満は積もり積もることになり、民衆の度重なる抵抗まで呼び込むことになったのである。したがってこのような日本側の真情をおもんぱかるならば、いまの韓国人が当時を振り返って苛酷な植民地政策うんぬんするのは、誤解と被害妄想が差し招いたいささか度が過ぎる、いやごり押しと強弁ではないかと思ううんぬん……」

「日本的な自己批判の決定版みたいに聞こえるな。朝鮮人を日本人に同化させることが出来なかった責任、そのたぐいの責任こそは、非難されてしかるべき日本人の手抜かりであり過失ではないのか？」

「発想が極端なまでにせせこましい男だったよ。やっこさんときたら仕舞いには、愚にもつかぬことだがこんなことまで口走ったな。日本人は終戦後、日本占領軍の総司令官だったマッカーサー元帥とアメリカに対して、いまだ心のなかでえもいわれぬ感謝の想いを感じている。ところが韓国人は、三十六年間も朝鮮に恩恵を施してきた日本の朝鮮総督と日本に、感謝の念を示すどころか、いまも変わらぬ憎しみと恨みばかりを剝きだしにしている。その理由はどこにあるのか？　韓国人というのは元来が有り難いと思うことを知らぬ民族なのか？」

「話にならない相手だな」

「ところが問題は、話にならないそんな人間が、日本国民の半数を超えて大多数だということさ。やっこさんの発言が終わると韓国側からたちまち怒鳴り声が上がり、拳を振り回し始めるではないか。それにしてもまったく驚かされたのは、まさにそうなることを我らが木村氏は、あらかじめ予想していたということよ。やっこさんときたらいまこそチャンス到来とばかりに、せっせとテープレコーダを回転させて、いよいよ懸命にその乱痴気騒ぎの現場をテープに収録していったのだからな」

「その辺りで席を蹴ったのか？」

「いや、まだだ。話にもならぬ田部の発言に、韓国側からやり返したのはやはり四十代の、設計を専門としている建築家の崔さんだったよ。ところが、いかにも粗野な印象を免れないこの崔さんの答弁が、またふたたびおれたちを密かに驚かせたのだからな。あなた方は感謝することをよく知っている民族なので、占領軍の総司令官だったマッカーサー元帥の寛大な戦後処理に対していまだに、心のなかで深い感謝の念と有り難味を感じているようだ。ところがその、尊敬すべきマッカーサーという占領軍総司令官があなた方の国を、アメリカ合衆国の新しい州の一つに編入しようとし、あなた方の国の若者たちを彼らの戦場へ駆り立てていって、彼らの戦争の片棒を担がせ、片田舎の田畑からあなた方の娘や妹を無理やりに捕まえていって、彼らの軍隊の慰安婦として働かせ、あなた方の国の日本語の代わりにアルファベットの英語を国語として使わせ、あなた方の中村や渡辺といった固有の名前をジェームス、トーマス、キャサリンといったアメリカ人の名前に変える法律を押しつけたら、それでもあなた方はその占領軍総司令官を心のなかで尊敬し、有り難く思うことが出来るでしょうか？　それでもこの総司令官を、恩恵を施してくれた恩人として尊敬し愛せるなら、自分はこの瞬間からすぐにもあなた方を尊敬し、愛したいと思いますね……」

街の赤信号にさえぎられて、タクシーが一時停止を余儀なくされた。二車線の狭い道路に車の列が長く延びて停止していた。刺身を食べさせる店の看板などが道路際に並んでいるところから推して、周辺に観光スポットや漁村、洞窟などの見せ物があるらしかった。

タクシーが動きだすと、林正植がふたたび口を開いた。

「二十代の若い連中の発言はそれなりに、耳を傾けるに価するものだったよ」

「どんなところが？」

亨真の素早い反問に、林正植は久しぶりにうふふと笑った。

「相手はイケメンの男子大学生ときているうえ、こちらは元気はつらつとした女子大生だったせいか、対話が刺々しくなくてスムーズに進行していったおかげかもしれないな。武井というフランス文学専攻の学生だが、身なりといいヘアスタイルといいこれが掛け値なしの、近ごろのソウルは江南区生え抜きのX世代と同じなんだな。その若者は我が方の出席者たちに、初っ端から抗議の色が濃い不満から先に、ためらいもなくぶちまけたりしてね。自分は一九七五年四月に生まれた。したがって世界大戦はもとより、やれ日韓併合だの満州事変だの南京虐殺だのといったことは知らない。そうしたことが起こっていた頃、自分はまだこの世に産まれてきてもいなかったからだ」

「その年頃の世代としてはもっともな抗弁じゃないのか？」

「もっともだとも。過去の歴史とは白紙状態にある、アリバイがはっきりしているからな」

「それなのに何が問題なのだ？」

「まあいいから、もうちょっと話を聞けや。若い彼の抗弁が続いたさ。抗弁の要旨は簡単明瞭だったな。彼らの周辺の幾つかの国々の人たちのなかには、彼らに会うと過去にあったことなどを問題にして、彼らの歴史的な責任を問い、はなはだしくは謝罪を要求したりする。彼らが関わったこともなければ関わりもしなかった過去の出来事などで、その人たちはなぜ彼らに、責任を問い謝罪を要求してくるのかわからない。実際に彼らは、その昔自分たちの国でどんなことがあったのか、どんな不祥事が持ち上がっていたのか正確に知りもせず、また知りたいとも思わない。具合が悪いし困ってしまうのは、それらの出来事を知らないから、謝罪しようにもどうしたらよいのかわからないということだ。結局は顔を合わせるたびに、こんな遣り取りばかりが繰り返されるものだから、おれたちは彼らをうるさくて煩わしい連中と思うようになり、出来ることなら彼らから遠ざかっていたくなるばかりだ。とりわけ韓国人と出会うと、こうした現象が際立って現れるのだが、韓国人は過去の歴史に対するおれたちの反応に関心が高くて、おれらが彼らの期待を裏切る立場を取ったり、期待に応えているけれど期待値に及ばない回答をしたときなどは、たちまちおれたちに冷ややかな態度を示したり、ときには露骨に敵対心を剝き出したりさえする。とどのつまり日本に対する韓国人の関心は、肯定的なものであれ否定的なものであれ、必要以上に過敏すぎるという感じだ。正直に言っておれたちは韓国を、フィリピンとかマレーシアといった我らがアジア諸国のうちの、近隣の国の一つと思っているだけである。ひょっとしたらアメリカのような、大国の一つと見なしてくれるのを期待しているのかもしれないけど、そうするわけにいかない理由を韓国人のほうが、もっとよく知っているのではなかろうか……」

「まさしく非の打ち所のない、侵略と戦争を知らない世代の抗弁ではないか」

「ところがどっこい、これがそうではないんだな。何気なく聞いた限りではまっとうな抗弁のように聞こえるけれど、実際には現実と向き合うことを避けて通るタイプの、利己的なうえちゃらんぽらんなやり方で責任を逃れようとする、足抜けタイプでもあるのさ」

「侵略とは関わりがなかったという完璧な歴史のアリバイがあるのに、どんなところが無責任だと言うのだ？」

「昔のことなど我関せずとぬかすのは気楽な歴史の回避であり、自己否定ではないのか？　ご先祖さまがしてきたことなどわしゃ知らぬ、会社がしていることなどおれとは関係ない、国家がしたことなどおれとは関係ないということは、近隣の国々の人たちとともに生きている、近ごろのようなグローバル時代には、共生の美徳を真っ向から否定する、不道徳で破廉恥きわまる生活態度と言えるのではないのか？」

「モラルの面で難詰することは出来るだろうけど、さりとてその若者たちに、まだ生まれても来なかった時代の過ちを問責することなど、出来ないのではなかろうか？」

「実を言うと彼ら若い世代の、こうした責任逃れ的な発言がなされるようになった根本原因を、バックグラウンドから追究していかなくてはならんのだよ。つまり彼らを正しく教育しなくてはならない日本という国の、歴史教育に根本的な問題があるということさ。半世紀前に彼ら若い世代の祖父や父親たちが、近隣の国々へ出かけていってどんなことをやらかしてきたのかを、敗戦直後から日本の教師たちは、子どもらにきちんと教えるべきだったのだよ。このときから歴史を正しく教えて、加害者と被害者をしっかりと区分けしてやっていたら、いまごろになって若い世代の口からわしゃ知らん、おれは関係ない、おれたちに責任はないなどといった厚顔無恥な発言は、でなかっただろうよ」

　亨真が顔をほころばせながら、曖昧にうなずいて見せた。

「難しい問題だな。自分が犯した過ぎ去った日の恥ずかしい過ちについて、息子や孫たちにありのままに告白し、それによって子や孫たちを教育までさせるというのは、無理な注文ではないだろうか？」

　こんどは林正植のほうが、大きくかぶりを振った。

「そこだよ。まさにそのことが原因で日本は過去の歴史を、子どもらへの影響の大きさを口実にひた隠しにしてきたのだよ。とはいえそれは、手のひらで空を隠そうとする愚かでむちゃな振る舞いさ。あらゆる迫害と困難にもかかわらず、真実がなぜ必ずやこの世に真実として明らかにされねばならないか、わかるか？自由であるためだ。真実から自由であるためには、その真実がどんなに辛いものであろうと、あるがままに明らかにされねばならんのさ。知っている真実を地の底に埋めておいたのでは、世の中のどんな人も自由であったり潔かったりすることは出来ないものだよ」

長々とした弁舌にもひとしい熱を帯びたお喋りに、林正植は自らブレーキをかける必要があると感じたらしかった。亨真の顔色をちらりとうかがうと彼は、締めくくるようにまたしても話し始めた。

「若い世代の無責任で厚かましくも恥知らずの発言が、彼らの隣人たちの心をどんなに深く傷つけているかを知ったなら、彼らはいますぐにでも歴史教科書を書き改め、子どもらに新しい歴史を教えるべきだな。情報と商品が国境を乗り越えて、洪水のように溢れ返っているこのせせこましい地球村時代には、もはやどんな人だってロビンソン・クルーソーみたいに独りぼっちでは生きていけないんだ。知らぬ間に近隣の人たちを傷つけたり痛みと苦痛を与えたりしてしまったのなら、その近隣の人たちと上手に生きていくためにも、彼らは自分からしっかり学び、近隣の人たちを理解しようと努力してしかるべきだろうよ。知ることがただちに理解と結びつき、理解はさらに赦しと和解を通じて、お互いの尊重と平和へとつながっていくものだからな」

タクシーがスピードを落として、熱帯植物の群れが生い茂っている林の陰へ入り込んだ。その林の隙間の向こうに高くそびえているのが、Hホテルのドーム型の円形の屋根だ。目的地が近づいてくると、タクシーの運転手がことさらに後部座席を振り向いた。

「思ったよりも早く着きましたね。ここが目的地のHホテルですよ」

22

遙かな夜の海の水平線の上に、きらびやかな灯りの群れが点々と浮かんでいた。海が見下ろせるホテルの広い庭園に腰を下ろして、亨真はたびたび宙に手を上げて振り回していた。顔をめがけて飛んできては襲いかかる、名も知れぬ蛾を追い払うためであった。

「あれは何の灯りです？」

酒に弱い木村はまだ酔いが覚めていないせいか、荒い息を吐きだしていた。グラスに一杯のビールが定量だという彼が、今夜は何と瓶で二本分のビールを飲んだからである。

「わたしもよくは知りませんけど、いか釣りとか太刀魚釣りの船ではないかと思いますね」

「だとするとあの灯りの群れは、漁り火というわけですかね？」

「きっとそうでしょう」

あぐらを組んで座るのが窮屈だったらしく、木村は芝生の上に両脚を投げだしていた。亨真もそれを真似てくつろいだ姿勢で脚を伸ばした。

口を酸っぱくして説得した甲斐もなく、座談会を再開するという目論見は無惨にも霧散してしまった。出席者たちの一部が帰ってしまって、ふたたび呼び集めるのは難しかったけれど、すでにあからさまな感情のぶつかり合いがあったばかりだったので、双方のどちらもが顔を合わせるのを避けようとする、お手上げの情況に追いやられてしまったのである。

座談会が意図したとおりに運ばなくて、木村はひどく腐っていた。木村のそんな様子を見かねて、彼を慰めようと彩子が一席設けた。最初のそれは彩子のおごりとなり、二次会のそれはふたたび木村のおごりとなった。亨真と一緒に招かれた韓国側出席者の代表格である林正植はいま、ホテルのディスコで彩子を相手によろしく愉しんでいるはずであった。酒に弱くてグラスにほんの二、三杯のビールでたちまち息苦しくなってしまった木村は、とても我慢しきれなくて人々の目を避け、席を離れてきたところであった。彩子と林正植をフロアに残したまま亭真も、木村の後に続いて蒸し暑くてむんむんする地下のディスコを抜けだしてきた。

庭園には爽やかな潮の香りが漲っていたし、夜空はまるで火花か何かののように星屑の群れがちりばめられていた。崖っぷちに建てられているホテルの庭園の目の前には静かな夜の海が、まるで裏庭のように近くに拡がっていた。庭園の芝生の上を一人で歩いていた木村は、しばらくして亭真が自分の後に従いて来ていることに気がついた。海と接している崖っぷちの外れにある芝生に、二人は夜の海に向かっておのおのくつろいだ姿勢で腰を下ろした。

「金さんは録音テープを、お聴きになりましたか？」

「はい」

「二本とも？」

「ええ」

座談会を再開する目論見が霧散してすっかりしょげ返っている木村から、亭真は昨日あった座談会の録音テープを借りて聴いてみた。修羅場だったといわれている座談会の模様を、自分の耳でたしかめてみたかったからである。

「テープをお聴きになった感想はどうでした？　やはり日本と韓国だけでは難しいのでしょ？」

「加害者と被害者という悪縁の溝が、思いのほか深かったなという感じがしましたね。けれども、あなたのおかげで和解の可能性を見いだした思いですね」

「どんな姿の可能性をご覧になったのです？」

「とりあえずたびたびぶつかり合って、お互いの感情や考えがどれくらい違うかを確認し合うことから始めるのが、順序ではないでしょうかね」

「昨日あった座談会みたいな、好ましからぬ結果が生じてもですか？」

「もちろんですとも。木村さんはそうした結果をあらかじめ予測して、あの座談会を企画したのではないのですか？」

「それは買いかぶりですよ。彩子さんもそれと同じようなことをおっしゃっていましたがね。幾日も苦労をして準備を重ねてきたことが、骨折り損になってしまったのですよ。昨日の録音テープは内容があまりにもひどすぎて、とても使いものになりません。わたしはあの座談会以後のことに期待をかけていたのですけどね。肝心なのは、あの座談会以後の作業の見通しが、まったく立たなくなってしまったことですよ」

沈黙が流れた。木村が期待したという座談会のあれ以後を、同じ場所と同じ時間に引き続き進行させるというのは、もはや不可能なことであった。すでに結果がそのように出ていたし、木村もそのことは十分に承知していた。けれども、それを承知しているはずの木村がいまさらのごとくそれを持ち出したことが、亭真には理解しがたかった。もしかしたら彼はいまだに、座談会の再開に未練を抱いているのかもしれなかった。

「こんどの仕事を、どんな形にせよ締めくくりたいのですよ。わたしは金さんが協力して下さるものと期待しています」

「別の座談会を企画なさるということですか？」

「昨日行われたあれは話し合う内容を選ぶための、事前の打ち合わせと理解して下さっても結構です。両国の間でネックになっている考え方や感情を、事前に整理する作業は必要ですからね。話し合うテーマが漠然としていると思われるのであれば、あらかじめ話し合う方向を設定しても構いません。何人もの方たちに出席していただく座談会が煩雑でしたら、金さんとわたしの対談でもよろしいでしょう」

暗がりのなかで一瞬、彼らの視線がぶつかり合った。ふたたび視線を海のほうへ移しながら、木村がだぶだぶのズボンのポケットから何かを取りだすと、亭真に手渡した。ずっしりと重そうに見えたので受け取ってみると、意外にも缶ビールであった。

「ディスコホールからもってきたものですよ。一個しかありませんから、わたしに勧めようとはなさらぬように」

抱きしめてやりたいくらい興味深く魅力的な編集者であった。感嘆のまなざしで眺めていると、彼がふたたび口火を切った。

「わたしが昨日の座談会を通していまさらのごとく確認できたのは、日本は決して韓国に謝罪する気持ちはないということと、韓国もまた決して、心底から日本を赦す気持ちはないということでした。この二つの考えや感情のぶつかり合いを確認できたことが、昨日の座談会から生まれた唯一の収穫だったような気がします」

肯定も否定もせず、亭真はたったいま木村から手渡された缶ビールの蓋を開けてひと口飲んだ。ビールの缶を芝生の上におきながら、亭真はいまさらのごとくまじまじと木村を眺めた。

「まず、うかがいたいことがあるのですよ。昨日の座談会で行われた韓国側出席者の発言に、木村さんはどんな印象を持ちましたか？」

「感想をお訊きなのですか？」

「日本側の出席者を代表なさった立場から、どのように感じられたのか知りたいですね」

木村がしばし夜空を見上げた。水平線と接している暗い夜の海に流れ星が一つ、尾を引くように流れていって消えた。ややあって木村は、軽い溜め息とともに真剣な顔つきで亭真のほうへ顔を向けた。

「予想していたより韓国側の憤りが、かなり大きいと感じました。憤りたくなる心情はわかりますけど、相手が激怒していては対話を進めるのが難しいのではなかろうかと思いましたね」

「激怒しているように見えましたか？」

「言葉や表情、振る舞いのなかに、憎しみと怒りが濾過されぬまま剝きだしにされていましたね。こいつはほんとに問題だなといった、怖れみたいなものが感じられましたからね」

「激怒した原因については、考えてみたことがありませんか？」

「激怒というのも、つまりは相対的なものだとおっしゃりたいのですか？」

「いや、激怒を触発させた直接の原因を言いたいわけではありません。韓国人はこと日本に関する限り、ちっぽけな怒りでも大きく膨らませて言う心理的な土壌を、意識の底辺に秘めております。日本に対してのみ作用するこの心理的な土壌は、見ようによっては過ぎ去った日々の不幸な歴史が醸し出してきた、韓国人固有の無意識なのかもしれません。この無意識が理解できない限り、日本人が韓国人を理解するのも難しいのではなかろうかという気がしますね」

まさかそんなことがといった顔つきで、木村が眉をひそめた。

「そうでしょうか。日本人のわたしにはやはり、なかなか理解できないことなのでしょうかねえ？」

亭真はふたたび缶を取り上げると、夜空を見上げるようにしてゆっくりとビールを喉の奥へ流し込んだ。

さっきより浜風が荒れてきたせいか、跳び回っていた蛾の群れがそれほど襲ってこなくなった。途方もない沈黙のうちに横たわっている夜の海の頭上では、低く垂れ込めている星屑の群れの間でひっきりなしに、流れ星が矢のように流れていた。しばらく沈黙を愉しんでいたが、やがてふたたび亭真は慎重に口火を切った。

「韓国というのは修辞としてではなくて実際に、長い歴史を持った長い伝統のある国なのですよ。大陸と陸続きであるせいかひっきりなしに、外からの侵略にさらされてきましたけど、ときには国の首長が敵将の前にひざまずいて忠誠を誓ったのち、朝貢を続けねばならなかった時期もありました。話が長くなりますが続けましょうか？」

しみじみとした語り口だったせいか、木村は大きくうなずいた。

「どうぞ、続けて下さい」

「けれども度重なる外からの侵略がもとで、危機にさらされてきたにもかかわらず、韓国はれっきとした国名を持った、まともな独立国家として守られてきました。国王が降伏して忠誠を誓い、何十年間も大陸に朝貢してきたことはありましたけど、敵国の軍隊や役人どもがこの国を占領して、国民を統治したことはいっぺんだってなかったということですよ。これは大陸と陸続きの辺境にある一小国としては、主権を守り抜くことと民族のアイデンティティーを保存するという意味で、きわめて重要な矜持と言わざるを得ません。天然の要害ともいうべき海によって保護されてきた、島国の日本としては滅多に経験できない、韓国のみの特異な慰藉であると同時に、誇りとしてきたプライドでもあるわけです」

自分の喋り方がだいぶ早すぎると感じたのか、亭真はそこまで話すと口を閉ざしてしばらくひと休みした。さっきまでとは対話の雰囲気が変わってきたことに緊張しながら、木村もやはり沈黙を守ろうという顔つきであった。やがて亭真は、しみじみとした口調でふたたび語り始めた。

「ところで、その誇りとしてきた大切なプライドが、二十世紀初葉になって初めて無惨にも、外からの侵略によって踏みにじられたのでした。自分の国の主権を守り抜いてきた歴史を、ものすごい誇りと思いなしてきた韓国人によって、最近になって味わわねばならなかったその外からの侵略は、耐え難い羞恥と屈辱でした。まるでそれは、純潔を守ってきた一人の少女がある日のこと思いがけずならず者に襲われて、初めてその純潔を踏みにじられたのとそっくりの出来事でした。それまでありとあらゆる苦しみに耐えながらも、しっかりと純潔を守り抜いてきたという矜持が、その一度の侵略によって、取り返しのつかない深手を心に負ってしまったのですよ。この傷が韓国人の心にいっそう烈しい痛恨の思いとして残されたのは、侵略者の言い訳や謝罪とは関わりなしに、もはや韓国人の心のなかに、かつての矜持が決して元通りの姿では復元されることがないということでした。おのれの国を侵略者の国の植民地として差し出した、自らの愚劣な過去ばかりが、韓国人の意識の奥底にそっくりそのまま、自責と痛恨の歴史的な事実として残されたのでした。まさにそうした痛恨の自責の念や自らを恥じる思いのなかに、日本に対して韓国人が激怒する仕組みが隠されているのですよ。復元不可能なこの痛みを伴う心の傷に触れられたりすると、韓国の人たちにはその原因をもたらした日本が、じっとしていられないくらい憤ろしく、憎たらしくなるというわけですね」

暗がりのなかで木村はひっきりなしに頭を上下させてうなずいていた。同じ動作を繰り返していた彼は、しばらくするとまたしても沈鬱そうに言葉を挟んできた。

「処女性を強奪されたというわけですね？」

「そうそう、まさに韓国は永い歴史のなかで初めて、一衣帯水の国である日本に、数千年もの間守り抜いてきた処女性を奪われてしまったのですよ」

「日本人の知らなかったことですね。やはり日韓関係というのは、乗り越えることが難しい絶壁のように見えますね。お友達の林正植さんはわたしに、別の例を上げて話して下さいました」

「韓国の近代史を専攻していますから、彼が例を挙げて話したことのほうがわたしのこれより、ずっとリアルだろうし合理的でしょうよ」

「十八世紀の半ば頃までは韓国のほうが、日本よりも文化的に優位に立っていました。そのため、中国大陸の進んでいる文化を後進国の日本へ伝えるために、好んで運び屋の役割を引き受けていたそうです。ところがその、永らく文化の橋渡しをしてきた側と、その恩恵をこうむってきた側との地位が、十八世紀の半ば以後にわかに逆転したのです。ひと足先に西欧的な近代化を成し遂げた日本はいち早く近道を通って、中国大陸の旧式の文明の先を越すようになったのです。結局ひと足先に近代化された日本は、依然として旧式文明の迷妄のなかをさまよっていた韓国を、たいした労力を要せずして植民地とするのに成功しました。ところがつい最近までも、日本へ大陸文明を伝える役割を担って来た韓国では、その地位が逆転したにもかかわらず、心理的にはその事実を受け容れることが容易でありませんでしたね。いまだに韓国人にとって日本人は、島国のえみしとか倭奴といった蔑視の対象となることがあると聞きました。結局、林さんは比喩的に、日本による韓国侵奪は、気性の荒い無法者の弟が、世間知らずの善良な兄を責め立てて、叩きのめした恰好になると話しておいででしたけど。ほんの数日前までは洟垂れ小僧だった弟分が、幾日も経っていない間に突如として、図体も大きくなって大きな野望を抱くようになり、愚鈍きわまる兄貴分を一撃のもとに殴り倒すありさまだったので、兄貴分はモラルから言っても心理的にも、そうした事実を容認できなかったばかりか、兄貴分に乱暴狼藉を働くけしからぬ弟分を、心情的にますます許し難く感じるよりほかはなかったというのです。さっき話された金さんの処女性を強奪されたという例は、韓国人が激怒する仕組みを解説してくれることになりそうだし、林さんが聞かせてくれた二つ目の例は、日本に対する韓国人の、蔑視の構造を説明してくれるキーワードになるかもしれませんね」

沈黙が流れた。暗い夜の海の水平線の彼方にはまだ、太刀魚漁に出ている釣り船の漁り火がきらびやかに灯されていた。まさしくこのようにして事実を認識しようとする姿勢をさして、彩子は木村をずば抜けた編集者だと評しているのかもしれなかった。事実に対する偏見のないアプローチに、けなげなまでに公正であろうとつとめている男であった。

片方の手を顎の下にあてがったまま、木村はそれが好みのように沈黙に耽っていた。理由のわからぬ彼の沈黙が、次第に亨真には負担になって迫ってきた。彼は自分の意見や考えを、これまでまだいっぺんだって、自分から進んで亨真に打ち明けたことはなかった。ダイレクトに質問を突きつけられても、彼はせいぜい感じた程度に要約して語っているに過ぎなかった。

「いましがた金さんはわたしに、座談会のなかの韓国側の発言に、どんな感じを持っているかと質問されましたね。その質問が他の日本人にではなくわたし個人に対するものと思いなして、自分が感じたままを申しあげるとしましょう」

トーンの低い木村の声に、いままでとは違う別の重みが感じられた。けれども自分でもその重みを嫌ってか、木村はほどなく明るい声で言葉を継いだ。

「両方の遣り取りが激しいものになってきてからというもの、わたしには韓国側の発言の意味がさっぱり理解できませんでした。過激な言葉になってきたからではなくて、同時通訳の人が職務を投げだしてしまったからです。けれども投げだすまでに出てきた発言のなかには、是非ともはっきりさせておきたいことが幾つかありました。韓国が絶えず日本に要求してきた、過去の歴史に対する謝罪の件がその一つです。第二次大戦後のドイツを例に取り、韓国は日本側の誠意に欠ける態度に激しい怒りを表明しています。あなた方はなぜ、戦後のドイツのように過去の過ちに対する明白な謝罪をなさろうとはしないのかと。ところがここには、ことの成り行きを正確に把握していない韓国側の、大きな誤解があると思うのですよ。戦後のドイツが謝罪したのは、戦争をした相手の国に対してではありませんでした。彼らが心底から繰り返し謝罪したのは、戦争中にナチスドイツが好き勝手に行ったユダヤ人への、ホロコーストに対するものでした。戦争をした相手の国への謝罪は、わたしの知る限りなかったと記憶しています」

「というと日本は韓国を、第二次大戦の折に戦争をした相手国とみなしているということですか？」

「そういうことではありません。ただ日本は、朝鮮を統治している間に、ユダヤ人に対するホロコーストのような、野蛮な行為に走ったことはなかったものと思っています」

「中国の南京虐殺はどうです？　あの虐殺に対しては謝罪があったのですか？」

「いいえ、わたしの知る限り日本の謝罪はありませんでしたね。中国の場合はきわめて例外的なものでした。中国共産党の指導部が日本に、謝罪を要求しませんでしたからね。日中戦争にかかわる戦争責任は、過去の日本の軍国主義者たちにある、いまの日本人がその責任を問うのは穏当なことではないというのが、現在のあの党の指導部の非公式の論評であり、考えのようですからね。このような中国側の毅然とした態度のおかげで、韓国側の度重なる謝罪要求が、日本人の目には相対的に無い物ねだりをして駄々をこねる子どもの振る舞いのように映ってしまっているのではないかと思いますね」

そうなのだ。中国は連合国に一員として、日本を相手に堂々と戦った交戦国であった。フランスやイギリス、ソビエト、アメリカなどが戦後のドイツに、謝罪を要求していなかったのと似ていた。矛を交えて戦った交戦相手国にとっては実際に、謝罪などは別にたいして必要ではなかった。彼らは侵略国に、謝罪以上のものを要求した。謝罪などとは比ぶべくもない、より高い段階の降伏を要求したのである。ところが韓国は、日本から降伏されたことも謝罪されたこともなかった。交戦相手国でなかったばかりでなく、ホロコーストのような野蛮な罪を犯されたこともなかったので、日本は韓国に対しては降伏も謝罪もする必要がなかった。つまり韓国は、植民地として支配されていた地域だったので、植民地統治の終結とともにさしたる戦後処理も、必要としない存在となったわけである。

「政治的もしくは外交的な論拠を離れて、日本が韓国を侵奪したことは弁明の余地のない、まぎれもなく日本の過ちですね。それから、自らが犯した明らかな過ちに対して、加害者側の謝罪がないというのは、モラルに照らしてみても不道徳なことだし、常識から言っても合点のいかないことですよね。それなのに日本が、それほどにも謝罪を潔しとしない理由が、果たしてどこにあると木村さんはお考えですか？」

考えをまとめようとするように、木村は顎を引いて黙りこくったまま遠い海を眺めた。どこからか若い男女の弾けるような笑い声が聞こえてきた。ホテルに泊まっている若い恋人たちが、絶壁の下の海際の浜辺へ散策に出てきたらしかった。

「金さん、ちょっとあちらの芝生で横になってもよろしいでしょうか？」

「お楽にどうぞ。わたしも横になりましょう」

彼らは示し合わせたように芝生の上にごろりと体を横たえた。にわかに視野から海が消え去り、夜空の星の群れがこぼれ落ちるようにして目の前へ迫ってきた。傍らで体を横たえ片方の手を腕枕にしながら、しばらくすると木村が自信なげな声で語り出した。

「金さんは、日本がなぜあれほど謝罪することに潔くないのか、理解に苦しむと言われました。ところが実は、謝罪を潔しとしないのではなくて、謝罪すべき罪の意識が日本人には欠けていると言ったほうが、より正しい診断のようですね」

「罪の意識に欠けるって？　それはまたどういうことです？」

「たったいまお聞きになった通りだということですよ。第二次大戦に敗れてからというもの、日本人はその日その日の暮らしと貧しさに追われて、近隣の国々への罪の意識とか良心の呵責などといったものは、感じる余裕もありませんでした。国内の到る処でただちに目前に迫ってくる窮乏と飢餓、食糧は言うまでなく石鹸やチリ紙に至るまで、絶対的に不足したありとあらゆる生活必需品など、それから何よりも、心のなかに計り知れない衝撃と深い傷跡を刻み込んだ広島と長崎への原爆投下と、原爆への譬えようもない恐怖など、自分たちが戦争を起こした戦犯国の国民だということよりも、いまこの瞬間目の前で繰り広げられている地獄絵が、あまりにも惨憺たるもので絶望的だったので、その苦痛から逃れることにのみ動物的に適応してきたのですよ。幸いにもこの苦痛は、長続きしませんでした。折しも隣国の韓国で戦争が勃発し、日本は思いがけずその戦争で神武景気などともてはやされた特需景気を迎え、その結果、破綻寸前にあった経済を奇跡的に救い上げることが出来ました。この奇跡はただちに経済復興と分配の均等、社会の安定、平和の定着、公共施設の拡充とサービスの改善など、将来へのたしかな展望を補償してくれるくらい確保されました。ところが、こうして新たな自信を手に入れたことによって、日本人はそれと気がつかぬ間に過去、つまり戦前の時代と断絶してそれを否定する心理を、心のなかに密かに育んでいき始めました。言わば過去の、不幸だった戦前の時代を時間的な連結リングとして現在に繋ぎ合わせると、過去の戦争による罪業が現在の繁栄を実現させた道徳的、倫理的な土台を揺さぶることになり、そうなると現在の繁栄は無意味なものとなってしまうだろうという、心理的な不安と怖れに襲われることになるというわけです。韓国人が日本に対して無意識のうちに、憤怒のメカニズムを背負っているように、日本人は戦前の悪夢にもひとしい状況に対しては、二度とふたたび思い出したくもないことなので、これを忌避する心理的な構造が存在すると見なくてはなりますまい。ところが、問題はここでとどまらないことですよ。日本人は過去の戦争の加害者ではなくて、犠牲者だったという被害意識への転倒現象が生まれてきていることです。この被害意識は、さっきも触れましたけど、広島と長崎に投下された世界最初の原爆によってもたらされたものでした。敗戦による苦悩、B29による無差別爆撃と世界最初の原爆被爆国家という、長い日本の歴史における未曾有の、惨憺たる国民的な悲劇の経験が過去の戦争の過ちをさしおいて、自らを加害者ではない戦争の被害者であると思い込ませる、屈折した被害意識をつくり上げてきたのですよ」

話し終えた木村が横たえていた体を起こした。周囲の暗がりのなかで、理由のわからない息苦しさがしゃがみ込んでいるような恰好で満ち溢れていた。絶壁の下のほうの浜辺からまたしても、若い男女の弾けるような叫び声が聞こえてきた。

「木村さんは、釣りはお好きですか?」

「釣りはしたことがありませんね」

「浜辺で叫んでいるあの声が聞こえますか?」

「ええ、何を言っているのです?」

「夜釣りをしているようですね。大物を釣ったと、嬉しくて大騒ぎしているのですよ」

芝生の上で立ち上がった彼らは緩やかな斜面に沿って、浜辺を見下ろすために絶壁の外れのほうへ近づいていった。絶壁の外れには転落を防ぐための太い木製の柵が、牧場の囲いのようにしっかりと張りめぐらされていた。柵の前の絶壁の外れに足を止めると、眼下に白い砂浜の片方の端が白っぽく見下ろせた。遥かなる大海原の彼方から白いベルトのような波濤が、後から音もなく浜辺へ押し寄せてきては、砂浜の下半身をくすぐるように舐めて、引き下がっていった。柵に上半身を預けてもたれかかりながら、亨真がふたたび語り出した。

「これからわたしが言う単語には、互いに共通点を持っています。どんな共通点があるのか、木村さんがひとつ当ててみてくれませんか。あわせ、穂先、足場、ほんむし、店子、赤鯛、いっぱい、あたらし、掛け持ち……」

「そうですねえ、ひょっとしたら、釣りと関係のある用語ではありませんか?」

「その通り。釣りと関連する用語ですよ。だとしたら、もう一つの共通点は何か、おわかりですか?」

「はて、わかりませんねえ。何です?」

「たったいま言った釣りの用語はどれも、日本語の発音のまま韓国ではいまだに通用しているということですよ。三十六年間に及んだ日本の統治が韓国に残していった、粘り強い言葉の遺産なのですよ」

「釣りと関連する用語だけがそうなのですか？」

「そんなことはありません。ほとんどすべての分野で日本語は、粘り強く生命力を保っているのですよ。とりわけ建築や土木などの技術を要する分野と、製造業の分野でことのほか多いようですね」

木村がふたたび暗がりに向かって大きくかぶりを振った。柵にもたれかかっていた体を起こすと、木村が先にホテルへ向かって歩きだした。

「日本は明治維新を通じて、アジア諸国のなかではもっとも早く近代化を成し遂げました。その過程で天皇制軍国主義を政治イデオロギーとして選択しましたが、その結果、隣接するアジアの幾つかの国々は日本の近代化のために、不幸にしてスケープゴートになりました。犠牲がもっとも大きかったのは、なかでも韓国と中国でした。日本はしかしその際に、犯した過ちに対して被害を与えた近隣諸国に、謝罪する気持ちはまったくないように見受けられます。それは決して立派なことでも正しい身の処し方でもありませんけど、いまの日本の現実をつらつらおもんみるに、心からの謝罪は決してありそうにないという話です。謝罪されねばならない被害をこうむった韓国も、謝罪を受け容れる用意が出来ていないことではお互い様ですけどね。日本が心底から韓国に謝罪する気がないのと同じように、韓国も日本を心底から赦す気はないということですよ。わたし個人の希望を申し上げるように言われたら、韓国人が日本を赦し、過去の悲惨な歴史を忘れてくれることを、心底から願って止みません。けれどもそれは、日本のある一人の小市民の個人的な願いでしかなく、実現など不可能なことのように思われます。日本の謝罪と韓国の赦しは、どちらにとっても決して十分とは言い難いということです。だとしたらわたしたちはいま、何をどのようにすべきでしょうか？　十分とは言い難い謝罪と十分とは言い難い赦しのせいで互いに顔をそむけ、仲のよくない隣人として生きていかねばならないのでしょうか？　こんどの座談会での双方の発言を録音したテープを聴き終えて、がっかりしているわたしを励ますように、江田さんが伝えてくれたメッセージがあるのですよ。矛盾は解きほぐすためにあるのだし、障害物は乗り越えるために存在するのだ。お互いの間に問題があるというのは、お互いに対して関心があるという証拠であり、その関心がたとえ不満足なものであろうと、無関心よりはずっとましである。わたしたちがほんとうに警戒し怖れなければならないのは、双方が乗り越えねばならぬ障害物も、競い合わねばならない魅力も消え失せてしまうときである……」

いつしか彼らは庭園を過ぎり、ホテルのロビーへ足を踏み入れていた。明るい灯りのもとで眺めたら、木村の顔面は汗みずくになっていた。アルコールが弱い彼はその間、暗がりのなかで人知れずアルコールと格闘をしていたらしかった。

23

　駐車場から抜けだしてきた乗用車が建物の角をまわってきながら、短くクラクションを鳴らした。歩道の外れに立って車が近づいて来るのを待っていた亨真は、車が停まると歩道を下りて行って、素早く運転席の隣の座席へ体を滑り込ませた。車をふたたび出発させながら、運転席の東根が亨真に問いかけた。

「義兄さん、いま、急ぎの仕事はないのでしょ？」

「ないけど、それがどうした？」

「それならよかった。ぼくに一時間ほど時間を下さい」

「何があったというのだ？」

「行ってみたいところがあるのですよ。義兄さんも一度は是非とも見ておかなくてはならないものがあるんですよ」

　ハンドルを握っている東根の表情が、緊張のせいかいつになく強ばっていた。表情を繕うことが下手なほうだったから、緊張感や不快感などがもろに表情に出てくる男であった。赤信号にさえぎられて車が停止すると、東根がまたしてもぶっきらぼうに切り出した。

「ぼくはいま会長室へ寄り道して、叔父さんに会ってきたところです。義兄さんにひどく腹を立てていましたよ。玄山財団の理事会に理事を辞めたいと、辞表を出したというのはほんとうですか？」

「ああ、ほんとうだよ」

「どうなさったというのです？　理由は何ですか？」

　その問いには答えず、亨真はあべこべに東根に問い返した。

「おととい招集された臨時理事会では、どんな議題が討論されたのかね？」

　こんどは東根が答えなかった。ふたたび車を発進させながら、東根がしばらくして口を利いた。

「義兄さんはひょっとしたら、近ごろ叔父さんと、衝突したことでもあるのですか？」

「いや、なぜだ？　会長がそんなことを言われたのか？」

「理事会が開かれる直前に理事たちの前で、玄山の伝記の出版は諦めなくてはならないと言われて、義兄さんが今回の行事にかなり不満のようだと洩らしていましたから。理事会に理事の辞表を出したのも、そのせいかもしれないと言われて」

「このたびの行事というと、どういうことだ？」

「Y郡河岸公園の造成完工式と、玄山の銅像の除幕式のことですよ」

「不満の内容については説明なさらずにか？」

「ええ、そのように言われただけで、それきり何も言われませんでした」

「だったら腹を立てたのはいつで、誰に対してのことだ？」

「ついさっき呼びつけられたので、ぼくが会長室へ寄り道したら叔父さんが、近ごろ義兄さんと会うことはなかったのかと訊かれましてね。なかったと言ったら舌打ちをして、腹立たしそうに一言吐き捨てたのですよ」

「一言？」

ハンドルを握っている東根の表情が、平然として見せようとつとめていた。韓会長の最後の一言というのはおそらく、聞くに堪えない悪態だったはずであった。それ以上問いただすのも業腹だったうえ、不快でもあったので、亨真はしばらくして話題を変えた。

「こんどの臨時理事会は、何があって急に招集されたのかね？」

「名目は財団理事会ですけど、東日グループ本社の会長秘書室が招集を要求したものらしいですね。つまり、取り組まなくてはならない大きな行事が二つあるのですが、どちらの行事も我が一族との関連が深いときているので、秘書室が会長から指示されて、臨時理事会を招集したと聞いています」

「大きな行事というのはどんなことだ？」

「一つは、Y郡河岸公園の竣工式と同時に行われる玄山の銅像の除幕式の行事で、もう一つは、中国の長春に葬られている玄山の遺骨を韓国へお迎えして、国立墓地にある国家功労者墓地に埋葬しなおすことですよ。どちらの件も会社とは関わりのない我が一族のことなので、叔父さんが秘書室に指示して計画と準備、進行などを総括させるようにしたみたいです。ぼくもそうした一連の行事の関係で、社の総務部から臨時に秘書室への出向を命じられましたよ」

「玄山の遺骨を埋葬しなおすとなると、国立墓地側の承諾がなければならないのでは？」

「もちろんですよ。そのため目下、先方の意見を打診したり各界への働きかけを繰り広げたりして、可能性を探っているところですよ」

「国立墓地側の許可も大事だが、中国側の遺骨を運び出す許可も、容易くはないはずだが？　ことに宋階平氏が、果たして承諾してくれるだろうか？」

「遺骨を中国から引き取ることは、難しくないそうですよ。宋階平お祖父さんにはすでに、半ば承諾を得たとも言ってたし」

淡々としていた亭真の表情に、不意に寂しげな色が過ぎった。底知れぬ力を誇る東日グループの組織力と資金の力が、いよいよ目に見える形で実力を発揮するところへ来ているらしかった。

五日前、彼は韓会長の呼び出しを受けて午後も遅い時間に、東日グループ総帥の部屋へ会長を訪ねていった。たったいま秘書室の課長クラス以上を招集したとかで、会長は明るい表情で亭真を請じ入れた。

「よく来てくれたな。しばらくご無沙汰だったが、きみに会ってどれくらい経ったかな？」

「これからグループ会議でもあるのですか？」

「いや、一族にかかわることじゃよ。夕飯でも一緒にしながら、きみと我が一族のことでもちょっと相談しようかと……」

ここまでは互いに顔を真っ赤にして言い合うこともなかった。ところが会長が手渡してくれた、A四版ほどの大きさのプリントを受け取って目を通したとたんに、亭真は自分が、今日は場違いな会議へ出席させられることになったのを知った。プリントには二つの行事に関する綿密なプランと、スケジュールが示されていた。会社とは関わりのない韓会長一族の行事だったので、会長はほかの部署の職員たちは除外して、自分が手足のように使っている秘書室の職員たちだけを招集したのであった。

行事の規模は大がかりなものであった。郷里であるY郡の河岸公園完工式で、併せて玄山の銅像の除幕式が行われるらしかった。公園の造成工事にすでに莫大な財政支援をしてきた会長は、このたびの行事に道知事を初めとして地方の官吏と有志、さまざまな団体の長など貴賓だけでも、何と二百余名を招待するという計画であった。この行事を一般の人々に広く知らせるために、事前にテレビ局の生中継を働きかけ、記念タオルと記念の扇子、記念の帽子などを数千個ずつ用意し、郡民のど自慢大会、面対抗相撲大会、お年寄りを慰安するための芸能人招待の宴などに至るまで、行事のすべてのプロセスをグループの次元で組織的に支援し、取り仕切るという計画なのである。

しかしそれよりも、亨真がなおのこと納得しがたかったのは、玄山学院財団の理事長による記者会見が計画されていることであった。銅像の除幕式と郡民による祝賀の祭典が終わるのを待って、引き続き韓会長が耕田大学の理事長室で、企業の利益を社会に還元するという内容の重大な発表をするというのである。その内容というのは、以前から話があった五十億ウォン規模の玄山文化賞を創設する件であった。毎年、玄山・韓東振が生誕した日を期して受賞者にこの賞を贈るというもので、受賞者は学術・芸術・教育・社会奉仕の四つの分野から一名ずつが選ばれ、五千万ウォンの賞金が贈られるというのである。

会長はこれら二つの行事に関する計画と、必要と思われる諸経費などについてあらまし説明した後で、亨真の忌憚のない意見を求め、併せて彼の積極的な関与と協力を依頼してきた。玄山の伝記を執筆する計画がご破算になったところだったので、会長はせめてこのたびの行事だけでも、きみが先頭に立って推し進めてくれるべきではないのかと言ったのである。

亨真の返答はしかし、一言のもとでの拒絶となるよりほかはなかった。いや彼は、単に協力を拒絶したばかりでなく、行事に対する会長の計画がいかに無謀かということと、その危険性を言挙げしたのである。

玄山の晩年が親日行為によって汚辱にまみれていることが、たとえ断片的にせよ少しずつ世間に知られてきたこの時期に、なぜことさらに、銅像の除幕などといった大仰なセレモニーを計画して世人の注目を惹きつけ、自ら危険を招こうとなさっているのか理解に苦しむと告げたのである。

会長が激怒を爆発させたのはまさにその瞬間であった。彼は亨真に対して、テーブルをたたきながら悪態に近い暴言を吐いた。玄山の伝記を執筆するよう依頼して以後、きみが我が一族のために何かをしたことがあるか。玄山の暗い一面を意図的に暴き立てるばかりで、一族に心慮を与えたほかにしたことなど何もないではないか。この世の中のどこにも、完璧な人間などいるはずはない。玄山が晩年にいっとき親日の方向へ傾いたのもつまりは、独立運動における路線の対立から社会主義者どもとの熾烈な暗闘を繰り広げていて、身の危険を感じて一時的に取られた方便としての避難でしかない。結局、玄山としては避けがたい避難であったにもかかわらず、社会主義者とおぼしいテロリストによって路上で狙撃され、悲惨な最期を迎えたではないか。

そうした事件の背景はまったく無視したまま、変節した事実ばかりを大きく膨らませて誇張するきみの態度は、玄山の独立精神を傷つけようとする陰険な行為としか理解できない。きみがそうした陰険な行為の先頭に立っている理由が、わしにはとうてい理解できないばかりでなく赦せない……なおも言い募る会長の暴言を、亨真があくまで堪えたのは、ちょうどそこへどやどやと、秘書たちが総帥の部屋へ入ってきたせいばかりではなかった。少し前から、会長と袂を分かつことを心のなかで覚悟していたところだったので、自分に対する暴言を会長との訣別の口実としたかったのだ。暴言の勢いが幾らか弱まってきた気配を察知すると、亨真は挨拶もそこそこにそそくさと、会長の部屋を抜けだしてきたのである。

東根の運転する車は市内の中心街を通り抜けて、ソウルの江北側のひっそりと静まり返っている街外れの地域を走っていた。夏の盛りの灼けつくような酷暑のなかで、郊外の濃厚な緑陰はかえってすがすがしく爽やかだ。フル回転しているカークーラーの金属製の冷気を避けて、亨真は上半身を起こしながら思い出したように自分から先に声をかけた。

「そういえば、こんどは有利な判決が出たそうじゃないか?」

「何の判決のことです?」

「薬泉洞の土地に関する係争で、大学財団側が勝訴したと聞いたが?」

「当然でしょ。予想していたことですよ。中断していた工事は一昨日から再開されました」

「徐仁圭教授からの反応はどうだった?」

「何の反応です?」

「あの土地はもともと、徐氏一族の十地だったはずだ。その土地を売却することになった経緯を、きみはまだ知らないのか？」

「聞きましたよ」

しばし沈黙が流れた。東根の短い返答のなかに、亨真はふと敵意に似た反感めいたものを感じ取った。けれども彼は言いだしたついでに、確かめるようにさらに問いただした。

「そのことは誰から聞いたのかね？」

「叔父さんからですよ」

「だとしたらこんどの勝訴判決に、会長は内心で必ずしもほっとしているとは言えないな？」

坂道を上がっていくため、車のエンジン音が高くなってきた。続いて東根の声も、半オクターブほど高くなってきた。

「義兄さんの言っていることの意味が、ぼくにはさっぱりわかりませんね。裁判に勝訴したのに叔父さんが内心でほっとしていないというのは、どんな理由からですか？」

「それがわからなくて訊いているのか？」

「こちらは裁判を通して、合法的にあの十地の所有権を確認したのですよ。昔の先代の時代にあったことといまの係争とは、何の関係もないということですよ。以前あったことをいまさらのごとく蒸し返そうとしている、徐氏一族の魂胆は卑劣ですよ。ぼくらが徐氏一族の土地を、カネも払わずに巻き上げたわけではないじゃありませんか？　まっとうに代金を支払って合法的に買い入れた土地なのに、いまになって昔のことにことよせて自分たちの土地だなんて、そんな話が通るとでも思っているのですか？」

「法律的にはそうかもしれないけど、あの土地を処分したときの代金全額が、玄山の独立運動に資金として送金されたのもまた事実ではないのか？　その事実をみすみす承知しているきみがそんなことを言うなんて、褒められたマナーとは言えないな」

「だったらどうしろと言うのです？　訴訟を起こしてすぐさま工事が出来ないようにしているのに、ぼくらはいつまで相手の吹き鳴らす笛太鼓に、手拍子を打っていなくてはならないのです？」

「玄山と東波、この二人の先達たちの厚い友誼を思っても、財閥と謳われている会長が、別途に何らかの償いをする方法はないものだろうか？」

「叔父さんにもそのつもりが、なかったわけではないみたいですよ。けれども、先方の出方があまりにも理不尽なうえ、とりつく島がなかったので、迂闊に声をかけたりしたらかえって、相手をつけあがらせるばかりだと言っていましたよ。ぼくたちだってどうして、東波先生に申し訳ない気持ちがないはずがありますか。さりとて世間というものは、どうしてどうして常識だけでは通じませんからね」

抗弁にも似た東根の物言いに、亨真はそれ以上話し合う興味を失くしてしまった。もはや裁判所の判決までてたのだから、徐仁圭は残念だろうけどその結果を受け容れるしかなかった。それにしてもなぜ、徐仁圭のように理性的で合理的な考え方をする人物が、勝訴する可能性の乏しい訴訟を起こして、おのれの首を自分の手で絞めるにひとしい痛手と屈辱を招いたのか、理解に苦しむところであった。彼はこのたびの係争を通じて、敗訴という現実的な損失をこうむったことは言うまでもなく、大義名分をめぐる争いを惹き起こしたことへの、Y郡という地域社会からの非難も免れがたくなったのである。

「義兄さんの歓びそうなニュースが一つ、あるのですよ」

話題を変えようとするように、東根が出しぬけに明るい声で話しかけてきた。亨真が目配せで先を促すと、彼はさらに言葉を継いだ。

「宋階平父子が来月くらいに、韓国へ来るのですよ。こちらから招請状を送りましたから。ビザさえ出たらすぐにこちらへ、訪韓する日時を知らせてくるはずですよ」

「どんな名目で招請したのだね？」

「近い親戚同士の顔合わせという意味もあるし、玄山の銅像の除幕式に出席するという意味もありますからね」

「だとしたら江田彩子さんも、十分に招請される資格があるわけだな？」

「もちろんですよ。別途に招請状は送りませんから、江田さんには義兄さんからおいで下さるよう、勧めて下さい」

話し終えた東根が車を、とある家の庭先へ向けて入って行った。隣続きに蔬菜畑まである広い庭先の片側に、屋根をテント用のシートでかぶせてある、倉庫を思わせる屋根の高い仮設の建物が建てられていた。

車の音を聞きつけて仮設の建物のなかから、二人の男が外へ出てきた。一人は顎髭がもじゃもじゃでがっしりとした体つきの四十がらみの壮年で、もう一人は痩せぎすの体格の二十代後半くらいに見える若者であった。車を降りた東根は、四十がらみの男に腰を折り曲げて礼儀正しく一礼した。

「先生、またお邪魔します」

「ようこそいらっしゃいました」

「そうそう、義兄さん、ご挨拶なさいな。こちらはM大学で教えておられる彫刻家の崔炯基先生ですよ。先生、こちらは以前お話申し上げましたが、小説を書いているぼくの義兄です」

　彫刻家が手を差し伸べたので、亨真はその手を取って握手をした。

「金亨真です。お初にお目にかかります」

「お噂はたくさんうかがっております。崔炯基と申します」

　二人が挨拶を交わしている間に若者は、仮設の建物に取りつけてある得体の知れない機械を操作し始めた。機械が動き出す音がしばらく聞こえてきたが、やがて建物の天井が左右に開かれると、建物のなかへ外の光がどっとこぼれ落ちてきた。仮設の建物はアトリエであった。東根が先になってアトリエのなかへ入っていきながら、手を挙げて亨真にひとところを指さした。

「玄山お祖父さんの銅像ですよ。台座の制作とこまごまとした手直しが終わるのを待って、大型トレーラーですぐに現場へ運び出されるでしょう」


「いらっしゃいませ。林先生はあちらの十一番テーブルのお席でお待ちです」

　冷凍倉庫のようにひんやりとする大広間に、四角い座卓が二列に十個余りずつ整然と並べられていた。店の外の気温が三十度を超える蒸し暑さであったけれど、店内は冷房が効いているおかげで、汗が引いていくくらい涼しかった。時間がまだ早いせいか、並べてあるテーブルの半数以上も客の姿がなくて閑散としていた。

　テーブルの間を縫って十一番テーブルのほうへ歩み寄っていくと、ランニングシャツ姿の林正植が向かい側の席へ、テーブルの下からワングル（莞草）で編んだ座布団を押しだしてくれた。

「ようこそ。小説家先生におかれては久方ぶりに時間通りお出ましになられましたな」

「今日が伏日（訳注　三伏の日ともいう猛暑の期間。日本では土用の丑の日にウナギを食べて暑さ負けをしないために精をつけるように、韓国には肉類とりわけ犬汁を補身湯と呼んで食する習慣がある）だということ、わかっているのか？」

「わかっているからこの店へ出てこいと言ったのじゃないか」

「するとここは、補身湯の専門店か？」

「看板では一言もそんなこと、謳っていないけれど、この店の補身湯は知る人ぞ知る絶品だ。食材が純粋に土着のものだそうだ。時間がまだ早いせいだけど、もうちょっとしたら客待ちのテーブルなんかありはしないぞ」

前もって注文してあったらしく、亭真がテーブルにつくとほどなく、補身湯の食材を山盛りにした鍋が食卓の上へ運ばれてきた。仲居がスープに味付けの薬味を加えている間に、林正植がグラスに焼酎を注いで手渡してくれた。

「あんたのかみさんの実家が、土地の係争では勝訴したそうだな？」

「そんなこと、誰から聞いたのだ？」

「今日、原稿のことで学会の事務所へ行ったら、たまたまそこで徐仁圭教授にぱったり会ってな。しばらくお茶を飲みながらあれやこれやと話しているうちに、あんたのかみさんの実家との係争の件が話題になって、その間の経緯と裏話を詳しく聞かされたのだ」

空きっ腹に流し込んだ焼酎が、ほどなく腹のなかに、ぴりぴりする刺激を伝えだした。

用事を済ませて外出先から帰宅すると、留守電に林正植からのメッセージが吹き込まれていた。急いで相談したいことがあるから、帰宅したらすぐに大学の近くの「湯湯屋」へ来て欲しいという内容であった。ひょっとしたらと思って、念のために大学の研究室へ電話をかけてみたら、案の定林正植は勤務先を出た後で研究室にはいなかった。亭真はその足で家を飛び出すと、タクシーを拾って骨を煮込んだスープの専門店だという、「湯湯屋」へ駆けつけたのであった。

「お肉は十分に火を通してありますから、すぐに召し上がっても結構ですよ」

仲居の親切な説明に、林正植はさっそく箸を手にした。山盛りの青菜の上には細かく引き裂かれている肉片が、たっぷりと載せてあった。スプーンですくった肉片を薬味入りの醬油に漬けながら、林正植がふたたび口を開いた。

「徐仁圭教授はすっかりむくれていたよ」

「裁判に負けたからか？」

「高裁に控訴するそうだ。事件の顚末も世間に公表するらしいよ」

「何を公表するというのだ？」

「事件の一部始終をさ。もともと徐氏一族の墓位田だったあの土地を、どんな理由で日本人に売却することになったのかと言うことと、売却した代金をどこに使い、その後あの土地が、改めてどのようにして、玄山財団の手に渡ることになったのかなどなど……」

淡々と話に聞き入る亨真の表情は、それまでと変わりがなかった。じっと林正植を眺めていたが、しばらくして気に入らないというように言葉を返した。

「そんなことが言いたくておれを呼び出したのか？」

「知りたかった情報ではなかったのか？」

「おれとは関係のないことさ」

「徐先生はおれがあんたに、それとなくこの情報を流してくれることを期待している様子だったのに？」

亨真が腹立たしそうな顔つきで、急にかぶりを振った。

「こんどの係争に限って言えば、徐先生の側がとんでもないドジをやらかしたみたいなんだ」

「どんなドジを？」

「薬泉洞の土地の所有権をめぐる係争はすでに、祖父の東波の時代にきれいさっぱりと片がついていたことなのだ。東波がカネを借用してその担保として仮登記させたからには、そのときすでに薬泉洞の土地は他人の手に渡ってしまっていたのさ」

「しかし、カネを借りた相手は吉村という日本人だったのだぞ。日本が敗戦して吉村が引き揚げていき、その後、趙某という男に横取りさえされなかったら、東波はその土地を取り戻すことだって出来たはずではないのか？」

「出来ないことではなかったろうよ。けれども当時も、なるほど趙某の詐欺的なところは認められるけれど、裁判所が趙某の所有権を正式に認めてしまっていたのだからな。徐教授としてはこれ以上、裁判所に異議を申し立てることができる状況ではないのさ」

「法理にしたがって言えばその通りかもしれないさ。けれど、徐教授側から見るなら未練と悔しさと、心残りの多い事件だよな。まんまと趙某とかの詐欺にかかったことだけでも忌々しいのに、あの土地を売却した原因が玄山の独立運動に資金を提供するためであった、しかもその土地を後日、玄山の子孫が改めて所有することになった。そうなれば徐教授としては、どっちへ転んでも残念なことだし、悔しい思いに駆られるのは当然だろうが。ましてやあの土地は、ご先祖さまの墓地に付随している一族郎党の所有だったから、遅ればせに一族の人たちから、やいのやいのと責められることが多いらしいのだ」

「だからどうしたいというのだ？　高裁に控訴するかと言って、いまさら判決が覆るわけでもないだろうが？」

「おれにむかっ腹を立てるなんてお門違いだぞ。おれはただ徐教授の気持ちをおもんぱかって、きみに伝えただけなんだから」

沈黙が流れた。理解しがたい徐仁圭の行動に、彼らはいつしか苛立たしい共感を覚えていた。過去の事件の成り行きから判断して、地裁への最初の訴訟はそれなりに理解できないではなかったけれど、敗訴後にまたふたたび高裁へ控訴するというのは、どう思ってみても徐仁圭側のごり押しの意固地にしか見えなかったのだ。

しばらく黙りこくっていたが、やがて亭真がグラスを手に取った。そのグラスに焼酎を注いでやりながら、林正植が改まった口調で切り出した。

「きみに呼び出しをかけたのは徐教授の件があったからではないぞ。このことだけは前もってきみも知っておいたほうがよかろうと思われたので、忙しいことは重々承知のうえで、押して出てこいと声をかけたのさ」

「何があったというのだ？　勿体ぶらないでさっさと話したらどうなのだ」

「話す前にまず、一つだけ確かめておきたいことがある。来月の初旬頃、Y郡の何とかいう公園で、玄山の銅像の除幕式が行われると聞いたが、その噂はほんとうのことか？」

「ほんとうのことだ」

「銅像の除幕をすることがか？」

「その通りだって」

「そんな馬鹿な。きみは一体何をしていたのだ？　せめてきみだけでもそれを防がなくてはならないはずなのに、それをほったらかして高みの見物をしていたというのか？」

「防いではみたけれど無駄骨だったよ。おれの能力では防ぐことが難しかったのさ。それはそれとして、何があったというのだ？　玄山の銅像の除幕がきみと、どんな関わりがあるというのだ？」

林正植はそれには答えず、嫌々でもするようにゆっくりとかぶりを振った。沸き返っているスープの鍋のガスの火を消してから、林正植は座ったまま後ずさりして体を楽にして壁にもたれかかった。

「おれの知っている幾つかの大学の史学科の学生たちが、何年か前にかなり内容の充実したスタディーグループをこしらえたのだが、ほんの数日前にそのグループのパソコンに、玄山に関する新しい資料などが入力されてきたのだ。それはまさしく、耕田大学の学生の一人が近ごろ収集した資料だという話だったが、何とこれには、玄山が行った親日行為のさまざまな事実が日付順に項目を分けて、事細かに収録されていたのだ。玄山の親日行為が事実としてあからさまになったからには、その学生たちが玄山の銅像の除幕を、決して見過ごしにはしないだろうという話だ」

「その資料のなかにはもしかしたら、おれの知らない新しいものなどもあったのか？」

「いや、きみもあらかた知っていることばかりだった。もっぱら玄山が晩年に、親日団体に加入した事実などが収集されているのだが、それらのなかには、大衆講演会に招聘されて、満州に居住していた朝鮮の青年たちに皇軍への支援を勧誘した、とんでもない内容の講演も含まれていたな。特に目についたくだりは、毛沢東の八路軍と社会主義系の朝鮮独立武装組織に対する玄山の、ぼろくそな非難とあからさまな攻撃だったよ。もっぱらおのれの経験をもとに、事例別に非難したものであったけど、個人的な感情が入り込んでいるせいか、内容が客観性に欠けるばかりでなく、論理といい表現といい幼稚すぎて粗雑だった」

「そうした内容が講演原稿の形で、収集されていたということだな？」

「民衆を宣撫するための、機関紙みたいなものに載っていたのを、性能抜群のコピー機でそっくりそのままコピーしてきたみたいだ」

「近ごろの過激派の学生たちにはよだれが出るくらい、食欲をそそられる攻撃目標になるな？」

「問題は来月の初め、公園に据えつけられるという玄山の銅像だな。雰囲気から推してその日、ひょっとすると耕田大学の学生たちが除幕式場へ雪崩れ込むかもしれんからな」

言い終えた林正植は、顔色でもうかがうように亨真を眺めた。亨真はしかし、淡々とした顔つきで表情一つ変えることなく、鍋のなかから煮えた青菜をすくい上げては黙々と口へ運んでいた。根負けした林正植が、自分からふたたび口火を切った。

「除幕式の式場で銅像の首にロープでもかけられたりしたら、とんだ赤っ恥を掻くことになるんだぞ。そんなことになる可能性がなきにしもあらずだから、せめてきみだけでもあらかじめ何らかの手を打ってはどうかと言ってるのだ」

亨真はかぶりを振ってから、腹立たしそうに言い返した。

「おれは何日か前に、韓会長と激しくやり合ったばかりでね。今後はたぶん、会長に二度と会うこともないだろうよ」

「激しくやり合ったって、何があったのだ？」

「おまえさんの言う銅像のことでだよ。故人にとっては恥の上塗りということになるかもしれないから、公園に銅像みたいなものを据える真似だけは、何とか考え直してくれと苦言を呈したのさ」

「そうしたら？」

「目の玉が飛び出るくらい雷を落とされたよ。そんな不祥事など絶対に起こるはずがない。玄山の晩年にあった親日行為は、親日ではなくて一種の緊急避難だった。独立運動に対する路線の違いから一時的に、社会主義系によるテロを避けて日本当局に投降したに過ぎないのに、それを親日行為と見なすきみの良識が疑わしい……」

「もっともらしい釈明だな。けれどもそれしきの釈明では、頭に血が上っている過激派の学生たちの口を封じるなんてことは、とても難しいだろうな。問題は銅像だ。あれさえ公園に立てなければ、難くせをつけられることは何もないはずだが……」

「銅像除幕式の行事をそのために、より盛大に催そうと準備しているらしいのだ。正面突破をこころみる模様だが、そうすればするほど、学生たちの怒りに油をそそぐことになるのが、わからないみたいだ。言葉もなく泉下に横たわる玄山先生がいたわしいよ。子孫が突拍子もない見栄を張るものだから、こうむらずともよい受難を、自分から招き寄せてこうむっている恰好だからな」

またしても沈黙が流れた。グラスがひっきりなしに空になるばかりで、彼らはしばらく黙りこくっていた。いつの間にか客席はぎっしり埋まって、周囲はまるで市が立ったように騒がしかった。向き合って座っている彼らのぐるりだけが、絶海の孤島のように静まり返っていた。

「警告する意味であらかじめ、マスコミにリークしたらどうだ？」

「何をリークするのだ？」

「決まってるだろ。玄山の親日行為さ」

亨真がかぶりを振った。

「玄山の親日行為くらいでは、マスコミのほうでニュース扱いしてくれないね。この国の独立運動の功労者のかなりの数が、その程度の親日行為はたいていしていたことになっているからな。問題はあの銅像だよ。攻撃する口実を見つけ出そうと血眼の学生たちにとって、銅像はそれ自体が呆れ返った攻撃目標なのさ」

ふと、亨真の口許ににわかに笑みが浮かんだ。その笑みの意味がわかるような気がして、林正植が悪戯っぽく訊いた。

「何が可笑しい？」

「攻撃されてしかるべき事実をおれたちがいま、懸命に守ろうとしたり隠そうとしたりしているのは、なぜだろうか？」

一緒に笑い飛ばしたくて訊いたつもりが、林正植はかえって表情を強ばらせた。

「ある個人とか一族のために、おれたちがいま過去の過ちを矮小化したり隠そうとしたりしているわけではないんだ。結局はおれたちの曖昧模糊とした防御の底意は、取り乱している我らが身繕いを正すためなのだ。この題目になるとおれは毎回、我慢がならないくらいむかついてくるのだ。多くの人たちが我が愛国烈士たちの節操を守り通せなかったことを、フランスのレジスタンスと比べて、救い難い民族への裏切りと非難し攻撃するけれど、果たしてそれはまっとうな対比であり、ことの真実をよくわきまえたうえでの非難なのかと、嘆かわしく思えてくるのだ。言うなればフランスのレジスタンスたちは、ドイツ軍に占領されていた時代を、積極的に抗戦する姿勢で見事に耐え抜いたというのに、我らが愚かなご先祖さまたちはなぜ、あくまで戦い抜くことが出来なくて、いち早く敵の前に投降して、十把ひとからげで親日派、ないしは民族叛逆者へと変節していったのかということだ。とはいえこれは、出発点から双方の条件を考慮しないまま、比較する対象を誤って設定しているのだ。ナチス支配下の自由フランスというのは、せいぜい四年ほどしか持ち堪えてはいないのだ。それから彼らの後ろ盾として、連合国とその軍隊という強大な勢力が、しっかりと控えて支援していた。ところが我々には、支援してくれる勢力など何一つなかったし、じっと我慢して耐え抜かねばならない三十六年間という永い年月だけが、絶望のように立ち塞がっていた。三十六年間というのは生き延びなくてはならなかった年月であって、苛酷な拷問や圧迫に耐え抜かねばならなかった時間ではないのだ。我々はフランスのレジスタンスのように、武器を取ってドイツ軍とだけ戦ったのではなくて、大日本帝国の植民地統治や、姿形のない歳月とも闘わなくてはならなかったのだ。血気盛んな二十代で独立運動に飛び込んでいった若者が、髪が白くなって還暦を迎える年齢になるまで、闘わなくてはならなかったのだ。玄山だって二十代の若さで身を投じ、四十を超えるまで大日本帝国と闘った人だ。親日行為に走った事実が明らかだから、書いたものを通して彼は非難されてしかるべきだろうよ。けれどもおれの想像の世界では、玄山は依然として我らが独立運動史を飾るれっきとした志士であり、英雄の一人だ。やれ民族の正気がどうのとぬかしながら、その英雄のあら探しを始めようとするのは、おれの情緒に照らして言うとどうしてか、穏当なことのようには感じられないんだな。他人の過ちを大声を張り上げて叱咤し攻撃する声が、ときには過ちそのものよりもっとやかましくて、頭に来るくらい耳障りなことだってあるからな」

よい友人のよい話は、いつ聞いても胸を打つものである。けれども亨真は、林正植に是非とも確かめておきたい疑問が一つあった。

「過ぎ去った昔のことを思うたびに、おれにはどうしても解けない疑問が一つあるのだ。三十六年間に及んだ植民地時代に絶対多数の我が民衆は、どのようにしてあの暗鬱な歳月を、沈黙をもって耐え抜いたのだろうか？　何が我らが民衆に、それに耐え抜くつっかい棒として働いたのだろうか？」

「体に一本の毛も生えていなかろうと、零下四十度という寒さの極地においてさえ生きていけるのが、人間というしぶとい動物さ。精神的にであれ肉体的にであれ、おぞましいまでに環境への順応度がずば抜けているのが人間だからな。大日本帝国の植民統治だって、つまりは、我らがご先祖さまたちの適応と妥協と自己防御的な沈黙によって、持ち堪えられたのではなかろうかと思うのだな。人間によって適応する方法は、さまざまな類型に分かれるだろうけど」

「反日と親日のほかには、巨大な沈黙する大衆しかいなかったのではなかったのか？」

「表向きそのように見えるけれど、沈黙にだって種類がいろいろあってな。親日行為を行動として特に表には出さなかっただけのことで、多くの人たちが朝鮮総督府の植民地統治に、自発的に協力するとかおとなしくしたがうとかしたのさ。無知だったせいだなどと、同情してやる必要もないわな。ある部類の連中などは植民地統治を、理念として受け容れてもいたのだから。弱小民族である朝鮮の民衆が生き延びる道は、一日も早く朝鮮を見捨てて日本に同化すること、そして皇国臣民となるほかに道はないとな。これと一線を画すまた別の部類が、国家とか民族とかいう民族主義的な縛りから自分自身を救い出し、自由になろうという連中さ。言うなれば、近代国家の構成条件である国家・国境・領土・民族などといったものを、ことごとく否定し無視する無政府主義者、つまりはアナーキストになることさ。初期の独立運動家たちのなかにはそのため、かなりの人たちがアナーキストとして活動したものだ。劣等生の祖国よりも進んでいる日本、ロシアの社会主義革命と、そのほか西欧からの互いに異なるイデオロギーなどを思い浮かべると、何もかもすべてが取るに足らぬもので煩わしいばかりであったので、亡国の民としてはもっとも魅力的だったのが、アナーキズムであったというわけさ。とどのつまり、彼らはアナーキストになることで、闘わねばならぬ敵も守らねばならぬ祖国も喪失してしまったのだ。いつ終わるとも知れないうんざりするような、辛くてしんどい独立運動から足抜きをする口実を見つけだそうと、血眼になっていたところでアナーキズムと出会って、待ってましたこれぞ救いの神とばかりに取りすがったわけだな。彼らは初めは、植民地統治を冷ややかにせせら笑っていたけれど、やがて無関心を装うようになり、仕舞いにはとうとう無気力になってきて、やけくそになってしまったのだ。これぞまさしく、大日本帝国によって統治された三十六年の間に、朝鮮の民衆のほとんどがさしたる抵抗もせずに沈黙をもって耐え抜いてきた由来だよ」

不意に酔いが回ってきた。けれどもほろ苦さを感じさせない、心地よい酔いであった。グラスを互いに遣り取りしながら、亨真がふと思い出したように訊いた。

「こないだ、済州島で過ごした最後の日の晩に、きみは江田さんにどんなことを言ったのだ？」

「最後の日の晩に？　そうだなあ、これといって覚えていないけどなあ。それがどうかしたのか？　彼女が何か、おれの悪口でも言ってたのか？」

「その逆さ。どんな具合にたらし込んだのか、すっかりきみに首っ丈だったよ。これまで彼女がめぐり会った男どものなかで、もっとも魅力的で無礼な人間だったと」

「その点ではこちらもご同様さ。きみの前でこんなことを言うのは何だけど、彼女ときたら実に向こう見ずだし、可愛い女だったよ」

「何日かしたらまたしても、ソウルへやってくるはずだ」

「きみに会いにか？」

「いや、銅像の除幕式に韓会長が招いたのだ」

「何てこった、騒ぎでも起きたらたちまち、赤っ恥を掻くのは誰か決まっているというのに」

「中国の宋氏父子も招かれているようだ。韓氏一族にしてみれば銅像の除幕は、名家の中興を世間に印象づける、一大セレモニーだからな」

皮肉っぽくそういう亨真の言葉に、林正植がいやいやと手を振った。それ以上のことは聞きたくないから、止めてくれという身振りであった。

「きみの恋人の江田という女性、綺麗に見えるだけの理由があったな。彼女がもっとも美人に見えるのがどんなときか、きみにわかるか？」

亨真がかぶりを振ると、林正植はさらに言葉を継いだ。

「彼女がもっとも魅力的に見えるときというのは、もっとも日本的な女性に見えるときさ。日本人でなければ言えないようなことを、彼女と来たらきわめて自然に、そしてもっとも当然のことのように、しれっとして吐きだせる女性だからな」

「どんなことを話し合ったというので、そんなに痛烈だったのかね？」

「ティールームでいろんな話の遣り取りがあったのだけれど、いまちらっと思い出せるのは、韓日両国で出版されている歴史教科書の問題だな。おれが、日本で出版されている歴史教科書のどれもが、第二次大戦の頃の過去の歴史というものを、お座なりに扱いすぎているのではないかと言ったら、江田女史がその通りだと認めながら、韓国の歴史教科書だってその点では日本の教科書に劣らず、指摘されねばならない部分があると言いだしたのだ。彼女に言わせると、韓国のどの歴史教科書も独立運動を扱った部分ばかりは、実情に合わせようとはせず、行き過ぎるくらい詳しく誇張して記録されているそうだ。独立運動を強調することで、韓国の民族魂と民族の正気をいやが上にも高めようとするのは、わからぬことではない。けれどもその過程で、近隣諸国に対する敵愾心や憎しみなどが、同時に増幅されることを考えてみたことはあるのか？　実際に日本と韓国の間では、互いに敵対関係におかれていた時期よりも、善隣によって和睦を築いて過ごした歳月のほうが、ずっと永かったと承知している。にもかかわらず韓国のほとんどの歴史教科書には、韓日関係がまるきり、争いと反目と対立の連続であったかのように書かれている。バランスを欠いた韓国の歴史教科書の編纂に見られるこうした傾向は、双方の間にいたずらに神経を消耗させる、意味のない敵対感情を増幅させるばかりで、未来志向の観点からすると何の利益にもならない。日本の歴史教科書も過去の歴史に対する正しい認識が求められるけれど、韓国の教科書のほうも過度の反日感情を、そろそろ実情に合わせて修正することが望ましい……」

いかにも彩子らしい反論であり抗弁であった。亭真の目の輝きが歓びのうちにきらめいた。彩子とともに過ごしてきた時間が、不意に甦ってきたからであった。

24

郊外へ抜けだした車は、田畑が入り乱れている野面のど真ん中をすいすいと、風を切って疾走した。暑さを避けて早めにホテルを出発したつもりだが、車のなかは早くも朝の陽射しを受けて、息苦しくなるくらいむんむんしていた。

「宋さん、昨日はどちらへいらしてたのです？」

ハンドルを握っている亨真が、隣の補助席の宋階平に話しかけた。

「永登浦というところへ行ってきました」

「永登浦には何か用事でもありましたので？」

「あそこも用事を頼まれて、わしら朝鮮族の人に会いに行ってきたのですよ。衣類をこしらえておる縫製工場ですけど、わしの顔を見たらあんまり涙を流すものじゃから……話を聞いたら吉林市に、乳呑み児を預けて来ておるとかで」

宋階平が口許にもの悲しげな笑みを浮かべた。ソウルへ招かれてきて五日が経っているので、彼もいまでは韓国という国の生きることに苛酷な雰囲気を、あらかた体で感じているはずであった。

「そう言えば一昨日は、玄山の郷里の地であるY郡へ行かれたそうですね？」

「はい、韓会長ご兄弟が招待して下さったので、父の郷里だというY郡へ行って参りましたよ。田舎だと聞いたのでそのつもりで参りましたら、大きな大学までがある賑やかな都会でしたね。たいそうなおもてなしを受けて参りました。たくさんの人たちにもお会いできたし……」

「息子さんの志明さんも、ご一緒なさったのですか？」

「ええ、あの子はあそこで捕まって、韓顧問のお宅で一泊余計に泊めていただいてから戻りましたよ」

五日前の金曜日、宋階平父子はおのおの別の飛行機便で仁川空港に到着した。父親の宋階平は長春で、息子の宋志明は瀋陽でそれぞれ別々に旅客機に乗り込んだからである。車を転がして仁川空港まで迎えに出たけれど、亭真は宋氏父子と握手を交わすことで満足しなければならなかった。空港の出口をいままさに出て来ようとする彼らを、到着ロビーのドアの外で待ち受けていた韓会長が、まるで拉致でもするようにして、自分の車で連れ去ってしまったからである。会長が予約してくれた市内のホテルにチェックインした宋氏父子は、その後あちこちへ席の温まる暇がないくらい引っぱり回されたらしかった。亭真が彼ら父子とせめて電話によるにせよ、話し合うことが出来たのは到着して三日目の、それも真夜中の十二時頃のことであった。その前には電話をかけても外出していて、誰も電話口に出る者がいなかったのである。

車が四車線の広い道路からそれて、古くなったためアスファルトの舗装が劣化している、二車線の田舎道へ入っていった。出発する前に地図を覗いて、あらかじめ目的地を確かめてあったので、ロードサインを見るだけで亭真は容易く目的地へ行き着けそうであった。

「これから訪ねていく方は、中国のどこに住んでおられるのですか？」

「長春市内に住んでおると聞いていますが、わたしは顔も見たことがない人ですわ」

「初対面の人だということですか？」

「はい、わたしらの公司（訳注　コンス。中国で会社のこと）に朴琴順という女性職員がおりましてな。その職員の兄になる人が今年の春に、金儲けがしたいと借金までして韓国へ来ておるそうですわ。その職員が住所を書きつけてくれながら、是非ともいっぺん彼女の兄さんを訪ねて行ってみてほしいと言われたものしゃから、一面識もないのにこうして住所だけを頼りに訪ねていくところで……」

「用事を頼んできた人たちというのは、全員で何人になるのです？」

「四人から頼まれたのですけど、この数日の間に三人は訪ねていって会いましたから、これから訪ねていく朴忠植が最後の人ですわ」

中小の製造業界で労働力の需要が高まるにつれて、中国に居住している朝鮮族の同胞が少なからず韓国へ流入して来るようになった。彼らはさしあたって言葉が通じたので、よその東南アジア系の勤労者たちよりは就職に有利であった。けれども、流入してくる同胞たちの数が増えてくることによって、それに伴うさまざまなトラブルや事故、不法行為や道理に外れることなども後に続いた。社会主義体制のもとで成長し暮らしてきた彼らが、韓国の資本主義体制に適応することが容易ではなかったからであった。

「宋さんがこちらへ来て会ってみた朝鮮族の人たちの暮らしぶりは、どんな具合でした？」

「芳しくありませんでしたよ」

「芳しくないというと？」

「カネ儲けはしっかりとしておるのかもしれませんけど、とても人間らしい暮らしとはいえませんのや」

「その人たち、韓国側の冷たい仕打ちに不平たらたらだったでしょ？」

「無知なものじゃからさんざん不平を並べておりましたよ。韓国に不満を持つ理由なんて何もないのに」

「不満を持つのはけしからんということですか？」

「けしからんですとも。わたしは韓国に対して不満を持つ人たちに出会うと、頭ごなしに叱りつけるのですよ。カネを儲けるためには汚れ仕事も厭わぬ覚悟で韓国へやって来たはずの人たちが、それしきのことにへこたれるくらいなら何をしに来たのか、まったく嘆かわしくなってくるのですよ。韓国は資本主義の社会ですよ。同胞だからといって、親切に迎えてくれるだろうと期待する人たちは、資本主義の本質を正しく理解しておらんのですよ」

もの静かにゆっくりした口調で語る宋階平の声は、いつ聞いても穏やかで説得力があった。彼は、中国と韓国二つの国の社会体制の違いを、はっきりと認識していた。そのため彼は、韓国へやって来た朝鮮族が、同胞という言葉の虚構に惑わされて韓国人に裏切られ、あたふたするさまを誰よりも見たくないと思っているのかもしれなかった。彼の祖国は亨真の知る限り、社会主義国家である中華人民共和国であった。彼にとって韓国というのは、日本と同じく資本主義体制の紛れもない異国なのだ。

「そう言えば東日物産から宋さんに、今後の事業のことで何か話はありませんでしたか？」

「ありましたな。韓会長から長春の現地に、合弁会社を一つこしらえてみてはどうじゃろうかと、申し入れてきましたが、わしの考えではまだ、時期が熟していないようだから、もう少し様子を見ることにしたいと留保しましたよ」

「合弁の条件がお気に召さなかったのですか？」

「とんでもない。条件は満足できるものでした。けれどもあまりにも一方的で、合弁とは名ばかりでしたからな。わしを叔父さんと遇してそんな具合に、甘い条件を示してくれたのかもしれませんけど」

事業にかけては切れ者の韓会長も歯が立たないらしく、どうやら宋階平へのアプローチばかりは誤算のようであった。もしかしたら会長は、宋階平がいうように血族への善意から、合弁会社の設立を申し入れたのかもしれなかった。ところが宋階平には、そうした人情主義こそがまさに、資本主義の病弊と認識されていた。彼は公平な比率による投資でなければ、どんなに条件が好ましかろうと会社を設立する考えなどないはずであった。

「この辺の村みたいですけど……」

車が三十戸余りの民家がある、ちっぽけな農村の集落へさしかかった。村の入り口に立てられている表示板のそれは、紛れもなくメモに書かれている住所の大坪里となっていた。ところが、周囲の風景が典型的な農村のそれだったので、こんな片田舎に中小企業規模の家具工場などが、ありそうに思えなかった。

「済みません。ちょっとお訊ねしますが……」

車を止めて、亭真が道を行く一人の中年の男に声をかけた。藪から棒に声をかけられて、自転車を漕いでいくところだった男はびっくりしたように、道端に自転車を止めた。

「何ですかな？」

「この辺は大坪里に、間違いありませんね？　この村に、ひょっとしたら家具工場はありませんか？」

「あそこの真向かいに見える、葡萄畑のほうへ上がって行きなされや。その脇にあるビニールハウスか、あんたの言う家具工場ですがな」

「ビニールハウスがですか？」

「今年の春に工場から火を出したもので、臨時にビニールハウスを工場代わりに使うておるんだわ」

「そうでしたか。有り難うございます」

村を左手に眺めながら、車が斜面になっている葡萄畑を目指して上っていった。どこからか風に乗って、家畜の糞尿の匂いが漂ってきた。開かれている車窓の外へ視線を釘付けにしたまま、宋階平は忙しなく農村風景を目に焼き付けていた。風に乗って匂ってくる家畜の汚物の匂いまでが、宋階平にとってはただごとでないというような、好奇心に満ちた目の輝きであった。

　ビニールハウスのほうへ近づいていくと、果たせるかな畑の畝の外れに拡がっている大きな空き地に、ひと抱えもある太い原木や細かく挽いてある木材などが、太さや長さ別に分けられて幾つもの場所に山積みにされていた。モーターの回る音が鳴り響くビニールハウスは、ビニールの裾の部分を巻き上げてあったので、外からも作業場の内部が手に取るように見渡せた。空き地の中央に車を停めると、一人の男が山積みの木材の間から汗みずくの顔を突き出して、訝るようにこちらを眺めた。手に白い綿製の手袋をしているところから見て、作業中にしばし腰を伸ばしてひと息入れているところらしかった。

「失礼します。ちょっとお訊ねしたいことがあるのですが」

　短い影を踏んで立ち上がったまま、白手袋の男は顔をしかめるばかりで何も答えなかった。暑さのせいで癇癪を起こし、男はちょっと突ついただけでもたちまちがーんと破裂しかねない、爆弾みたいな顔つきをしていた。モーターの音がぴたりと止むとビニールハウスのなかの作業場からも、何人もの人たちが仕事の手を休めて怪訝そうに亨真を眺めた。彼らもやはり暑さ負けして、ぼんやりとした目の色をしていた。

「人を訪ねてきたのですよ。この工場にひょっとしたら、中国から来ている朴忠植という人はいませんか？」

「朴忠植だって？　その人にどんな用事があるのかね？」

「中国から家族の便りを伝えに来たのですよ。手紙とお茶を少し届けに来たのですけど、ちょっとお会いするわけにはいきませんか？」

「その人、逃げ出してしまってここにはおらんのですわ」

「逃げ出してしまったというと？」

「二、三ヵ月はおとなしく働いておったけど、この六月、仲良くしておった男と真夜中に、きれいさっぱりととんずらこいてしまいおった」

「どこへ逃げたのか、わかりませんか？」

「おや、この人も笑わせるでねえけ。逃げ出した先がわかるくれえなら、わしらがそっとしておくと思うのけ？　さっそく連れ戻して、脚の一本もへし折って二度と逃げ出せんようにしてくれるだろうに」

亭真はそれ以上のことを聞き出せず、困惑した表情で背後の宋階平のほうを振り向いた。ところが宋階平は、すでに体をひるがえして止めてある車のほうへ、とぼとぼと向かっているところであった。先に車に乗り込みながら、宋階平は吐き捨てるようにつぶやいた。

「情けない奴らだ」

斜面になっている葡萄畑から下ってきて村の入り口に近づくまで、彼らは口を閉ざしたまま、黙々と車窓の外の夏の風景ばかり眺めていた。四方が開けている野道へと車が進入すると、ようやく思い出したように亭真が口を利いた。

「真っ直ぐホテルへ戻りますか？」

「ご迷惑になるかもしれませんな。市場をいっぺん見てみたいのですけど……」

「迷惑だなんて、ご覧下さいな。南大門市場なんかはどうでしょうか？」

「結構ですな。そこが韓国でいっとう大きいとか言う市場でしょ？」

「そうです。大きいこともありますけど、品物の値段がどこよりも安いのですよ」

この健康な社会主義者である宋階平が、韓国の市場で見ようとしているのは果たして何だろうか？　病に蝕まれて崩壊しつつある資本主義の、堕落した姿であろうか？　それとも山のように積み上げられている、資本主義の豊かな果実であろうか？

いずれにせよはっきりしているのは、南大門市場が彼にとって素晴らしい見せ物になるだろうという事実であった。昨日まで韓会長側が見せつけたいものばかりを見てきた彼が、今日こそ自分が見たいと思うものを、自ら進んで見ることにしたらしかった。

「数日後に予定されている玄山の銅像の除幕式には、宋さんも参席なさるのでしょ？」

「そのために招待されたのですから、出席しませんとな」

「中国ではブルジョア反動分子として知られた玄山が、韓国では独立運動の闘士として崇拝されることに、違和感はありませんか？」

「国によって特定の個人に対する解釈や評価が異なるのは、あり得ることだと思いますね。わたしはんだ、招かれてきた客の一人として、その席にでるだけですわ」

「玄山の故郷のY郡へ招かれて行かれた折に、めの一族の長老たちから宋さんのお名前を、彼ら韓氏の族譜（訳注　一族の系図）に載せようとなさったそうですね。宋さんはご自分の名前が韓氏の族譜に載るのを、拒絶なさったとうかがいましたが、なぜ拒絶なさったのか、そのわけが知りたいですね？」

返答を期待して投げかけた質問であったけれど、宋階平は亨真の質問に何ら言葉を返さなかった。重ねて問いかけるわけにもいかなかったので、亨真はさりげなく質問の矛先を変えてみた。

「宋さんの姪御さんになる日本の江田彩子女史も、自分の名前を韓国の族譜に載せることを遠回しに断ったようです。江田女史が断った理由が何だったか、想像がつきますか？」

「どんな理由でした？」

「日本では名門貴族ででもなければ、族譜などというものはつくらないそうですね。自分は日本人だから、日本の風習にしたがいたいと断ったとか」

「わたしと似たり寄ったりの理由ですな」

「中国にも族譜はありませんか？」

「いや、ありますけど、わたしは中国人です。是非とも族譜に名前を載せなければならぬと言うなら、韓国ではない中国の族譜に載せるのが、スジだと思うわけですよ」

中国の族譜に名前を載せるということは、韓氏の出である玄山の血を引いているとはいえ、そうしたことは意に介さず、いまのまま宋氏として生き続けたいという意味であった。彼を育ててくれた中国という国が、彼には生物学的な血統よりも優先されるということであろう。

「この前の春に長春へ参りました折に、わたしは宋さんからひとかたならぬ歓待を受けました。だから今日は、そのお返しとしてわたしが、宋さんと志明さんをささやかながら夕食にお招きしたいと考えております。ほかにお約束がないようでしたら、今夜の時間はわたしにお任せ下さい」

「約束はありますけどそれは取り消して、金さんのお招きを受けるとしましょう。ソウルへやって来てまだ幾日も経っていないのに、もう中国料理が食べたくなりましてね。街を歩いてみたら、あちこちに中国料理を食べさせる店がたくさんありましたね」

「承知しました。ところで、お二人のほかにお招きする方がもう一人いらっしゃいます。宋さんもよくご存知の方なので同席させたいと思うのですが、いかがでしょうか？」

「わたしが知っておる人というと、どなたですかな？」

「今日の午後の飛行機で、日本から江田さんがソウルへやってきます。宋さんがご一緒だと知ったら、江田さんもきっとものすごく歓ぶでしょう」

「江田さんが来るのですか？　そいつはよかった。あの娘にわたしも、会いたかったのですよ」


　複合的なビルの雑然とした出入り口を抜け出す頃、街にはいつしか薄暮がかかっていた。退社時間が過ぎてからもかなり経っているはずだが、街中には道を行く人の波がかえって増えている感じであった。日が暮れて涼風が吹き寄せてくるようになったせいもあるけれど、デパートなどの大型ビル群や地下鉄の駅が近くにあるせいであろう。

「愉しかったですよ、金さん。久しぶりに口に合う故郷の料理にありつけました」

「そんなに愉しかったですか、お招きした甲斐がありました。ホテルはこの道路のすぐ向かいにありますから」

　宋階平はうなずいて、いまさらのごとく亨真の傍らに立っている彩子のほうを振り向いた。

「約束の時間を忘れなさんなよ。では、明日また」

　彩子が何を言われたのかわからなくて、亨真のほうを振り向いた。亨真が日本語で通訳すると、彩子もようやく大きくうなずいた。

「お気をつけて。約束の時間より前に、わたくしのほうから先にホテルへお電話しますから」

　宋階平もやはりうなずいて、こんどは息子の志明のほうを振り向いた。けれども父と子の対話がちんぷんかんぷんの中国語だったので、彼らが話し合っている間彩子と亨真は、ぼんやりと待ち受けているしかなかった。息子を相手にかなりの長話を終えた宋階平が、やがて手を振って地下道のほうへ身をひるがえした。彼の後ろ姿が地下道の入り口へ吸い込まれていくのを待って、ようやく亨真は宋志明のほうを振り向いた。

「一人でお帰ししたりして、お父さん、ひょっとしたら寂しい思いをされているのではないかな？」

「そんなことはありませんよ。ホテルへ戻る前に寄り道したいところがあるそうですから。ちょっと遅くホテルへ戻っても待っていたりせず、先に寝るようにと言っていました」

「どこへ寄り道なさると言われました？」

「何日か前にこの近くの通りを散策していて、たまたま種苗商の店を見つけたのだそうです。その店へ寄って種や苗を見せてもらいたいし、何箇所かの本屋へも寄って、本を見て歩きたいと言っていました」

「どんな本を見て歩きたいと言うのでしょうかね？」

「韓国に関する本と、養鶏や養豚に関する本が欲しいらしいです」

亨真はうなずくと、彩子と志明の表情を代わる代わる眺めた。夕食を済ませた後だったので彼らはもはや、当然のことながらこれといって予定があるわけではなかった。夏の盛りの長い夜の時間だけが彼らのものとして、たっぷりと残されているばかりであった。

「なあんだ、まだようやく九時か。さあ、どなたでもグッドアイデアがありましたらおっしゃって下さい」

宋階平がその場にいなかったので、亨真はことさらに英語を交えてそう言った。彼ら三人の国籍がいずれも違っていて、英語だけが共通する言語だったからである。

「歩きましょ、わたくしたち。歩いている間に足が痛くなってきたら、喫茶店へ入って休みましょ」

彩子が素晴らしいアイデアでも思いついたように目を輝かせながら、二人の男たちの表情をうかがった。夜の街のライトに反射して、彼女の瞳が濡れたように輝いていた。自分の言葉に励まされたように、彩子がとうとう宋志明の腕を取って自分の腕を絡ませた。人混みの間を縫って志明を引っ張って行きながら、彼女は後から従いてくる亨真に向かってまるで悪戯娘のように、ぺろりと舌を出して見せた。彼女の子どもじみた振る舞いに、亨真も思わず噴き出すよりほかなかった。

実に愉しい夕食のひとときであった。午後四時発の航空便で大阪からソウルへ飛来してきた彩子は、空港へ迎えに出た亨真の車で一時間足らずして、リザーブしてあった市内のホテルへチェックインした。部屋へ案内されてからしばらくシャワーを使って汗を洗い流すと、カジュアルな身なりに着替えて宋階平父子が待ち受けている、近くの通りの中華料理店へと向かった。およそひと月ぶりにソウルで再会した彩子と宋階平父子とは、血筋が引き寄せ合うせいか互いに、とても懐かしがっている顔つきであった。けれども言葉が通じないものだから、彼らは簡単な挨拶のほかにはほとんどすべての対話に、亨真の助けを借りなくてはならなかった。宋階平父子には日本語が通じなかったし、江田彩子には中国語はからきし通じなかったからである。

酒宴を兼ねた中国風の夕食の席は、さまざまな話題が飛び交って愉しい雰囲気のうちに時間を重ねた。初めの間彼らの対話は、もっぱら宋階平が問いかけ彩子がそれに答える形でなされた。宋階平は彩子の母方の祖母であり、自分の生みの母である柳子に関して、いろいろと質問し、時たま彩子自身と彼女の生みの母である俊子に関しても、あれやこれやと過ぎ去ったことなどを訊ねたりした。けれどもグラスの遣り取りがますます頻繁になり、宴の雰囲気がいよいよ愉しく盛り上がっていくにつれて、いつの間にか問いかける仕事は、宋階平から彩子のほうへ移っていった。彩子がより多くの質問を重ね、宋階平父子が彼女の質問に返答する形になっていったのである。

ところがその対話も、双方の家族の昔のことを初め、中国と日本の気候や生活習慣などについて、自由奔放かつ淀みなしに繰り広げられたけれど、不可解なことに韓国の韓氏一族に関しては何の質問もなければ、これといった言及もなかった。彼らは意識的に、韓国の韓氏一族にかかわることは、話題にのぼらせまいとつとめている様子であった。彼らとは血を分けた一族であり、玄山の銅像除幕式に家族の一員として招かれているというのに、彼らはまるで申し合わせたように、韓氏一族については誰も話題にのぼらせようとしないのである。

亨真がそうした気配を察知したのは、ほとんど食事が終わる頃であった。食事も終わり夜も更けてきたので、亨真はてっきり、宋階平父子と彩子とが食後にはホテルへ戻っていって、こんどは韓氏側の人たちと席を同じくするものと思っていた。宋階平父子がソウルへやって来てからの数日間、韓氏側の人たちがほとんど毎日のように、彼ら父子をあちこちへ連れ回していたからである。ところが今夜は、そうでなかった。

彼らは食事を済ませてからも、誰一人としてホテルへ戻って行こうとはしなかった。若い宋志明はソウルの夜景を見物したいからと、ほかの同行者たちなどお構いなしに、自分一人ででも街をぶらつきたいと言いだした。宋志明の言葉は彩子を刺激するのに十分であった。彼女はすぐさま宋志明の言葉に相槌を打ち、宋階平と亭真に同行するよう希望した。亭真は道案内をするためにもその希望に応じないわけにはいかなかったし、宋階平は日頃からの慎重な性格通りに、思いつきにひとしい彼女の頼みをやんわりと断った。若い者たちの食後の散策に、自分が従いて回っては窮屈だろうと気を利かせたのであろう。

ところが、食事を済ませ、いざ別れ別れになるという段になると、宋階平さえもが真っ直ぐにホテルへ戻って行こうとはしなかった。種苗店と本屋へ寄り道するという口実で彼は外で時間をつぶし、夜も遅くなってからホテルへ戻っていくつもりらしかった。彼らが意識的に、韓氏一族を敬遠しようとしている心理がどこから来ているのか、亭真にはわからなかった。同じ血を分けた韓氏一族を彼らがなぜ受け容れまいとし、拒否するような振る舞いを示すのか、亭真にはその理由が理解できないのである。

「金さん、ここ、喫茶店じゃないかしら?」

彩子がとある建物の前で足を止めると、亭真のほうを振り返った。ソウルの夜の街を散策してみたいと言っていた彼女が、人混みに紛れ込んであちこちで押し合いへし合いするうちに、早くも歩くのにくたびれたらしく、うんざりしたような顔つきになっていた。三十度を上回る熱帯夜の暑さのせいもあるであろう。

「その通り、喫茶店ですよ。ここでひと休みしますか?」

「宋志明さんがお話ししたいことがあるんですって。わたくしもあなたに、お聞かせしたいお話がありますの」

彩子は相変わらず宋志明と腕組みをしていた。全身の重さを預けるようにして彩子が腕にぶら下がっていたけれど、父親譲りの温厚な性格の宋志明は、つとめて平然とした表情をしていた。いとこ同士である彼と彼女は、そう思ってみるせいか似たところがあるようでもあった。

喫茶店のつもりで入ったそこはコーヒーなども出せば、アルコール飲料なども出す雰囲気のよいカフェバーのような店であった。大きなシェードをつけた電灯が低く垂れ下がっているテーブルのぐるりに、三人はコーヒーとアルコール飲料を注文してから、暑さを冷ましながら思い思いの姿勢で腰を下ろした。注文したアルコール飲料がコーヒーより先に出てきて、彩子は赤い色をしたスロージンのグラスを手に取った。

「またソウルへ行くことになったと知らせたら、木村さんが金さんによろしくお伝え下さいって言ってましたわ」

　済州島での座談会以後、木村と亭真は親しい間柄になった。その間ひとしきり、近況を知らせ合う電話の遣り取りもあった。何日か前には木村から、『戦後日本思想史』という文庫本が郵送されてきたりした。

「おとといの晩にある試写会の集まりで、思いもかけなかった木村さんにお会いしましたの。集まりがお開きになって家へ帰る車のなかで、木村さんからあの方の家族に関する、意外な秘密を聞かされることになりましたのよ」

「意外な秘密？」

「木村さんの叔父様にあたる方が太平洋戦争中に、カミカゼ特攻隊の一員として戦死なさったんですって」

　宋志明が彼らの対話の内容を知りたがっている様子だったので、亭真はそれまで日本語でなされてきた対話の内容を、かいつまんで韓国語で説明してやった。

　彼の通訳が終わるとすぐにまた彩子が話を続けた。

「木村さんのお父様は太平洋戦争のとき海軍の士官で、大きな軍艦の乗組員だったのですけど、戦闘中に負傷して敗戦直前に退役なさったそうよ。典型的な軍人の家庭に生まれた木村さんが、いまの木村さんに生まれ変わったのには、それなりの理由があったように思いません？」

「それなりの理由というのは、日本的極右に対して反発した結果だという意味ですか？」

「彼が打ち明けたことによるなら、そうではなかったみたいね。片方の脚を失くして障がい者になったお父様は、無条件降伏を告げる天皇の玉音放送があった日、皇居前広場へいって切腹自殺を図ろうとまでなさった方なんですって。結局はそのチャンスを逃して切腹までは出来なかったけれど、敗戦のショックと絶望感から、しばらくすると精神病院へ入院することのなったらしいの。幸いなことにその病院で立派な看護師さんにめぐり会い、永い闘病生活の末に症状が好転すると、すぐにその看護師さんと結婚したそうですわ。その精神病院の立派な看護師さんという方が、何と木村さんのお母様なんですって」

「すると彼の進歩的な自由主義は、母親譲りだったというわけですかね？」

「彼自身の話ではちょっと違っていますけど、大体においてはその通りでしたわ。日本の極端な軍国主義が父親の発病の原因だったことがはっきりすると、母親は結婚してからもありったけの力を尽くして父親の、戦前からの考え方を解体させることに気を配ったそうですの。そんな様子を見守りながら成長した木村さんは、自ずとその影響を受けて進歩的な方向に傾くことになったのでしょうね」

「その結論は木村さん自身がだしたものですか？　それともあなたが推測した結果ですか？」

「わたくしの推測が間違っているかしら？」

「そういうこともあり得るだろうし、そうでない場合だってあり得るでしょう。母親の影響がその息子に、必ずしも肯定的な方向にばかり作用するとは限りませんからね」

何が話されているのかわからないくせに、宋志明は彼らの対話に熱心に耳を傾けていた。さりとて、話の内容を知りたがっているとか苛立っているといった気配はなかった。鷹揚な性格のせいかそれとも鈍感なせいか、つかみ所がなかった。

「木村さんがあなたに家族の秘密を打ち明けたのは、どんな理由からです？」

「カミカゼ特攻隊の一員として出動して国に殉じた叔父様の戦死と、戦争によって片方の脚を失くしたお父様の障がいに対して、何としても自分なりの意味づけをしたいと言ってましたわ。言わば先だって試みて未完に終わった日韓座談会も、その意味づけをするための作業の一環だったそうですわ」

慎重なばかりでなく用心深い木村の、真摯な振る舞いや言葉などが思い出された。カミカゼ特攻隊の一員として国に殉じた叔父の死と、戦争によって片方の脚を失った父親の障がいに、家族の一人として木村が何らかの意味づけをしようとするのは、ちっともおかしなことではなかった。けれども、彼らに死と障がい者としての人生を押しつけた軍国主義とそのイデオロギーは、戦後の厳しい批判にさらされて誤った理念として断罪され、もはやいまでは歴史のなかの暗い過去の出来事として封印されて久しい。だとしたら木村は、その誤れるイデオロギーに忠実であった叔父と父親を、どのようにしてまたふたたび過去からすくい上げ、今日の感覚に見合った新しい意味づけをしようというのであろうか？　この時季外れの木村の意味づけ作業が、亨真には気がかりでもあったけれど、さらには興味深いものとならざるを得なかった。

「先日の韓日座談会が木村さんの意味づけ作業と、どんな関わりがあるというのです？」

「あの座談会は加害者と被害者という対立する集団が、和解するために設けられた場でしょ？　けれども、木村さんがあの座談会にこっそりと隠しておいたもうつの意図は、加害者だって時と場合によっては、被害者になり得る事実を認知させることでしたの。あの座談会を収録する媒体が日本では左翼系の雑誌だったことをみても、木村さんの隠された意図がどの辺にあったのかおわかりでしょう。あの方が生まれてくるより先に、カミカゼ特攻隊の一員として戦死なさった叔父様は、彼にとって戦争の英雄ではなくて、戦争の真相さえ満足に知らされなかった、十八歳という若い紅顔の少年が戦争の現場で無惨にも犠牲になった、戦争の犠牲者だったわけですもの。父親だってやはり同じでしたわ。日本の伝統的な武士道精神に忠実だった父親も、天皇制イデオロギーの虚構に騙されて自分の身体の一部を、戦争の供物として捧げたわけですもの。結局、彼らを通して木村さんが新たに見つけ出したのは、人間の尊厳を破壊することとその犠牲を前にしては、いかなるイデオロギーも意味がないという、無意味を確認する作業だったわけですわ」

木村による徹底的な、と同時に巧妙な知的逆襲であった。意味づけするために彼は、とことん意味の解体から始めたのである。そうした作業が木村に可能だったのは、人間に対する飽くなきまでの信頼と温もりのある憐憫が、たっぷりと準備されていたためであろう。

「金さん、わたくしたちのお話はもう、それくらいにしましょうよ。宋志明さんが退屈しているかもしれないわ」

電灯のシェードに隠されている彩子の表情を眺めようと、上半身を少しくかがめているだけで、宋志明はコーヒーをすすりながら相変わらずのんびりとした顔つきであった。酔いが回ってきてほんのりと朱色に染まっている彩子が、今夜に限ってことのほか色っぽくセクシーであった。宋志明もその魅力に惹かれし、彼女のお喋りを大目にみて赦しているのかもしれなかった。

「宋さん、江川さんが、そろそろあんたの話もちょっとうかがいたいそうですよ」

「ぼくの出番が回ってきたというわけですか？」

言葉数が少ない割に、彼は時たまユーモアを交えて話すことを知っていた。亨真がうなずくと彼はさらに言葉を継いだ。

「二、三日前に韓会長さんから、お断りしにくい誘惑をされました」

「どんな誘惑です？」

「ぼくに留学を勧めてくれたのですよ」

「留学ですか？」

「中国での暮らしを切り上げて、韓国へきて勉強したらどうかというのですよ。耕田大学へ入学するもよし、会社で実施している研修コースを選んでも構わないそうです。学費は言うまでもなく、生活費のすべても会社側が負担するというお話でした」

何を話しているのか彩子が気にしている様子だったので、亨真は宋志明が語ったことを日本語でかいつまんで伝えてやった。彩子がうなずくのを見て、志明はふたたび話を続けた。

「韓国について学ぶ必要を感じていたぼくとしては、とても有り難いお話なのですが、どうしたらよいのか、おいそれとは決心できません」

「わたしの聞いた限りでも破格の条件ですね。韓国について学ぶ必要があるし、条件だって悪いものではないということなら、宋さんにその申し入れを断る理由はないのではありませんか？」

「金さんは韓会長さんが、どうしてぼくにそんなことを勧めたとお考えですか？」

「好意からではないでしょうかね？」

「何に対する好意ですか？」

わかりきったことを質問している宋志明は、これまでとはうって変わってきわめて真摯な、そして慎重な顔つきであった。彼との対話の内容を彩子に伝えてやっている間に、彼はふたたび慎重な面持ちで口を開いた。

「韓会長さんはどうやらぼくを、韓国人に生まれ変わらせたいみたいですね。示して下さるいろいろな好意を見ても、ぼくはそれを体で感じ取れます。けれどもぼくは、宋志明という中国の朝鮮族なのですよ。ぼくには立派な社会主義の祖国があるし、その祖国をどの国よりも誇らしく思っており、愛しています。玄山お祖父さんのことでもぼくは、こちらにいる人たちとちょっと考えが違っています。あのお祖父さんは、韓国では祖国の独立のために闘った優れた独立運動の志士だったかもしれません。けど、社会主義国家であるぼくの祖国では、歴史的な必然性であるプロレタリア階級の革命に真っ向から戦いを挑み、逆らったブルジョア反動分子となっています。韓国に住んでいらっしゃる多くの親戚の方たちは、父とぼくのことで一種の誤解をなさっているのではないかと思います。同じお祖父さんの子孫だからといって、祖国も同じでなければならないというのは、門閥主義的な発想に根ざした、反論理的な考え方だと思うのですよ」

長々と続いた宋志明の話の内容がわからなくて、彩子がひどく苛立っていた。亭真が日本語で要約すると、彩子が間に割って入った。

「わたくしも志明さんの意見に全面的に賛成よ。いまのわたくしたちには、わたくしたちなりの現在の状況が大切ですの。こちらの、韓国にいらっしゃる方たちはしかし、わたくしたちを、あの方たちの懐へ抱え込もうとなさっておりますわ。同じお祖父様の子孫ですから、家族という意味で抱え込んで下さるのは、愉しくもあり喜ばしいことでもありますけど、お祖父様の国籍と同じ韓国人として抱え込もうとするのは、どことなく窮屈だしぎくしゃくする感じですの。わたくしは人間のさまざまな徳目と価値のなかでも、国家とか信仰とか民族とかをもっとも高い位置に据えることには、同意できませんわ。そうしたものはすべて人間が生きていくうえで補助手段として必要な、一種の言葉の飾り付けに過ぎませんわ。補助手段でしかない見かけ倒しの言葉遊びが、実際には人間の暮らしや行動を束縛し窮屈なものにしてしまったら、いつ何時でもそんな不便きわまるものなどは、ゴミ箱へ投げ捨てる覚悟がわたくしには出来ていましてよ。そうしたものたちの名のもとに多くの過ちが犯されてきた事例を、これまでの二つの大きな戦争を通して、わたくしたちは厭と言うくらい見てきたばかりか、いまも中東地域とボスニア、ベルファストなどで幾らだって見ているではありませんか」

こんどは宋志明が、話されている内容がわからなくて浮かぬ顔をしているので、亭真は彩子の言葉を改めて韓国語で伝えた。韓国語の通訳が終わると志明は、突然、同感だというように彩子に握手を求めた。志明の手を取りながら、彩子が思い出したように亭真と向かって語りかけた。

「志明さんとわたくしの間で、是非ともはっきりさせておきたいことが一つありますの。わたくしたちが同い年であることは、この前中国でお会いしたときはっきりしましたけど、どちらが姉か弟かはまだはっきりしておりませんの」

日本語で話していた彩子が熱心に耳を傾けている志明の表情を見て、だしぬけに英語で話しだした。

「志明さん、あなた、お誕生日はいつかしら？」

「五月十九日」

「あらっ！」

「ぼくが先ですか？」

「いいえ、わたくしのほうがあなたより、ひと月と五日先に生まれていますわ」

25

ものすごい人出であった。

臨時に仮設された野外ステージの前の広場にはすでに、男女の郡民たちが隙間もないくらい詰めかけていた。真夏の猛暑を避けるために郡民たちのほとんどが、無料で配られたさまざまな色の、つばの広い紙製の陽除け帽をかぶっていた。陽除け帽と日傘と団扇などが一緒くたになって、途方もない騒音に包まれている式場は、色とりどりの天然色の花壇を連想させた。

ステージの上に用意されている三十個ほどの椅子は、どうやら式場へ特別に招待された来賓のためのものか、地方の有志たちの指定席のようであった。ステージのすぐ下に別途にしつらえられている左右の座席には、さまざまな種類の楽器を手にして群れている二つの楽隊が腰を据えていた。左手にはこざっぱりした制服姿の女子高生たちのブラスバンドが席を占め、右手にはどこかの楽団のプロの楽士たちがたむろしていた。

駐車場に車を入れて亨真と彩子は、人波に揉まれてここかしこを眺めながら、中央広場に設けられているステージのほうへ、ゆっくりと近づいていった。郡民たちの混雑ぶりもさることながら、周囲がさらに騒がしいのは、公園の中央広場に通じる道路の両側に、数知れない屋台が並んでいたからであった。郷土の食べ物の看板を出している汁飯屋、冷麺屋、屋台の飲み屋などのテントを張りめぐらした飲食店は言うまでもなく、土産物、記念品、干物店、果物商など色とりどりの露天商がずらりと、道路沿いに並んでいて、新しく造成されたばかりの河岸公園が、まるで昔からの伝統的な、片田舎の賑やかな五日市を彷彿とさせていたからであった。

「たいへんなお祭りだわね。あのアーチには何と書いてあるのかしら?」

ステージの上に立てられている弓形のアーチを、彩子は目を丸くして見上げた。

子が指さした。アーチには青色のハングルで、「河岸公園竣工式並びに玄山・韓東振先生の銅像除幕式」と書かれてあった。

「これから行われる記念行事の、中身を知らせるアーチですよ」

「この地方の郡民の人口は、どれくらいになりますの？」

「Y郡の中心部だけだと約八万くらいですけど、近隣の面とか周辺の郡まで合わせると、約四十万近くなるでしょうね」

「ひな壇にはもう、韓会長さんのご兄弟が顔を揃えておいでですわね」

　来賓席と指定されている、ひな壇の座席には三十名余りの来賓たちが、ずらりと並んで腰を下ろしていた。三列に分けて並べてある指定席のなかでも、最前列の座席は来賓席となっているらしかった。韓会長兄弟のほかに耕田大学の学長や教授たちが、その来賓席の半分くらいを占めていた。

「先に到着しているはずの宋さんと、東根さんの姿はどうして見えないのかしら？」

「たぶん銅像のある、あちらの式場にいるはずですよ。公園の竣工記念行事の後で、銅像の除幕式は別途に行われる予定だそうだから」

「だったらわたくしたちも、そちらへ行きましょうよ。お祖父様の銅像が見てみたいわ」

「いまは行っても銅像を見ることなんて出来ませんよ。白い布をかぶせてあって、除幕式が終わらなくては見せてもらえないはずですから」

　突如としてブラスバンドの賑やかな演奏が聞こえてきた。ステージの左手に位置している女子高生たちの演奏であろう。ブラスバンドの演奏が始まったのをみると、間もなく式が始まるに違いない。広場の外側でうろついていた人たちも、ブラスバンドの演奏に誘われて慌ただしく式場のほうへ集まってきだした。

「公園の規模が途方もなく大きいのね。どこからどこまでが公園なのかしら？」

「六万坪と聞いていますからね。この中央広場からあの下流のほうの、森が見えるあの辺りまでだそうです」

「給水塔、排水施設、公衆電話、公衆トイレなど、地方都市の公園にしては随分と手がかかっている痕跡が見えますわね。東根さんのお話だと、公園の造成工事に東日グループから巨額の工事費を支援したと言っていましたけど」

「だからもっとも見晴らしのよい場所に、玄山の銅像を据える承認を取りつけることが出来たのでしょう」

彩子が亨真のほうを振り向いて、白い歯を見せながら明るく笑った。相手の意中を見透かすことの出来る、彼女固有の悪戯っぽい笑いであった。

きれいに手入れがなされている芝生のところどころに、意外なことに育ちのよい大木が少なからず植えつけてあった。植え替えられて久しいらしい樹木はどれも、おのおの葉が生い茂っていた。幼い子ども連れの多くの家族が、それらの樹木の木陰に野外用のシートを敷いて、くつろいだ姿で腰を下ろしていた。高台の下のほうの川を挟んだ砂原では、お昼前のまだ早い時間であったけれど、早くも川へ飛び込んで水浴びを愉しんでいる人たちの姿も見られた。砂原の片方に陽除けのためのテントが仮設され、その前方の砂を円形にならしてある場所は、郡民親善相撲大会のための土俵であるらしかった。見物客たちで周囲にまん丸く輪がつくられている土俵の上では、予選でも繰り広げられているのか、早くから割れるような歓声と拍手がどよめいた。

駐車場でもない場所に一台の車が停めてあり、そのぐるりをたくさんの人たちが物珍しそうに取り囲んでいた。有名放送局のマークをつけた一台の黒塗りのバンが、その対象であった。どうやら今日の行事を取材するためにやってきた民間放送局の、テレビ報道用の車両らしかった。一人のカメラマンが車の屋根に上がって式場を見下ろしながら、ムービーカメラを回して行事が執り行われる会場の全景を撮影していた。東日グループが働きかけた末に駆り出した、テレビによる生放送のための報道用のバンである可能性が高かった。

ブラスバンドの演奏が終わると、続いてスピーカーから竣工式の開始を告げるアナウンスが流れてきた。

「会場にお集まりの郡民のみなさん、ただいまから河岸公園の竣工式と玄山・韓東振先生の銅像除幕式を執り行います。国民儀礼がありますから、郡民のみなさんは全員席をお立ちになり、壇上の国旗に向かって下さい……」

人々のざわめきがこれに続いたが、ふたたびブラスバンドの力強い愛国歌の演奏が鳴り響いてきた。式場の周辺を慌ただしく行き交っていた人たちは言うに及ばず、ハンドマイクを握って騒々しく客を呼び込んでいた行商の人たちまでが、愛国歌が鳴り響くと仕事の手を止めて、厳かに不動の姿勢を取った。亨真の後に続いていた彩子もその場に足を止めたまま、好奇心を抑えることができないといった顔つきで、まわりの人たちの表情をちらちらと盗み見していた。

「驚いたなあ。だって、国歌が演奏されるときの韓国の人たちの行動が、日本人の場合とそっくりなんですもの……」

ささやくようにしてそう言う彩子の言葉に、亨真もやはりささやくようにして答えた。

「きっと日本から学んだのでしょう。それだってたぶん、植民地統治の残り滓かもしれませんね」

「すると韓国には、国民儀礼みたいなものはなかったのかしら?」

「なかったわけではないでしょう。王宮とか軍営で執り行われた、王朝時代の儀礼はあったでしょうから。ただ朝鮮王朝が、そのまま日本の植民地支配を受けるところまで転落したものですから、それ以前の韓国には民衆がともに参加する、国民的な儀礼なんてものはなかったと承知しています。近ごろ行われている国民儀礼なるものは、近代国家が出現して以後の発明品ではありませんか?」

なるほどというように彩子がうなずいていると、愛国歌の演奏が終わって次のアナウンスに引き継がれた。亨真がふたたび歩みを移して、人々が雲集している丘の上の一ヵ所を指さした。

「あの丘の上の、白い布をかぶせてあるのが話題の玄山の銅像ですよ」

伊吹などの樹木に囲まれている小高い丘の中腹に、長々と白い布をかぶせられた背丈の高い建造物が鎮座していた。丘の麓の平地のほうにはたくさんの人々がひしめき合うようにして集まっていたし、銅像のすぐ前のちょっと小高くした壇の上には、白のブラウスに黒のチマ姿の二十代前後とおぼしい若い女性たちが、群れをなして椅子に腰をかけていた。

「銅像の位置が申し分ないわね。それにしても、あの若い女性たちは誰かしら?」

「そうだなあ。耕田大学から動員されてきた女子学生の合唱団ではないかと思うんだけど」

銅像の足許のほうに群れている人たちに近づいてい

くところだったが、不意に彩子が歩みを止めて、亨真の腕をしっかりとつかんだ。

「この辺にいるほうが賢明なようよ」

「どうしたというのです？」

「あそこに韓会長さんの親戚の方たちが、たくさん出てきていらっしゃるのよ。ゆったりした気分で見物してまわるつもりなら、いまはこんなところで、あの人たちと顔合わせをしないほうがいいわ」

彩子に言われるままに亨真が言葉もなく立ち止まると、背後から何者かが亨真の肩口をこつこつとたたいた。振り向くと意外にも、ソウルから東根の車でひと足先にこの場所へやってきたはずの、宋志明であった。

「おや、宋さん、どうして一人なんです？　お父さんはどちらにいらっしゃるのです？」

「あちらの式場におりますよ。お二人はたったいま来られたようですね？」

「ええ、ついさっき到着して、これから式場へ向かうところでした。ところで、一緒に来たはずの東根は、こちらの式場にはいないみたいですね？」

「問題が起きたとかで何人かの学生を連れて、いましがた公園の入り口のほうへ駆けて行きました」

亨真との対話が終わると、こんどは彩子が志明に英語で話しかけた。

「どうして独りぼっちでうろうろしているのです？」

「たまたまそういうことに……」

元来が言葉数の少ない志明は、笑い出すことで返答に代えた。亨真はきびすを返してもと来た道を戻りながら、傍に従いてくる志明に気がかりだというように訊ねた。

「問題が起きたというのはどういうことですかね？」

「詳しいことはわかりませんけど、今日の行事に何か、ちょっとした手違いが生じたみたいでしたよ」

「東根はさっき、どちらへ行ったと言いました？」

「公園の入り口のほうへ行ったのですけど、こちらへ来る道すがら見かけませんでしたか？」

亨真がかぶりを振っているところへ、竣工式の式場のほうから万雷の拍手が鳴り響いてきた。続いて聞こえてくるスピーカーのアナウンスが、公園造成事業に物心両面から多大な支援を惜しまなかった、我らが郷里出身の企業家である東日グループ韓英勲会長に、感謝状と記念の盾を授与することを告げていた。

「お二人はいます、どこへ行かれるところでした？」

式場から遠ざかり、河岸のほうの森を目指しているのを見て後を追ってきた宋志明が、亭真に訊いた。鳴り止んでいた拍手の音がふたたび沸き起こり、背後の式場をどよもす歓呼の声に包まれた。拍手の音が鳴りやむのを待って、亭真が志明に手短に答えた。

「あんまり暑いので、木陰のある河岸のほうへ行くところですよ」

「銅像の除幕式には、参席なさらないのですか？」

「参席しなくちゃね。けど、予定に手違いが生じたそうですから、これからすぐに除幕式が行われるとは思えませんね」

呆気に取られているといった顔つきだけで、志明はそれ以上問いかけようともせず、黙々と亭真の後にしたがった。彩子も同じく、式場から離れていく亭真の動きから何かを感じたと見え、緊張した面持ちであった。先を行く二人の顔色をうかがっていたが、やがて彩子は亭真に問いかけた。

「問題が生じたというのは、さっき車のなかであなたが言ってた、あの不祥事のことかしら？」

不意をつくような彩子の問いかけに、亭真は曖昧にかぶりを振った。肯定するでも否定するでもない自分の態度に、亭真は自分に対してむかむかするような腹立たしさを覚えた。森を目指してひたすら歩みを急かせるばかりで、彼はとうとう彩子の問いかけには答えなかった。

ソウルを出発してY郡の式場へ向かう道すがら、亭真は、今日行われる玄山の銅像除幕式で、ひょっとしたら学生たちがひと騒動起こすかもしれないと、彩子に語っていた。そして同時に、主催者側もすでにその情報を入手しており、学生たちの不祥事に備えて、万全の事前措置を講じているものと承知していると告げた。何事にも緻密なうえ徹底している韓会長の性格から判断して、不祥事に対する情報を事前に入手していたら、すでにそれに対応する完璧な策が、講じられているはずだからであった。

ところが除幕式の直前に、にわかに慌ただしくなってきた義弟東根の動きを見ると、事前に対策が練られ措置が講じられていたにもかかわらず、除幕式の進行に何らかの手違いが生じていることは明瞭であった。亭真が慌ただしく式場を離れたのも、あり得なくはないセレモニーの手違いや不祥事にあらかじめ備え、警戒するためであった。わざわざ外国から式場へ招待されてきた、玄山の孫たちである二人の若い男女を、亨真はなるべくなら式場から遠くへ切り離しておきたかったのである。

式場に取りつけてある高性能のスピーカーは式順にしたがって、引き続き誰かの祝辞や挨拶などを送りだしていた。式場から遠くへ抜けだしてきて、売店からほど近い森の辺りまでやってくると、群れている人々に紙切れを配っていた二人の若者が、木陰に身を潜めていて、近づいてくる亨真たちにビラのようなものを手渡した。商品の広告か宣伝ビラだろうと思って受け取ると、若者の一人が前に立ち塞がりながら、低い声で鳥のように早口でまくし立てた。

「これを読んでぼくらの趣旨に同意するなら、しばらくして始まる玄山の銅像除幕式に参席して、銅像を撤去する作業に参加して下さい」

「撤去する作業？　玄山先生の銅像を撤去するというのかね？」

「そうですよ。玄山・韓東振はいままで愛国者として知られてきましたけど、実は大日本帝国末期に満州で、日本に協力して祖国と民族に叛逆した、親日売国奴でした。そんな人間の銅像をわが郡の公園に建てるというのは、我が郡民を辱め愚弄する鉄面皮な欺瞞行為にほかなりません。玄山・韓東振の銅像は絶対にこの公園から、撤去されなくてはなりません。そのビラを読めば、玄山の銅像がなぜ撤去されなくてはならないのか、その理由がわかるはずですよ」

話し終えると二人の学生たちは、亨真たちの前からそそくさと立ち去っていった。ビラをすっかり読み終えた宋志明は、ようやく気がかりだというように亨真に問いかけた。

「学生たちが玄山の銅像を、処分してしまいたいと言ってるのでしょ？」

「そうする計画があるみたいですね」

「だとしたら警察は、なぜ学生たちの行動を取り締まらないのです？」

「まだ何も不法なことをしでかしていないのに、どんな罪があるというので警察が事前に学生たちを取り締まるのです？」

「いまのあの学生たち、何と言ってました？　あなたがさっき言ってたように、ほんとうにデモでもするつもりかしら？」

不安がるかと思っていた彩子が、かえって好奇心に満ちた明るい表情で言葉を挟んできた。たったいま学生たちが話していったことのあらましを亨真が伝えると、彩子はすっかり聞き終えてから足を止め、亨真の顔をまじまじと見つめた。

「わたくしたちいま、どこへ行くところかしら？　学生たちのデモを見ようとしたら、除幕式場のほうへ戻って行かなくてはならないのではないかしら？」

亨真がかぶりを振っていると、出しぬけに式場のスピーカーから絶叫に近い叫び声が、爆発でもするように聞こえてきた。

「Y郡郡民のみなさん！　玄山・韓東振は大日本帝国に屈従した反民族、親日売国奴です！　我らが故郷Y郡に、親日売国奴の銅像を建てることは許されません！……」

すると突然、スピーカーのスイッチが切られ、式場のステージの周辺からものがぶつかり合う音とともに、人々の泣き叫ぶような声が聞こえてきた。続いて群れている人々の一角が崩れながら、女たちの悲鳴が上がるなかへひと固まりの人たちがこぼれ落ちてきて、蜘蛛の子を散らしたように突っ走りだした。

追われているのはもっぱら大学生とおぼしい若者たちで、彼らを追っているのは三、四十代の壮年たちであった。学生たちは四方へ散りながらながらも、人々めがけて手にしていたビラをやたらとばらまいていた。追われていた学生たちの何人かがとうとう、後を追ってきた壮年たちに捕らえられた。学生たちは捕らえられたその場で腕を後ろにねじ上げられ、壮年たちに無理やり駐車場のほうへ引っ立てられていった。殴打され腕をねじ上げられたまま引っ立てられていきながらも、何人かの学生たちは式場に群れている人たちに、喉も張り裂けよとばかりに何事かを喚き散らしていた。

捕らえられ、引っ立てられていく学生たちを眺めている郡民たちは、緊張の色を浮かべているだけで、誰一人として抗議をするとか、壮年たちの暴行を制止しようとかする者はなかった。式場へ襲いかかってきた思いがけぬ暴力沙汰に、多くの人たちはわけがわからなくて、ただただ呆気に取られているばかりであった。

「金さん、ちょっとあそこを！　あれは東根さんじゃなくて？」

彩子が叫ぶようにそう言いながら、人々に囲まれている公園の一ヵ所を指さした。果たせるかなそこには背広姿の東根が、一人の学生の首根っこをつかんで駐車場のほうへ、ずるずると引きずっていくところであった。迎えに出てきた二人の壮年の男たちが、東根の手からその学生を引き継いで、左右の脇の下に腕を差し入れて高々と持ち上げた。左右の二の腕を抱え上げられ、両の足が地面から離れて宙に浮いたまま、駐車場のほうへ運ばれていきながらも、学生はスローガンか何かを懸命に叫んでいた。学生を引き渡して手ぶらになった東根は、ようやく我に返ったように、銅像の除幕式場のほうへ走るように急ぎ足で歩いていった。

「どうなっているのかしら？　どうして東根さんは、デモをする学生たちを捕まえようとなさるのかしら？」

亭真は何も言わずに、彩子の体をくるりと除幕式場のほうへ向けた。一団の屈強の若者たちが、たったいまステージへ上がっていった東根に率いられて、式場から早足で駐車場のほうへ下りてくるところであった。群れをなして下りてくる若者たちに囲まれるようにして、意外なことに韓会長兄弟と耕田大学の学長や教授たちがエスコートされていた。遠方からそうした光景を目撃していた彩子が、ようやく事態の推移を飲み込んだと見え、小さな声でつぶやいた。

「韓会長さんが式場を立ち去るのね。そうなると銅像の除幕式って、なくなるのでしょ？」

口を利く気分になれないというように、亭真は憮然とした表情でそれには答えなかった。けれどもすぐに、何を思いついたのか亭真は慌ただしく、彩子と木志明のほうを振り向いた。

「先にわたしの車のところへ行ってお待ち下さい。宋さんも江田さんと一緒に行っていてくださいな」

突然慌てふためく亭真に向かって、彩子が何事かと驚いて問いかけた。

「どうしたというのです？　あなたいま、どこへ行くところですの？」

「放送局の中継車のところへ、ちょっと行ってみなくてはなりません。生放送だと聞いているので、いま放送が流れているのか、確かめなくてはなりませんから」

話し終えた亭真が中継車のほうへ跳ねるように走っていった。その後ろ姿を眺めながら彩子が宋志明に、悪戯っぽく声をかけた。

「金亭真さんも駆けることってあるのね。ライブの中継だそうだから、駆けるだけのことはあるわね」

26

出国者専用の自動ドアのほうへ歩いていきながら、彩子が最後に二人に向かって手を挙げた。ドアが閉まって彼女の姿が見えなくなると、ようやく亭真と東根はきびすを返して、並んで歩きだした。

空港の構内がひどく混雑していた。夏休みシーズンのなかでも猛暑がピークに達している時期だったうえ、国内と国外の人々の入国と出国で近ごろもっとも混み合うからであった。

「済みませんでした……」

肩を並べて歩いていた東根が、長時間にわたる沈黙を破って一言つぶやいた。出しぬけの済みませんという東根の謝罪の言葉に、応答するのもおっくうだったので、亭真は黙々と歩くばかりであった。

「今日、宋志明さんから無事に家へ帰ったという手紙が届きました。それまで義兄さんを誤解していたのですけど、手紙を受け取ってみて自分が間違っていたことに気がつきました」

人々の間をすり抜けていきながら、亭真は依然として何も答えなかった。亭真も今日、世話になったことを感謝する宋志明の便りを受け取っていた。どうやら中国へ帰り着くとすぐに、二通の手紙を同時に書いてポストへ入れたらしかった。

「車はどこにあるのだ？」

「ぼくは運転してきませんでした。急いでいたので、そのままタクシーできたのですよ」

構内から外へ出てきた二人は車道を渡って、駐車場のほうへ向かった。灼けつくような真夏の陽射しがもろに照りつける駐車場は、たったいま熱したばかりのフライパンさながらに、かっかするような熱気を吐き出していた。亭真が自分の車を探している間に、東根はなおも話しかけてきた。

「ぼくが空港へ見送りに来たことで、気を悪くなさったかもしれません。チェックアウト直前にホテルのフロントへ電話したら、江田さんが今日の午後三時の便で帰国すると教えてくれたものですから。その間とても寂しい思いをさせられましたよ。みなさん、ほんとにどうしてあんなふうになるのか、さっぱりわけがわかりませんね」

中国から招いた宋階平父子と日本から招いた彩子など三人は、入国するときとはうって変わって帰国するときは、誰にも告げずにひっそりと韓国を発っていたのだ。宋階平父子はすでに一週間も前に出国していたし、彩子は、扶余のほか東海岸など地方を旅してまわった後で、彼ら父子より一周間遅れの今日になって帰国したのである。

「お二人ともその間、どこにいたのです? 先週は繰り返しホテルやオフィステルへ電話を入れたのですよ。二人ともいないものだから、一緒に日本へでも行ったのではと思いましたよ」

「旅行していたのだ」

「どちらへ?」

「扶余、東海岸、雪岳山、展望台などへ一週間ずっと、我を忘れて旅をしてまわったのさ」

「だから、行方がわかるはずないんだ。そのおかげでぼくだけが、わけもわからずに叔父さんから大目玉を食らいましたよ」

駐車してあった車を見つけ出してドアを開け、二人は並んで前の席に滑り込んだ。それまで照りつける陽射しのなかにほったらかされていた車は、真夏の猛暑にさらされて蒸し風呂のように出来上がっていた。しばらくエアコンを働かせて車内の熱気を冷ましながら、亨真が気になっていたというようにその間の出来事などを訊ねた。

「どうなったのだ、その後、銅像は?」

「移しましたよ」

「どこへ?」

「とりあえずご先祖さまの墓地の麓の、駐車場のほうへ移しておきました」

「大学のキャンパスに建てるのではなかったのか?」

「初めはそうする計画だったけれど、叔父さんが突然、墓地のほうへ移す決定を下されましたので。お祖父さんの遺骨が帰国したら銅像も、そのとき一緒に定められた場所に建てるつもりのようです」

車が走り出した。一週間余りの短期間に韓会長一族には、あまたの変化があったようであった。車が駐車場を抜け出すと、亨真がふたたび問いかけた。

「玄山先生の遺骨が韓国へ戻ってくるのか？」

「ええ、中国当局から許可が下りたので、今年の秋ごろ遺骨を韓国へ引き取ってくる予定らしいです。帰国したらすぐにご先祖さまの墓地へ、銅像とともにお迎えすることになるでしょう」

「国立墓地にお迎えすると言ってたのになぜ、ご先祖さまの墓地に変更されたのかな？」

「家族会議で論議を重ねた末に、そのように決定したのですよ。ことに叔父さんが、ご先祖さまの墓地にするよう強く主張なさっていました」

韓会長の変わりようが興味深かった。学生たちの反乱をひとしきり味わわされただけで、あの会長が自分の決心を方向転換したとも思えなかった。ほかに何か理由がありそうなものだが、それが容易に思い浮かんでこなかった。

「それはそうと、義兄さん、有り難うございました」

「何のことだ？」

「ぼくたちあの日、学生たちの動きにばかり気を取られていて、生放送で中継されるなんてすっかり忘れておりました。後で気がついて中継車へ駆けつけたら、義兄さんが疾っくに手を打っておいて下さってたじゃないですか」

「うまい具合にディレクターがよく知っている後輩だったのでね。放送局側もことが上手く運んでいないことに気がついて、わたしが事情を説明すると生中継を適当なところで打ち切ってくれたのさ」

「叔父さんがものすごく感謝していましたよ。義兄さんが手を回して下さったことを知って、とてもびっくりしている様子でした」

「びっくり？」

「義兄さんはその日の行事に参席なさらないものと思っていたのに、参席なさったばかりか生中継まで止めて下さったと知って、しばらく考え込んでしまって何もおっしゃいませんでしたよ。しばらくして義兄さんに電話までかけたのですけど、何日も留守になさっていたものですから、結局は電話が通じませんでした」

韓会長としても除幕式事件に関する限り、亨真に対して並々ならぬ感慨があったはずである。銅像の建立には端から消極的な立場を取ってきた亨真に、会長はひどくもどかしい思いをしてきたばかりか、やがては怒り心頭に発して暴言まで吐いてはばからなかった。ところが、銅像除幕式は前もって亨真が警告したとおり、取り返しのつかぬ不祥事を招いてしまったのだ。会長とその一族にとっては、致命的な打撃となったのである。

「わたしにはいまも、合点のいかないことが一つあるんだが……」

車がソウル市内の漢江沿いの道路にさしかかると、亨真がふたたび切り出した。

「過激派の学生たちのデモがあるかもしれないと、わたしがあれだけ何度も警告したのに、どうして事前に何らの対策もなしにセレモニーを強行して、あんな不祥事を招いてしまったのかね？」

「それを言われると思っていましたよ。対策を講じていなかったわけではないのですよ。耕田大学史学科の教授たちからも事故が起こる可能性について、直接もしくは間接的にほのめかされたものですから、会社と財団の両方からそれなりにしっかりと手を打つし、備えもととのえていたのですよ。めぼしい学生たちを何人も説得して、騒ぎを起こさないという覚え書きまで書かせたし、警察にもお願いして事前に機動隊まで出動させ、抜かりなく予防措置を講じたつもりだったのですよ。ところが、思っても見なかったとんでもないところから水が漏れ出しましてね。ぼくたちとしては夢にも思わなかった、とんでもないところから不意討ちを食らったわけですよ」

「それって、どこのことだ？」

東根がかぶりを振った。考えただけでも不快だし忌々しいという顔つきであった。

「金哲万氏ですよ」

「金哲万？　それは何者だ？」

「この地域選出の国会議員ですよ」

「その国会議員がどうしたというのだ？」

「叔父さんが次の選挙では、国会議員に出馬するだろうという噂を聞きつけて、金議員の後援会の連中が裏口からこっそりと、学生たちを焚きつけたのですよ。あの事件の直後にそのことを伝え聞いて、さすがの叔父さんもがっくり来た表情で、予定していた記者会見までキャンセルしてしまいましたからね」

「記者会見というと？」

「除幕式の後に耕田大学の理事長室で、玄山文化賞を設けることを発表する予定だったのですよ。事件直後に金議員側の人たちが背後で糸を引いているようだという話を聞いてからは、えらく気が抜けてしまって、予定されていた記者会見までキャンセルしてしまったのですよ」

「いつもの会長らしくないじゃないか？　気が抜けてしまった原因は何かね？」

「金議員が叔父さんを裏切るとは、夢にも思っていませんでしたからね。あの人は叔父さんの高校時代の後輩になるうえ、選挙のたびに支援を求めてくるので、叔父さんもいろいろと援助を惜しまなかったのですよ。そんな相手が裏から手をまわして学生たちをけしかけ、あんな事件を惹き起こしたというのですから、叔父さんとしてはショックもさることながら、裏切られたという思いと失望感の深さには、計り知れないものがあったらしいですよ」

「会長には、次の選挙に打ってでる考えがあったのか？」

「そういう考えがなくはなかったようですけど、こんどの事件で政治家というものに、すっかり愛想を尽かしたみたいですよ」


まるで霧でもかかっていたようにもやもやして、漠然としか感じられなかったその間のさまざまな出来事が、ようやく亨真の頭のなかでひと筋につじつまを合わせてきた。これまで韓会長が準備してきた、銅像の建立や文化賞の制定などの事業はいずれも、結局のところ政界進出のための、計算し尽くされた彼の布石だったわけである。財力のみを頼みとして果敢にも推進してきた、政界への入門のための布石と地ならし作業は、思いもかけなかったことに遠方にいたわけではない、近くの敵の奇襲攻撃によって足許をすくわれたわけであった。事業にかけてはその手腕が機敏で、ずば抜けていることで知られていた切れ者の会長であったけれど、政治の世界はやはり難攻不落の絶壁にひとしかったのである。

「支払わされた代償はちと苛酷であったけれど、会長にはいいくすりになったのではないかな？」

「ぼくも義兄さんと同じ考えですけど、心配なのはこんどの事件で叔父さんが、これまでと様子がかなり変わってきたことですよ。何事につけより緻密になり熱心になるばかりでなく、暇さえあれば本なんかを買ってきて読んでいるのですからね」

「どんな本を？」

「もっぱら韓国近代史や独立運動史と関連するものですけどね」

夏休みのシーズンを迎えてマイカーが山や海へ向かっているせいか、いつもは混み合っているこの辺りの道路が今日に限って閑散としていた。都心のほうの空は猛暑に加えてスモッグのせいか、まるで靄でもかかっているように白っぽかった。変わることは誰にとっても必要であり、大切なことである。会長もやはり、いまのところはまだ予測しがたいけれど、好ましい方向に変わってくれるのを期待するばかりであった。何となく浮かぬ顔をしていた東根が、ややあって注意深く問いかけた。

「さっき別れ際に江田さんがぼくに言ってた、暴力に関する話ってどういうことでしょうか？」

一時は東日グループでも貿易部門の部署に属していただけに、東根は幾つかの外国語が堪能であった。とりわけ日本語は早くから習得につとめていたので、彩子とは通訳なしにじかに対話が出来た。

「江田さんから何を言われたのだ？」

「義兄さんがちょっと席を立っている間に、空港の構内喫茶店でショッキングなことを言われたのですよ。どんな理由があろうと暴力行為は許されるものではないと言いながら、ぼくが暴力を振るうのを目撃してショックを受けたと言ってました」

「間違ったことを言われたわけではないな。あの日はわたしだって、がっかりしたくらいだから」

「あの日って、いつのことです？」

「河岸公園の竣工式の日だよ。江田さんと宋志明君、そしてわたしと三人が、きみが見苦しい振る舞いに及ぶのを現場で一緒に見ていたのさ。まだ幼い学生の一人をきみは襟首をつかんで、まるで犬でも引きずるようにして引きずって行ってたよ」

その言葉が東根にはかなりのショックだったらしく、唇をわなわなと震わせるばかりで二の句が告げられなかった。けれどもほどなく、怒りが込み上げてきたのか、憤慨するように声を張り上げて問い返した。

「あの学生がどんなやつか、ご存知でしたか？　ぼくがなぜ、あいつを身動きできないようにして引きずっていったのか、おわかりですか？」

「その子がどんな学生だったのかが問題なのではなくて、ふだんからおとなしいと思われていた人物か、目の前で見るも無惨な暴力を振るっているとき、その姿を目の当たりにしていなければならない気分がどんなものか、きみにわかるか？」

「ぼくがあいつを殴りつけたとでも言うのですか？　あんまり激しく反抗するから、腰のベルトをほどいて両手を縛り上げ、引きずっていっただけではないですか？」

「きみにどんな権利があるからって、学生の襟髪をつかんで引きずるのだ？　きみは警察官か？　それとも組織暴力団の連中か？」

「ぼくのしていることがよほどばかげたことのように見えたのですね。けれども状況は急を告げていたし、深刻だったのですよ。あいつは自分の体にシンナーをぶっかけて、銅像の前で焼身自殺を図ろうとしていたのですから。止めるのが何秒か遅れていただけで、あいつは火だるまになって焼け死んでいたでしょう。あいつの命を助けてやったのは、誰でもないこのぼくなのですよ」

　ややこしい世の中だ。理解は出来るけれど、さりとて彼の暴力行為が正当化されるわけではない。フォーマルな装いをしたはずのネクタイがひん曲がり、髪を振り乱してまだ幼い学生の襟髪をつかんで、荒々しく引きずっていったあの日の東根の姿は、亨真にとっても決して容易には忘れ去ることのできない、ありきたりの光景ではなかった。まるで彼が、どこかの組織の行動隊員か手先のように見えたのである。

「それで江田さんや宋さんは、ぼくに一言の断りもなしに、まるで逃げ出すようにして帰国したのですか？」

「それは違う。それとこれとはまったく別の問題だ」

「お別れの挨拶くらいはあるものと思っていたのですよ。日程まで早めて宋さん父子が慌ただしく帰国した理由は、何ですか？」

「わたしの解釈が当たっているかどうかわからないけれど、あの人たちは韓国に滞在している間に、自分たちにはとてもお返しできないくらい、ものすごいお世話になっていると思ったようだ。滞在中にたびたび連絡を取らなかったのは、自分たちなりの時間も必要だったし、中国で頼まれた品々も別途に買いそろえなくてはならなかったためだ。品物を買いそろえることを頼んだりして、またぞろきみの一族のお世話になることを怖れたのだろうな」

「一族の間でもそれまで、いろいろとやかましかったのですよ。わしらがどんな間違いをしでかしたからって、あんな仕打ちをされるのかわからない、なんて。ことに仏堂洞のおじさんみたいな方は、そんな連中は自分たちだけで勝手に生きていくように放っておけばよいものを、何で韓国へ呼び入れてこんな赤恥を掻かされなくてはならないのかと、つむじを曲げられたりして。義兄さんはその間あの人たちとちょくちょくお会いになっていたのですから、あの人たちの考えがどんなだったのか、察しがつくままに話して下さいよ」

生まれ育った社会が異なる人々の間の、考え方や感じ方の微妙な違いを説明するのは容易なことでなかった。国籍の違いから来る相互間の区分と違いは、それを見る人の視点によって興味深くもあれば、不便な場合もあり得た。そのバランスが崩れているいま、亨真が容易に説明できないことははっきりしていた。

「韓国へ招かれて来るには来たけれど、江田さんにしても宋階平さん父子にしても、こちらでは母国だと思っている韓国を、自分たちの祖国ではない隣の国だと思っているんだな。おまけにもっと肝心な問題は、韓国ではあの人たちを別れ別れになっていて探し出した、一族の血肉と思い込んでいる雰囲気だけれど、あちらさんはそのように思い込んでいる韓国側の行き過ぎた歓待を、煩わしく負担に思っているということなのだ。あの人たちの生存の根っこがすでに自生力を得て、それぞれの風土のなかに深く根を下ろし、しっかりと根を張っているので、血統から来ているアイデンティティーは認めるけれど、それがとりもなおさず彼らの生活に影響を及ぼすとか、変化の形で作用するのは真っ平だという考えのようだったな。意識がはっきりしていて考えが明瞭な人たちなので、ちょっとした利益とか見え透いた親切とかにぺこぺこと頭を下げたり、おべっかを使ったりする俗物たちではないのだ。きみたちの親切に彼らが幾らか拒否反応を示したからと言って、すぐさま忌々しく思ったりしたらそれは、きみたちの側の料簡の狭い俗物根性のせいだよ。寸部の隙も見せようとしない彼らの堂々とした振る舞いを、きみは彼らの不満の現れとしてではなしに、かえって同じ血肉の誇りと思いなすべきだよ。まことに尊敬すべき見事な中国人民であるわが朝鮮族たちだったよ。とはいえ、これだってわたしなりの推測でしかなく、彼らの根っからの姿がどんなものかは、誰にもわかっていないのだよ。彼らについてもうちょっとましな答えが欲しと思ったら、彼らにむかっ腹を立てるべきではなく、もうちょっと彼らに近づいてリアルにアプローチしていくべきだと思うよ」

「窮屈な思いをさせるくらいぼくたちは、あの父子や江田さんに血のつながりを押しつけたり、強調したりしたつもりはありませんけどね。族譜に名前を載せようという話だって、あの人たちが乗り気でない気配を示したので、二度とふたたび話題にはしなかったし。苦労の末に見つけ出した血肉でしたから、懐かしくも嬉しかった余り、ぼくの一族全員が誠心誠意、好意と親切を示したに過ぎませんよ」

「もう一度繰り返すけど、まさにその点が問題だったはずなんだ。あの人たちがきみの血族であることは明瞭だけど、この国の人たちではないのだ。わたしの目に見えた江田さんは日本人だったし、宋志明は紛れもなく中国人だったよ。それから、彼らが中国と日本から来た外国人だから、わたしにはかえってこの人たちが余計に大切だったし、歓ばしかったよ。よその国に住んでいながら、わたしたちとは違った考えを持ち違った行動を取る人たちが、一方では我が民族の血族だなんて、それはどんなに大きな無償の幸せだろうか？」

東根の表情がますます深刻そうに強ばっていった。こんなとき剝きだしになる彼の愚直さこそは、まさに彼の魅力でもあった。

「だとしたらぼくたちは、どのようにしたらあの人たちを、もっとも気楽にしてあげられるのでしょうか？」

「そんなことに模範解答なんてありはしないさ。心を開き、頭を働かせてあちらの人たちの立場に立って、もうちょっと一所懸命考えて行動するしか……」

道路が混み始めた。いつの間にか車が都心へさしかかったのである。

27

晩秋の青みがかった空のもとで、周囲の山々は洗い流したように美しく清らかであった。秋の刈り入れを済ませた野面は、いつの間にか空っぽになっていて侘びしく、燃え立つように真っ赤であった紅葉なども いまは少しずつ、その色を失いつつあった。

墳墓造りをする職人たちの、墓地の土を固めながらうたう仕事歌を後にして、亭真は銅像の前を離れてゆっくりと山を下りてきた。ひと足先に下りていった玄山の一族や親類縁者たちは、山の麓に用意されている陽除けのテントの周辺に三々五々群れていた。ごく身近な人たちや親類縁者にだけ知らせてあったせいで、玄山の遺骨を移し替えた後で行われた葬礼には、三台のバスに分乗して百人余りがやってきて参席した。万里の他国の見ず知らずの土地で、身よりもなしに孤独に彷徨い続けた玄山の霊が、今日になってようやく懐かしい故国へ迎えられ、多くの先祖が睡る墓地の一角に安息の地を得たのである。

「金ソバン、ここへ来て酒でも一杯やりなされや」

亡き妻の実家に連なる高齢者の一人がテントのなかに腰をかけ、亭真を呼び入れた。すでにかなり呑んでいると見えて、老人の顔がまるで酒呑童子を思わせるくらい朱に染まっていた。

「久しぶりにお目にかかりますね。おじいさんこそたんと召し上がって下さい」

そう言って慌ただしく挨拶を済ませると、亭真はそそくさと別のテントへ移っていった。そちらのテントに東根を初め、若い連中の顔が見えたからであった。

「義兄さん、お久しぶりです。ぼくは正根ですけど、憶えておいでですか?」

「おや? きみは、いつ帰国したのだ?」

「学位を取ったので、何日か前に帰国したばかりですよ。挨拶にうかがおうと思っていたのですけど、ぐずぐずしている間に遅くなりました」

アメリカへ留学していた韓会長の長男である。見慣れぬ若者の一人が白手袋を着けて玄山の肖像写真を抱え、納骨した墳墓の前へ進み出ていたが、何とそれが坊主頭の高校生のときに見た、亨真には義理の従兄弟になる正根だったのである。

「いよいよ完全に帰国したということかな？」

「はい、学位を取れたので、荷物をまとめて完全に引き揚げてきました」

「結婚しなくちゃな？」

「そのつもりですよ。いい人がいたら義兄さん、ちょっと紹介して下さいよ」

「きみに紹介してやれる人なんてどこにいるというのだ。自分でさえ目下のところチョンガーなのに」

爆笑が沸き起こった。テーブルの上には乾き物の酒のつまみや、食べ物を盛った皿や酒の瓶などが所狭しと並んでおり、テントの外に設けられた調理台では大きな鉄板の上で、チヂミやらステーキなどの熱い食べ物が、料理人の手で焼かれたり炒められたりしていた。

「それはそうと、義兄さんが見るところ、お祖父さんの銅像の出来映えはどうでした？」

東根であった。宗家の孫であるうえ総領でもあったので、今日の彼は誰よりも忙しく立ち回らなくてはならなかった。

「素晴らしいよ。背後を屏風みたいに岩に囲まれていて、まるで玄山お祖父さんが独立軍を率いているみたいだよ」

「そうでしょ？　見る人ごとに建てた位置がものすごくいいと言ってますよ。ご先祖さまの墓地へ移しておえして、かえってよかったと思いますね。ここへ建ててからどんなに気持ちが休まることか、心底からほっとしていますよ」

「金先生は先月、作品を一編、発表なさいましたね？」

東日グループ本社の姜次長であった。出しぬけの彼の問いかけに、亨真は返答に窮した。中国東北の延辺地方を旅行した折に感じたことなどを、現地の人たちの立場からざっとまとめ上げて、小説にしてみたものであった。

「ほう、義兄さんが作品を発表したんですって？　久しぶりですね。どんな内容の小説です？」

「短いものだよ。たいして面白いものではないんだ。借りを返そうと何とか仕上げたものさ」

矢継ぎ早の質問に追い立てられるようにして、亭真はふたたびテントから外へ出てきた。ところがいざテントから出てきてみると、これから先どこへ行ったらよいのか思いつかなくて、亭真は独りぽっちになってぼんやりと山の麓を見下ろしていた。ついいましがたまで魂遊石（訳注　土饅頭の墳墓の前の長方形の石で霊魂が出てきて戯れるようにおかれるという）の前に佇んでいた韓会長が、いつの間にか駐車場に止めてある自分の車の傍に立って、亭真に手を振っていた。降りてこいという手招きのように思われたので、亭真はとぼとぼと斜面になっている山道を降りていった。

「用事があるのでわしはひと足先にソウルへ帰るところだ。きみも帰るつもりなら、わしの車に乗るがよかろう」

予定されていた行事も終わり、疲れてもいたので、亭真は勧められるままに素早く車に乗り込んだ。秘書室の鄭部長と何事かを話し合うと、会長は手を振ってから続いて車に乗り込んできた。

車が片側にぐらりと傾いてから、百坪余りもある広い駐車場を大きくまわって出て行った。芝生が敷かれている広々とした駐車場には、三台のバスと乗用車が十台ほど停めてあった。人数と比べて乗用車の数が少ないのは、ほとんどのソウルからの客たちが、おのおの車を家においてバスでやってきたからであった。

「きみはわしら一族の先祖の墓地を、今日初めて来てみたのかな？」

「いや、以前に一度、恩淑と一緒に来たことがありました」

「銅像を据えてからは初めてではないのか？」

「もちろんですよ。銅像を据えた場所がよかったですね。周囲の景観とよくマッチして、眺めていてもとても喜ばしかったですよ」

舗装されていないでこぼこした道路であったけれど、車が高級だったせいかさほど揺れることはなかった。

例の事件があってから公的な席では二、三回、ちらっと顔を合わせることはあったけれど、会長と二人きりでこうして顔を合わせるのはこんどが初めてであった。会長はどこからか飴玉を取りだすと、亭真に一個勧めてから自分も包み紙を剝いて、口のなかへ放り込んでもぐもぐやりだした。しばらく機が熟すのを見計らっていたように、会長はふたたび切り出した。

「きみはいつまでそうやって、やもめ暮らしを続けておるつもりかね？」

「そうやって小言ばかりおっしゃらないで、やもめ暮らしにピリオドを打つ名案でも授けて下さいよ」

「彩子さんとは近ごろも、たびたび連絡しておるのか？」

「電話もするし、時たま郵便物なども遣り取りしていますけど」

「彼女はなぜ家庭を持とうとはせんのかな？」

「独身主義者だそうです。結婚するつもりはないみたいですね」

「まだ若いから、そんなご託を並べておるのじゃよ。三十路を越えてみるがいい。それでも独身主義でおれるか」

この五十男の固定観念に、亭真は真っ向から立ち向かっていくつもりはなかった。口を閉ざしておとなしく話を聞いていると、会長がさらにけしかけるようにこう言った。

「そろそろ綱引きはそれくらいにして、適当な日取りを決めて式を挙げたらどうなのじゃ？」

「何の式です？」

「結婚式じゃよ」

「結婚する相手は誰です？」

「しらばっくれなさんな。彩子さんに決まっとるじゃろうが。あの女性じゃったら亡くなった恩淑だって、それほど寂しい思いはせんじゃろうて。わしの見たところきみと彼女は、どこの誰よりもお似合いに思えるのじゃが」

亭真は頭が重くて憂鬱になってきた。彩子との結婚問題を考えて頭が重くなったり憂鬱になってきたのではない。まともな理解も深い考えもないくせして、やたらと他人のことに首を突っ込んでくる、会長のお節介ぶりに困惑してのことであった。

実際に亭真は、これまで一度だって、彩子との結婚を考えてみたことはなかった。彼女が唱えている独身主義のせいではない。いまのまま気ままに振る舞う彼女のほうがずっと愛らしく、魅力的であったからである。幸いなことに彩子のほうも、これまでの関係以上の変化は望んでいないらしかった。ちょくちょく顔を合わせることが出来ないことへの、心残りと懐かしむ気持ちのおかげで、永い間をおいた彼らの出会いはいつも、よりいっそう得難く熱かったのである。

「宋階平さんがきみに、よろしく伝えてくれと言っとったよ」

「お会いになったのですか？」

「遺骨を引き取ってくるために四日間、長春に滞在したのじゃよ。年齢はわしと同年配じゃのに、宋さんというあの人はまことにもって不思議な人じゃったわ」

「不思議なって、何がです？」

「互いに向き合って話しておると、わしのほうがあの人より十歳くらい幼い感じがするのじゃよ。行列（訳注　一族の間で男に限り世代の上下関係を表す語。同一の行列の男はすべて名前の一字が同じ漢字）ではわしの父親と同格じゃが、実際の年齢はわしのほうが二歳も年長なのにじゃな」

　何気なしに語られる会長の告白が、微妙な余韻を伴って亨真の心に伝わってきた。宋階平は自分より優れているものなど何一つ持っていないはずなのに、会長は彼と向き合うと、にわかに自分がちっぽけになっていく感じがするらしかった。豊かとは言えない暮らし向きを抱え、骨の折れる労働を重ねているにもかかわらず、彼から蔑ろにすることが許されない穏やかな威厳が感じられるのは、長年にわたって彼が純粋に守り抜いてきた、社会主義に対する揺るぎない信頼の念によるものであろう。資本主義の果実がもたらしてくれる豊かな恩恵に、誰よりも大きく預かっている会長でさえ、宋階平の苦難に裏打ちされた威厳の前では、致し方なく居住まいを正さずにはいられない、道徳的なコンプレックスを感じていることは明らかであった。

「今回お祖父さんの遺骨を引き取ることに関しては、あの人がいろいろと気を配って下さったのじゃよ。何かお返しをしたいのじゃが、きみの考えではあの人に、何をして差し上げたらよいと思うかね？」

　アスファルトの道路に進入した車は、小さな野原を横切って高速で走り出した。宋階平と韓会長がそれぞれ区別されるところは、一方は何かを物質的にしてやりたいとするのに対して、他の一方はそれを好ましく思わないことにあった。してやることに慣れきってしまっている会長に、もう一方のしてもらうのを好ましく思わない側の心情を理解させることが、容易であろうはずはなかった。気をつけなければ双方は互いに、とんだ誤解を抱き続けかねなかった。

「とりあえずあの人が、近ごろ何を必要としているのか調べてみてはいかがですか？　理由もなしにとでかい品物などをプレゼントしたら、賄賂と誤解されてのっけからはねつけるかもしれませんからね」

「それでわしもためらっておるのじゃよ。社会主義国家だからといってどこもかしこも、そんなわけではあるまいと思うのじゃが、あの父子は誰に似たのか、相手にするにはめっぽう厄介でな。宋志明に韓国へ留学するよう勧めたら、それさえも遠慮しおったので、わしもそれ以上は気を遣わんことにしとるのじゃが……」

「それでよかったのですよ。彼のほうが厭だというのに、それ以上何をか言わんやですって」

しばらく沈黙が流れた。車窓の外の風景が見慣れているなと思えたら、何と橋が架かっているＹ郡の出入り口であった。中州の広々とした砂原と新しく造成されたばかりの河岸公園の一部が、眼下の川に沿って美しく見下ろせた。季節外れの公園と川べりには人影もなく、ちらほらと何羽かの白鷺だけが長閑に飛びまわっていた。何気なしに公園のほうを見下ろしていた会長が、またしても問いかけてきた。

「我が玄山お祖父さんを、きみはどう思う？」

質問の意図が漠然としていて、亨真は答えるのがためらわれた。自分でも質問の趣旨がはっきりしていないと思ったのか、会長は自分から自分の質問に答えた。

「この夏に、我らが国の近代史と独立軍の武装闘争に関する本を何冊か買い込んで、読んでみたのじゃよ。大日本帝国の総督政治とやらいうのはどんなものじゃったのか、それらを読んで初めて知ったのじゃが、三・一独立運動のときと太平洋戦争の頃、日本の軍国主義者どもがやらかした野蛮な行為がどんなものじゃったかも、そのときようやく覚ったよ。話にだけ聞いてきた朝鮮の義兵と独立軍の抗日闘争も、こんど本を買って読んでみてようやく、その真相を知ることができたのじゃよ」

こんな話をするには似つかわしくない相手であったけれど、会長の表情はいつになく真剣であった。会長のまた別の面を新たに発見するように、亨真は黙ったまま次の話を待ち受けた。

「我が玄山お祖父さんが晩年に日本の軍国主義者どもに屈服したことも、その際資料を漁っていちいち見つけ出し、目を通してみたわな。当時の新聞とか官報などを探し出してみたら、お祖父さんが大衆を前にして親日的な演説をしたことだけでも、十三回になっておった。それらの資料を見つけ出して目を通しておったら、顔も熱くなってきおるし、腹の底からかっと熱いものが突き上げて来おってな。お祖父さんに腹が立ったとか残念な気がしたからとかいうのではのうて、お祖父さんがあまりにも哀れで痛ましく思えたからじゃよ。それ以前のお祖父さんはこの世に二人とおらぬ、熱烈な独立運動の闘士じゃった。実に困難で苦しい時代に、世間の人々には出来ない勇気を要することなどを、立派にやってのけた人なのじゃよ。ところがその、鉄石にもひとしいお人でさえ、しまいには固い意志を挫かれて、日本軍国主義者の手先に転落してしまったのじゃからな。傍で見ておるわしらでさえやるせなく胸の痛む出来事じゃが、ご本人がその道を選択なさるときまで、内心でどれほど苦しみ惨めな思いをなさったことか？　あの人が節を枉げたことに胸が痛めば痛むほど、わしにはなぜかあの人がより身近に感じられるのじゃよ」

しばし視線を車窓の外へ移すと会長は黙り込んで、秋の刈り入れが終わっている空っぽの野面を眺めていた。コクマルガラスとおぼしい鳥の一群が野面の上空の青々とした空に、ちっぽけな点の群れとなって螺旋形に飛んでいた。その遙か彼方の深くて高い空は、眼が吸い込まれはしないかと思われるくらい涼やかで透き通っていた。

「この前の竣工式の日、あんな忌まわしい災難に見舞われてからは、胸が痛むし心が千々に乱れて、いっときお祖父さんを恨めしく思ったこともあったわな。もうちょっと辛抱でけなんだのじゃろうか、いま頃わしら子孫にこのような恥をかかせる仕儀と相成ったのかとな。とはいえそれは当時のことを知らぬ、愚かなわしら子孫の欲望でしかなかったのじゃよ。きみにはおかしな話と聞こえるかもしれぬが、あの災難があってからようやくわしは、我らがお祖父さんをますます尊敬したい気持ちが湧いてきたのじゃよ。あの人が犯した変節と親日行為から顔をそむけ、負け惜しみでそう言っとるのではないぞ。親日行為をした分まで含めてあの人が生き抜いた人生のすべてを、近ごろようやくいっそう身近なもの、素晴らしい教えとして覚えることがでけるようになったのだわ」

亨真の虚ろだった胸のうちが久しぶりに、かっと突き上げてくる熱いもので満たされていく気分であった。吉林省は延辺の奥地に見捨てられていた玄山の、みすぼらしい抗日遺跡などが思い起こされた。それからさらに、長春の貧民街に髭が伸び放題の、行き倒れも同然のありさまでむしろをかぶされて横たわっている、落ちぶれた玄山の痛ましい姿が思い浮かんだ。譬えようもなく傲慢であった会長の目にも、いまになってようやくそうした祖父の、悲惨な生きざまが見えてきたらしかった。彼が玄山の子孫であるがゆえに、その目に玄山の痛ましい姿だけが見えたというわけではないだろう。彼の告白を聞き終えたとたんに、亨真の胸のうちに熱いものが込み上げてきたように、いつの間にか会長にも独立運動の志士玄山に対する人間的な、温かい視線が用意され始めたからであろう。

「この際わしは、仁圭にちょっと会いたいと思っておるのじゃが、何とかきみが橋渡しをしてはくれまいか?」

「徐仁圭教授にお会いしたいと言うことですか?」

「会うて相談したいこともあるし、頼みたいこともあってな」

「どんな頼みです?」

「間もなく薬泉洞のあの場所に、科学館の建物が竣工するじゃろう。来年の春頃には耕田大学が、総合大学に昇格するのじゃよ。やっこさんに会えたら科学館のネーミングも相談したいし、また、出来ることならあの男を、わしらの大学の教授にスカウトしたいと思ってな」

係争がもとで感情をこじらせていた両者が、結審してわずか数ヵ月くらいで顔を合わせるというのは、きわめて難しいことであった。ましてや徐仁圭は、ソウル市内の一流大学で学部長までつとめた長老クラスの、名高い教授であった。そんな彼が発展途上にあるとはいえ地方大学にすぎない耕田大学へ、それも韓会長からスカウトされて、一介の教授として来てくれるとはとても思えなかった。

「お言葉を伝えることはやぶさかでありませんけど、お二方の会見が容易く実現するかどうかは、わかりませんね。ましてや耕田大学へ都落ちしてきて欲しいというのは、徐教授の現在の地位から見て、とても難しいのではないかと思いますけど」

「だったらきみは、橋渡しだけしてくれや。わしが会うて、一対一でぶつかってみるでよ」

「いつごろお会いになります?」

「早ければ早いだけいいな」

「わかりました。お話ししてみましょう。けど、徐教授が応じて下さるか、疑問ですね」

「だからこうして、わざわざわしがきみに頼んでおるのではないか。できることじゃったら、わしから声をかけたら済むことではないか、どうしてきみに頼んだりするかね?」

言葉とともに会長は、まるで激励でもするように亨真の肩口をぽんぽんとたたいた。

「薬泉洞の土地に関わる係争で、その間わしにひどく腹を立てておったはずだわ。けど、きみならきっと、適当な言葉でやっこさんの怒りを鎮める方法を知っとるはずじゃ。文筆家同士の間には以心伝心で、互いに通じ合うものがあるそうではないか?」

28

建物の出入り口の柱に、「松庵文集出版祝賀会場」と書かれた、案内の紙切れが貼りつけてあった。会場は五階、ビルの最上階である。

文集の表題が「松庵」となっていることが亨真には訝しく思われた。松庵といえばほんの少し前までも、本名は誰のことやら見当がつかなくて、やきもきしながら探し続けてきた、徐仁圭の祖父徐尚道のもう一つの雅号であった。世間に広く知られた東波という雅号の代わりに、松庵という初期の雅号を文集の表題に用いたのには、ほかに何か理由がありそうな気がした。

エレベーターのない建物だったので、五階の会場まで歩いて上がっていくしかなかった。三階まで階段を上がると、祝賀会場からと思われる上の階から、賑やかなざわめきが伝わってきた。時たまざわめきに混じって、拍手の音が聞こえてくるところを見ると、出版を祝うセレモニーはまだ終わっていないらしかった。

四十分も遅れてきたので、祝賀セレモニーに出席するのは無理だろうと諦めていたのだが、まだ続いているもようなので、亨真には有り難くもあれば別の一方で、たいしたものだという思いがした。出版を祝う催しなど滅多に見られないところへきて、こうした類のセレモニーが四十分以上も続いていることなども、簡素化が好まれる近ごろの風潮からすると、なかなかないことであったからだ。

五階の廊下へ入っていくと、十個余りの大ぶりの花輪が、会場の入り口までずらりと並んでいた。祝賀会が徐仁圭の郷里であるY郡で催された関係で、ほとんどの花輪の贈り主はこの地方の有志とか団体の長たちであった。Y郡における徐氏一族の比重が、いまだ端倪すべからざるものであることを、それらの花輪がうかがわせているわけであった。

芳名録に記帳すると亨真は、出入り口の辺りから弧を描くようにして並んで立っている、出席者たちの背後をまわって会場へ入っていった。会場の広さに比して百名余りの出席者たちが、ことのほか出入り口の辺りで混み合っている感じであった。そのわけは会場の中央にどでかい茶菓のテーブルがおかれていて、ほとんどの出席者がその大テーブルを避けて、会場の片側に偏って群れているせいであった。

誰かが大テーブルの向こうで、文集の主である徐尚道の過去の足取りなどを長々しく並べ立て、祝辞を述べていた。図らずも耳に入る松庵への褒め言葉などに、亭真には意外なくらい目新しくて新鮮な内容が含まれていた。これまで発表されたことのない、三・一独立運動当時の松庵のさまざまな義挙などが、玄山・韓東振のそれに劣らぬ比重で詳しく紹介されていた。

「義兄さん、ぼくですよ。どうしてこんなに遅れたのです？」

出席者たちの背後を注意深くまわって行くところへ、馴染み深い顔の一つが目の前に立ちはだかり、ささやくように語りかけてきた。よく見ると、思っても見なかった亭真の義弟の東根であった。

「きみがどうしてここへ？」

「代表として一人は出席するべきだと言って、叔父さんがぼくを出席させたのですよ」

「会長はおいでではなかったのか？」

「そういえばJ大学の、林正植先生もお見えでしたよ。あちらの窓の近くの席に腰をかけておいででした。義兄さんを探していたので、まだ来ていないようだと言ったら小首をかしげて、何があったのだろうかと訊かれましたけど」

拍手の音が賑やかに聞こえてくると、その間にふたたび祝辞を述べる顔ぶれが代わったと見え、またしても別の声音が後に続いた。東根が人々の肩越しに声の主のほうをのぞき込んでから、ふたたび亭真にささやくように話しかけた。

「例の金哲万ですよ。地元出身の国会議員……」

玄山の銅像除幕式をぶちこわしてしまった、まさにその問題の人物であった。学生たちをけしかけて玄山を親日派として罵倒させたその張本人が、こんどはふたたび親日派として知られている東波・徐尚道を、力強い低音で唾が洇れるくらい褒めそやしているのである。人々の垣根を半ばほどまでめぐっていくと、果たせるかな会場の向かい側の椅子に、林正植が来賓として腰をかけていた。

チョゴリ・チマ姿の中年の婦人と正装をした若い男女は、徐仁圭の家族か身内の人たちであろうし、その傍らで林正植と同席しているのは、徐仁圭の近しい友人たちか大学の同僚くらいになるのであろう。傍らの人物との対話に熱中する余り、林正植は亨真がのぞきこんでいるのに、こちらへはいっぺんだって目をくれようともしなかった。入り口のほうへ戻ってくると、こんどは亨真が東根に問いかけた。

「近ごろ会長は、徐教授に会ったのではなかったかな？」

「先日の火曜日にお会いしたそうですよ。そういえば、義兄さんがお二人の間を取り持ったそうですね」

「玄山の日記に載っている徐尚道に関する記述を、資料として届けるよう会長に進言したまでさ。松庵と東波が同一人物であることが判明したからには、徐教授だってその資料を持っていてしかるべきだろう？」

「叔父さんからその資料をコピーするように言われて、ぼくがコピーしてお渡ししました」

「それで、徐教授に会ってから、会長は何と言ってたのかね？」

「夕食を一緒になさったようですけど、何も言ってませんでしたよ」

「いがみ合っていた二人の関係が、この際らっとは改まるのを期待したのだけどな」

「お会いになったのだから、改まるでしょうよ。だから叔父さんが、ぼくをこんな場所へ送り込んだのではないですか？」

「徐教授にお会いしたのだな？」

「むろんですよ。お会いしたら、花輪を贈って下さって有り難いと、叔父さんに伝えてほしいと言われましたよ」

「花輪を贈ったのか？」

「叔父さんは花輪も贈っただけでなく、松庵文集二十部の代金だって、現金で別途にお払いしましたから」

「代金というと、文集を買い上げたということか？」

「ええ、元来は非売品なので買い上げるのは難しいのですけど、叔父さんが必要だからとおっしゃって、二十部だけ買い求めるように言われましてね。わが家でも何部か必要だし、残りは大学図書館に寄贈なさるつもりのようでした」

「して、徐教授はその代金を受け取ったのか？」

「出入り口で受け付けている人に、文集の代金だと断って預けておきました。ぼくを見て何もおっしゃらなかったところを見ると、徐教授もそこまではまだご存じないみたいですね」

国会議員の雄弁まがいの、ありきたりの長ったらしい祝辞が相次いだ。後ろのほうへ抜けだしてきて、亨真は聞くともなしに騒音を思わせるそれらの祝辞を聞き流していた。

一週間前に彼は慎重に意思を打診した末に、韓会長と徐仁圭との対面を首尾よく実現させた。ことを首尾よく運ぶことが出来たのは、松庵が独立運動の資金を玄山に宛てて送金したことが、玄山の日記に記載されており、そのコピーを会長がじかに、徐仁圭に手渡したいといっているという口実を設けたからであった。とりわけ、松庵が玄山の独立運動を支援する資金をつくるために、薬泉洞にある先祖伝来の土地まで売却したことを遅ればせに会長が知り、この前の薬泉洞の土地をめぐる係争に関しても、徐教授に申し上げたいことがあると言っているから、是非ともお会いしたいと申しているという口実をつけ加えた。

亨真の申し入れを徐仁圭が半ば承諾したのは、彼の慎重な言い回しの説得が二十数分くらい続いてからであった。会長から先に徐仁圭に、招待する形式の電話をかけることを約束した末に、徐仁圭は何と数十年ぶりに、同郷人であり古い同窓生である韓英勲会長との、対面を承諾したのである。

対面までだけの橋渡しをした亨真は、すぐに一歩も二歩も身を引いた。最初のボタンをかけてやったのだから、残りのボタンは二人して仲良くかけ合うべきであった。こうしてどうやら、彼らは予定通りに対面したもようで、今日の出版祝賀会にも韓会長名義で、花輪を贈るまでになったらしかった。彼らの間にどんな話の遣り取りがなされ、それまで積み重ねられてきた不信感がどのようにして解消されたのか、亨真はあずかり知らない。長年にわたって不和と反目を繰り返してきた両者が、名誉と汚辱をともにしてきた彼らの祖父たちを通して、いささかなりとも心を開いてくれたら、それだけでも彼らの対面は、ものすごい成果だったのである。

不意に会場が割れんばかりの大きな拍手に包まれた。続いて弧を描くようにして立ち並んでいた人々が、潮が引くようにしてぞろぞろと階段のほうへ流れていった。

「終わったようですね、義兄さん。今日は真っ直ぐソウルへ戻るのですか？」

「ああ、戻らなくちゃ」

「ぼくは実家で泊まって、明日ソウルへ戻ろうかと思っています」

言い終えると同時に東根は立ち去ろうと、会場の出入り口に向かって身をひるがえした。亨真も三、四歩その後ろにしたがったけれど、押し合う人々にふたたび脇へ弾き出された。

「すると、これから真っ直ぐに、実家へ戻っていくのか？」

「ええ、徐教授にはさっきご挨拶しましたから、このまま帰っても失礼にはならないでしょう」

「そうか、だったら先に帰るんだな。実家へ帰ったらよろしく伝えてくれや」

「はい、ではごゆっくり」

東根は手を振ると、早足で会場の出入り口を抜けだしていった。あれだけたくさん立ち並んでいた人たちが一斉に姿を消したせいで、亨真のぐるりはたちまち寂れてきてしまった。それでも振り向いてみると少なからぬ出席者たちが、食べ物が用意されているテーブルの周囲に群れていた。遅い夕食時だったので空腹を感じていたのか、出席者たちは祝賀会がお開きになると、さっそくテーブルを目指して群がっていったのである。

ホストをつとめる徐仁圭が出席者たちと肩を並べて、会場の出入り口のほうへ近づいてきた。ひと足先に会場を去っていく出席者たちを、見送るためであった。会場の外まで出て行って四、五人の出席者を見送った徐仁圭が、会場へ戻りかけてようやく亨真に気がついた。

「おや、金さんではありませんか。いついらしたんです？　姿が見当たらないので、いらっしゃらないのではと思っておりました」

「渋滞に引っかかってちょっと遅れました。たいした盛況ぶりでしたね。おめでとうございます」

「有り難うございます。さあ、中へ参りましょう。林正植先生にはお会いになりましたのでしょ？」

「いや、まだ……これから行って会いますから……」

話の腰を折るようにして、徐仁圭はまたしても誰かと別れ際の挨拶を交わした。挨拶を済ませると徐仁圭は身をひるがえして、ふたたび亭真の腕をつかんだ。

「あなたに確かめてみたいことがあるのですよ。いまは慌ただしいので難しいけど、もうちょっと後で改めてお会いして、話したいと思います」

亭真はうなずくと徐仁圭とはその場で別れ、テーブルのほうへ歩み寄っていった。ビュッフェ式だったので出席者たちはセルフサービスで、てんでに皿に食べ物を載せて運んで近くの椅子に腰をかけるとか、壁にもたれて立って好き勝手に食べながら談笑していた。亭真も皿を手にしてテーブルのぐるりをまわりながら、口に合いそうな食べ物を皿に載せているところへ、どこからか林正植が現れて背後から悪戯っぽく声をかけた。

「出席者たちが祝辞を述べているときは鼻面も見せなかったくせして、食い物が目の前にちらついたら素早くお出ましか？」

「遅れたのさ。渋滞に引っかかって、ちょっと前に到着したところだ」

「すると、おれの感動的なスピーチは聞かなかったのか？」

「きみが一言のたもうたのか？」

「いわゆる親日派の文集の跋文を書いた罪滅ぼしに、スピーチまで引き受けさせられたよ。我が輩が一番手の弁士として、天下にまたとない名スピーチをやってのけたさ」

「遅れてきてよかったと言うことか。して、Y郡には何時ごろ到着されたのかな？」

「早めに来たんだ。五時をちょっと過ぎた頃かな」

「どうしてそんなに早く来た？」

「あいにく今日は週末だから、行楽に出かける人たちで車が混み合うと思ってたのだ。それで早めに飛び出してきてみたら、今日は意外にも、車が渋滞に遭わずに来てしまったのさ」

口に合いそうな食べ物をあらかた選んで皿に盛ると、彼らは大テーブルを離れて窓際にある、空いている椅子を見つけて腰をかけた。食べ物の皿を膝の上におきながら、亭真がさらに林正植に問いかけた。

「それで、早めに到着して何をしていたのだ？」

「祝賀会が始まる直前まで、ホストをつとめる徐先生のお相手をして、深刻な話をしていたのさ」

「深刻な？」

「先ごろ徐先生は、東日物産の韓会長と会ったらしいんだな」

「ああ、わたしが橋渡しをした。会長が会いたいというので」

「そのことも聞いたよ。久しぶりにおまえさん、世の中の役に立つ仕事をしたじゃないか」

「それで、深刻な話というのはどういうことだ？」

「徐先生はいろいろと思案した末に、控訴を取り下げるつもりらしい」

「予測されたことではないか。それがどうして深刻な話なのだ？」

林正植が浮かぬ顔でエビの天ぷらを一つつまんで口のなかへ押し込み、もぐもぐし始めた。亭真もそれに続いて海苔巻きを一つつまむと、林正植は何かを否定するようにかぶりを振りながら、ふたたび話を切り出した。

「きみの奥さんの実家側の人たちにしてもおれたちにしても、これまで徐先生の本心を読み違えていたみたいなのだ。祝賀会が始まる前に時間があったので、しばらく先生と意見を交わしたのだけれど、その過程で彼の真意がどこにあったのか、ようやく感知したというわけさ」

「先生の真意がどこにあるというのだ？」

「おれたちは徐先生が、現実的な利益を得るために複雑な係争を通して、薬泉洞の土地を取り戻そうと、躍起になっていたとばかり思い込んでいたわけだ。もともとあの土地を手放すことになった動機が、玄山に送金する独立運動の資金を募金するためであったし、民族解放後にはまた、あの土地を取り戻すチャンスがあったのに、趙某という人物の詐欺に引っかかって、無念にもその土地を取りあげられてしまったのだから。言うなれば徐先生の強引な訴訟は、不当にも他人の手に渡っていった時価十数億ウォンもする不動産を、何としても取り戻したいという、単なる欲望からきている訴訟のように、おれたちの目に映ったのだ。ところがわかってみたら、それは徐先生の、実に巧妙なカモフラージュでしかなかったのよ。おれたちが強引だと思っていた訴訟を、彼はかえって、自分の計画を進めるための補助的な手段として利用したんだな」

「ますますわけのわからんことを言うな。カモフラージュとは何だ、補助的な手段というのはまたどういうことだ？」

話の合間に食べ物を口のなかへ押し込んで喉を詰ま

らせたのか、林正植は紙カップに注いであったミネラルウオーターを飲み干した。紙カップを皿の上に戻すと、彼はふたたび語り始めた。

「こないだY郡の本宅で、先生ががおれたちに話してくれた悲愴な話を、あんただって忘れてはいないだろう？　親日派として知られている彼の祖父の東波だって、一九二〇年代の初めには熱烈な独立運動の闘士であった。東波が晩年になって親日派に変節すると、大日本帝国に協力したのは動かし難い事実だ。けれども彼が、初期には独立運動に身を捧げたことも、記録と証拠がはっきりしている動かし難い事実だ。ところが東波は、同じ運動に身を投じた同志である玄山の場合とは大違いで、初期に行われた動かし難い独立運動の経歴までが、利権と関連する悪意に満ちた謀略によって意識的にカットされるか、無視されてしまった。独立運動に加担したという初期の経歴によって、晩年の親日行為が相殺されるわけではもちろんない。けれども彼は、親日行為をしたことが事実なら、一九二〇年代の初めに独立運動のために献身した足跡も、歴史的な事実として記録されてしかるべきである。東波に対してはしかし、二度にわたる悪意に満ちた世論の裁判によって、初期に独立運動に加担した事実がされいさっぱりと抹消されてしまった。子孫である自分がいま切実に望んでいるのは、まさのその不当にも抹消されている一部の事実の、正当な復元である。その作業を妨げる勢力を、これから先自分は決して座視することも、容赦することもないだろう……」

振り向く林正植の視線と、亨真はようやく正面から向き合った。これまで目に見えるところでなされてきた徐仁圭の強引な訴訟が、いまこそ亨真の脳裡に、意図されたある行動の、一貫したプロセスの一つとして浮かび上がってきた。合理的かつ理性的な彼が、このたびの係争を強引に惹き起こしたのには、彼なりに緻密に計算されたもう一つの意図があった。彼はことによると、こんどの係争で、端から勝訴などは期待していなかったのかもしれない。彼が狙いをつけていたのは裁判での勝訴ではなくて、法廷で行われる裁判の過程にあったからである。

「どうやらおまえさんも、ようやくちっとは感づいてきたようだな」

目を輝かせながら林正植が、またしても亨真のほうを振り向いた。亨真がこくりとうなずくと、彼はさらに言葉を継いだ。

「徐先生が必要としたのは薬泉洞の土地ではなくて、裁判が進められていく過程だったのよ。彼は裁判が進められていく間に、法廷を通して祖父徐尚道の独立運動に加担したことが、広く世間に正確に知られることを望んだのさ。東波がなぜ薬泉洞の土地を抵当に入れてまで、当時の日本円で一万五千円という巨額の金額を日本人から借り入れたのか、その代金はまた誰に送金され、どんな用途に役立てられたのかを、彼は法廷の場を借りて、合法的にはっきりと証明してみせたかったのだ。だから彼は、一審で敗訴してからも、さらにこの事件を高裁に持ち込んだのよ。一度では飽き足らなくて、もういっぺん確認させたかったというわけよ」

何度もうなずいて相槌を打っていた亨真が、ことさらに林正植に問い返した。

「徐先生は控訴を取り下げたのではなかったのか？」

「取り下げたよ」

「なぜだ？」

「きみが取りもった韓会長とのご対面が、控訴を取り下げる何らかのきっかけになったのではないかな」

「両者の会合でどんなことがあったのだ？」

「そこまではおれにもわからんよ。先生の話をあらましとりまとめて、おれなりに何とか推測してみたまでだ」

「それで、きみの推測ではどうなのだ？」

「会長が先生に、いろいろな提案をしたらしい。たとえば、耕田大学が来年は総合大学へ昇格するが、出来るなら先生が地元へ戻ってきて、初代総長に就任してくれたら有り難い。薬泉洞の地に新たに建設した科学館の名称を、東波先生の独立運動に尽くした精神にちなんで、先生のもう一つの雅号である松庵館としたい。玄山文化賞を設ける計画だが、その財団の運営全般を先生に総轄して欲しい……」

「それで徐先生は、その提案にどう答えたのだ？」

「考えてみたいといった程度で、返答を留保したらしい。けれどもそれらの提案を通して、先生も会長の真情を理解したようだ。薬泉洞の係争にまつわる先生の無念の思いを、会長はそんな具合に遠回しの表現でいたわったのだし、また会長の提案を謝罪のしるしとまではいかぬにしても、和解のしるしと受け取ったわけだ」

意外であった。亨真が取りもった両者の対面がこれほど幸せな実を結ぶとは、想像だに出来ぬことであった。もしかしたら彼らは、いがみ合いにくたびれ果てて、どんな形にせよ今回の事件の、決着を必要としていたのかもしれなかった。いわんや彼らは、今回の葉泉洞の係争を通して、原告と被告という立場を離れて互いを一つにつないでいる、胸が疼くような連帯感を確かめ合うことが出来たはずであった。その連帯感は、彼らの祖父二人が一時は祖国の独立運動に身を投じた同志であったし、後日さらに親日派へと変節し、民族と祖国に背を向けて恥多き人生をたどったという、共通の痛みからきていた。

年を重ねてきた両者の不和が、生半可な形にせよ和解の縫合にまでたどりついたのは、不幸な生涯をたどった双方の家の祖父たちを通して、その孫である彼らの間に互いに理解し合う、貴重な共感の芽が育まれてきたからであろう。不幸はときには、それゆえに我々に無償の慰藉をもたらすのである。

「見方によっては両人の和解は、当然の帰結かもしれないな。玄山と東波の家族はどちらも、歴史の悲しい敗者として残されたのだから」

林正植はこのようにつぶやくと、亨真に向かって侘びしげに笑って見せた。歴史の敗者……亨真はしかし、笑うことは出来なかった。敗者にもたらされるもっとも大きな苦痛は、敗北それ自体ではなくて、その後に味わわねばならないさまざまな苦悩と、惨めな後始末だからである。

帝国日本の植民地時代の韓国人は、一人残らず敗者であった。そのため祖国と民族の感激的な解放の日を迎えてからも、彼らは感激する暇もなく互いに殴る、蹴る、噛みつくなどして、泥まみれの乱闘を繰り広げたのであった。三〇パーセントくらい親日をした者が、五〇パーセントくらい親日した者をこき下ろし、五〇パーセントくらい親日した者が、七〇パーセントくらい親日した者に噛みついて離さなかった。この泥沼のなかでの敗者どもの、まさしく泥まみれのいがみ合いは、それからも半世紀が過ぎ去ったいままで、しぶとく続けられていた。

敗者たちへの情理に欠けていたからではない。敗者に対する黒白をつけ、審判を下さねばならない人たちでさえ、多少は心のなかに敗者としての罪の意識を分かち持っていたからである。帝国日本による植民地統治三十六年もの間、罪のない土地などどこにもなかった。敗者たちの間の是々非々はそのため、敗者たちだけがいつまでも償わねばならぬ、歴史に対する宿命的な賠償にほかならないのである。

「しばらく探し回りましたけど姿が見当たりませんでしたが、お二方はこちらにおいででしたか？」

　徐仁圭であった。出席者たちへの応接があらかた済んだと見え、徐仁圭がようやく彼らと近い椅子に腰を下ろした。彼の上衣の胸のポケットからは、滅多にお目にかかることのない一輪の黒ばらが顔をのぞかせていた。

「空腹でしょうに、何かちょっと、つまんでいただけましたでしょうか？」

「はい、たったいま済ませたところです。準備万端、随分細かく目配りをなさったようですね」

「とんでもない。田舎のこと、食べ物といいおもてなしといい、至らぬところばかりで申し訳ありません。そうそう、たったいま地元出身の国会議員を見送って戻ったところですが、やっこさん、オフレコだと前置きして、興味深いニュースを一つ耳打ちしてくれましたよ。金さんはたぶんご存知でしょうけど、林先生のために聞いたままをお伝えしましょう。東日グループの韓英勲が次の総選挙で、政界へ打ってでるそうですよ。このY郡を地域区として、まず国会に挑戦するつもりだそうです」

「そのニュースは確かでしょうか？」

　突然の亨真の質問に、徐仁圭は大きく目を見張って見せた。

「もちろんですとも。金さんはまだご存知なかったのですか？」

「そんな話がなくはなかったのですけど、わたしの知る限りではこないだの夏の、銅像除幕式事件で韓会長はショックを受け、政治の分野に持っていた志を、放棄したと聞いておりましたけど。ひょっとしたら金議員はそれ以前の話と勘違いされて、そんなことを話されたのではありませんか？」

「それは違いますね。こんどは金さんが勘違いなさっておいでのようです。もともとあの男には、政治の世界へ打ってでる志があったのですけど、除幕式事件で一度はその志を断念しましたが、最近ふたたび考え直し、政界に乗り出す意志を固めたそうです。こんどは間違いないそうですよ。ある政党が、あの男の入党まで確認したそうですから」

入党まで確認されたとなれば、もはや疑いの余地はなかった。亨真はにわかに、得体の知れない不快感に襲われた。まんまと巧妙なトリックに引っかかってしまった、おのれの無能と愚かしさへの慚愧の念からであった。結局のところ会長のこれまでの行動はすべて、政界進出のための、慎重なうえにも慎重な地ならしだったわけである。

玄山の伝記を書かせようとしたこと、Y郡の河岸公園に玄山の銅像を建立させようとしたこと、五十億ウォン規模の文化賞制定を計画していることなど、彼はすでにかなり早い時期から着々と、事前の地ならしをしてきたのだが、銅像除幕式の日に譬えようもないピンチに見舞われ、一度は挫折を味わったがやがてそれも軽くやり過ごし、彼は政治への志を新たにしたのであった。

だとすると、玄山の遺骨を祖先伝来の墓地へ埋葬し直した日に、ソウルへ戻って行く車のなかで会長が語った、告白にも似たことというのは真情を吐露したものなのか、それともカモフラージュだったのであろうか？　あの日会長は真情の籠もった声で、祖父である玄山への新たな尊敬の念を吐露したばかりでなく、玄山と東波の同志的な繋がりを考えても、これから先徐仁圭との関係を和解と友情の方向で、新たに構築していく覚悟を披瀝したではないか。

ところがそれは、まことに巧妙なカモフラージュでしかなかった。徐仁圭と対面して和解のゼスチュアを示して見せたのも、自らの政界への進出に障害を来すかもしれない敵を、前もって抱え込んでしまおうという綿密に計算されたうえでの行動かもしれなかった。世間知らずの義弟東根にまで、そのカモフラージュに手を貸すよう仕向けていることか、亨真には裏切られたという思いを越えた不快感となって、その胸に痛烈に迫ってきた。

「さて、これから帰る道のりも遠いことだし、わたしたちはそろそろこの辺でおいとましようか？」

気まずくなってきた雰囲気を感じ取ったのか、林正植が先に腰を上げて席を立った。徐仁圭が続いて立ち上がりながら、感謝のしるしとして深々と頭を下げて見せた。

「こんな田舎までわざわざお運び下さって、お二方にはほんとにお礼の申しようもありません。もっとごゆっくりと申し上げたいのはわたしの欲のようです。お二方にはソウルへ戻りまして、いずれ席を設けることに致します。立派な跋文を書いて下さって、林先生にはたいへんお世話になりました」

29

二日間の外泊から帰宅してみたら、郵便受けから溢れ出るくらい、各種の郵便物が詰め込まれていた。手にとってエレベーターのなかでざっと目を通していると、さまざまな種類の宣伝物や招請状などの間に、意外にも日本から来た彩子の手紙が紛れ込んでいた。ひと月近くも音沙汰がなかった彼女が、手っ取り早い電話を避けて手紙を書いてよこしたことが、いかにも稀しかった。消印を見ると、五日前に大阪の彼女のマンション近くから投函されたものであった。依頼原稿のための取材に、十日ほどの予定で北海道方面へ出かけると言っていたけれど、いつの間にか取材を終えて、大阪へ戻っているらしかった。

玄関ドアのキーを開けて部屋へ入っていくと、亨真は室内温度をミディアムに調節してから、コーヒーを淹れるためにガスの上にやかんを載せた。仕事があって地方へ出かけていて、亨真も実を言うと三日ぶりにソウルへ舞い戻ってきたところであった。かつて勤めていた新聞社から、「現実政治とマスコミの役割」と題したセミナーへ、質問者として参加してほしいと頼まれて、しばらく風に吹かれたい思いから、二泊三日間の済州島旅行をしていたのである。

やかんの湯が沸騰していた。コーヒーを淹れ、マグカップを手にしてテーブルへ戻ってくると、亨真は彩子からの手紙の封を切る前に、しばし窓の外の雑然とした街の風景を見下ろした。二日の間に街のたたずまいが、ひと目でそれとわかるくらい変化していた。

ロータリーの上手にある市場通りの入り口に、円錐形の大型クリスマスツリーが据えつけられ、その向かい側にある大売り出しの立て看板も、華やかな金糸銀糸のレースで飾り立てられていた。しばらくして日が暮れてきて、飾り立てられている豆電球などに灯りがともれば、クリスマスツリーと立て看板は色とりどりの灯りの固まりになるであろう。クリスマスと年末年始の、大売り出しシーズンがやってきたのである。

賑わいを見せている街の風景とは裏腹に、亭真はにわかにぞくぞくするような寒気を覚えた。二日の間留守にしていたオフィステルの、ひんやりとした冷気のせいばかりではなかった。ソファーの上に無造作に投げだされている日付けの過ぎた古新聞の類、キッチンの調理台の上に乱雑に積み上げられたまま、洗ってもいない皿や湯飲みなど、テーブルと本棚と扉の隙間などに、幾重にも積もり積もっている灰色の古くからのほこり……。室内のあちこちに彼の怠け癖が、生活の倦怠として粘り強くへばりついていた。

窓から視線を戻して、亭真はようやく彩子の手紙の封を切り始めた。彼女への懐かしさが新鮮な感じを伴って、突き上げるように湧き上がってきた。手狭ではあったけれどしっかりと整理整頓されていた、彼女のマンションの部屋などが思い出された。下駄箱の上にまで高く積み上げられていた、途方もない分量の定期刊行物の数々、カーテンからフロアまですっかり明るい色で彩られている、クチナシの香りがしていた彼女の華やかなベッドルーム、可愛らしい食器や湯飲みなどが用途別、大きさ別にきちんと並べられている小さなキッチン、おのれのカビ臭い雑然とした部屋とはどだい比較にもならぬくらい、きちんとしていて清潔な雰囲気なのである。

元来がまめまめしい女性であった。とりわけあることに熱中しているときなど、亭真は彼女の体内から特殊なエネルギーが放出されているような、神秘的な熱気を感じることがあった。日頃から怠け癖にはまっておたおたしていた亭真にとって、彼女の生き生きとした姿は新鮮な刺激であった。彼女と向き合うと自分でもそれと気づかぬうちに、亭真は彼女から新鮮な活力とエネルギーを吹き込まれている感じになるのである。

封を切るとパソコンに打ち込んだ手紙ではない、彼女の肉筆の手紙が出てきた。思いつくままに書き殴ったらしく、別に清書はされていなくて、手紙にはやたらと消したり塗りつぶしてしまったりした痕跡などが、そっくりそのまま残されていた。両脚をテーブルの上に長々と伸ばして載せると、亭真は思い切りくつろいだ姿勢で彩子の手紙に目を通し始めた。

昨日の午前中早く、大阪のわが家を出発して、柳子お祖母さまのお墓がある慈恩寺へ行って参りました。お祖母さまのお墓参りをしたいとおっしゃる方がいらしたので、予定にはありませんでしたけどその方をお連れして、突然、慈恩寺へ行くことになりました。柳子お祖母さまのお墓参りをしたいとおっしゃった方を、あなたは誰だと思います？　驚いたことにその方は、中国・長春市にお住まいの宋階平伯父さまでした。この思いもかけなかったお客さまのことは、後でまた書くことにします。

南にあるので季節の変わり目が遅くて、慈恩寺の境内は紅葉にまだ美しく彩られておりました。薬師殿の裏手にある小径伝いに、柳子お祖母さまの墓前へたどりついた宋階平伯父さまは、お墓の前の石の香炉に中国式にお線香を焚くと、いつまでも頭を垂れて黙祷しておられました。しっかりとつぶっている伯父さまの両の目から、いつしかふた筋の涙が流れ落ちていました。ご自分が見捨ててきた我が子からは決して、赦されることはないだろうと思い込んできたお祖母さまが、この日ようやく永い歳月に及んだ寛容の力を借りて、ご自分の息子から赦される光景を、わたくしは感動のうちに見守ることが出来ました。母親の柳子を赦して上げようと、伯父さまは背中を押されるようにして、ある日ひょっこり、日本へ向かう飛行機に乗り込むことになったとおっしゃっていました。

経緯を順序だててお話しなくてはいけませんね。取材の仕事で十日ほどの予定で北海道・旭川市へ出かけていたわたくしは、あの地方でにわかに降り出した雪に閉じこめられ、予定より四日も遅れて大阪へ戻りました。ところがわが家へ帰って、ろくすっぽ疲れを取る暇もなくわたくしはまたも、まるで熱病に冒されている病人のように、あなたの幻影に捕らわれ始めました。きっと旭川で雪に閉じこめられて独りぼっちで過ごした十数日間を、わたくしはほとほと持て余していたので、気持ちがすさんでいたからでしょう。わたくしの休息と平和を根こそぎひっくり返してしまうくらい、あなたはいつの間にかわたくしの意識の空間に、大きなスペースを占めるようになっておりました。大急ぎでソウルへ電話をかけましたけど、返って来るのは留守番電話の無味乾燥な応答ばかり……。宋階平伯父さまがわたしに声をかけて下さったのは、まさにそうした疲れの癒やされない、孤独感にさいなまれていた頃でした。長春から北京経由で大阪の関西国際空港に降り立った伯父さまは、中国語が堪能な日本人旅行者の助けを借りて、空港からすぐにわたくしに電話をかけて下さいました。伯父さまが日本へ来られたことは、わたくしにとって当然ですけど驚きでありショッキングな出来事でした。日本語も通じない方が一言の前触れもなしに飛んできたことを、あなたならどのように理解なさるかしら？

車を走らせて空港へお迎えに出て、伯父さまを市内へお連れしました。そして伯父さまを、わたくしのマンションからほど近い、値段が安くて古くからある和風旅館へお泊めするようにしました。値段が安い旅館を選んだのはわたくしの考えではなくて、伯父さまのたっての願いだったせいです。旅費を節約したいということと、畳の部屋に泊まって、日本風の旅人の気分を味わいたいという思いから、伯父さまは値段の安い和風旅館を頑なに望まれました。お互いの言葉は通じなかったけれど、わたくしたちの間で意思の疎通にはさして問題はありませんでした。だって共通文字の漢字がありますもの。だから是非とも必要なときには、伯父さまとわたくしは漢字を書いて質問したり答えたりする、筆談が出来ました。

伯父さまに訪日なさるよう、背中を押した力が何であったのか、わたくしはいまだにわかりません。どんな用件で日本へ来られることになったのかというわたくしの問いかけに、伯父さまは微笑を浮かべた表情で、遠い空を見上げるばかりでした。慈恩寺へのお墓参りから帰ってきた日の暮れ方、わたくしは伯父さまに、観光案内をしたいと申し上げました。これといった予定もないらしいので、わたくしの車に乗せて観光案内でもしてあげるつもりでした。ところが伯父さまはいつも見せている謹厳な表情で、けれども穏やかではあったけれど断固として、わたくしの申し出を辞退なさいました。慈恩寺へ行ってきたその日を除いただけで、伯父さまはその後の二日間の昼時間には、ほとんど宿にいませんでした。行き先も戻る時間も告げないまま、伯父さまは朝早く宿を後にして、とっぷりと日が暮れた真夜中になってようやく、宿へ戻ってこられました。わたくしは伯父さまが不可解な行動を取られた意味を、大阪を発たれる日に伯父さまのしわの寄った表情から、ようやく読み取ることが出来ました。自分を生んでくれた母の国の大地と空と風に、親しみたかったのではないかと思います。今回を最後として二度と日本の土を踏むまいとしたために、たとえ短い日程にせよ日本の空と大地と風を、伯父さまは全身でもって感じ取り、感覚器官に入力しておこうとしたのでは、と思います。ご自分の存在に対するアイデンティティーの曖昧な部分を、伯父さまはおそらく頭ではなしに、その胸でもって確かめたかったのかもしれません。我らが時代最後の孤独な社会主義者……。

それにしても、伯父さまをお見送りして寂しさを噛みしめていた空港で、何気なしにわたくしが見上げたのが韓国を臨む空であったというのは、どんな因縁からでしょうか？　なぜその時刻に、わたくしは韓国の空を仰ぎ見なければならなかったのでしょうか？　あの北方の青い空の下に祖父玄山の墳墓があり、あなたがいるということは、わたくしにはまるで仏門で言う頓悟のような、突然の悟りであり開眼でした。わたくしとは関わりがないと思っていた空のもとで新しい因縁が結ばれ、幾つもの親しみ深い顔ぶれをかの地に持つことになったというのは、貧しくて潤いに欠けるわたくしたちの暮らしと比ぶべくもない、大きくもあればなにものにも代え難い歓びであり、祝福でした。ある日突然、一言の前触れもなしに宋階平伯父さまが日本へ訪れたことも、そのおかげでわたくしには、またとない悲しくも麗しい思い出となりました。まるで夢でも見ているかのようにして去っていった伯父さまが残した空席が、そのためわたくしの心に大きな透明な空洞を残しました。その空洞を埋めるためにわたくしはいま、思いつくままにこの手紙を書いております。

宋階平伯父さまはご自分の祖国へ帰っていく前に、先に韓国へ寄っていくとおっしゃいました。大阪からソウルへ直行して、仁川という都市で五日ほど用事を済ませ、ふたたびソウルへ戻ってこっそりとあなたに会うことにしたいと言われました。玄山お祖父さまの遺骨が韓国へ引き取られていったので、お祖父さまの命日に合わせて移し替えられた墓前へ、お参りしたいとおっしゃいました。誰にも告げずにお一人で墳墓へお参りしたいと言われながら　伯父さまはあなたがご自分に力を貸して、そのようにして下さることを信じているとおっしゃいました。あなた、そのようにして下さるでしょう？　わたくしもそのようにして下さるものと、信じています。

この前の夏、ひょっこりと大阪へ現れてわたくしをびっくりさせたこと、あなたはお忘れでないでしょうね？　今年がすっかり暮れてしまう前に、あなたにもきっと、それに似た借りの返済を求める請求がなされるはずでしてよ。その日の来ることを想像するだけでわたくしは、いまも空に太陽が十個くらい昇っているくらい、世界が明るく輝いて見えますの。陽が落ちた後であなたの部屋の窓に灯された明かりが眺められたとき、あなたのオフィステルにもっとも近い公衆電話のボックスから、江田彩子という日本人の女性があなたの部屋へ電話をかけるはずです。あなたのびっくりしている顔を想像するだけでも愉しくなります。

もしかしたらこの手紙が届く日くらいに、仁川での用事を済ませて宋階平伯父さまが、お宅へうかがうかもしれません。伯父さまにお会いするとわたくしはなぜか、しんどい暮らしのど真ん中を息せき切って走り続けていて、しばし後戻りしてひと息入れていける、涼やかなオアシスにめぐり会った気分になります。世知辛いこの世の中に、そんな方が傍にいてくれるということは、わたくしたちみんなのもって生まれた孤独感に対する、またとなく有り難い意志であり慰藉です。あなたの思いやりのある無関心ぶりと安らかな沈黙が恋しいわ。乱筆のうえ悪筆でした。あなたに奇襲をかける日まで、お健やかに。

大阪で。あなたの江田彩子が

しばし茫然として、亨真は窓の外の街のほうを見下ろした。彼方に見えるクリスマスツリーに、いつしか色とりどりの無数の豆電球が点滅し始めていた。我に返ってみると陽が沈んでいて、室内はかなり薄暗かった。手紙をたたんで封筒のなかへ丁寧に戻した後で、亨真は腕を伸ばして室内灯のスイッチを上げた。ふと手紙の末尾辺りに彼女が書いていた、「宋階平伯父さま」のことが思い出された。この手紙が届く日くらいに、伯父さまがお宅へうかがうかもしれないわね……

にわかに動きを止めたまま、亨真はむっつりとテーブルの上の電話を眺めた。折しも今日のこの時刻に、宋階平が彼に電話をかけてくるとは思えなかった。けれども彼女が書いていたその日が、間の悪いことに彼がソウルを留守にしていた、過ぎた二日間ではないことを願った。時間を節約して利用している宋階平の性格から推して、亨真が自宅を留守にしていることを知ったら、別の方法を見つけ出していたに決まっているからであった。

雲が低く垂れ込めていた空からとうとう、ちらほらと雪片が舞い降りて来るようになった。玄山の銅像の前で深々と頭を垂れ、黙祷でもするように立っていた宋階平が、空をちらりと見上げてからきびすを返して、亨真が立っている玄山の墳墓ほうへ降りてきた。

「まるで父が、自分が埋葬される場所をあらかじめ承知していたみたいですな」

顔を上げて辺りの山々のたたずまいを見渡した後で、同意でも求めるように亨真のほうを振り向きながら、宋階平は語りかけた。しばらくその言葉の意味を嚙みしめていて、亨真はその意味を計りかねると言うように訊ねた。

「玄山先生が、埋葬される場所をあらかじめ承知していたというのは、どういうことでしょうか？」

「あの上をご覧なさいな。あの山にはことのほか、ごつごつした黒っぽい岩がたくさん突き出ております じゃろう。父の雅号は玄山ではありませんか。黒い岩山が玄山ですわ」

なるほど言われてみると、韓氏一族の墓域の後方を玄武岩の黒い岩の群れが、でこぼこしながら折りたたんだ屏風のように囲んでいた。この前の秋までは樹木の葉群れに隠されて見えなかった岩の群れが、冬を迎えてその樹木の葉群れが枯れ葉を散らせると、小枝たちの隙間からより多くの姿をさらけ出しているのであった。

「銅像の前にあった枯れた花々は、先だっての命日に供えたものではありませんか？」

「そのようですね。出席できませんでしたから詳しいことは知りませんけど、遺骨を移し替えて以後初めて迎えた命日でしたから、祭祀（法事）も盛大に営まれ、参席者も多かったと聞いております から」

宋階平はさもありなんというようにうなずくと、こんどは墳墓に背を向けて山裾の下手のほうの広々とした野面を、体をかがめた姿勢で見下ろした。

玄山の命日を迎えて今日で、早くも八日が経っていた。銅像の前にも墳墓の前にも、その日供えられた花輪や花束などがきれいに枯れた状態で、そっくりそのままおかれてあった。

彩子に見送られて大阪の関西国際空港を飛び立ち、ソウルへやってきた宋階平は仁川での用事を済ませると、今日になって亨真を訪ねてきた。彩子の手紙にはすぐにも訪ねてくるかのように書かれていた彼は、予定より六日も遅れてソウルへ姿を現したのであった。

「予想だにしなかったことなどが起こりまして、こうしてちょっと遅れてしまいました。墓参りを済ませたらわしは、もういっぺん仁川へ戻っていかねばなりません」

何の前触れもなしに午前九時頃、ひょっこりと亨真のオフィステルに訪ねてきた宋階平は、これまでの屈託がなさそうに見えた姿とは異なり、どことなく憔悴しきっていていてくたびれている様子であった。中国から日本へ飛来し、そして日本から韓国へ飛来してきた十数日間にわたる、海外旅行の疲れからであろうか。予想だにしなかったこととはどんなことであろうか。今日のうちに大急ぎで仁川へ戻らなければならないと言うのは、どんな理由からなのか、亨真は気にかかったけれど、問いかけるのを遠慮した。心配をかけて申し訳ないと詫びながら、すぐに墓参りに行くことを望んでいるらしかったので、亨真もその気持ちを察してざっと着替えだけ済ませると、すぐさまY郡を目指して車をスタートさせたのである。

午前中も早々と出発したおかげで、Y郡へ向かう道路は長閑なほうであった。ソウル市内を抜けだして国道にさしかかる頃になってようやく、宋階平はその間の忙しなかったことなどを自分から打ち明け始めた。

この間彼が仁川でしたことは、大きく分けると三つであった。一つは、富川と金浦の近隣にある規模の大きな養豚場と養鶏場の見学で、もう一つは、農場に必要な幾つかの用品を買い求め、船便で長春にある彼の農場へ送ることであった。残る一つは、ビザが切れても韓国に不法滞在している朝鮮族の何人かを見つけ出し、一緒に帰国するよう説得することであった。初めの二つは厄介であったけれど、困難なしに予定した期日までに片づけることが出来た。ところが最後のそれは、思っていたよりずっと面倒であったうえ、これといった結果も出せなかった。予定していた日時が何日もずれてしまったのも、まさにその朝鮮族を探し出して説得することが、困難をきわめたせいであった。

やれ滞った賃金を払ってもらえないだの貸した金を踏み倒されただのと、各自が言葉に尽くせない困惑する事情を抱え込んでしまった朝鮮族は、郷里に残してきた家族が首を長くして待ち望んでいる中国へのすみやかな帰国を頑なに拒んだ。ようやく何とか説得できて一緒に帰国することになったのは、依頼されていた六人の半数で三人に過ぎなかった。残る三人は、韓国の法律を犯してまでこのまま踏みとどまると強情を張るので、宋階平としてももはや手の施しようがなかったというのである。

「安養から金浦、そして富川など、わが朝鮮族を探しまわりながら、厭というほど冷たくあしらわれ、さんざん辱められましたけど、得たこと学んだことも、少なくありませんでしたよ。思っていたより韓国は豊かに暮らしている国だということを、こんどは自分の目ではっきりと確かめることも出来たし。抑えようのない人間の欲望が、どんなに怖ろしい力を発揮するかということも、痛切に覚りました」

語り終えた宋階平の表情に、冷笑とか蔑視の色はうかがえなかった。初めてソウルへ来た折には、資本主義韓国に対してそれとなく、懐疑と軽視の色を匂わせる言葉を洩らしていた彼が、二度目の来訪では批判とともに時たま、賛辞まで惜しまなかったのである。

白っぽい灰色の空からとうとう、うっとりするようなぼたん雪が降りだした。一人にしてほしいと思っているかもしれないと気遣い、亨真は宋階平をその場に残してひと足先に山を下りてきた。自分の生みの母である柳子の墓前では、涙を見せたと伝えられた宋階平が、父親である玄山の墓前ではおおむね無心で、淡々とした表情をしていた。生母の柳子からは戦争に巻き込まれた、一人の気の毒な女性が感じ取れたけれど、父親の玄山には節操を枉げた一人の革命児の、失敗した人生を見たせいかもしれなかった。墳墓の周辺をそぞろ歩きしていた宋階平が、ようやくとぼとぼと山を下りて来始めた。降りしきるぼたん雪をかぶりながら山裾へ下りてきた彼は、亨真のところへ近づいてくると心配そうに声をかけた。

「雪の降り方が激しくなって来ましたけど、車の運転は大丈夫ですか？」

「暖かいので、降ってもすぐに解ける雪ですよ。空が明るいところから見て、永く降り続く雪でもないでしょう」

　車を止めてある駐車用の空き地まできてようやく宋階平は、改めて振り返って雪が降りしきる山のほうを見上げた。か細く開かれている彼の眼が山の中腹にある玄山の銅像と、幾つもの祖先たちの墳墓をまさぐっていた。けれども渦を巻きながら吹きつける雪にさえぎられ、銅像と墳墓の群れは辛うじて輪郭を見せているばかりであった。亨真が車のエンジンをかけると、宋階平もようやくそそくさと車に乗り込んだ。

「先だっての玄山の命日の日に金さんは、なぜ祭祀に参席なさらなかったのです？」

　車を出発させながら、亨真はしばらく返答しなかった。

　彼はその日ソウルにいなかった。命日の二日前に義弟の東根から、韓英勲会長が自らの政界進出に関して説明し、覚悟のほどを明らかにする記者会見を行う予定だと知らせてきた。そこで彼は、その会見を避けるために、命日の前日にソウルから脱出したのである。目的地は、十数年前に彼が服務していた軍隊が駐屯していた、休戦ライン付近の奥深い山間の村であった。冬場が早く訪れるその山間の村には、すでに雪が三十センチ以上も降り積もっていた。明くる日が玄山の命日だったけれど、亨真はなすこともなしに、山間の村でぶらぶらと時間をつぶした。韓会長と顔を合わせることが、反吐が出るくらいむかついていたからである。

　アスファルトに舗装されていない狭い山道を、がたごと言わせながら走って来た車が、近ごろ舗装されたらしい二車線の国道へ進入した。ぼたん雪は亨真の言った通り降って来ると同時にすぐに解けて、自動車の走行にはこれといった差し障りがなかった。亨真が車にスピードを加えると、宋階平がふたたび話しかけてきた。

「祖国への玄山の愛情がどれほど大きくかつ熱かったかを、わたしはこんどの旅行を通してようやく悟りましたよ」

「…………」

「わたしら社会主義を信奉する人間には、祖国をたいした存在とは見なさない傾向があります。マルクスの『共産党宣言』にも、労働者には祖国などないとはっきり謳われております」

　思いもよらなかった宋階平の言葉に、亨真はいまさらのごとく緊張と興味が湧いて来るのを感じた。彼が社会主義を信奉していることは、感じからあらまし推測していたけれど、当の本人の口から社会主義者であることを自称する言葉を聞かされたのは、今回が初めてだったからである。彼はなおも話を続けた。

「我が中国では玄山の独立運動を、無産階級の革命に逆行した反動的な行為だったと評価しております。けれども、あの当時の中国における情況から見るならば、玄山の単独行動などが必ずしも我らの革命事業に、マイナスになるばかりだったとは思いません。あの頃の中国は内と外の二つの敵を相手にして、力に余る戦いを繰り広げなくてはなりませんでした。蒋介石の国民党と日本の帝国主義者が、中国が内と外で戦った二つの強大な敵でした。玄山は我々のそれと路線は違っていましたけど、我々のもっとも大きな敵であった大日本帝国を向こうに回して英雄的に戦いました。実際にあの頃の東三省では、社会主義と民族主義の勢力がいっとき、自ずと共同戦線を形成したこともありました。レーニンもあの頃の中国やベトナムなどアジアの被植民地域では、民族主義と社会主義の連帯が社会主義革命を早める、歓迎すべき方法だと語ったことがあります。玄山の初期の抗日闘争もそうした意味では、前向きに受け容れることが出来ると思いますね」

　意外であった。やれ地主階級の反動ブルジョワジーよ、反革命分派分子よと悪し様に罵られ、批判されてきた玄山を、宋階平はいま意外にも、肯定的に意味づけるように語っているのである。玄山への評価の突然の変容がどこから来ているのか、亨真にはさっぱり見当もつかなかった。

「玄山の初期の抗日闘争は、中国の社会主義革命にとってもそれなりに、プラスになり得たという意味でしょうか？」

「レーニンが指摘したように、革命の大きな流れから見たらそうした評価も出来るということでしょう」

「宋さんのそういう評価は、中国での公式の評価とは相反するのではないのですか？」

「わたし個人の意見を述べたまででして。さりとて我が党の評価が、間違っておるということでもありませんよ」

　沈黙が流れた。車のフロントガラスに体当たりしてくるぼたん雪を払いのけるために、左右のワイパーがせっせと左右への反復運動を繰り返していた。突如として訪れた沈黙のせいで、彼らはしばらく息苦しい気まずさを感じた。相手に対するこまやかな気遣いと、言葉というものが持つ曖昧さのせいで、どちらにもこの気まずい沈黙を打ち破る勇気がなかった。けれども、沈黙は思ったより早く破られた。対話を難しくしてきたほうが先に、沈黙を破ったのである。

「これまでわたしは、朝鮮という国を、古代中国の殷の国が滅んで亡命してきた、箕子という人物が建てたものと思い込んできました。渤海という国にしても、我が中国の地方政権くらいにしか思っておりませんでしたが、このほど韓国の歴史書を読んでみて、渤海が韓国では古代国家と認識されているのを知りましたよ」

「韓国の歴史を学ばれたことはありませんでしたか？」

「憶えておりません。朝鮮族の学校で子供の頃、学んだような気もしますけど、その後は改めて中国人の学校へ進学したものですから、幼い時分教えられた朝鮮の歴史は忘れてしまったのかもしれませんな。ともあれ朝鮮は、わしが学んできた歴史の知識では、アジア大陸の東の辺境に位置しておる、古くから中国とは兄弟の国だということでした。そうした認識を修正するようになったのは、この前ソウルへ来た折に買って帰った何冊もの、韓国の歴史を書いた本のおかげでした。それらを読んでわたしは初めて、古代の朝鮮には殷からの亡命者箕子ではない、檀君という聡明な王がいたこと、渤海にしても中国の地方政権などではなくて滅亡した高句麗の流民が建てた、朝鮮の古い国の一つであることを知りました。玄山の独立運動を改めて理解するようになったのも、それらの本から得た知識と発見の賜物だったのですよ。言うなれば、玄山の孤独で苦しかった独立運動も、祖国へのあの人の愛が、あらゆる価値に先行するくらい熱烈で、熱かったからでした。失われたおのれの父親を取り戻したこの歓びを、金さんにわかりますか？」

とっさに矛先を向けてきた宋階平の問いかけに、亨真は口ごもるよりほかはなかった。

「ええ、まあ、わかるような気がしますけど」

「わたしは今回、父玄山を取り戻すことが、我が社会主義の祖国を愛することと、無関係ではないと知りました。互いに異なる文化と歴史を背負っておる、中国と韓国の弁別性を認めることは、この二つの国にとって不都合で障害になるというよりは、互いに尊重し合い善隣関係を増進させることに、より肯定的に寄与するだろうということですよ。父玄山を取り戻す作業の過程で、わたしはその希望的な兆しをはっきりと見て取りました。近々わたしが帰国したら、真っ先にすることがあります。失われた実の父の、名字を取り戻すことです」

「現在の宋という名字を、韓の名字に改めるということですか？」

「改めるわけではないでしょう。元の名字を取り戻すのですよ」

いつの間にか雪は止んで、暗かった空が明るみを増していた。息苦しさを抑えきれないくらい、亨真はえもいわれぬ感動に包まれて、胸がいっぱいになってきた。彼がもうちょっと若かったら、この思慮深い社会主義者を、大手を拡げてしっかりと抱きしめてやりたいくらいであった。彼の言葉は決してオポチュニストのたわいもない気休めでも、センチメンタリストのとりとめのない希望でもなかった。長時間かけて省察してきた末に導き出した、五十代になる社会主義者の慎重な判断の結果であった。

「金さんにお頼みしたいことが一つあるのですよ」

「どんなことでしょうか？　おっしゃって下さい」

「来年の春に寒さが緩んできたら、わたしらの農場へもう一度お越し願えませんか？　職員たちの家族まで含めたら、わたしらの農場の朝鮮族は一二〇人を越えます。おいでになってその人たちに、韓国の歴史や経済の発展などについて、いろいろとお話をしていただきたいのですよ。わたしにはとても特別なおもてなしなど出来ませんけど、宿泊と食事、往復の旅費くらいはお引き受けしますから」

「旅費はご遠慮しますよ。正直に申し上げて、わたしの講演は旅費をいただけるほど値打ちのあるものではありませんから。食事と宿所を用意して下さるだけで、歓んでうかがいますよ」

「有り難うございます。ではわたしも、そのつもりで支度をするとしましょう」

車が小さな石橋を渡っていくと、車のなかがにわかに明るくなってきた。裂けた雲間から陽射しが降り注いできたのである。

30

白い砂浜の左手の端から、海のほうへ長々と突き出ている岬の先端に、たったいま昇り始めた朝の太陽が、燃えるように赤々と浮かび上がっていた。太陽が真っ赤に見えるのは、明け方の海に立ち籠めた霧のせいであった。夜の間に潮が引いて、砂浜が倍の広さに拡がり、彼方に退いた水平線の上には、たったいま立ち籠め始めたばかりの海の霧が、天女の純白なベールのように白っぽくとどまっていた。天気は快晴、夜明け頃の冬の日にしては、小春日和を思わせる暖かい朝であった。

モーテルの木戸口から抜けだしてきた亭真は堤防の間の石段を踏んで、砂浜に連なる松林へと下りていった。刺身を食べさせる店とモーテル、旅館などが一緒くたになって軒を連ねている漁村の東幕里は、まだ朝の眠りから覚めやらずにひっそりと静まり返っていた。季節外れであったので客足は途絶え、刺身の店などは半数以上が、固く戸締まりをして休業していた。昨夜彼が一泊した「波市」というモーテルでもやはり、一階と二階を合わせて宿泊客は彼と彩子の二人きりであった。

朝の陽射しがきらびやかに拡がっている砂浜に、脚の長い海鳥が何羽か、せかせかした足取りで忙しなく往き来していた。潮が引いてさらけ出された広々とした砂浜で、海鳥どもは海に棲んで生きている、さまざまな虫などの餌を探しまわっているらしかった。海水に洗われて艶やかな色をしている砂浜には、廃船とおぼしい二艘の伝馬船が船底を空に向けたまま、おとなしくうつ伏していた。引き潮時だったので潮が引いているところだったから、海辺でなら決まって聞かれるはずの波の音さえ微かであった。霧がかかっている薄紅色の海ばかりが、広々とした図体を長々と横たえたまま静まり返って、朝の陽射しを浴びていた。

海辺と林のなかを隅々まで眺め渡したけれど、彩子の姿はどこにも見当たらなかった。明け方も早くにモーテルの部屋を抜けだしていった彼女は、一時間が経っても行方がわからなかった。荷物がまとめられていないところを見ると遠方へ行ったとは思えないのだが、浜辺にも見当たらないとなると行き先が思い当たらなかった。

ものすごく忙しなかった四日間であった。この前の火曜日には宋階平とY郡へ玄山の墓参りに行った。翌日の水曜日には彩子からの電話があって、車を転がして釜山まで迎えに行き、釜山で僅かに一日だけ休んだ後で、昨日はまたしても車を走らせて、ここS郡へと方向を転じたのである。午後も遅くに到着したS郡は、まるで古くからの親友に会ったようで、亨真にとっても懐かしかった。多忙を口実に滅多に足を運んでくることがなかった郷里が、鈍感になっている彼の感性にノスタルジーを呼び起こしたのである。

見違えるくらい変貌を遂げたS郡の中心街を、ガイドを兼ねながらのろのろと車を走らせて通り抜けた亨真は、すぐにまた外郭道路へ抜けてきて、中心街から十キロ余り離れた、S郡から西北に位置する、飛石通りと呼ばれているちっぽけな漁村へと向かった。

飛石通りには直系の家族としてはただ一人の、彼の兄夫婦がまだ苦労を重ねながら農業を営んでいた。祝祭日の連休とか祭祀が営まれるときとかを除いては、ほとんど寄りつくことのない郷里へ、彼がひょっこり女性同伴で姿を現すと、兄はまるで見ず知らずの人間に接するみたいによそよそしく振る舞った。彼より五歳も年長の兄はこんどもやはり、彼の作業場であるビニールハウスで、たった一人きりの弟を迎えた。

百坪余りの広くて長いビニールハウスには、冬場だというのにきゅうりやなすびなどの夏野菜が瑞々しく育っていた。農作業に追いまくられている兄にとって亨真は、こんどもやはり仕事を妨げる邪魔者でしかなかった。兄に従いてきたのが日本の女性であることを知って、彼はやっと片方の眉毛をうごめかせて見せて、それきりであった。夕飯でも食べていったらと勧めた兄のありきたりの言葉はしかし、ことによるとこんどばかりは真情だったのかもしれなかった。

けれども亨真は、自分と兄にとってこうした場合、どのように振る舞うのが最善を尽くすことになるのかを、知り尽くしていた。邑内に会いたい人がいるなどと、見え透いた口実を設けて彼は別れを告げ、兄の作業場であるビニールハウスをそそくさと後にしてきたのであった。

村のど真ん中を通っている農道を経てふたたび国道へ出てきた亨真は、こんどは沈んでいく陽を正面に眺めながら、邑内とは反対方向の東幕里へと車を走らせた。東幕里は幼年時代に同い年の遊び仲間たちとつるんで、夏ともなるとたびたび出かけていった、海水浴場に連なるちっぽけな漁村であった。西海岸の海が見たいという彩子のたっての頼みで、彼はふたたび暮れ方の西海岸が見える東幕里へと向かったのであった。

「海がとてもきれいよ！」

日本語が聞こえてきたような気がした。振り向くとモーテルの前方にある松林のなかから、こちらに向かって彩子が大きく手を振っていた。

「わたくしのメモをご覧になって？」

「いや」

「お風呂のお湯がでないの。だからメモを残して、公衆浴場へ行ってきたの」

化粧っ気のない彼女の体から、レモンの香りを思わせるシャボンの匂いが漂ってきた。カジュアルなジャンパー姿にジョギングシューズを履いている彼女は、長時間外の風に吹かれたと見えて両の頬が真っ赤に上気していた。亨真が近づいていくと彼女はすぐに彼の腕に自分のそれを絡ませて、当然のように向きを変えて陽射しを背負いながら、自分から先に歩きだした。

「お風呂を済ませてジョギングをしていて、あちらの林のなかに可愛らしい山荘を見つけたの。その山荘ではお茶も飲ませてくれるの。トーストとかスクランブルといった朝食もあるんですって」

いかにも幸せそうな彼女の表情が、朝の陽射しほどにも輝いて見えて新鮮であった。釜山での用事を済ませた彼らは、それから先のスケジュールを何一つ決めなかった。その気になれば彩子はいつでも大阪へ帰っていくことが出来るし、亨真も自分の気ままな行動のために、スケジュールを持たない余裕たっぷりの時間をこしらえたのである。予定になかったこの寂れた漁村へやってきたのも、あらかじめスケジュールを組んでおかなかった余裕の賜物であった。

陽射しに照らされているがらんとした砂浜が、密閉されている真空の空間さながらにひっそりと静まり返っていた。小石が散らばり小さな岩などがでこぼこに突き出ている砂浜には、引き裂かれた漁網や海草の固まりなどが波に追いやられて、岩場の隙間のところどころにうずたかく積み上げられたり、押し込められたりしていた。彩子が片方の手を挙げて不意に、海のほうを指さして見せた。

「この向こうが中国大陸かしら？」

「たぶんね……」

「どれくらいの距離かな？」

「お天気のいい日に山東省で鶏が啼くと、それがここまで聞こえてくると言うから」

「まさか？」

大きな目を見開いて問い返す彩子が、冗談だと知って遅ればせに目を剝いた。

「この地方の人たちが好んで使っている、誇張した表現かしら？」

「単なる誇張ではありませんよ。近ごろでも暴風や激しい雨の日などには、漁に出ていた中国の漁船がこの近くの島へ群れをなして避難して来るくらいだから」

「海を通しての中国との交易は、どの時代まで歴史をさかのぼりますの？」

「中国の唐と宋の時代に、交易がもっとも活発だったことになっていますよ。百済を滅ぼした新羅の連合国だった唐だって、まさにこの西海岸の海を渡って百済の地に上陸したわけで」

浜辺の幅が十数メートルに狭まってきて、海岸に築かれてあった堤防も姿を消し、刺身を食べさせる店やモーテルなども見えなくなった。波に洗われている丸まっちい大きな石ばかりが、蛎殻を白いまだら模様にかぶったまま、七、八メートル幅の狭い浜辺と並行して連なっていた。その外れには森に覆われている巨大な岩壁が、小振りな岩などを足許にしたがえたまま、古城さながらにそびえ立っていた。風のまにまに不意に爽やかな潮の香りが匂ってきた。胸を大きく膨らませて深々と息を吸い込んでから、亨真はことさらに自分から彩子に話しかけた。

「中国へ招待されたのですけど、ご一緒するつもりはありませんか？」

「いつ頃です？」

「来年の春」

「いいわよ。でも、あなたを招待なさったのはどなたかしら？」

「あなたもよくご存知の方ですよ。誰だか当ててご覧なさい」

　彩子は歩みを止めて亨真の顔をまじまじと見つめると、まさかという顔つきで注意深く問い直した。

「宋階平伯父さまかしら？」

　亨真はこくりとうなずいて答えに代え、ふたたび語り出した。

「玄山の墓参りを済ませてソウルへ戻ってくる車のなかで、あの人としばらくあれやこれやと話し合ったのですよ。とは言っても、もっぱらあの人が話し、わたしは聞き手でしたけど。反革命分派分子として断罪された玄山のことを、あの人はこれまでと違って、新たな理解をするようになったと告白しましてね。名字も、出来ることなら改めたいと言っていました。いまの宋という名字を、韓という名字に代えたいということですね」

「父親を取り戻すために、社会主義を棄てたということかしら？」

「そのようには聞こえませんでしたね。当時のアジアにおける被植民地域では、民族主義と社会主義の連合は、プロレタリア革命にとっても有益であったという、前向きの解釈でしたから」

「するとそれは、伯父さまの新しい解釈みたいね？」

「いや、あの頃発表されたレーニンの論文にあるらしいですよ」

　亨真と腕組みしていた腕を解くと、彩子はちょっと離れて考えに耽るように黙りこくって歩いていった。不意に沖合から、恐竜のしゃがれた鳴き声のような低音の、船の汽笛が長く尾を引いて聞こえてきた。振り向いてみると図体の大きな一隻の貨物船が、海の彼方でゆっくりと北上していた。靄がかかっているせいか、貨物船は立て続けに霧笛を鳴らしていた。

　玄山の墓参りを済ませた明くる日、宋階平は仁川港から午前中の船便で中国へ帰国した。オフィステルの自宅で朝の甘い眠りをむさぼっている亨真に、彩子が電話をかけてきたのは同じ日の午前九時頃であった。彼女は意外なことに、釜山にあるホテルから電話をかけていた。その前日に大阪から釜山へ渡っていた彼女は、釜山での仕事が滞りなく終わったら、翌日にはソウルへ飛んで、亨真に不意討ちを食らわすつもりだったという。

　ところが、計画してきた仕事が予定通りに運ばなくて、一日か二日くらい、釜山にさらにとどまらなくてはならないようだと彼女は知らせてきた。釜山での彼女の仕事というのはこんども、例によって依頼原稿を書くための現地取材であった。釜山と下関の間を往き来している関釜フェリーに乗り込んで、韓国側の最初の関門である釜山を取材するのが、こんどの仕事の目的だというのである。釜山まで来て欲しいという頼みはなかったけれど、亨真は彼女の声にいつものような張りがないことに気がついた。取材活動を効果的にするために、こちらから車で駆けつけるのはどうだろうかと声をかけてみた。すると彼女は、つとめて声の調子を落としながら、そうしてくれたら有り難いと淡々と答えた。

彼が釜山へ駆けつけて知ったことだが、彩子の釜山取材は始まってもいない、手つかずのありさまであった。言葉が通じないところへ来て釜山の地理にも疎かったので、彼女はせいぜい、滞在しているホテル周辺の観光地を何ヵ所か見て回った程度であった。

彩子の本格的な釜山取材が開始されたのは、亨真が車を走らせて釜山へ駆けつけた翌日からであった。まず、釜山の地形上の特徴と歴史的な背景を探るために、彼は彩子とともに、広く知られている観光の名所と古蹟などをめぐってみることにした。梵魚寺、金井山城趾、海雲台、太宗台などが、その日の慌ただしい取材に、順繰りに含まれたコースであった。

最後に足を運んだのはホテルからほど近い、チャガルチ市場と龍頭山公園であった。展望台があるタワーに上ったのは薄暮がかかっている、その日の午後も遅い時間であった。そちこちに灯りがきらびやかにともされている、韓国随一の港湾都市を見下ろしながら、彼は彩子に釜山の歴史を知っている範囲で、大雑把に説明した。説明しながら彼がいまさらのごとく痛感したのは、釜山という都市がかつての日本の韓国侵略に際して、象徴的な意味を持っていたことであった。とりわけ彼が念入りに説明したのは、朝鮮（李）王朝時代の三浦の開港（訳注　第四代国王世宗は富山浦＝釜山など三つの港を開港して倭館を設け、日本人の交通と居留、交易など認めた）と壬辰倭乱つまり日本で言う文禄・慶長の役（訳注　豊臣秀吉の朝鮮侵攻）の折の東莱城の陥落、王朝末期の釜山港の開港と軍国主義日本の植民地であった時代の、下関―釜山間のいわゆる関釜連絡船のことなどであった。

日本からすると釜山は、中国大陸へ進出するための、もっとも近い玄関だったわけである。もしもユーラシア大陸を東西に貫通する高速道路、もしくは鉄道などがつくられたら、釜山はそれらの道路や鉄道の東の終着点でもある出発点になるだろう。日本はかりそめにも大陸が懐かしくなってきたら、その大陸の東端にある出発点の釜山へ、最初の一歩を踏み出すよりほかはないはずであった。そのため釜山は、大陸進出を夢見る日本人にとっては、永遠の羨望と希望の彼岸として残されている……などなどと。

長ったらしいけれども詳しい亨真の説明を、彩子は大体において受け容れている様子であった。そのうえで彼らの、大陸を懐かしく思う気持ちと熱望が島国日本にとって、宿命的に背負っている大陸へのコンプレックスだと彼女はつけ加えた。これまでの日本がそうであったようにこれからも、日本はそのコンプレックスから抜け出すことは出来ないだろう。日本の未来は、その大陸を本能的に懐かしく思う心情を、どのようにして大陸の人々に敵意とか攻撃によらない、理解と協力へともっていくかにかかっている。彩子はあらましそのようなことを話した末に、海に閉じこめられている島国日本が哀れでやるせないとも語った。彼女は逞しくて富裕な日本の代わりに、大陸を片思いしている孤独で悲しい日本の姿を、亨真の祖国で垣間見たのである。

「この辺でひと休みしましょ」

廃船として見捨てられている一艘の木造船が、砂浜に半ば埋もれて哀れな姿をさらしながら、朽ち果てていくところであった。砂に埋もれて低くなっている廃船に彩子が先によじ登ると、海に向かって船縁に腰をかけた。続いて亨真が腰をかけると、ふたたび彼女が語りかけてきた。

「韓国の人たちはどうして日本を倭と呼ぶのかしら？小さいという意味の倭の文字を使っているのは、その昔、大陸方面の人たちが日本という国を、よほどちっぽけな国とみなしたせいではないかしら」

「倭というのは小さいという意味よりも、夷狄という意味のほうがより色濃く投影されている漢字ですよ。古代社会の中国人は、自分たちが住んでいる黄河の流域だけを文化の中心地、つまりは中華と呼び、そのほかの周辺や辺境などはすべて、野蛮とか夷狄と呼んだのですよ。倭という名称が生まれてきたそもそもの原点は、中国の華夷思想にあったのではないかと思いますね。韓国だって、彼らからすると東夷でしたから」

「一昨日の晩に龍頭山公園の展望台のタワーで眺めた、釜山の港に拡がる夜景の美しさは忘れられそうもありませんわ。日本へ向かう朝鮮通信使（訳注　李朝の歴代国王が日本に派遣した外交使節。一四〇四年足利義満の代から幾度か中断したが江戸時代に再開、一八一一年徳川家斉の代まで続いた）が最後に旅立っていく朝鮮の港、何百年もの間日本と朝鮮が物と文化を伝え合ってきた交易場と、倭館（訳注　李朝時代に日本との通商のために釜山に設けられた日本人のための宿舎）があったところ。晴れ渡った日には日本の対馬を指呼の間に臨めるという影島の太宗台……。それにしてもこんなに近くにあるこの二つの国が、なぜよき隣人として過ごしてきた記憶よりも、反目と争いのうちに過ごしてきた苦痛の記憶を、より多く胸のなかに秘めているのかしら？」

「心ない人たちが助長してはばからない誇張された愛国心と、お互いに怒りっぽくて誤解しやすいうえ、容易く乗せられやすい国民性のせいでしょう。そうした誇張や助長は多数の人々の意思によるものではないということが、わたしたちに残されたささやかな、けれども尊い希望ですよ。木村さんが伝えてくれたあなたの言葉が思い出されますね。矛盾は解消するためにに存在し、障害は飛び越えるためにわたしたちの前にある……」

肩を並べて腰をかけている亨真の腕に、ふたたび彩子が腕を絡ませてきた。彼の肩の上に頭を載せながら、彼女がささやくように語りかけた。

「わたくし、日本へ帰るのを止めましょうか？」

「止めてどうするの？」

「韓国で暮らすのよ。あなたの子供を生んで……」

こんどは亨真の頭が、彩子のほうへ大きく傾いた。腕を伸ばして彼女の肩をしっかりと抱きかかえながら、彼は強情でも張るようにそれには何も答えなかった。

亨真の沈黙はかなり長く続いた。

釜山を経てこのひなびた海浜へたどりつくまで、彼らは自分たちが連れ添うことについて一言も口にしたことはなかった。彩子が亨真の郷里を見てみたいと言いだしたときも、さらにまた亨真が彼の兄を彩子に会わせたときも、彼らが結びつくこととはまったく無関係のように振る舞った。ところがいま、彩子の口を通して彼らが結びつくことへの、最初の意思表示がなされたわけであった。ところが、それに応えねばならぬはずの亨真に反応がなく、彼女からもまたつけ加える言葉がなかった。それによって彼らの意思は、相手に十分に伝わっていたわけである。

「これからは旅費が、かなりかさむでしょうね」

亨真の腕に絡ませていた腕を解くと、彩子は立ち上がって廃船から砂浜へ降り立った。亨真も船を下りると、彼女と肩を並べて歩きだした。やがて少しずつ距離をおいて歩きながら、にわかに言葉を失くしてしまった彼らであるが、しかしまったく気まずいとか、ぎこちないとかいった顔つきではなかった。お互いの沈黙を妨げないために、彼らはことさらに一定の距離を保ちながら歩いていた。

「あなたが韓国にいらしたおかげで、韓国はわたくしにとってかけがえのない国になりましてよ」

「あなたをわたしの傍に縛りつけておいて、長期にわたって日本を留守にさせたくはありませんね」

陽射しを背にした彼らの前の砂浜に、ひとつがいの黒い影がぴたりと寄り添って歩いていた。朝靄が晴れ上がった海の上ではいつしか陽射しが目映かった。

訳者あとがき

一九九六年にソウルの『文学と知性』社から上梓された『されど』（1・2）は、『南と北』『月と刀』『夜明け』などの大河小説を含めておよそ四十篇を数える、作家洪盛原（一九三七〜二〇〇八）の一連の長篇小説のなかでも末尾に連なる作品であろう。一九六四年に文壇へのデビューを果たした彼の作品活動が、三十数年を経てもなお『されど』の創作に示されたほど、その名の通り旺盛であったことをこれは示唆しているわけだが、こうしたことは、すでにデビューした当初から予感されたといえなくもない。

『韓国日報』紙が行った新春恒例の、一九六四年度文芸作品募集に応募した短篇小説「氷点地帯」が当選したのを皮切りに、この年の八月には『世代』誌創刊一周年記念文芸作品募集にやはり短篇「機関車と仔牛」が、同じく十二月には『東亜日報』紙の長篇小説募集に「Ｄｄａｙの兵隊村」がおのおの当選して、多作な作家として華やかな第一歩を踏み出していたからである。

「初めて挨拶を交わしたのは一九六五年、ある春の日の秘苑でのことであった」という、洪盛原が病に倒れて一昨年の五月に他界する日まで、一歳年長の彼と四十三年もの間家族ぐるみで交わりながら、いくつもの彼の長篇小説や短篇集を出版してきた金炳翼は、そんな彼を「小説工房」とあだ名していた。この金炳翼は、一九七〇年から『文学と知性』社の経営に携わりながら、やがて『文学と社会』

と改題される季刊『文学と知性』誌の編集にあたる一方で、韓国を代表する文芸評論家の一人として揺るぎない地位を築いてきた、洪盛原とはいわば「莫逆の友」であった。ついでに言うと金炳翼は、何年か前まで韓国芸術振興院の院長職までつとめ上げているが、洪盛原を「小説工房」とあだ名したゆえんを、盟友の死を悼んで書いたエッセー「ふたたび振り返る洪盛原の文学」のなかで、次のように述べている。

「わたしが彼を名づけて〝小説工房〟と呼んだのは、その圧倒的な作品の分量と、にもかかわらずどの作品も一定のレベルを保ち続けてきた文学的な成果と、どんなテーマを扱おうといかにも彼らしい細やかな気配りで、一篇の作品として見事に仕上げてしまうその人並みはずれた資質ゆえに、とっさに思いついたニックネームであって、〝工房〟という否定的な語感のせいで彼は気に入らなかったらしいけれど、実際のところとても別の言葉では言い表しがたい彼の旺盛な創作意欲を、わたしはこのようにでも厭味を交えながら、感嘆しないではいられなかったのである。

わたしはバルザックと比べたいくらい、途方もない分量の小説を彼が創作してきたことと、しかもそれらがレベルの高い創作であったことをつなげて、〈職人根性〉という言葉を思い浮かべることもある。わたしが彼を〝小説工房〟と名づけたときの正直な気持ちは、まさにこの〈職人根性〉と結びついていたのだが、その途方もない多産性を、わたしはあるがままにというより自分なりにひねくって、難癖をつけてみたかったのである」（エッセー集『記憶の落ち穂拾い』所収）

実際に「小説工房」という比喩が必ずしも的をはずしてはいないくらい、洪盛原が産み落とした作品の量は少なくない。書き出しでも触れた、大河小説を含めて約四十篇ほどの長篇小説のほかに、短篇・中篇小説を集めた五十冊余りのアンソロジーがそれを物語っている。まさしくそれは、この世における彼の七十年余りの人生が、五万枚（二百字）もの原稿用紙と、ひたすらそこに込められた創作のための苦悩と、血の滲むような労苦に満ちた時間との格闘のたまものであった。

とはいえこれは、彼ががむしゃらに原稿用紙に向かったということではない。また、そうした姿勢で創作が出来るわけでもない。それを示唆しているのが、一九六四年に発表された三篇のデビュー作である。これらの小説はどれも、軍隊における一兵卒としての洪盛原の生活体験をもとにしていた。さらに言えば、ただ単に軍隊生活の体験をもとにしているにとどまらず、野間宏の『真空地帯』や五味川純平の『人間の条件』がそうであったように、朝鮮戦争を体験した戦後社会への、若い世代の一員としての斬新な感覚と認識をもとに、軍隊という組織化された社会とその内部にはびこる官僚主義が生み出す、数々の不条理の告発と批判に点綴されていたからである。「訓練終わり」という韓国軍の号令が当時は兵士たちの間の隠語で、日本語の「御名御璽」であったことからも言えるように、民族解放後間もなくつくられた韓国の軍隊の内部には、日本の軍隊時代の悪しきなごりがさまざまな形で根強くはびこり、解放後世代つまりはハングル世代に属する洪盛原の小説に打ってつけの題材を提供していたのである。したがってこれ以後も、彼が軍隊生活などをさまざまな角度から題材にしたことは言うまでもない。ちなみに「御名御璽」をある日本語の辞典は、「御名＝天皇のお名前」「御璽＝天皇の御印。玉璽」と説明している。

韓国文学では「兵営小説」とも呼んでいる軍隊生活をテーマとした作品から、洪盛原がさらなるチャレンジを試みたのは、日本では朝鮮戦争として知られている韓国動乱をテーマとした大河小説であった。文壇デビューから十年後のことである。

一九五〇年六月二十五日にそれが勃発したことから、『小説　六・二五』と題して『世代』誌に掲載されたこの作品は、その後『南と北』と改題されたが、ついには九千三百（二百字）枚の原稿用紙に書かれて、六十二回つまり五年二ヵ月にわたって連載された。言い換えると、朝鮮戦争勃発から二十六年目にしてようやく、それまでこの戦争を描いた一大ロマンの不在が嘆かれているさなかに書き継がれたこの小説は、三年余りに及んだ朝鮮戦争を真っ向に据えた本格的な一大ロマンとして出現したのである。しかもこれは、一九五〇年代以後に韓国で生まれた戦争文学の、すべてのレベルをしのぐ大河小説でであった。近ごろ朝鮮戦争を描いた大河小説として知られている金源一の『火の祭典』や、数年前に集英社から翻訳・出版された趙廷來の『太白山脈』などは、洪盛原の『南と北』の出現から十年ほど遅れて登場してきた作品である。

このように、軍隊生活から始まった洪盛原の関心は朝鮮戦争へと移り、やがて過去の戦争へと広がりながら、本格的な歴史小説の創作活動へと踏み込んでいった。それを裏書きしているのが『大邱毎日新報』や『東亜日報』に連載された、どちらも大河小説と呼ぶにふさわしい『月と刀』であり、『夜明け』である。

一九八五年から連載が始まった『月と刀』は、韓国では「壬辰・丁酉倭乱」、日本では「文禄・慶長の役」と呼んでいる豊臣秀吉の朝鮮侵攻を題材としたもので、綿密な時代考証を踏まえて豊かな想像力を駆使し、四百年以上も昔の朝鮮（李）王朝時代の人びとの日常的な暮らしと、「壬辰倭乱」と呼ばれている歴史的な事件を描いて、一九九三年に全五巻にまとめたものであった。

この作家がどれほど綿密な時代考証に忠実であったかを、編集者として傍らで見守ってきた金炳翼は、前述のエッセーのなかで次のように回想している。

「実際に、彼からいまさらのごとく見せつけられる作家としての〝職人気質〟は、創作方法とその姿勢において如実であった。彼は自分が書きたい素材をとことん取材し調べ上げ、ゴマ粒のような文字で大学ノートに草稿として書き込むと、改めて原稿用紙に書き写しながら手直しと推敲を重ねた。わたしが見せられた彼の大学ノートは、一ページに一篇の短篇小説が収まるくらい、ゴマ粒を並べたような実に細かな文字がぎっしりと詰め込まれたもので、また別のノートには、たとえば米を運搬する場合の輸送船を描写するために、輸送船に関する専門用語ばかりでなく法規と制度などに関して取材した知識なども、隙間もないくらい書き込まれていた」

金炳翼のこれを読んで図らずも、方眼紙にゴマ粒のような文字で原稿を書いて原稿用紙に書き写したという、中上健次のことを思い出したものだが、同じようなやり方で一九八七年から洪盛原がさらに取り組んだのが、大河小説『夜明け』であった。

時代は俗に「開化期」と呼ばれている朝鮮王朝末期。日本では文明開化があって近代化へと梶が切られていたが、朝鮮では儒教文明=東学と西欧文明=西学とがせめぎ合う、まさしく「開化期」にあった。そうした時代のるつぼのなかで、多様な階層に属する人びとが浮き沈みする社会状況を描いたのが大河小説『夜明け』であるが、これもやはり一九九三年に全六巻にまとめられた。

「壬辰・丁酉倭乱」と「開化期」という、時代こそ異なれ国難という危機に瀕した民族の絶望的なありさまを、二篇の大河小説を通して描いた洪盛原は、やがて次の二つの難問に突き当たった。

一、歴史が記録した事実はすべて正しいのだろうか。

二、その歴史の評価は、人間的な真実まで埋没させてしまうのではないだろうか。

こうした二つの、頭が痛くなるような厄介な問題に突き当たり、これに対する粘り強い思索と文学的な追求を重ねた結果として彼が得たものが、一九九四年から『現代文学』誌に連載された長編小説「されど」であった。

この作品は、一九八五年に出版された長編小説『最後の偶像』からほぼ十年後に書かれた、久方ぶりに現代をテーマとした作品である。けれども、植民地時代の独立軍の戦いが掘り起こされ、これに関わった人びとの親日行為が暴かれることで、図らずもこの作品の背景として歴史とつながるばかりでなく、今日の韓国人の歴史認識の一端をも浮き彫りにしたのであった。この小説を通して洪盛原が苦悩のうちに到達した真実というのは、歴史の公式記録は表面的なものでしかなく、そのなかには数知れぬ誤解と隠蔽、さまざまな歪曲と矛盾が含まれていること、したがって歴史というのは、人間的な真実とは距離が遠いもので、まさに文学こそがこの人間的な真実のために存在しているということであった。

彼はそれを『夜明け』の書き出しで、次のように述べている。

「結局、小説からは、幸せだった時代の歴史より不幸だった歴史のなかから、より興味ある小説的な空間と主人公たちが発見される。歴史的に不幸だった時代には傑出した人物たちが少なからず登場し、小説はさらにそれらの人物を後追いすることで、歴史の否定的な進行をおぎなっているもう一つの逆説的な教訓を、その時代の人物たちのなかから導き出すのである。否定的な方向へと進んでいく歴史はそれゆえに、その時代を正しい方向へと導き否定的な側面を克服しようとする、傑出した人物たちをわれわれに示してくれることで、ともすると落ち込みかねない、歴史へのニヒリズムとシニシズムからわれわれを救ってくれる」

この小説の表題を『されど』としたゆえんを、洪盛原はまえがきのなかで縷々述べているが、この作品を訳した者としてはその意味を、このように理解したい。

二〇一〇年三月

安宇植

著者略歴

洪 盛原（ホン・ソンウォン）

一九三七年生まれ。

一九六四年に「氷点地帯」（「韓国日報」新春文芸作品募集）、「機関車と水牛」（『世代』新人作品募集）が入選、作家活動を始める。

『南と北』『Ｄdayの兵隊村』『週末旅行』『最後の偶像』など、朝鮮戦争を背景とした作品を多く発表している。

二〇〇八年死去。

訳者略歴

安 宇植（アン・ウシク）

一九三二年東京生まれ。桜美林大学名誉教授。朝鮮・韓国文学の紹介に努め、一九八二年尹興吉『母（エミ）』で日本翻訳文学賞。著書に『金史良―その抵抗の生涯』、『天皇制と朝鮮人』など、訳書に『アリラン峠の旅人たち』（編訳）、朴裕河『反日ナショナリズムを超えて』、申京淑『離れ部屋』、徐永恩『遠いあなた』など。

されど

二〇一〇年四月二十五日　第一版発行

著　者　洪《ホン》 盛原《ソンウォン》
訳　者　安 宇植
発行者　比留川洋
発行所　株式会社 本の泉社
〒113-0033
東京都文京区本郷二-二五-六
Tel 03（5800）8494
FAX 03（5800）5353
http://www.honnoizumi.co.jp/
印　刷　音羽印刷 株式会社
製　本　株式会社 難波製本

ISBN978-4-7807-0460-0 C0097 Printed in Japan